高尔基文集

6

短篇故事集

1912
–
1917

М. Горький

马克西姆·高尔基

罗斯记游

一九一二年初至一九一七年秋的六年间,高尔基根据自己早年浪迹祖国各地所留下的印象和感受,陆续撰写了一系列特写、回忆和故事,分别在各种报刊上发表。这些作品在发表过程中,在一九一五年、一九一八年曾三次汇编出版篇目不尽相同的单行本。一九二三年,在为书籍出版社编纂高尔基选集时,作者亲自将这些作品整编成一册,计二十九篇,统称为短篇故事集,总题名《罗斯记游》,同时基本上保留了各篇在发表时用的标题。

本《文集》第六卷即以作者自编的选目次序,据《高尔基三十卷》第十一卷译出。

目　　次

一个人的诞生 …………………………………… 1
流冰 ……………………………………………… 14
古宾 ……………………………………………… 40
尼卢什卡 ………………………………………… 66
公墓 ……………………………………………… 93
轮船上 …………………………………………… 109
女人 ……………………………………………… 131
在峡谷里 ………………………………………… 166
卡利宁 …………………………………………… 201
航行途中 ………………………………………… 230
死者 ……………………………………………… 235
混乱 ……………………………………………… 253
沙莫夫家的晚会 ………………………………… 269
帕纳什金家的晚会 ……………………………… 284
苏霍米亚特金家的晚会 ………………………… 296
浅灰与淡蓝 ……………………………………… 311
书 ………………………………………………… 317
一支歌是怎样编成的 …………………………… 329
鸟罪 ……………………………………………… 334

一枚十戈比银币	340
幸福	348
英雄	352
一个丑角	358
观众	364
季姆卡	377
浪荡子	399
吃人的情欲	417
在强古尔河上	436
一个快乐的人	454

一个人的诞生*

这是发生在饥饿的一八九二年①苏呼米和奥查姆奇列之间科多尔河畔②的一件事。这里离海不远,透过明净的山涧的欢悦絮语,可以清楚地听到海浪推涌的沉闷声响。

秋。桂樱的黄叶,宛如一群群灵巧的小鲑鱼,在科多尔河白色的浪花中回旋、闪烁。我坐在岸畔的石块上遐想:也许,海鸥和鱼鹰也把落叶当成了鱼儿,受了骗,怪不得它们在右侧树后,在那海浪溅击的地方,如此抱怨似的鸣叫。

我头上的栗树已着上金黄色的秋装。我脚边有许多落叶,像一只只被砍下来的手掌。对岸千金榆的枝条已经光秃,仿佛撕破的渔网挂在空中。褐红色的山䴕③,像落了网似的,蹦跳着,用黑黑的尖嘴儿叩击着树皮,惊起了蛰伏的昆虫;机灵的山雀和瓦灰色的鸭鸟,这些遥远的北方来客,在啄食着它们。

我左侧的山峰上,低悬着浓烟似的乌云,预示着大雨将临。乌云的阴影,在苍翠的山坡上蠕动。那里生长着老态龙钟的黄杨,而在山毛榉和椴树的古树洞里,却可以找到一种"醉蜜"。古时候,它那醉人

---

* 本篇写于一九一二年三月,最初发表于同年四月第一期《约言》杂志。
① 指发生于一八九一至一八九二年几乎遍及俄国半数省份的大饥荒。
② 苏呼米和奥查姆奇列均在格鲁吉亚西北部,现属阿布哈兹自治共和国。科多尔河,在阿布哈兹境内,注入黑海。
③ 山䴕,是一种啄木鸟。

的甜汁曾醉倒过钢铁般的罗马人的整个军团,几乎毁掉了伟大的庞培①的士兵。这种蜜是蜜蜂用月桂花和杜鹃花酿成的,"过路人"常把它从树洞里取出来,抹在大饼②上吃。

我也干过这种事。当时,我被发怒的蜜蜂螫得很痛,坐在栗树下的石块上,把一片片面包在盛满蜂蜜的瓦罐里蘸上蜜汁,一边吃着,一边欣赏着秋日里倦怠的太阳,在空中懒洋洋地闪耀。

秋天在高加索,就仿佛置身于大圣人修建的富丽堂皇的大教堂——大圣人也往往是大罪人,他们用黄金、土耳其玉、绿宝石营造这庞大的圣殿,只是为了使自己的过去避开良心的犀利目光。他们把撒马尔汗③和舍马哈④的突厥人制作的最好的丝绒地毯铺在群山之上;他们掠夺了整个世界,把一切都搬到这里,放在光天化日之下,就仿佛想对世界说:

"你的东西——取之于你的——还给你!"

……我看见,好像有一群皓首长髯的巨人,闪着愉快的孩童般的大眼,从山上飘然而下。他们在各处慷慨地撒下五彩缤纷的宝物,把大地装点得漂漂亮亮。他们用一层层厚厚的白银,覆盖群山的峰巅;用千姿百态、生机盎然的树木的织锦,铺满高高低低的山坡。在他们的手下,这块富饶的土地,变得无比的秀丽。

在大地上做一个人,真是好福气。在这里能看到多少奇妙的东西,而面对这使人酣醉的美景,心儿又是多么激动和甜美啊!

当然,有时候也难过,——整个胸膛注满了炽热的仇恨,痛苦贪婪地吮吸着心里的血液,但是,并非永远如此。要知道,就连太阳也常常忧愁地俯视着众生:它为他们不辞辛劳,而可怜的人们并不遂心……

无疑,也有不少的好人,然而,就连他们也应当修整,或者,最好是

---

① 庞培(前106—前48),古罗马统帅和政治家,纪元前六十六年奉命东征,使罗马的版图扩展到小亚细亚地区。
② 原文是 лаваш:高加索大饼。
③ 撒马尔汗:小亚细亚古城,现属乌兹别克。
④ 舍马哈:城市,位于大高加索山南麓,现属阿塞拜疆。

重新改造。

……我左边的灌木丛上方,晃动着黑黑的头影:在海浪的击溅与河水的潺潺声中,隐隐约约听得见人们的说话,——这是"饥民们"从苏呼米到奥查姆奇列去上工,到那里去修筑公路。

我认识他们这些奥尔洛夫①人。昨天,我和他们在一起做过工,一起算的工钱。为了到海边迎接日出,我赶在他们前头,在夜里就上路了。

他们是四个庄稼汉和一个颧骨突出的女人。这女人是位年轻的孕妇,腆着一个快要鼓到鼻子尖的大肚子,惊恐地瞪着一双暗蓝色的眼睛。我看到她那扎着黄头巾的脑袋,像秋风里一朵盛开的葵花在灌木丛上方摆动。她的男人由于大量吞食野果,在苏呼米死了。我曾混在这些人中,住在同一个板棚里。按照俄罗斯人的好习惯,他们一提起自己的不幸来,总是那样满腹牢骚,絮絮叨叨,声音高得也许方圆五俄里都能听到。

这是一群郁闷的、颠沛流离的人。他们像秋风里的落叶,被苦难从衰竭、贫瘠的故土上卷起,刮到这里。在这里,从未见过的富饶的大自然,使这些人感到惊讶、眩惑,而沉重的劳动条件,又终于使他们沮丧万分。他们望着这里的一切,惘然若失地眨巴着黯淡忧愁的眼睛,互相苦笑着,低声说:

"啊呀……多么好的土地……"

"庄稼简直是打地里往上蹿。"

"是啊……不过,石头可也……"

"照实说,这地也不怎么样……"

于是,他们回忆起自己的故乡:科贝里峡谷②、苏霍贡③、莫克连科耶④。在那里,每一抔土,都是他们祖先的骨灰;在那里,他们用汗水浇

---

① 奥尔洛夫,在俄罗斯欧洲部分的中央地带。
② ③ ④ 均为中部俄罗斯城镇的名称:科贝里峡谷在今库尔斯克省尔戈夫市,苏霍贡在今奥尔洛夫省耶列茨克县,莫克连科耶在今奥尔洛夫省勃良斯克县。

灌过的一切,是那样难于忘却,那样熟悉、亲切。

过去,还有一个女人跟着他们。那是一个身体僵直,扁平得像一块木板似的高挑个儿,长着一张马脸,一双无神的黑得像乌煤似的斜眼。

每晚,她和这个扎黄头巾的女人一起走出板棚。她坐在一堆碎石上,一只手托着脸颊,头歪向一侧,用高亢而愤怒的声调唱道:

在墓地那边……
　　灌木丛里绿茵茵——
在沙土上面……
　　我铺开了白围巾……
我等得来吗……
　　我那亲爱的情人……
意中人一到……
　　我点头儿把他迎……

扎黄头巾的女人通常总是沉默不语,弯着脖儿打量着自己的大肚子,但是,有时她也突如其来地用男子般的有点儿嘶哑的嗓音,懒懒地、低沉地、号哭似的附和几句:

唉呀呀,意中人……
　　唉唉,亲爱的意中人……
命运不把我成全……
　　让我能更多和你相见……

在昏黑闷热的南方夜晚,这哭泣似的声调,使人想起了北方,——大雪弥漫的荒野,暴风雪刺耳的呼啸,和远处传来的狼嚎……

后来,斜眼女人得了疟疾,人们用帆布担架把她送进城去。她躺在担架上,哆嗦着,哼哼着,仿佛还在唱着自己那支关于墓地和沙土的歌。

……那扎黄头巾的脑袋在空中时隐时现,忽然消失了。

我吃完早点,用树叶盖好瓦罐里的蜜,系好行囊,然后不慌不忙地跟在走过去的那群人的后面,一路上用山茱萸木的手杖叩击着小径上坚硬的泥土。

后来,我来到一条灰色带子似的狭窄的道路上。右侧,深蓝色的海洋激荡着,恰似有一群看不见的木匠用几千个刨子刨它,白色的刨花,被一阵阵宛如健康妇女的呼吸似的潮润、温暖、芬芳的风儿追逐着,喧喧嚷嚷地向岸上奔来。一艘土耳其的帆船,向左舷倾斜,朝苏呼米驶去。它那鼓起的风帆,就像苏呼米一位傲慢的工程师鼓起的肥厚的脸颊。这是一个非常严厉的人,不知为什么,他把"安静些"说成"安轻些",把"虽然"说成"非然"。

"安轻些!非然你是个炮筒子,但是,我可以马上把你抓进警察局……"

他喜欢把人送进警察局。想起来真痛快:现在,他也许早已被坟墓里的蛆虫啃得只剩下一把骨头了。

……走路很轻松,就仿佛在空中飘浮。愉快的思绪,五彩缤纷的回忆,在脑海里跳着柔美的环舞。这种心灵里的环舞,就像海洋里的白色浪峰,是表面上的东西,而在那心灵深处,却很宁静,明快欢悦和变幻无穷的青春的憧憬,像海洋深处银色的鱼群,在那里悄悄地漫游。

道路朝海边伸去,蜿蜒地爬近了一个沙滩。海浪向沙滩上涌来。小树丛儿也想张望张望海浪的面容,它们俯身探过绦带似的路面,恰似在向那蔚蓝色的浩渺的水面点头致意。

风从山上吹来,——快下雨了。

……灌木丛里传来一阵轻微的呻吟,这是一种永远令人震撼和同情的,人的呻吟。

我拨开树丛一看:那个扎黄头巾的女人,正背靠着一棵胡桃树干坐在那里，头垂到肩上，十分难看地大张着嘴，瞪着眼睛，像个疯子似的。她双手按在大肚子上，那样不自然地、可怕地喘着气，以至整个肚子都像发羊角风似的在跳动。女人用手按住它，低沉地哼哼着，露出一口狼一般的黄牙。

"怎么，中暑了？"我俯身问她。她像一头苍蝇似的，两条赤裸裸的腿在浅灰色的尘土里乱蹬乱踹，摇着沉重的头嘶哑地说：

"走开……不要脸的……走—走开……"

我明白是怎么回事了。这种事儿，我已见过一次。自然，我害怕起来，闪向一边；然而，那女人拉着长音哀号着，从她那快要绽裂开来的眼角里，混浊的泪水喷涌而出，在绷得紧紧的紫红色脸膛上流淌。

这情景，使我又回到她跟前。我把行囊、水壶、瓦罐往地上一摆，将她仰面朝天地放倒，想给她把腿蜷起来。她推开我，打我耳光，捶我的胸脯，并且翻过身去，像一只狗熊，四肢着地，一面爬进灌木林的深处，一面吼叫嘶喊：

"强盗……魔鬼……"

手吃不住劲，她倒下了，脸撞在地上，又抽筋似的伸着双腿，哀号起来。

情急智生，我迅即想起我对这种事儿所懂得的一切，我把她翻转过来仰卧着，蜷起她的双腿，——羊水已经流出来了。

"躺好，就要生了……"

我跑向海边，卷起袖子，把手洗干净，返转身来，——我已是一名产科医生了。

这女人身子扭曲着，像烈火中的桦树皮。她一面用手拍打着身边的土地，一面揪下打蔫的野草，一个劲地想往嘴里塞。泥土撒满了这张可怕的、失去人相的脸，眼睛变得粗野了，布满了血丝。羊水已经涌出，一个小脑袋瓜儿钻了出来。我得抑制住她两条腿的抽搐，帮助婴儿，还得盯住她别将野草塞进那张歪歪扭扭的、不住哼哼的嘴里……

我们对骂了一阵子，她话音含混不清，我也声音不大，她是因为疼痛,也许还因为害羞,我却是由于腼腆和对她的极度怜悯。

"上帝啊!"她嘶哑地喊着,紧紧咬住冒着白沫的发紫的嘴唇,而从她那在阳光里仿佛突然褪色的眼睛里,不停地流淌着一位母亲的难忍的、痛楚的眼泪。她那正在分娩的躯体,也完全瘫软了。

"走开,你这恶魔……"

她用无力的、脱臼似的手一直推我,我恳切地说:

"傻大嫂,生吧,得快一些……"

我十分可怜她,似乎她的眼泪溅入了我的双眼,我的心苦闷得收缩起来,情不自禁地想喊叫,于是,我喊道:

"喂,快些呀!"

就这样,我手里有了一个人,一个肉红色的人。虽说是泪眼迷离,但是,我看得真切:他浑身通红,而且,别看他还连着母体,已经是不满意这个世界了,——他手抓脚踹,粗着嗓门儿大喊大叫,毫不安分。他的眼睛呈浅蓝色,起皱的红脸蛋上,有一个压扁了的引人发笑的鼻头,嘴唇颤颤着,拉着长声哭喊:

"哇……哇……"

多么光滑啊,——一不留神,他就会从我手里滑出去。我跪着,望着他,哈哈大笑,——瞅着他真叫人高兴!我竟忘记了我应该做的事情……

"割断吧……"母亲轻轻低语,她紧闭双眼,面容憔悴,像死人似的呈土灰色,发紫的嘴唇勉强地微微颤动:

"用小刀……割断……"

刀在板棚里给人偷走了,我用牙咬断了脐带。婴儿用奥尔洛夫人的男低音哭喊着。母亲微笑了。我看见,她那深不可测的眼里燃烧着蓝色的火焰,焕发出奇异的光彩。一只黝黑的手在裙边摸索着,寻找着衣兜,咬破了的、沾满污血的双唇发出簌簌的声音:

"没……没有……气力……小带儿在衣兜里……把肚脐儿包扎好……"

我取出带子,包扎停当。她微笑得越发开朗了。这笑容是这样美好,这样明快,几乎使我目眩。

"你整理整理,我去给他洗洗……"

她担心地喃喃说:

"当心,要轻点儿……要当心啊……"

这个红通通的小家伙根本用不着细心照料,——他攥紧拳头,哇哇地喊叫着,喊叫着,仿佛是在向谁挑战:

"哇……哇……"

"你呀,你!要把脚跟儿站稳些,小兄弟!不然,别人会立即揪掉你的脑袋……"

当泛起泡沫的浪花欢快地向我们两人涌来,第一次溅在他身上时,他的喊声分外庄严,分外洪亮。后来,我开始拍打他的胸脯和脊背,他眯起眼睛,挣扎着,发出刺耳的尖叫。海浪一个接着一个,溅遍了他的全身。

"闹吧,奥尔洛夫人!使劲喊吧……"

当我抱着婴儿回到母亲那里时,她躺着,又闭上了双眼,咬紧嘴唇,在忍受着排出胞衣时的阵痛;但是,尽管如此,我还是透过她的呻吟和喘息,听到了她那像快要死去的人一般的低语:

"给……把他给我……"

"让他等一会儿。"

"给我吧……"

于是她用颤抖着的、不听使唤的手解着胸前的短袄。我帮她裸露出那对天赐的、足够哺育二十个孩子的大乳房,把这个暴躁的奥尔洛夫人贴放在她那温暖的躯体上。他立刻明白了一切,安静下来了。

"至圣至洁的圣母啊!"母亲哆嗦着,叹了口气,蓬乱的头在行囊上翻来覆去。

突然,她轻轻地叫了一声,沉静了下来。然后,她重新张开了那双分外美丽的眼睛。蔚蓝的双眼,望着蔚蓝的天空,善良而欢悦的微笑,在眼里闪烁,融化。母亲举起沉重的手,徐缓地为自己的婴儿画着十字……

"最纯洁的圣母啊,托您的福……啊……托您的福……"

眼睛又失去光彩,陷了下去。她长久地默默不语,勉强地喘着气。突然,她用变得坚决起来的声调,郑重其事地对我说:

"年轻人,把我的行囊解开……"行囊解开了。她凝视着我,微微一笑,仿佛有一阵刚能察觉到的红晕,浮现在凹下去的面颊和汗津津的前额上。

"请走开一下……"

"你可别太折腾自己……"

"唔,唔……走开吧……"

我向不远的灌木丛走去。我的心似乎疲倦了,而我的胸中,却仿佛有一些可爱的鸟儿在轻轻地啼啭,这声音,和不绝的海浪的溅击声应和在一起,是如此的优美,真可以听上一年……

不远的地方,溪水潺潺,宛如一位姑娘在向女友夸说自己心爱的人儿……

灌木丛上方,伸出一颗头来,头上已规规矩矩地扎上了黄头巾。

"唉,唉,你呀,老嫂子,你折腾得太早了!"

她用一只手扶住一根灌木枝条,坐在那里,像醉了似的,死灰色的脸上没有一点儿血色,眼窝里似乎是两汪蔚蓝的湖水。她温柔地低语着:

"瞧,他睡得多好……"

他睡得是好,不过,依我看,比起别的婴儿来,也没有什么好得出奇的地方,如果说有什么区别,那就是所处的环境不同:他躺在灌木林下一堆色彩绚丽的秋叶上,——这样的灌木丛,在奥尔洛夫省是长不出来的。

"你这做母亲的也该躺一躺了……"

"不了,"她摇了摇在疲惫不堪的脖子上已经支持不住的头,说道,

"我得收拾收拾,赶上去,跟这群人一起……"

"到奥查姆奇列去?"

"对,对!我们的人想必已经走出好几俄里了……"

"难道你还能走路吗?"

"不是有圣母吗?她会保佑的……"

嗯,既然她与圣母同在,我就别说了。

她瞧着灌木丛下的小东西,瞧着他那不满地绷起的小脸,眼里迸发出慈祥温柔的光芒,舐着双唇,用一只手慢慢地摩挲着乳房。

我点燃篝火,就近摆上几块石头,好把水壶放上去。

"做母亲的,我这就请你喝茶……"

"啊,就请我喝吧……我的奶都干了……"

"你的同乡为什么丢下你?"

"他们没有丢下我,干吗要丢下我?是我自己落在后面的。何况,他们喝得懵懵懂懂的。这样……也好,不然,当着他们的面,我怎么好摊开身子……"

她用胳膊挡住脸,瞅了我一眼,吐出一口带血的唾沫,羞怯地微微一笑。

"这是你的头生子吧?"

"头生子……你是谁?"

"似乎是一个人吧……"

"当然是人啦!娶媳妇了吗?"

"没人赏脸……"

"你撒谎!"

"干吗要撒谎?"

她垂下眼帘,想了一下:

"那你怎么懂女人家的事儿?"

现在我只好撒谎了。于是我说:

"我学过这个。大学生——听说过吗?"

"瞧你说的！我们神甫的大少爷也是个大学生,他学着当神甫……"

"我就是这种人。好吧,我打水去了……"

女人向儿子俯下身去,倾听着他是否在呼吸。然后,她向海那边张望了一下。

"我想洗一洗,不过,这种水我怕不服……这是什么水？又咸又苦的……"

"你就用它洗吧,这可是健身水！"

"是吗？"

"没错儿！比溪水暖和,这地方的溪水——像冰一样……"

"你什么都知道……"

一个阿布哈兹人骑着马儿,头挂在胸前,打着盹儿,一步一步走过来。那匹小马儿,浑身肉鼓鼓的,它耸动着耳朵,用圆溜溜的黑眼珠瞟了我们两眼,打了个响鼻；骑马人警惕地扬了扬戴着毛蓬蓬皮帽的脑袋,也朝我们这边张望了一下,随即又垂下头去。

"这里的人怪模怪样的,真难看。"奥尔洛夫女人轻轻说。

我走了。像水银一般闪亮而活泼的水流,唱着歌儿,在石块间欢蹦乱跳,秋叶在水中愉快地翻着筋斗,真是美妙极了！我把手和脸洗干净,舀了满满一壶水往回走。透过灌木林,我看见那女人双膝着地,在乱石间爬动,不安地环视着四周。

"你这是干什么？"

她吓了一跳,面色苍白,往身下掩藏着什么。我终于猜到了。

"给我吧,我来埋……"

"啊,你真是我的亲人！这怎么行呢？本来应当埋在澡堂更衣室的地下的……"

"等在这里盖好澡堂,早着呢！真有你的！"

"你就会开玩笑。我这是害怕呀！会突然被野兽吃掉的……要知道,胞衣是应该归还给大地的……"

她背转脸儿,把湿乎乎、沉甸甸的一包小东西递给我,羞怯地、低声恳求着：

"看在基督的分上，你最好弄深点儿……可怜可怜我的小宝贝，千万埋得牢靠点儿……"

……当我回来时，我看到她从海边蹒跚而来，身体每一摇晃，手就向前一伸。她的裙子湿到腰际。脸上泛出了一点儿红润——仿佛是从内心里流露出来的。我帮助她走到篝火旁，诧异地想道：

"真有一股野兽般的力量！"

后来，我们就着蜜儿喝茶。她低声问我：

"学业扔下了吧？"

"扔下了。"

"喝酒喝得没钱花了，是不是？"

"老嫂子，全喝光了！"

"瞧你这个人！我可是记得的，在苏呼米我看到你为伙食的事儿和头儿打架，那时候我就想：准是个酒鬼，这样胆大包天……"

她津津有味地舔着肿大的嘴唇上的蜂蜜，蓝色的眼睛不住地斜睨着灌木丛下，那新生的奥尔洛夫人安睡的地方。

"他怎么活下去啊？"女人叹息一声，瞧着我说，"你帮了我的忙，谢谢你了……不过，这对于他是吉是凶，我就不知道了……"

她喝足了茶，吃了点儿东西，画了个十字。当我收拾自己的用品时，她睡眼蒙眬地摇摆着身子，打着盹儿，一面想着什么心事，一面用再次失去光泽的眼睛，不时地望一望地上。随后，她站起身来。

"难道你真的要走？"

"走。"

"唉，老嫂子，可得当心啊！"

"不是有圣母吗？……把他给我吧！"

"我来抱他……"

我们争执了一会儿，她让步了，于是，我们肩并肩地走了起来。

"我不这么一步一趔趄就好了。"她说着，抱歉似的微笑一下，把手搭在了我的肩上。

俄罗斯大地的新居民,一个命运未卜的人,躺在我的手里,沉重地打着鼾。大海浪花拍溅,哗哗作响,整个海岸镶上了刨屑似的白色的花边。树丛在低语,太阳当空照耀,快到正午时分了。

我们默默地走着。有时,母亲停下步来,仰天长叹。她环视了一下大海、树林、高山,又望一望自己儿子的脸。她那双用痛苦的泪水冲刷得干干净净的眼睛,又一次显得格外明亮,又一次放射出异彩,蓝莹莹的,闪烁着无限的慈爱。

有一次,她停下来,说:

"上帝啊,上帝!果真这样,可太好了,太好了!最好老是这么走啊,走啊,一直走到天边,我的小宝贝就这么自由自在地依偎在母亲的身旁,长啊,长啊,长大起来……啊,我的心肝……"

大海在咆哮,咆哮……

刘伦振　译

流　冰[*]

城对面河上,七个木匠正在赶修破冰三棱墩。隆冬时节,城郊小镇上的居民把它拆去当柴烧了。

这一年,春天姗姗来迟,阳春三月,看起来倒像十月;只是将近正午时分,——并非每天如此,——在乌云飘浮的空中,才闪出冬天般惨淡的太阳;它时而隐没在乌云里,时而又出现在乌云之间的蓝天上,冷漠地斜着眼儿望一望大地。

已经是基督受难周的礼拜五,然而,融雪时的檐头滴水,入夜前就冻成了半俄尺长的铁青色冰溜;从河上积雪里露出的冰层,也有点儿发青,宛如冬天的云。

木匠们干着活。城里,铜钟悲切地、呼唤似的唱着歌。工人们抬起头,沉思地仰望那笼罩着全城的迷迷茫茫的淡灰色晨雾。扬起的斧子,在将要砍下去的当儿,每每又迟疑地在空中停一下,就像怕劈碎这温存的钟声。

好像一条宽阔带子似的河面上,或远或近、歪歪斜斜地插着一些松枝,给道路、冰上的窟窿和隙缝做出标记;松枝向上伸着,活像溺水者痛苦地抽搐着的手臂。河上的气氛沉闷得叫人难以忍受。空荡荡的河面,覆盖着一层千孔百疮的冰痂,郁郁寡欢地横卧在那里,像一条

---

[*] 本篇写于一九一二年八月,最初以《一个"行路人"的印象》为题发表于同年第十二期《欧洲通报》杂志。

笔直的大道,通往那浓雾弥漫的地方;一股股潮湿的寒风,从那里忧悒地、懒洋洋地吹来。

……领班奥西普是个整洁、壮实的汉子,他那端正的银须,在绯红的面颊和灵活的脖颈上,整齐地卷曲成一个个小环儿。这个时时处处都引人注目的领班奥西普正在吆喝:

"快点儿干,兔崽子们!"

随后,他转向我,嘲弄地教训着:

"监工先生,你把你那瘪鼻子翘到天上去干什么?我问你,打发你干什么来的?是包工头瓦西里·谢尔盖伊奇派你来的吧?那么,你就该催促我们一个劲儿干活:'快干,没出息的家伙!'瞧,安排你来为的是这宗大事,可是你,干事却漫不经心,我的孩子,可怜的死木头!别不经心了,把眼睛放尖些吧,也吆喝那么几声,既然安插你到我们这里来当工长什么的,你就发号施令吧,你这个杜鹃蛋①!"

他又向伙伴们嚷叫着:

"别打呵欠!鬼头们,今天就得把这件活干完,不是吗?"

他本人就是这伙人里的头号懒汉。他精通本行,会干活,干起活来机巧灵快,得心应手,有兴致,有瘾头,但是,他不喜欢吃苦,常常讲些神奇的故事。恰好在工作紧张的时刻,当人们突然有了"把一切事情都干好"的愿望、专心致志、一声不响、聚精会神干活的时候,奥西普就用低微的声调说起来:

"兄弟们,有过这么一回事……"

三两分钟内,人们好像都不听他的,还在一个劲地锛呀、刨呀、砍呀,然而,他那温和的男高音,梦幻般地传播着,回旋着,终于把人们的注意力给拴住了。奥西普那双明净的蓝眼,甜美地眯缝着,他用手指捻了捻卷曲的胡须,高兴得吧嗒吧嗒嘴,滔滔不绝地说了起来……

"他捉住这条冬穴鱼②,放进一个篓子里,到林子里去了,心想:

---

① 杜鹃把蛋下在别的鸟巢里。此处暗指:你不是我们一伙的。
② 属鲤鱼科,产在欧洲及西伯利亚的河湖内。

'这一回我可有鲜鱼汤了……'突然间,不知从哪里传来一个娘们儿的尖细呼声:'叶—列—霞—,叶—列—霞—'……"

修长清瘦的莫尔德瓦人连卡,外号"小百姓",是个长着一对惊慌的小眼睛的年轻人,他拎着斧子,张着嘴站在那儿。

"从篓子里传出了一声声低沉的回答:'在这儿啦!……'就在这时,篓子里啪嗒一声,一条冬穴鱼从那里一跃而出,走呀,走呀,又走回自己的湖底去了……"

老兵萨尼亚温,是个阴郁的酒鬼,患着气喘病,就像一直受着什么委屈似的。他嘶哑地问:

"既然那条冬穴鱼是一条鱼,它怎么会在陆地上走呢?"

"那么,鱼就能说话吗?"奥西普和蔼地反问。

莫克·布德林,一个头发灰白的庄稼汉,长着一副狗脸,——颧骨和上下颌向前伸,额部向后倾——这个不显眼的、沉默寡言的人,不慌不忙地从鼻孔里哼出三个心爱的字来:

"这很对……"

每当别人讲起什么奇怪的、可怕的、污秽的或是可恶的事情时,他总是低声地,却坚信不疑地附和着:

"这很对……"

于是,就像有一只坚硬、沉重的拳头,在我的胸脯上捶了三拳。

工作停顿了,因为口齿不清、身腰不正的亚科夫·博耶夫也想讲点儿鱼的事情,而且已经开了个头,但是,谁也不相信他,大家都嘲笑他结巴。他赌咒,骂街,向空中举起凿子,冲着大家讪笑,气急败坏、唾沫四溅地嚷道:

"有的人不论怎么撒谎,都有人听,可是,我跟你们说实话,你们倒哈哈大笑,糊涂虫,你们鬼迷心窍了……"

大家都扔下活计,挥动着空手,乱吵乱嚷,这时,奥西普摘下帽子,露出一头漂亮的银发和微秃的脑门,厉声喊道:

"喂,够了!瞎扯够了,也歇够了。得啦!"

"你自己开的头。"老兵往掌心里吐了一口唾沫，嘶哑地说。

奥西普凑近我说：

"监工先生……"

我觉得，他用讲故事的办法使人们中断工作，是别有用心的，但是，我不明白：他是否也想用这些闲谈来掩盖自己的懒惰，或是让人们休息休息？在包工头面前，奥西普总是做出一副阿谀奉承、低三下四的模样，——在他面前"装傻"，而且，每礼拜六，总得替大伙向他讨点儿"茶钱"。

总的说来，他是个"向着大伙"的人，但是，老年人不喜欢他，认为他是个小丑、懒汉，对他并不尊重；就是年轻人，虽则爱听他拉闲篇，但也不把他放在眼里，他们对他的不信任，——非但不加掩饰，而且往往表现得很露骨。

我和那个识文断字的莫尔德瓦年轻人，有时"推心置腹"地谈谈。有一次，我问他奥西普是怎样一个人，他冷笑着回答说：

"我不知道……我怎么能知道……就是那个样子，没什么……"

想了想，他又补充说，

"死去的米海洛，是个烈性子的乡下人，很聪明。有一次，他跟奥西普吵起来，说：'你还算是人？工人的味儿在你身上已经没了，当东家你又不是那个料！你会像一个忘在墙角里的铅锤儿，吊在线上，晃荡一辈子……'这话对他说来，也许是对的……"

莫尔德瓦人又想了想，不安地结束说：

"他就这样，没什么，是个好人……"

在这些人中间，我的处境十分尴尬：我这个十五岁的少年，包工头派我来登记用料数目，叫我盯住那些木工，别让他们偷钉子，或者把木板拖到酒店去。钉子嘛，他们还是偷，丝毫不因有我在场而有所顾忌，而且，大家都想方设法向我表示，在他们的工作中，我是个多余的、讨厌的人。一有机会，就有人不露形迹地用木板撞我一下，或用别的什么花招，多少叫我受点儿委屈，——这种事他们干起来是很在行的。

同他们在一起,我感到很不自在,很惭愧:我想对他们说点儿什么,好叫他们跟我相安无事,却找不到适当的话语。我觉得自身无用,这种阴郁的感受,使得我心情很不舒畅。

每一次,当我往账本上登记取料数目时,奥西普就不慌不忙地凑过来,问道:

"描好了吗?喂,给我瞧瞧⋯⋯"他眯缝着眼,看着账目,含糊地说:

"写得倒还清秀⋯⋯"

他只会识印刷体,他写字,也是用教会章程里的印刷体字母,通常用的手写体他看不懂。

"这个,像个洗衣盆一样的,是个什么字?"

"财产。"

"财产啊!瞧,这里还有个活套儿①⋯⋯这一行写的又是什么?"

"一俄寸厚、九俄尺长木板,五块。"

"六块。"

"五块。"

"怎么是五块?那不是,老兵把一块破成了两块⋯⋯"

"他这是白费劲,没有必要⋯⋯"

"怎么没有必要?他把那一半送到酒店去了⋯⋯"

他那双蓝得像矢车菊一般的眼睛,若无其事地看着我的脸,目光中闪动着欢悦的嘲笑;他把卷曲成小圈的一绺胡须缠在手指上,死皮赖脸地说道:

"画上六块,真是的!你瞧瞧,你这个杜鹃蛋。又湿,又冷,活又很重,人们也该开开心,酒这玩意儿,不是能暖心吗?你呀,别盯得太紧了,苛刻讨不了上帝的欢心⋯⋯"

他说得很多,很和善,很乖巧。他的话,像锯末似的向我撒来,我

---

① 指手写体 добро(财产)中的第一个字母的草体。

被他搅得头昏眼花,默默地把改过的数字指给他看。

"好,这就对了!这个数目字①漂亮多了,真像个老板娘坐在那里,胖胖的肚皮儿,好心眼儿……"

我看见,他得意扬扬地向木匠们叙述着他的胜利,我知道,因为我的让步,他们全都瞧不起我。我这个十五岁的人,心里委屈得暗暗落泪。烦闷、晦暗的念头,在我脑际盘桓:

"这一切太奇怪,太愚蠢了。为什么他就相信我不会把6再改成5,并且告诉包工头,他们拿木板换酒喝了?"

有一次,他们偷了两磅五俄寸长的橡钉,外加一些蚂蟥钉。

"听着,"我警告奥西普说,"我要把这个记上!"

"记上吧,"奥西普抖动着灰白的眉毛,表示同意,"这实在太放肆了!记上,把他们记上,这帮小崽子们……"

接着,他向伙计们喊道:

"喂,懒货们,橡钉和蚂蟥钉给你们记罚款啦!……"

老兵阴郁地问:

"为什么?"

"犯了过失,就这么回事。"奥西普平静地解释说。

木匠们埋怨起来,斜着眼瞅我,但是,我并没有信心去做我扬言要做的事情,如果我真做得出来,那倒还好受些。

"我要离开包工头,"我对奥西普说,"让你们都见鬼去吧!跟你们混在一起,会变成小偷的。"

奥西普想了想,捋了捋胡须,和我并肩坐下,轻轻地说:

"这样做——对!"

"什么?"

"应当离开。你算个什么工长?算个什么管事?干这种差使,得明白什么是财产,得有狗的本性,才能像保护自己的皮肉——母亲的

---

① 指阿拉伯数字6。

19

遗物那样,保护住主人的东西……而你干这种行当,还是只小狗,你还感觉不到对财产应该怎么办。如果把你纵容我们的事告诉给瓦西里·谢尔盖伊奇,他会立刻朝着你的脖子狠狠地来一下,这是肯定的!因为你不是为他往里捞,而是往外撒,一个人就应当替老板效劳,替他往里捞,你明白吗?"

他卷好一支烟,递给我。

"抽一支吧,头脑会轻松点儿。假如你这个拿笔杆子的人没有那么一种好管闲事、打打闹闹的性格——那我就劝你:当修士去吧!噢,你的心灵还没有磨平,说不定,就是对修道院长你也不会让步。有了这种性格,连打牌都不行!修士嘛,好比是寒鸦:啄的是谁家的东西,它不知道,事情的根由,跟它不相干,它吃的是'籽儿',而不是'根儿'。我对你说的这些都是心里话。依我看来,我们干的事情,你是看不惯的,你是下在别家窝里的杜鹃蛋……"

他脱下帽子,——在他想说什么特别重要的话时,他总是这样做的,——瞧了瞧灰暗的天空,大声地、虔诚地说:

"我们干的事情,在上帝面前,是一种偷窃,他是不会拯救我们的……"

"这很对。"莫克·布德林像一支黑管似的附和道。

从那时起,我对这位长着卷曲的银发、眼睛明朗而心灵阴郁的奥西普就有了好感,我们之间产生了一种类乎友谊的感情,但是,我发现,他有点儿不好意思对我好:有别人在场,他不看我,那浅蓝色的瞳仁明亮、空虚,不停地转动、眨巴着。当他对我说下面这番话时,他的嘴唇歪斜着,显得虚假、难看。

"喂,两眼盯着点儿,不要白吃饭,你瞧那边——老兵又在捞钉子了,可真能捞……"

然而,当他和我单独在一起的时候,他说起话来和蔼可亲,而且颇有教益。他的眼里闪烁着机智的微笑,那对放射着淡蓝色光辉的明眸,直视着我的双眼。我认真聆听着这个人的话,虽然他有时说得有点儿古怪,但说的却是真诚地在心里掂量过的实话。

"应当做一个好人。"我有一次说。

"啊——当然!"他同意了,但随即又冷笑一声,垂下眼睑,轻轻地说:"不过,该怎么去理解'好人'呢? 我是这样想的:人嘛,如果得不到好处,什么好心正直,他们才不在乎呢;不,你还是关照关照他们吧,你要使他们得到温存、安慰,要使一切心灵都得到抚爱……说不定,有朝一日,这会使你交上好运的! 当然,做个好人,对着镜子欣赏自己的脸蛋,这毫无疑问是很惬意的事……不过,我看不管你是小偷还是圣人,对人们都是一样的,只要你对他诚挚些、善良些……这就是大家所需要的!……"

我十分留意观察各种人,我心想,每一个人都应当引导我,而且也正在引导我认识这令人迷惘的屈辱的生活。有一个使我不安的问题,长久得不到解答:

"人的心灵是什么?"

我以为,有些人的心灵,它的结构宛若铜球——它们一动不动地系在胸中,只能从某一个点上去反映它们接触到的一切,因此,反映得失真、丑陋、枯燥;有些心灵是平坦的,像一面镜子,——这就等于没有心灵。

然而,在我看来,多数人的心灵像浮云一样变幻莫测,似假宝石一般光怪陆离,——总是依照它所接触到的色彩,恭顺地改变着自己的颜色。

我不知道,也弄不明白,这个仪表优雅的奥西普的心灵是怎样的,——这心灵用头脑是捉摸不透的。

我一边寻思着这些事情,一边向河那边眺望。坐落在山上的城市,洪钟齐鸣,一座座钟楼高耸入云,宛如我喜爱的波兰教堂里管风琴的白色琴管。教堂顶上的十字架,仿佛被灰色天空俘获的暗淡群星,在寂寞地闪烁、颤动,似欲闯出被风撕破的灰色云幕,腾升到纯净的蓝天里去。阴云飞驰,用暗影抹去了城市的斑斓色彩,——每一次,当阳光从蔚蓝色的深渊和深渊之间倾泻到城市上,给它染上一层欢快色调的时候,阴云便更为迅急地奔跑过来,遮没了太阳,它们那潮湿的暗影也显得更加浓重,一切在瞬息的欢乐之后,旋即又暗淡了下去。

城里的房屋,像一堆堆污雪,房屋下面,是黑黑的、裸露着的土地,花园里的树木,像一个个小土丘,建筑物灰色的墙壁上,玻璃窗闪着幽暗的光,使人想起冬季,而悄悄地弥漫在周围这一切之上的,却是惨淡的北国之春的一种撩人的郁闷。

米舒克·佳特洛夫,一个黄发、兔唇、膀大腰圆、举止笨重的青年,试着唱了起来:

> 她清晨来到他身旁,
> 他头天晚上命已丧……

"喂,你这个婊子养的!"老兵朝他叫喊,"难道你忘了今天是什么日子?"

博耶夫也生气了,他用拳头威胁着佳特洛夫,啸叫着:

"狗——狗东西!"

"我们那里的人生长在森林里,寿命很长,很有劲。"奥西普对布德林说,他骑坐在三棱墩的顶部,眯着一只眼给坡面调线。"把木料那头往左边放出一俄寸,——对了!……如果照直说,就是野蛮人!有一次,一位主教大人到他们那里去,他们围住他,跪着哭诉:替我们对狼念几句咒语吧,圣明的大主教,狼把我们害苦了!主教呵斥着他们:'咳,你们是不是东正教的基督徒,啊?'他说,'我要把你们全都提交法庭,严加审判!'他大为生气,甚至往他们脸上啐唾沫。他是个老头儿,本性慈善,眼窝里总是汪着泪水……"

在一排三棱墩的下方约莫二十俄丈远的地方,水手和苦力们正在敲碎驳船周围的冰,冰镐子嗖嗖地叩击着,杵裂了河面上发脆的灰色冰层,钩竿的细长竿柄,在空中摇曳着,把碎落下来的冰块推入水下。

水溅击着。从沙岸上传来了溪流的絮语。我们这里,发出了刨子的沙沙声、锯子的吱吱声,以及斧子把蚂蟥钉钉入刨平的黄木时发出的敲击声;融入这一切声响之中的,还有从远处传来变得柔和了的扣人心弦的钟声。仿佛这灰色的日子要用自己的劳作,作为对春神的颂歌,召唤她降临这已经开始解冻,但仍然光秃贫瘠的大地……

有人用伤风似的嗓音大喊:

"把德国人叫回来!人手不够……"

岸上回答说:

"他在哪儿?"

"在酒店里,看看去……"

声音在潮湿的空气里沉重地浮游着,在宽阔的河面上凄凉地飘散着。

活儿干得很匆忙,很紧张,却不大好,马马虎虎的;大家都想进城,洗个澡,上教堂。萨绍克·佳特洛夫尤其显得不安。他和他哥哥一样,也有一头像在碱水里煮过似的黄发,不过,他的头发是卷曲的。他体格匀称,行动灵活。萨绍克不时地向上游张望,轻声地对哥哥说:

"听,像不像迸裂声?"

昨天晚上,就有冰"走动"的消息,水上警察从昨天早晨就不放车马踏上河面。疏落的行人,像串珠子似的沿着一行行的跳板滚来滚去,听得见木板弯曲下去拍击水面时发出的那种有风韵的响声。

"裂得哔剥直响!"米舒克说,眨动着白色的睫毛。

奥西普手搭凉棚,一面朝河上瞭望,一面打断了他的话:"是刨花在你脑袋里裂得哔剥直响!快干活,听见了吗,你这巫婆养的!监工先生,——催催他们呀,干吗老是扎在书本里?"

还得干两个来小时才能把活儿干完。三棱墩迎向水流的两个棱面,已经整个儿用黄色的木板包好,只剩下厚厚的铁"腰带"还没有箍上。博耶夫和萨尼亚温正在为"腰带"剔槽,但剔得不合适,窄了,"腰带"嵌不进木头里去。

"你这瞎了眼的莫尔德瓦人。"奥西普嚷叫着,用手拍打着帽子,"这叫什么活儿呀?"

突然,从河岸上的什么地方,一个看不见的人的声音,在欣喜地喊叫:

"来—啦……喔—唷—唷—唷—!"

于是,就像应和这喊声,河上传来了缓缓的簌簌声、细微的脆裂声。松枝标杆像爪子似的抖动,仿佛要在空中抓取什么;水手和苦力们也挥动着钩竿,吵吵嚷嚷地沿着绳梯爬到驳船上去。

看起来真奇怪,河面上怎么会冒出这么许多人:他们仿佛是从冰底下钻出来的,此刻,他们或前或后,奔来奔去,就像一群被枪声惊起的寒鸦,跳着,跑着,在抢运木板和竹竿,刚撂下这一捆,又跑去抓另一捆。

"收拾家伙!"奥西普喊着,"快,把随身的东西也……上岸去!"

"这才是基督复活节哩!"萨绍克哀叹着。

……河似乎一动不动,而城市却战栗了一下,晃动起来,随同着它脚下的山,静静地向上游漂去。我们身前十俄丈远处的灰色沙坡,也蠕动起来,离开我们,逆流而上。

"快跑!"奥西普喊着,推了我一下,"干吗张着嘴?"

可怕的危险感叩击着心弦,两条腿感觉到冰正在下面溜走,便自然而然地跳起来,把身躯向岸边的沙滩上送去。沙滩上竖着几处被隆冬暴风雪摧残得枝条光秃的柳丛。博耶夫、老兵、布德林和佳特洛夫兄弟,已经躺倒在那里。莫尔德瓦人和我并排跑着,生气地咒骂着,奥西普在后面迈着大步,呵斥道:

"别嚷,小百姓……"

"到底怎么办啊,奥西普大叔……"

"还和原来一样。"

"我们要在这里耽搁一两个昼夜的……"

"那你就坐等好了。"

"那么,过节呢?"

"这年头,没有你,人家也会过节的……"

老兵坐在沙滩上,抽着烟斗,嘶哑着说:

"你们害怕了吧……离岸才三五俄丈,你们却拼命跑……"

"你是头一个跑的。"莫克道。

但老兵继续说:

"你们害怕什么? 基督老爹也会死的……"

"也许,他死后还会复活吧。"莫尔德瓦人抱怨地嘟囔着。博耶夫却冲着他大叫起来:

"闭嘴,你这小狗! 你也配议论这种事? 复活! 今天是礼拜五,还不是复活节!"

三月的太阳,在云间蔚蓝色的深渊里闪出光芒,冰层发出亮光,在那里嘲笑我们。奥西普手搭凉棚,瞭望着空荡荡的河面,说道:

"鼓起来了……不过,这不会久的……"

"把我们截住了,过不了节啦。"萨绍克忧郁地说。莫尔德瓦人颧骨凸出、没有胡须的黑脸,就像一块没有洗净的土豆,他生气地皱着眉头,不住地眨巴眼睛,埋怨说:

"坐在这里……一没面包,二没钱……人家多快活,可是我们呢……我们贪心太重,跟狗一样……"

奥西普目不转睛地凝视着河面,一面在考虑着什么别的事情,一面像在梦里似的说:

"这完全不是贪心,而是需要! 修三棱墩为的是什么? 为的是保护驳船不受流冰的破坏,就是这么回事。流冰横冲直闯,它会冲击到货船上去,——财产就完蛋了……"

"管它呢……这财产是我们的不成?"

"和傻瓜真没得可说……"

"早点儿修完就好了……"

老兵扮了一个吓人的鬼脸,喊道:

"嗐,你这个莫尔德瓦人!"

"鼓起来了,"奥西普重复说,"嗯……"

水手们在货船上嚷嚷着,而河上却笼罩着一股寒气和一种隐伏着祸事的沉寂。插在冰上的松枝标杆变了图样,一切都仿佛发生了变化,充满着紧张的期待。

年轻人里有人怯生生地低声问:

"奥西普大叔,怎么办呀?"

"什么?"他含糊地答应着。

"我们就在这里这样坐等?"

博耶夫带着鼻音,毫不掩饰地挖苦说:

"无赖们,这是上帝不许你们过圣节,懂不懂?"

老兵附和同伴的意见,他伸出那只拿着烟斗的手,向河上一指,暗笑地喃喃说:

"想进城?请走吧!流冰一到,不是淹死,就是抓到警察局去……还过节呢,想得倒美!……"

"这很对。"莫克说。

太阳隐藏起来,河面发暗,城市倒显得更清晰了。青年们用恼怒、忧愁的目光凝视着城市,一声不吭地发呆。

我感到苦闷、沉重,每逢你看到在你周围大家思想分歧,没有一个共同的愿望能把人们联结成一股顽强的整体力量时,总是会这样的。我真想离开他们,踏上冰层,只身而去。

奥西普像突然醒过来似的,站起身来,摘下帽子,朝城市画了个十字,很随便地、平静而有力地说道:

"起来,伙计们,愿上帝保佑……"

"进城去?"萨绍克惊喜地叫着,一跃而起。

老兵动也不动,深信不疑地说:

"我们会淹死的!"

"那么你留下好了。"

流　冰

奥西普对大家扫视了一眼,喊道:

"好啦,动身吧,快!"

大家站起来,聚成一堆。博耶夫一面整理着收藏在一个洞穴里的工具,一面埋怨说:

"人家叫走,我们就走!谁下的命令,谁可得负责……"

奥西普仿佛年轻了,坚强了:他那玫瑰色的面庞上,狡黠、温和的神色消失了,目光暗淡下来,看上去威严、干练;懒懒散散、歪歪斜斜的步伐也不见了,——走起路来,坚定而自信。

"每人捎上一块木板,横着拿,万一不幸有谁陷下去,木板两头架在冰上,是个支撑!有裂缝的地方跨过去……有绳子吗?小百姓,把水准仪递给我……准备好了吗?好吧,我打头,我后面是——谁最沉?对了,是你,老兵!然后,是莫克、莫尔德瓦人、博耶夫、米舒克、萨绍克,马克西梅奇①最轻,他殿后……摘下帽子来,向圣母祷告吧!瞧,太阳老爹迎接我们来了……"

灰白和淡褐色的乱蓬蓬的头一齐袒露出来,太阳透过薄薄的白云瞥了他们一眼,又隐藏起来,仿佛不愿唤起他们的希望似的。

"走!"奥西普用一种前所未有的语调严厉地说,"上帝保佑!看着我的脚步。不许支靠人家的背,互相拉开至少一俄丈,再远点儿更好!走吧,伙计们!"

奥西普把帽子掖在怀里,手持水准仪,小心而轻快地迈到冰上,脚步发出了嚓嚓的响声。他身后的岸上,随即传来了一阵拼命的呼喊:

"往哪儿—去?你们这群畜生,圣母啊……"

"走,别往后看!"领头的用洪亮的声音命令着。

"回—来—魔—鬼—们……"

"走,伙计们,心里要想着上帝!他不会邀请我们去过节的……"

吹起了警笛。老兵大声地发牢骚:

---

① 即作者的父名"马克西莫维奇"的快读。

"瞧你们这群英雄,真他妈的……没事找事儿!现在会给对岸警察局发去一份急电……就算我们不淹死,也会抓到分局去,拿我们去喂臭虫……我可担当不起……"

奥西普用振奋人心的声音,带领着身后的一群人,就像用绳子把他们系住了似的。

"眼睛放尖些,留神脚下!……"

我们逆着水流,斜插河面。我走在最后,清楚地看见身材矮小、衣着整齐的奥西普,头白得像小白兔似的,灵巧地在冰上滑行,两条腿仿佛连抬也不抬。六个幽暗的身影,就像被穿在一根无形的线上,拉成一串,摇摇摆摆地跟在他后面鱼贯而行。有时,他们的影子就并列在他们的身旁,落在脚下,铺在冰上。他们低垂着头,就像人们下山时怕踩空摔倒似的。

后面的呼喊声越来越密。显然,有一大帮人跑拢过来,已经分辨不出他们说的什么话,听到的只是一片不快的嘈杂声。

这种小心谨慎的行进,对我说来,逐渐变成了一宗机械乏味的差使。我走惯了快路。现在,我陷入了一种似梦非梦的心境,这时,内心仿佛变得空虚,你不再想到自身并超脱了自身,同时,你会把一切看得分外清晰,听得分外真切。脚下是被水浸透了的铅一样的青灰色冰块,它散发出的闪光令人目眩。有的地方,冰层断裂,隆起,被撞碎,变成小的冰块,一堆堆躺在那里,既像多孔的泡沫石,又像锋利的碎玻璃。蓝色的裂缝,冷笑着,在捕捉人们的双足。宽阔的鞋底啪嗒啪嗒地踏在冰上。博耶夫和老兵的嘟囔声,听起来叫人生厌,——他们俩一唱一和:

"我可不负责……"

"我当然也不……"

"只许一个人说了算,别人兴许比他聪明千倍……"

"我们哪能靠动脑筋过活?我们活着,靠的是喉咙……"

奥西普把短皮袄的下摆掖在腰带里,他那穿着灰色军服呢裤子的两条腿,就像弹簧似的,迈起步来既轻松,又灵快。他走路的样子,就仿佛总有一个只有他才能看到的人,在他前面打转转,阻止他走直路、抄近路,而奥西普与他斗争着,力图绕开他溜过去,他忽儿左,忽儿右,有时,又急转向后,在冰上画出环形和半弧形,一直像在跳舞。他唱歌似的不住声地喊着,这声音优美地与钟声交融在一起,听起来叫人特别愉快……

当我们快走到一块四百俄丈长的大冰块的中部时,上游响起了不祥的簌簌声,就在这一瞬间,一块冰在我脚下漂动起来,我晃了一下,没有站稳,摔得跪了下去,使我吃了一惊。当我往上游一瞧,一种恐惧感立刻卡住了我的咽喉,吓得我张口结舌,两眼发黑。铁青色的冰层活动起来,拱起了脊背,平滑的冰面上冒出了许多尖角,奇异的碎裂声在空中震响,就像有人踏着沉重的脚步,在打碎的玻璃上行走。

河水发出轻轻的哗哗声,在我身边流淌;树木像活人似的,东摇西摆,尖声嘶叫,大家呼喊着,聚向一堆。在这一片沉重和可怕的紊乱声中,掺杂着奥西普洪钟般的声音:

"散开……散开来——保持距离,上帝的孩子们!河神娘娘来啦,来—啦—!该快乐点儿,伙计们!瞧啊,来—啦—!"

他仿佛遭到黄蜂袭击似的跳跃着,手持那根一俄丈长的水准仪,恰似用长矛在自己周围左刺右扎,跟谁厮杀。城市战栗着,从他身旁漂过。我脚下的冰像磨牙似的咯吱作响,裂成碎片,水涌到我的脚上,我跳起来,懵懵懂懂地向奥西普扑去。

"往哪儿闯?"他挥动着水准仪,喊道,"站住,鬼东西!"

看上去,他简直不像奥西普了,——脸孔出奇地变得年轻了,一切为我熟知的东西从他身上消失了。蔚蓝的双眼变成了灰色的,个头仿佛长高了半俄尺。他直挺挺的身躯,像一根新铁钉,牢牢实实地把双足紧钉在冰上。他扬起头,张大嘴,呼喊着:

"不要慌乱,不许扎堆,不然,我砸碎你们的脑袋!"

他又冲着我挥动着水准仪。

"你往哪儿闯?"

"我们会淹死的。"我轻轻地说。

"去你的!住嘴……"

但是,他打量了我一下之后,随即又压低声音,更温和地补充道:

"傻瓜才会淹死,你会闯出去的……你爬得出去!"

接着,他猫着腰,仰起头,又扯开嗓子喊起来,说了一些令人振奋的话语。

冰层哗哗剥剥、嘎吱嘎吱地响着,不慌不忙地断裂着,慢慢地把我们从城边送过去。大地里似有一种苏醒过来的巨大力量,在把河岸抻长:我们身后的那一部分河岸,一动不动,而我们面对着的那一部分,却在悄悄地逆流而上,整个大地快要被撕裂开来了。

这种可怕的、缓慢的运动,使人失去了与大地相连的感觉,一切都在离开你,胸中闷得发痛,双足软弱无力。几朵红云在天上隐隐浮动,冰层的裂口在它们的映照下,也变得红红的,恰似正在鼓足劲儿,要赶过来把我吞掉。整个大地都已复活,在迎接着春天的诞生。大地舒展着身躯,高挺起毛茸茸湿漉漉的胸脯,把骨骼抻得嘎嘎作响,河流在大地的壮健肌体里,就像一根根脉管,充满了浓浓的、沸腾着的鲜血。

在万物这种自信而沉着的运动里,一种觉得自身渺小无力的委屈感,使我非常难受;令人恼恨的是在我的心中,却偏巧有一种大胆人的幻想在增长,燃烧:我真想伸出手来,威风凛凛地止住山冈、河岸,命令它们:

"停住,等我走上来再说!……"

低沉的铜钟在忧郁地叹息,但是,我岂能忘记,再过一个晚上,一个白昼,入夜以后,它们会愉快地轰鸣,宣告着复活节的来临。

能活到听见这钟声该多好!……

……七个幽暗的身影在我的眼里晃动着,在冰上跳跃着。他们挥动着木板,就像在空中划桨,而在他们前面,一个像奇迹创造者尼古拉①模样的小老头,泥鳅似的溜来溜去,他那庄严的声音不住地震响:

"留心!留心……"

河面不那么平整了,它那活动的脊背拱起来,在脚底下蜿蜒蠕动,使人想起《凤羽飞马》②里的那条鲸鱼。流动的河水不时从鳞片似的浮冰下溅泼出来,混浊冰凉的水,贪婪地舔着人们的双足。

人们像是走在横跨深壑的独木桥上。轻轻的、呼唤似的水流的溅击声,使人想起万丈深渊,想起身体将会无限漫长地坠向这阴冷、狭长的巨口中,在那里,双目会失明,心脏会停止跳动。我还想起了一些溺死的人,脑海里浮现出一个个黏滑的头颅,一张张凸出呆板眼睛的浮肿的面颊,一只只在发肿的手上叉开的指头,还有手掌上像湿布一样被泡软了的皮肤……

第一个掉进冰里去的是莫克·布德林。他走在莫尔德瓦人的前面,像往常一样默默无语,仿佛没有这个人在场似的。他走着,显得比谁都沉静;突然,像有人揪住他的脚猛地一拉,他不见了;冰上只露出他的头,和一双紧抓着木板的手。

"帮帮他!"奥西普高喊着,"不要都拥上去,一两个人帮帮就行了!"

莫克呼哧呼哧地喘着气,对莫尔德瓦人和我说:

"你们走开点儿,小伙子……我自己来……不要紧……"

他爬上冰来,一面抖落着身上的水珠,一面说:

"好家伙!看起来,真得留点儿神,不然,确实会淹死的……"

现在,他磕打着牙齿,用肥大的舌头舔着上唇上湿透的两撇胡子,特别像一条温顺的大狗。

我突然想起,一个月以前,他被斧子整个儿砍下了左手大拇指的

---

① 俄罗斯宗教传说里的人物。
② 俄国作家叶尔肖夫(1815—1869)根据民间传说编写的一篇童话诗。

一节,——他举着那砍下来的指甲发蓝的惨白指头,用不可思议的幽暗目光仔细地打量着,抱歉似的轻轻说道:

"这个小怪物,我把它伤了不知多少次,简直没数了!……它本来已经脱臼,不大好使……现在只好把它埋掉了……"

他细心地把砍下来的指头裹在刨花里,装进衣兜,这才去包扎受伤的手。

继他之后,博耶夫也洗了个澡。仿佛是他自己扎进冰里去的,但是,他随即发疯似的喊叫起来:

"啊!老爷儿们,我沉下去了,我快死了,兄弟们,救救我……"

他吓得浑身抽搐,费了老大的劲才把他拉出来;莫尔德瓦人在他身边张罗着,连头没入水中,也几乎被淹死。

"差点儿到魔鬼那里做晚祷去了。"他爬到冰上,难为情地微笑着说。现在,他显得更瘦小,颧骨也更高了。

过了不大一会儿,博耶夫又掉了下去,发出尖叫。

"不要叫,亚什卡①,你是属山羊的不成?"奥西普一面嚷着,一面用水准仪威胁他,"干吗要吓唬人?我真想给你一下!伙计们,把腰带解开来,把兜里的东西倒掉,这样会灵便些……"

每走十步,都会发现狰狞的大嘴,发出嘎嘎的响声,喷出混浊的唾沫,用发蓝的锋利牙齿,咬住人们的双足:似乎大河想要像蛇吃蛤蟆一般,把人们吞进肚里去。湿透了的鞋子和衣服,妨碍着跳跃,把你往下拉。大家都像被野兽舔了似的,浑身黏滑,举止笨拙,默默无语,恭顺地挪动着沉重而缓慢的脚步。

但是,奥西普对冰上的裂缝仿佛早就心中有数,他虽然也和大家一样,全身湿透,却能像兔子似的从这块冰上跳到那块冰上。每跳到另一块冰上时,他总是稍稍停留一下,一面仔细地观察,一面大声喊着:

---

① 博耶夫的爱称。

"喂,你们瞧,应当这样走!"

他与大河在做游戏。大河要捉住他,他虽说个儿小,却很会欺哄它,闪开它,绕过意外的陷阱,甚至使人感到,是他在驾驭着冰块流动,把又大又结实的冰块驱赶到我们脚下。

"喂!别泄气,上帝的孩子们!"

"奥西普大叔真行!"莫尔德瓦人轻声地赞叹着,"真是一条好汉!……实在是一条好汉……"

越靠近河岸,冰块变得越小,越碎,人们落水的次数也就越多。城市几乎已经整个儿从身旁漂过去了,我们很快就会被带入伏尔加河。那里,冰还没有移动,会把我们吸进去的!

"我们说不定会淹死的。"莫尔德瓦人低语着,朝左边望了望淡蓝色的暮霭。

突然,就像怜惜我们似的,一大块浮冰一头向河边撞去,它碎裂着,发出咔嚓咔嚓的响声,撞到岸上,终于止住了。

"快跑呀!"奥西普拼命地喊叫起来,"使劲儿跑呀!"

他跳上那块浮冰,滑了一下,摔倒了,坐在被河水溅泼着的冰块的边缘上,让大家从身旁跑过。五个人推推撞撞、你追我赶地跑上了岸。莫尔德瓦人和我停下来,想跑过去帮助奥西普。

"快跑,猪崽子们,快!"

他那发青的脸抽搐着,眼里的光辉消逝了,嘴张得很古怪。

"起来吧,大叔……"

他垂下了头。

"我的腿像是折断了……起不来……"

我们把他扶起来,搀着他走。他伸开两臂,勾住我们的脖子,牙齿磕打着,叨叨说:

"你们会淹死的,你们这两个鬼迷心窍的人……好吧,谢天谢地,上帝总算没忘记我们,老弟……留神——三个人怕经不住,小心点儿走!拣冰上没有盖着雪的地方走,那里更牢实些……你们还是丢下我吧……"

他眯缝着眼瞧了瞧我的脸,问道:

"你那个专记我们过错的小本本呢?想必泡透了吧?怎么,不见了?"

当我们从撞上岸来的巨冰上走下来时,还泡在水里的那部分冰块把一条平底船压成碎片,发出嘎嘎的响声,接着,晃荡几下,咔嚓一声,漂走了。

"你瞧!"莫尔德瓦人赞许地说,"真懂事!"

在岸上,我们被城郊小镇的居民们团团围住,一个个浑身湿透,冻得直打哆嗦,却很愉快。博耶夫和老兵与村民们对骂着,我们把奥西普放在几根木头上。他快乐地喊道:

"伙计们,那小本本可完蛋了,泡胀了……"

这账本就像一块砖头似的掖在我的怀里,我悄悄地掏了出来,把它远远地扔进河里,它扑通一声,像一只蛤蟆似的扎进发乌的水流。

佳特洛夫兄弟往山上飞奔而去,——到酒馆里打酒去了。他们一面跑,一面用拳头戏打着,喊叫着:

"哎哟哟!"

"你装蒜……"

一个长着圣徒胡子和小偷眼睛的高个儿老头,冲着我的耳朵深信不疑地说道:

"你们惊扰百姓的安宁,本该打你们这些该死的几个耳光……"

博耶夫一面整治鞋子,一面嚷道:

"我们哪点打扰你们啦?"

"教友们都快淹死了,"老兵也发出怨言,声音更嘶哑了,"你们都干了些什么?"

"我们有什么可干的?"

奥西普躺在地上,伸着腿,用颤抖的手摸着短皮袄低声抱怨道:

"哎呀,我的妈呀,弄得多湿……这皮袄坏得不行了……穿了还不到一年……"

他好像变得瘦小了,皱着眉头,躺在地上,身躯显得越来越抽缩,仿佛要融化似的。

突然,他欠起身来坐着,叹了一口气,恶狠狠地高声说:

"让魔鬼把你们这群傻瓜带到澡堂和教堂去吧!瞧你们,一群催命鬼!……你们倒是去呀……没有你们上帝过不了节……简直是找死……皮袄全给毁了,你们真是岂有此理!……"

大家穿上整治好的鞋子,拧干衣服,累得呼哧呼哧直喘,叹息着,和居民们对骂着。奥西普嚷得更上劲了:

"瞧你们出的好主意,该死的!非得上澡堂……瞧着吧,人家叫来警察,就会把澡堂指给你们看的……"

居民中有人殷勤地说:

"已经打发人叫警察去了……"

"你这是怎么搞的?"博耶夫对奥西普嚷了起来,"你干吗要装蒜?"

"我?"

"你!"

"等等!这是怎么回事?"

"是谁唆使人走的,啊?"

"是谁?"

"是你!"

"我?"

奥西普惊厥似的抽搐起来,用泄了劲的声调重复说:

"我吗?"

"这很对。"布德林平静而清晰地说道。

莫尔德瓦人伤心地低声作证:

"真的是你,奥西普大叔!……你忘了……"

"没错,这事是你挑的头。"老兵忧郁地但很有分量地喊道。

"他忘—了—！"博耶夫暴怒地嚷叫，"他怎么会忘！不，他这是要试一试，能不能把自己的罪过，像戴项圈似的套在别人的脖子上，我们知道这玩意儿！"

奥西普沉默了，他眯着眼，环顾着这群衣服潮湿的、半裸着的人……

然后，他奇怪地哼了一声，像是苦笑，又像是哭泣。他耸起双肩，两手摊开，喃喃地说起来。

"是啊，说得对……真的，是我的主意……真奇怪！"

"这就对了！"老兵得意扬扬地喊道。

奥西普望着那像煮小米粥一般沸腾的河水，皱着脸，愧悔地垂下双眼，继续说：

"照直说，这是一时糊涂……唉，我的爹呀！怎么没有淹死？简直闹不清楚……啊，主啊！……伙计们……你们别……别生气，看在过节的分上……原谅我吧！……我的脑子错乱了，不然怎么会……是的，是我唆使的……我真是个老糊涂……"

"是这样吗？"博耶夫说道，"如果我淹死了，你又会说什么呢？"

我觉得，奥西普为自己干了不必要的蠢事而大吃一惊，——他浑身像被舔了似的黏滑，使人想起那刚出生的牛犊。他坐在地上，摇着头，双手摸弄着身旁的沙土，用仿佛不是他自己的声调喃喃着，说着忏悔的话语，不向任何人瞧上一眼。

我望着他，心想，——那个发号施令的指挥官，那个身先士卒，关切、机智和威风凛凛地带领着人们前进的指挥官，现在到哪里去了呢？

一种不愉快的空虚感，袭入我的心灵，我坐近奥西普，就像想把什么东西保全下来似的，轻轻地对他说：

"够了……"

他斜视了我一眼，一面用指头把胡须梳理开来，一面也轻轻地对我说：

"看到了吗？你会明白的……"

接着,他重又高声地嚷给大家听:

"简直是瞎胡闹——对不对?"

……山顶上,矗立着一些像黑鬃毛一般的树木,远处是昏暗下来的天空。山面河而卧,恰似一头巨兽。薄暮时分的淡蓝色阴影出现了。阴影从屋顶后向外张望,——这些屋顶如溃疡般紧贴在这山的黑色皮肤上,阴影也从黏土质谷地的湿漉漉的黄色大嘴里往外窥望,——这巨嘴冲着河面宽宽地张开,使人觉得,它像是要伸向水流,足饮一通。

河上也昏暗下来。冰块的碎裂声和撞击声变得沉稳多了。有时,一块冰一头拱向岸边,就像猪嘴似的,起初一动不动,后来晃动几下,挣脱出来,继续漂去,另一块冰又懒洋洋地爬过来,占据了这个空位。

河水涨得很快。它溅泼着土地,冲刷着污泥,——污泥像浓烟似的,在暗蓝色的水中漂散开来。空中有一种奇异的声音,——咯吱咯吱,吧嗒吧嗒,恰似一头巨兽一面在贪婪地吞嚼着什么,一面用长长的舌头舔着大嘴。

从城市那边,飘来了柔美而忧伤的钟声,因相隔遥远而显得低沉了。

佳特洛夫兄弟,像两只欢快的小狗似的从山上跑下来,手里抓着酒瓶,一个身穿灰制服的警长和两个穿黑制服的警士,在河岸边走着,迎向他们。

"哎哟,上帝啊!"奥西普轻轻地抚摸着膝盖,低声呻吟着。居民们看到警察,往空旷处疏散开,渐渐安静下来,期待着。警长是个干瘪的人,长着一张小脸,蓄着两撇褐色的箭一般的口髭。他向我们走过来,用有点儿嘶哑的、矫揉造作的男低音,严厉地说道:

"你们,这群鬼东西……"

奥西普仰面倒在地上,急急忙忙地说:

"是我,大人,我是整个事情的罪魁祸首!看在过节的分上,饶了我吧,大人……"

"你这是怎么搞的,你这老鬼!"警长吼叫起来,但是,他的喊声,在可怜巴巴的柔言媚语的急流中消失了,湮没了。

"我们的家室都在此地,在城里,河那边我们无亲无故,连买面包的钱也没有,可是,大人,后天就是复活节,大家都想洗个澡,到教堂去做祈祷,因为我们是基督徒,于是,我就说:'走吧,伙计们,上帝会保佑的,我们又不是去做坏事。'为了这胆大妄为的举动,我受到了惩罚,您瞧,我的脚整个儿给毁了……"

"报应!"警长厉声嚷道,"如果你们淹死了,那又怎么办呢?"

奥西普深深地、疲惫不堪地叹了一口气:

"怎么会呢,大人?这不,什么事也没有,对不起得很……"

一个警士骂了起来,大家默默地留心听着,好像这个人不是在下流地骂娘,而是在发表大家必须知道和必须牢记的高论。

后来,他记下了我们的名字,就走了。我们一起喝完了烧酒,感到暖和起来,也有了精神,打算回家去。奥西普一面冷笑,一面目送着警察离去。突然,他轻快地站起身来,恭恭敬敬地画了个十字。

"一切都过去了,谢天谢地……"

"这么说来,"博耶夫又是惊讶,又是扫兴,用难听的鼻音嗡嗡着,"这么说来,脚是好好的?没有折断,是不是?"

"你想叫它折断不成?"

"啊,老滑头,你这个可怜的彼得鲁什卡①……"

"走吧,伙计们!"奥西普发出命令,把潮湿的帽子戴到头上。

……我和他落在大家后面,并肩而行。他同我说话,声音很低,很亲切,就像要告诉我一宗只有他一个人知道的秘密:

"无论做什么事,不管你怎么会兜圈子,没有狡猾,没有欺骗,是万万混不过去的,这就是生活,生活就是这个样子,弄虚作假才吃得开……不然,你要上山,鬼就会拉你的腿……"

---

① 俄罗斯民间戏剧里的丑角。

天黑了。灯火在黑暗中闪烁,有红的、黄的,仿佛在召唤:"到这儿来吧……"

我们迎着钟声向山上走去,溪水潺潺,在我们脚下蜿蜒着,奔腾而下。它们的喧闹声,淹没了奥西普和蔼的话语。

"我把警察给对付过去了!事情就应该这么办,要叫别人什么也弄不明白,然而,每个人都觉得,他似乎是整个钟表的主要发条,就得这样……要让每个人都想到,要做成一件事,就得有他这种精神……"

我听着他的话,却不甚了了。

而且,当时我的内心平静而轻快,也不想去弄个明白。我不知道,我是否喜欢奥西普,但是,我准备和他一起,走遍任何需要去的地方,哪怕是再一次踏上那从脚下滑走的流冰,渡过河去。

铜钟在鸣唱,我不禁高兴地想道:

"春天啊,我还要无数次地将你迎接!……"

奥西普叹息说:

"人的心灵是有翅膀的,会在梦中飞翔……"

有翅膀吗?真妙!……

刘伦振　译

古　宾*

……我第一次见到他是在一家小酒馆；他躲在一个烟雾弥漫的角落里，被餐桌挡住，正在声嘶力竭地喊叫：

"我了解你们的底细……本地的一切底细我全知道！"

他的面前站着五个威风凛凛的小市民，围成半个圆圈，他们用嘲弄人的腔调挑逗他，又显出不屑一顾的样子。一个人冷淡地说道：

"既然你把大伙都诬蔑到了，哪能不摸底呢……"

衣衫褴褛的古宾好像一只丧家狗：它闯进一条陌生的街道，被几只强悍的狗团团围住，它害怕它们，用后腿蹲下来，尾巴扫着地面，龇着牙，尖声号叫，嗐嗐狂吠，不知是想吓唬对方，还是希望讨好它们。那些狗见它软弱无力而且微不足道，对它也就无所谓了——它们懒得去惹气，但为了保持自己的尊严，还是冲着那只外来的狗的嘴脸，无聊地叫了几声：

"谁稀罕你呢？"

很久以前我就熟悉小酒馆里关于底细的争论了，这种争论往往会激化到残酷格斗的地步。我自己也不止一次被这些议论搅得稀里糊涂，像一个盲人置身于沼泽地的乱草丛中。可是，遇到古宾之前不久，我已模模糊糊地感到，所有这些弄到疯狂和流血地步的争执，无非说

---

* 本篇写于一九一二年十月，最初以《特写》为题发表于同年第十二期《同时代人》杂志。

明俄罗斯生活中存在着一种无穷无尽、了无意义的苦闷；这种俄罗斯生活已风靡许多荒僻的林区县城，温顺地植根在混浊河流的泥泞河岸上和一些被幸福遗忘的城镇里。看来似乎是，人们无所寻求，也不知道寻求什么，便干脆叫喊几声，以便排遣这种生活的寂寞。

小酒馆的窗户是敞开着的，但蓝灰色的烟雾并未消散，在人们的头上飘荡。灯火像浮在一潭死水上面的黄色睡莲。八月的夜色在窗外静悄悄地游动，无声无息。我仰望漆黑的夜空，凝视灿烂的繁星，心情沉郁，无精打采，不禁想道：

"难道这天空和繁星的存在，也是为着掩盖这种生活？掩盖这样的生活吗？"

有人说话，那声音自信而镇定，好像在宣读什么似的："如果库巴索夫的庄稼汉保不住自己的林子，明天它一定会从南面烧起来，这样一来，比尔金家的林子当然也会烧得精光……"

争论停止了片刻，不久它又把宁静吞噬了，可以听到一个人沮丧的话语：

"规章顶什么用？"

鲁莽、粗俗的话语彼此顶撞着，几乎把人的思想窒息。声音越来越高，越来越凶，在一片嘈杂声中，我不知为什么竟想起几行歪诗：

> 上帝赐人以清泉，
> 让人饮用和洗盥。
> 他偏偏玩起水来，
> 结果淹死在里边……

……后来，我独自坐在小酒馆的台阶上，望着广场对面大祭司家的几扇昏暗的小窗，窗后有几个黑影闪动，低音吉他弹奏着沉闷而忧伤的曲子，一个被激怒了的大嗓门不时发出喊叫：

"可是，对不起！也让我说说……"

另一个人快嘴利舌说个没完,话音散落在静寂中,像倒进了无底的口袋里:

"不,请等一等,不,请等一等……"

房屋被黑沉沉的夜色紧紧包裹着,显得低矮了,像一堆堆坟墓。屋顶上空黑黢黢的树影仿佛是一团团乌云。广场的深处,一盏灯孤零零地燃着,灯光悬在半空中,宛如一个静止的、透明的气球,又好似一朵蒲公英。

烦闷。百无聊赖。

倘若有人从暗处跑来,当头给你一棒,你会扑倒在地,甚至顾不上瞧一眼是谁打的。

仍然是那种想法纠缠着我,它像一条狗,忠实地跟随着我,形影不离——

"难道美好的大地是为这些人创造的吗?"

随着一阵啪嗒、轰隆的响声,从小酒馆的门里跑出一个人来,他沿着台阶跌跌撞撞从我身边闪过,跌倒在地,又很快爬起来,在黑暗中消逝了,只听见他用威胁的口吻说:

"我要把你们剥光……我要把你们撕个粉碎,有你们倒霉的时候!"

门里站着几个粗鲁的汉子,在彼此交谈:

"看样子,他这是吓唬人,要放火……"

"去他的吧,他敢放火……"

"多么可恶的坏蛋……"

……我背上背包,沿着两旁全是栅栏的街道走去,干枯的杂草老是绊着我的脚,生气似的簌簌响着。夜里是暖和的,用不着为宿夜破费,公墓近旁有几个可以睡得很舒服的地方,树林几乎一直延伸到围墙边,最前面是一排密集的小松树。那里的沙地上铺满一层干燥的枯黄的针叶。

一条长长的人影从黑暗中闪出,又急忙躲向一旁。

"是谁？谁？"在死一般的沉寂中，传出古宾沙哑的声音，声音里带着几分胆怯。

……他同我并肩行走，关切地问我从哪里来，来干什么，然后干脆就像对老朋友似的向我提出：

"到我那里去睡吧，在这里我是房主！我还能给你找个活儿干：正巧明天我缺个人手，给比尔金家淘井，你愿意吗？好，就这么定了！我啊，老弟，总是说干就干！就是在夜里，我也能把人看透……"

他的房子原来是个破旧的澡堂，只有一扇窗户，一面墙壁已向外凸出，像个驼背。那房子趴伏在峡谷的土坡上，恰好被河柳和接骨木树丛掩藏起来。

古宾也没点灯，就在澡堂里狗窝般狭窄的更衣间，伸开四肢躺在压得很实在的干草上，同时指点我：

"头朝门口冲外躺，不然，这里的气味太难闻……"

的确，有一股接骨木的烂果、肥皂水、煤渣和败叶散发的臭气，令人作呕……

黑黢黢的树林矗立在天际，一动也不动，遮住了奇妙的银河。奥卡河对岸，猫头鹰在啼鸣，那令人好奇的说话声，像豆粒一般不断向我撒来：

"你别以为我是被赶到这峡谷里来的，我同这里所有的人相比——还算数一数二的呢！……"

周围一片黑暗，我看不见主人的脸，但是，我记得在小酒馆昏黄的灯光照耀下古宾那光秃的头顶，啄木鸟般的长鼻子，长满浅棕色硬胡楂的青灰色面颊。硬髭下面是两片薄嘴唇，在那张如同用刀切开的嘴里，长着一口破碎的黑牙，样子显得很凶恶。两只尖尖的老鼠耳朵——大概是灵敏的吧。他没留长须，这使得他的面孔和整个体形很不相称，不过却使他非常显眼：一眼就能看出他不是庄稼人，也不是俗气的小市民，而是一个与众不同的人物。他瘦骨嶙峋，手和脚都是长长的，胳膊肘和膝盖骨尖棱棱的，整个人活像一根树枝条，叫人以为可以轻易把他扳弯,甚至还可以打个结子呢。

我没有专心听他说话,只是默默地仰望天空,那里繁星在移动着,彼此追逐着。

"睡着了吗?"

"没有……为什么你要把胡子剃光呢?"

"怎么啦?"

"你的脸要是留起胡子,看上去就更加顺眼了,也许……"

他嘿嘿一笑,高声嚷道:

"留胡子……嗨,你这个鬼东西!还留胡子呢!"

接着又严肃地说:

"彼得大帝和尼古拉·帕甫雷奇①总比你聪明点儿,所以他们规定——谁留胡子就割谁的鼻子,还要罚款一百卢布!听说过吗?"

"没有,没有听说过……"

"不过,这样一来,因为胡子的事,就出现了分裂教派②……"

他说话快,发音不清。话从他的嘴里出来,恰好撞到那些碎牙上,再冲出来,就变成了断断续续的不完整的句子了。

"大伙懂得:蓄起胡子,好过日子,撒谎也方便,藏在胡子下面好扯谎嘛。这就是说,大伙都剃光脸,说谎就难了!你稍微撒点儿谎,谁都看得见……"

"可是,女人们呢?"

"女人有啥?女人只对爷儿们撒谎,不对全城人,不对所有的人——全世界撒谎。女人家的事就像母鸡的事一样,不声不响地孵小鸡……她就是咯嗒咯嗒地撒几句谎,那又有什么妨碍呢?她不是神

---

① 沙皇彼得大帝于一七〇五年发布敕令,要求除神甫和助祭以外的各级官员和市民剃掉胡须,违者缴纳六十至一百卢布不等的罚金。尼古拉·帕甫雷奇即尼古拉一世,他在位期间并未发布此类敕令。这里古宾将两个沙皇混为一谈,显然是由于尼古拉一世时期强化了对教会分裂派(主张留须)的压制。
② 教会分裂派,又称旧教派,是俄国在一六五三年尼康宗教改革时期产生的一个教派。它反对尼康的宗教改革,只承认改革前的宗教仪式,其中包括主张留须。

甫,不是当官的,不是一城之主……她没有权势,又不颁布法令……重要的是:法令里面别撒谎……法令应当讲不折不扣的真话……我真讨厌周围那些无法无天的事情!"

更衣间的房门仿佛是朝一所教堂敞开着的:树木在黑暗中耸立着,像一根根圆柱。桦树的白色树干,如同银制的烛台,千万点灯火在它的顶端闪烁。透过黑色法衣的间隙,可以隐约看出那些圣像的暗蓝色的面儿。心里寂寞得可怕,真想站起来,迎着一切夜间的妖魔鬼怪向黑漆漆的空间走去,但是,急促的说话声打乱了我的注意力,使我留在原处。

"我的父亲是个自作聪明、脾气很大的人,所以城里人都不喜欢他。二十年来他不遗余力地竞选市议员,经常请客吃饭,到处游说,但终归没能克服人们的愚昧和固执,还没有达到预定的目的,他就离开了人世。大家怕他,因为他遇事都要寻根究底!他知道,法律要像钉子那样钉在人的内心深处……"

老鼠在地板下吱吱乱叫,从奥卡河对岸传来了猫头鹰的啼叫,一股烧焦的树脂味越来越浓烈:林子在燃烧。漆黑的天空不时迸发出红色的火星,光亮盖过了暗淡的繁星。

"他猝然间死了。我当时只有十七岁,刚从梁赞市立学校毕业。当然啰,父亲生前在世间积下的怨恨都冲着我发泄:人们说,我长得活像父亲!我却是孤单单的一个人!母亲患精神病,比父亲早两年死去了。叔叔是退伍军士,一个成天醉醺醺的酒鬼,也是个英雄:他参加过普列文战役①,在那里失去一只眼睛,左胳膊负伤,残废了。他得过十字勋章、奖章,可是他嘲弄我,叫我有学问的人!他说:学者!'基维尔西亚'是什么意思呀?我说,没有这个词,于是他就揪我的头发……真是个荒唐家伙?大伙也是拿什么有学问的人来羞辱我,那么粗野……在城里,我在所有的人面前装傻充愣,像个傻子……"

---

① 普列文,又名普列夫纳,现保加利亚北部一城市,一八七七至一八七八年俄土战争期间,俄土双方为争夺该城激战五个月。

回忆使得他欠起身来,坐在门槛上,看过去好像是蓝色方框中的一个黑点。他抽着烟斗,发出吱吱的响声。烟斗的火光照亮他那个滑稽的长鼻子,他急促地继续说:

"我二十岁结婚,娶的是一个孤女。她得了一场病,死了,没有生儿育女。我又打光棍了。孤苦无靠,举目无亲……就是这样!我活在世上,看着一切都不对劲儿……"

"什么不对劲儿?"

"所有一切!整个生活翻了一个个儿……愚昧,荒唐!连狗叫得都不是时候……我说,咱们来办一所工艺学校,让姑娘们学点儿什么手艺吧。他们却讥笑我,说是手艺人全是醉鬼,有的是!还说,姑娘们没有学问还常常不到时候就养孩子呢……我发起办一座火柴厂,头一年就给烧掉了……有什么办法呢?这时,我遇到一个女人,我围着她打转儿,就像云燕环绕钟楼盘旋,搅得我迷迷糊糊,就这样过了一个时期……仿佛自己不在本地!不知不觉就是三年,当我清醒过来才发现,我已是一个穷光蛋,我一切都落到了她那双雪白的手里!那时候我二十八岁,却成了一个穷光蛋。得啦,我不懊悔!我过的日子一般人很少经历过……拿去吧,都拿去吧!反正我父亲的万贯家私,我也拿它没办法,而她啊——她,原来是这样……唉!可能那个时候我还没有这样想,可是,今天所有的东西都失去之后才想到……她说:你什么也没有失掉。老弟,她真聪明,全城人都比不了她……"

"她是什么人?"

"一个商人的老婆。有一次,她敞开胸怀问道:'这身子值多少钱?'我说:'它是无价宝!'三年,一切都过去了,如同过眼云烟!当然,大伙讥笑我,背后指责我……得啦,我不听他们那一套……这里的人情世态我全知道,我看到的全不是那个样子,就憋不住要说话。我是不甘沉默的……除了心灵和舌头,我一无所有!为了这个大家嫌弃我,我被人当作傻瓜……"

"依你说,应当怎样生活呢?"

他很久没有说话,抽着烟斗。他的鼻头在暗处被烟火映照着,像一个红色的斑点。

"应当怎样生活,这事谁也说不清楚,"他轻声而缓慢地说道,"我想,我以为……"

我觉得,像他这样一个人,同大家格格不入,被人耻笑,在这城市里过的是一种谁也不屑一顾的生活,这种生活也威胁着我,烦恼的思绪揪住了我的心,使我不能入睡。

……在俄罗斯,失意的人比比皆是。这样的人我就遇到过不少,他们总是以磁石般的魔力吸引着我的注意力。比起城里那些只知干活吃饭的芸芸众生来,失意的人要有意思得多,好得多。凡是妨碍自己获得一块面包的事,凡是有碍于从邻近弱者手中夺取一块面包的事,那些人总是一概加以推却。他们或者阴郁而守旧,麻木不仁,眼光总是回顾往昔,或者假装和善,说起话来装腔作势,而且好像心情非常愉快,殊不知他们是一些内心冷漠、愚昧无知的人,他们以自己的残酷、贪婪以及对生活里一切事物的豺狼般的凶狠而令人惊诧不已。

他们身上有一种无法克服的冬天的气味:仿佛不论春夏,他们都在过着隆冬的日子,像冬天那样,屋子里挤得满满的,度着漫漫长夜,并且感到冬季的寒冷,因而必须把肚皮填得饱饱的。

在这一群饱食终日、无聊、可怕、习惯于冬天的人们中间,失意的人是一眼就能看出来的,因为他更善于思索,更活跃,有更加锐敏的眼光,他善于透过习以为常、司空见惯的事物看到它枯燥无味的一面,他心胸开阔,并且常常希望得到充实。在他身上有一种对于辽阔大自然的向往,他喜欢光明,而且自身似乎也在闪光……

是的,他在闪光,但往往是腐烂物质发出的骗人的光:仔细一瞧,你就会明白(心里会感到沮丧和悲怆),他原来是个懒汉、吹牛家、浅薄的人、懦夫,自尊使他变得盲目,嫉妒使他变成畸形,在他的言语和行动之间横着一条又宽又深的鸿沟,同习惯于冬天的人们相比,有过之而无不及。那些习惯于冬天的人虽然在地上蜗牛似的蠕动,然而毕竟是在爬动,而这些失意者却是在原地打转儿,像个不会生育的老处女对着镜子孤芳自赏……

我听着古宾讲话,想起一些同他相似的人。

"全部生活,我都看透了。"他嘟囔着,把头低垂在胸前,打起瞌睡来。

不知怎的,我忽然睡着了;仿佛觉得睡了几分钟。古宾拉拉我的脚,把我叫醒了。

"喂,起来吧,咱们该走啦……"

他那双灰色的眼睛在瞧我的脸;在这并不愉快的目光中似乎含有某种智慧,使我觉得惊奇。在那满布皱褶的面颊上,几丝红红的脉管透过久未刮过的胡须露了出来,他的鬓角也有条青筋绷起,那双没有汗毛的手好像是用生皮条拧成的。

我们沿着城里还在睡梦中的街道走去,头上是昏黄的天空,朝霞尚未消散,空气中有一种烂枝败叶的臭味,实在难闻。

"林子着火,这是第五天了,"古宾嘟囔着,"扑不灭……那些笨蛋!"

我们来到商人比尔金家的院里。他们家的住宅有些奇特:是一座带阁楼的平房,四周接连建起一堆各式各样的杂用房屋,临街有四个窗户。杂用房屋从四面八方紧靠着正宅,甚至高达房顶。所有的房子外观都很牢固、敦实,但又似乎准备越过院落和院门向街道、花园和菜园伸展出去。它们又像是在不同时间、不同地方悄悄地搬来,胡乱拼凑在一起的,周围用钉着长钉的高栅栏围了起来。窗户很小,上面镶着绿色的玻璃,羞怯而狐疑地面对阳光。临院的三面窗户装了粗大的铁栅栏。屋顶有几个盛水的消防木桶呆头呆脑地杵在那里,像几名守卫。

"你瞧什么?"古宾一面朝井口张望,一面低声说,"野兽住的房子,是啊……要是彻底改造一番就好了,让它尽量宽敞些,豁亮些,可他们总是往上加盖。"

他的嘴唇翕动着,仿佛在轻声诅咒,同时气呼呼地眯起两眼,打量着所有的房子,眼光像在点数似的,然后轻轻地说:"说起来,这房子还是我家的呢……"

"怎么是你家的?"

"本来是这样。"他皱起眉头,好像害了牙疼病似的回答,随后马上命令道:

"好了,我来抽水,你把水送到房顶上,倒在消防桶里。给你水桶,那是梯子。干吧!"

于是,他开始干起来,故意显得自己很有力气;我提起水桶,也开始向屋顶爬去。

消防桶干裂了,盛不住水,水流到院子里。古宾骂了起来:

"这些东家真够呛……舍不得小铜板,却丢掉了大洋钱……万一失火呢?混—混蛋……"

主人们到院里来了:肥胖、秃顶的彼得·比尔金,眼睛里布满密密的血丝,甚至把他那鼓出来的眼白也染红了;在他后面,伊奥纳影子似的跟着他,此人面色阴沉,棕色头发,两条眉毛耷拉着,一对混浊的眼睛发出呆滞的目光。

"啊,是尊贵的阁下,古宾先生吗?"彼得用一只肥胖的手掀了掀呢帽,细声细调地说。伊奥纳点点头,斜睨我一眼,用低沉的声音问道:

"这小伙子是谁?"

这两个胖子,孔雀般的端庄,在到处是水的院子里谨慎地迈着方步,生怕弄脏了擦得锃亮的皮鞋。彼得对自己的兄弟说:"看见了吧,水桶怎么都干裂了?这都怪你的亚基姆卡,——早就该揍他一顿……"

"我问你,这是谁家的小伙子?"伊奥纳厉声重复一遍。

"他爹妈的。"古宾心平气和地回答,也不瞧主人们一眼。

"你呀,咱们该走啦!他是谁,谁家的,还不是一个样。"彼得拖长音调,唱歌似的说道。

他们晃动着身子朝大门慢慢走去,古宾皱起眉头,朝他们的背影

望了一眼。在哥儿俩还未走出栅栏门之前,他就满不在乎地说:

"一对绵羊!……全靠后妈出主意过日子……要不是她,他们就完啦……他们的后妈……就别提多聪明啦……他们哥儿三个——彼得、阿列克谢、伊奥纳。阿列克谢在一次斗殴中被打死了,他是个漂亮小伙子,整天乐呵呵的……可这两个——简直是馋鬼……咱们这里全是些贪馋的家伙……难怪咱们的市徽上画着三个面包圈……好啦,开始吧,干吧,歇够啦!"

厨房的台阶上出现一个身材高大、体态丰满的年轻女人,身穿蓝裙子和背后开襟的粉红上衫:她手搭凉棚,遮住湛蓝的眼睛,向院子四周和房顶上望了望,胆怯地说:

"你好,亚科夫·彼得罗维奇……"

古宾张着嘴,用愉快的目光从上到下把她打量一番,客气地挥了挥手。

"早晨好,娜杰日达·伊凡诺芙娜!身体好吗?"

不知为什么,她的脸刷地变得通红,用双手遮住高大的乳房。她那圆圆的、柔和的、典型的俄罗斯式的面庞闪耀着羞涩的笑容。在这张面孔上没有任何值得怀念的特点。这是一张平淡无奇的面孔,仿佛造物主忘记了在上面铭记自己的愿望。她犹豫地笑了笑,好像不知道该不该笑似的。

"纳塔莉娅·瓦西里耶芙娜怎么样啊?"

"还是老样子。"那女人轻声答道。

后来,她晃动着身子,垂下眼帘,小心地从院里走过。当她从我的身旁走过时,我闻到她身上散出一股浆果味——酸果和黑醋栗的味道。

在晦暗的晨雾里,她走到一扇包铁皮的小门后面,不见了。过了一会儿,她又从那里走出,手里托着一个小筛子。她坐在门槛上,把筛子放在自己的膝头上,几只黄灿灿毛茸茸的雏鸡在里面蠕动,叽叽叫着。那女人用两只大巴掌把它们托起,贴在自己的面颊旁,触到红红

的唇边,拉起腔调说:

"我的……心爱的,哦……心爱的……"

在她的声音里,我似乎听出一种令人陶醉的意味。混浊的、微微发红的太阳露了出来,阳光穿过栅栏,把又长又尖的钉子晒得发热。从屋顶流下的水,形成一条涓涓细流,流到院子里,流在那女人的脚边。阳光在细流中沐浴着,闪烁着,仿佛想投到女人的膝头,射进小筛子里,照耀那些柔软的金黄色的雏鸡,同时也想让她用那只裸露到肩头的雪白手臂来爱抚自己。

"哦……哦,活泼的……小宝贝……"

古宾停下来,不再拉水桶,他举起双手抓住绳子,把身子悬空吊在绳上,连忙说道:

"嗳—嗳,娜杰日达·伊凡诺芙娜,你该有几个小孩,该有这么六个……小宝贝!……"

她没有回答,也不看他一眼。

太阳躲在闪着粼粼白光的河流彼岸的灰黄的烟云里,平静的、玉带般的水面上轻匀如绢的薄雾睡意蒙眬地缭绕浮动。蓝色的树林被窒息人的难闻的浓烟笼罩着,耸立在灰蒙蒙的天空。

静谧的城市米亚姆林躺在半圆形的树林的怀抱里,还在沉睡,树林像乌云一般,立在城市的身后,它拥抱着城市,挨近温顺的奥卡河,在水中映照出自己的身影,使清澈的河水显得暗淡而且无限的深邃。

尽管是清晨,却很郁闷。白天并未预示什么好兆头,这白昼的外貌是忧伤的,而且有些模糊。白昼还没有降世,就似乎已经显得疲惫了。

在比尔金那片大果园的看守小屋里,我挨着古宾躺在一堆压平的草堆上。果园分布在山坡上,苹果树、李树和梨树挂上了水银般浓重的露珠,从树梢望去,整个城市尽收眼底,我看到五颜六色的教堂,黄色的粉刷不久的监狱以及黄色的金库。

这些黄色的方形建筑物,好像犯人背上的方块标志,一条条晦暗

51

的街道,仿佛是褪色的、落满尘土的杂色破衣上的条条褶痕。在这个早晨想到的一些比喻也带着伤感的色彩;这可能是因为在我的心中对另一种生活的忧虑彻夜缠绕着我,难以排遣的缘故吧。

教堂是无法比拟的。有许许多多教堂,有些十分漂亮,当你向它们望去,整个城市就变成了另外一种样子,那轮廓看上去更舒服,更可爱。如果人们建造每一处房屋都像教堂一样,该多么好啊……

……其中有一座教堂,破旧而且低矮,它的平滑墙壁上的窗户是堵死的,这教堂叫"公爵教堂":里面安放着本城一对恩爱的公爵夫妇的遗骸;①据圣徒传②记载,他们一生都是在"心心相印与忠贞不渝的爱情中"度过的。

夜晚,我同古宾一起看见了彼得·比尔金那位身材高大、皮肤白皙的胆小的妻子,她经过果园朝澡堂走去,去同自己的情人、公爵教堂唱诗班的一个领班幽会。她沿着苹果树间的小径从下面向上爬过来,只穿一件内衫,赤着脚,宽宽的肩上披一件金黄色的东西——可能是短上衣或者是披肩吧。她走得不算急,非常谨慎,如同雨后穿过院子的猫,遇到潮湿的地方,总是嫌恶地把柔软的爪子抖动一下。大概那些碎枝干叶搔痒和刺痛这女人的脚板了吧,她的腿颤抖着,走起路来犹犹豫豫,迟疑不决。果园上空,在温暖的天空中,残月已低低垂下温顺的面孔,月亮虽然是亏缺的,但依然明亮。当那女人从树影里走出的时候,我能清楚地看见她脸上那两个黑点似的眼睛,半张开的圆圆的嘴,搭在胸前的粗辫子。在月色下,内衫仿佛是淡蓝色的,这女人通体都是透明的。她悄悄向前挪动着脚步,好像在空中滑行,当她走进树荫时,树荫也变得明亮了。

这时已近午夜,我们还没有睡,古宾兴致勃勃地对我讲城里的

---

① 大约指穆罗姆城的彼得公爵及其妻子费弗罗尼娅。他们死后被莫斯科大教堂尊封为"圣徒",按教会习俗,圣徒死后,其尸体经过防腐处理,置于教堂神龛中,供教徒顶礼膜拜。

② 圣徒传是俄罗斯盛行的一种特殊的宗教性文字,记录圣徒、苦行僧及虔诚教徒的德行事迹。

事——各家各户和各种人物的经历,当他看见那女人像浮云一般向上飘动的时候,竟滑稽地跳起来,坐在一捆麦草上,浑身颤抖,像是有人在用火炙烤他的身子,他开始急忙画起十字来:

"我主耶稣,主啊……这是怎么啦?这是什么啊?"

"轻点儿。"我说。

他晃动一下身子,用肩膀碰碰我。

"呸……简直像做梦……唉,主啊!……瞧,她的婆母,彼得鲁什卡①的后妈也是这样干的,也是在这个地方……瞧,完全是一路货色!……"

他蓦然无力地伏倒在地,大笑起来,然后又幸灾乐祸地小声笑着,抓住我的手,一面拽,一面上气不接下气地说:

"彼得鲁什卡现在睡了……晚上在巴扎诺夫家的相亲酒宴上,喝得醉醺醺的,现在睡了!伊奥纳找瓦丽卡·克洛奇哈那娘们去了——一去就是一宿,直到天亮……尽兴地玩吧,娜杰日达!嗯?"

我一面听他说话,一面望着那女人怎样去干自己的事:这真是梦幻般的奇妙,我似乎觉得,她用湛蓝的大眼睛左顾右盼,狂热地向一切夜间睡熟的和未睡的生物喃喃低语:

"我的心爱的……你是我……心爱的……"

但是,我身边那个笨拙的、神态失常的生物,却打着呼哨,低声说道:

"她是彼得鲁什卡的第三个老婆,从穆罗姆城娶来的,娘家也是商人。城里有个传闻,说是伊奥纳也占有了她,说她给哥儿俩当老婆,因此就不生孩子!有人还说,在圣三一节②那天,婆娘们看见她在果园里没皮没脸地同警察局局长厮混:她坐在他的大腿上,还哭呢。我不相信这个,因为警察局局长是个老头,连腿都迈不大动了……伊奥纳吗?……嗯,伊奥纳,不用说,是个畜生,可是他怕后妈……"

---

① 彼得的爱称。
② 复活节后的第五十天。

一个虫蛀的苹果从树上掉下,那女人停了一忽儿,更执拗地低下头,加快步子向前走去。古宾不停嘴地说着,越说声音里越不含恶意了,他好像在宣读什么编年史,自己也感到索然无味。

"你想想看,一个人炫耀自己有万贯家私,并且到处受到人们的尊敬,——这就是本城的公爵老爷彼得·比尔金啊!可是,鬼却在背后嘲笑他,你瞧瞧!"

他沉默了好一会儿,身子在奇怪的痉挛中蜷曲着,他唉声叹气,后来突然用一种异样的低声说道:

"十四五年前……不,还要早一点儿,她的婆母纳季金娜,也是这样去同情人幽会的……简直是匹马!……"

看到一个女人躲躲闪闪地走着,像是去偷窃别人的东西,真令人伤心,又仿佛觉得,肥胖的比尔金兄弟正贴着昏黑的地面从院子向菜园吃力地爬过来,那双红红的、毫不留情的手里还紧握着绳索和棍棒。我没有听古宾的絮叨,眼睛盯着女人从那里走出的仓库的墙壁和澡堂墙壁上的那个黑黢黢的窟窿,她已经躬身躲在里边了。古宾在睡意蒙眬中嘟囔完这样几句后,终于睡熟了:

"整个生活都是骗局……老婆骗男人,儿子骗老子……到处都是虚情假意……"

东方的天空是火红的颜色,时而明亮,时而昏暗;有时可以看到滚滚黑烟,火焰像烧红的尖刀刺进密实的厚布。树林高高耸立,密密层层,像一座山峦。火龙在山巅蜿蜒爬行,它振起红色的翅膀,呻吟着,被烟雾吞噬了。我似乎听到一种凶险、沸腾的破裂声和红与黑①激烈搏斗的嘈杂声,我似乎看到惊恐万状的白兔,身上沾满点点火星,在树根间乱窜;看到羽毛被烧燎的鸟儿,在树枝间扑打着,被烟雾呛得奄奄一息。红色的飞龙伸展开翅膀,越展越大,所向无敌,吞没了黑暗,毁灭了树脂丰富的树林。

---

① 指火与烟。

……从澡堂墙壁的窟窿里走出一个白色的身影,匆匆在林间闪过,另一个人紧跟在人影的后面,用清晰的低声嘱咐道:

"别忘记!一定送来啊!"

"好吧……"

"瘸女人早晨去,听见了吗?"

　　女人消逝不见了,后来那个人也不慌不忙地穿过果园,向上走去,他吃力地抓住木板,翻身越过栅栏。

　　睡不着觉。我躺在那里看树林在燃烧,一直到天亮。疲惫的月亮从天空中沉落下去。在公爵教堂的十字架的上空,绿宝石般的金星①闪烁着冷光:既然公爵同夫人在"忠贞不渝的爱情中"度过一生,这星星当然要在这儿闪烁。她为了他,他也为了她,永生永世……

　　露水给树林洗去了夜的昏暗,在露珠滋润中微微泛白的绿叶丛里,粉红色的茴香苹果露出笑靥,芬芳的安东诺夫卡苹果金光闪闪。几只红头的金翅雀迎面飞来。枯黄的树叶纷纷向地面飘落,很像那些小鸟,有时候真会看错,不知是树叶还是金翅雀,从面前一掠而过。

　　古宾喘一声粗气,便醒来了,他用弯曲的手指揉了揉浮肿的眼睛,四肢着地趴在那里,一副睡眼惺忪的样子,他爬出守园人的小棚,像狗似的嗅嗅空气,可笑地翕动着尖鼻子。他站起身来,摇了摇苹果树的一个大树枝,熟透的果子就掉落下来,沿着干燥的地面滚动着,躲进草丛里。他捡起三个苹果,仔细看了看,把那嘴碎牙扎进一个鲜嫩的苹果里,一边喳喳地嚼着,一边几脚把掉在跟前的苹果踢开。

"你为什么白白地糟蹋苹果?"

"没睡觉吗?"他转身问我,把甜瓜般的脑袋点了点,"用不着怜惜这些苹果,多得很呢……这些果树是我父亲栽的……"

　　他用一只眼向我眨了眨,目光锐利而愉快。他一面快活地嘿嘿发笑,一面嘟囔着:

---

① 俄语 Венера,有"金星"和"维娜斯"(爱神)两个意思。这里,作者显然是运用这个词的双重意思。

"娜坚卡,嗯?娜杰日达·伊凡诺芙娜——真鬼呀!我要叫他们高兴高兴,我……"

"为什么呢?"

他皱起眉头,用教训的口吻说:

"我啊,老弟,总是爱护别人……要是我见到他们中有谁干坏事或者骗人,我总要揭穿它,彻底揭穿!应当教人们清清白白地过日子,这些下贱货……"

太阳从云层里升起来,它的面孔阴沉而忧伤,像一个虚弱的婴孩的小脸,似乎,它觉得于心有愧,因为它在轻柔的乌云上和森林起火冒出的烟雾里躺得太久,没有来得及照耀大地。果园里洒满和煦的阳光,满园都是熟透的苹果,散发出浓郁、醉人的芳香。到处是一派秋色。

一团团浓密的青灰和雪白的云雾,紧跟太阳腾空而起,蓬松的云峰雾嶂倒映在宁静的奥卡河的水面,在那里创造出另一个天空,也是那样的深邃和柔和。

"走吧!马卡尔!"古宾命令道。

……我站在三俄丈多深的深井里,齐腰陷进冰凉的稀泥中,朽木腐烂的气息和另一些难闻的臭味真叫人受不了。我用水桶舀起污泥,倒进大桶里,待它装满后喊道:

"好啦!"

大桶摇摇晃晃冲撞我,好像不愿意上去。稀泥从桶里流出来,溅在我的头上和肩上,水滴滴答答往下漏。黑乎乎的圆桶底挡住了朝霞辉映的天空和那些隐约可见的繁星,明知太阳已经出来却看得见星星,真叫人又惊又喜。

我一直在仰望,脖子都快折断了,脊骨生疼,后脑勺像铅块般往下坠,但我总想看看这些白昼的星星,眼睛一直不能离开它们:这些星星把整个天空装点得焕然一新,不知为什么,我好像清楚地知道,太阳在天上并不孤独。

我本想思索一件大事，但是，一种模糊的、萦绕在心头的忧虑却不让我这样做：眼看比尔金兄弟快要睡醒，到院子里来，古宾就会把娜杰日达的事告诉他们。

上面传来古宾的说话声，声音含混不清，好像受潮膨胀了似的。

"……又是一只老鼠……财主们——哈哈！这口井有十年没淘过了……还吃这里的水，见鬼！下边小心点……"

滑车咯吱咯吱地响着，大桶朝我的头顶放下来，撞击着木架，发出沉重的咚咚声，污泥又溅在我的肩上和脸上。最好叫比尔金兄弟亲自来干干这种活儿……

"换换吧！"

"就这么一会儿？"

"冷啊，受不了啦……"

"好吧！——"古宾冲着那匹老马吆喝，马一使劲，大桶随即吊起，我也坐在桶沿向上升起，回到井口，地面上非常明亮、暖和，真是换了个样子，令人感到从未体验过的愉快。

现在古宾在井下。他的谩骂声，污泥的溅落声，大桶和吊链刺耳的碰击声，随着一股腐烂的臭味从那黑暗而潮湿的井口冒了出来。

"守财—奴……你瞧这里，又是一个什么东西，不知是条狗，还是个娃娃，什么玩意儿……这些该死的家伙。"

桶里又出现一顶泡涨了的帽子，古宾火冒三丈。

"最好是淘出个私生子，好去报警察局，让他们那些相好的去吃官司……"

那头满身大汗的花马，眼睛里全是白翳，不断抖动着光秃秃的耳朵来驱散绿苍蝇。它像一个求神拜佛的老太婆，步履蹒跚地在井口到大门之间走来走去，把沉重的大桶牵引上来。一走到大门口，它总是喘口粗气，把那颗瘦骨嶙峋的头低下来。

院里，遍地都是被踩得实实的枯黄的草丛，院子一角的门，吱呀一声打开了。娜杰日达·比尔金娜从门里走出来，手里拿一串钥匙，她后面跟着一个胖得像个圆桶似的婆娘,一个傲慢地向上噘起厚唇、长着一绺黑胡子的老太婆。她们朝地窖走去,比尔金娜神态慵懒地走着,她只穿一条短裙,一件滑到肩头的长衫,光脚跋着一双便鞋。

"瞪大眼睛瞧什么?"那婆娘朝我大喝一声,凶狠地瞪着那双暗淡、混浊,像是瞎了的眼睛,这双眼睛藏在那张红润的面颊里,长得全然不是地方。

"这是婆母。"我想。

在地窖门旁,比尔金娜把钥匙交给老太婆,然后整了整从圆润的肩头滑脱的长衫,她那丰满的乳房微微颤动,不慌不忙地朝我走来,说道:

"得把门槛掀起来,好让污泥流到大街上去。满院子淌得都是水。一股怪味道……一只大老鼠,这不可能吧?哦,我的天,多少脏东西!……"

她的面容显得疲惫,眼窝周围出现了黑圈,眼睛干瘪无神,像是彻夜未眠。天气倒还凉爽,可是她的鬓角却汗涔涔地闪光。她的肩膀显得沉重,软绵绵的,像是没有烤熟的面包,它不过稍微烤了烤,上面刚结了一层红红的薄皮。

"把栅栏门打开!过一会儿……一个讨饭的瘸腿老太婆就要来这里……叫我一声……我叫娜杰日达·伊凡诺芙娜,听见了吗?"

从井下传来说话声:

"谁在说话?"

"女主人……"

"娜杰日达,啊哈!我想跟她说句话呢……"

"他喊什么?"那女人问道,使劲扬起乌黑的、淡淡描过的眉毛,想朝木架探过身去,而我却出乎自己意料地说:

"他看见你夜晚去……"

"什么?"

她挺直身子,脸刷地涨红到耳根,急忙把两只胖手捂住胸部,发黑的眼睛瞪得圆圆的,猝然在惶乱中连忙低语了几声,脸色变得苍白,并且奇怪地瑟缩着,慢慢坐到地上,像一块发酵过度的酸面团。

"他看见什么了,我的天?不……我的小兄弟,瘸女人来了,别放她进来!你就说:没有必要,我不能,办不到。我给你一个卢布……我的天呐!"

从井下传来古宾的叫喊声,声音更加洪亮,火气也更大了,然而我只听到那女人上气不接下气的低语,我看到,她那圆胖、粉红的脸仿佛消瘦了,变成了青灰色,发暗的嘴唇颤动着,连说话都困难,眼睛里凝聚着难堪而可怜的恐惧神色。

可是,她突然把肩膀稍稍耸起,整理一下衣服,眨眨眼睛,像是要驱散恐惧似的,然后清晰地轻声说道:

"什么也不用了……随它去吧……"

她摆动着身躯,迈开碎步走去,两只脚如同被绳子拴住似的,走起路来像一个瞎子,默默的,脚步轻得要命。

"拉绳子!"古宾大声吼道。

当我把他拉上地面时,他已浑身湿透,脸色冻得发青,在院里蹦跳着,挥动着双手,骂不绝口。

"这是怎么回事?我喊了又喊……"

"我告诉娜杰日达,说你看见了她。"

他气急败坏地跳到我的面前。

"谁让你告诉她的?"

"我说,你做梦梦见她仿佛从果园到澡堂去过……"

"什么?这是怎么回事?"

古宾满身污泥,光着脚,困惑不解地瞧着我,他那噴怪的面孔显得可笑而且愚蠢。

"你瞧着办吧,你如果告诉她男人,我也这么说,就说这一切都是你做梦梦见的……"

"为什么呢?"古宾茫然若失地喊道,但是,突然又冷静下来,脸上堆起笑容，低声问道：

"她给了多少钱？"

我于是向他解释说，我可怜那女人，担心兄弟俩会把她打成残废，不应该出卖她。古宾起初不相信我的话，但后来想了一会儿，说道：

"说真话挣钱比骗人挣钱要好，你这种想法是不对的。你把我的计划给搅乱了，小伙子……他们雇我来淘井，我的要价是把他们的家底统统掏一掏……这才叫我心满意足呢！"

他又开始发火了，为了暖和暖和身子，他绕着木架来回跑动，嘴里不住地嘟囔：

"你怎么能干涉别人的事？难道你是本地人？"

这一天天气非常干燥而且炎热，然而天空昏昏沉沉，好像被一层夏季飞扬的极厚的尘土遮住了，太阳如同一个没有光芒的红球，可以像赏月似的对着它不眨眼地直视。

"我给你找到工作，使你得到有活干的乐趣，可是你对我……"

大门外，一匹马肚子起伏着，疲惫地奔过来，不一会儿来到比尔金家门口，一个人声音沙哑地喊道：

"喂！林子起火了！"

窗户啪的一声打开了，院子里也立刻变得纷乱起来，人们莫名其妙地奔忙着：嘴上长黑髭的老婆子从厨房摇摇晃晃地走出来，她后面是头发蓬乱、还没有来得及穿好衣服的伊奥纳，彼得那红红的秃脑袋也从窗户里探出来。

"快套马，我的天哪！"他用哭泣的声音喊道。

古宾把膘肥的枣红马牵到院里。伊奥纳推来了轻便四轮马车，娜杰日达从台阶上对他说：

"你先去把衣服穿好……"

老婆子把大门打开了，一个身穿红长衫的小个子男人牵着一匹满身大汗的马，一瘸一拐地走进院里，用快活的声调说：

"从两个地方起的火，一处在伐树场，一处在坟地……"

大伙把他围拢来,又惊讶又叹息,惟独古宾熟练迅速地套着马,对谁也不看一眼,只是声音含混不清地对我说:

"终于临头了……不幸的人……"

大门口走进了一个女乞丐,贼头贼脑地眯着眼睛,拉长音调说:

"耶稣保佑……"

"去吧,去吧!"娜杰日达惊惶地挥着手喊道,脸色变得苍白,"这里出事了,林子起火了……改日再来吧!"

彼得站在窗口,身子把整个窗口都塞满了,忽然,他摆动着身子,离开窗口,向屋子紧里面退去,消逝不见了,在他原来的地方却出现一个女人,她带着轻蔑的口吻说:

"怎么,上帝惩罚了吧?笨蛋,一群懒汉……"

在她那鬓角的花白头发上,扎着一块绸头巾,绸子在阳光下闪闪发亮,看上去,她的脑袋像是用生铁铸成的。在她那冷峻的、如同烟熏的脸上,有一双我从未见过的没有瞳仁的蓝眼睛,好似两个斑点在闪闪发光。

"我不是给你们说过,伐林子时坟地旁留出的空地要宽一些吗,笨蛋……"

这女人又小又尖的鼻子上端,有一条很深的皱纹,一双浓眉从皱纹一直长到银白的两鬓。院里非常安静,只有那匹马用蹄子踏着泥地,从窗口不停地传出闷声闷气的、近似男人的声音,在毫不客气地责骂。

"她就是那位婆母吧!"我心里想。

古宾套好马,用长辈的口吻对伊奥纳说:

"快去把衣服穿好,呆子……"

当比尔金兄弟驱车离开院子时,那个骑马报信的人也翻身骑上汗涔涔的马,跟在他们身后奔驰而去。那女人也不见了,空无一人的窗户似乎比原来更加黑暗。古宾赤着脚啪嗒啪嗒地走过水洼,关上大门,然后向我瞥了一眼,说道:

"好吧,开始吧……没有关系!"

"亚科夫!"屋里人声音低沉地喊了一声。

他挺直身子,像个士兵似的。

"到这里来……"

古宾踏出清脆的脚步声向台阶走去。娜杰日达站在最上一级台阶,她扭身背开他,闷闷不乐地皱起眉头。然后,她微微点头招呼我过去。

"亚科夫说什么了?"

"骂了我一通。"

"为什么?"

"因为我对你说了……"

她深深叹了口气。

"唉,捣蛋的家伙……他想干什么呢?"

她委屈地噘起嘴,那圆胖而平淡无奇的面庞变得有些孩子气了。

"呵,主啊……这些人想干什么呢?"

天空中深灰色的乌云扩散开来,预示着将有一场无尽无休的秋雨。在最靠近台阶的那扇窗口,如小河淙淙流水似的传出来婆母的声音,听不清她说的话,只是听到那声音好像大纺锤似的嗡嗡作响。

"这是我婆婆,"娜杰日达悄声说道,"她在训他! 她可疼我哪……"

我没有听她讲。窗后的谈话声使我惊讶,话声平静,响亮,并且对自己的话非常自信:

"你啊,算了吧,算了……你这是没事干,才专管正经人的闲事……"

我向窗口走去,娜杰日达却不安地说:

"你到哪里去? 你不应该去听……"

从窗口传来这样一席话:

"你闹事反对大伙,是由于穷极无聊,闷得慌,你就想出恶作剧来捉弄人,好像是效忠于上帝,好像是热爱真理,其实,你不过是魔鬼的走卒罢了……"

娜杰日达拽住我的袖口,想拉我离开窗下,我对她说:

"我要知道他说些什么……"

她冷冷一笑,对我瞥了一眼,又恳切地絮絮低语道:

"我向她忏悔过了,'好妈妈,'我说,'我要倒霉了!''哦,你这傻瓜。'她一面说,一面揪着我的辫子扯了两下,事情就过去了:她是怜爱我的!我跟别人玩玩她是无所谓的。为家产着想,她需要一个孩子,一个小孙子,继承人……"

古宾在屋里嚷叫着:

"如果这种罪孽触犯法律,那……"

一阵缓慢、有力的说话声,压过了他的喊叫:

"并不是到处都是罪孽,亚科夫·彼得罗维奇,有时候不过是人长大了,觉得法律把他束缚得太紧了。本来大家就不应该你攻我、我攻你嘛。咱们有啥可怕的呢?大家在上帝面前一样都是傻瓜……"

她说得有点干巴巴的,或者可以说无精打采,非常缓慢,但很明白,古宾有时虽然咕噜几句,他的话却压不住她那有板有眼的话语。

"告人家,这并不是一件了不起的本事,亚科夫·彼得罗维奇,我的老爷,告人家,这种事总是容易做到的!不过,你还是让人家无拘无束地生活吧,要知道在罪孽里也往往会有好处呢。读读圣徒言行录就知道:上帝的圣徒都是历尽罪孽才达到圣界的,然而,总是达到了嘛!这一点要记住。救世主不是容忍自己的犹太人吗?他也选了个犹太女人做耶稣的母亲呀,再说,基督教的先知和使徒全都是犹太人,就是这样嘛!可是我们却要急忙去告发,去惩罚……"

"你毁掉了我的生活,纳塔莉娅·瓦西里耶芙娜,"古宾说,"我一碰见你,就回想起……"

"没有必要去回想……"

"我总是看不清自己,也感觉不出自己有什么价值……"

"过去的事就过去了,在劫难逃……"

"我可是因为你弄得心神不宁……"

娜杰日达捅一下我的臂膀,用幸灾乐祸的口吻愉快地悄悄说:

"怪不得大家说他做过她的情夫呢,这话看来不假!"

但她立即醒悟过来,慌忙用手掌捂住嘴,佯装没事似的说道:

"哦,上帝……我是怎么啦?你不要相信……大家都说她的坏话,可她是个顶聪明的女人……"

"既然干了坏事,抱怨也没用,"那女人平静地说,话声又从窗口传出,"给什么你就拿什么,若是拿不住,就是说你没有力量挑起这副重担。"

"我把一切都花在你身上了,你把我剥得精光……"

"你失去的正是我得到的,亚科夫·彼得罗维奇,生活里永远不会失掉什么,只不过倒倒手,从无能之辈的手里转到能人的手中罢了。一块骨头总要让狗啃个精光,这才是用得得当。"

"你瞧,我竟成了一块骨头!……"

"怎么能呢?你还是人嘛……"

"这有什么用呢?"

"用处是有的,就是不一定全都用得上,亚科夫·彼得罗维奇,我的老爷!好吧,给你点儿钱拿去散散心,你就走吧……可别管那女人的事,她的事不该说你就别说,说也无用……那件事只是你做梦见到的……"

"唉!"古宾沮丧地叫了一声,"噢,好吧!你胜利了……我不希望,也不想使你悲伤……可是,反正一样……"

"什么反正一样?"

"到了阴间,你这顶聪明的心灵也是一样……"

"亚科夫·彼得罗维奇,我愿今世同你体面地度过一生,而到阴间,但愿咱们也能合得来……"

"好吧……再见吧!"

窗口里寂静无声了。后来那女人痛苦地叹息一声。

"哦,上帝啊……"

娜杰日达像猫似的轻巧地跳上台阶,我来不及走开了。古宾从门口走出时,恰好看见我正离开窗口。他腮帮子气得鼓鼓的,棕色的头发竖立着,满脸通红,像刚刚打过架似的,猛然凶狠地高声大叫起来:

"你——你干什么?你这长腿鬼……我讨厌你,不想跟你一块儿干活儿了……滚吧!"

窗口又露出一张黝黑的面孔,长着两只蓝色的大眼睛。主人用严厉的声音问道:

"怎么还在嚷嚷?"

"我本来不愿意……"

"你到街上去骂,这里不行!"

"对!"娜杰日达跺着脚,生气地大叫,"这是怎么回事,这些人……"

厨娘手里拿着炉叉跑出来,威风凛凛地同娜杰日达站在一起,喊道:

"你们瞧瞧,爷儿们不在家会闹成个啥样子!"

我准备离开的时候,端详了一番女主人的面孔:她眼睛的蓝色瞳仁大得出奇,几乎盖住了眼白,周围只剩下一道淡蓝色的细圆圈。这对奇怪的、可怕的眼睛一动也不动,仿佛是已经失明,要从眼眶里眦裂出来似的,那女人好像喉咙里卡住了什么东西,喘不上气来,她的喉部向前凸露出来,如同鸟的嗉子。头上的丝巾像金属一样闪闪发光,我不禁又想到:"真是个铁脑袋……"

古宾坐下来,火气消了些,懒洋洋地与厨娘对骂,并不看我一眼。

"再见吧,女主人。"我从窗前走过时说道。

那女人略微等了一会儿,才和蔼地向我打招呼:

"再见,朋友,再见……"

她点了点头,那脑袋像一个经过长久敲打而变得光滑的铁锤。

鲁 民 译

尼卢什卡*

　　布耶夫城①到处都是木头房子，它蜷缩在奥别里哈河畔的山麓，曾多次被大火烧过。这里的房屋都装有涂抹成各种颜色的窗板，它们一幢紧挨一幢，杂乱无章地环绕在教堂和森严的官衙附近。街道挣脱一堆堆污黑的房屋，懒洋洋地向四面八方爬去，那些向两旁伸出的一条条活像袖筒的狭窄胡同，有的一头撞向菜园的篱笆，有的迎面碰到仓库的板墙。当你从山上俯视全城时，就觉得仿佛有个巫师用魔棍把它搅了一通，里面所有的建筑物全都乱了套，那怪样子委实叫人发笑。

　　只有一条粮市大街，吃力地背负着大多是德国移民商人的石头房子，从河边爬上山去，笔直地、威严地劈开一堆堆密密麻麻的木头建筑和绿荫如盖的公园区，把教堂推到一旁，随即穿过教堂广场，依然是笔直地伸向只生杂草、不长庄稼的荒野，直插米哈伊尔-阿尔汉格尔斯克修道院松林。修道院隐藏在一片高耸天际的栗色古松的墙垣后面，几乎难以看见，只有在晴朗的日子里，透过苍翠的针叶，才望得到它那金色的十字架在闪闪发光，像神话里永远沉寂的森林中的那只金鸟。

　　沿着粮市大街通往荒野的方向，走过十来幢房屋，向左拐，能望到一条山谷。山谷里自上而下地点缀着一些小屋，它们只开着一两个窗

---

* 本篇最初以《托尔马奇哈村》为题发表于一九一三年四月十四日《俄罗斯言论报》。作品揭示沙俄时代令人窒息的社会现实，通过安季帕为呆傻的尼卢什卡制造"圣徒"名声的情节，抨击甘受压迫、碌碌无为的小市民生活。
① 指下诺夫戈罗德省的瓦西里苏尔斯克城，位于伏尔加和苏拉河右岸。

子,矮矮地蹲伏在地面上,这就是托尔马奇哈村。这些小屋是赫赫有名的地主托尔马切夫的仆役们修造的。托尔马切夫在农奴自由法令颁布前十三年就解放了自己的农奴,为此,他饱尝了沙皇尼古拉·巴甫洛维奇迫害之苦,于是忍辱含垢地出了家,在修道院里缄口不言,苦度了十个寒暑,无声无息地死去了。香客和游方僧从未见过他,因为这是最高当局所禁止的。

五十年前,当托尔马奇哈村人给自己建好家园,被定为小市民之后,便一直住在这十九间小屋里。这些房子一次也没有失过火,虽然在这个期间,除了粮市大街以外,全城的各个地方都多多少少被火烧过,——这城里无论在哪里掘开地层,到处都是绝不了迹的炭灰。

上面提到的那个山谷,像树枝似的,有许多分枝;托尔马奇哈村就坐落在这山谷一条分支的边缘和斜坡处,窗户朝向张大的谷口;从谷口望去,可以看到奥别里哈河那边的潮湿草原和沼泽地里的云杉林,殷红的太阳就从那里落下去过夜。

一条深沟把整个荒野分割得十分难看,它从西面绕过城市,巧妙地侵蚀着砂质的黏土,每年春天吞食着越来越多的土地,将泥沙抛入奥别里哈河,阻塞着水流,把混浊的河水越来越远地引入草原,使辽阔的草原渐渐变成了沼泽。这条深沟名叫大沟壑,陡峭的两岸长满浓密的河柳、爆竹柳、杂草,盛夏时节,这里凉爽而潮润,于是便成了城里和郊外穷苦人谈情说爱和纵饮恶斗的场所,而有钱人家却往这里倾倒垃圾以及猫、狗、马的尸体。

沟底,"宪兵"泉欢奔着,发出甜美的音响。这晶莹冷冽的泉水,是布耶夫全城驰名的,即便是酷热的夏日,啜饮一口这样的清泉,也会冰得牙齿打战,托尔马奇哈村人为有这样一眼清泉而自豪,认为喝了它能去病消灾,延年益寿,——村里有的人竟已算不清自己的高龄了。村里的男子汉多以打鱼、狩猎、捕鸟、偷窃为生。惟有戈里科夫是一个例外,他害了痨病,瘦得只剩一把骨头,外号叫"贮藏室",是个鞋匠,除开他,村里再没有一个手艺人。女人们冬天为齐姆梅利磨房缝补麻袋,撕麻絮,夏天到修道院松林拾蘑菇,去别的林子采野果,去河那边摘酸蔓果。还有两个有名的算卦女人,两个十拿九稳的巧嘴媒婆。城里人自然认为这些乡巴佬男的全是小偷,女的全是娼妓。他们竭力排挤这个村子,想方设法要拔掉它。不过,他们对村里人总有几分害怕,怕他们放火,偷东西,甚至杀人。托尔马奇哈村人也瞧不起城里人,说他们爱财如命,心肠冷酷,贪得无厌,但对他们那殷实可靠的生活,却又羡慕之至。

村里人很穷,连叫花子也不愿屈驾前往——除非喝得晕头转向。

那些瘦弱的狗,不知靠吃什么活命;它们夹着沾满苍耳的尾巴,耷拉着失血的舌头,贼头贼脑地从这个院子窜到那个院子;一见到人,不是撒腿向山谷里逃跑,就是驯顺卑恭地伏在地上,等待着难以幸免的辱骂或踢打。

从每一条隙缝里,从每一间房子里,从颜色杂乱的玻璃窗上,从用树皮板修理过的长满绿苔的屋顶上,处处都无情地透露出俄罗斯式的贫困,——这情景实在叫人沮丧。

托尔马奇哈村人的院子里,长着赤杨、接骨木和各种杂草。疯长的苍耳从壁板墙里伸到街上,往往绊住过路人的脚,挂住他们的衣裙;木板栅栏下,浓密的荨麻一棵紧挨一棵,也常常狡狯地把孩子们刺得生痛。孩子们一个个骨瘦如柴,饥肠辘辘,却很爱生气,动不动就打架,哭起来没完没了。他们人数不多,——几乎每年春天都要闹一场白喉;就像成年人得伤寒一样,猩红热和麻疹在这里也很流行。

在村里,从生活的一切声息中,最常听到的是啼哭和粗野的谩骂,然而一般说来,这里的生活是安静的,只是显得有点凄凉,连猫儿叫春也压低了嗓门儿,似乎十分抑郁。

只有费莉察塔一个人唱歌,但那是在她喝醉酒的时候。这是一个任性、狡黠的媒婆,她唱起歌来闭住眼睛,弯着脖子,嗓音特别沉厚,但显得有点嘶哑、粗犷,而且那调门儿也似乎绷得紧了点儿。

女人们总是忙个不停,像患了癔病似的喋喋不休;她们整日价提着衣裙,走街串巷,相互间借讨一撮盐、一舀面、一勺油。她们一面骂着、喊着、打着孩子,把干瘪的奶头塞进婴儿的嘴里,一面跑跑颠颠,转来转去,不停歇地经营着这惨淡的生活。她们的衣着全都又脏又破,面颊松弛,皮包骨的脸上闪着小偷似的、神情不安的眼睛。如果哪个女人发了福,那必定是得了病,——眼睛暗淡无光,走起路来步履艰难。但是,四十岁以下的女人在冬天几乎都要怀孕,春天便腆着个大肚子出来晒太阳,眼睛周围显出身体亏虚的蓝圈,不过这并不妨碍她们像没有身孕时那样紧张而拼命地操劳。她们好比是针和线,总想用这一针一线的力量去忙碌而固执地缀补一块朽烂的破布,而这破布总是绽开、裂破。

我的房东安季帕·沃洛戈诺夫被认为是村里首屈一指的人物,他是个小老头儿,以买卖"偶得之财"和典押为业。

他多年来患风湿症,两膝打弯,手指肿屈得握不成拳,经常把手拢在袖筒里,看起来似乎并不需要它们,当他偶尔伸出手来时,总是怕折断似的,显得分外小心。

他心平气和,从不发火。

"我不能这样,"他说,"我的心发胀,会炸开来的!"在他那像吉尔吉斯人一样颧骨高耸的冷漠的脸上,留下几道暗红的刀痕,那一直垂到下巴的直线似的灰色、褐色和黄色的头发,不知为什么有点儿潮润;那略略歪斜、变化无常的眼睛总是眯缝着,眼眶上印着从浓密的杂色眉毛上落下的阴影,太阳穴上的几根青筋,掩蔽在稀疏的头发下面,在猛烈地跳动。他的整个外貌,给人一种斑驳杂陈、难以捉摸的印象。

他走起路来慢得惹人生气,他自行设计的那套怪装,更助长了这慢条斯理的步态。这套服装是东正教僧侣的袈裟、民间女子的无袖连衣裙和腰部带褶的男子外衣拼凑而成的大杂烩,它的下摆障碍了他的行走,于是,每一停步,他就得用双足抖弄调治一番,所以,下摆的底边早已磨损、破烂了。

"忙什么,"他解释说,"到时候总归来得及走进自己的坟墓的!"

他说话讲究辞藻,很喜欢用宗教语言,一句话说完,往往稍事停顿,仿佛是在心里给句尾加上一个又大、又重、又黑的句点。他和一切人攀谈,而且总是滔滔不绝,显然是竭力想更牢固地为自己赢得一个智慧老人的名声。

沃洛戈诺夫的小屋,临街开着三个窗子,屋里用壁板隔成一大一小的两个单间,他自己住着装有俄罗斯大火炉的大间,我住小间。隔着穿堂有一间贮藏室,它那包着白铁皮的门上,下着一把古式的沉甸甸的大锁。安季帕在这里存放着左邻右舍的典当物,如茶炊、圣像、冬衣之类。这贮藏室镌有花纹的大钥匙,他总是挂在呢裤后背的皮带上,当警察来查看他是否窝藏有被窃的赃物时,他便慢吞吞地用他那双有病的手,把钥匙从后背挪到肚子上来,又慢吞吞地解下它,庄重地说:

"我从不收不干不净的东西。大人,我记得,对我这句有些人听起来感到扫兴的真话,您曾不止一次地表示满意……"

当沃洛戈诺夫往椅子上坐下去时,只要钥匙碰到椅背或椅面,他总是吃力地把一只手弯向后背,摸摸那钥匙是不是松了扣。我透过壁板,听得见这老头的每一声叹息,感觉得到他的每一个举动。

傍晚,暗淡的太阳向河那边,向那云杉林里像愤怒的鬃毛似的针叶丛中落下去;以枝叶蓬松的谷口为前景的远方,泛出一层淡紫色的暮霭。这时,沃洛戈诺夫坐在窗旁桌边圆圆的茶炊前,——茶炊已有多处碰瘪,它的管壁、龙头、把手,都蒙上了一层厚厚的铜锈。

在黄昏的沉寂中,不时可以听见他的问话声,这声音是那样威严,那样自信,仿佛他准能得到确切的回答。

"达里卡,到哪儿去?"

"到泉上取水去呀。"一个尖细的声音唱歌似的悲戚地回答着。

"姐姐怎么样了?"

"更痛苦了……"

"好啦,走吧……"

老头儿轻轻地咳着,清了清嗓门儿,然后用颤抖的假嗓音唱道:

> 甜蜜的利箭
> 刺伤了我的心房,
> 爱情的火焰
> 烧透了我的胸膛……

茶炊咝咝作响,呼噜噜地沸腾着,从街上传来沉重的脚步声,一个人阴郁地说:

"他以为,他既然是城里人,就必定聪明……"

"这些人太傲慢了……"

"用他那整个的脑浆给我擦靴子都不够……"

脚步声去远了,老头儿的假嗓音又回旋起来:

"'穷人们怨声载道……',米尼卡,站住!到这儿来,我给糖。你爹怎么啦,喝醉了?"

"醒过来啦,不久前刚喝完一道白菜汤。"

"他现在在干什么?"

"坐在桌旁想事儿哪……"

"打你妈了吧?"

"还没有。"

"那么,你妈在干什么?"

"躲起来了……"

"好啦,去吧,快走……"

费莉察塔不声不响地出现在窗外。她四十上下,冷峭而快活的眼睛里,迸发出凶恶的目光,漂亮的小嘴上,两片嘴唇儿油亮亮的,还隐隐约约地挂着一丝微笑。她在村里出名,还因为她有个带点儿傻气的儿子——尼卢什卡。她通晓各种仪式,边哭边诉超度阵亡士兵的亡魂,是她的拿手好戏,——这也未始不是她出名的原因之一。她的一条腿被打断过,走起路来向左侧歪得厉害。

女人们都说,在费莉察塔的脉管里流动着"贵族的血",——也许,这就是她对待一切人表面和蔼实际冷漠的缘故吧。不过,除此之外,她身上还有某种特别的东西:手掌窄狭,手指纤细,头部的姿态很庄重,声音里也往往听得出一种金属般铮铮作响的腔调,虽则像生了锈似的不那么明快。她谈到一切,也包括谈到自己时,是如此粗鲁、露骨,不过,却给人一种直率的感觉,以至你听她讲话时虽说不怎么痛快,但还不能断言她言词肮脏。

有一次,我听到沃洛戈诺夫责备她不会生活:

"能稍稍忍耐点儿就好了,唉,说不定会当上贵族太太的!一位惟我独尊的太太……"

"老伙计,我当过太太,"她回答说,"我知道这是什么滋味!多少勇士冲着我的肚子点头哈腰!我见得多啦……你还不知道,他们那没羞没臊的目光,火辣辣的,差点儿没刺瞎我的眼睛!要是他们亲我,就得把我整个儿亲够!女人多咱都能当太太,——上帝赐给她一个身子,要做的事儿只是把衣服脱光。不,老伙计,自由自在一个人再好不过了!我在这人世间,就像是一坛酒,只要里面还有什么可喝的,谁想喝,那就请吧……"

"得啦,瞧你说得多不要脸。"沃洛戈诺夫叹息说。

她笑了起来。

"快来看啊,多么清白的男人!"

安季帕跟她说话时,总是压低嗓门儿,格外谨慎,她却粗声粗调,而且多少带点儿挑衅的味道。

"进来喝杯茶吧。"他把头探出窗口,邀请她。

"不想喝。喂,你的事儿,我也了解那么一点儿……"

"别大喊大叫的!什么事儿?"

"反正我已经了解到……"

"我有什么好了解的……"

"全打听出来了!"

"惟有上帝全知全能,他是一切的造物主。"

他们絮叨了好一阵子,后来,费莉察塔就像她出现时那样,又不声不响地隐去了。老头儿一动不动地久久呆坐着,终于沉重地叹了口气,埋怨说:

"噢,噢!蛇毒灌进了夏娃的耳朵……上帝啊,饶恕我吧,饶恕我吧……"

但是,在这些话里,听不出内心的悲哀。我总觉得,这老头儿热衷的不是这些话的意义,而只是因为它们别具一格,——不那么俗套、土气罢了。

有时,他用又脏又破、不足十五俄寸的俄尺①敲着壁板,招呼我:

"房客!一块儿来喝杯茶,好不好?"

在刚相识的那几天里,他对我的疑心很重,显然以为我是个暗探,后来,他才开始用带着嘲弄意味的好奇心打量我。他总是教训我:

"你读过《失去的腐化的乐园》②吗?"

"应当是《失而复还的……》。"

他不以为然地摆动着杂色的胡须。

"乐园是亚当失去的,因为他被夏娃腐化了,上帝不可能将它复还的。谁还配回到乐园里去呢?谁也不配!"

跟他争论是没有用的:他一声不吭地听完你反对的意见后,从来不想回驳,还是一个劲儿用同样的语调和同样的字句重复自己的话:

---

① 一俄尺应为十六俄寸。
② 英国诗人弥尔顿(1608—1674)的两部长诗《失乐园》(1667)和《复乐园》(1671)的俄译本当时曾以合集形式出版,译本名为《失而复还的乐园》。由于俄文里 Возвращенный(复还的)与Развращенный(腐化的)在拼法上相似,安季帕把这两个词弄混了,书名也就误读为《失去的腐化的乐园》了。

"乐园是亚当失去的,因为他被夏娃腐化了……"

他最喜欢向我谈论女人:

"你既然是个年轻人,这不干不净的东西就总会横亘在你的面前,因为'人类已沦为折磨人的罪恶性爱的奴隶',这就是说,已沦为女人的奴隶。全部历史业已证明,女人是我们生活中一切事业的首要障碍。要而言之,她使你不得安宁:'蛇牙扎进了你的身子,这蛇牙充满着毒汁。'——蛇就是肉体的情欲。昔日希腊人被蛇诱惑,甚至毁掉了一整座一整座城池:特洛伊[①]、卡尔塔格纳、埃及。拿破仑进攻俄罗斯,是出于对亚历山大·巴甫洛维奇[②]那位妹子的情爱。信奉穆罕默德的诸民族,还有犹太人,他们自古以来就深明此理,索性禁止女人抛头露面,把她们深锁在后院里。而我们这里呢,放荡得成何体统!我们拉着娘们的手溜溜达达,甚至还准许她们从医,干拔牙这等正经事儿,本来充其量也只该让她们做个接生婆。女人的职责是生儿育女,所以对女人而言,最不体面的名声莫过于:'这媳妇不能生养!'"

在大火炉旁,在糊着《政府公报》和棕黄色稿纸的龌龊的墙上,一座不大的双摆锤挂钟的摆轮,在滴答滴答地摆动:一个摆锤上吊一个小槌和一块马蹄形铁片,另一个摆锤上吊一个铜杵。屋子的一角,贴有许多圣像,描金绘银的光轮,在这些神灵们黑黑的圆脸上泛出幽光,那沉甸甸的大火炉的炉门,似在郁闷地望着粮市大街葱茏的花园,望着山谷对面明丽的山野;而在沃洛戈诺夫的小屋里,一切都是灰蒙蒙的,空气中还弥漫着干蘑菇、烟草叶和大麻油的混浊气味。

他拿着一把磨损得很厉害的羹匙,轻轻地搅了搅焖得浓浓的茶

[①] 这里援引的是《伊利亚特》的故事。相传阿格琉斯的父母举行婚礼时,没有邀请不和女神厄里斯,她蓄意报复,便偷偷地在席间扔下一个"不和的苹果",上写"赠给最美丽的女子"。结果,三位女神争相夺取这个苹果,以证明自己最美。为此,引起了一场战争——特洛伊战争。至于接着提到的卡尔塔格纳,则是一个杜撰的地名,埃及跟特洛伊战争风马牛不相及,而且也不是城池。此处是讽刺安季帕·沃洛戈诺夫的故作博学。

[②] 即亚历山大一世,一八〇一至一八二五年的俄国沙皇。

水,然后一边闻着羹匙,一边叹息说:

"我经历过各种各样的生活,我深明事理,该留心听听我的话,——所有的人都听我的话。有这么一句箴言:'达维多夫家里遭到了一场火灾,惟有心术不正者才葬身火海。'"

他的话就像一块块砖头,在我周围垒起了一圈沉重阴森的高墙,寒气逼人,——这是用荒诞无稽的事件和无法了解的悲剧垒起的高墙,而且越垒越高。

"波卢科诺夫,也就是米特里·叶尔莫拉耶夫,他曾做过一任市长,为什么他过早地死去了呢?因为他存有非分之想:他打发大少爷亚什卡去喀山,说是去求学,可转年夏天,他却带回一位鬈发的犹太女郎,说什么'没有她我不能活呀,我整个心灵和全部力量都在她身上呀!'真有他的!从那时起,这一家就开始倒霉了:亚什卡酗酒作乐,犹太女郎哭天抹泪。米特里慌了手脚,满城乱转,逢人便说:'你们瞧,兄弟们,我弄到这步田地了!'虽然那犹太女郎打胎打得不对劲儿,流血过多,死了,但这一家的元气再也恢复不了啦:亚什卡不可救药,终于变成了酒鬼,他父亲呢,也成了'早死的阴魂'。生活给毁了,原因就在那'带来灾星的犹太人'。不过,犹太人也有自己的命运;命运之神用棍子是赶不走的。我们的命运之神是慵懒的,它慢吞吞地、慢吞吞地行走,赶过它可不行!"

他的眼睛总是在改变颜色:有时是灰暗的,倦怠的;有时是蓝色的,哀伤的;更常见到的是绿色的闪光,显出冷漠的幸灾乐祸的神情。

"卡普斯京一家原来是很殷实的,现在也七零八落,不值一提了。他们总想变变,按新方式调弄调弄,还添了架大钢琴。这一家只有瓦连京还站得住脚跟,不过,别看他是位医生,却是个不可救药的酒鬼。他全身浮肿,声音嘶哑,一对虾眼儿往外翻,真叫人害怕,——还不满四十呢!就这样,卡普斯京一家也是'气数已尽'!"

他说话时带着不可动摇的信念,认为生活中那些乌七八糟的荒唐现象,都有其必然的法则,过去如此,现在亦复如此!

"奥西穆欣一家也不例外。千万别跟德国人拉拉扯扯,千万别去兴办那些毫无意义的企业!那不是,——他们胡思乱想,要盖一座啤酒厂。我们这里哪一个女人不会酿啤酒,何况我们的人不喝这玩意儿,早已习惯了喝葡萄酒,他们恨不得一下子就心满意足:一杯伏特加下肚,那奇效比五茶缸啤酒还来劲儿……我们这里的人一切都喜欢简简单单。人生来是盲目的,可是突然——他看透了什么!这就叫变化!伊利亚·穆罗梅茨①静坐了三十三年,等到了好时光,他才走开!不过,有些人不善于在逆境中等待……"

窗外,白天鹅一般的浮云,在殷红的天空中向远处飞翔;山谷伏卧在大地上,恰似神话里一位巨人从宽阔的肩膀上抖落下来的熊皮大衣,这巨人大概已经离开,向草原和森林那边跑去了。我周围的许多东西,也像是一篇古老而可怕的神话,尤其是这个安季帕·沃洛戈诺夫,他对人生失意的事儿知道得太多了,而且对此津津乐道。

他沉默了片刻,呷上两片噘嘴唇,从紧握在指头叉开的右手中的茶碟里,呼呼作响地啜了几口红褐色的酽茶,然后,舔了舔潮湿的胡子,用平稳的语调重又开始了自己有节奏的话语,像是在诵读圣诗。

"你看到粮市大街阿谢耶夫老头的店铺了吗?他有十个儿子,六个还没长大就死去了。老大爱读书,歌也唱得不错,只是很乖僻。他服役时当勤务兵,在塔什干刺死自己的长官和长官太太后,自杀了。据说,他跟长官太太私通,后来她甩了他,又跟爷儿们睡觉去了。格里戈里在彼得堡念过大学,结果变成了疯子。阿列克谢也在部队上混事儿,当骑兵,现在进了马戏班,大概也是个酒鬼。最小的一个叫尼古拉,年轻的时候就从家中出走,不知东南西北地瞎闯了一通,最后来到挪威地界,在冰冷的海上捕鱼。他中邪了,忘记了我们家乡有的是鱼,多得很!就在这个时候,他老爹立下遗嘱,把全部家产捐给了修道院,——到冰冷的海上捕你的鱼去吧!"

---

① 俄罗斯民间传说里的英雄人物。

他压低声音,像一条恶狗似的嘟囔着。

"我也有儿子。一个死在库什卡战役①中,——我有阵亡证书;一个喝得烂醉时淹死了,还有三个幼年夭亡。两个活着的,我只知道一个在斯摩棱斯克的一家旅馆里当看门人,另一个名叫梅连季伊,出家进了教门,上过宗教学校,还瞎跑了一些地方,后来就杳无音信了,想必是叫人打发到西伯利亚去了。一准是这样。俄国人是轻飘飘的,——如果不把他从头顶穿根钉子钉死在一个地方,他必定会由着风儿吹赶,像鸡毛一样乱飞。我们大家都是信仰杂乱、心神不定的人。有人说我是鱼鹰,而实实在在,我只是个没头脑的人,年轻时不知天高地厚,不善于等待。"

老头的话,像阴冷的秋天从阴沟里流出的污水。他摇动着灰白的胡须,侃侃而谈,我渐渐觉得,他正是这沼泽遍布、沟壑纵横、贫瘠不毛和与世隔绝的偏僻角落里凶恶的巫师和主宰。就是他,故意跟人过不去,把城市塞进了这黏土质的谷地,把房屋乱搅一通,聚成几堆,把街道弄得凌乱不堪,就是他,冷漠地制作出这叫人不可理解的粗暴、凶残和令人窒息的生活;就是他,用互不相干和骇人听闻的胡说八道灌满人们的脑袋,用对生活的恐惧感使他们心灵枯槁;就是他,在历时六个月的漫长冬季,把暴虐的大风雪从荒野驱入城市,使房屋瑟缩,使木头冻得噼噼啪啪绽裂,刺骨的严寒还没命地袭击着小鸟;就是他,在盛夏时节几乎每晚都降下可怕的火灾,大火吞没了一大片一大片的房屋。

他沉默着,翕动着牙床,抖动着胡须,眼里迸发出刺人的蓝光,而那颤颤的弯曲手指,则酷似一条条蠕动的蛆虫。

此时此刻,他的外貌也酷似一个凶恶的巫师。

有一次我问他:

"您叫人等待什么呀?"

他久久地拉扯着胡须,眯着眼仔细地瞅着我身后的什么东西,终

---

① 一八八五年三月发生于土库曼南部木耳加巴河的支流库什卡河上的俄国与阿富汗的冲突。

于轻声但有力地回答说：

"说不定有朝一日会走来一位游方僧人，向世界宣告醒世箴言。谁知道他什么时候来呢？谁也不会知道。谁能明白他那创奇迹的箴言呢？谁也不会明白……"

尼卢什卡那好看的披着金黄色鬈发的小脑袋瓜儿，从我的窗旁浮过，它一跳一跳的，仿佛是大地本身在温情地把它摇动。这孩子很像从旧教堂侧门上描下来的古色古香的天使，脸蛋儿被蜡烛和油灯的烟霭熏得黑黑的，淡蓝的眼睛里闪耀着一种超凡入圣的冷冷的微笑。他穿着长及膝盖的粉红大褂，一双黢黑黢黑的小脚丫儿，布满裂口，但那纤细的小腿肚儿，却像女人的皮肤那般清秀、白皙，而且还蒙上一层金色的毫毛。

尼卢什卡用一只脚跳跃着，微笑地挥动着双手，那大褂儿宽宽的袖子和下摆在空中飘舞，恰似环抱着他的一团温柔的云。他结结巴巴地嘟囔着，用童音唱着歌儿：

　　上帝啊，饶恕我！
　　狼儿跑过，
　　狗儿跑过，
　　猎人等着，
　　把狼等着！……
　　　上帝啊，饶恕我！

他唱着，全身焕发出一种异常欢乐的和煦的光亮，他是这样柔顺，这样舒畅，心地又是这样纯洁，很容易激发起人们善良的微笑，温存的情感。当他在街上出现时——村子里的生活使人顿生安适之感，连整个村庄也似乎更好看了。人们看着这傻孩子时，比对自己的儿女更和蔼，就是对那些最恶毒的人说来，他似乎也是亲切的、可爱的。他纤柔、清秀的身影在黄尘弥漫的空中掠过时,说不定人们都不约而同地联想到教堂、天使、上帝、乐园。大家都用同一种目光看待他,一个个若有所思的,有点儿探究的味道,也有点儿惊悸的情调。

但是,每当他看到碎玻璃碴儿故弄玄虚的闪烁或在太阳映照下的铜器锋芒毕露的光华,他便立刻止下步来,脸上的皮肤随即透出一层死灰色,微笑消失了,变得混浊起来的眼睛不自然地往外翻,顿时显出了一副傻相。——他弓着身子,呆然凝视着,干瘦的小手儿急促地画着十字,脚微微战栗,大褂儿在他那柔细、孱弱的身躯上,恰似水面上微风拂动的涟漪。一种难以言状的恐惧感使他圆圆的脸蛋僵死了。他可以这样半死不活地伫立一个多小时,直到有人把他领回家去。

据说,他一生下来就"半痴半呆",而完全变成疯子则是由于五年前的一次大火灾。从那时起,除开太阳,一切像火的东西都会引起尼卢什卡一种油然而生的恐惧感,使他发呆。村里人常常议论他:

"别看是个小傻瓜,死后兴许会成为圣徒,大家都得敬仰他,朝拜他……"

但有时也有人残酷地捉弄他:他正用童音哼着歌儿,一蹦一跳地跑过来,一个想拿他开心的人便从窗里或板墙缝里向他喊道:

"尼卢什卡,着火啦!"

天使般的小傻瓜顿时就像被齐脚砍了一刀,俯身栽倒下去。他浑身抽搐,用一向很脏的手抱住头,在地上打滚,滚进板墙或房屋的暗角里,裸露的身躯上沾满了污尘。

吓唬他的那个人嬉笑着,遗憾地感叹说:

"啊哟,上帝啊……这小子真是傻到家了!"

有人问:

"你为什么要吓唬他?"

"好玩儿呗!他的感觉太反常了。人嘛,谁不喜好开个玩笑。"

深明事理的安季帕·沃洛戈诺夫深刻地解释道:

"也有人吓唬过基督,基督也被追逐过。这是为了考验诚心和毅力。人们必须而且应当懂得:什么是当务之急,什么不是当务之急。人世间的许多罪孽和痛苦,都是因为错把将来当现在,匆匆忙忙,生怕来不及,其实应当承受考验,安心等待。"

他对尼卢什卡十分关心,常常跟他谈话。

"祷告上帝吧,"他说话时,一只手的弯曲的手指指着天,另一只手拉扯着自己蓬乱、斑驳的胡须。

尼卢什卡一面怯生生地瞧着老头暗黑的指头,一面把大拇指、食指和中指撮在一起,在前额、两肩和肚子上戳点着,用轻细和哀怨的声音唱道:

"愿天上的父带领……"①

"带领我们!……"②

"愿天上的父带领我们升上天堂……"③

"唔,这就好了,上帝会明白的,他对有点儿傻的人特别亲近。"

尼卢什卡对一切圆形的东西都感兴趣,特别喜欢摸儿童的头顶:他从后面悄悄地走近他们,带着安谧而明朗的微笑,把自己瘦骨棱棱的纤细的手指放到随便哪个儿童剃得溜光的头上。

孩子们受不了这种"抚爱",他们害怕他的手指,拔腿就跑。当他们停在远处后,便逗弄开了这个小傻瓜,向他吐舌头,揪鼻子:

"尼卡尼卡④,是个酒瓶;没有后脑,脑瓜不灵!"

他不怕他们,他们不打他,只是有时向他扔过一只破鞋、一块木头,而且并不瞄准,不想打中他。

圆的东西,如玩具上的小轮子、过家家的小碟儿,虽然也引起他的注意,但他最喜欢的是球,他抚摸它,珍爱它。球体显然使他感到很激动。他在手里急速地旋转着一个球,探察着球面,喃喃着:

"那么,别的呢?"

---

① ② ③ 出自《新约·马太福音》第六章,但有改动。原经文是:"我们在天上的父……愿你的旨意行在地上,如同行在天上。"
④ 孩子们对尼卢什卡的戏称。

"你是想弄明白,——什么是别的吧?"安季帕迷惑不解地说着,把小傻瓜拉到自己身边,盘问道:

"你要别的干什么用?"

尼卢什卡很害怕,他哆嗦着,想用不听使唤的舌头说点什么,手指还迅速地画着圈儿:

"没有……"

"什么没有?"

"这里——没有……"

"唉,真是傻透了。"沃洛戈诺夫叹息着,眼睛里若有所思地闪着蓝光。

"傻是傻,不过也有可羡慕的地方……"

"羡慕什么?"我问。

"一般说,他可以衣食无虑地过日子,大家甚至还高看他一眼,——因为摸不透他的底细,见到他就不免有点儿畏惧。众所周知,上帝对疯子和傻子比对聪明人喜欢得多。问题就出在聪明得太过分了。尤其要想一想,傻子是在圣徒之列的,当然还有大智大勇者,可他们在哪儿呢?所以说……"

沃洛戈诺夫沉思地蹙紧浓密的眉毛,把手深深地藏进袖筒,用不可捉摸的目光打量着尼卢什卡。

费莉察塔已记不清楚,到底谁是她儿子的父亲。我知道她曾经说过两个人:一个是"学测绘的大学生",另一个是商人维波罗特科夫,后者是名闻全城的大力士、暴徒和浪荡汉。有一次,她跟安季帕和我坐在大门口聊天,我趁机问她尼卢什卡的父亲是否还活着,她用鄙薄的口吻说:

"活着,简直是一条狗!"

"他是谁?"

她像往常一样,用舌尖舔了舔美丽的嘴唇,回答说:

"一位修道士……"

"这就再简单不过了!"沃洛戈诺夫突然兴奋地惊叫道,"这么说就叫人很好理解了。"

他不厌其烦地讲了许久,解释为什么惟有修道士才可能是尼卢什卡的父亲,修道士可比商人和"学测绘的大学生"强多了。他说着说着,一反常态地显得非常激昂,甚至拍了一下巴掌,不过,随即便痛得"哎哟"一声,皱起眉头,责备起这女人来了:

"你从前胡说些什么?……唉,真不应该!"

费莉察塔微笑着,凝视着老头儿,在她那栗色的眼睛里,闪烁着嘲弄的、厚颜无耻的光芒。

"我那时很漂亮,人人对我称心如意,我心地善良,性格愉快。"她拖着长声,眯着眼,装出伤感的样子。

"修道士。这是一个重要情况!"安季帕沉吟着。

"男人们为了寻欢作乐都没命地找我。"费莉察塔回忆说。

沃洛戈诺夫站起身来,抻了抻他那深红色假缎面上衣的袖口,严厉地说,那声音就像鸭子的叫声:

"跟我来,我有件事!"

她向我挤了挤眼,冷冷一笑,就跟着走去了。老头儿小心地挪动着病残的双足,那女人则一步一掂量,看看怎样才能在身子向左侧倾斜时使自己更舒适一些。

从这个晚上起,费莉察塔几乎每天都到沃洛戈诺夫这儿来喝茶,一喝就是一两个钟头。我透过壁板,听得见老头儿那说教的、有节奏的、不倦的声音:

"这阵风儿,这风声,放出去时,可得有心计,要带点儿将信将疑的口气:说得含含糊糊,但又得听出有那么一种意思,就像预言似的……"

"我明白……"

"然后,你得应着这事儿,做那么一个梦。比方说:有那么一位长老从黢黑黢黑的森林里走出来,说道:'费莉察塔,上帝的女奴,灵魂腐臭的罪人……'"

"瞧,又吵吵起来了……"

"住嘴,蠢货!对自己的辱骂往往比恭维更有教益。——这就是说,你梦见了他,并且听到他说:'费莉察塔,我命令你,一直往前走,你遇到的人叫你做什么,你就照办!'好啦,你这就往前走,而他正巧就在那里,一个修道士……"

"啊——,啊——,"女人机警地支吾着。

"就这么着吧!傻大姐……"

"这就是说……"

"难道我教谁上过当?"

"得了吧,得了吧……"

"我的智慧在千人之上,何况我跟坏蛋……"

"这是明摆着的。"费莉察塔表示同意。

后来有一次,安季帕不胜遗憾地埋怨说:

"他的话太单调了,这可不好!干这种事儿这样说话可不行,这里需要的是含蓄的、一语双关的词句。一句含意丰富的话马上会引起人们对他的注意和敬重。"

"这是为什么?"费莉察塔问。

沃洛戈诺夫气冲冲地解释道:

"为什么,为什么!一个人该不该引起别人的敬重?他是值得敬重的,因为他是一个对别人完全没有害处的人,不过,没有害处的人是不显眼的。所以你必须把这事儿担当起来,——教他学会说话,要修饰修饰,显得更聪明点儿,更响亮点儿……"

"我连这一手还不会呢……"

"你听我说,他躺下睡觉时,你开导开导他。比方说:'地狱满了,忏悔吧!'要用教会语言,要严厉点:'灵魂的屠戮者,天地不容的生灵,可怜可怜上帝吧!'瞧,不是'天地不容的人',而是'天地不容的生灵'!不过,这话也许太过分了,不合适……好吧,这事儿我亲自操持,

83

一步步来……"

"你最好亲自操持……"

沃洛戈诺夫开始更为频繁地在街上叫住尼卢什卡,和蔼地开导他几句,有时,老头儿还拉着他的手,把他领进自己的房间,一面请小傻子吃东西,一面甜言蜜语地要求他学话:

"好啦,你说:'毋须匆忙,芸芸众生!'说啊?"

"小灯笼。"尼卢什卡温顺地说。

"你是说灯笼吗?嗯,对,那也好;你再说:'我把灯笼赐予众人'……"

"应当唱啊。"

"不要紧,唱吧,这太好啦!但是,也应当说说呀。你说吧:'壮哉轮回!'说吧,噢?"

"上帝啊,饶恕我!"小傻子若有所思地、轻轻地唱着,突然又用幼儿般的柔嫩的声调说道:

"应该死的……"

"真拿你没办法!"沃洛戈诺夫不快地感叹着,"你信口胡说些什么呀!小东西,不用你说,这是明摆着的,我们都赶得上这么一遭,我们都会死的。你干这种事儿实在是愚不可及!我们这里有的是空泛无聊的事情,你就说:'空泛无聊。'"

"狗儿……"

"狗?也行。唉,你这小鸡!"

"狗儿狗儿像小鸡,跑跑颠颠去哪里,——啊哟!山谷……"

"这听起来倒有点儿寓意,这还可以,含意丰富!现在你说'匆匆忙忙,路横深渊',说呀?"

"应当唱……"

沃洛戈诺夫沉重地、气咻咻地叹息说:

"你真难对付!"

他那双大脚轻轻地搓着地板,发出沙沙的响声。小傻子又细声细调地唱了起来:

"上帝啊,饶恕我……"

在乡下这肮脏、贫困、病态的生活里,美丽的尼卢什卡是个必不可少的人物,他以自身的存在衬托和突出了这种生活的庸碌、无聊、丑恶。

他像一棵老树上被遗忘下来的惟一的苹果,——这棵树长满了苔藓,掉光了树叶,所有的果实已被摘去,在肃杀的秋风中瑟缩;他又像一本无头无尾、破损不堪的旧书里惟一的画图,——这本书已不能也不屑一读,因为其中说些什么,一点儿也弄不明白。

每当他温柔地微笑着,从压扁了似的朽烂的房屋旁、从裂缝密布的板墙旁、从一丛丛茂密的荨麻旁走过时,他那神话般的哀怨的模样,立刻会在你的记忆里推拥出许多俄罗斯大地上最美好、最可爱的人物的形象,他们相互交替着,组成了一个无穷无尽的行列,从你的心坎走过。这是一群生活经历不同的人,他们一个个战战兢兢,为了拯救自己的灵魂,离开了生活,离开了人群,向着荒凉的地方隐遁,向着深山老林和野兽出没的地方隐遁。盲人和乞丐的诗歌,关于傻头傻脑的阿列克谢[①]的歌谣和大量虽则优美、实则缺乏生气的形象,也将盘桓在你的脑际,俄罗斯借这些诗歌和歌谣,唱出了自己惊惶哀伤的心灵和逆来顺受的苦痛。心情太憋闷了,憋闷得几乎叫人发疯。

但是,有一次,我似乎忘却了尼卢什卡是个傻瓜,情不自禁地想跟他说说话,给他念几首诗,给他吐露吐露人世间少年人的希望和自己的思想。

我两脚悬空地坐在山谷里的一块峭壁上。他向我这边走来,那神态宛若在空中飘浮,周身还散射出一种蔚蓝的光彩;在他那女孩般纤巧的手指中,夹着一片宽阔的牛蒡草叶,他那明灿灿的眼睛微笑着,望

---

① 关于阿列克谢的传说流传很广,并见于许多国家的文学作品,俄国宗教诗歌中有关于阿列克谢生活经历的叙述,其中谈到他如何离开父亲,从家中出走,甘愿受穷,居住在沙漠中,后来又怎样回到父亲身边,但是未被认出,从而过着忍辱负重的生活。

着草叶上的什么东西。

"上哪儿去,尼卢什卡?"

他哆嗦了一下,抬起头来,望了望天空,又怯生生地向暗蓝色的山谷瞧去,然后伸出手来,把草叶递给我。一只瓢虫在叶子的皱褶里爬动。

"多可怕的怪物。"

"你把它带到哪儿去?"

"应该死的。埋掉。"

"它还活着呢。不能埋活东西呀。"

尼卢什卡的眼睛一张一合地慢慢地眨动了两下。

"应当唱的……"

"你给我说点什么吧!"

他用一只眼睛向山谷里瞥了一下,嫩红的鼻翼翕动着,胀大起来。他长叹一声,郁闷地说出了一句下流话。在他右耳下方的脖颈上,有一颗大痣,上面长着密密一层天鹅绒般的金色毫毛,酷似一只蜜蜂,随着痣旁一根青筋的跳动,这"蜜蜂儿"神奇地活起来了。

瓢虫抬起翅鞘,打算飞跑,尼卢什卡想用手指拦住它,——草叶从我手里碰落下来了。当草叶往下坠时,瓢虫离开叶面飞了起来,飞得离地面很低。小傻子猫着腰,伸出手,悄悄地跟在它后面,仿佛在驾驭着它那懒洋洋的飞行。在离我十步左右的地方,他突然停住了。他仰面朝天,手挨着身体垂落下来,手掌平伸着,与胳膊成直角,恰似支撑在我看不见的一个什么东西上,久久地、一动不动地伫立在那里。

暗绿的柳枝、惨淡的黄花和灰色的艾草,从山谷里伸出来,朝向太阳,黏土质峭壁湿漉漉的隙缝里,铺满了款冬①的圆叶。淡灰色的小鸟儿飞来飞去,从谷底的树丛中,散发出一股潮润的腐殖质的臭味。天上空旷旷的,只有孤单单的太阳高悬着,把阳光洒进河那边阴暗的沼

---

① 菊科多年生植物,叶底有密密的茸毛,开花后才长叶,叶呈椭圆状,可入药。

泽。粮市大街的房顶上方,几只白鸽不乐意地扑打着翅膀,它们身下晃动着一把黑布掸子,在将它们驱赶。远处,浮动着城市愤懑的嘈杂声——一种令人烦躁、郁闷的声音。

村子里,一个孩子一边啼哭,一边发出老人似的尖叫;这哭声,颇像一个教堂执事在空无一人的教堂里诵读着晚祷的经文。一条褐毛狗,沉闷地耷拉着毛茸茸的脑袋,不慌不忙地从我身边走过。它眼睛血红潮湿,活像一个醉汉。

在村子尽头的一所房子后面,在山谷的边缘上,伫立着一个似欲飞去的大家都感到异样的孩子,他身材匀整,柔美,从他那天使般的双眼里,流露出一种永不改变的、童稚的微笑,——他正用这种微笑,在爱抚着人世间的一切。

两星期后,一个礼拜天的中午,尼卢什卡突然奇怪地死了。午祷毕,他回到家里,把人家施舍给他的两块圣饼交给母亲,对她说道:

"在木箱上铺好铺盖,我要躺下死去……"

费莉察塔没有留意这些话,以前躺下睡觉时,他也常说:

"应当死的。"

躺下后,在入睡前,他照例要轻轻地唱自己的歌儿,唱那句常唱的、永远唱不完的歌词:

"上帝啊,饶恕我!"

现在,他照样安详地仰卧着,双手交叉摆在胸前,闭紧双眼。但是,他没有唱歌,很快就睡熟了。

母亲吃罢午饭,忙自己的事去了。入暮前,她回到家里,见儿子睡得这般久,觉得蹊跷,待她走近前去一看,发现他已经死了。

"我一瞧,"她拉着长声,对聚集到她院子里来的乡亲们说,"他指甲发青;午祷前,我把他的手洗得干干净净的,还是用肥皂洗的,现在一看,——指甲不白了,再一摸手,——僵了!"他的脸发紫,像受了惊似的,但在他温柔的眼睛里,透过泪花,却闪耀着一种宁静,甚至欢悦的神情。

"我这才明白过来,跪倒在他面前,哭喊着:你哪里去呀,小宝贝?上帝啊,你为什么要摘掉我的心肝?"

她头往左肩上一歪,闭上额下那对狡狯的眼睛,双手交叉在胸前,哭诉起来:

啊,我皎洁的月亮已经沉没,
啊,我安详的星辰已经陨落,——
坠入了昏昏冥冥的汪洋大海。
啊,我心中的星月已经没落!
直至世纪末日,它不会再发光,
直至基督复生,它不会再闪烁。

"上帝啊,别嚎了!"沃洛戈诺夫懊恼地喊道。

我刚从林中回来,伫立在费莉察塔小屋的窗下。我已认不出那些好胡闹的村民:他们轻轻地、沮丧地咕咕着,耳语着,跷起双足,伸长脖子,互相拥挤,就像麕集在蜂房入口处的蜜蜂似的,向着那黑咕隆咚的窗洞里张望。几乎每个人的脸上、眼里,都流露出一种紧张而惶遽的神色,一个个似乎在期待着什么。

惟有沃洛戈诺夫大声而威严地说着话,用肩膀推搡着费莉察塔:

"还来得及哭的,首先得把情况回想一下……"

女人用衣袖擦了擦潮湿的眼睛,舔了舔嘴唇,长吁了一口气。她像喝醉了酒似的,用幸福而喜悦的目光凝视着安季帕那通红的皱巴脸,一绺绺金发从头巾里散落下来,披挂在她的两鬓和右颊上,此时此刻,她显得比自己的年岁年轻多了:整个身躯伸得直直的,头高举着,那兴奋地耸动着的乳房,把上衣的钮襻儿都给抻长了。

老头儿急促地、干巴巴地问她:

"他没有说身体不好受吗?"

"什么也没说,一句话也没说!"

"没打他吗?"

"瞧你说的,我多咱打过他……"

"当然不是说你!"

"这我就不清楚了。身上到处都干干净净的,——我撩起褂儿看过,什么也没有,只是脚上有几道擦伤,莫非在背上……"

她用变得硬朗了的新的语调诉说着,慵懒地闭上了喜悦的眼睛,露出甜蜜的神情,呻吟了一声,然后又深深地喘了口粗气。

有人嘟囔着:

"在盘问呢……"

"什么?"

"还说他很激动……"

问了十来个考虑周密的问题以后,安季帕庄严地沉默了下来,他这一不吭声,大家就好像被灌了麻醉药似的,一个个也哑口无言了。然后,他咳咳了几声,又说了起来:

"善男信女们,我们可以这样设想,——这是上帝以其伟大的仁爱降福于我们,因为从各方面看来,我们这位升天的光明的少年,是我们凡俗之辈大恩大德的主宰者称心的人……"

我要离去,但巨大的悲痛疯狂地压迫着我的心,我情不自禁地想再看一看尼卢什卡。

费莉察塔的小屋,后半部深陷在泥土里,前半部也已摇摇欲坠,它那惟一可以支起来的窗扇,用冷冰冰的玻璃眺望着天穹。我弯着腰,钻进敞开的门里:尼卢什卡躺在离门槛不远墙边的窄木箱上,那张有点儿发青的纯朴的圆脸,被簇拥在光轮似的金发中,在暗红枕套的衬托下,显得分外清晰。他双眼已经紧闭,嘴唇也抿得很紧,但似乎依然在悄悄地、高兴地微笑。他光着脚静卧在一块黑毡子上,合在胸前的手,裸露到肘部,是那样纤细,整个身段儿也是那样苗条。现在,他已不像一位天使,而是一位少年圣徒的形象——一幅从孩提时代起就司空见惯的熏黑了的旧圣像。

在蓝色的暮霭中,一切都十分寂静,连苍蝇也不嗡嗡叫了,惟有费莉察塔那有力的、粗犷的声音,从屋外传来,闯进了关闭的玻璃窗。这声音用非同凡响的词句,描绘出一幅凄凉的图景:

我雪白滚热的胸膛伏向潮湿的大地。
你潮湿的大地啊,宽厚仁慈的大地,
一位不幸的母亲,衷心地向你哀求:
把我这过世的孩儿收下吧,求求你,
他是我这颗心灵的殷红殷红的血滴!……

安季帕·沃洛戈诺夫立在门口,用手背擦干眼睛,声音颤抖地沉重地说:

"哭得真好,这女人!……只是诗句用得不是时候,这是在墓地里哭坟用的……这是该知道的……这是该知道的!"他用那只不听使唤的手画着十字,注意地打量着尼卢什卡的尸体,狗一般的湿润的眼睛停在死者那可爱的脸上,阴郁地说:

"显得高了些,死亡使他长高了。是啊……可不是!我也快这样完全挺直身子了。我早已经到时候了!"他用微微颤动着的难看的指头,小心翼翼地扯平尼卢什卡大褂上的皱褶,把大褂拉向死者的双足,用紫黑的嘴唇吻着他。

我问:

"你为什么教给他各种话,你这是想叫他干什么?"

他直起腰来,灰溜溜地望着我:

"想叫他干什么?"

他可笑地伸了伸脖子,似乎还算是诚恳地回答说:

"兄弟,我也不知道我想干什么,真的,我不知道!假如临死之前要说实话,那么我就该直截了当地说:在我这漫长的一生里,我不知道我想干的最好是什么……所以,一般而言……我是在期待命运之神能给我以暗示。而我的命运之神似乎是没有舌头的,是一个完完全全的哑巴。并且,它好像还是一个聋子。我总是在期待着:说不定会突然出现什么出乎意外的奇迹吧?"

他冷笑了一下,瞅了瞅少年的尸体,更断然地继续说:

"其实,我想也没有用。不管你想不想,到头来都一样,什么也得不到。一般而言,一切都是如此。费莉察塔是个狡狯的、心肠冷酷的女人,她当然希望大家都承认她儿子是个带点儿傻气的圣徒,——这可是她暮年的饭碗!"

"要知道,这是你怂恿她啊,你想的不就是这个吗!"

"我?"

他把手藏进袖筒,用烦闷的声调断断续续地说:

"好吧,还有我!这又怎么样?这对人们总算是一种安慰吧……有时我真可怜他们,为了生计,疲于奔命,够苦的!在这里居住的是一群卑贱可怜的人,可是,他们却得到了一位圣徒!"

窗外,薄暮时分的天空泛着红光,悲哀的哭声传遍四方:

> 大地上覆盖着皑皑的白雪,
> 旷野上奔走着凶恶的豺狼;
> 豺狼悲声号叫,是召唤温暖的春天,
> 母亲抱头痛哭,是呼喊亲爱的儿郎。

沃洛戈诺夫倾听着,深信不疑地说:

"她这是在撒疯,真厉害!是的,这是理所当然的!她的歌唱也像她的风骚劲儿,——简直是不可阻挡!这女人一横心撒起野来,就无所谓节制……有一次,几个年轻商人带着她赤身裸体地乘着车,在粮市大街兜风:两个人坐着,她站在他们中间,周身儿没一点儿遮盖,——看吧,让你们看个够!事后,在警察局里,差点儿没把她打死……"

我来到黑暗狭窄的过堂里；安季帕拉着我，跟在我的身后。他埋怨说：

"这一切都是由于太苦闷了。"

费莉察塔伫立在窗下，背堵着窗口，手叉在胸前，瞪大着疯狂的眼睛，仰视着苍茫的天穹，她头上的头巾歪斜着，晚风轻轻抚摸着她那披散在尖削发黑的脸上的柔细头发。她显得失常了，那模样相当可怕，甚至十分吓人。她用琴弦一样的声音不倦地、更加有力地唱道：

　　啊，凶狠凛冽的暴风雪！
　　请将我的心收缩得更紧，
　　平息和冻结沸腾的热血，
　　别让它化作泪珠儿流尽。

女人们在她面前挤成一团，贪婪地望着她那失去理智的、因悲哀而变得僵硬了的脸，轻轻地哭泣着。透过幽暗的、毛茸茸的谷口，看得见落在村底下方的太阳，像是要永远躲进沼泽森林里去似的。黑黢黢的云杉梢顶，尖锥子似的扎进了太阳血红的圆盘，周围的一切都是血红的，——仿佛受伤的太阳在淌着鲜血。

刘伦振　译

公　墓*

　　我孤寂地生活在草原上的一座城市里。这儿最美好的地方要算公墓了。我时常到这里散步。有一天,我竟然躺在两座坟头之间的一块葱茏茂密、馥郁芬芳的草地上,像在摇篮里一样睡着了。

　　我被头旁敲打土地的声音惊醒了:土地在颤抖,发出呜呜的响声,我的身子也感到轻微的震动。我一骨碌坐了起来,由于睡得很沉,蒙眬的双眼一片昏黑,还不能立刻弄清发生了什么事情,只见六月天的灼热的金色阳光里,一个可怕的黑色斑点紧贴着灰色十字架摇晃,十字架在轻轻地吱吱作响。

　　接着,在令人不快的瞬息之间,那闪动着的斑点忽然变成了人形:一个小老头儿站在那儿,手扶着十字架的翅翼。他的脸尖尖的,下唇底下长着一小簇浓密的银须,厚厚的两撇白胡子威武地向上翘起。

　　他一只手伸向空中,不停地挥动,一面用鞋后跟一个劲地在地上跺着,斜着那乌黑的双眼,冷冷地看着我。

　　"怎么啦?"

　　"一条蛇!"他用一种老爷式的低音回答,并用细长的、戴着戒指的手指指着自己的脚下,——在狭窄的草径上有一条小草蛇在颤抖,痉挛地摆动着尾巴。

＊ 本篇写于一九一三年春,最初发表于一九一三年第三期《同时代人》杂志。

"这是草蛇!"我生气地说。

老头儿用皮靴尖踢开了这条发着黯淡光泽的绳形物,轻轻地掀了掀头上的草帽,迈着坚定的步伐走了。

"谢谢您!"我说。老头儿没有回头便应声答道:

"若是一条小草蛇,那是没有什么危险的……"

随后急速地消逝在碑林之中。

我看了看天色,大约有五点钟的光景。

草原的风儿轻轻地摇动着草茎,在坟头上叹息,白桦树、菩提树、赤杨树和密密丛丛的灌木发出来的丝绸般的簌簌声,在炽热的空气中飘荡。夏日墓地上的这种飒飒风声使人产生一种无法抑制的忧伤,引起对生命和人们的某种特别直接的、真诚的思念。

茂密的树丛像一层厚厚的绿色屏幕,遮蔽着小丘、白色和灰色的碑石,遮蔽着被雨雪洗刷过的十字架和围墙的栏杆,它使人忘记这屏幕后面不远的地方便是龌龊的、充满煤烟的灰尘笼罩的城市,它隔绝了城市的杂乱喧嚣、尘埃和恶浊的空气。

在无数的坟墓中间,我沿着迷离的小径漫步,透过层层绿幕的缝隙,看见钟楼上的金色十字架高高地、威严地伸向天空,耸立在墓地所有十字架之上。一座座石碑的脚下点缀着朴素的小花,整个公墓仿佛披上了绣花的法衣,嗡嗡鸣叫的蜜蜂和黄蜂在上面忙碌着,有如生命之歌,欢快地闯进了草丛微弱的祈祷声中,但它却不能妨碍人们想到死亡。几只乌黑的鸟儿无声地飞来飞去,它们的出现每每使人不禁震颤一下,疑惑地望一望:这是鸟吗?……

火焰般的金色阳光在到处闪动,拥挤的墓地似乎也在摇晃。一座座墓丘使人想到暴风雨过后的大海,想到那风平浪静、不见一丝浪花的碧绿浩瀚的海面。

榨油厂和肥皂厂的烟囱竖立在栅栏外蔚蓝色的旷野中,不停地冒着烟,斑驳的屋顶像一块块五颜六色的补丁,缝补在城市的青衫上。阁楼上的天窗———一只只瞭望一切的眼睛,在阳光照射下眯缝成一条线。此时,栅栏外正是一块稀稀落落的绿色草场,草场上有些衰败、干枯的草梗在不停地摇曳着。再过去是火灾场,是一片焦黑的土地,那里堆满了许多烟熏的垃圾、拆炉子的砖土、灰色的炉渣和煤灰。烧光了的地窖留下了发臭的黑坑,张着大嘴朝天望去,那些小市民房主,为了省钱,夜间把家中脏水坑里的脏物倒在这里。莠草中杵立着几根烧焦的粗大树干,油黑发亮。玻璃碎片在阳光下闪现出奇异的光彩,宛如在那里发笑。墓地被这半圆形的黑褐色场地环抱着,在垃圾堆和密密层层的牛蒡草、羊蹄草和铅黑色的苦艾丛中间,两幢黄色新建筑像两棵牙齿钻了出来,显得又小又可怜。

一群杂色的母鸡像女商贩一般懒洋洋地走来走去,火红色的公鸡威武的样子,颇像消防队员。几条丧家狗带着凄凉的眼神,偎缩在地窖的坑里,几只瘦弱的老猫在莠草堆里守候着麻雀。孩子们在玩耍,看到他们在醒醒的土地上蹦跳,又忽然隐匿在脏土丘后面,着实令人可怜。

火灾场后面有一长排密集的破旧小房,里面住满了孤寂的人们。这些小房睁着四四方方的眼睛,静静地、呆滞地望着公墓围墙上的碎红砖和墓地上的黑魆魆的树木。我就住在这样的一座小房子里。我这间斗室浸透了神灯的灯油味。每天晚上,房主伊拉克利·威鲁鲍夫——一个政府机关的官吏——发出的虔诚的叹息声和喊叫声一阵阵钻入我的房间。每当我从窗内穿过那一片烧焦的、死气沉沉的脏污土地向公墓眺望的时候,总觉得它是那般的美好,令人神往。

惊醒我的那个老人的暗淡身影,不时在坟墓中间闪现,像是在监视着我。他的草帽反射着强烈的阳光,在十字架中间晃来晃去,宛如一朵向日的葵花。我也在注意着他的一举一动,同时心里想着伊拉克利·威鲁鲍夫。他的妻子——一个瘦弱的凶女人,长着长鼻子和绿色的猫眼睛,——一个星期以前徒步到基辅进香去了;不知他从什么地方立即领来一个斜眼的胖姑娘,介绍给我说,是他的表侄女。

"她的教名叫叶夫多基娅,可我习惯叫她基卡尼卡。请你爱她吧,不过我要预先讲明,这姑娘是不允许……"

威鲁鲍夫身躯庞大,有些驼背,他总像厨师一样把脸刮得光光的。他时刻不忘提拉不断从肚皮上滑下去的裤子,他的肚子里大概装满了西瓜。他的厚嘴唇贪婪地半张着,无神的双眼,凝聚着难以满足的饥饿神情。

每天晚上,我都能听到:

"基卡尼卡!过来呀,给我搔搔背……背骨中间……噢,对,对!你瞧,你长得多大啦……"

基卡尼卡尖声地笑着,我挪动一下椅子或把书抛到地板上,尖叫声和喋喋不休的低语立即消失,但还可以听得到沉重的叹息声:

"噢……圣父尼古拉,请您为我们祷告……夜里喝的克瓦斯预备好了没有?"

他们蹑手蹑脚地挪到厨房里去,又在那儿尖叫,发出猪一般的哼叫声。

白胡子老头儿像年轻人似的,轻巧地跳过甬道,站到一座灰色花岗石大墓碑前面,聚精会神地读着碑文。他的脸孔不是俄罗斯型的,上身穿着一件大翻领的深蓝色制服,黑色领带打着宽大的花结,把那撮浓密的,似乎由金属铸成的银白色小胡须衬托得格外鲜明。风趣的两撇小胡子中间是长长的软骨的大鼻子,面颊的灰色皮肤表面,显现着许多细微的网状血管。他把手举到帽檐边,像在给死者致敬,一面读着黑色的碑文,一面用一只眼睛瞅我。我心里感到不快,皱着眉头走开了,继续想着我们街坊的事。

皮马沙是个破产商人,全名叫皮缅·科罗波托夫,他和往常一样,带着几分醉意在墓地间游荡。他跌跌撞撞地走着,在寻找妻子的坟墓。他驼背,长着一张鸟儿一样的小脸,满脸灰色茸毛,一双病兔的眼睛,全身好像被尖利的牙齿嚼过一样。他在墓地里这样走来走去,已经是第三个年头了。他那无力的双腿,勉强支撑着屡弱、衰竭的身躯。一旦他撞在什么东西上面绊倒之后,便久久不能爬起,嘴里发出呼哧呼哧的声音,双手在草地上乱抓,揪把草用尖尖的鼻子闻着——那鼻子红得像剥掉了皮似的。他的妻子死后葬在千里以外的诺沃尔卡斯克,然而他一直不相信,常常眯缝着湿润的、无神的双眼,一面喘着气,一面喃喃地说:

"娜塔莎呀……娜塔莎……"

赫里斯托福罗娃太太,几乎每天都到这儿来。她是一位身材高高的老太婆,戴一副黑眼镜,穿一件殓衣似的镶着黑色绒边的灰色的普通连衣裙。瘦骨嶙嶙的手里拄着一根木杖,手指长长的,十分丑陋。她的松软的脸颊垂了下来,像抹布一般。花边三角巾下面的苍苍白发,整齐地向两鬓梳去,将耳朵遮住。老太婆走起路来十分缓慢,十分稳重,从来不给别人让路。这里葬着她的儿子,是在一次狂饮中被人打死的。

七品文官波拉奥特采夫,每逢星期天午饭后都要到公墓里来。他的帆布上衣口袋里揣着书,红红的手拿着扑蝶网,肩上斜挂着一个系在带子上的白铁盒子。他教过书,两眼近视,腿很细弱,两耳尖尖的,咧嘴一笑,耳朵便向两边竖起来,跟兔耳朵一样。他在坟墓中间一蹦一跳地走着,挥动着扑蝶网,仿佛挥动白旗向死亡乞降。

他在晚祷前回家。一群孩子在围墙外面等着他,像一群小狗围住一只大鹳鸟,蹦呀,跳呀,用不同的嗓音欢快地喊着:"七品官,七品官!爱上了苏希妮哈呀,掉进了小水滩,七品官!"

他起初不知所措地张开大嘴,像乌鸦似的哑哑叫几声,跺着脚,仿佛就要合着呼喊的节拍跳起舞来,但是,接着他发怒了,躬着身子,用扑蝶网作刺刀向孩子们冲去,尖声喊叫:

"你爹的……你妈的……"

苏希妮哈是个讨饭的女人,她不管天气好坏,常年坐在公墓小门旁的长凳上,像块石头落在那里,她那张常年醉醺醺的、毫无表情的大脸满是冻伤留下的黑斑,且由于风吹和酗酒而肿胀,又被太阳晒焦;她的眼泡儿浮肿,眼边儿溃烂。每当人们从她身边走过,她便伸出短短

的手,那手中托着一个木碗,嘴里粗声粗气地、像骂人似的喊道:

"看在基督的分上……看在父母的分上……"

有一天,从草原上突然刮来一阵风,带来一片瓦灰色的阴云,下起了瓢泼大雨。老太婆正走在回家的路上,由于眼睛看不清楚,滑倒在水坑里。波拉奥特采夫本想扶她起来,可他自己也滑倒了。从那以后,全城的孩子们都来逗弄他。

还有一些黝暗的、无声息的身影也常常出没在这里,他们是公墓里的常客,是一些用不可磨灭的回忆铸成的牢固的锁链把自己同公墓永远联结在一起的人们;他们走动着,像一群没有安葬的死人,在那里寻找合适的坟地,生命遗弃了他们,可死神却又不肯收留。

从高高的草丛里,有时候探出一只丧家狗的忧郁的、眼睛凸出的嘴脸来,令人吃惊的是它那聪明的眼神里,流露出一种孤独的忧愁,这动物仿佛马上就要用人的语言向你道出一些真实的责难来。

有时这样的狗夹着尾巴久久地立在坟地上,轻轻地摇动着茫茫无主的、毛茸茸的头思索着。它很少嗥叫,一旦叫起来,声音不大,但拖得很长……乌鸦和寒鸦在茂密的老菩提树上忙碌着,可以听见饥饿的雏鸟发出细弱的啾啾叫声和慰勉的啼叫。

当风扫落叶、干枝裸露的秋天到来的时候,乌黑的鸟巢像一个个腐烂的脑袋,戴着长毛的帽子,不知是谁把它们摘了下来,挂在白色的、方糖块似的教堂附近的树上,这座教堂是为纪念伟大的殉教女瓦尔瓦拉修建的。秋天,风儿恰似发了疯的、被死神洗劫一空的情夫一样,一直在奔波哭号,发出一阵阵的呜咽……老头儿突然出现在我面前的路上,他举起一只手,严肃地指着白色墓碑,大声念道:

"在这个十字架下埋葬着主的仆人,尊敬的季欧米德·彼得罗维奇·乌索夫公民。如此而已!"

他整一整草帽,两只手伸进裤兜里,一双乌黑的、老年人少有的明彻眼睛,射出了严肃的目光,把我打量了一番。

"真不会评价人哪,只说是主的仆人!那么奴仆怎么能配做尊敬的公民呢?"

"大概是一位慈善家吧……"

老头儿在地上跺了跺脚,威严地说:

"写下来吧!先生。"

"写什么?"

"一切!越详尽越好……"

他像士兵一样迈着大步向前走去,走向墓地的深处。我同他并排走着。他只有我肩膀那么高,脸庞完全被帽子遮住。我低头走着,真想看一看他的眼睛,像看女人的眼睛那样。

"这样是不行的!"他用不很响亮却很柔和的嗓音说道,好像在抱怨,"这里表露出的是野蛮和对人、对生命的轻蔑……"

他从裤袋里抽出一只手,在空中画了个大圆圈,问道:

"这是什么意思?"

"死亡。"我回答说,疑惑地耸了耸肩。

他把头一扬,露出清秀的、尖尖的、俊气的脸庞给我看,说话时胡须颤动着。他铿锵有力地说出了一句斯拉夫话:

"你知道'死与死相尅'这样一句经文吗?就是这样!"

他沿着曲曲弯弯的甬道急速地拐来拐去,默默地走了十几步,突然停下来,举了举草帽,向我伸出手来:

"让我们认识一下,年轻人,我是萨瓦·亚科夫列夫·霍尔瓦特中尉,在国家育马场服过役,还在土地管理局做过事。没吃过官司,没受过审讯。现在辞去了全部职务……有些房产,独身一人,性情孤僻。"

他想了想又补充说:

"坦波夫省副省长霍尔瓦特是我的弟弟。他五十五岁,我六十一岁,六—十—一—!是的。"

他的话说得很快,但很清楚,好像在脑子里就打好了所有的标点。

"是的,我是霍尔瓦特中尉,是个见过世面的人。我不满意公墓!不满意一切!"

他重又激奋地挥了挥手,在十字架上面画了个大圆圈。"我们来坐一坐,我给你讲一讲……"

我们在一座不知是谁的坟上,坐在白色小钟楼侧面的一条长椅上。霍尔瓦特中尉脱下草帽,用淡青色手帕擦了擦前额和浓密的头发,他的头发像无数根银针杵立在疙疙瘩瘩的脑盖上。

"您听仔细了:'公墓',拆开来便是'宝藏'——'找寻'①,是吗?"

他用肩膀碰了我一下,压低嗓音解释说:

"应该在这里寻找宝藏,智慧的宝藏,教诲的宝藏。然而,我找到的是什么?凌辱和耻辱。对一切人的凌辱!'大家在生活里背着十字架如同背着枷锁'②,是对我们大家的凌辱,受凌辱的有你,也有我。你要知道,'十字架如同枷锁'——是吗?那不是承认生活是艰难的、困苦的吗?请你们纪念那些问心无愧地度过一生的人们吧——他们生前为了你们肩负过重担和枷锁,为了你们!但是,那般人是不理解的!"

他挥动一下草帽,一个小阴影像鸟儿似的掠过甬道和坟地上的十字架,向城市飘去。

中尉涨起红红的脸颊,翘着胡须,用一只年轻人的眼睛斜视着我,他接着说:

"你以为,我是个疯疯癫癫的老头儿,如此而已,对不对?不,年轻人,不是的!在你面前的是一个珍重生命的人。你瞧瞧,这难道是墓碑吗?它们能使你和我想到什么呢?什么也没有。这不是墓碑,这是护照,是人类的愚蠢发给人类自己的证明。这座十字架下面是玛丽娅,这座下面是达丽娅、阿列克谢、叶夫谢伊,都是主的仆人,没有任何特别的标志!这真是胡来,这些度过困苦一生的人们,失去了生前的形象,然而他们的形象必须保存,用来教育我和你。每个人的形象都

---

① 俄语词"公墓"是 кладбище,前半部与名词"宝藏"同音,后半部与动词"找寻"相近。
② 引自东正教《赞美诗集》。

是有教育意义的,坟墓常常比小说更要有趣,是的!你明白我的意思吗?"

"不全明白……"

他大声地叹了口气。

"这是很容易理解的。首先,我不是主的仆人,然而我却是个理智地全力奉行上帝的一切箴言的人。任何人,甚至是上帝,也无权要求我超出自己的能力去做更多的事情。是这样吧?"

我同意地低下了头。

"是吧?"中尉喊了出来,"好吧!"

他动作急速地把草帽往耳边一推,变得更加激奋,然后摊开两臂,用浑厚的低音瓮声瓮气地说:

"这哪里是什么公墓?这是一种耻辱!"

"我不明白你究竟想说些什么?"我谨慎地问道。

他绘声绘色地回答:

"年轻人,我希望一切值得关心的东西都不要从人的记忆中消失。而生活中的一切都值得你关心,也值得我关心。生活不甚坚实,我们每个人都感到自己在生活中没有依靠,正是因为我们不关心人哪,我的先生……"

他神经质地从裤袋里掏出沉甸甸的银烟盒,烟盒上系着一条黄色带子,盒上刻着密密麻麻的花字。他把烟盒塞给我,用命令的口吻说道:

"抽烟!"

我取出一支粗粗的香烟,心里在琢磨这位中尉:

"人们和你在一起,怕是不得安宁的……"

我们抽起烟来。烟很有劲,老头儿贪婪地大口大口地吸着,他从嘴里和鼻孔里嘘嘘地喷出一缕缕长长的青烟,眼睛注视着微风怎样把青烟吹到坟墓上去。他的两眼暗淡起来,眼窝深陷,两腮上发红的微血管已经消失,脸色变得灰暗了。

101

"这烟怎么样?"他低声地、有些睡意地问。

"很有劲儿!"

"是的,它能解救我,我这个人容易激动,需要……"

他没有说完,停了下来,一边香甜地吞吸着烟,一边端详着偌大的琥珀烟嘴。修道院的钟楼上缓慢地响起了晚祷的钟声——一阵阵哀怨的声音开始在空气中懒洋洋地、疲倦地回荡,周围的一切立刻变得更加肃穆、更加忧伤。

……不知什么原因,我的脑子里总是无法摆脱伊拉克利·威鲁鲍夫的形象。他的沉重的大脚穿着毡鞋,嘴唇厚厚的,有一张贪婪的嘴和一双虚伪的眼睛。他的宽大而空虚的身躯像个套子,可以把这位精巧的中尉整个装进去。

……星期日傍晚,火灾场上的碎玻璃闪耀着红光,烧焦的树干发着光亮,孩子们喧闹地玩耍,狗儿跑来跑去。一切都互不相扰,一切为城郊的寂静和无垠草原的空旷所笼罩,为闷热、混浊的蓝色天幕所遮盖。公墓在荒漠之中犹如大海中的孤岛。

威鲁鲍夫同我并排坐在大门旁的长椅上,他那淫荡的眼睛一直向左边斜视,那里有眼睛大大的、身体肥胖的织花边女人叶若娃坐在自家窗旁的土堆上。她给八岁的儿子佩基卡·科什科达夫在乌黑的鬈发里捉虱子。女人一面用灵敏的手指麻利地拨弄着头发,一面对着窗子用响亮的嗓音同里面的丈夫——一个收买旧货的商人开心地说着话:

"是啊,秃鬼,怎么样……你倒端起架子来了!要用这大烛台打你那加尔梅克人的鼻子,——你这笨蛋!让你端架子……"

威鲁鲍夫叹着气,懒洋洋地向我说教:

"是不该放任自由的,虽然我对我的祖国来说,只是一个无足轻重的仆人,但是,这一点我是一清二楚的!应该把一切地主的土地收归国有,就是应该这样做!那时所有的农民、小市民,一句话,全体人民,都将得到一个惟一的主人。如果人民不知道谁是自己的主人,他就不会循规蹈矩地生活。人民是拥护权力的,他希望他的头上永远有一个统管一切的主人。每个人都在寻找一个能驾驭自己的权力……"

接着,他提高嗓门,朝女邻居那边说道,每个词都充满着令人腻烦的虚伪:

"比如就拿这个爱干活儿的、不受任何约束的女人来说吧……"

"我怎么不受约束啦?"叶若娃接过话茬儿,摆出一副吵嘴的架势说道。

"我说这话不是责怪,是对你的尊重,帕乌什卡……"

"你和你的小母牛亲热去吧!"

从篱笆后面什么地方响亮地传来了基卡尼卡的恶狠狠的问话:

"你说谁是母牛?"

威鲁鲍夫吃力地站了起来,朝院子里走去,说了最后一句话:

"所有的人都要由统管一切的眼睛来监视……"

他的侄女和女邻居用不堪入耳的话大声对骂起来。威鲁鲍夫站在篱笆门前,像镶在镜框里似的,一面呲着嘴,一面把耳朵侧向叶若娃那边,用心地倾听。基卡尼卡喊道:

"依我看哪,依我看哪……"

"你别在这儿跟我撒泼吧。"尖牙利嘴的帕芙拉喊得全街都能听见。

……霍尔瓦特中尉从烟嘴里吹掉了烟头,向我斜视了一眼,不友好地——我这样觉得——动了动厚厚的胡须:

"请问,你在想什么?"

"我很想了解你……"

"这不难。"他说着,摘下草帽,在自己的脸前扇着,"一两句话就可以说清。问题在于,我们大家不尊重自己,也不尊重别人,你注意到了吗? 啊,就是如此!"

他的眼睛又重新显得年轻、明亮了,他那有力的、热乎乎的手指抓住了我的手。

"但是,为什么会这样呢?这很简单:我怎能尊重自己呢,到哪儿去学会那些不存在的东西,你要明白,是不存在的!"

他向我身边又凑近了些,秘密地低声对我说:

"在我们俄罗斯,没有人知道,他为什么活着。生下来,活一阵子,死去了,大家都是如此,可是,为了什么呢?"

中尉又激动起来,脸色通红,神经质的手势变得更加迅速。

"这一切是因为,我的先生,人类工作的一部分被我们遗忘了,另一部分我们还不理解,而主要的是不让我们知道,就是这样!我有个想法……也是个计划,是的,是个计划……这很简单!"

"铮铮……铮铮……"小钟清冷的响声令人讨厌地在坟地上飘荡。

"你想一想,假使每个城市、村庄,每个人口密集的地方都能把自己所做的事情记录下来,比如说,记成一本'生活大全',不是工作结果的枯燥记录,而是对每个人生平活动的生动记述,该有多好啊!但是,不要官吏!由市杜马、村公所或者特设的'生活管理局'来记载,我还不清楚究竟由谁记载,只是不要官吏!而且一切都要记载下来。为了了解曾同我们一道生活过、后来离开我们的人所必需的一切,都要记载下来!"

他手指着坟墓:

"我应该知道,这些人为了什么献出了自己的生命,我靠着他们的劳动和智慧而生活,生活在他们的尸骨之上,你同意这个说法吗?"

我默默地点了点头,他得意地喊道:

"啊哈,你明白吗?凡是人做过的好事,或是可以告诫别人的坏事,都必须记载下来!比如,某人砌了一个炉子,特别保温,记下来!某人打死一条疯狗,记下来!建造了一所学校,修好了一条泥泞的道路,第一个学会钉马掌,一辈子都在以自己的言行同不公道的行为作斗争,记一下来!一个女人生了十五个健康的孩子,啊,这是必须大书特书的,给国家养下健康儿童,是件了不起的大事!"

他指着一座灰色墓碑,上面的碑文已经模糊不清,几乎喊叫起来:

"在这座碑下葬着一个人的躯体,他一生只爱过一个女人,一个女人!这是必须记载下来的。我不需要名姓,我需要的是事实。我希望,我应该了解人的生活和工作。人死了以后,请在他坟头的十字架上——要记住:'十字架如同枷锁!'——为了我,也为了生命,把他一生所做的事业详细地、明了地记下来!他为了什么活着?用大字书写下来,明白了吗?"

"明白了。"

中尉继续热烈地、不喘气地说着,并向远处的城市挥着手:

"他们那里全是些说谎话的能手,他们故意闭口不谈人的工作,以贬低人的价值,让我们相信死去的人都是些微不足道的人,让活着的人们相信自己也是微不足道的!因为微不足道的人是容易驾驭的,想得多么聪明啊!是的,自然要容易些!但是,比如拿我来说,让他们试试,看他们能不能迫使我去做我不愿意做的事!"

他嫌恶地皱皱眉,好像放枪似的说:

"那些衙门!"

看老头那股激奋的劲头,听他那坚定的、打破公墓寂静的低音,令人感到惊奇。讨厌的钟声懒散地在坟地上空消失了。

"铮铮,铮铮……"

鲜嫩的野草上的绿油油的光泽消失了,泯灭了,一切都暗淡起来;空气里充满了坟地上的野花——木仙、天竺葵、紫罗兰等散发出来的浓郁芳香。

"不行,那是扯谎,我们每个人都有每个人的价值。只要你在世上活过六十个春秋,你就会很好地了解这一点!不行,你们不必隐瞒:每个生命都能,而且应该得到解释,人是为整个世界工作的,他是我的老师,教好事和教坏事的老师。全部生活从头到尾都是小人物做出的伟大事业,不要闭口不谈他们的工作,要把他们的工作展示出来!请在十字架上、在死者的坟上写下他的全部活动和一切功劳,即或是微不足道的也不要紧,但是,应该学会在无价值的事物中寻到美好的东西。

现在你该了解我了吧?"

"是的,"我说,"是的!"

"这就好啦!"

钟匆匆地响了两声,停了下来,在坟地上空留下了凄惨的、细弱的声响。跟我谈话的人又掏出烟盒,默默地递给我,认真地抽起烟来。他的手又小又黑,像鸟爪一般,微微地颤抖,头垂落下来,颇像毛茸茸的复活节的鸡蛋。

他抽着烟,用一种不信任的、阴郁的眼神望着我的眼睛,嘟嘟囔囔地说:

"土地的强大在于人们的劳动……每个人都能在土地上找到自己的立足点……需要的是很好地了解和记忆过去的一切……"

城市上空的袅袅炊烟映着红光,天窗也披上了绯红的彩霞,这使我想起了威鲁鲍夫侄女的深红色的脸庞。在这姑娘身上有一种和她叔叔一样的东西,绝不"允许"人们对她产生亲昵的好感。

乞丐们昏暗褴褛的身影鱼贯地爬进公墓的围墙里来,黑影从十字架落到地面上,和乞丐一样小心翼翼。

在暗淡的绿荫深处,不知什么地方,教堂执事懒洋洋地、毫无感情地拖着长长的调儿念道:

"永—恒—的—纪……"

"为什么?"中尉霍尔瓦特生气地耸了耸肩问道,"因为什么要永恒的纪念? 也许她腌黄瓜、酱蘑菇比所有城里人都好……也许他是一个极好的鞋匠,或者有一天他说了什么话,他的街坊邻居至今都还记得。你应该把人解释给我听呀!"

他的脸淹没在一片强烈的、令人头晕的烟雾之中。

风儿轻轻地拂动,吹得草茎向日落的方向倾斜。一切都静下来了,寂静中传来了一个女人撒娇的刺耳声音:

"我说是往左走!"

"达涅契卡,哎,怎么……"

"忘了！"老人喃喃地说，吐出一缕青烟，长长的，好像从烟囱里飘出来似的，"忘记了自己的亲人或朋友葬在哪里……"

钟楼的红色十字架上空，有一只鹞鹰在盘旋，它的暗淡身影在我们对面的石碑上游动，忽而从碑石的角上滑落，忽而再现在碑石上，注视这个黑影给人一种不寻常的快感。

"我的意思是说，公墓应该标志着生命的胜利，智慧和劳动的胜利，而不是死亡的力量。是的！你可以想想，按我的意思，公墓就该是这个样子！它是城市的全部生活的历史，它应该有助于加强对人的尊重……公墓应该是一部历史，否则就不需要它！历史如果不能给我们提供任何东西，我们就不需要它！不是有人在写历史吗？唉，是的，它是各种事件的历史……但我想知道，事件是如何由主的仆人创造的。"

他把手臂向前一伸，指着坟墓，这一伸，手臂似乎变长了。

"你是个好人，"我说，"大概生活得也很好，很有意思……"

他没有瞧我，沉思着，轻声地回答说：

"人应该成为人们的朋友，他拥有的一切都应归功于人们。至于我的生活……"

他眯缝着一只眼，向周围环视了一下，仿佛在找寻所需要的字眼。但他没有找到，于是把自己说过的话又用力地重复了一遍。

"应该让人们更加靠拢些，使生活变得更坚实。不要忘记死去的人们！在主的仆人的生活中，一切都是有教益的，一切都充满深奥的涵义……是啊！"

落霞深红而灼热的反光，洒在白色墓碑的侧面，好像溅满了温暖的鲜血，周围的一切奇妙地膨胀扩大起来，变得更加轻柔、温暖，虽然万物都静止着，但依然浸满了殷红的、有生机的潮气，甚至青草末梢上的红色尘土也在抖动着、闪耀着光泽。影儿越来越暗，越来越长。围墙外面一头母牛用醉醺醺的嗓音低沉地哞哞长叫，母鸡咯咯叫个不停，显然是在咒骂母牛。离教堂不远的地方传来了急促的时而暗哑、时而尖叫的拉锯声。

突然,中尉笑了起来,笑声是那样的悦耳。他抖动着肩膀,推着我,剽悍地把草帽往耳朵上面一推。

"可我,应该承认,"他笑着说,"我把你想得很忧伤……以为你……我看见一个人躺在那里,嗯,我想,为什么呢,啊?后来一看,年轻人在坟地里走着,面色阴郁,裤袋里鼓鼓囊囊的,唉,我心里想,唉!"

"裤袋里装的是书……"

"嗯,是的,我明白,我想错了!这是个令人愉快的错误……可是,有一天我看到,一座坟旁躺着一个人,太阳穴上有颗子弹,不,是伤口,自然……呶!你知道……"

他向我挤了一下眉眼,又善意地轻声笑了起来。

"我自然没有什么计划,只不过随便说说,一种幻想!我非常希望人们能生活得更好些……"

他叹了一口气,沉思一会儿。

"可惜,我想到这些已经太晚了……十五年前,当我在乌斯曼监狱做典狱长的时候……"

老头儿突然站了起来,回头看了看,皱着眉头,用力地翘动着重重的胡须,认真而冷漠地说:

"好吧,我该走了!"

我同他一道走着,很想再听他用悦耳的、坚定的低音说下去,然而,他却沉默着,迈着有节奏的步伐,像参加检阅似的走过一座座坟墓。

当我们走过教堂的时候,一阵阵忧郁的唠叨声、恼怒的呼喊声穿过窗上的铁栏杆,传到殷红的薄暮的寂静中,但没有破坏这寂静。仿佛有两个人在争论,一个说话很快的人数落着:

"你搞了些什么呀?你怎么啦!你怎么啦!你怎么啦!"

另一个声音疲倦地、断断续续地回答说:

"别缠我,别缠我……"

赵顺仁 韩玉良 译

轮 船 上[*]

河水静悠悠,呈现出暗淡的银色,几乎感觉不到它在流动,在热天雾气的笼罩下,好像凝然不动似的。只有那两岸不断变换的景物才使人意识到,河流正轻盈地、静静地推送着一艘烟囱上画着白边的红褐色旧轮船,轮船后面还拖着一条笨重的货船。

外轮片击水时发出懒洋洋的响声,机器在甲板上吃力地转动着,蒸气嘶哑地喘息着,一只小铃在叮当作响,舵链不停地来回转动,发出暗哑的声音。但是,在凝滞在河上的那种昏昏欲睡的寂静中,所有这些声音都是多余的,似乎也没有人听见。

夏天,天旱水浅。船头站着一个修道士模样的水手,他身材瘦削,留着黑胡须,黄黄的脸上长着一对无神的眼睛。他有节奏地把涂有各种颜色的测量器从船舷外放下去,拖着长音忧伤地哼着:

"七……七……六……"[①]仿佛是在怨诉:

"种地,种地,到头来还是没有吃的……"[②]

轮船慢悠悠地转动它那鲟鱼似的船头,一会儿朝向河这岸,一会儿朝向那岸,货船顺着轮船的航道前进,灰色的拖绳绷得像弦一样紧,不断颤动着,溅起的水像金银色的火花飞向四面八方。从船长驾驶台

---

[*] 本篇写于一九一三年三月,发表于同年第五期《欧洲通报》杂志。
[①] 这是水手在向船长报告航道的深度。
[②] 这句话同"七……七……六……",在俄语中读音相近。

通过传话筒发出浑厚的喊声：

"噢……喂……"

在货船的船头下，像白色翅膀似的波浪被劈成两半，翻滚着向两岸奔去。

草地上可能有泥炭地在燃烧，在那黑魆魆的森林上空浮游着的一片黑云，可能就是从泥炭地里冒出来的！

右岸地势高而陡峻，那是一片光秃秃的黏土斜坡，但有的地方被峡谷切断。在峡谷的阴影里，隐藏着白杨树和白桦树。

大地上沉寂，炎热，荒无人烟。灰蓝色的干枯的天空中，悬着一轮白热的太阳。

草地向远方延伸，无边无际，有的地方孤零零地立着几棵沉睡的树木。在树的上空，乡村钟楼的十字架像白天的星星一样闪着白光，风车的灰色车翼向天空举起。在远离河岸的地方，可以看到如缎似锦的成熟的庄稼，但很少见到人影。

四周的一切，显得有些暗淡、悠闲，而且朴素得动人心弦，一切都使人感到那么亲切、明显与可爱。两岸的高山迟疑不决地在缓缓移动，而草原却始终是那么辽阔，绿色的森林跳着环舞，它们走近水边，照照镜子，然后又悄悄地飘然远去。看着这幅景色，不禁使人想到，像这宁静的河岸这样具有朴素、温柔之美的地方，人间是不可能有的。

河岸的灌木丛中已经可以看到点点黄叶，周围的一切若有所思地微笑着，就像一个少妇初次临产时那样又惊又喜。

早已过了中午时分。三等舱的旅客由于无聊和闷热而感到疲惫无力，他们喝着茶和啤酒，许多人坐在两侧船舷上，默默地眺望着河岸。甲板在颤动，小吃部里的杯碟在叮当作响，那个水手依然催眠似的在念着：

"六……六点五……"

从机舱里爬出来一个被烟熏得黑黢黢的锅炉工，他吃力地拖着一双赤脚,跟跟跄跄地走过水手长室。水手长是一个有着淡色头发、留着胡子的科斯特罗马人,他站在门槛上嘲弄地眯着一双灵活的眼睛问道:

"你急着上哪里去?"

"去逗逗米奇卡。"

"这也算一件事!"

锅炉工摆动着两只黑乎乎的手,继续往前走,水手长不乐意地打了个哈欠,回头看了一眼。机舱出口附近的长条箱子上坐着一个矮小的人,穿着棕色短上衣,戴着一顶新的暖和的便帽,两只长筒皮靴上沾满了灰色的干泥块。

水手长由于感到无聊而想发号施令一番,他厉声喊道:

"喂,老乡!"

那个人胆怯地像狼一样把整个身子向他转了过去。

"你为什么坐在这儿?那上面写着'小心',可你却坐上去了!难道你不识字?"

旅客站起身来,回头瞧了瞧箱子,答道:

"我识字。"

"可你却坐在不准坐的地方!"

"我没看见上面写的字。"

"再说这儿也很热,机舱里冒出来的净是油味。你是哪里人?"

"卡申斯卡亚。"[①]

"离家很久了吗?"

"已经是第三周了。"

"你们那里下过雨吗?"

"没有,哪来的雨啊!"

"那么你的皮靴为什么这样脏呢?"

[①] 今苏联加里宁省卡申市。

旅客低下头去，伸出一只脚，接着又伸出另一只脚，看了看它们说：

"这不是我的皮靴。"

水手长得意地微笑了一下，他的浅色胡子也愉快地翘了起来。

"你怎么啦，喝酒了，是不是？"

旅客没有回答，不声不响地迈着小步向船尾走去。他的上衣的两只袖子一直垂到手腕以下，显然，这件上衣他是从别人身上弄来的。水手长瞧着他那小心翼翼而又迟疑不决的走路模样，不禁皱了皱眉头，咬了咬唇下的胡须，走到一个正在专心地用手掌擦拭船长室门上铜器的水手身旁，轻声地对他说：

"走过去的那个身穿棕色上衣、皮靴很脏的小个子，你见过吗？"

"好像见过。"

"你去招呼一声，对他要留点儿神。"

"是小偷吗？"

"有点儿像。"

"好吧……"

在头等舱旁边，有一个全身穿着灰色衣服的胖子坐在桌旁，自斟自饮地喝着啤酒。他已经酩酊大醉，两眼发直，像瞎子似的瞪得老大，一眨不眨地盯着舱壁。苍蝇在他面前桌子上发粘的汤汁中乱爬，在他花白的胡子上和呆板的红砖色的脸上爬来爬去。

水手长朝他挤挤眼，说道：

"还在喝呢。"

"这就是他的营生。"一个没有眉毛的麻脸水手叹了一口气，应声说道。

醉汉打了一个喷嚏，一大群苍蝇在桌子上一哄而起。水手长瞧着这些苍蝇，也叹了口气，沉思地说：

"他打出的喷嚏也都是苍蝇……"

我在锅炉舱附近的劈柴堆上选好一个地方躺下,看着群山逐渐昏暗下来,悄悄地向轮船靠拢,映在水里的倒影像一大块服丧的黑纱。草原上晚霞的余晖尚未消失,白桦树的树干变成了红色。岸边一家农舍的新屋顶恰似铺上一块红布,那里的一切都正在火中熔化,轮廓变得模糊不清,像一条条红色、橙色和蓝色的宽阔溪流在流动。山上有一棵黑色棕树,昂然挺立,轮廓分明。

渔夫们已经在山脚下燃起了篝火,火光闪耀着,照见小船的白色船舷、船上的一个黑乎乎的人影、挂在木桩上的渔网和蹲在篝火旁的一个穿黄上衣的农妇。在篝火和农妇的上空伸张着一棵黑魆魆的枝叶茂密的大树,还可以看见那被火光映成金色的下层树叶子在轻轻地摇动。

由于暮色降临,旅客们的谈话声汇成一片,像蜜蜂似的嗡嗡作响,分不清谁在讲话,也弄不懂讲的是什么,听到的话都是支离破碎的,但是所有的人似乎都是友善而真诚地在谈着一件事。可以听到一个年轻女人拘谨的笑声。在船尾,有些人嚷嚷着要唱歌,但是找不出一支合乎大家心意的歌曲,正在那里小声地不介意地争论着。所有这些声音使人感到一种黄昏时分的平和而又忧伤的、好像是在做祈祷似的气氛。

劈柴堆的那一边,离我不远的地方,有一个低沉的嗡嗡响的嗓音在不紧不慢地讲述着:

"他早先是个幸运的小伙子,衣着整洁、漂亮,后来却衣衫褴褛,生了疥疮,倒起霉来了⋯⋯"

另一个生气勃勃的、洪亮的声音在喊:

"不要沉迷在酒馆里,那是不会有好结果的⋯⋯"

"但是俗话说,鱼儿总是找水深的地方游⋯⋯"

"他是个傻瓜,甚至比这还糟!他不是你的亲戚吗?"

"亲兄弟⋯⋯"

"啊?咳,请原谅我刚才说的话。"

"没关系。老实说,他的确是个傻瓜……"

一个穿棕色上衣的旅客走到船边,他用左手扶着柱子,一只脚跨过栏杆。轮子击起的水在栏杆下翻着泡沫。他久久地停在那里,凝视着船舷外面,身子不停地摇晃,犹如一只翅膀被钉在什么东西上面而悬在空中的蝙蝠。他把便帽戴得很低,压弯了两只耳朵,使它们可笑地向两边支棱着。

现在,他扭转身子,向轮船天篷下面的阴暗处探视着,也许他并没有看见我躺在劈柴堆上。我却可以清楚地看到他的脸,——那尖尖的鼻子、两颊和下颏上一撮撮棕红色的绒毛,以及那双混浊的小眼睛。他似乎在倾听着什么。

忽然,他坚定地走到船边,迅速地把一个拖把从铁栏杆上解了下来,把它扔到船舷外,接着马上又去解另一把。

"喂,你这是干什么?"我朝他喊了一声。

他跳了起来,转过身子,手搭凉棚,两眼搜索着我,结结巴巴地轻声而急速地说道:

"什……什么事,啊?是……是这么一回事!……"

我觉得他的恶作剧既古怪又有趣,便走到他的跟前。

"水手们要为此受罚的……"

他依次把上衣的两只袖子向上捋了捋,摆出一副打架的姿势,并且沿着光滑的栏杆轻轻地跺着脚,嘟囔说:

"我看到它已经松开了,马上就会掉到河里去的!我想把它系紧一下,不想没有弄好,从手里滑掉了。"

"可我好像看见你自己把它解开扔下去了。"我指出。

"瞧你说的,干吗要这样做!?哪能呢!?"

他轻快地从我的手下溜走,躲开了,边走边放下他的衣袖。由于上衣太长,他的两条腿便显得可笑地短。我再次注意到他的脚步有点儿踉跄,有点儿慌张。

夜来了。人们入睡了,由于耳朵已习惯于轮机无休止的嘈杂声和轮子有节奏的击水声,也就不大在乎这种喧闹了。透过这种喧声,可以清楚地听到沉睡的旅客的鼾声、轻微的脚步声和一个女人兴奋的低语声:

"我对他说过,嗳,我说:'雅沙,别这样,别这样!'"

河岸看不见了。只有凭借那黑暗中稀疏的灯火的移动,才能想到哪里是河岸。星星在河里闪耀出暗淡的光芒。轮船上灯火的金色倒影在船后流动,它颤抖着,仿佛想挣脱出去,隐没在黑暗中。锦缎般的浪花舔着暗黑的船舷。拖在船尾的货船紧跟着轮船,货船船首有两点灯火宛如眯缝着的眼睛,桅杆上的第三处灯火,时而遮住星星,时而融入岸上的灯火中。

离我不远的地方,一个高大肥胖的女人熟睡在灯下的长椅上。她一只手放在头上,枕着一个小包袱。上衣的腋下绽开了,露出白白的肉体,浓密的腋毛纠结在一起,也露在外面。她大脸盘,黑眉毛,胖胖的脸颊一直鼓到耳边,把厚厚的嘴唇拉长了,浮现出一种难看的、死人般的微笑。

我躺在比她高的地方,从上往下看了看她,蒙蒙眬眬地想:她有四十多岁,也许是个善良的女人,正前去看望女儿、女婿或儿子、媳妇,给他们带去礼物,带去蕴藏在一颗博大的胸怀中的许多美好的慈母之爱。

有什么东西亮了一下,好像是近处有人划火柴,我睁开眼,看到那个穿着别人上衣的旅客正站在这女人身边,用衣袖遮住点燃了的火柴,然后小心翼翼地伸出一只手,把小小的火焰移近女人的腋毛,于是,我听见轻微的吱啦声,嗅到一股难闻的烧羊毛的气味。

我跳起来,抓住捣乱鬼的衣领,把他摇晃了一下,说道:

"你干什么?"

他以勉强听得见的声音令人厌恶地嘿嘿一笑,在我的手中扭来扭去,小声说:

"她好像吓了一跳,啊?"

"你发疯了,鬼东西!"

他不住地眨巴着眼,朝我背后什么地方瞧着,扭动着身子,小声说:

"放开我吧!想开个玩笑,这有啥坏处?瞧,她还在睡哩……"

我推开他,他迈开像是被砍断的短腿悄没声地滚开了,留下我一个人在那里烦恼地纳闷:

"如此说来,我没有错。他是故意把拖把扔掉的。这是什么人呢?"

机器房里的小铃叮当响了起来。

"船走慢了。"有人快活地喊了一声。

汽笛吼叫起来,那个女人醒了,很快抬起头,用左手摸摸腋下,满是倦容的脸皱了一下,瞧了瞧灯。她坐起身,把散乱的头发塞到头巾底下,轻声说:

"妈呀,圣洁的圣母啊……"

……轮船停在码头上,一些楚瓦什人搬来木柴,扔到锅炉间,发出轰轰隆隆的声音,他们在扔木柴之前总要愤愤地喊一句奇怪的话:

"特鲁莎!"[①]

假依在山下的小城上空升起一弯下弦月,乌黑的河流被照亮了,显得生机盎然,月光好像用温水把整个大地洗刷得一干二净。

我走到船尾,坐在一些木箱中间,观赏这座横卧在河岸上的城市。在城市一端的上空,高耸着工厂的烟囱,像一根粗大的木棍;在城市的另一端和中部,立着两座钟楼,一座是金顶,另一座可能是绿顶或蓝顶,眼前在月光下仿佛是黑的,就像油漆匠用旧了的一把刷子。

码头对面有一座两层楼房,在它宽阔的前檐上挂着一盏灯,灯哆嗦着,在肮脏的玻璃罩里面燃着苍白暗淡的灯火。弯曲的长条招牌上

[①] 楚瓦什语:快点!

写着黄色的大字"酒店……",后面的字看不见。在这沉睡的城市里还有两三处灯火,模模糊糊的光点悬在半空,照出屋顶的边角,灰色的树木和涂着白漆的窗户。

看到这幅景象,不由人黯然神伤。

轮船发出咝咝声,晃动起来,它撞在码头边上,木头嘎吱作响,水在喘息。有人凶狠地喊道:

"真见鬼!拿索套来!把它放到船尾,用它隔开……"

"船开了,谢天谢地。"木箱后面一个熟悉的、爽朗的声音说,接着又低沉地问道:

"怎么样?他喊些什么?"

有一个人吧嗒着嘴,结结巴巴地匆忙而含糊地回答:

"他喊:'亲人们,不要杀我,饶了我吧,看在上帝面上!'他喊:'我要把全部财产都送到你们结实的、可爱的手里,让我赎罪,为我的灵魂祈祷吧!我要去拜谒圣地,出去一辈子,一直到死,你们不会看见我,听到我。'可是,他们还是朝他太阳穴砸了一家伙,鲜血直流,溅到我的身上,他就滚倒在地上了。我跑了出去,跑到酒店,边敲门边喊:'亲姐姐呀,爸爸被杀死了。'可她从小窗口探出头来说:'对那个放荡的老狼就该这样!'啊,多么可怕啊。这一夜,我可真吓坏了,真是不幸啊!起初我爬上阁楼,后来一想不行,他们会找到我,把我弄死的,因为我是全部财产的直接继承人。我爬到屋顶上,藏在烟囱后边,坐在那里,用手和腿抱住烟囱,吓得说不出话了。"

"你害怕什么呢?"那个爽朗的声音打断了他的话,"你不是也和你叔叔一道反对你父亲吗?"

"这种事情很难说,杀死一个是因为不得已,那么也就可能随随便便杀死另一个……"

"是的,"一个低沉的声音沉重而嘶哑地说,"这话不假!只要流了一次血,另一次就会自己来招引你。一个人只要开了杀戒,就什么也不在乎了,哪怕只是为了不让你站在他跟前,他也会动手杀你。"

"但是,如果他说的是实话,那倒也是事出有因!家产是不能败在他手里的……"

"可擅自杀人也是非法的!对违法的人有法院……"

"你告到法院去试试看!喏,那小伙子,白白蹲了一年多监狱……"

"怎么叫白蹲呢?是他把他父亲招引到屋里去的吧?是他关的门吧?"

声调呜咽、压抑的话语重又像急流一样倾泻出来,我猜想到,讲述这件杀人案的就是那个穿脏皮靴的人。

"我不替自己辩白,就是在法庭上我也是这么说的,因此没有罚我。叔叔和弟弟被判服苦役,我被释放了……"

"你知道他们商量要杀死你父亲吗?"

"我以为他们只不过是吓唬他一下而已。爸爸不承认我这个儿子,管我叫滑头……许多人就因为他流了好多泪……"

"人们流泪的事可多啦,若是因为流泪就去杀人,那我们会有什么结果?你尽可流泪,可是血嘛,你不要去动,那不是你的!你以为你身上的血就是你的吗?就是你身上的血也不是你的,更不要说……"

"问题主要出在财产上!活着,活着,积攒了一些钱,突然,一切都开始腐烂,开始完蛋。那你就会不由自主地失去理智,恨起亲生的父亲来了……不过,现在该打一会儿瞌睡了……"

从我身边走过一个高个子的人,他穿着一件农民穿的黑上衣,戴一顶帽檐很大的便帽。

木箱后面静了下来,我站起来朝那边瞧了瞧:穿棕色上衣的旅客蜷缩着身子,靠在一堆锚链旁,把两手伸进袖筒里,放在膝上,下巴颏靠在上边。月亮直望着他的脸,这脸有点儿发青,一双细长的眼睛藏在眉毛底下。

在他的身边,一个宽肩膀的农夫,穿着短皮袄和白色带花纹的毡靴,头冲着我仰卧在那里。他那卷成一个个圆圈的灰色胡子硬邦邦地向上翘起。他把两手垫在头下,一双大牛眼望着天空,稀疏的星星在天上静悄悄地闪耀着,月亮渐渐消失了。

他虽然想尽量把声音变得柔和些,可是没有用,还是扯起喇叭似的嗓门问道:

"这么说,你的叔叔是在货船上了?"

"是呵,弟弟也在那里。"

"可是你在这里?是这么回事!"

一艘运载囚犯的黑色货船在淡蓝色的水路上行驶,它像一只犁铧,翻起一溜银白色的浪花。月光下,船上的灯火显得昏暗无光,放有铁笼的船身高出水面。右边是茅草丛生的黑魆魆的河岸,如同波浪一样蜿蜒曲折。

周围的一切似乎都软绵绵,飘浮不定,逐渐消失,引起一种不牢靠的忧郁感。

"你上哪儿去呢?"

"为了财产?"

"是呀……"

"小伙子,听我说:把这一切都丢掉吧,叔叔,家产,一切都丢掉吧!既然出了人命,还是自己的亲人,你就丢弃这一切远走高飞吧!"

"那财产可怎么办呢?"小伙子抬起头,问道。

"跟你这人讲不明白!"农夫生气地说,闭上了眼睛。

小伙子布满棕色汗毛的脸,像是被风吹了似的扭动了一下。他发出咯咯声,向四下瞧了瞧,发现了我,便恶狠狠地喊道:

"哼,你看什么?"

高大的农夫睁开眼睛,看了看他,也看了看我,说道:

"你别嚷,毛手套!"

我回到自己位置上躺下睡觉,心想那农夫说得很恰当,小伙子的脸真像一只磨破了的毛手套。

我做了一个梦,好像我是在给一座钟楼刷油漆,一群巨身大眼的乌鸦在钟楼顶上飞来飞去,用翅膀扑打我,妨碍我的工作。在我用手轰赶它们的时候,却一头栽到地上。我一下子痛醒了,感到有些软弱无力,迷糊恶心,呼吸困难。昏迷中似有各种色彩的迷雾在眼前飘动,血从后脑流出。

我艰难地站起身来,走到自来水龙头那里,用凉水冲冲脑袋,用毛巾紧紧扎住,回到自己位置上,仔细地看了看,心想,这是怎么发生的呢?

我睡在甲板上一堆为厨房准备的碎劈柴旁边。在我的头枕着的那个地方,有一根桦木棍子。我拿起来看了看,这棍子是干净的,只有薄薄一层树皮。也许,由于轮船不断颠簸,把这根木棍摇落到我的头上。

我知道了这不愉快的事故的原因,也就放了心,走到船尾处,这里没有令人窒息的气味,并且可以看到远处。

这是天将破晓的时辰,是黎明前最宁静的时分,整个大地都深深地、长久地沉浸在唤不醒的梦境中。万籁俱寂在人的心中引起一种特殊的敏感。星星离地球很近,而那颗晨星格外明亮,像一个小太阳。

但是,天空已呈现出冷灰色,不觉失去夜的温柔。星光像花瓣一样四面辐射,本来是金色的月亮,显得苍白,闪出银光,离地球越来越远。河水不知不觉地改变它浓重的带油的光泽,天色的迅速变化,奇妙地反映在河水中,转瞬即逝。

东方,在黑魆魆的枞树林的上空,罩上一层玫瑰色的薄暮,它越来越光彩夺目。它那柔和、甜美的色彩逐渐加浓,变得愈加大胆和耀眼,就好像怯懦的祈祷变成表达谢意的欢歌。转眼间,枞树的尖顶变得火红,仿佛是教堂里节日的蜡烛在燃烧。

一只无形的手把这透明的多彩锦缎抛进河里,在河水中铺展开来。黎明的凉风在河上掀起道道银白色鳞波。在由于阳光照射而焕然一新的天空上,金色与珠母色,紫红色与蓝绿色的斑点追逐嬉戏,看得人眼花缭乱。

第一道剑形的光线像扇面一样散开,阳光白得刺眼,似乎可以听到,铜钟的巨响从高空传到地面,这是迎接日出的欢呼声。红日已在森林上空露出了笑脸。盛满生命果汁的酒杯向大地倾洒,把创造的活力慷慨地施舍给人间。而一股淡红色的蒸气,如同香炉青烟,从草地升上天空。岸边树木的碧影,从高岸上轻盈地倒映在河水中。草上的露珠水银般地闪耀。鸟儿醒来了,白色的海鸥在水上飞翔,它的白影在彩色的水面上游动。而太阳则像凤凰一样越飞越高,升上湛蓝的天空,在那里,银色的金星渐渐熄灭,正如鸟儿消逝一样。

岸边的黄沙地上,长脚鹬在迅跑。两个渔夫在拉网,小船在轮船翻起的浪涛中颠簸。从岸上传来隐约可闻的清晨的声息——公鸡的啼鸣,牲畜的吼叫,以及人们固执的讲话声。

船尾那些木箱也染上红色,连高大农夫的灰白胡须也变成红的了。那农夫笨重的身体躺在甲板上,张着大嘴沉睡,发出鼾声。他的眉毛奇怪地竖起,浓密的胡须微微颤动。

在大堆木箱中间,有人挪动身体,发出叹息。我往那里一瞧,碰到了那对细小眼睛慌张的眼神,毛茸茸的脸——毛手套比昨天更瘦更灰了。显然,他感到冷,弯曲着身子,把下颚靠在两个膝盖中间,两只粗糙的手抱着大腿,忧郁地、像被猎获似的从下向上直望着我,疲惫不堪、毫无生气地说:

"哼,你找到我了吗?好,你打吧!来吧!……我打了你,你打我吧,……来!"

我感到惊异,甚至有点儿害怕,轻声问道:

"这是你打我的吗?"

"谁能证明?"他声音嘶哑地低声喊道。两手松开,仰起那长着两只翘耳朵、好像被帽子压扁了的头,两手插进上衣口袋,挑衅地重复道:

"有证人吗?见鬼去吧!"

他有一股耍赖皮的劲儿,叫人讨厌。我不想同他讲话,也不想为那恶意的打击来报复他。我默默地转过身去。

过了一分钟,再看他一眼,只见他仍取原来姿势坐在那里,两手抱膝,下颚置于膝上,因失眠而发红的双眼死气沉沉地盯着拖在轮船后面的货船,货船在两条宽阔的翻腾着的水流中间行驶,水浪在阳光照射下,真有点儿像鲜啤酒。

这令人欣慰的清晨的快乐,晴朗的天空,两岸柔和的色彩,早晨的歌声,清新的空气——周围这一切,使那小人的眼睛以及那死气沉沉、与人格格不入的目光,显得更加可悲地渺小……

当轮船驶离松特尔的时候,这个人跳水了。他当着众人的面从船上跳了下去。甲板上的人马上都喊了起来,慌作一团,相互挤撞,使劲地往船舷那里拥,迅速地环顾那平静的河水。从此岸到彼岸,整个河水都泛着令人目眩的光芒。

汽笛断断续续地发出警报,水手们把救生圈抛进水里。人们奔跑的脚步声震得甲板像敲鼓似的隆隆作响。蒸气发出吓人的嘶叫声,一个女人歇斯底里地喊叫起来,而船长则在舰桥上粗野地叫道:

"别扔啦!发什么傻,混蛋!把乘客稳住,你们这些鬼东西……"

一位神甫,没有梳洗就跑出来,两手捂着散乱的头发,用他肥胖的肩头推开众人,踩着人们的脚,畏怯地瞪着眼睛,反复地问一句话:

"是男人还是女人?啊?是男人?"

当我挤到船尾的时候,那个人已远远地落在货船船尾后面了,在波平如镜的宽阔水面上隐约可以看见他的头,像苍蝇那么小。一只渔船像水甲虫似的快速驶近货船,一红一灰两个人在划桨。从草原的岸边又急速驶过来一只船,像一头活泼的牛犊在波浪中跳跃。

从河上传来的微弱的裂人心肺的呼喊声,与轮船上惊恐的喧嚣声会合在一起:

"啊……啊……啊……"

听到这喊声,一位尖鼻子、黑胡须、穿着整齐的农夫一边舔着嘴

唇,一边喃喃地说:

"哼,傻瓜……真奇怪。"

那个胡须卷曲的农夫很自信地讲着话,压过了所有的声音:"不,这是良心发现!你们要怎么说就怎么说吧,可是良心是泯灭不了的……"

他们互相打断对方的话,开始向大家讲述这棕头发的小伙子的悲惨故事,而渔民已经把他从水中救起,急速摇桨,把他送到轮船上。

"他一遇上那个士兵的老婆,"大胡子农夫高声谈论起来,"就完全学坏了……"

"你要知道,在父亲死后,财产还没有分!"穿着整齐的农夫插言道。在大胡子热烈讲述这桩兄弟、侄子和儿子杀人案件的时候,这个整洁的、穿戴讲究的干瘦农夫总是一面冷笑,一面用充满生气的语调插话,加进许许多多尖刻的词句和谚语,就像是在围建篱笆时把木桩打进地里面去似的。

"在有甜食的地方,谁都会被拖进去的。"

"甜食里有毒药!"

"你不吃它,不爱吃吗?"

"哼,为什么?我又不是清教徒!"

"是吗?对对!"

"对什么?"

"没什么!链子短就别怨狗。"

他们俩开始面对面兴奋地争论起来,在普通的然而十分巧妙地联结起来的词语中,加进一些只有他们才懂的意思。这一个身体瘦弱,身板笔直,黑瘦面孔上那对好嘲弄人的眼睛闪射出冷淡的目光,说话又快又响,总好耸肩膀;另一个身体魁伟,以前看来好像是镇静、自信、果断的,现在却喘着粗气,在他那公牛般的眼睛里燃烧着愤愤不平的怒火,脸上显露出红斑,胡须像鬃毛似的竖立着。

"住口!"他喊了起来,把手一挥,转动着混浊的眼球。"怎么会那样?难道上帝不知道该怎么惩罚人吗?"

"这跟上帝有什么关系,既然你为魔鬼服务……"

"你胡说!是谁先动手的?"

"是该隐①,怎么样?"

"又是谁第一个忏悔的呢?"

"唔,是亚当吧?"

"对呀!……"

"人送过来了!"

乘客们从船尾拥了过来,把辩论的人也带了过去。瘦子农夫垂下肩膀,把上衣紧紧扣住。大胡子像公牛似的跟在他的后面,低着头不安地把棉帽从这边扣到那边。

轮船沉重地转动着机轮,力图在水流中停稳,船长注意使货船不碰到船尾,一直用传声筒喊话:

"向左转,你这麻脸!往左呀!"

渔船驶近船舷,把投水的人抬到甲板上,——他身子瘫软,像一个没有装满的布袋,全身水淋淋的,他那毛茸茸的脸变得光滑而又天真。

人们把他放到行李舱的舱顶,但他马上坐了起来,弯着身子,用手掌使劲压平湿头发,谁也不看,低声地问:

"帽子捞到了吗?"

在围着他的一群人中,有人劝说道:

"应该想一想人,不该想帽子。"

他响亮地打了个嗝,像骆驼一样吐了大量混浊的水,用疲倦的两眼看了看人们,冷漠地说:

"最好把我送到什么地方……"

水手长严厉地对他说:

"躺下!"

---

① 《圣经》传说中的杀弟者。

小伙子驯服地躺下,把两手枕在头下,微闭双眼。水手长开始客气地劝说围观的人:

"散开吧,各位先生!这里有什么可看的呢?一点儿意思都没有……乡下佬,你瞪什么眼睛?滚开!"

人们彼此毫不隐讳地传告:

"杀父之人。"

"真的吗?"

"就这个衰弱不堪的人?"

水手长蹲下来,严厉询问被救上来的人:

"你的船票买到什么地方?"

"到彼尔姆。"

"啊,老弟,现在你到喀山下船。你叫什么名字?"

"亚科夫。"

"姓呢?"

"巴什金。我们还姓乌科洛夫。"

"那么说,是双姓……"

大胡子农夫带着明显的残忍态度竭尽全力地喊道:

"叔叔和兄弟被判了徒刑,他们押在货船上,而他,他被宣告无罪。可这只是现存的事实,不论你怎么说,杀人是不行的!良心是不能见到血的,即使在旁边看杀人也不行……"

围观的人越来越多,一、二等舱里被惊醒的旅客走了出来。黑胡须、绯红脸庞的大副在他们中间走着,有点儿不好意思地问道:

"对不起,您不是医生吧?"

有个人吃惊地高声答道:

"我?从来没当过医生!"

快乐的夏日来到河上。这是一个星期天。山上响起动人心弦的钟声。草地那边近水的地方,走着两位穿着花衣服的农妇,她们挥动头巾,向轮船高声喊叫什么。

小伙子闭上眼睛,一动不动地躺着。现在,他没穿外衣,湿淋淋的衣服紧裹着身体,显得整齐些。可以看到,他胸部隆起,身体肥胖,甚至他那痛苦的脸也似乎变得漂亮、圆润了。

人们怜悯地、严厉地望着他,也有点儿恐惧,但是都不讲什么礼貌,就好像这不是一个活着的人。

一个穿灰色大衣的瘦弱先生,对戴着一顶黄草帽系着紫丁香花色飘带的女人说:

"秋天时候,在我们梁赞,一个钟表匠在天窗上吊死了。他把店里所有的钟表都弄停,才去上吊。试问,为什么要让表停住呢?"

另一个黑眉毛的女人,把手藏在围巾下面,站在被救人的旁边,斜着眼睛仔细地看着他,她那灰蓝色的眼睛里噙着泪花。

来了两个水手,一个向小伙子俯下身去,推了推他的肩膀:

"哎,起来!"

他疲倦地站了起来,人们把他带走了……

过了一些时候,小伙子重又出现在甲板上,头发梳得整整齐齐,衣服也不湿了,穿着厨师的短白褂和水手的蓝裤子。他背着手,耸着肩,弯着身子,快步走向船尾,在他的身后跟着一些看热闹的人——一个,三个,十个。

他在锚链上坐了下来,有好几次像狼一样转过头来看看人们。他皱着眉头,用布满棕色汗毛的手支住面颊,眼睛盯住货船。

人们在炎热的阳光下默默地站着或坐着,一个劲儿地审视着他,显然想同他攀谈,但又拿不定主意。高大的农夫走了过来,看了看大家,摘下帽子,擦擦脸上的汗水。

脸色灰白的红鼻子老头,长着稀疏的像鱼翅似的胡须和好流泪的眼睛,咳了一声,首先温和地开言道:

"请你说说,这到底是怎么回事?"

"干什么?"小伙子生气地问,一动也不动。

老头从怀里掏出一块红手帕,抖了抖,小心地擦擦眼睛,隔着手帕用一种决心固执己见的人的平静语调说:

"怎么叫干什么?这种事,大家应该……"

大胡子农夫走上前来,大声说道:

"你就说吧!那样会轻松些!罪过是应该叫人知道的……"

这时,仿佛是响起回声似的,传来了嘲弄的爽朗的声音:

"捉住,绑起来……"

小伙子微微扬起眉毛,低声说:

"最好放过我吧……"

老头仔细地叠起手帕,揣进怀里,举起干瘪得像鸡爪的手,尖刻地冷笑了一声:

"也许,人们问你话并不是出于无谓的兴趣……"

"我才不在乎别人呢。"小伙子嘟哝说,高大的农夫跺了跺脚吼道:

"怎么?你能躲避掉人吗?"

他长时间地、大声地讲起了人、上帝和良心,粗野地瞪着眼睛,挥着手,越来越愤怒,显出可怕的样子。

大家也都兴冲冲地支持他,跟着喊:

"对呀,是这样……"

小伙子起初是默默地听,一动也不动,然后直起身站立起来,两手插进裤兜里,开始凶狠地看着众人,绿眼睛里燃烧着炽热的光芒。他突然挺起胸脯,嘶哑地喊道:

"我到哪里去?我要去抢!我要杀死所有的人……来,把我绑起来吧!我要杀他一百个!反正我豁出去啦,要命有一条!来,绑我呀!"

他气喘吁吁地讲话,肩头在颤动,两腿发抖,灰白的脸痛苦地变了形,也一直在战栗。

人们气恼地、惊恐地叫了起来,躲开他,朝后退。有几个人也像这小伙子一样凶狠,喊叫着,眼里冒火。很显然,现在有人要揍他。

可是，突然他又软了下来，好像在阳光下融化了一样。他两腿一弯，扑通跪倒，耷拉着头，像被斧头砍了似的，脸险些撞在箱子角上。他两手捶胸，似乎被话压得喘不过气来，以完全不同的腔调喊道：

"请问你们，叫我怎么办呢？是我的过错吗？我坐了牢，后来进行了审判，告诉我说，我自由了。"

他抓自己的耳朵、脸，摇晃着脑袋，像是要把它扯下来似的。

"啊哈！"高大的农夫高声喊叫了一声。人们被他的喊声吓得往后一闪，有几个人连忙走开，其余十多个人慌张地、忧郁地在原地挪动脚步，不由自主地挤成一堆。而那个小伙子摇着头，有气无力地说：

"我希望能睡上十年！我一直在问自己，不知道我有罪还是没罪。夜里，我用劈柴打了这个人……我走着，一个讨厌的人在睡觉。我想，我来打他一下，可以吗？我就打了他！这是不是罪过呢？啊？我想到要打所有的人，行不行呢？我完了！……"

大概是由于太疲乏了，他由跪而蹲，然后又侧身躺下，两手抓头，说出最后一句话：

"马上杀了我多好啊……"

四周寂静无声。大家都低头站着，沉默不语。人们似乎都同样感到郁闷，十分难过，仿佛有一件又大又软的东西——湿黏的土块打到前胸。后来，有人困惑地、和蔼地低声说道：

"亲爱的老弟，我们不是你的审判官……"

另外一个人补充说：

"我们自己，也不见得更好些……"

"我们可以怜悯，但是不能审判！怜悯你，这是可以的！仅此而已……"

穿着整齐的农夫幸灾乐祸地大声说道：

"让上帝去审判吧！人们将来会审判的！"

还有一个人离开这里时，对另一个人说：

"这种事你弄不清！而审判官马上就可以凭着书本判定有罪无

罪……"

"这件事最好快点儿了结吧……"

"我们总是匆匆忙忙,要向哪里奔呢?"

"就是呀。"

黑眉毛的女人不知从哪里走了出来。她把围巾从头上摘下,放到肩上,把动人的白发塞到褪了色的蓝头巾里,撩起裙边,挨着小伙子坐下,用她肥胖的身体把人们隔开。然后,她抬起温柔的面庞,和蔼而又威严地说:

"你们最好都离开这里……"

大家听从她的话,全走开了。高大的农夫边走边说:

"我的话说对了!良心发现了……"

但是,他说这句话时并不是感到满足,而是若有所思,兴味索然。

红鼻子老头像个小影子似的跟在他的后面,打开烟叶盒子,用好流泪的眼睛望着它,不紧不慢地边走边说:

"有的时候,人也会被良心捉弄的。他这个调皮鬼也是人哪。他也会把良心置于一切阴谋诡计之上,当然这些阴谋诡计是由语言的烟幕掩盖起来的。可是我们知道!人们看得见,——人们说,这个人的心灵在炽热地燃烧,而他由于阴谋诡计的驱使,有时把手放在心上,有时把手放在口袋里……"

爱说话的人把外衣敞开,把两手插在里面,起劲地讲述着:

"因此,我相信一切野兽,相信狐狸、刺猬,可是对于邻人,我得等等瞧吧?"

"是这样,老兄! 人心大变喽……"

"是呀,人心不齐……"

"是因为人多拥挤啊,弟兄们!"高大的农夫喊道,"生存的地方不够,太挤了!"

"因此我们才长胡子,长疤,长疖……"

老头注意地看了看农夫,赞同地说:

"是有点儿挤!"

他往鼻子里塞了一点儿烟末,站在那里仰起头,等着打喷嚏。可是没有打,便出了一口长气,重又用两眼打量那农夫说:"你得出这种结论很久了吗,大叔?"

"很久了……"

前面已经可以看到喀山了,教堂和清真寺的屋顶在蔚蓝色的天空衬托下,犹如奇花的蓓蕾。内城的灰墙像一条腰带,把它们拦了起来。比所有教堂都高的是凄凉的松别卡塔①。

我要在这里上岸。

我再次看了看船尾:黑眉毛的女人在膝上掰开干麦饼,边掰边说:"我们来喝一杯茶!我同你一起到奇斯托波尔下船。"

小伙子躺在她的身边,若有所思地望着她那双大手,这双手是温柔的,看来也很有力,惯于干普通的活。

他喃喃地说道:

"已经把我弄得精疲力尽了……"

"谁?"

"各式各样的人。我怕他们……"

"怕什么……"

"要是把所有的人都……"

女人在一块饼上吹了一下,递给小伙子,心平气和地说:

"好啦……我现在给你讲个故事,或者咱们先喝一杯茶,啊?"

富饶美丽的乌斯隆村在岸边出现,穿着鲜艳衣服的姑娘、媳妇兴高采烈地走在大街上。泛着浪花的河水在阳光下奔流。天气闷热,一切仿佛都在梦中……

闵凡路 吴新慧 译

---

① 拉于喀山内城中,是古代喀山汗国遗留下来的著名建筑物。

女 人[*]

  风儿在草原上飞驰,吹打着高加索群山的残岩峭壁;山脊像巨大的风帆,大地呼啸着,像是在蔚蓝色的无底深渊疾驰,将风儿撕碎的云絮抛在身后,云絮的阴影沿地面滑动,想抓住大地不放,然而力不从心,于是便哭泣、呻吟起来……

  树木弯下身子,仿佛在奔跑,灌木丛抖动着枝叶,犹如一群狗趴在黑色的地面上,抖动身上的毛。整个大地黄尘滚滚,发出单调的沙沙声,呼啸着,号叫着,一刻也不停息;鹳鸟在啼鸣,饱食后的乌鸦呱呱地叫,草原上的蟋蟀也不甘寂寞,嚯嚯地闹个没完。不时传来神色严肃、身材高大的哥萨克村民的吆喝声,好像在指挥这里的一切。脱粒机铡碎的金黄色的麦秸,从光秃秃的草原上吹过来,富饶的哥萨克镇的场院上,卷起一阵阵昏黄的旋风,一些鸡毛和太阳晒黄的枯叶被腾空卷起,漫天飞舞。

  太阳匆匆露了一面,又很快消逝不见了,它好像在追赶奔驰的大地,但已疲惫不堪,被抛在后面,不声不响地从天际沉落到西方尘土飞扬的一团混乱中。在那边,群山耸立,皑皑白雪点缀着山峰,含雨的乌云像耕耘过的土地,被染上了一层彩虹。

  厄尔布鲁士山的鞍形山巅和其他山的水晶般的山峰,有时从乌云

---

[*] 本篇写于一九一二年夏,最初以《罗斯记游·一个"行路人"的回忆》为题发表于一九一三年《欧洲通报》杂志。

的间隙闪耀出炫目的光芒。山峰直耸云端,想抓住那些云。你会十分明显地感觉出大地在广阔的空间里急驰,心里紧张和高兴得喘不过气来,仿佛同这美丽可爱的大地一起疾飞。你凝视着那些被永不消融的积雪装点的山峰,会不由得想到,在群山背后定是一片浩瀚的蓝色大海,大海里巍然展现出另外一些奇妙的土地,或者简直就是一片湛蓝的荒漠,而在远处某个地方隐约可以看到一些五颜六色的球体在转动,那是从我们地球的亲姊妹——尚不知道的星球上来的吧……

从草原驶来几辆大车,满载脱过粒的粮食。犄角弯曲的瓦灰色的犍牛,全身都是烟炱般又黑又厚的尘土,瞪着圆圆的眼睛,把富有耐性的目光投向地面,缓慢而吃力地迈着步子。大车上躺着一个哥萨克,他身穿被尘土染成灰色的衬衫,高筒皮帽歪戴在后脑上,脸膛晒得黝黑,眼睛被风吹得发红,大胡子被汗水和尘土粘在一起,像是用石头雕成的。这个哥萨克有时在车前紧靠着车辕步行,风吹打着他的后背,把衬衫掀起;这人也像犍牛那样结实和强壮,眼睛也是那样富有耐性而且精明,他不慌不忙地走着,仿佛知道前面等待着他的一切。

"右转弯……右转……"

今年他们这里收成不坏。他们身体都健壮,吃得饱饱的,可是面色阴沉,不爱讲话,对人待搭不理。这也许是干活太累的缘故吧……

在哥萨克镇的中央,一座红砖教堂高耸入云,它有五个圆顶,正廊上方是一座钟楼,窗框是整饰过的,涂了淡黄色的油漆。这座教堂仿佛是贴了一层五花肉似的,背阴处显得臃肿而笨拙;很像一座由吃饱喝足的人们给一位魁伟、静穆的天神建造的神殿。

低矮的白色农家草舍像跳轮舞似的散开,一座座宛如粗壮的农妇,腰间系着篱笆编的腰带,身上披着花畦织成的华丽绸衫,头上是由芦苇房顶织成的褪色的锦缎,而在屋顶的上空,银灰色的白杨摇曳多姿,花边似的槐叶丛哆嗦着,干荚儿有如孩童的玩具发出嘎嘎的声响。栗子树的暗色的掌形大叶在空中摆动,似乎也想抓住那些飞奔的云。哥萨克女人从这院跑到那院,把裙子和内衫的下摆高高撩起,粗壮结实的腿一直裸露到膝头;她们奔忙着,打扮起来准备过节,彼此关心地打招呼,呼唤着圆胖胖的孩子,那些孩子像麻雀似的在土里翻滚,捧起一撮撮尘土,高高扬在空中。

在教堂围墙旁边背风的地方,一些"找活儿干的流浪汉"横七竖八地躺在红褐色的干枯的杂草地上,他们一共二十多个,全是"无处安身的人",等待时来运转的空想家,或者是陶醉于这片辽阔富饶土地的懒汉,俄罗斯流浪癖的患者。他们三三两两结伴而行,从这村串到那村,名义上是"找个工作"。他们看到这里工作非常之多,对此大为惊讶,但是,只有到了山穷水尽的地步,到了用乞讨或偷窃等办法已不能填饱肚皮的时候,他们才肯去干活儿。

明天是圣母升天节①,在那个富饶的镇子里将有欢度节日的活动。他们便也从四面八方汇集到这个镇上来,希望在节日里不用劳动就能饱餐一顿。

这些全是从中部各省来的"俄罗斯人"。他们没晒惯南方的太阳,一个个面孔被晒成黑紫色,头发也晒焦了。风儿把他们的破衣烂衫吹得飘飘扬扬,啪啪作响。他们全都装出一副温顺、虔诚的样子,好像是干活儿劳累了,日子过得不如意,才聚集到这里来。

当那辆满载粮食的大车吱吱咂咂地从他们身旁驶过时,哥萨克嘴里嚼着一根麦秸,也从这里步行走过,他们厚着脸皮毕恭毕敬地向他鞠躬致敬,而他只是轻蔑地斜睨他们一眼,并没有脱帽,同往常一样,全然不理会那些无精打采、衣衫褴褛的外乡人如何对他弯腰行礼。

图拉人科尼奥夫,一个干瘪的男人,晒得像根烧焦的火棍,他枯瘦的脸上长着稀稀拉拉的黑胡子,深藏在眼窝里的一对黑眼睛闪动着和蔼的含笑的目光。他与众不同地向哥萨克们深深一鞠躬。

今天我才加入到这伙人里头,不过科尼奥夫却是我的老相识了。从库尔斯克到捷尔斯克省的路上,我不止一次遇到他。他是一个"合

---

① 圣母升天节,旧俄历八月十五日。

群"的人,喜欢待在人群中间,可是,这似乎只是因为他非常胆小。无论在地球上什么地方,除了在靠近阿列克辛县①沙滩他自己的家乡,他总是自信地到处都这样说:

"确实,这鬼地方富倒是富,可是我同当地人却合不来……怎么也合不来!在我们家乡,人的心眼儿不知有多好,那是真正的俄罗斯人,这里的人没法比!这里全是狠心的家伙,本地人的心肠连一分钱都不值!"

他喜欢悄悄地、若有所思地讲述一些偶然发迹的奇遇:

"瞧,你不相信铁马掌的故事,我讲给你听听。叶弗列莫沃村的一个乡下人拾到一块铁马掌,可是三个星期以后,他的叔叔,叶弗列莫沃镇一家店铺的掌柜和他全家人却被一把火烧死了,听说了吧?全部遗产就归这个乡下人所有了,真的!不,你总不能说你不知道这个道理吧——命运是怜悯人的,它常常怀着苦心保护人呢……"

科尼奥夫那浓黑陡直的眉毛一直爬到前额,眼睛惊讶地从眼窝瞪出来,仿佛他自己也不相信他讲的这些话。

当那哥萨克走过时,并未理会他的致敬,科尼奥夫望望他的背影,嘴里嘟囔着:

"吃饱撑的,目中无人……不,我直说了吧,这是些没有心肝的家伙!……"

同他一起的还有两个女人,一个二十岁左右,矮矮胖胖的,眼睛像玻璃球似的,嘴总是合不拢。她有一副傻里傻气的面孔,脸的下半部,牙齿露在嘴外,好像在笑,可是,当你仔细一看她那低矮的额头下面那对纹丝不动的眼睛,又觉得她立刻就要惊恐地失声痛哭,像个患癫痫病的女人。

"他把我送到这里,和不相识的人待在一起。"她嗓音沙哑地抱怨着,用短粗的手指把晒焦的头发塞进黄绿色头巾下面。

---

① 在图拉省,位于奥卡河右岸。

一个宽脸盘、高颧骨的小伙子,长着蒙古人的小眼睛,用胳膊肘捅了她一下,声音喑哑地懒洋洋地说:

"他把你抛弃了。你眼里只有他……"

"是啊——"科尼奥夫意味深长地拖着长声,一面说,一面在布袋里摸索什么。"现在甩掉一个娘们是家常便饭,这年头她们不值钱,便宜得很……"

那娘们蹙着眉头,吃惊地眨巴着眼睛,张开嘴,她的女伴却机灵而明确地说:

"你别听他们胡说,讨厌鬼……"

她比那女人大五六岁,而且容貌也非同一般,一对乌黑的大眼睛总是滴溜溜地转,几乎每分钟变换一种神情:时而顺着镇上的街道,严肃地凝视远方,眺望凉风习习的草原,时而突然匆忙地在人们脸上找寻什么,然后又不安地将眼睛眯起,在那美丽的唇边闪过一丝微笑。这女人低下头,把脸藏起来,当她再抬头的时候,眼睛又换了另一副神情:气呼呼的瞪得很大,两道纤细的眉毛之间现出一条竖立的皱纹,轮廓清晰的干焦的嘴唇固执地紧闭着,她像头马似的,用她那直勾勾鼻子的小鼻孔呼哧呼哧地吸着气。

从她身上可以感觉出一种农民所没有的东西:蓝裙子下面露出皴裂的脚踝——这不是农村那种泥巴腿,脚面隆起很高,显然是穿惯了长筒靴的。她在补一件带白花点的天蓝色上衣,看样子,她做针线十分娴熟。一双晒得黧黑的小手在那揉皱了的布料上灵巧、迅速地闪来闪去。风儿想从她手里把针线活吹走,但没有得逞。她躬下身子坐在那里,从麻布内衫的开襟处,我看到她那不大的结实的乳房,像是姑娘家的乳房,可是她那下垂的奶头却说明,在我面前的是一个哺育过婴儿的女人。在这些人中间,她真像是掺杂在生了锈的破铁中的一块赤铜。

我在这块土地上漫游,时而登临高山,时而造访平原,所到之处,多数人都是神情抑郁,像蒙上了一层灰尘,懒散得令人触目惊心。若是打开人的心扉,探察一下他的内心,那里定会有我尚不知晓的思想和闻所未闻的言论,但是,这样去观察人也确实没有什么必要。我只是希望看到全部生活都是美好的,值得自豪的,希望这些成为现实,然而现实生活展示出来的却是些彼此倾轧的处所、黑暗的陷坑、委琐的人、潦倒的人、说谎的人。我想将自己的一颗小火星投向他人心灵的幽暗处,——你径自投去,可是它却在无声的空间消逝得无影无踪……

不过,这个女人却能唤起遐想,吸引你去揣测她的过去,于是,我不由得要编出一篇有关人生的复杂的故事,同时用自己的意愿和希望的油彩把这种生活尽量涂饰一番。我知道这是一篇谎言,也知道,随着时间的流逝,我的境遇将因为争取这种生活而变得恶劣,但是,目睹如此畸形的现实却实在令人烦闷。

一个身材高大的红头发男人,垂下眼帘,搜索枯肠地寻找恰当的词汇,用焦油般浓重的声调慢吞吞地讲:

"好吧,咱们走吧。路上我对他讲——信也好,不信也好,古宾,骗子总是你,不会是别人……"

在讲话人的话语中,所有的字母"O"的发音都是沉重而圆润的,就像超载的大车车轮在乡间小路灼热的尘土上辘辘滚动。

高颧骨的小伙子,眼珠如盲人的一般混浊,他那铅灰色的眼睛死盯着戴绿头巾的年轻女人。他像羊羔似的掐了几根枯萎的草茎,放在嘴里咀嚼,又把袖口挽到肩头,弯起胳膊,乜斜着鼓起的筋肉。

猝然间,他向科尼奥夫问道:

"让我来一下,好吗?"

科尼奥夫寻思着朝他的拳头瞥了一眼,那是一只大拳头,有如一普特重的铁锤,上面仿佛生了锈,他叹口气,回答道:

"你照自己的脑门来一拳,可能会变得聪明些……"

小伙子抑郁不乐地瞧着他,问道:

"为什么?我是傻瓜吗?"

"瞧你那样子就像……"

"不,你住嘴!"小伙子吃力地跪起来,用挑衅的口吻说,"你从哪里知道我是这么个人?"

"你们的省长告诉我的……"

小伙子不说话了,惊异地望望科尼奥夫,又问:

"可是,我是哪个省的呢?"

"别纠缠,记不得了。"

"不,等一等,要是我给你来一下……"

那女人停下手里的活计,像是觉得发冷似的耸起圆胖的肩膀,温柔地问道:

"说正经的,你是哪个省的人?"

"我吗?奔萨省的,"小伙子回答说,急忙抬起腿蹲在那里,"奔萨省的,怎么样?"

"是这样……"

那个年岁小一点儿的女人按捺不住自己的高兴,奇怪地哧哧笑起来。

"我也是……"

"哪个县的?"

"论县份,我也是奔萨县人。"那个年轻女人不无骄傲地说。

小伙子坐在她的对面,有如面对一堆篝火,向她伸出双手,用令人信服的口吻说:

"咱们那个城市可好呐!那么多饭馆、教堂、石头房子……有一家饭馆里还开留声机……要听什么有什么……什么歌都有!"

"也玩'捉傻瓜'①吧!"科尼奥夫轻声嘟噜一句,可是小伙子讲他们县城的如何美好,正讲得起劲,因此根本没有听见。他那宽厚、湿润的嘴唇不住地咂吧着,仿佛在琢磨用语似的喃喃说道:

---

① "捉傻瓜",也叫"抓杜拉克",一种纸牌游戏。

"好多石头房子……"

那个女人停下针线活儿,问道:

"也有修道院吧?"

"修道院吗?"

小伙子恼怒地挠挠脖子,不言语了,随后气呼呼地说:"修道院,我不太清楚……我只进过一次城,那是把我们这帮饥民赶去修铁路……"

"唉!唉!"科尼奥夫叹了口气,站起身,走开了。

人们紧靠着教堂的围墙,像草原的风刮来的一堆垃圾,准备再随风滚动到草原上去。三个人在睡觉,一些人在补衣服,捉虱子,嘴里乏味地嚼着从哥萨克农家挨户讨来的黑面包。看到这些人觉得烦心,听着这小伙子无用的唠叨也令人讨厌。那个年长的女人,眼睛不时地离开手里的活计,向他微笑,这虽然是淡淡一笑,却使我非常生气,于是我跟着科尼奥夫走去。

教堂围墙的入口处有四棵杨树,像守门人似的站在那里。杨树被风儿吹弯了树梢,向干燥的铺满尘土的大地频频敬礼,朝着雪山耸立的昏沉沉的远方探过身去。红褐色的草原洒满金色的阳光,显得那么平静、辽阔,它让风儿轻轻呼啸,让枯草甜蜜地沙沙作响,召唤着人们向它走去。

"这小娘们呢?"科尼奥夫依傍着杨树,一只手抱住树干,不免神思遐想地问道。

"她从哪里来?"

"她说是梁赞人,名叫——塔季娅娜……"

"她跟你同路很久了吗?"

"哪里……很久就好了!今天早上遇见的,在离这儿三十俄里路的地方……她同一个女伴一起,就是这个。我先前也曾遇到过她,在迈科普附近,拉贝河上,是在割草的季节。那时同她一起的是个中年男人,他不蓄胡子,样子像个大兵,不知是她的情夫,还是她的叔叔。

那男人是个酒鬼,爱打架斗殴。他在那里三天挨过两次打。如今她和这个女友结伴。那个叔叔吗,进了哥萨克的监牢,因为他把人家的马具、缰绳都变卖换酒喝了……"

科尼奥夫起劲地说着,但是,仿佛想到一件不愉快的事。他眼睛望着地面。风儿把他那稀疏的长须和破烂上衣吹得飘飘洒洒,吹掉了头上的圆帽;那帽子没有帽檐,衬里破碎了,简直是一块揉皱的破布。这种圆帽很像女人用的包发布,戴上它,科尼奥夫那有趣的脑袋看上去像个婆娘,样子滑稽可笑。

"嗯,是——呵,"他啐了口唾沫,傲慢地拉长音调说,"多标致的小娘们……简直是一匹小马……魔鬼给送来这么一个厚嘴大脸的家伙……你瞧,我同她本来事情快妥啦……可是他……可好!狗东西……"

"你说过你有老婆……"

科尼奥夫凶狠地瞪我一眼,便扭过脸去嘟囔道:

"我能把老婆装在袋子里背着走吗?"

一个歪肩膀的大胡子哥萨克走过广场,一只手里拿着一大串钥匙,另一只手握着一顶揉皱的帽子,帽檐朝前。一个八岁左右的鬈发男孩拖拖拉拉跟随在他的后面,一边抽泣,一边用拳头揉搓眼睛;他后面还有一条蓬毛狗,满脸丧气的样子,耷拉着尾巴,大概也是受了委屈的吧。孩子呜咽得厉害时,哥萨克便停下来,默默地等着他,用帽檐朝孩子的头顶拍打几下,然后再往前走。他走路跌跌撞撞,像个醉汉似的,小孩和狗却在原地不动,待上几秒钟,——孩子尖声号叫,狗却噘起又老又黑的鼻子,无动于衷地嗅嗅空气,在牛蒡草棵里不住地摆动尾巴。这狗的神情好像对于一切都习惯了,它的长相很像科尼奥夫,只不过显得苍老一些。

"你说到——老婆,"科尼奥夫深深叹了口气,说道,"当然……不过,不是每一种病都能让人死掉的!……我十九岁上成了亲……"

后面的话我早就知道了。这些故事我听过不止一次,但我懒得打断科尼奥夫的话,于是,那些熟悉的怨诉又讨厌地钻进我的耳朵。

"一个姑娘吃饱养足了,净想找情人。等到出了嫁,就接连不断生孩子,像高板床上的蟑螂。"

风儿安静了些,还在哀怨地诉说着什么……

"没有多久的工夫,就生下七个,都活下来了,全叫你养活!一共养了十三个。这有什么用?现在算起来,她四十二岁,我四十三。她是个老太婆了,我呢,就是这个样子!还是乐呵呵的。穷日子害得我好苦,我那大女孩今年冬天外出讨饭去了。有什么办法?我只好到各城镇游荡,咳,在那里咱们只有一件事好干:睁眼瞧着,垂涎三尺!我看着,我受不了,干脆冲着这一切啐口唾沫,一走了事……"

这个干瘦的身材匀称的人,看上去不会使人觉得他是爱劳动的勤快人。他述说着,并不抱怨。他说话直截了当,像是在讲别人的事似的。

那哥萨克走到我们近旁,摸摸胡须,用浓重的低音问道:
"从哪里来的?"
"从俄罗斯。"
"你们都是从俄罗斯来的。"他说,挥手叫我们让开,自己向教堂门口走去。他的鼻子大得出奇,圆眼睛周围堆起一叠肥肉,秃脑袋像个鲶鱼头。小孩擦着鼻子,跟在他后面,狗嗅嗅我们的脚,押了押身子,便在墙根卧下了。

"看见了吧?"科尼奥夫嘟囔着,"不,在俄罗斯,人要和气多了,这里的人哪能比得上!等一等!"

从围墙的一角传来娘们的尖叫声和沉重的捆打声。我们拥过去,只见那个红头发的汉子骑在奔萨省来的小伙子身上,一面哼哧哼哧喘气,一面得意地数着数,用大巴掌打小伙子的耳光。那梁赞女人徒然推搡着红头发人的后背,她的女伴尖声号叫,其他所有的人都站起身来,挤作一团,嬉笑着,喊叫着……

"好呵!"

"五!"红头发的人数着数。

"这是为什么?"

"六!"

"行啦!唉呀!"科尼奥夫急得直跳。

连连传来使劲的扑哧扑哧的捆打声,小伙子挣扎着,蹬着腿,脸贴着地面,吹起一股股尘土。一个身材高大、面色阴沉、头戴草帽的人,不慌不忙地卷起衬衫袖口,挥动着长臂。一个好动的、其貌不扬的小家伙像麻雀似的几步跳到大家面前,低声劝告说:

"大家拉一拉吧!闹出乱子来,大伙都得给抓起来……"

可是这时高大的汉子已经逼近红头发的人,冲着他的太阳穴就是一拳,把他从小伙子的背上打落下去,然后转过身来面向大家,用教训人的口吻说:

"这是——坦波夫人的打法!"

"不要脸的家伙,土匪!"梁赞女人俯身站在小伙子面前喊道。她面颊绯红,用裙裾为那个挨打的小伙子擦拭脸上的血迹,她的乌黑的眼睛闪动着冷峻而愤怒的目光,双唇痛苦地战栗着,露出两排整齐、细小的皓齿。

科尼奥夫在她旁边跳来跳去,劝告说:

"你用水给他擦擦,拿点儿水来……"

红头发的人跪在那里,向坦波夫人挥动着拳头,喊道:

"他为什么吹牛说自己有劲儿?"

"为了这个就打人?"

"你是什么人?"

"我吗?"

"就是说的你!"

"看我再揍你小子一顿……"

其余的人在激烈争辩谁是这次斗殴的肇事者,那个好动的小家伙拍了拍巴掌,劝告大家说:

"别嚷嚷啦！这是人家的地方,规矩可严着哩,大伙都得……哎哟,我的天……"

他长了两只奇怪的扇风耳,看上去,如果他高兴就能用耳朵把眼睛遮起来。

突然,火红的天空中传来洪亮的钟声,压过了人声,这时在人群中出现了一个年轻的哥萨克,手里提一根棒子,他圆圆的脸膛,头发蓬乱,满脸雀斑。

"该死的,嚷嚷什么?"他善意地询问。

"打人啦!"气冲冲的漂亮的梁赞女人说。

哥萨克向她瞥了一眼,微微一笑。

"你们要在哪里过夜?"

有个人迟疑地说了声:

"在这里。"

"不行,耐(你)们会把乔(教)堂给偷光……来吧,到营房去,到那里给你们分派住处。"

"这没关系!"科尼奥夫同我并肩走着,说道,"反正是……"

"把我们当贼看待了。"我说。

"到处都一样！咱们的人也这么想。要当心,对陌生人最好要常常想到他是贼……"

梁赞女人走在我前面,同那个厚嘴大脸的小伙子在一起,他已疲惫无力,嘴里嘟噜着,听不清在说什么,她却高高昂起头,用慈母般的口吻清晰地说:

"你啊,年纪轻轻的,你可别跟那些强盗来往……"

钟慢悠悠地敲着,衣着整洁的老头和老太婆从各个院子钻出来迎接我们,于是,空寂的街道活跃起来,低矮的草舍也显得更加亲切。

一个少女的声音清脆地喊:

"妈,妈妈！绿箱子的钥匙在哪里呀?我要拿发带呢……"

犍牛哞哞地叫,用低沉的吼叫来回答钟声的召唤。

风停了。红色的云在哥萨克镇的上空缓缓浮动,山峰也被染成一片殷红。山峰仿佛在融化,有如几条闪耀着金光的火流奔向草原,在那儿,好像有只石雕的鹳鸟用一只脚伫立着,谛听劳累了一天的草儿的絮絮低语。

在营房草舍的院子里,我们的身份证被收走了。两个没有身份证的人被带到院子的一角,关在昏暗的牛栏里。这一切都是悄悄进行的,没有引起任何风波,像做一件通常的司空见惯的事情。科尼奥夫神情忧伤,望着正在变得暗淡的天空,低声说道:

"真是怪事……"

"怎么啦?"

"就拿身份证说吧。驯顺的好人因为没有身份证可能被驱赶,无处安身……如果我是一个无害的……"

"你是有害的。"梁赞女人肯定地说,语气里带着几分恼怒。

"为什么呢?"

"我知道为什么……"

科尼奥夫笑了笑,闭起眼睛不言语了。

我们横七竖八地躺在院子里,像屠宰场上的绵羊,一直躺到夜祷快要结束的时候。后来,我、科尼奥夫、那两个女人和莫尔尚斯克城的小伙子被带到镇边一间空草舍里,那里墙壁已经破损,窗户的玻璃也碎了。

"不要到街上去,不然就抓起来。"送我们来的哥萨克说道。

"总得给块面包吃吧。"科尼奥夫磕磕巴巴地说。

哥萨克心平气和地问道:

"干了活儿没有?"

"活儿还干得少吗!?"

"给我干的?"

"还没有这个机会呢……"

"等到有了机会,我就给你面包……"

于是,这个矮胖子像圆桶似的滚出了院子。

"他怎么这样对待我,嗯?"科尼奥夫惊异地把双眉紧蹙在额头中间,嘴里嘟噜着,"这些人简直是吝啬鬼,哼—哼!"

女人们走到草舍最里间的墙角,在那里好像马上睡着了,那个小伙子呼哧呼哧地喘气,沿墙壁、地面摸索着走出去,不见了。他回来时抱来一大捆麦秸,把麦秸铺在泥土地上,不出声地倒在那里,双手枕在被打伤的头下。

"你瞧,那奔萨人真会想办法!"科尼奥夫不禁羡慕地叫道。

"嗳,婆娘们,外边有麦秸呢……"

从角落里传来嗔怪的回答:

"你去拿呀……"

"给你们?"

"给我们。"

"是该去拿。"

他坐在窗台上,讲一些有关穷人的故事,说他们想进教堂向上帝祈祷,却被轰进了牲口圈。

"是呀。可你却说,人心都是一样的!不见得,老弟,在我们俄罗斯,人们都不好意思承认自己是老实人呢……"

忽然,他把双脚挪到靠街的一面,不声不响地跳下去,不见了。

小伙子睡着了,但睡得不安稳,他在地上摊开两条粗壮的大腿和双臂,翻滚着,呻吟着,打着鼾,弄得麦秸窸窣作响。女人们在黑暗中窃窃私语,屋顶干枯的芦苇发出沙沙响声;风越刮越紧了。不知是什么树的枝条抽打着墙壁,这一切犹如在梦中。

窗外是没有星辰的漆黑的夜,它似乎在用各种不同的声音絮絮低语,述说自己的哀怨和忧伤。随着每一分钟的流逝,那声音越来越弱,报时的钟声响了十下,在铜钟的长鸣消散之后,显得更加沉寂了,好像众多的生物都惧怕这夜间的声响,躲藏起来,走向看不见的大地,飞到看不见的天际去了。

　　我坐在窗畔,眼望着大地在黑暗中喘息,黑夜又闷又热,压抑着、烘烤着那些灰色的土丘般的草舍。教堂也看不见了,好像被抹去了似的。风儿,这个多翼的天使,三天来不断追逐大地,把它带进这片浓重的黑暗里,大地也疲惫得气喘吁吁,在黑暗里几乎动弹不得,准备永远瘫在这片包围它的黑黢黢的昏暗中。精疲力竭的风,也无力地垂下自己千万个翅膀,我仿佛觉得,它那天蓝色的、白色的、金色的羽毛已经折断,血迹斑斑,上面落了一层厚厚的尘土。

　　想起渺小而凄怆的人生,犹如想到一个醉汉咿咿呀呀拉一把蹩脚的提琴,又好比嗓子沙哑的平庸歌手唱坏了一首优美的歌。心灵在呻吟,急不可待地想要向人们倾诉,诉说为大家忍受的屈辱以及对地上万物的眷恋,也想述说太阳的美好,它用自己的光芒拥抱大地,它抚爱大地,使大地硕果累累,它带着这可爱的大地在蔚蓝的太空遨游。我不禁想对人们讲述一些振奋精神的话,于是,自然而然编出了这样的童谣:

　　　　我们为了幸福
　　　　降生在亲爱的大地,
　　　　为了将大地装点得更美丽,
　　　　太阳送我们来到这里!
　　　　在这阳光灿烂的神殿
　　　　我们既是祭司,又是上帝,
　　　　生活由我们创造,
　　　　　　由我们创造!……

　　透过黑暗,从女人们躲藏的那个角落,传来一阵絮絮低语,如同时断时续的细流淌过。我全神贯注地谛听,竭力想捕捉那些话语,辨认是谁的声音。

梁赞女人坚定而自信地说：

"你可别露出疼痛的样子呀……"

她的女伴擤了擤鼻涕，颓丧地拉长音调说：

"是—呀，只要能忍受得住……"

"我说，疼也别表露出来。他打你，你呢，要装得满不在乎，甚至当成玩笑……"

"那他会打死我的。"

"那就朝他笑呀，温柔地笑一笑……"

"敢情没有打你，你不知道……"

"我知道，我也挨过打，亲爱的。这种事我可经受过不少。你呵，别怕，打不死的……"

远处什么地方，一只狗沙哑地吠了几声，停下来听一听，又接着狂吠起来，别的狗也立即随声附和地叫起来，大约有两分钟我没听见这两个女人的对话，后来狗叫累了，于是那悄声细语又传了过来。

"别忘了，亲爱的，男人的日子也不好过！所有我们这些平民百姓日子都很艰难，这就要有人装出个样子，似乎他无所谓……好像他总是挺快活……"

"哦，至高无上的圣母……"

"婆娘们的温存是了不起的大事。婆娘对于丈夫和情人，可以代替他的母亲。你试试看就知道：他会开始羡慕你的脾气，在别的男人面前夸耀说，我的女人嘛，不管你怎么对待她，她总是快活的，温柔的，像五月的天气……什么也难不倒她，即使砍头也不怕……"

"这怎么行……"

"你想怎么样呢？姑娘呵，生活就是这个样子……"

可惜，街上有人蹒跚走过，发出嚓嚓响声，打搅了我的谛听。

"圣母的梦①——你知道吗？"

---

① 圣母的梦，是一首关于圣母梦中显灵的圣诗，预言耶稣将被钉上十字架和他的复活。

"不知道……"

"去问问老太婆。这些是应当知道的。你不识字吧?"

"不识字。到底是什么梦呀?"

"哦,你听着……"

窗下传来科尼奥夫谨慎的询问声:

"我们的人在这儿吗?唉,上帝保佑!我迷路了。老弟,我惊动了狗,差点没挨揍……拿去,接着!"

他递给我一个大西瓜,随后自己从窗口爬进来,扑打扑打抖掉了身上的尘土。

"弄到了不少面包。你以为全是偷的吧?压根儿不是!既然可以向人讨,干吗要偷呢?我干惯了这一手,我会讨人好。我走走看看,看到一座草舍点着灯,有人坐在桌旁吃晚饭,凡是人多的地方,总有个把善心的好人!这样,我也就吃饱喝足了,也给你们弄了点儿来……喂,娘们!"

她们没有回答。

"真贪睡,这些婊子养的。娘们呢?"

"干什么?"梁赞女人没有好气地说。

"想吃西瓜吗?"

"谢谢。"

科尼奥夫向出声的地方小心翼翼地移过身去。

"面包要吗?小麦面包,软和的……简直同你一个样呢……"

梁赞女人的女伴用乞讨的腔调说:

"给我一块面包吧……"

"给—给!你们在哪儿呀?"

"再给我块西瓜……"

"你,是谁呀?"

"哎哟!"梁赞女人疼得大叫一声,"你往哪里滚,该死的?"

"不要嚷……太黑了……"

"你不会擦根火柴,鬼东西。"

"你才是鬼东西,我的火柴可不多。要是我碰你一下,也不算太倒霉吧。挨男人的揍——要疼得多呢。男人揍过吗?"

"关你什么事?"

"问问呗。揍这么个小娘们……"

"你—听着……你—别乱动……要不就……"

"怎么样?"

他们吵嚷了好久,你一言我一语彼此顶撞着,越顶越凶,最后梁赞女人喑哑地叫了一声:

"哦!讨厌鬼……往哪儿……"

随之是一阵骚乱,传来几下捶打软东西的声响,科尼奥夫狎昵地窃笑,那个奔萨女人却用懒洋洋的声调说:

"别闹啦,不嫌害臊……"

我擦亮一根火柴,朝她们走过去,不声不响把科尼奥夫拖开了,这并没有使他发火,似乎正好让他冷静下来:他坐在我脚旁的地上,呼哧呼哧直喘气,啐着唾沫,用劝慰的口气说:

"傻女人,和你闹着玩儿,可你,好家伙,却发火了!该叫你吃点儿亏……"

"到手了吧?"屋角里有人平心静气地问。

"哼,怎么?嘴唇都让她给划破了……了得!"

"你再滚过来,我就把你的脑袋砸碎……"

"你这头小马!就会撒野胡闹……可你也是,"他朝我转过脸来说,"你乱拉扯什么……把我的衣服都扯破了……"

"不要欺负人。"

"你这个怪人,'不要欺负人'!有这样欺负娘们的吗?"他嬉皮笑脸,满嘴脏话,开始讲述女人作孽作得多么乖巧,说她们总喜欢哄骗男人。

"下流胚。"奔萨女人睡意蒙眬地嘟囔道。

那个高颧骨小伙子把牙咬得咯吱作响,他立起身,蹲在那里,双手抱头,心情沮丧地说:

"我明天就走……回家去……上帝啊!都是一个样……"

他又躺下去,像被击倒了似的,科尼奥夫却说:

"呆货。"

这时一个黑影在昏暗中站起来,像水中的鱼儿,毫无声息地游到门口,转眼不见了。

"她走啦,"科尼奥夫思忖着说,"一个健壮的小娘们!咳,如果你不插一手,我准定把她弄到手了,真的!"

"追赶她去,试一试……"

"不去,"他想了想,说道,"在那里,她会抄起棍棒或砖头什么的。没关系,我总要把她弄到手,你插一手也是枉费心机……你嫉妒我……"

他又开始无聊地吹嘘自己的胜利,蓦然又止住了话音,好像舌头咽到肚里去了。

一片沉寂。万物都停止了活动,趴伏在静止的大地上睡去了。我也坠入奇异的梦境。我回想逝去的白昼给我的一切馈赠,它们增长着、膨胀着,越来越沉重,仿佛草原上的坟冢压在我的头上。钟敲得当当作响,铜钟的喊叫声快快地沉落在黑暗里,那钟声的间歇,长一阵短一阵,很不均匀。

午夜了。

稀疏的大雨点噼噼啪啪打在屋顶的干芦苇上,落在街道的尘土里。蟋蟀嚯嚯地鸣叫,急切地述说着什么,从草舍的幽暗处又飘来一阵热情而压抑的、如泣如诉的低语:

"你想想,心爱的,就这样整天没事闲逛,靠给别人干活儿……"

那个被打伤的小伙子声音嗄哑地回答:

"我不认识你……"

"轻一点儿……"

"你要干什么？"

"我不干什么，我可怜你——你年轻，有的是劲儿，却游手好闲，我看，咱们一块儿走吧！"

"到哪儿去？"

"到海滨去，那边，我知道有些好地方，你瞧这儿，这块地方多惹人喜爱，可是那边还要好……"

"你骗人，也许……"

"轻一点儿，你！我这个女人——并不坏，我什么都会，什么活儿都能干，我同你，咱们清静地过过好日子，在自己的家……我也能生养孩子……你瞧瞧，我还行，你摸摸我的胸脯……"

小伙子哼哼哧哧，声音很大。我觉得不自在，想让他们知道我还没有睡呢，可是好奇心却阻止了我，我没有吭声，只是静听着那一席奇怪的激动人心的对话：

"不，等一等，"那女人喘着粗气，悄声说道，"别胡闹……我可不是为这个……放开手……"

小伙子粗鲁地大声嘟噜着：

"那你就别钻过来呀！自己钻过来，还忸忸怩怩的……"

"你轻一点儿，让人听到，——我可害臊……"

"你缠着我就不害臊？"

都不言语了。小伙子气呼呼地喘着粗气，闹腾个没完，雨点仍然是那样稀稀落落，无精打采，透过淅淅沥沥的雨声，传来那女人的话音：

"你以为我只是找个男人吗？我需要的是一个可靠的丈夫，一个好人……"

"我还不是那种好人。"

"你这样的人……"

"她需要丈夫！"小伙子扑嗤一笑，"你可真滑头！……要丈夫！你去找吧……"

"你听呀,我真过够了流浪生活!……"

"那就回家呗。"

沉默了一会儿,那女人低声说:

"我没有家,也没有亲人……"

"你也许是骗人吧。"小伙子又重复说。

"我说的是真话,我要是骗人,就让圣母惩罚我……"

我似乎觉得,她的话里包含着泪水,我感到难以忍受的沉痛和郁闷,真想站起身,给这小子几拳,把他赶出草舍,然后同这女人长久地倾诉衷肠,用双手将她抱住,像抱起一个被遗弃的婴儿。

可是,他们那里又开始了一阵嘈杂声。

"嗳,别忸怩啦。"小伙子闷声闷气地说。

"不,不行……我决不向暴力屈服……"

忽然,她痛苦而惊异地喊起来:

"咳……干什么?这是干什么?"

我霍地站起,也叫喊起来,觉得自己变得凶狠了。

又安静下来,有人小心地从地面爬过,撞了一下只连着一片合页的破门。

"这不怨我,"小伙子嘴里嘟囔着,"是她找我来着。这里的人全是骗子,不让人安宁……"

在他坐的那边,有人在抱怨地唉声叹气。

"你这个傻瓜,傻瓜……"

"住嘴……你这个淫妇!……"

雨停了,一阵闷热从窗口袭来,屋里越来越显得寂静,静得令人觉得胸中受到沉重压抑,有如一只蜘蛛趴在脸上和眼上。我走到院里,好像在盛夏走进冰窖,那里冰块已经融化,黑色的冰坑充满暖和的潮气。

附近地方,有个女人在唏嘘抽泣,我侧耳静听并向她走去:她坐在院子的一角,双手抱着头,身子摇动着,像是对我行礼。我不知为什么

151

对她有些生气,久久站在她面前,不知该说什么好,后来开口问道:

"你发疯了吗?"

"你不要管。"她过了一会儿才回答。

"我听到你对他说的话了……"

"哼,那怎么样?这关你什么事?难道你是我的兄长?"

她仿佛是在梦中说话,并没有生气的样子。墙壁上有几块模糊的暗斑,像几张没有眼睛的面孔在窥视我们,一头犍牛在近旁喷着粗气。

我在这个女人的身旁坐下。

"你这样会很快毁了自己……"

她没有回答。

"我打扰你了吧?"

"不,一点儿也不。坐下吧。"她把手放下来,仔细瞧着我说。

"你从哪儿来?"

"尼日戈罗德。"

"好远呀……"

"你爱这小伙子吗?"

她没有立即回答,仿佛在掂量用词的分量,然后说:

"还可以。他那样健壮……就是有些消沉。看来,也粗鲁。但是,可惜啊,一个挺好的男人应该有个好的地方。"

教堂的钟声已敲过两次,她两次画了十字,嘴里并未停止说话。

"眼看着青春的精力白白浪费,真叫人可惜,可惜那些劲头。要是可能的话,我真想把大家带到好一些的地方去。"

"可是,你不可惜自己吗?"

"怎么不可惜呢?对自己同样……"

"你怎么会看上了这个笨蛋?"

"我想教他学好。你以为不能够吗?你不了解我……"

她深深叹了口气。

"他打了你,是吧?"

"没有。你可不要动他……"

"那你喊叫什么呢?"

她把肩膀突然靠在我的身上,悄悄地承认了:

"他打我的胸……想把我制服……可我不愿意,我不能这样干,不能没有心肝,像头猫似的……你们都是一些……怪里怪气的……"

谈话中断了。有人站在草舍门口轻轻吹一声口哨,像是在唤狗。

"这是他。"女人小声说。

"要不,咱们走吧?"

她抓住我的膝头,急忙说:

"不,不用,不用。"

突然,她压抑着自己的情绪低吟起来:

"上帝啊,大伙真可怜……一辈子都可怜,从生到死,所有的人……上帝……"

她的肩膀战栗着,哭泣了,一面喃喃低语,一面哀哀抽泣,"一到晚上……总是会想起白天见到的一切,回想所有的人,真不好受……真想面对整个大地吼叫,但是,喊什么呢?我不知道……没有什么话可说……"

这种情况我十分熟悉,并且深深理解,这无言的呐喊也压抑着我的心灵。

"你的身世如何?"我问她,抚摸着她那晃来晃去的头和哆嗦的肩。于是她平静下来,轻声向我叙述自己的身世:她本是一个木匠兼养蜂人的女儿。母亲死后,父亲续了一个年轻的姑娘,继母劝父亲把女儿送进修道院,塔季娅娜从九岁到及笄之年都是在修道院里度过的。她学会了识字、女红,后来父亲把她嫁给自己的朋友,一个上了年岁的士兵,修道院的守林人。

遗憾的是,我看不见她的面孔,在我的面前只是一个圆圆的、暗淡的圆盘,也许,她是闭了眼睛的吧。周围静得出奇,那女人一直用勉强能听到的悄声细语讲话。我们两人仿佛深深坠入一片漆黑的空间,这里没有人烟,我们的命运就是到这里拓荒。

"那人不正派,是个酒鬼,每天夜晚那些女修士总在他的门房里同相好的人厮混,他还要把我拉进去,我本想不依从,可是他总打我,我就让步了。在那个时期我相中了一个人……同他在一起,而不是同丈夫在一起的时候,我才了解到真正的女性的感受。可是,我的那个情人结过婚,他的妻子发现我同她丈夫的事,我丈夫就被解职了。她是个阔太太,当然,让别人顶了自己,对她来说是奇耻大辱。她长得漂亮,但是很胖。过后不久,我的丈夫去世了,他是在马节①那天酗酒后死去的,我爸爸死得还要早。我去找过继母,她却说:'你找我有什么用?你想想吧。'我想了想,的确没有什么用!我本来还想回到修道院,唉,我看到那里是容不得我的,塔霞妈妈,就是那个老太婆,我的教母,也对我说:'你走吧,塔季娅娜,到外面闯闯去,兴许你会给自己找到幸福呢。'这样,我就出来了……到处流浪……"

"你寻找幸福并不顺利……"

"但总算尽力了……"

这时,黑暗的夜幕已不像绷得紧紧的厚帷幔,不过,也许是绷得太紧,反而变得稀薄,渐渐显得透明了,有的地方现出密集的皱褶,变成一团团的东西。黑暗的夜幕填满了草舍的窗口,窗口像一只昏黑的瞎眼从那里窥探。钟楼矗立在小丘般的屋顶的上空,白杨拔地而起。草舍墙壁的裂缝向各处伸展开来,加上那些在石灰剥落后留下的痕迹,使得墙壁变成了不知哪个国家的地图。

我望着那女人乌黑的眼睛,她的眼里闪耀着冷漠而悲伤的目光,我觉得那目光是天真无邪的,像小姑娘的目光一样。

"你真是个古怪的女人……"

"我就是这样。"她答道,用猫儿似的细而薄的舌头舔着双唇。

"你寻找什么呢?"

---

① 旧俄历八月十八日。

"我是经过深思熟虑的,这个,我知道!你瞧吧,我会遇到一个好男人的,我同他一起给自己找一块地皮。我们要在新阿方附近找块地,我知道那个地方,去过那里。然后我们就着手把这块地建设好:有花园、菜畦,还有耕地,过日子的东西应有尽有。"

她的话越说越肯定,越说越起劲。

"我们要好好建设一番,还会有人到我们这里来,那时我们就是老住户了,我们会受到他们的尊敬!这样,人越来越多,就会出现一个新的乡村,一个美丽的地方。你瞧吧,大家把我的男人选作村长。我要把他打扮得衣着干净整齐,像个老爷。让孩子们在花园里嬉戏,花园里也盖一座凉亭……那日子可真快活哩!……"

真的,这前景是她经过深思熟虑才想出来的。她描绘这个新乡村是那么周密、细致,好像她在那里住了很久似的。

"盼望有个好住处……上帝保佑!如果能有……当然,首先要有个男人……"

她的面孔讨人喜爱,眼睛凝视着正在消融的黑夜,目光温柔地抚爱着所遇到的一切。我可怜她,可怜得几乎落泪,但是为了掩饰这种情感,我开玩笑说:

"我对你不合适吗?"

她微微冷笑一下。

"不……你—不合适……"

"为什么呢?"

"你有别的想法……"

"你怎么知道我的想法呢?"

她挪了挪身子,离开我一点儿,冷冷地说:

"从眼神看得出……不,我不愿乱说……"

我们坐在一段潮湿得发黑的长满节疤的橡树木桩上,那女人用手掌不断啪啪地拍打木头。

"哥萨克人生活很富裕,但是我不喜欢……"

"不喜欢什么呢?"

"觉得烦闷。什么都有——丰衣足食,可是——烦闷。"

我抑制不住对她的同情心,轻声说道:

"你是会觉得烦闷的:你要寻求的东西总得不到,我想……"

她否定地摇摇头。

"女人可没有工夫烦闷。她们的生活总是变来变去:一会儿生孩子,一会儿哺育孩子……养了一个,准备再生一个。春夏秋冬,周而复始。"

端详她那沉思的面孔是令人愉快的,诚然,很想把她紧紧抱在怀里,可是,最好还是尽快离开这里,到静谧、空旷的草原去,怀着对这女人的眷念,沿着坚实的道路,孤独地走向那闪烁银光、直冲霄汉的残岩绝壁,走向那些向草原张开大口、喷吐冷气的黑黢黢的峡谷。然而离开这里却不可能,因为身份证被那些哥萨克收去了。

"你自己寻找什么呢?"她猝然问道,又向我凑近一些。

"什么也不找。只是看看人们是怎么生活的。"

"你也是一个人吗?"

"是的。"

"同我一样。这世界上有多少光棍……上帝啊!"

犍牛醒来了,低声哞哞叫着,那声音好像远处有个失明的老人在吹风笛。睡意蒙眬的更夫把钟敲了四下,敲得急缓不一,两下是轻轻的,一下,声音很响而且激愤,好像铜钟发出一声尖厉的喊叫,再一下,又是轻轻的,似乎钟舌刚刚碰着了会响的铜壳。

"人们的日子过得如何?"

"不好。"

"是啊,我看这日子也是不好。"

我们很久默默不语,后来她悄声说道:

"你瞧,天亮了,我一夜都没有合眼,我经常这个样子……一切东西都让我挂念,总是在想……好像大地上只有我一个人,一切都要我独自个儿按照新的方式来安排。"

"人们过的是非人的生活,无声无息,微不足道,忍受着贫穷和粗野带来的数不清的屈辱。"我说着,陷入了遐想,激动地历数我目睹的一切愚昧、耻辱和残忍的事情,"你瞧,如果你以善意待人,并且为了友情准备献出自己的自由和力量,而他对这些却不理解,——这怎能怪罪他呢?有谁曾向他表露过这种善意呢?"

她把手搭在我的肩头,微微张开美丽的嘴,直盯着我的眼睛。

"哦,"我听到她说,"真是这样!亲爱的,确实如此:善心是个无价宝啊!"

我们彼此紧紧偎依在一起,仿佛在飘游浮动。白色的草舍,镀了一层银光的树,红色的教堂,洒满露珠的大地,从黑夜里解脱出来,泛着幽光,向我们迎面扑来。

太阳升起了;我们的头顶上飘浮着一朵朵明澈的白云,有如千万只白色的鸟。

"上帝啊,"塔季娅娜推了推我,柔声细语地说,"独自一个人走路的时候,总是在思索,可是,想什么呢?哎,你真是个可爱的人……这一切都是真的呀!任何人对任何事都没有怜悯之心……唉,真是千真万确!"

她突然站起身来,然后把我扶起,将身体紧紧贴住我,我不由得把她推开了,可是她竟泪流满面,又向我探过身来,用干裂的、好似尖刺的嘴唇亲吻我。这亲吻的暖流一直浸润到我的心窝。

"哎,您就是我的好人。"她抽泣着轻声说道,而我好像腾云驾雾似的。

她放开我,向院子里东张西望,随后利落地走到院子的一个角落;那里,在一排篱笆的下面,长满了厚厚一层我不认识的杂草。

"来,您来呀……"

事后,她坐在草丛里,仿佛置身于一个小小的山洞。她不好意思地咻咻地笑,一面整理头发,一面轻声说:

"瞧,竟会发生这种事……咳,没有关系,上帝会宽恕我的……"

我非常惊讶,觉得自己是在做梦。我满怀感激的心情望着她,心里感到一种异样的轻快:我的胸中似乎出现一片光辉灿烂的空间,在那里,一种不可名状的愉快的思想和言语,如天空中云燕似的闪掠而过。

"在这偌大的苦海里,稍许一点儿快乐也是了不起的。"我听到她说。

我望着这女人的乳房,上面布满点点汗珠,像大地被露珠滋润一般,汗珠映照着阳光,变成了殷红色,仿佛血液从皮肤里渗出来。于是我的欢乐顿时融化了——这乳房勾起烦闷,惹人可怜,几乎让人落泪。不知为什么,我知道这乳房里流动的乳汁将会白白地流失。

她像对我表示歉意,略带哀伤地说道:

"哪里能控制住自己呢?过去也有过这样的时刻,——猝然一阵冲动涌上心头,胸中感到痛闷,真想把胸怀敞开,面向一轮明月……或者,在热天的时候对着一条小溪……真的,我的天!事后当然有点儿羞愧……别瞧着我吧!怎么总像孩子似的盯着人呢?"

但是,我不能把目光从她的身上移开,我在想,她置身在迷途中,确实有些惘然了。

"这脸好像是新生婴孩的脸蛋……"

"不懂事,是吗?"

"好像是,不懂事。"

她扣好长衫的钮扣,说道:

"大概快打钟做早祷了……我走啦,去祈祷圣母。你今天走吗?"

"拿到了身份证就走……"

"到哪里去呢?"

"到阿拉吉尔去。你呢?"

她站起来,整理着裙子,她的臀部比肩膀略窄一些,身材显得庄重,苗条。

"我吗？还不知道呢……我应当去纳尔奇克，也可能不去。不知道。"

说完，她把她那双结实而灵巧的手伸给我，红着脸向我提议说：

"来，让咱们再吻一次，作个告别吧。"

她一只手搂住我，另一只手画着十字，说：

"再见吧，朋友！为你这番好话，为你给予的同情，愿基督保佑你……"

她从我的怀里挣脱开，肯定而认真地说：

"这对我不合适……我不愿意这样！假如你是个农民就好了，像现在这样——有什么意思？不能只凭一时冲动，要生活一辈子呢……"

她向草舍走去，朝我微微一笑作为告别。我蹲在一块木头上，思索着这个女人：她能寻找到什么呢？……也许，什么时候能够再见到她吧？

召唤人们做早祷的钟声已经敲响，哥萨克镇子早已从睡梦中醒来，掀起一阵庄严而不愉快的喧嚷声。

我走进草舍取背袋的时候，屋里已经阒无一人，大概，人们爬过残垣断壁直接到街上去了。

我来到营房小屋，取回身份证，便向广场走去，看那里有没有同路的人。

同昨天一样，围墙的旁边躺着一些从俄罗斯来的人，那个肥头宽脸的奔萨人，背靠一根圆木坐在那里，他被打伤的脸肿得更加厉害，样子更难看，而且眼睛也完全红肿了。

新来了一个老头儿，满头银发，尖尖的胡子，头戴一顶褪色的无檐绒帽，身材瘦小、干瘪。他的小脸只有拳头那么大小，一个狡黠的鹰钩鼻子，红红的，满是毛孔，眼睛里闪动着凶狠的贼光。

红头发的奥尔洛夫人和那个好动的小家伙冲着他说：

"你干吗要到处流浪呢？"

"你呢?"老头细声细气地反问道,对谁也不瞧一眼,只是埋头用铁丝捆扎一把熏黑了的铁壶的断把手。

"我们是来找活儿干的!"

"我们按照吩咐过日子……"

"谁的吩咐?"

"上帝呗!你忘了吗?"

老头淡漠而明确地说道:

"上帝才不理你们呢,只给你们吃沙子和灰尘,你们在它的土地上瞎逛,也到处扬起灰尘……"

"住嘴!"长着一对扇风耳的小家伙喊道,"怎么?基督和他的圣徒不是也在这块土地上徒步传道吗?"

"那是基督!"老头态度严肃地说,抬起眼睛向争论的对方射出凶狠的目光,"笨蛋!你说些什么,把自己和谁相比?瞧,我就去叫哥萨克……"

我曾多次遇到这样的争论,它总是让我感到厌恶,就像听到谈论灵魂一样。

该走了。

科尼奥夫又回转来,他蓬头垢面,满头大汗,不安地眨巴着眼睛,问道:

"你看见那个梁赞女人坦卡①没有?没有?唉,这个疯娘们,也许她在夜里跑了!昨天人家留我喝了点儿酒,大概是露酒!我却像冬天的狗熊睡了一整夜……看来,她是同那个奔萨人……"

"他在那里。"我指了指说。

"唉……你瞧瞧,怎么把人弄成这种样子,嗯?简直可以说是圣像画匠们画的呢……"

他又开始惶恐不安地东张西望。

---

① 塔季娅娜的昵称。

"她们俩上哪儿去了?"

"可能做早祷去了……"

"对!一定是!老弟,那娘们伤了我的心,哦,真是的!"

早祷已经结束,那时,在欢乐的钟声伴奏下,衣着鲜艳的哥萨克男女缓缓从教堂涌出,像一条条闪光的小溪,朝哥萨克镇的各处流去,——我们没有找到塔季娅娜。

"她走啦,"科尼奥夫悲伤地喃喃自语,"哼,反正我会找到她……我一定能追上她……"

我不相信这话,也不希望他能找到她。

大约过了五年之后,我在梯弗里斯城的梅捷赫城堡①的院子里放风时,总是百思不得其解:我犯了什么罪把我关进这座监狱?

这座外观如画的威严的城堡,里面关满了愉快的和阴郁的幽默家,我似乎觉得这里所有的人都是"经长官许可"在进行着业余演出,如同一些少年人在兴致勃勃地热心演戏,但是他们不擅于扮演那些没有理解的角色,如犯人、看守、宪兵之类。

譬如,今天看守和宪兵来到我的囚室,要带我到外边放风,我对他们说:

"我可以不放风吗?我不舒服,不想……"

一个长着亚麻色大胡子、身材高大的漂亮宪兵,严厉地把手指向上一指说:

"没有让你想……"

那个看守,一个眼球又大又蓝、皮肤如扫烟囱工人那般黢黑的家伙,拖着大舌头说:

"这里水(谁)也不能尚(想),几(知)道吗?"

我只得去放风了。

---

① 一八九八年五月,作者因梯弗里斯社会民主党人阿凡纳西耶夫等人的案件被捕。五月十二日被解送至梯弗里斯的梅捷赫城堡。

在铺着石块的院子里,天气热得像火炉。院子上边悬着一块平淡而昏沉的尘土飞扬的方形天空。院子三面都是连绵不断的灰色高墙,另一面是有院门的墙,门上面是一座形状可怕的小楼。

从上面,穿过屋顶不断传来黄色库拉河波涛汹涌的轰鸣,城里亚洲人居住区——阿弗拉巴尔①的集市上商贩们的喧闹声,祖尔纳管吹得刺耳,盖过其他声响,不知什么地方,鸽子咕咕地叫个不停……我仿佛觉得心里好像有一面鼓,许许多多鼓槌敲打着鼓面。

当地人的一些阴沉的面孔和头发蓬乱的脑袋,从二层和三层楼的两排窗口露出来,向外张望,其中一人径直向院里啐唾沫,显然,他是想啐到我身上,但是白费劲。

另一个人怒气冲冲,用责备的口气叫道:

"耐(你)听着,为夏(啥)走路像只母鸡?抬起头来呀!"

有人在唱一支奇怪的歌,整个歌子都唱走了调,像猫儿玩乱了一团绒线。一个高亢的调门忧伤地嘶叫、颤抖着,传向四方。这声音越传越远,直向那尘土飞扬的昏沉沉的天空升去,刹那间,在一声尖叫之后中断了,像一只受惊的野兽躲藏到什么地方,低声吼叫。后来这声音又如蛇一般蜿蜒,从铁栅栏的后面爬到灼热的空场上。

我倾听这支有点熟识的歌,它用自己的声音告诉我一些内心可以理解的震撼心灵的东西。我走在楼房投下的阴影里,瞧着那些窗口,我看见,在许多方形铁格中的一个铁格里嵌进一张忧郁而惊异的脸,一对蓝色的眼睛,满脸都是散乱的黑胡须。

"是科尼奥夫吧?"我心里想,不禁脱口而出。

他用眼睛盯着我,眯起那双我永远不能忘记的眼睛。

我环顾左右,看守坐在楼房台阶上一个阴凉的地方打瞌睡,其他两个人在下棋,另一个脸上露出冷笑,他在看两个刑事犯摇辘轳汲水,他和着辘轳转动的节拍,不住地说:

---

① 阿弗拉巴尔,梯弗里斯旧城的一部分。

"马斯卡——达斯卡——达斯卡——马斯卡……"

我向那面墙壁走去。

"科尼奥夫,是你吗?"

"我认不得你了,"他低声说,把头伸到栅栏外面,"哦,是的,我是科尼奥夫!"

"为什么把你关进来了?"

"造假币……不过,我完全是偶然的,我直说了吧,平白无故我就……"

看守醒了,他摆弄着钥匙,像脚镣似的哗啦哗啦响,懒洋洋地劝告:

"贝(别)停下……离碗(远)点儿——不准停在藏(墙)边。"

"院子里热啊,大叔。"

"闹(到)处都热。"他说的倒是实话,说完又低下头去。从上面传来科尼奥夫小声的询问:

"你是谁?"

"你还记得梁赞的塔季娅娜吧?"

"噢!"他像有些生气,轻轻喊了一声,"哪能不记得!大概我们是一起判的刑……"

"她也是造假币罪?"

"可不是,她也是偶然的,同我一样……"

我沿着墙边,在灼人的阴影里缓步走着;从地下室的窗口飘来一阵烂皮革和霉面包的气味,吹来一股潮湿的臭气,我不由得想起了塔季娅娜的话:

"在这偌大的苦海里,稍许得到一点儿快乐也是了不起的。"

……她想在大地上建设新的乡村,她想创造一种美好的新生活……

我回想着她的面容,她那轻佻、贪欲的乳房,然而那些如灰烬般令人沮丧的轻声细语却从楼上朝我的头顶匆匆掉落下来:

163

"主犯是她的情夫,一个神甫的儿子,在这个案子里他是铸币匠……他被判了十年徒刑。"

"她呢?"

"塔季娅娜·弗拉西耶芙娜判了六年,我也是。后天我就去西伯利亚……没有法子!是在库塔伊斯①判的,要是在我们俄罗斯,要判得轻得多……这里的人野蛮,凶狠,恶毒……"

"她有孩子吗?"

"过放荡生活哪里会有孩子?没有,有什么孩子……再说,那神甫的儿子是个痨病鬼,他哪能……"

"她怪可怜……"

"那敢情!"科尼奥夫兴奋地压低声音说,"当然,这个女人不怎么聪明,可是长得标致……我直说了吧,是少有的美人儿,也怪体贴人的……"

"你当时就找到了她吗?"

"你说的是什么时候?"

"圣母升天节以后吧?"

"我是冬天遇到她的,那时已经过了圣母节②,她在巴统附近一个老军官家里当保姆。他的老婆私奔了,她就……"

我的身后好像有人在扣枪的扳机。原来这是看守在合上大银表的表盖。他把银表放好,伸伸懒腰,张开大嘴,打了个哈欠。

"她啊,老弟,有钱,如果不是放荡,她满可以过好日子……不过放荡也是因为怜悯……"

看守嚷道:

"喂,放风完了……"

"你是谁啊?我面熟,在哪里见过面……"

听到这一番话,使我气愤欲狂,我径直向囚室走去,但又在台阶的

---

① 在格鲁吉亚境内。
② 圣母节,旧俄历十月一日。

磴上站住,喊道:

"再见吧,老兄,向她问好……"

"喊西(什)么?"看守生气了。

走廊里十分阴暗,散发出一股粪桶的恶臭。看守抖动着钥匙,发出单调、微弱的响声。我有意挑逗他,想减轻内心的忧伤,但无济于事。他打开牢房门,愤愤地说:

"你就坐它西(十)年牢吧!……"

……我站在窗旁。穿过灰色的墙堞,可以看到库拉河汹涌的波涛,河边的峭壁和房屋,皮革工场房顶上工人的身影。一个哨兵,制帽扣在后脑上,在窗下走来走去。

……在一阵沮丧的思绪中,我不禁想起数十个在徒劳无益的浑浑噩噩的生涯中正在走向死亡的俄罗斯人,我的心情抑郁,那巨大的无法解脱的终生的哀愁,把我的心揪得紧紧的。

鲁 民 译

在峡谷里[*]

峡谷里,在一条小河——松扎河的支流上面,正在建造工人居住的木房,这是一座低矮的长条形的小房,很像个大棺材盖子。

木房尚未竣工;十来个木匠在它附近忙碌着,用薄板拼成单薄的房门,钉桌凳,为方形的窗口配窗棂。

为了给木匠们帮忙,也为了在夜间保卫这所木房不致被盗窃成性的山民偷去东西,这项工程的管理员,一位爱吵嚷的道路工程系的年轻大学生,派了三个看守来到这个峡谷:退伍士兵巴维尔·伊凡诺维奇,我,还有一个长着哥萨克脸型的头发蓬乱的人。

我们三人都是"瘦子",而木匠们却很体面,养得胖胖的,都穿着结实的衣服,全是上了年纪的,他们身上有一种共同的特性——都像野猪似的笨重。他们不理睬我们的问候,只是淡漠地瞧着我们,有些疑神疑鬼。受到这种冷遇,我们觉得委屈,也就离他们远一些:我们给狭窄的小河填上石块,砌成一条涉水浅滩,便到对岸去晒太阳,待在灰色的乱石堆里。

木匠工头是个瘦骨嶙峋的小老头,身穿白色衬衫和长裤,样子很像临死前穿上了寿衣。他不戴帽子,整个头顶都是黄色的,全秃了,还有一只灰色的大鼻子。面颊和颈部的粗皮肤上面长满了毛孔,像浮石

---

[*] 本篇写于一九一三年春,最初发表于同年七月七、九、十日《俄罗斯言论报》。

一样,眼睛是暗绿色的,但在发暗的嘴唇里边却是一排整齐的细牙,花白胡子剪成鞑靼人的式样,浓密而显得柔软。他不干活,老是把伸开的大手指插在裤带上,踏着金黄色的刨屑,不知疲倦地绕木房走来走去。他一面用毫无表情的呆滞目光打量木房、人们和工作的进度,一面用不入耳的鼻音吟唱,油嘴滑舌,但吐字倒很清楚:

上帝,上帝,我的主啊!
你赐我一顶沉重的桂冠!
我要请问你:
我怎能将它戴起?

我们无事可做,我的伙伴们也苦于无所事事,觉得非常烦闷。一个人不知为什么爬到山上去了,听得见他在那里打口哨,用笨重的脚踩断枯树枝。那个大兵在岩石的缝间用小树枝铺了一个松软的床铺,俯身卧下,用那精致的瓷烟斗不停地抽着烈性的山地烟叶,一对睡意蒙眬的眼睛望着河水在那里嬉戏。

我坐在河边一块石头上缝补衬衣,脚踝泡在冰凉的水里。

隆隆的回声带着陌生的音响令人不安地传遍峡谷。那是斧头噼噼啪啪的砍伐声,锯子的哭诉声,刨子的啜泣声,人们的谈话声。

湿润的风从云雾弥漫的、灰蓝色的峡谷深处吹来,一排整齐的落叶松在木房后面的山上悄声细语地絮叨着。

腐败的针叶、树脂和霉湿土地发出的浓郁而醉人的气味源源不断地从高处飘来。在那边幽静的暗处,似乎总是有人在柔声低语,声音听不真切,却催人欲眠。

木房下面一俄丈远的地方,小河泛起白沫,喧响着顺山石匆匆奔流,声音虽不算嘈杂,但仿佛周围的一切都在歌唱和喧嚷,迫使人们沉静下来。

我们这边的山坡洒满阳光,一切都被晒焦了。山坡覆盖一层金黄、褐红色的锦缎，散发出枯草的香味。在岩石间阴暗的缝隙里，一些细长的枝茎挺挺地举起圆锥状的奇异的红花，像一根根火红的长矛——那是名叫"破石头"的一种倔强的植物开放的落落大方的花朵。看着这些花不禁想放声歌唱，浑身充满一种甜蜜的倦意。

那条河是美的：雪白的泡沫像花边似的在整个河面上时隐时现，河水沿着五颜六色的卵石一面奔跑，一面嬉戏。那些石子透过在阳光下呈琥珀色的玻璃般明净的河水，闪耀着丝绸般的光泽，好像是克什米尔绚丽多彩的地毯，又像是珍贵的披巾。

峡谷的出口对着松扎盆地，那里正在铺设一条通往里海沿岸的彼得罗夫斯克的铁路①。放炮似的沉闷的隆隆声，铁石相击的叮当声，机车的汽笛声，人们气愤的叫喊声，从那边一阵阵冲进山里来。

这里距离通向盆地的出口不到一百步远，当你走出去向左一望，就可以看见被蓝色的群山峭壁所环绕的前高加索的平坦草原，群山之上是厄尔布鲁士山的银色山脊。草原几乎整个沐浴在干燥的黄色的光线里，看上去好像一片沙漠；草原上有些地方隆起一块块菜园，在这些暗色的菜园映衬下，黄色光线显得分外灼热。白色的村舍散落在各处，像一块块奶油或方糖，村舍周围是黑色的杨树和玩偶似的人影，一群小犍牛在缓慢地移动，这一切都在酷热的气流里融化着。

草原如同用丝线绣成。当你向它望去，仰望着草原上的蓝天，不由得会筋肉紧张，想站起身来，闭上眼睛走去——永无止境地走去，嘴里哼着词意悲伤的轻柔的歌。

右面是蜿蜒曲折的松扎盆地，也是群山，群山之上是蔚蓝的天空，山坳里弥漫着蓝色的烟雾，还有施工发出的无休止的喧响——沉闷的放炮声，释放能量时的爆破声。

但是，过一分钟，我们这边峡谷的回声就把树林里和石缝间的一切声响藏匿起来了，——峡谷重又恢复平静，并且柔和地唱着自

---

① 即别斯兰城至彼得罗夫斯克港（今名马哈奇卡拉）的北高加索铁路。

己的歌。

若向峡谷深处望去,峡谷就变得窄小了,一步高似一步地耸入灰蓝色的云雾里。云雾也渐渐变得浓厚,恰似一幅蓝色的帷幔将峡谷盖住。再往高处,在同样蓝色的高空下,卡拉达格的冰峰在看不见的太阳照射下融化,山峰的上面却是明净的、无比宁静的苍穹。

这里大多是奇妙的灰蓝色彩,也许由于这个缘故,一种不可名状的烦扰总在心头骚动,朦胧的思绪使得心神不定,像酒后有一把火在心头燃烧,唤起莫名其妙的思想,召唤你奔向什么地方。

身穿白衣服的老头手搭凉棚,向我们张望,他拉长音调,沙哑地唱着令人厌烦的小调:

哎——谁走在左面,
会一直走向撒旦。
谁要是走在右面,
海枣握在手里边……

"喂,听见没有?"大兵轻蔑地说,"海枣,你听……八成是门诺教①,要不就是莫罗勘教②。虽然这对他们全都一样,难解难分。胡闹的家伙。海枣!……"

我理解大兵的气愤,老头惹人厌烦的单调的歌声在这里确实不相宜,这里的一切本身已经唱得那么入神,除了树林轻微的簌簌声和潺潺的流水声,别的什么都不愿意听。特别是像"海枣"、"撒旦"这些字眼,确实是煞风景的……

我不喜欢这个大兵,他有些碍手碍脚的。这是一个中年人,粗壮

---

① 门诺教,为新教再浸礼派中的一派,十六世纪上半叶由荷兰人门诺·西蒙斯(1496—1561)创立,因而得名。门诺教于十八世纪末由日耳曼移民传入俄国。
② 莫罗勘教,十七世纪末十八世纪初在俄国创立的一个教派,该教派否认一切宗教仪式,他们的仪式仅限于诵读圣经。

身材,方方正正的,在日光下晒得有些无精打采了。在他扁平的脸上,一双黯然失色的眼睛在观望着,眼神忧郁而又羞怯。很难了解他喜欢什么,寻求什么。他从哈萨夫—尤尔特到诺沃罗西斯克,从巴统到杰尔宾特兜了一个大圈,走遍了整个高加索,还沿着格鲁吉亚大路、奥谢金公路,从达格斯坦三次翻山越岭。他说起话来总带着不以为然的冷笑:

"上帝给安排得乱七八糟……"

"你不喜欢吗?"

"嗯,这有什么用?全是多余的……"

他慢慢转过青筋暴露的脖子,四下里张望一周,又补充说:

"树林也不成样子。"

他是卡卢加省的人,曾在塔什干服役,同帖金人①打过仗,头部被石头砸伤过。他讲到这件事的时候,愧悔地冷冷一笑,低垂下玻璃般明净的眼睛:

"讲起来真惭愧,——我让一个娘们儿给打伤了。老弟,他们那里娘们儿都能打仗,真行!那个村子叫阿哈尔—佳帕②,我们攻占下来了,杀死他们的人不计其数,简直是尸横遍野,血流成河——到处都是湿乎乎的!嘿,我们那个连队是后备队,也开到街上去了,突然有人照我脑袋来了一下!原来是个娘们儿从屋顶扔下一块石头。她立即就给捅死了。"

他皱起眉头,认真地说:

"都说他们的娘们儿毛发都是刮光的,——这是撒谎。我看见过,用刺刀撩起那个被刺死的娘们儿的裙子,——一切都正常。他们的娘们儿大都干瘦,身上有一股膻味,不过,——还算可以……"

"打起仗来可怕吗?"

---

① 帖金人,中亚细亚少数民族之一。一八八〇年至一八八一年俄国军队曾同帖金人交战。
② 阿哈尔—佳帕,即阿哈尔—捷克,在今苏联土库曼共和国境内。

"我不知道。别的打过仗的人说可怕。帖金人据说很凶,死也不投降。真的,这些我也不知道,我老在后备队,我们连队不在最前沿冲击,倒是躺在沙地里老远地射击。在后备队并不可怕,就是累得很。那里遍地是沙土,真不明白为什么要去打仗。要是有个好地盘,当然,夺过来能得到好处。可是这里光秃秃的。河也没有一条,又热得要命,渴得要死。不少人甚至渴死了。老弟,那里长着一种像芣子样的东西,名叫埃及高粱,这种东西难吃透了,还骗人,——随便你吃多少,就是吃不饱。"

他令人厌烦地、枯燥无味地讲着,间或停顿老大一会儿,好像是回忆往事使得他心酸,或者说的和想的老不是一码事。他讲的时候,从来不看对方的脸,低垂着眼睛,像做了亏心事似的。

他身体笨重,虚胖,全身都流露出一种难以名状的不满和否定一切的懒散情绪。

"这里所有的地方都不适合住人,"他一面说,一面左顾右盼,"这里是游手好闲的好地方。待在这里啥也不想干,简直可以瞪大眼睛过日子,像个醉鬼一样。天热得很。这股子气味,就同在药房里或在医院里一样……"

他迷恋这里,在这炎热的地方到处游荡,盘桓了七年多。

"你该回家去,回梁赞。"有一回我对他说。

"嘿,在那里也没有事给我干。"他怪里怪气地拉长音调,含混不清地说道。

我是在阿尔马维尔的车站遇到他的[①],当时他激动得面红耳赤,凶狠地睁大眼睛,像头马似的直跺双脚,尖声叫喊着,朝两个希腊人怒骂:

"我要抽你们的筋,扒你们的皮!"

两个希腊人骨瘦如柴,皮肤黝黑,头发蓬乱,面孔长得一模一样,

[①] 一八九一年,高尔基从迈科普到别斯兰城途中曾去阿尔马维尔城停留。

他们神色惊慌地咧开嘴,露出洁白的尖牙齿,劝慰他说:

"您喊什么呢?"

他抡起拳头猛打自己的胸部,像打鼓似的,也不听他们劝说,叫喊得更加凶狠:

"你们住在哪里?在俄罗斯吗?谁养活你们?俄罗斯,就是说俄罗斯母亲!可你们——还有什么可说的呢?"

随后,他站到一个佩戴勋章、头发斑白的胖子宪兵的身旁,沮丧地向他发牢骚:

"老乡,所有的人都骂我们,可是所有的人都拼命往我们这里钻,——这些希腊人、德国人,还有什么塞尔维亚人!全住在这里,在这里吃喝,还要骂人!你看,不是可气吗?"

我们之中的第三个人已年过三十,头戴一顶哥萨克帽子,右耳上方留着一绺哥萨克式的毛发,圆脸盘,大鼻子,翘起的嘴唇上蓄着乌黑的胡髭。当那个忙忙碌碌的大学生把他领到我们这里,并说"还有这位同你们一起"的时候,他用一种难以捉摸的敏捷目光从睫毛下瞧了我一眼,把手插在古里①人穿的肥裆裤的口袋里;当我们走过去的时候,他却抽出左手,慢条斯理地摩挲着那张未曾剃过的脸上的黑胡楂,大声问道:

"从俄罗斯来的吗?"

"嗯,能从哪里来呢?"大兵很不友好地说。

那人默默地捻着右边一绺短髭,随后抄起手来。他肩膀宽阔,身材匀称,看样子很有力气,走起路来迈着轻松的阔步,像个惯于长途跋涉的人,但他既没有挂包,也没有包袱。那片令人讨厌的向上翘起的嘴唇和那双被睫毛遮住的眼睛,使我感到局促不安,对他产生一种疑心,甚至是敌意。

在峡谷里,当他沿一条石子小路顺着小河走在我们前面的时候,

---

① 格鲁吉亚的一个部族。

他却突然朝我们转过身来,向那欢快喧嚷的河水点点头,说道:

"饶舌的媒婆子!"

大兵略微扬起发白的眉毛,想了想,四面张望一下,随后轻声说:

"傻瓜!"

我却觉得这个人讲得不错:这条活泼轻快的小河很像一个快乐的说说笑笑的女人,她喜欢保媒拉纤,不仅为了自己从中得到好处,更多的是使人们尽快领略爱情的巨大欢乐,自己不倦地生活在这种欢悦之中,也乐于催促大家来共享其乐。

那个长着哥萨克脸型的人来到木房旁边,又一次望着小河,山峦和天空,用一个声音响亮而圆浑的字眼赞不绝口地说:

"真是绝妙!"

大兵从背上放下沉重的背包,伸直身子,两手叉在腰间,问道:

"什么'绝妙'?"

那人瞧了瞧这个周身挂着灰色破烂的宽大的身躯,觉得颇像一块长满青苔的石头,他冷冷一笑,说道:

"你难道没有看见?那山,山里有洞,——难道不妙吗?"

他走开了。大兵望着他的背影,又低声说道:

"十足的傻瓜……"

接着又阴沉地高声说:

"寒热病,大概,在这里很厉害吧……"

傍晚,两个胖大的女人给木匠们送来晚饭,劳动的喧嚷声顿时静了下来,树林的簌簌声和流水的絮语却变得更加响亮。

大兵不时咕噜几声,不慌不忙地捡来一大捆树枝和劈柴,生起一堆不大的篝火,一面仔细地把茶壶放到火上,一面劝我:

"你也捡些柴火来过夜吧。这里夜间又冷又黑。"

当我捡劈柴的时候,正巧遇到那个头发蓬乱的人坐在石堆间。他支起双肘,托着脑袋,正在读铺在地上的一大张写满大字的纸。他向我抬起瞪得圆圆的眼睛,若有所思地、疑问地看了看我的脸,——他的眼睛一大一小。

他想必知道什么东西引起了我的兴趣,于是微微一笑。我被这微笑窘住了,从他的身旁走了过去。

木匠们在木房附近悄无声息地吃晚饭,他们围坐成两个圈,每圈里都有一个女人。

薄暮在峡谷里蔓延开来,暮色越来越浓,越来越暖,使山坡渐渐变得柔软,山石也似乎在膨胀,融化在茫茫的蓝黑色的昏暗中。幽谷深处已全然是一片昏黑,峡谷两侧的陡坡也浮动起来,聚拢在一起。周围的一切渐渐消融,在不知不觉中迅速地融成浑然一体。

红色的花朵悄悄熄灭了自己飘摇的火焰,代替这红花的,是卡拉达格山峰在火红的夕阳残照中闪烁的柔和的光芒,河水的浪花也染上了淡红的色彩,但它的喧响却沉寂了,流得更加安静,更加深沉。树林默然不语,把枝叶低垂在水面。

醉人的气息变得更浓烈、更甜美,篝火散发出饱含树脂香味的浓烟。

大兵蹲在一小堆篝火前,拨弄着茶壶底下的炭火。

"那人到哪里去啦?叫他一声……"他轻声说。

我走去,仿佛在梦中。木房旁有谁深深叹了一口气,唱歌似的说:

"这件事可关系重大……"

两个女人好像没有吃饱似的拉长音调低声唱道:

  平息那情欲的困扰哟……
  让肉体顺从心灵……
  赞美灵魂的圣洁哟……
  让情欲消散净尽……

她们吐字清晰,每行诗句的末尾,都把那狼嗥似的"哟……哟"声缓慢地送到黑暗里,送到地面。

"哟……哟……"

当我叫那个头发蓬乱的人吃晚饭的时候,他灵巧地一跃而起,把信揉成一团,塞在破上衣侧面的口袋里,笑着对我说:

"我想到木匠那边去,他们难道不肯给点面包吗?我好久没吃东西了……"

他走到大兵跟前,把这话又重复一遍,仿佛对它的含义感到奇怪似的。

"他们不会给的!"大兵一面解背包,一面深信不疑地说,"他们不喜欢咱们。"

"咱们——指的是谁?"

"就是你,我,俄罗斯人。你听他们在唱海枣,这就是说,他们是异教徒,所谓的门诺教派……"

"不过是莫罗勘教罢了。"头发蓬乱的人说,一面靠近篝火坐下。

"得啦,就算莫罗勘教,反正一样!德国宗教。他们全都忠于德国人,对我们却不见得欢迎。"

头发蓬乱的人拿起大兵从大面包上切下的一块面包、一个葱头、一块奶油,用和善的眼睛打量着,放在手上掂量着它们的分量,说道:

"离这里不远,在松扎河两岸有他们自己的移民区,我到那里去过。人全都冷酷无情,这是真话。这里谁也不喜欢俄罗斯人,就是因为所有坏人都是从俄罗斯拥到这里来的……"

"你是从哪里来的?"大兵厉声问道。

"我吗?可以说是库尔斯克人。"

"就是说,也是从俄罗斯来的!"

"就算是吧,又怎么样?我并不认为自己是个好人……"

大兵怀疑地盯他一眼,说:

"这是言不由衷,这简直是伪善!不承认自己是好人,老兄,这样的人是没有的!"

头发蓬乱的人不理睬他,嘴里满塞着面包。大兵等待片刻,皱起眉头扫了他一眼,又开口说:

"看你的样子,像是顿河那边来的……"

"也在顿河那边待过……"

"在那里服役吗?"

"不是,我是独生子。"

"城里人出身?"

"商人。"

"叫什么名字?"

"瓦西里。"库尔斯克人停了一会儿,才怏怏不乐地回答。显然,他不愿意讲自己的身世。大兵也就默不作声了,他从火上取下滚开的茶壶。

莫罗勘教徒在木房的一角生起篝火。火焰的亮光照到黄色的薄板墙上,板墙摇摇晃晃,仿佛融化了似的——看去像一条金色的小溪沿黑暗的地面向外流淌。

我们看不见那些木匠们。他们唱得越来越响亮,男低音的歌唱有些沉闷:

唱吧,神圣的天使……

几个高亢的嗓音不谐调地、淡漠地应和着:

唱吧!……
——荣耀归于我主基督,神圣的天使,
唱吧!
——我们同声颂扬,——
神圣的天使!

这歌声并不妨碍倾听狭小河床里流水的飞溅和水流冲击岩石发出的哗哗声,但在这里并不需要这种歌声,它只能勾起人们的烦恼,因为找不到一首可以与周围一切长吁短叹的生物相和谐的曲调。

峡谷里全都变得暗淡了。只有谷口还没有挂上南国昏黑的夜幕。河水奔向被蓝色浓雾覆盖的盆地,在那里闪烁着蓝色的微光。

黑暗中,有块岩石变得很像一个修道士:他跪在那里,低垂着戴尖顶僧帽的脑袋,双手蒙住脸,祈祷着。

被火光照亮的树干微微颤动,这也很像那些修道士,修道院的高墙深宅里夜间经常是漆黑的,他们缓步走过那里,去做晨祷,鱼贯地登上教堂门前的台阶。

我记得,有一次在扎顿斯克的一所修道院里①,也是这样又黑又热的夜晚,我坐在一间长形的小修道室的墙边,给见习修士们讲各种各样的故事,忽然,在我的头顶有一个年轻人的声音,只听得他温和地说:

"圣母祝你济世行善!"

我还没有看清谁在讲话,窗子就关上了。但那里有一个瘸腿的、大眼睛的修士,面貌很像瓦西里,也许这是他在向人们祝福吧:往往有这样的时候,你了解所有的人就像了解自己的身体,而又用别人的心来体察自己。

……瓦西里不慌不忙地吃面包,他从大块面包上掰下一小块,用它分开胡子,仔细地送进嘴里;在他耳边的皮肤下面鼓起两个圆球,在滚动着。

大兵吃完了,他吃得不多,也不想吃,他谨慎地从怀里掏出烟斗,塞满烟叶,接着从火堆里夹出一块炭火,点着烟斗,一面听莫罗勘教徒唱歌,一面说道:

"吃饱了,就哀号!老是同上帝争吵个没完。"

---

① 约在一八九一年六月底,高尔基曾访问过扎顿斯克修道院。

"这和你有什么相干?"瓦西里笑了笑,问道。

"我不尊重这个民族。要说他们是遵守教规的人,不如说是些任性的家伙……在他们嘴里,第一句话是上帝,第二句就是卢布……"

"你说什么?"瓦西里惊讶地提高嗓门说,接着扬声大笑起来,透过笑声很有风趣地重复着原来的话:

"第一句话是上帝,第二句就是卢布!老乡,这完全正确。不过,"他又声调温和地说,"还是不要揭人家的短处,你揭他们,他们又揭你,这有什么意思?在我们这里这样张嘴说话可不行,——只要你一说,所有的拳头马上就冲你的门牙打过来……"

"可能是这样。"大兵顺从地说,他拿了一块锯得方方正正的木头放在手里仔细端详着。

"那么,你尊重哪个民族呢?"瓦西里问了一句,接着便默不作声了。

大兵的脸笼罩在灰色的烟雾中,他把木头投进火里。

"我尊重俄罗斯人,"他带着感人的样子开始讲,"这是在难得侍弄的土地上劳动的真正的民族,可是这里的人算什么呢?这里的日子容易过:各种各样的禾谷多得很呢,而且土地松软、富饶,翻翻地就能长庄稼,你就静等收割好了!这里的土地像个娇宠的女孩子!简直可以说是土地中的处女呢:只要挨她一下,就能生养孩子……"

"是啊,"瓦西里说,不时从白铁杯子里呷一口茶,"我真想把所有的人从俄罗斯迁到这里来。"

"这是为什么?"

"为了生活。"

"那里不能生活吗?"

"你又为什么到这里来呢?"

"我吗?我是个单身汉。"

"你怎么成了单身汉呢?"

"嗯……我这是命中注定的!看来,命该如此……"

"你想想看,为什么命该如此呢?……"

大兵从嘴里取出烟斗,把拿烟斗的那只手放到一旁,另一只手诧异地摩挲着自己扁平的脸盘。他沉默了一会儿,突然用一种委屈的音调,满腹怨愤地讲了一番笨拙的话:

"为什么!为什么!原因多得很!比如说吧,有些人过日子,琢磨事儿的方法跟我合不来,我便觉得他们讨厌,就远离他们,一走了事。我不是神甫,不是警察局局长,或是别的什么……哪能想得通!你独自个儿琢磨琢磨看?聪明人……"

他忽然生气了,把烟斗塞进嘴里,又皱起眉头不吱声了。这时瓦西里看看他那被火光照得通红的脸盘,悄声说道:

"事情就是这样:咱们和谁都合不来,可是咱们又没有自己的一套规矩。咱们过日子没有根,东南西北到处闯,也妨碍大家,人家就不喜欢咱们……"

大兵从嘴里喷出一缕烟云,自己被它遮住了。瓦西里有一口好嗓音,柔和、温存,吐字清晰而且圆润。

树林里,山枭令人讨厌地鸣叫,这是一种华丽的、毛色火红的鸟,有一副猫样诡秘的脸,灰色的尖耳朵。有一次,大白天里我在岩石缝间看见过这种鸟,它正好在我的头顶上,那玻璃般透明的眼睛使我大为惊讶:眼睛圆得像两颗钮扣,一种吓人的火光从里面把它照得亮亮的。我停了一会儿,吓得发呆了,不知道这是什么东西。

"你从哪里弄来的这么好的烟斗?"瓦西里在卷一支纸烟,突然问道,"老式的德国烟斗……"

"你别害怕,不是偷来的!"大兵回答道,他又掏出烟斗,自豪地端详着它,"一个女人送的……"

接着,他恶狠狠地眨眨眼,叹了口气。

"讲讲吧,怎样弄来的?"瓦西里低声提议说,忽然双手一挥,伸了个懒腰,忧伤地诉说起来:

"这里的夜……多么恼人的夜,真不得了!好像很想睡觉,可又睡不着,白天找个阴凉地方躺下睡一觉要好得多。到了夜里——简直像发疯,老是不知悬念什么东西。心仿佛在扩大,在歌唱……"

大兵静心倾听,惊奇地张开大嘴,白眉毛蹙得越来越高。"我也是这样!"他轻声说,"总是这样,大概……怎么回事呢?"

我想说:

"我也是这样的,老弟!"

但是,他们那样奇怪地面面相觑,好像只是此刻才看到对方坐在自己对面。于是马上彼此关切地竞相询问:是干什么的?曾在何处?来自何方?又到哪里去,——好像是萍水相逢的陌生人,只是刚刚才认出他们原来是同宗的亲戚。

在莫罗勘教徒的那堆熊熊篝火的上空,乌黑、蓬乱的松树树梢探身出来,似乎是要来烤火,又像要捕捉火苗,想抱住它,熄灭它。有时,火苗向河的那边伸展开去,红火舌从木房的一角冒出来,木房好像被烧着了。

夜色愈来愈浓,愈加散发出馨香,愈加温柔地将人的身体抱住。你沐浴在夜色里,好比置身于大海,海浪洗掉皮肤的污垢,这轻声吟唱的昏暗同样也会使心灵复苏。每逢在这样的夜里,心灵总要穿上自己最漂亮的衣裳,像一个新娘子,心里突突地跳,紧张地等待着,因为一件大事马上就要展现在她的眼前了。

"独眼的女人吗?"瓦西里悄悄问道。大兵却不慌不忙地说:

"从小落下的,五岁那年她从大车上摔下来,碰坏了眼睛,眼珠流出来了。不过这在她并不明显,只不过是闭上了一只眼睛。她是个细心人,圆圆胖胖的。她的心里有那么多善良,我看,就像这条小河的水,永远不会枯竭。对世上的一切,对牲口,对乞丐,对我,她都很和善。我心里很难过:唉,我心里想,一个大兵什么事没有碰到过?好吧,就算她是主人的姘头,我也要试一试!用尽种种办法,但没有结果!她冲我摆摆胳膊,拒绝了,就这样完了!……"

瓦西里仰面朝天躺在那里,胡子颤动着,嘴里嚼一根草茎。他的眼睛瞪得圆圆的,可以明显看出,他的左眼比右眼大。大兵坐在他肩旁,拿一根烧焦的树枝不时拨弄火堆,火堆上面飞起点点金色火星。灰色的小虫无声无息地在他的头上飞旋,夜间的飞蛾像一片片厚棉絮扑向火星,哔哔剥剥地烧着了。我躺下,一面倾听我已熟悉的故事,一面回忆我曾经遇见过的一些人和那些触动心弦的话语。

"这样,有一次我在谷仓里碰到她,我鼓起勇气把她逼到一个角落,就说:'喂,我说,行不行呢?随你怎么想,反正我是一个大兵,是个急性子!'她全身发抖,说:'你怎么啦?你怎么啦?'于是她哭了,像个少女一样,噙着眼泪说:'你别动我,我对你不合适。'她说,'我爱着别人,不是主人,是另一个人。'他也是在他们家里待过的雇工,已经走了,走的时候说:'你等着吧,我找到过生活的好地方就回来,把你接过去。'十七个月过去了,他毫无音信,也许他忘记了,也许他失踪了,被人杀害了。'你自己是个男人,'她说,'应当懂得,我必须暂时保全自己的清白呀!'当然,我感到难堪,我在哪方面比另外那个人差呢?我觉得难堪,但又可怜她,也很伤心,好像是她欺骗了我,因为她总是乐呵呵的样子,可她自己就是这样的心境啊!我的欲火熄灭了,不能动她,虽说她就在我的手掌里。'好吧,'我说,'那么就再见吧,我要走了。'她说:'走吧,看在基督的面上,请你走吧。'第二天傍晚,我向主人辞了工,礼拜天天刚亮,我整理好行装,准备上路了。就在这时候,她给我拿来这个烟斗,说:'请收下吧,巴维尔·伊凡诺维奇,做个纪念,'她说,'你对我就像亲兄弟,谢谢你!'我走的时候差点儿哭了,真的!老兄,心里难受呵,——真是不幸。"

"这很好啊!"瓦西里轻声说,"总是这样的,也应该这样,行吗?行,就共同生活。不行吗?不行,就各奔西东。彼此勉勉强强那是为什么呢?"

大兵喷出灰色的烟雾,若有所思地说:

"这样是好,老兄,好,不过太悲伤了……"

"这是常有的事!"瓦西里颇有同感,他沉默了一会儿,又补充说,

"这是心地善良的好人常有的事。凡能自重的人也会爱惜别人……在我们这里懂得自重的人是少有的……"

"在哪里？在我们这里？"

"就是，在俄罗斯……"

"看来，你并不尊重俄罗斯，老兄……你这是怎么啦？"大兵用奇怪的声调问，似乎感到惊讶和惋惜。

那人并不答话，大兵待了一会儿，又开始低声说：

"就是这样，我还有一段故事……"

木房后面，人们已经安静下来，篝火快要燃尽了，木房的墙上抖动着霞光似的红色斑点，黑影从岩石上渐渐升起，一个木匠，身材高大、蓄着黑胡子的汉子，还坐在篝火旁边；他手里拿一根粗大的树枝，右脚脚旁有一把斧子闪闪发亮；这是派来对付我们这几个看守的看守人。

这并不令人感到难堪。

在峡谷上面一片边缘参差不齐的天空中，蓝色的群星闪闪发光。河水喧腾着，发出清脆的响声。从黑压压的树林里传来轻微的嚓嚓声，这是夜间出游的野兽在机警地走动，猫头鹰一直在哀伤地啼鸣。这浑然一体的巨大的空间充满隐秘的生命，甜蜜地喘息着，在心中唤起一种无法抑止的对美好事物的渴望。

大兵的话音很像远处铃鼓的响声，瓦西里偶尔提出的问题像歌唱一样动听，引起人们的深思。

我喜欢这两个人，在他们的低声攀谈里不断流露出一种美好的、人性的东西。那个头发蓬乱的人对俄罗斯的见解引起一种复杂的感受：既想同他争辩一番，又想让他把祖国的一切讲得更多更明白些。在这个夜晚，全部生活都让我喜欢，我在生活中看到的一切，此刻又在我眼前浮现，就像有人为了排愁解闷，讲述一篇熟悉的童话。

……在喀山有个大学生，是个淡黄头发的维亚迪奇[①]人，就像大兵

[①] 东斯拉夫一个部族。

的兄弟一样,身体也是那样的壮实,有一次我听到他讲:

"首先我要知道:有没有上帝?应当从这里开始……"

那里还有一个女助产士韦莉霍娃,是位非常漂亮的女人,而且据说是个荡妇。有一次,她站在喀山河旁阿尔斯克野外的山头上,极目瞭望草地和远处蓝色的伏尔加河。她朝那边眺望良久,默默无言,突然脸色变白,那双美丽的、噙着泪珠的眼睛高兴得炯炯发光,随后轻声喊道:

"不,我的朋友!你们瞧,我们的土地多么可爱,多么秀丽!让我们一起对她发誓,我们以后要诚实地生活下去!"

他们起誓了。他们当中,一个是教堂助祭、神学院学生,一个是在非俄罗斯学校读书的莫尔德瓦人,一个学兽医的大学生,还有两位教师。后来他们当中有一个发了疯,自己撞破脑袋,死去了。

我还记起卡马河醉林码头上一个人来,他是个身材高大、淡褐色头发的小伙子,有一副淘气的面孔和两只狡黠的眼睛。那是个礼拜天,一个炎热的假日,大地上的一切都以自己最美的一面朝向太阳,仿佛在对它说,它并没有枉费光明的力量、自己的充满活力的金子。那人站在码头边,身披一件腰部带褶的簇新的蓝色呢外衣,头戴一顶新式便帽——帽子歪向一边,脚蹬一双刷得油光闪亮的皮鞋,他望着卡马河混黄色的河水,望着碧绿的扎卡米耶,那里是春汛过后留下的一片片水洼,望去像银色的鱼鳞。那边,在卡马河的后面,太阳坠落在草地上,裂成小小碎块。那人微笑着。这留黑胡子的年轻人脸上露出的笑容越来越有魅力,欢乐使他容光焕发,面色显得分外鲜艳,突然,这小伙子从头上摘下便帽,用力一挥,把它扔到金色的河水中,随之叫喊起来:"唉,卡马河,亲爱的母亲,我爱你啊,我不能背弃你!"

……我见到过多少美好的事啊!

我想给伙伴们讲讲我能忆起的一切,想让他们高兴高兴,分享欢乐,但是他们两个人已经睡了。

山巅上,一弯明月升起,宛如一把缺口的板斧,柔和的月光覆盖在黑压压的树梢上,又洒落在河上,好似一幅银色的锦缎在水面飘拂,还照亮一块圆石,那石块很像一块剃光、发青的山民的颅骨。

大兵坐着睡熟了。他背靠自己的背包,脑袋垂在肩头,双手疲乏地放在膝盖上,不时发出鼾声。瓦西里像一根绷紧的弦挺直身子躺着,仰面朝天,双手垫在头下,清秀的黑眉毛微微耸起,胡子也向上翘着。他在睡梦中哭泣:泪水顺着褐色的面颊流下来,在月光下显得有点儿发绿,好像一粒粒橄榄石,又像一滴滴苦涩的海水……看到这张刚毅的脸上流下的泪水,真叫人感到奇怪。

河水哗哗地响,篝火烧得哔哔剥剥。篝火前面,那个看守的黑色身影弯拱着,像石头似的纹丝不动,映照在红色的火光里,地上那把斧头闪闪发亮,像天上那弯明月。

大地在沉睡;星星向下坠落,越来越接近地面。

白昼在睡意蒙眬的悠闲中慢慢过去了。潮湿而暖和的天气,河水的喧响,树林和花草醉人的芳香,使我们变得懒散。从早到晚,我们漫无目的地沿峡谷闲逛,彼此几乎没有说话——因为既不希求什么,也不思考什么。

傍晚,太阳落山了,当大家围火喝茶的时候,大兵说道:"来世也是这般生活就好了,——安宁,平和,没有什么事!心情舒畅,既没有屈辱,也没有烦扰,不管来自哪里。"

他谨慎地取下烟斗,叹息一声,又补充说:

"是的,假若来世是这样的,我就哀求上帝:'主啊,快一点儿接受我的灵魂吧!'"

"但愿你如此,天啊,这对我可不合适,"瓦西里思索着,打断了他的话,"我可不能这样生活下去,一天、两天也许还没什么,日久天长就不行了……"

"你干活太少。"大兵傲慢地说。

一切都像昨天这个时候:淡蓝色的雾霭笼罩山谷,也是显得那样的美。齿状的银色山峰在红色阳光映照下闪闪发光；山上郁郁葱葱的密林里，落叶松幻梦般地摇曳着自己轻柔的梢顶，山石渐渐消融在暮色里，只现出憧憧黑影，小河媒婆在唱自己的歌。

胖大的木匠们还是那样不慌不忙，像野猪般笨拙地在木房附近忙碌着。

我们之中，有时这个人，有时那个人，不止一次地想同他们结识，趁空闲的工夫凑上去扯几句话，但他们却待搭不理地只用一言半语搪塞我们，每次刚扯开话头，那个身穿白衣服的小老头就亲昵地对自己的人喊道：

"喂，帕弗鲁什卡老弟，快点儿，要当心！"

他比别人更明显地表露出不愿同我们结识。他无休止地、单调地，仿佛是同小河争辩似的低声哼哼着自己虔诚的宗教歌曲，有时把带鼻音的嗓门非常认真地扯得很高，大声而讨厌地唱着，这些小调一天到晚像混浊的小溪一样流淌着，听了叫人烦闷。从早到晚，他老是小心谨慎地把自己的两只细脚从这块石头踏到那块石头上，在工地附近沿着同一条弧线走来走去，好像要踏出一条小径，更加明显地把我们同木匠们分隔开。

真不想同他讲话；他那呆滞的眼睛冷冰冰的，老远见了就令人生厌。有一次，我已经走到他的跟前，可是他双手反剪背后，向后倒退几步，低声而又严厉地问：

"喂，有什么事？"

于是，我就没有兴致再去打听他唱的歌了。

大兵像受了委屈似的盯住他骂道：

"妖怪。扒灰佬。他这个教徒大概积攒了不少钱……"

此刻，他在抽烟斗，一只无神的眼睛向木匠那边斜睨着，生气地唠叨起来：

"你瞧，这班狗崽子摆出一副怎样的神气呀！"

"咱们这里总是这个样子，"瓦西里也气愤地说，"人稍微吃得饱一点儿,马上就鼻孔朝天——像个老爷!"

"你怎么老是说咱们,咱们!"

"嗯,说的就是俄罗斯人……"

"比那些人要好!难道你是德国人、鞑靼人吗?"

"不是鞑靼人,可是——我也看到缺点……"

这一天,他们已经不是第一次开始这种争论了,显然,他们已经觉得厌倦。这时,两个人说话懒洋洋的,漫不经心。

"缺点,就是倒退。"大兵喷出一口烟云,慢条斯理地说,"你这话说得不大对味儿,老兄!这是背叛呀,你这话……"

"背叛谁?"

"俄罗斯人……"

"你还要说什么?"

一阵生疏的响声传到峡谷,在草原不知什么地方敲响了一口不大的钟,今天是礼拜六,钟声召唤人们去做彻夜祈祷。大兵从嘴里抽出烟斗,静下来倾听。钟声响第三遍时,他便摘下便帽,一面恭恭敬敬地画十字,一面说:

"这里的教堂少了点儿……"

他立即向河对面望了一眼,羡慕地说:

"你瞧,这些魔鬼倒不画十字,该死的异教徒……塞尔维亚佬!"

瓦西里斜睨他一眼,动了动胡子,用左手把它捋平,顺着峡谷朝天空望了望,又低下头来。

"不,"他轻声说,"无论在什么地方我都住不久,总是在幻觉中感到有更好的地方。我的心里好像有只鸟儿在歌唱:走吧,走吧!"

"谁的心都是这样。"大兵阴郁地回答。

瓦西里挨个瞧瞧我们,低声笑了:

"谁的心都是这样吗?这就不大妙了!要知道,这就是说咱们都是游手好闲的人,老盘算着现成的东西。就是说,咱们自己做不出比现有的更好的东西,只得靠别人施舍!"

他笑了,但是他的眼神是忧伤的,右手的几个指头放在膝盖上,痉挛地动弹着,好像在抓一件看不见的东西。

大兵皱起眉头,嘴里咕噜咕噜地叫;我替瓦西里感到忧虑,也可怜他。但他站起身来,轻声吹着口哨,沿河岸向下游走去。

"他的头脑糟透了!"大兵朝他背后挤挤眼,又嘟哝起来,"真的,头脑不正常,我一眼就看出来了。他干吗要说这些反对俄罗斯的话呢?关于俄罗斯,老弟,不能由着性子信口雌黄。有谁知道——俄罗斯是什么呢?每个省都有自己的灵魂。这谁也不知道,究竟哪个圣母更加接近上帝——是斯摩棱斯克的,还是喀山的……"

大兵一面用木柴刮去茶壶壶底和周围一层厚厚的烟炱,一面好像埋怨什么似的,嘴里老在唠唠叨叨,他又忽然警觉起来,伸长颈子,细心静听:

"停一停……"

随后的一切来得如此出人意料,仿佛热天里刮起一阵旋风,黑蓝色的云像凶猛的鸟,蓦然从酷热的天边飞来,暴雨夹着冰雹倾盆而下,砸碎了一切,把一切都捣进污泥里。

约莫二十来个工人,吵吵嚷嚷,吹着口哨,从盆地那边向峡谷奔来;他们顺着河边的小路散开,望去就像一条宽阔的黑带子。前头走的几个人手里拿着几瓶四分之一公升装的伏特加酒,瓶子闪动着幽暗的光,几乎每人背上都背了一个背包,有几个人肩上扛着装面包和食物的袋子,有两个人头上顶着黑乎乎的大锅,这使他们看上去活像两个蘑菇。

"有一桶半。"大兵"咯咯"一声表示羡慕,然后,站起身来猜测着说。

"有一桶半!"他又说了一遍,伸出舌头,把舌尖放在唇边,微微张开嘴。他的脸变得惊呆、贪婪。他愣住了,好一阵儿站在那里一动不动,仿佛有什么东西打了他一下,他才立即大叫起来。

山谷轰隆鸣响,像一件沉重的东西掉落在一口大桶的桶底,有人用拳头敲击一只空铁桶,有人刺耳地吹起口哨,回声荡漾,压倒了河水的喧闹声。

一群衣着褴褛的人渐渐走近木房,他们穿着深色的、灰色的、红色的衣服,卷起袖口,许多人没有戴帽子,头发蓬乱,所有的人都累得弯着腰,无精打采,步履蹒跚。

一阵低沉而嘈杂的人声愤怒地闯进峡谷的甬道,有人一字一顿地、夸口地喊:

"不行,我说,不行!我们,我说,今天不是流了一桶血汗吗?"

"快流成湖了!"

"不,来一桶半吧!"

"一桶半。"大兵第三次说,心里美滋滋的,神情里显出几分敬意。他的身体向前摇晃一下,像是有人推了他的脖子似的,接着走过河去拦住那些人,消失在人群中了。

木房近旁,木匠们一边收拾工具,一边忙乱地跑来跑去;那个白衣小老头时隐时现。瓦西里走到我的跟前,右手插在口袋里,左手拿着制帽。

"他们喝得够呛,"他说着,眯起了眼睛,"唉,这伏特加真是咱们的祸害!你会喝吗?"

"不喝。"

"谢天谢地。不喝,就不会垮掉……"

他沉默了片刻,心情不悦地望着对面,然后一动不动,也不看我,就开始说起来:

"你的眼睛挺精神,小伙子!好熟的眼睛,我在什么地方见到过。也许是在梦中,我不知道。你是哪里来的?"

当我答话的时候,他阴沉地看了一眼我的脸,否定地摇摇头。

"没有到过那些地方!可真远哪!"

"来到这里——还要远呢。"

"从哪里来?"

"库尔斯克。"

他冷冷一笑。

"我不是库尔斯克人,是普斯科夫人。当着那个大兵的面,我说是库尔斯克人,那是故意的。我不喜欢这个大兵,不愿跟他讲真话,他不配。我叫巴维尔,不叫瓦西里。身份证上写的是巴维尔·尼古拉耶夫·西兰季耶夫——我有身份证……全都有……"

"你干吗要到处游荡?"

"是呀……是这样的!到处看呀看的,希望破灭了,都去你们的吧!于是我就走开,像一片羽毛随风飘去……"

"别嚷嚷了!我就是工长!"木房附近有人威严地叫喊起来,马上又听见那个大兵的话音:

"他们是什么工匠?他们全是异教徒,老在唱歌……"

又有人大声嚷嚷:

"你这个老鬼,你不是保证礼拜天以前完工吗?"

"把他们的工具扔到河里去!……"

"胡闹又开始了!"西兰季耶夫冷漠地说,在炭火堆前蹲下来。木房四周,在一条长形光亮的地方,黑魆魆的人影清晰可辨。他们像在火灾场上一样忙乱,在拆毁什么,响起一阵木板碰击岩石的噼啦声和嚓嚓声。一个响亮的嗓音在愉快地发布命令:

"轻点儿!我马上就来弄好……"

"木匠们,动作灵活点儿!拿一把锯子来……"

发号施令的有三个人,一个是蓄棕色胡子的汉子,身穿水手的绒衣,高个子,有点儿驼背,两条细长的腿,他用一只长长的手臂抓住白衣小老头的衣领,摇晃几下,凶狠而得意地大声嚷道:

"你的板床在哪里,嗯?准备好了吗,嗯?"

特别引人注目的是一个年轻的宽肩膀的小伙子,他穿一件粉红色衬衣,后背从领子到腰部都被撕破了。他把几块薄板塞进木房的窗口,响亮地吆喝两声:

"接住！给铺上去！"

第三个发号施令的是那个大兵。他在人群里挤来挤去，幸灾乐祸地数落着，还狠毒地把音节故意拉开：

"啊—哈哈,这帮—流—氓,异教徒！他们不理睬我,这帮塞尔—维亚佬！我说,小伙子们,快点儿干吧！疲乏的人们快到了……"

"他要什么？"西兰季耶夫一面抽烟,一面低声问,"要伏特加？他们会给伏特加的……老弟,你看这些人可怜吗？……"

他透过蓝色的烟雾望着火红的木炭,炭火像朵朵罂粟花在石头上盛开。普斯科夫人小心翼翼地用一根烧焦的树枝把木炭拢在一起,垒起一个红中透着金黄的小丘,他那美丽的眼睛里闪耀着一种对火的虔敬的情感。也许,古时的游牧人就是这样看待火的,当他们侍弄这造福人类的光和热的源泉时,心里就怀着这种祈祷般的虔诚。

"可我觉得人们可怜,无数人平白无故地死掉了！总是看到这些,简直不幸,老弟……"

在群山的顶峰,白昼仍然残留着微光,但在峡谷里,到处已是黑夜沉沉,这黑夜催促我们去睡觉。不想说话,也不愿听对岸令人不快的吵闹,——那种讨厌的喧嚷甚至给河水轻盈的响声带上几分恼怒的音调。

那边烧起一大堆篝火,随后另一堆也点着了。两堆篝火噼啪地、哗剥地燃烧,被蓝色的烟云团团围住,彼此争吵着,把一片片红色的薄纱抛到河水的白色泡沫上,在篝火之间,黑压压的人群来往奔忙,一个甜蜜的声音大声呼唤着：

"过来,别拖拖拉拉的,过来！"

玻璃杯叮当作响,那黄头发的汉子威严地大声说：

"应该教训他们一下！"

老木匠离开人群,用双脚小心地摸索着我们扔进河里的石头,走到我们这边来了。他蹲下身子,一面唠唠叨叨,一面把水泼到自己的脸上。在熊熊火光的映照下,他全身都变成淡红色的了。

"大概是挨打了。"西兰季耶夫轻声说。

是的,他挨打了。当他走到我们跟前的时候,我们看见一股紫黑色的血从鼻子顺着唇髭和湿透的白胡子向下流,胸前的衬衣也都染上了斑斑点点和一条条的血迹。

"让咱们聊聊吧。"他语气严肃地说,左手按住肚子,鞠了一躬。

"请坐,欢迎。"普斯科夫人说道。

此时,这个老头的样子很像一个圣洁的苦行僧,他矮小、干瘦、清洁,尽管衬衣染上了血迹。由于疼痛和屈辱,或者由于火堆里炭火的映照,他那双僵死的眼睛好像复苏了,变得炯炯有神,而且也更加严峻。看着他觉得难为情,很不是滋味。

他嘴里时而发出咯咯的响声,大鼻子哼哧哼哧地直响,用手掌擦擦胡子,又在膝头蹭一蹭手,然后把那双苍老、黝黑的手伸到炭火上面,说道:

"这小河的水可真凉,简直是冰水……"

西兰季耶夫从睫毛下看了他一眼,问道:

"打得痛吧?"

"不—不……朝鼻梁上杵了一下。这个部位容易出血。上帝保佑,他没有捞到好处,我可受了苦,——要在圣灵面前算这笔账的……"

他朝小河对岸望了一眼:有两个人沿河岸走着,彼此紧紧挨在一起,扯起醉汉的嗓子唱起来:

> 我就要死了,在这沉沉黑夜,
> 在这秋天的季节……

"我很久没有挨过打了!"老头手搭凉棚,仔细端详着那两个人,说道,"大概……差不多二十年没有挨过打!可是今天白白挨打,我没有一点儿错。发给我的钉子不够用,不少地方不得不用小木桩来代替。

板子不够,缺这个,少那个……可好,我没能按期完工,可过错不在我。他们为了省钱,碰到什么就抄什么,主要责任在领班,我不能负这个责任。当然,我也承认这一点,事情是公家的,他们这些人年轻、贪心——那就行行好,让他们偷吧!大家都喜欢拿这里的便宜货……可我在这方面没有错。这是一帮胡闹的家伙。他们拉断我大儿子的一把锯子,一把新锯。把我这个老头打得流血……"

他那灰色的小脸布满皱纹,显得更小了。他闭上眼睛,用尖细的声音呜咽起来。

西兰季耶夫气喘吁吁的忙乱开了,——老头子仔细瞧他一眼,擤了擤鼻涕,在裤子上擦擦手,随后静下心来,问道:

"好像我在什么地方见过你?"

"见过。春天我在你们镇上待过……修理过打谷机。"

"对,对!怪不得我看来面熟。那就是你了?是那个说话不投机的人吧?……"

老头摇摇头,冷笑了一下说:

"我记起你的话了,是的!你还是那样想吗?"

"干吗我要改变想法……"西兰季耶夫神情阴沉地问。

"这个……"

老头子又把黝黑的手伸到炭火上面,几个伸展开来的大手指奇怪地挖挈着,动弹起来跟别的手指很不协调。

"你还是这样想,"老头严肃而又讥笑地说,"应该去反对上帝安排的一切,是吗?忍受是恶,斗争才是善,是吗?哎呀,小伙子,你的灵魂是脆弱的。只有神灵才能战胜魔鬼,你懂吗,只有神灵……"

西兰季耶夫从容地站起身来,用手指着老头那边,变了一种嗓音,气愤而粗鲁地说:

"我听到过这些,不只是从你一个人这里听到!我不喜欢你们这些教徒……"

他狠狠地骂起来。

"倒是不应该同魔鬼斗争,而应该同你们这些魔鬼的乌鸦斗争!你们这些僵尸……"

他从火堆里踢开一块石头,双手插在口袋里,胳臂肘紧紧靠在腰旁,步履沉重地走开了;那老头却冷笑一声,低声对我说:

"傲慢的人!嘿,这长久不了……"

"为什么呢?"

"我就知道,"他说完,又沉静下来,把头垂在肩上,仔细倾听小河对岸的喊声,——那边,人们喝得酩酊大醉,有人挑衅似的嚷着:

"哈——哈!我吗?哈!"

我看到西兰季耶夫轻巧地跳过一块块石头,过了河,混进人群中去了,但是,他动作笨拙,在人堆里老远都看得出来。他离开这里使我感到寂寞。

老头总是把手指放在炭火上面,像施魔法似的动弹着。他的鼻梁红肿,眼睛底下鼓起一些小瘤子,他从这些小瘤子中间张望,两片被白唇髭反衬得更加发暗的嘴唇不时无声地翕动着。他那丑陋的、十分苍老的脸,以及脸上皱纹里还没有洗净的血迹,很像那些离开尘世、逃亡到森林和荒漠里的大罪犯。

"我见识过傲慢的人。"他摇晃着没戴帽子、长着几根稀疏毛发的脑袋说道,"大火,烧得很快,但这些小炭火被灰烬盖住,到日出前还会隐隐燃烧,一直不灭……小伙子,你想一想这个理吧!这不是一句普通的话,而是有道理的……"

黑夜降临了,它像一片柔软的重物压下来,如同昨天一样芬芳、温暖,母亲般的温柔。几大堆篝火熊熊燃烧,明亮的火光随着暖和的烟雾,越过金色的小河,一直传到我们的身边。

老头把两只手臂交叉在胸前,手掌插在腋下,舒舒服服地坐在那里。

我想给炭火添一些树枝和刨花,他却厉声说:

"不要添!"

"为什么?"

"他们看见火光会闯到这里来……"

于是他踢开被我折断的树枝,又重复一遍:

"不要添!"

两个木匠背着木箱,手里拿着斧头,穿过河水映照的火光,不慌不忙地向我们这边走过来。

"那些人都走了吗?"老头问。

"全走了。"一个没有胡子、但唇髭下垂的大汉子答道。

"'你当离恶行善'①。"

"我们也该走了……"

"不能放下没有完工的活儿就走。吃午饭的时候我派阿廖沙去说过,——不要放人过来,可是他们还是来了!他们喝足了毒酒,还会把木房烧掉……"

我抽起烟来。留唇髭的木匠用鼻子吸进芬芳的烟气,向炭火里啐了一口唾沫。另一个是体态虚胖的年轻人,很像上了年纪的面包房的婆娘,他刚一坐下,立刻把蓬乱的头垂到胸前打起盹来。

小河对岸的喧闹安静了一点儿,但在闹声的中心地带,大兵那带有醉意的、好斗的声音却执拗地吼叫:

"停一停,回答我,你怎么可以不尊重俄罗斯?怎么,梁赞——不是俄罗斯吗?那谁是俄罗斯呢?"

"像个小酒馆。"老头低声说,立刻又转过身来,提高嗓音对我说:

"我这是说他们的:真像个小酒馆……你瞧他们怎样糟蹋身体,这帮寻欢作乐的家伙……"

这时,穿粉红色衬衣的小伙子叫道:

"嗨,当兵的,咬他的喉咙,嗨!"

又听见西兰季耶夫严厉的喊声:

---

① 引自《旧约·诗篇》第三十七篇二十七节。

"你怎么啦,要除掉这群狗不成?"

"不,你回答我!"大兵号叫着。

老头平静地指出:

"可能要打架……"

我站起身来朝对岸走去,听见他小声对自己的人说:

"噢,谢天谢地,这个人也滚了……"

黑压压的一群人从河的对岸迎着我蜂拥而来,他们吭吭唧唧,大声喊叫,吵吵闹闹,好像搬过来一堆沉重的东西,一个女人的细嗓音尖声叫喊:

"我是虱子吗?"

"放——开!"

"揍他!"

"放——开!"

西兰季耶夫从人群中冲出,挺直腰身,恶狠狠地挥动起右手,又冲进人群里去;穿粉红色衬衣的小伙子也挥起粗大的拳头,立即扑哧一声打了过去,——西兰季耶夫往后一闪,没听见声响便摔倒在我脚下的河水里了。

"活该。"有人厉声说道。

刹那间,喧闹声中断了,于是,河水甜美的歌声又吹进耳朵里,后来有人向河里扔了一块大石头,有人粗野地哈哈大笑起来。

人们朝我走过来;我俯身向西兰季耶夫,想把他扶起来,他一半身子浸在水中,胸部和头都在石头上。

"打死人了。"我大喊一声,但自己并不相信这话,只不过想吓唬和阻止那些干预我的人。

有人用冷静的声调怀疑地问:

"真的吗?"

穿粉红色衬衣的小伙子吵吵嚷嚷地走开了,话音里带着假装受委屈的口气:

"真是这样才好呢？他就——不叫唤啦！我算是什么破坏土地的人？"

"那个挑唆人的大兵，那个看守，到哪里去啦？"

"拿火到这边来……"

人们讲起话来越来越清醒、镇定，变得轻声细语了。一个用红头巾扎着脑袋的小个子乡下人弯下身去，抬起西兰季耶夫的头，立即又随便地把它扔下，两手伸进水里，清晰地说了三句话：

"真的，打死了，死了……"

我不相信这些话，但是我看到河水翻滚着流过西兰季耶夫的脚，将它翻转过来，他的双脚微微动弹几下，好像要甩开那双穿破了的鞋子。这时，我忽然全身都感觉到手里抓的是死人的双手，我放开了它，于是那双手就像两块湿抹布，扑通一声跌落在水里了。

河岸上约莫站着十来个人，但是，当那个乡下人讲了自己的话，他们一下子全都跑散了，一边跑一边彼此怪模怪样地推搡着，关切地、疲惫地叫叫嚷嚷：

"是谁打的？"

"马上就要被开除。"

"那个大兵挑起的……"

"对，是他……"

"应该告发他！"

穿粉红色衬衣的小伙子诉苦地说：

"弟兄们，我——凭良心说！打架本来……"

"用木橛子打人，亲爱的，这不是打架。"

"啊哟，是用石头，不是用木橛子……"

一个尖细的女人声音真心实意地号叫着：

"哎哟，天呀！我们这里老是要出点什么事……"

我坐在石头上，晕晕乎乎了好一阵，一切都看在眼里，却不能理解。胸中觉得奇异的空虚，人们的叫喊声唤起我的渴望，想竭尽全力呐喊,像铜喇叭似的在这黑夜里呐喊。

走过来两个人,前面的一个手里拿着一根烧着的木棍,他不时地摇晃它,为的是不让它熄灭,因而沿路撒下点点金色的星火。他是小个子,秃顶,瘦小得像一条摊着尾巴的梭子鱼,从他的肩窝里露出一副灰暗而呆板的面孔,嘴巴张开,眼睛大而无神。

他走到尸体旁,弯下身子,一只手支住膝盖,用火光照亮西兰季耶夫那伤痕累累的身体和歪倒在肩头的脑袋,我认不出这张俊美的哥萨克式的脸了!那一小绺竖起的怒发已经不见了,在左耳上部的那个地方隆起了一大块紫黑的污泥疙瘩,把耳朵都遮住了;唇髭和嘴唇歪向一边,露出一排牙齿,现出畸形的可怕的笑容,左眼更加可怕,——眼珠从眼窝里瞪出来,显得异常的大,在定定地张望上衣敞开的衣襟和露出一张白色纸边的衣服口袋。那人把火星撒在这张血迹斑斑、闪着鲜红亮光的歪扭而难看的脸上,用燃烧的木棍在它上面画了一个火环,然后吧嗒着嘴,咕哝着说:

"当然啰……还有什么可说呢?"

火星掉落在西兰季耶夫的头上,落在浸湿的面颊上,熄灭了。火的反光在眼球里面闪烁,因而眼睛更显得像是僵死的了。

那人慢慢地伸直弯曲的腰身,把燃烧的木棍扔进河里,紧接着吐了一口唾沫,他一面抚摩在黑暗中有点儿发绿的光秃的头顶,一面对自己的伙伴说:

"喂,你顺着河岸悄悄走,到那个木房那边,就说:打死人了……"

"我一个人害怕……"

"有啥害怕的,走吧,别管它……"

"很可怕……"

"你呀,别捣乱啦!……"

我的头上响起了老木匠镇定的声音:

"我同你去,没有什么……"

他把揉皱的便帽使劲戴在长满白发的头上,又把脚在石头上擦得沙沙作响，嫌恶地说：

"血腥味难闻极了！大概，我的脚踩着这血了……"

秃顶的人眯起眼睛，仔细端详着他；白发老头也用呆呆的目光望了望那秃顶的人，严厉而冷冰冰地接着说：

"全是让伏特加和烟叶给弄的，这鬼毒药……"

他们两人相貌很相似，像两个巫师：两个人的脑袋都很小，尖得如两把锥子，在幽暗中像苔藓似的发绿。

"走吧，老弟，圣灵同咱们在一起……"

老木匠不问被害者是谁，也不看他一眼，甚至不按当地风俗向死者鞠躬行礼，就顺着小河小心翼翼地跨过一块块石头走了；一个身材颀长，头发斑白的人踉踉跄跄地跟他走在后面；他们好似两片云朵，在黑暗里不声不响地浮动。

胸部窄小、秃顶的人用尖利的目光扫了我一眼，他从铁盒里取出一支烟卷，把盒盖咔嚓一声盖上，擦着了火柴，先是照了照被害者的脸，随后点着烟，低声说道：

"这是我亲眼见到的第六个被人害死的了……"

"不是一个人打的，好多人！……"

……他沉默了一会儿，问道：

"你说什么？我不明白……"

我解释说：

"大家相互残杀……"

"噢，这反正是一样。人们也罢，机器也罢，雷电或者别的什么也罢。在巴赫马奇附近，机器压死一个老乡，大概也是在打架的时候一个人又被打死，在矿井里还有一个人被吊斗撞死……"他从容不迫地数着，但数错了：只数出五个。他又开始仔细回忆——结果是七个。

"得啦，全都一样，"他说完，喘了口气，用力吸着，烟卷的红光照亮了他整个的脸庞，"这是所有的了，但还不算偶然死去的人。我要不是因为老了，那也会在什么地方死掉的，是呀，年老不会引起人家的妒忌,因此我还活着。没有什么凶险,谢天谢地!"

他向西兰季耶夫点了点头,继续说道:

"他的亲人或者妻子现在还等着他的消息和书信呢。写不了啦。他们还以为:他玩得可痛快……把家里的人都忘了……"

木房周围变得更加寂静,篝火快燃尽了,人们在黑暗中渐渐消失。一个个黑而圆的树枝疖眼从平滑的黄色木墙向着小河那边凝望。一个没有框子的窗户发出暗淡的光,从那里传出一阵断断续续的暴躁的喊声:

"快出牌吧!"

"梅花同花……"

"这里是——大小王带幺,二,三……"

"呸,你这鬼东西,真是运气……"

"打牌不靠运气,是靠机智。"秃顶的人说,吹掉了烟卷上的烟灰。

那个留唇髭的木匠不声不响地渡过河来,站在我们旁边,深深叹了口气。

"干吗,老乡?"秃顶的人问他。

"是这么回事,"在黑暗里显得高大、温顺的木匠难为情地低声说道,"你们能给我抽口烟吗?"

"可以!给你一支烟卷……"

"谢天谢地!女人忘了给我送烟叶了,我的那位爷爷对抽烟管得很严……"

"就是那个刚走开的人?……"

"嗯,是他……"

木匠一面吸烟,一面问道:

"打死了吗?"

"死了……"

两个人默不作声,不停地抽烟。

已经过了午夜。峡谷上空裂开的一块天幕,宛如一条蓝色的河,它在黑夜笼罩的大地的上空静静地流着,灿烂的群星在它平静的水面上游动。

越来越显得静寂,夜色越来越浓……

仿佛没有发生过什么特别的事情……

雷 光 译

卡 利 宁[*]

秋天啊,秋天!阵阵秋风从海面呼啸而来,疯狂地把泛着泡沫的波浪赶向海岸。一条条黑色的海藻,像蛇一样在白色的浪峰上忽隐忽现,空气中弥漫着带咸味的水雾。

靠近海岸的岩石,愤怒地嗡嗡作响,干枯的树木,发出惊恐不安的簌簌声,树梢晃动着,不断地弯下树干,仿佛它们想要把自己的根从地下拔出来,向那笼罩着厚厚乌云的群山奔去。

在大海的上空,云被撕成了碎片,向大地飞驰而来,露出深不可测的蓝色苍穹;秋天的太阳在那儿不安地闪着红光。云影在翻滚的海面上滑动,在陆地上,风正把乌云逼向峭拔的山腰,乌云疲惫不堪地上下蠕动着,渐渐隐没在峡谷中,于是那儿便烟雾弥漫了。

周围的一切都显得愁容满面,争吵不休,气得阴沉沉的,闪着耀眼欲花的寒光;在一条通向海边的、铺着一层被海浪日夜冲刷的石子的窄路旁,参差错落地长着一些梧桐树、鞑靼槭、橡树和樱桃李。海水的拍击声、树叶的沙沙声和风的呼啸声——所有这一切汇集成一种连续不断的音响,听起来仿佛是大合唱;均匀的波涛击石声,仿佛在打着拍子。

"海王兹米乌兰发脾气了!"我的旅伴对着我的耳朵嚷道。他是一

---

[*] 本篇最初发表于一九一三年第一期《同时代人》杂志。

个有点儿驼背的高个子,长着孩子般的圆脸,一对稚气的眼睛,清澈而明亮。

"谁?"

"海王兹米乌兰……"

我没有吭声——我从来没听说这海王。

风推着我们,想把我们赶到山里去;风力很强,我们有时不得不停下来,转身把背朝向大海,大叉开两腿,拄着拐杖,好像是用三条腿在那儿站上一会儿,仿佛一个软软的沉重的东西压在我们身上,要撕掉我们的衣衫。

我的旅伴像在浴室里洗蒸气澡一样,呼哧呼哧喘着气,而我却觉得他很可笑:他的耳朵很大,像狗耳朵一样耷拉着,头上那顶褪了色的小圆帽遮不住它们;这耳朵被风吹得向前卷曲着,这就使他那颗小脑袋变得像瓦盆一样滑稽可笑。一个又大又长的鼻子长在他那小脸蛋上,仿佛不是他自己的,而像是瓦盆的嘴子,这就使他的脑袋更像瓦盆,显得更为可笑了。

他的面孔长得古怪,整个身子也很不寻常。因此,当我在新阿丰修道院的教堂里做晚祷时看到了他,立刻就被他吸引住了。他挺直了干瘪而柔弱的身子,微微歪着头,望着十字架,一对薄嘴唇微微地翕动着,显得笑容可掬。他在同耶稣谈话,仿佛跟一个知心朋友谈心一样。他那光滑的圆脸上,没有胡须,像一个修心派教徒[①],嘴角上长着两撮浅色的小胡髭,流露出一种我从未见过的隐秘的神情,一种意识到自己同上帝的儿子特别亲近的表情。他对上帝显然不像一般人那样奴颜婢膝、诚惶诚恐,这引起了我的兴趣。祈祷时,我自始至终非常好奇地观察着,看看这个人是怎样和上帝谈话的;他既不鞠躬,也很少在自己身上画十字,既不掉泪,也不叹息。

我在工人宿舍里吃了晚饭,走进朝圣香客接待室。在那天花板上

---

① 俄国一种宗教狂派别,产生于十八世纪末期,鼓吹摆脱世俗生活。皈依修心派须经过阉割,因此亦译阉割派教徒。

明亮灯光的照射下,在一张桌子后面一群男女香客中间,我看见了他,听到了一个虽然不高却很清亮的嗓音——这是一个习惯于跟人们谈话的传教士的演讲,清晰而充满说服力。

"有些东西,自然应该给大家讲,但是有些东西却不能讲;因为如果这些东西是杂乱无章的,甚至有害的,为什么还要讲它呢?与此相反,一个好人也不必挤到前面对人家说:'你们看,我多好啊!'有这样一些人,他们好像津津乐道自己痛苦的命运:'你们看,你们听着,善良的人们,我的生活多苦啊!'这也不好……"

一个穿着短外套的黑胡子男人,在他那苦行者的干瘪的脸上长着一对乌黑的强盗般的眼睛;他从桌子后边站起来,慢悠悠地伸直他那强壮的身体,瓮声瓮气地问道:

"我的妻子和小儿子活活被煤油烧死了,怎么办呢?不吭声吗?"

大伙儿沉默了几秒钟。后来有人低声埋怨道:

"又是……"

在一个令人窒息的黑暗角落里,有个人很自信地回答说:"这是上帝对罪孽的惩罚……"

"三岁的孩子也有罪吗?他当时只有三岁……就是他把灯打翻在自己身上,他妈把他抱起,结果她自己身上也着火了……当时她身体虚弱,产后才第十一天……"

"因为父母有罪。"角落里那人仍然十分自信地说。黑胡子也许是没有听见这句话,他摊开双手,在空中摇晃,忍不住急忙而又详细地讲起妻子和儿子烧死的经过来了。这使人感觉到,他一定是经常讲起这件事,而且这个可怕的故事,他讲起来就没个完。他那一对毛茸茸的眉毛拧成一条黑带,在它下面一对充满血丝的眼白在闪闪发光,还有那对暗淡的黑眼珠在不安地滚动着。

然而,就在他忧郁的叙述出现片刻停顿的当儿,一个笃信基督的香客用流利而爽朗的声音插嘴道:

"这就不对了,老乡,不能因为一件偶尔发生的事或者错事、蠢事去责怪我主上帝……"

"住口,既然是上帝,就该对一切事情负责!"

"不,决不是这样!你也有头脑……"

"要是我不明白,头脑对我又有什么用呢?……"

"不明白什么?"

"那件事……我真不明白!为什么烧死的是我的妻子,而不是邻居的妻子呢?"

一个老太婆用恶狠狠的声音清晰地说道:

"嗳—哟—哟!进了修道院还要乱嚷嚷……"

黑胡子愤怒地把眼睛滴溜一转,像条公牛一样低下了头,但他突然挥一下手,踏着沉重的步子,疾步向门口走去。另一个香客不慌不忙地站起身,摇晃着身子向大伙儿鞠了一躬,也从香客接待室往外走去。

"一颗被伤透了的心。"他微笑着说。

我觉得这微笑里并没有同情。

角落里又有人不赞成地说:

"他总爱唠叨这件事……"

"可这是白费心思,"香客在门口停下来说,"只是折磨自己,也让别人苦恼!对这种事应当忘掉才好。"

过了一会儿,我走到院子里,听到篱笆门口他的平静的声音说:

"没事儿,老大爷,不必担心……"

"当心,"看门人谢拉菲姆老大爷生气地说,他是一个很结实的维特卢加人,"这个饿着肚子的阿布哈兹人,夜里老是在那儿走来走去。"

"阿布哈兹人对我没有害处……"

我也向大门口走去。

"到哪儿去?"谢拉菲姆将他那毛发蓬松的、野兽般的、非常善良的面孔凑近我问道,"嗯,原来是你,尼日戈罗德人!没有用,去试试看吧,自找麻烦,娘们全都躺下睡觉了……"

他笑了起来,像狗熊一样吼叫着。

篱笆外边,秋夜寂静异常。在夏季耗尽精力的土地这时显得格外疲劳而宁静。枯萎的小草散发着甜蜜的芳香和秋天所特有的某种令人振奋的朝气。黑魆魆的树木在温暖而潮湿的空气中悬浮着,好像一片片乌云。在黑暗中微微地听见睡意蒙眬的大海亲切抚摩着海岸的叹息声;天空被云遮住了,只是在云隙中,间或可以看见乳白色的月亮。在远方黑暗的海水中,另一个同样的月影在轻轻地晃动……

树下有一条长凳,长凳上面有一个在黑暗中变成了圆形的人影;我走上前去,在旁边坐下来。

"从哪儿来,老乡?"

"沃龙涅什市,你呢?"

俄罗斯人在谈论自己时,总喜欢把话说得仿佛不相信他正是这么个样儿,却总想让人从旁来证明他就是这个样儿。人们散居在辽阔的土地上,他们越是明白大地的广袤,他们在自己眼里似乎就越是渺小;人们在千里迢迢的道路上迷失了方向,不知所措,一旦有机会谈到自己,就会把全部经历和所见所思详详细细地说出来。在这种叙述里经常听到的并不是"这就是我!"这样一种肯定的语气,而是"这是我吗?"这样一个疑问。

"你叫什么名字?"

"很简单:阿列克谢·卡利宁!"

"你和我同名。"

"真的吗?"

于是,他伸出一只手来拍拍我的膝盖说:"同名人,我有石灰,你有水,来吧,咱们同去抹城墙!"①

……静谧中传来低沉的、轻微的波涛声;背后修道院里忙忙碌碌的嘈杂声渐渐消失,卡利宁爽朗的声音在夜空里略显微弱,听起来比

---

① 这是一句词尾押韵的开玩笑的话。

较柔和,也较少那种自信的语气了。

"我母亲是个当保姆的,我是她的私生子。我从十二岁起,就开始做仆役,这是因为我个子高。有一次,斯捷蓬将军——母亲的东家看了看我,便说:'叶芙根尼娅,你告诉费多尔(他也是仆人,一个当过兵的老头儿),让他教你儿子做些端茶倒水的差事,他已经长大了,完全能干这种活了!'于是我为这位将军当了九年差,一年接着一年,后来,出了一件事……后来,我病了……在一个商人,也是市长那儿当了二十一个月差。在哈尔科夫一家旅馆里,又是一年……工作地点总是常常变换,尽管我是个干活认真的仆人,又不喝酒,可是我不会低三下四那一套……主要是我的性格骄傲,当仆人不合适……我命里注定只能为自己做事,不能为他人当差……"

在我们身后,在通往苏呼米的公路上,走着一些影影绰绰的人影,一眼就能看出,他们不习惯徒步走路;他们很艰难地在路上拖着脚步。一个悦耳的声音轻轻地唱道:

　　我独自一人走上大路……①

"独自一人"几个字的声音比别的字音高,它是被强调的,含着悲伤。

一个低沉的男低音懒洋洋但清晰地说:

"失音……失音症②——不能说话了,到……程度……到什么程度了,聪明的薇拉·瓦西里耶芙娜?"

"几乎完全说不清楚了。"一个年轻妇女的声音回答道。

在大地上朦胧的黑暗中,像幽灵一样浮游着两个黑点,它们中间则是一个白点。

"奇怪!"

---

① 引自莱蒙托夫的一首抒情诗。
② 原文是希腊语的俄语拼读。

"什么?"

"这一带地方有些词儿……含有言外之意!群山这个词儿就有积聚成堆的意思。人们在这儿积累了许多……他们是善于积累的!"

"可是我记不住西门·卡诺尼特①,我总是说成卡伊尼特②……"

"你知道吗,先生?"那个悦耳的声音仿佛故意大声说道,"我望着这幅美景,呼吸着寂静的气息,我想,如果抛弃一切,让一切都见它的鬼去,那么生活会怎么样呢?……"

修道院的钟报时了,发出单调的声音,淹没了人们的谈话声。尔后,从远方传来忧伤的歌声:

啊,如果只用一句话
就能倾吐心里的一切!……③

我的邻人好奇地侧着身子谛听着,仿佛流浪人的歌词吸引了他。当歌声在远处消失后,他挺直身子,叹着气说:

"你看,大概是受过教育的人,他们什么都谈,——但也是一样……"

"什么?"

"是啊,你听见了吧?"他没有马上回答。"他说,'应当抛弃一切……'"

他凑到我跟前,像近视眼一样盯着我,低声继续地说:

"越来越多的人都这样想:应当抛弃一切!我也一样;多年来,我一直在想:为什么要去侍候人,这有什么好处呢?是啊,尽管一个月可以拿上十二个、二十个,甚至五十个卢布,可这有什么用?人生的意义在哪儿呢?也许,对我来说最好是什么也不干,望着这空旷的地方,白白地悠

---

① 据《圣经》传说,西门·卡诺尼特是耶稣的十二门徒之一,曾在阿布答兹传播基督教。
② 卡伊尼特,意为钾盐镁矾。
③ 引自海涅的一首抒情诗。

闲地消磨时光……就像今夜这样坐着、看着……此外什么也不干！"

"你前几天对人们说过什么？"

"你这是指哪些人？"

"在香客接待室，对一个长胡子的人说过什么？"

"啊！我不喜欢这个人……这些人，他们把自己的痛苦向大地上散布，喋喋不休地逢人便诉说……这是怎么回事呢？每个人都有自己的难处……我干吗需要别人的眼泪呢？自己的眼泪就够咸的了……每个人都爱谈自己的痛苦，把它看成是世界上最深沉、最辛酸的东西。我知道这一点……"

他忽然站了起来，身子又高又细。

"该睡觉了，我明天一早就得动身……"

"上哪儿去？"

"诺沃罗西斯克……"

星期六，晚祷前我在修道院的账房里领了我一星期的工钱。去诺沃罗西斯克——我不顺路，又不想离开修道院，但是，这个人很有趣，这样的人在世界上总是少有的——也许只有两个，其中之一就是我。

"我也明天走。"

"那我们就一块儿走吧……"

黎明时分，我们离开修道院上路了。我仿佛登上了幻象中的一个高处，从那儿望去：沿海岸狭窄的小路上走着一对高个子的人。一个穿着灰色的士兵大衣，戴着帽檐已经破烂的呢帽；另一个穿着棕黄色的长衣，戴着棉绒小圆帽。无边无际的大海溅起的白色浪花向他们脚下涌来。被太阳晒干的水藻带蜿蜒匍匐在路边的岩石上，金黄色的树叶在地上旋卷着。风在喧哗着，吹赶着行人；他们头顶上有云朵飞过，右边是高入云天的山峰，云儿疲劳而无力地向它靠紧；左边是茫茫的大海，整个大海被镶在一个白色的花边里；风儿在它上面搜寻着，追赶着透明的水柱。

在秋天暴风雨的日子里，海岸上不知怎么特别令人觉得心旷神怡:风和浪的歌唱声,空中飞转的云儿,太阳像一朵正在枯萎的奇花沐浴在蓝色的苍穹,在这看上去有点儿混乱的自然界,你可以感觉到大地上各种不朽力量的神秘的和谐,而人的小小的心脏正充满了反抗的火焰,燃烧着,向全球呼喊:

"我爱你!"

我多么想生活啊,要这样生活:要使古老的岩石露出笑脸,要使海上像白色骏马一样的波涛飞腾得更高更欢!我多么想为大地唱一首赞歌啊,要让大地被赞美得如醉如痴,更慷慨地献出她的财富,显示出她的丰美;要大地为她所创造的万物之一的人的爱情而激动,因为他爱土地像爱一个女人一样,而且充满热望要用新的美来使她更加丰满。

然而,像石头一样沉重的言词粉碎了这种幻想,它像一座灰色的小山丘躺在幻想的尸体上——而你正是在这个坟墓面前望着自己,耻笑自己。

我像在梦中一样走着,透过波涛拍岸声和浪花热烈的喧嚣声,我听到了一些不熟悉的话语:"吉曼、季蒙、伊加蒙、兹米乌兰——这都是一些善良的魔鬼……"

"那么耶稣对他们怎么样?"

"耶稣对他们倒没有什么!"

"他仇视他们吗?"

"他——仇视这些魔鬼?为什么?这些魔鬼是特殊的,他们是善良的……而且,耶稣是对谁都不仇视的……"

"那么对殿里那些小商贩[①]呢?"

"噢,有一次曾用绳子抽打过,打得好厉害啊!要知道这不是出于对他们的仇恨,而是为了维护教规。"[②]

[①] 据《新约·约翰福音》第二章记载,小商贩指的是在圣殿里(教堂)卖牛羊鸽子,兑换银钱的人。

[②] 据《新约·约翰福音》第二章记载,耶稣曾用绳子当鞭子,把小商贩的牛羊赶出圣殿去。

小路仿佛害怕波涛的袭击,突然一个急转弯,向右拐进了灌木林;在我们前面是一些被云朵笼罩着的山峦,云朵像越来越生气似的黑暗下来——大概快要下雨了。

卡利宁用教训的口气讲述着,一边挥动拐杖把伸向路边的一些树枝打开。

"这是一个危险的地方,这儿流行一种疟疾;科斯特罗马的一个油漆匠派了一个最凶恶的姊妹——疟疾到这儿来……是不是因为没有给够他钱,我记不清事情发生的原因了……"

云影黑沉沉地向海面盖下来,海好像变成一个穿着黑色丧服的送葬人。远处看得见古塔乌塔,整个塔都被海的浪花冲击着——仿佛一堆堆白雪正在向塔上爬去。

"你给我谈谈这些魔鬼吧。"

"好吧,讲什么呢?"

"讲你知道的。"

"我都知道!"

他愉快地向我眨眨眼,重复着:

"都知道!兄弟,我有一个很好的母亲,各种咒文、咒语、童话、圣人传,她什么都知道!那时我在厨房的炉子后边睡觉,而她呢,就睡在灶炕上。她这时已经回家赋闲,没工作了,因为她已经把将军的三个孩子抚养大了……"

他停下来,用拐杖戳着地,回过头向后看了看,坚定地大踏步向前走去。

"将军还有个侄女,瓦莲季娜·伊格纳季耶芙娜,她是一个非常好的姑娘!"

"哪些地方好呢?"

"好极了,几乎是十全十美。"

在我们上头潮湿的空气中,一只鸬鹚——贪婪的笨拙的鸟——扑着沉重的翅膀慢悠悠地飞过,它那有力的翅翼在空中发出啸音,引起人们一种忧郁的回忆,给人一种不祥的念头……

"好,那就请你谈谈吧!"

"就这样,我躺在地板上,而没有到灶炕上,因为我不喜欢炉火的热度,而她呢,坐在炕边上,耷拉着双腿。在黑暗中我看不清她,只看到她所讲的那些故事的情节。她讲的所有这些可怕的故事,都从灶炕上向我头上压下来。有时候,我觉得很可怕,就赶忙喊道:'妈妈,不要再讲了!'因为我不喜欢这可怕的故事,我已记不清它了……她本人当时也是相当可怕的,她死时内脏都腐烂了。那时她才四十三岁,可头发都已苍白了,临死时她身上发出一股臭味,厨房里所有的人都骂……"

"嗯,那么魔鬼呢?"

"我马上就给你讲!"

坚韧、顽强而又盘根错节的灌木丛越来越密集地靠近小路蔓生着。我们仿佛漫游在喧哗的绿波中,灌木的枝条轻轻地抽打着我们,仿佛在提醒我们:

"快点儿走,要下雨了!"

我的旅伴放慢了脚步,像唱歌似的拖长声调很有节奏地讲起来:

"当上帝的儿子耶稣基督去旷野集中意念时,撒旦派了魔鬼到他这儿来试探他。这时的耶稣还年轻、快活,他坐在旷野中间的一片滚烫的沙砾上,想着——该怎么办呢?——他自己便收集了一把小石头,玩起来。这时,几个魔鬼——吉曼、季蒙、伊加蒙、兹米乌兰,走近了他。这些魔鬼都年轻,他们老远就看见了耶稣,很怜恤他,因为据说,他的命运始终是很不幸的!他们走到他跟前说:'你愿意和我们一起玩吗?'耶稣对他们微笑着说:'好,请坐!'于是,他们坐了一圈,便开始履行自己的使命:他们中间无论谁向上扔一块石头,这块石头掉下来落在热沙上便变成一个裸体女人,她光着身子无拘无束地躺在那里,并把双手伸向耶稣,引诱他犯罪。而他呢,只对她微笑一下,用嘴唇向她嘘一口气——这时她便化作一股蒸气,立刻飞上了天空。耶稣自己扔了一块石头,石头一转身变成一个六只翅膀的鸽子,抖动着翅

膀飞进耶路撒冷教堂。蠢笨的魔鬼费了很大的劲,最后他们看到耶稣怎么也不受诱惑!于是一个年长的魔鬼,兹米乌兰就对他说:

"'主啊,我们再不诱骗你了,我们毫无办法,虽然我们都是魔鬼——也不会成功的!'

"'永远不会成功的。'耶稣说,'我决心要做的事,就一定去做!至于你们是魔鬼,我是知道的;你们从老远就看到我,就怜悯我,这我也知道。这就是说,你们现在没有隐瞒自己的真情。因此,你们将会终身善良,这对你们来说要好一些!你,兹米乌兰,去做个海王——你要用海风把地上的腐朽灵魂赶跑;你,季蒙,你要注意,不要让牲畜吃上毒草,要让所有的毒草都长起刺来;你,伊加蒙,要在夜间去安慰那些孤苦伶仃的寡妇,她们由于丈夫的不幸死亡而责怪上帝;你,吉曼,是最年轻的一个,你喜欢做什么就自己挑选吧!'

"'主啊,我喜欢哈哈大笑!'

"'那么,你就去使人发笑吧,只是不要去教堂里。'

"'主啊,我也想去教堂里!'

"耶稣基督立刻讪笑道:

"'啊,上帝保佑你,也到教堂去发笑,但是要小声点儿!'

"这样耶稣就把恶鬼变成了善鬼。"①

一些老橡树,在绿海似的灌木丛上空参天而立,黄色的橡树叶子冷得哆嗦着;高大的胡桃树正在脱去那已经枯萎了的服装;樱桃李微微地战栗着;已经落了大半叶子的栗树感激地向大地鞠躬。

"这故事有趣吗?"

"有趣,那个耶稣倒是不错。"

"他永远是这样,"卡利宁有点儿自豪地说道,"你知道吗,斯摩棱斯克省有个老太婆还为他编了一首歌呢?"

"不知道。"

---

① 卡利宁讲的这段耶稣的故事,在基督教正统的《圣经》里并无记载。

这个古怪的人停下来,用一只脚踏着地,故意用一种老人的颤抖声音唱起来:

>天边开了一朵花——
>　　上帝的儿子!
>它是一切欢乐的源泉——
>　　上帝的儿子!
>它开得像太阳一样鲜红——
>　　上帝的儿子!
>它给大地带来了恩惠——
>　　上帝的儿子!

卡利宁的声音随着每一行诗而变得年轻,最后一行诗他是用高亢悦耳的男高音唱出的:

>全世界只有一个他……

突然,一道耀眼的蓝光闪过,山谷里一声闷雷轰然炸响,大地和海的上空滚过一阵隆隆的回声。卡利宁张开嘴,露出了他那整齐漂亮的牙齿,然后他就开始频繁地画着十字并喃喃地说:"可怕的上帝,善良的上帝,你在九天之上,坐在黄金宫内,你把撒旦处死,我就不会陷入罪恶的苦海了!"

"我们跑吧,兄弟,我害怕雷电……我们赶快跑吧,跑到哪里都行!……倾盆大雨眼看就要来了,要当心,这儿流行一种疟疾……"

我们跑了起来,风直扑我们的背,我们的茶壶和小锅叮叮当当响起来。背包像一个巨大的软拳头直打在我的腰间。离山还远,周围没有一户人家。灌木丛常常挂住我们的衣襟,脚底常常有石头蹦起,天黑下来,山峦仿佛迎面向我们扑来。

突然,从漆黑的乌云里又迅速射出一道天光,闪耀着蓝宝石光焰的大海仿佛要荡出海岸;大地颤抖着,从山谷里传出一阵咯朗咯朗的岩石碰撞声。

"圣灵,圣灵,圣灵!"卡利宁喊着,身影消失在树丛里。

后面,海浪哗哗地追赶着奔跑的人;前面,黑暗中响起一阵吱吱沙沙的嘈杂声;是谁的长长的黑手在头上挥舞着,在山顶上浓密的云幕后边,震耳欲聋的雷声像一辆铁轮大马车一样,轰隆轰隆地响个不停;闪电越来越频繁地闪现着,大地发出嗡嗡的回声;高大的树木在黑暗的阴影里,在蔚蓝的光辉中喧哗着,摇晃着,奔跑着,它们已经被斜风冷雨吹打得东倒西歪了。

天色使人觉得可怕,然而也使人感到愉快。一股股细雨打在脸上,使人精神振奋,仿佛在这雷雨交加之下也可以无止境地跑很长时间,一直跑到晴朗的日子。

"停一停,你看!"卡利宁叫喊着。

在电光闪耀的一刹那,我们发现,就在我们面前有一棵大橡树,树干上有个很宽的黑咕隆咚的裂缝——好像在那儿开了一个门;我们笑着,爬了进去,活像两个小老鼠。

"这地方能容纳三个人!"我的旅伴说,"烧了这么大一个窟窿——这是那些淘气的孩子们干的!他们在活树上点火!"

里面很窄,可以嗅到一股腐烂的树叶味和烟熏味;大滴的雨点噼噼啪啪地打在我们头上和肩上。树木随着雷声颤动,发出嗡嗡的响声。在一片呼啸声中,我们仿佛被搁置在海里的一只小小的独木舟上。闪电时,可以看到:雨从我们身旁飘过,它在空中织成一条条蓝色的雨线网,雨滴像洒在空中的许多碎玻璃一样闪闪发光。

风的呼啸开始缓和下来。它仿佛感到很满意,因为它竟能把冲刷高山、软化岩石的大雨赶到了地上。

"呜噢—呜呜—呜噢!"在我们上空不高的地方,离我们不远有只山雕在叫着。

"鸟儿以为是黑夜了!"卡利宁低声说。

"呜噢—呜呜—呜噢!"山雕又叫起来。

"你弄错了,小弟!"他大声喊道。

有点儿凉意。浅灰色的水雾像半透明的纱帘一样迅速飘散开来,笼罩了一根根长着节瘤的大桶般粗的树干,树干上已经长出了幼嫩的绿枝,细叶还没有凋落。

一种单调的声音在大地上广泛地传播着,打断了我们的思路。我们不由得聚精会神而且有点儿紧张地倾听着:雨点抽打着树干,拍洒着落叶,敲击着岩石;小溪潺潺的流水,呜咽着蜿蜒流向大海;急流在山涧中轰鸣,岩石隆隆地滚动,树木被风吹得轧轧作响,波涛从容不迫地激荡、呼啸,成千个音响汇集成一个沉重的、潮润的声音,多么想把它们分拆开来,像给乐曲填词一样,给它们重新组合一下。

卡利宁动了动身子,推着我并埋怨道:

"真是太挤了!我可不喜欢挨挤⋯⋯"

为了弄得比我更舒服一些,他爬到树窟窿稍靠里边的地方,蹲下来,非常巧妙地把身子蜷成一团。雨几乎淋不着他了。总之,他看上去具有一种流浪惯了的人所具有的那种随机应变的灵活性。他善于在各种逆境中很快就找到最有利的地位。

"你看,外面又下雨,又寒冷,"他低声说,"但毕竟还是很好啊!"

"好什么?"

"应该只感谢上帝。如果你要忍受某种不幸的话,那么最好是为了上帝,而不是为了像我自己这样的人⋯⋯"

"看来,你不大喜欢像自己这样的人?"

"要爱人如狗爱棍棒①,"他回答道。沉默了一下,他又问道:"为什么要爱人呢?"

我当时也不知道为什么。卡利宁不等我回答就又问道:

---

① 《新约·马太福音》第二十二章载有一条"要爱人如己"的诫命。这里这句话是讽刺地模仿此一诫命。

"你没有当过仆人吧?"

"没有。"

"是啊。要让仆人也去爱人是很难的。"

"为什么?"

"你去当当仆人就知道了!如果你侍候的人,正好在这儿,我的兄弟,你也不会爱他……噢,这讨厌的雨总是下个不停!"

到处都是呜咽声,饮泣声、仿佛整个大地都在低声痛哭,因为它们在冬天的风暴到来的前夜正在和夏天告别。

"你怎么到高加索来的?"

"我走啊,走啊,就走来了!"卡利宁回答道,"谁都想来高加索……"

"为什么?"

"呵,什么'为什么'?我从小就听说:高加索,高加索!将军一谈起高加索,就激动得手舞足蹈,眉飞色舞起来。母亲也一样,因为她也到过这里。老弟,高加索吸引着每一个人,因为在这儿生活比较简单——阳光充足,冬天的时间短,不像我们那儿严寒,水果很多……总之,在这儿生活是令人愉快的!"

"那么人呢?"

"人怎么啦?你不干涉他们,他们是不会打扰你的。"

"打扰什么?"

卡利宁望着我宽宏地笑笑,继续说:

"你这个怪人,你问的都是一些最简单不过的问题!……你也是个读书知理的人吧?好啦,你自己应当明白这些……"

他的声音显得有点儿生气,带着难听的鼻音,像祷告似的唱起来:

"上帝啊,无论是平民百姓,还是官员、神甫,还是下级神职人员,大学问家,都不允许给人们带来不幸……这是我母亲经常念叨的一句话……"

雨开始下得小了,细雨绵绵,雨织成的丝线网像一块透明的锦缎,透过它可以更清楚地看到变黑的橡树那阴郁的树干;那一簇簇金黄的、暗绿的叶子也看得更清晰了。树洞里渐渐亮起来,烧焦的树壁像一块缎面一样闪闪发光。卡利宁用手指从上面抠下一块烧成的木炭说:

"这是牧羊人烧的……你看,搬来了干草,还有干树叶。牧羊人在这儿生活可真不坏啊!……"

他像是准备要睡一觉似的,两手抱住后脑勺,下巴插在两膝中间,静静地不动了。

一条小溪从树旁边流过,露在外面的树根,被冲洗得十分干净。小溪像一条明晃晃的蛇,性急地流窜不息,把那些红色的和棕黄色的树叶冲走。在远远的海洋中这样的树叶该是美丽的:天空只有太阳,而在蓝色的丝绸一样的海面上,它宛如一颗耀眼的红星……

我的旅伴像猫儿打呼噜似的哼着一支小曲。歌的旋律是熟悉的《月儿躲在乌云后面》[①],但我听到的却是另一种歌词:

> 美丽惊人的瓦莲季娜——
> 你比所有的花都鲜艳!
> 保姆之子的心在燃烧,
> 他为你愿把一切奉献……

"这是首什么歌?"

卡利宁伸直腰,动了动身子。他像蝎虎一样灵活,两只手掌用劲擦一把脸。

"这首歌是军队的一个文书写的……他患肺结核死了。他是我的一个好朋友,是我一生中惟一的一个真正的朋友!也是一个非常好的人!"

---

① 当时流行的一首吉卜赛歌曲。

"那个瓦莲季娜是谁呢?"

"自然是个姑娘。"他有点儿不乐意地回答说。

"文书爱过她吗?"

"没有。"

看来,他不大乐意谈起这个,就又蜷缩着身子,把头藏起来,埋怨说:

"该生堆火了……衣服都湿了……"

风有点儿寂寞地唿哨着,摇动着树木;细雨一个劲地飘洒在大地上。

> 我是个渺小的穷人,
> 永远成不了另一种人。

卡利宁又轻轻地唱起来。他用一种异乎寻常的敏捷动作扬一扬头,深情地说:

"这是一首很悲伤的歌曲……它能抓住你的心,催你下泪。这首歌只有两人知道:就是我和他……噢,自然,还有她,……但是她,自然很快就忘了……"

接着,他那一双明亮的眼睛微笑着,温和地建议说:"你听着,你是个青年人,你应当懂得,生活的危险在什么地方。我给你讲个故事……"

雨好像也在倾听着:透过它那丝线般寂寞的催人欲睡的沙沙声,可以听到一个人平静的谈话声:

"不是卢基亚诺夫爱上她,而是我——他只是依照我的要求写了诗。当她在我面前出现时,我正是青春十八。一看到她,我就明白了,我的命运将跟她紧紧相连。我又惊又喜,连心脏都停止了跳动,我的整个生命就像落在火里的一粒木屑被烧得焦烂。我的整个身子都仿佛长上了翅膀。我有这样一种感觉,仿佛一位卫士站在首长面前——

整个身子都挺得直直的,规规矩矩地站在那儿,心里是那么忐忑不安,仿佛马上就要发生什么事似的!她——瓦莲季娜·伊格纳季耶芙娜当时是二十五岁,也许,还要大一些,长得很漂亮!简直是个美人!她是一个孤儿,爸爸是被土耳其人打死的,妈妈是患天花病死在撒马尔汗的……她是将军的内侄女。这姑娘长着淡褐色的头发,白净的面庞,像一件镶金的瓷器,眼睛像蓝宝石一样晶莹可爱……她那滚圆而丰满的身子仿佛一个圣饼……她占用着一间和厨房并排的拐角的房子,——将军自然有自己的房子。他那儿还给了她一间明亮的小贮藏室。她把她那些古怪的东西到处摆:小瓶子啦,小玻璃杯啦,铜管和铜环啦;还有镶铜的玻璃管,她把它一转动,从它里面就蹦出一股股火星,哗哗剥剥地响着,但她一点儿也不怕,她还唱着歌儿:

　　春天不是为我到来,
　　布格河不是为我流过,
　　心儿快乐地跳跃啊
　　不是为我,不是为我……

"她总喜欢唱这支歌儿。她那小眼睛向我一忽闪,用恳求的语调说:

"'阿列克谢,我这儿的东西你不要动,这些东西是危险的!'……可我,真的,在她面前,不管手里拿着什么东西都会掉下来。还有她唱的歌儿……'不是为我'——我为她感到惋惜:怎么不是为你呢?一切都为了你!我的心仿佛要向上飞去似的。我买了吉他,可是不会弹。通过弹吉他我结识了卢基亚诺夫这位文书。——他的师部和我们在一条街上。这个卢基亚诺夫,小小的个子,黑黑的头发,是个入了耶稣教的犹太人……脸儿是黄色的,眼睛像锥子一样,是一个很不错的人,弹起吉他,总是恋恋不舍……他对我说:'生活中一切东西都是可以获得的……像咱们这样的人是没有什么可以失掉的。现存的一切东西都是从哪儿来的呢？都是来自最普通的人——人不是生下来就成为将军的,但可以获得这种称号。女人呢,'他说,'却始终在你身旁,需要用诗歌来感动她;我给你写诗,你给她偷偷放在……'他的思想是坦率的,无畏的……"

卡利宁讲得很快,很兴奋,但突然仿佛熄了火似的沉默了几秒钟,又继续讲下去,但这时已放低了声音,慢慢地仿佛不大乐意似的讲着:

"我立刻就相信了他的话,可后来呢,一切都不是那么回事:女人嘛,是欺骗;诗歌嘛,是胡说八道;人嘛,不可能逃脱他自己的命运;至于勇气,它只在战场上用得着,在和平生活中,它简直是赤裸裸的胡闹！在这里,我的老弟,应当懂得生活的规律:有身份高的人和身份低的人,当他们处在各自的地位时,是好的,而一旦有人从上边降到下边,或从下边升到上边时,这就完了！一个人中途停滞下来——不进不退,就这样,一辈子下去！一辈子这样,老弟！也就是说,一个人应该听从命运的安排,安分守己……雨好像停了？"

是啊,雨越下越稀了,倦怠地落着,透过湿漉漉的树枝,在潮湿的天上,可以看见一块块明亮的蓝天,这是出太阳的预兆。

"你讲下去呀！"

卡利宁冷笑了一声。

"有趣吗？好,我当时相信了巴维尔的话,就请他写诗！第二天他就很巧妙地写好了诗……我忘了他写的诗句……仿佛有这样的话,什么你的小眼睛,每天、每周都用爱情的火焰燃烧着我的心——可怜可怜它吧！我把这首诗给她塞在桌子上的一张纸底下——自然,我浑身战栗着。第二天早上我收拾房间时,她突然出现了。她穿着一件红色的宽大的长衫,嘴里叼着烟卷,把那张上面写有诗的纸拿给我,温和地微笑着说：

"'这是你写的吗,阿列克谢？'

"'是的,'我说,'请原谅我,看在基督面上！'

"'看来,你很富于幻想,'她说,'但是,很遗憾,因为我已经许给

别人了:姑夫要我嫁给克利亚奇卡医生,有什么办法呢?'

"她说得那样温和那样惋惜,我都傻眼了。克利亚奇卡医生,红头发,满脸的粉刺,胡须拖到了肩膀上,身子又粗又笨。常常嘿嘿一笑,大喊大叫:

"'没有头,没有尾,只有享乐最美!'

"将军也笑得浑身打战,说:

"'你这医生,看来倒像个喜剧演员。我看,你做个卖艺人,当个小丑还是满合适的。'我那时是个像竹竿一样瘦长的人,面孔绯红,头发卷曲,生得白净。和姑娘们交往,小心谨慎;娼妓,我是压根儿不去理会的……总之,要为一个崇高的目的而保重自己,心灵深处要有一个引人奋发的理想。我不喝酒,我讨厌……后来,我也喝上了。我每逢星期六都去洗澡。

"晚上,他们同克利亚奇卡都去看戏了。将军自然有自备的马,我呢,就去找卢基亚诺夫,把事情一五一十都对他说了。

"'哦,'他说,'我祝贺你,请你拿两瓶酒来,你的事情办得很圆满;你给三个卢布吧,我再为你写首诗,'他说。'诗像咒语一样,是有迷人的魔力的。'于是,他又写了关于美丽的瓦莲季娜那首歌。这歌儿写得很悲哀,也很通俗。噢,天哪!……"

卡利宁沉思地摇了摇头,用他那一对孩子般晶莹的眼睛望着被雨水洗净的蔚蓝的天空。

"她发现了诗,"他违心似的勉强说,把我唤到她跟前,问道:

"'我们可该怎么办呢?阿列克谢!'

"而她自己当时半裸着身体,我几乎看得见她整个胸脯和光着的双脚,脚上只穿两只便鞋;她坐在安乐椅上,一条腿摇晃着,撒娇似的戏弄着。

"'我们可该怎么办呢?'她说。

"难道我知道该怎么办?我仿佛像个傻子站在那儿。

"'你倒是沉得住气?'她问道。

"我摇着头,哑口无言。她现出阴郁的神色,站起来,拿了两个小瓶,从里面将一些药粉倒在一个信封里,递给我说:

"'我看,'她说,'这里倒有一条出路可以摆脱我们深沉的不幸:这是一包药粉,今天医生要在我们这儿吃午饭,你把这药粉给他撒在盘子里,这样,过几天我就属于你了!'

"我画着十字,拿过信封,我的眼前像是蒙了一层雾,甚至连腿都发僵了。我不记得我后来怎么了,我已晕了过去。一直到克利亚奇卡医生来了,我还没有醒过来……"

卡利宁的身子颤抖了一下,牙齿打着战,他惊慌地望着我,匆忙地动起来。

"必须生一堆火了,我冷得发抖呢!喂,你爬出去吧……"

一些被撕碎的乌云的影子,在湿漉漉的土地上,在明晃晃的岩石和被雨水洗涤成银白色的草地上疲乏地晃动着;这些乌云在山顶上凝聚成层层叠叠的浓云,云层边上白烟缭绕。雨后的海显得宁静了,浪花的拍溅声变得更轻更悲伤了,一块块蓝天变得更柔和、更温暖了。阳光照射到这儿那儿的土地和水面上,阳光落到草上,草便像绿宝石和珍珠一样闪闪发光;深蓝色的海闪射着变化多端的色调,反映着它那富丽的光泽。周围的一切都这么美好,使人充满遐想,仿佛风和雨赶走了秋天,又让康乐的夏天回到了大地。

透过我们潮润的脚步的嚓嚓声和愉快的雨水的滴答声,我听着这个如怨如诉的已经疲乏的故事:

"哦……我给他打开门,我不敢正视他一眼,头不由自主地低了下来,而他托着我的下巴把我的头扶起来问道:

"'你的脸色怎么这样黄,啊!这是怎么回事?'

"他显得很善良……不但小费给得多,而且通常跟我谈话也是极和气的……好像我不是仆人……

"'不舒服',我说,'我……'

"'噢,'他说,'吃过午饭我给你检查一下,你别着急。'

"我立刻醒悟了,我不能毒害他,这个药粉我必须自己服,是的,自己服!仿佛一道电光突然照到我心上一样,我看到我走的不是命运给我指出的那条路。我急忙跑回我的房间,倒了一杯水,把药粉撒上,水立刻混浊起来,咝咝地响着,冒起许多泡沫。真可怕呵!但是,我还是喝了下去。我并未受伤。我听听内脏——没有什么,而头脑里甚至变得更清醒了。虽然我也可怜自己,几乎要流出了眼泪……咱们就待在这儿吧!"

一块巨石,像是戴着一顶苔藓和蔓草编织成的深绿色的帽子,它那宽广而平滑的面庞慈祥地俯贴在大地上,仿佛斯维亚托戈尔勇士[①]受地心引力陷进了地里,而留在地上的只有头颅和被长年累月的思虑熬煎的模糊不清的脸庞。它的四周长满了密集的橡树,它已被这些仿佛也是石头雕琢成的树包围了起来;橡树的枝叶已经伸展到古老岩石的皱襞上面。巨石下面干燥而舒适。卡利宁蹲在那里,折了一些树枝说道:

"你看,我们就在这儿避一会儿雨吧……"

"好,那就请你继续讲下去吧……"

"嗯……你给咱们生堆火吧……"

他把柔弱的身子往石头底下挪动了一下,在地上伸伸腰,便没精打采地继续说:

"我悄悄走进餐室,双腿一颤,心里打了个冷战。突然听到瓦莲季娜·伊格纳季耶芙娜在客厅里非常愉快地笑着。我隔着饭厅听见将军说道:

"'你看,这个贱骨头,为了五个戈比,他什么都愿意干!'

"而我爱的人却叫道:

"'姑夫,难道我才值五个戈比?'

"医生也接着说:

[①] 俄国民间勇士歌中的人物。

"'你给了他什么东西?'

"'带酸味的苏打。主啊,这真是可笑……"

卡利宁缄默了,他闭上了眼睛。

湿润的风叹息着,把团团浓烟吹到黑暗的树枝上。

"起初,我高兴自己没有死——带酸味的苏打是没有害处的,喝醉了酒的人常用它来治头疼。可是后来,突然想到:怎么能开这样的玩笑?怎能拿我当小狗捉弄!……不过我的心里毕竟觉得轻松了一些。开始吃午饭了,我用碗把清汤给端上去,大家都沉默无语。医生首先尝了一口,他举起碗,皱了皱眉头问道:

"'请问,这是什么?'

"'嗬,先生们,我想,你们的玩笑是开得不成功的!'我甚至十分礼貌地说:

"'请放心吧,大夫先生,药粉是我自己吃了……'

"将军和将军夫人还没明白玩笑未能开成,在那里哈哈大笑,而那两位却沉默不语。瓦莲季娜·伊格纳季耶芙娜的两只眼睛睁得又圆又大。她这样悄悄地问道:

"'你知道那药粉是无毒的吗?'

"'不知道,'我说,'当我吃的时候,我并不知道……'这时我马上就晕倒了,完全失去了知觉。"

他那张小脸病态地抽搐着,显得苍老而可怜。他把胸脯转向昏暗的篝火,挥着一只手,把那些淘气地、懒洋洋地蔓延到角落里的烟赶开。

"我病了十七天,给我来看病的正是这个姓克利亚奇卡的医生!……他坐在我身旁,问道:

"'这样看来,是你自己想服毒自杀啰,怪人?'

"他就这样管我叫怪人。可这跟他有什么关系呢?假如我自己想把自己喂狗吃,他也管不着……瓦莲季娜·伊格纳季耶芙娜一次也没有来看过我……从此以后,我就再也没有见过她……他们很快就结了婚,到哈尔科夫去了,克利亚奇卡在楚古耶夫兵营找到个差事。只剩我一个人留在将军那儿。将军已经是老头儿了,人还不错,有脑筋,只是性子有点儿粗暴。我恢复了健康,他便把我唤去,开导我说:

"'你呀真是个傻瓜,这都是那些下流的书本害了你!'其实,我什么书也没看过,我也不喜欢看书。他说:'只有在童话里,才能看到傻瓜娶了公主……'人的一生就如同下棋一样,每个棋子都有自己的走法,如果没有这个规则——棋也就下不成了!"

卡利宁把两只手——细弱的、没有劳动过的手伸在火上,向我丢个眼色,冷笑了一声。

"我很认真地听了他讲的这些话。'这么说——原来是这样!'我自个儿寻思道:假使我不愿跟你们开这个玩笑,也不愿为此而莫名其妙地葬送自己的一生呢?"

他扬扬得意地提高声音说。

"于是,我的好老弟,我就开始仔细地观察他们这场游戏。我看到,他们都生活在各种无聊的琐事中。他们为这些琐事受尽劳累,而所有这一切都是没有什么重要价值的。小书本、小镜框、小花瓶,以及各种鸡毛蒜皮的废话,我呢,成天就待在这些东西中间,擦掉这些东西上面的灰尘,又怕把它们打碎弄坏。我不愿意这样下去!难道就是为了干这些琐碎活儿,我母亲才辛辛苦苦地生育我吗?我命里注定要为这种生活去死吗?不,我不愿这样生活下去,对不起,我藐视你们这种游戏,我要更好地按照我的意愿去生活……"

他的两只眼睛里闪烁着绿莹莹的火花,手指痉挛地并在一起,在篝火上挥动,仿佛要把那鬈发一样的红色火焰砍掉似的。

"自然,我没有立刻明白他的意思,而是逐渐明白过来的。是巴库的一位长老——一位最有智慧的人使我彻底明白这些思想的!他说:'你的心灵,不应该为任何东西所牵挂——无论是当差也好,财产也好,女人也好,对外界其他诱惑的任何向往也好……你一个人活着,独爱基督,而这是惟一永远正确的,惟一永久可靠的。'……"

"嗨!"他兴奋地叫了一声,由于某种内心的激奋而鼓起双颊,满脸涨得通红,"我见过许多事情,到过许多地方,也见过许多人;在俄罗斯已有许多这样的人,这些人了解自己,不愿沉湎于琐事。'要离恶行善。'①这位长老对我说,但我在他跟我说这话之前就懂得了这个道理!我自己甚至也这样告诉过许多人,而且我现在说,今后仍然要说……啊,太阳都到什么地方了!"他突然用不安而埋怨的感叹声打断了扬扬自得的谈话。

偌大的一轮红日正慢悠悠地向大海降落;在太阳和海水中间,是由云彩形成的一个个低矮的黑暗山丘和积雪的山巅。

"看来,得在这儿过夜了,"卡利宁摸着外衣,嘟哝着说,"可这地方——每到夜里常有胡狼出没。胡狼,你见过吗?"

"是野狼吗?"

"叫它胡狼对一点儿。"

三朵云好像土耳其人,穿着深红色的长袍,头扎白头巾,他们的头互相依偎着,秘密地谈着什么事情。其中一个是驼背,另一个头巾上飘着一根白玫瑰色的羽毛;这羽毛已经离开了头巾,飞到天空,并向着那已不发光的就像月亮一样沉思的太阳飘去。第三个土耳其人走到前面,把身子弯下海遮住自己的同伴,从头巾下边伸出他那有点儿肿胀的大红鼻子,滑稽地嗅着海。

"瞎眼老头儿编织草鞋,比许多聪明人安排自己的生活还要灵巧。"透过篝火的爆裂声和咝咝声,可以听到卡利宁那平静的谈话声。

我已经不愿再听他讲了;那吸引我听下去的线索仿佛突然被烧毁了,中断了。我想静静地望着大海,思考那些像夜晚一样静谧而温暖地激动着我心灵的东西。他的话语像深夜降下的雨点一样,破坏着这夜的宁静。

人们总爱多管闲事,常常互相询问:你生活得怎么样? 有人便会

---

① 引自《新约·彼得前书》第三章。

教导你说,你不应该这样生活,而应当那样生活!可谁知道,应该怎样生活,才有益于我的身心健康?谁也不可能知道。还是让每个人都无拘无束,愿意怎样生活就怎样生活吧!我无求于你,你也无须要求我什么。你也不必等待。然而,维塔利神甫却得出相反的结论:人在世界上应当成为反抗邪恶的战士……

在黑沉沉的大海上有一条血红色的小径,世界上的那些优秀人物是否就是沿着这条小路走过来的,而且现在还在不为人们所注意地走着,饶有成果地洒着他们的热血呢?

在这条生机盎然的火光地带的左右两边是奇妙的、紫红色的海;在稍远的地方是漆黑的像天鹅绒一样柔和的海面;在东方很远的地方,不时地闪现着无声的电光,仿佛一只看不见的手在潮湿的天空划着火柴,而总是点不着火。

卡利宁有点儿难为情地谈起主持新阿丰修道院的长老维塔利,谈起他那出家人的聪明而愉快的面孔,在黑色和银色胡须下面那两排珍珠般漂亮的牙齿,那微微眯缝着的一对美丽的女性眼睛。他用富有感召力的男低音谈着,"O"音说得特别响。

"当我们现在住在这儿的人们刚来到这里时,这儿还是一片原始的混乱和荒芜:蔓生着各种匍匐植物,该死的滨枣直抓人们的脚,处处是一派荒凉景象!可是如今呢,你看,人们的双手创造了多少美好事物和欢乐的生活啊!这是一幅多么壮丽的图景啊!"

他用一只有力的手和锐利的目光自豪地在空中画了一个大圆圈:在这个像是框子一样的圆圈内,有一座山,这山被改造成有果园的梯田。果园的土地耕作得像绒毛一样松软。在维塔利的脚下有一条银色的瀑布和一个在岩石中雕砌成的通向西门·卡诺尼特山洞的阶梯。下面,新教堂金色的圆顶在正午的阳光照射下闪闪发亮,旅馆和管理处白色的楼房隐约可见,鱼塘像一面镜子,到处都是宏伟庄严的修剪得整整齐齐的树木。

"'团结——在人需要的时候,它能帮助人们克服各种混乱!'维塔利郑重地说。

"我马上把他的话顶了回去。'我们的耶稣,'我说,'也是生活在这个地球上的一个无家可归的人,他摒弃了你们尘世的烦恼生活!'"卡利宁摇晃着脑袋讲述着,他的耳朵也在战栗,"'他既不是为了下等人,也不是为了上等人,他像所有伟大的公正的人一样不偏不倚!当他带着尤里和尼古拉在俄罗斯各地,在各个村镇游历时,他甚至也不干涉他们的事。他们争论着人生,他却沉默不语!①'我用这一番话来刺他,维塔利生气了,他叫道:

"'唉,你这个不懂礼貌的邪教徒!'"

岩石下面,烟雾沉沉,闷热得很。篝火像一束束红色的罂粟花、杜鹃花和某种黄色的花朵。篝火有着它自己美妙的生活,它不断燃烧着,给人以温暖。篝火用明朗的笑脸,聪明而愉快地欢笑着。

潮湿的夜晚从山那边的乌云里悄悄地降临了。大地发出沉重的、潮润的呼吸,大海忧伤地唱着沉思的模糊不清的歌儿。

"看来,我们得在这儿过夜了?"卡利宁很认真地问道。

"不,我要走了。"

"那也好,我们走……"

"我和你走的不是一条路……"

他蹲下,从背包里掏出一块面包和几个梨来,但听了我的回答,他就又把取出的东西放回背包,拉上锁,生气地问:

"那你为什么一直要跟着我走?"

"为了要跟你聊聊,你是个有趣的人……"

"当然有趣——像我这样的人不多,老弟!"

太阳还没有落,它像一块巨大的透镜,放射出暗淡的红光。波浪挡不住那射向大地的光焰。但是太阳很快就要隐没在云层里了,那时黑暗将立刻笼罩在大地上,仿佛像从翻扣过来的大碗里倾泻下来似

---

① 这是利用《圣经》故事编成的神话,是高尔基小时候从他外祖母那儿听来的。在《童年》第七章里对此有较详细的描述。

的,天空会立刻出现闪耀着柔和光芒的巨星。在夜幕中大地将小得像人的心脏一样。

"再见!"

我握着一只不大的没有肌肉的手;他用孩童般明媚的目光望着我的眼睛,说:

"我会比你先到的!"

"到古塔乌塔吗?"

"是呀……"

……我一个人,就这样在这漆黑的夜里,走在我可爱的土地上。我对这里的一切人都一样地陌生,对这里的一切事物都一样地亲近。生活慷慨地哺育着我,而我也努力使她更加丰富多彩。

那些把我的心儿和整个世界联系起来的线索日益增多,数不胜数。我的心头有某种东西在沸腾,由于它的激励,我心里热爱生活的感情日益增长。

大海在唱着夜的赞歌,被海浪爱抚地戏弄着的岩石,用喑哑的嗡嗡声回应着。一些模糊的白色的东西成群结队地在这茫茫大海上晃动着;大海上空的远方晚霞还未消失,而天空已经明显地闪烁着耀眼的星星。

树梢打着盹,颤抖着——把上面的雨点抖落在地上,脚下的流水呜咽着,发出胆怯的沉睡的叹息。

我独自走在这漆黑的夜路上,自己为自己照着路;我仿佛觉得,我是个活的灯笼,我的心在我胸间燃烧着熊熊烈焰;我多么希望,有个胆怯的、在夜间迷了路的人,能看到这个小小的火光……

陈怀义　译

航行途中……*

　　从希瓦①阵阵吹来的强劲秋风，打在达格斯坦②苍翠的山上，被挡折回来，落到里海清凉的水里，在岸边掀起强烈急促的海浪。

　　海上隆起的数千个白色的山丘，旋转着，跳动着，宛如融化的玻璃在大锅里沸腾。渔民们把海与风的这种嬉戏叫做"摇海"。

　　尘埃似的白色泡沫，在海面上飞溅，像一片片如绢的薄云，撒落在一艘双桅的老式的帆船上。船里装载着干果：无核葡萄干、杏干、桃干，从波斯的塞菲德鲁德河③开往阿斯特拉罕。"渔汛"过后赶来搭船的百来个渔夫，乘坐在这条船上。他们全都是伏尔加河上游森林地带的庄稼汉，热风的炙烤，咸水的卤泡，使他们一个个钢铸铁打般的壮健，像是一群善良的大胡子野兽。他们挣了许多钱，现在乘船回家，非常高兴，像狗熊似的在甲板上折腾。

　　透过海浪的白色法衣，看得见大海碧绿的躯体，在一起一伏地呼吸。帆船用它那尖尖的船头，就像犁铧翻地似的，划开大海的身躯；船舷埋在卷曲的浪花堆起的白雪中；斜挂在船首的三角帆，被秋天清凉的海水溅得透湿。

　　帆鼓得像球一样。帆上的补丁在绽裂，桅杆的桁架吱咂作响，绷

---

* 本篇最初发表于一九一三年七月十四日《俄罗斯言论报》。
① 现乌兹别克花拉子模省的一个城市，曾经是希瓦汗国的首府，位于花拉子模绿洲。
② 现苏维埃俄罗斯的一个自治共和国，位于高加索东北部大高加索山和里海之间。
③ 今伊朗西北部克济尔乌津河下游的名称，流入里海。

紧的索具也像在弹奏着琴弦。在飞也似的迅猛的航行中,周围的一切都显得十分紧张,云也在空中驰骋,银光闪闪的太阳,沐浴在云朵之间,碧海蓝天,惊人地相似,——天也在沸腾。

风生气似的呼啸着,把人们的说话声、沉厚的笑声和歌声吹向大海。人们早就唱开了歌,但总是不那么和谐。被秋风卷起的带着咸味的飞沫,扑打在歌手们的脸上,只是偶尔听得到一个女人声嘶力竭的嗓门,拉着长腔,如怨如诉地在呼叫:

像火蛇一般……

杏干散发出甜腻浓郁的油香,就连大海的浓烈气味,也消却不了这馨香的芬芳。

驶过了乌奇科沙,前面就是切琴岛①;俄罗斯人自古以来就熟悉这些地方,——基辅人曾经从这些地方出发,去掠夺塔巴里斯坦②。从左舷望去,高加索苍翠的群山,在湛蓝的深秋的天际时隐时现。

在主桅杆边,一个魁梧的小伙子用宽阔的后背依杆而坐,他穿一件粗麻布衬衫和一条蓝波斯裤,不留胡子,厚实的嘴唇非常红润,蔚蓝色的孩童般的双眼,沉醉在青春的欢乐中,显得十分明亮。他两条腿在甲板上宽宽地叉开,一个在渔船上做切割工的年轻女人,横卧在他的膝盖上。她像这青年小伙一样,又高又壮。她那由于风吹日晒而变得粗糙了的发红的脸膛上,长满雀斑,她的眉毛又黑又浓又粗,就像燕子的翅膀,她蒙眬欲睡地闭着眼,头倦怠地横枕在这青年小伙的一条腿上,向后仰着,从钮扣松开的红色短上衣的皱褶里,看得见高耸着的骨雕般硬邦邦的乳房和周围布满浅蓝色花纹般脉管的少女的乳头。

年轻小伙子伸出一只裸露到肘部的骨骼粗大的长胳膊,把他那粗黑得像生铁似的大手掌,放在这女人左边的乳房上,使劲地抚摩着她

---

① 乌奇科沙、切琴岛皆位于里海西岸捷列克河口附近。
② 位于里海南岸,为伊朗的一个省份。

231

那结实的身躯；他的另一只手拿着一只盛浓葡萄酒的洋铁杯，——淡紫色的酒滴落在他衬衫的前襟上。

人们扶住被风刮起的帽子，掩着衣服，在这一男一女的周围嫉妒地兜着圈子，用贪婪的目光搜索着摊开四肢躺着的女人。浪花四溅的碧绿的波涛，也有时从右舷、有时从左舷向船上看了又看。五光十色的天空，彩云飞奔；没有吃饱的海鸥，声声叫喊；秋天的太阳，恰似在泛起泡沫的海水里舞蹈，——有时用淡蓝色的暗影把海面覆盖，有时又使无数颗宝珠在海面放出光彩。

人们在船上叫嚷、歌唱、欢笑。在一堆装着桃干的口袋上，放着一皮囊卡赫齐亚①葡萄酒，一群身材魁梧、长着大胡子的庄稼汉，吵吵嚷嚷地围着葡萄酒。他们都是一副只有在神话故事里才能见到的古式装束，——使人想起，这是斯杰潘·拉辛②从波斯远征归来。

穿蓝制服的波斯船员，一个个瘦骨嶙峋，像是一匹匹骆驼。他们友善地露出珍珠般的牙齿，瞧着这群愉快的罗斯③人，——在这些东方人的眼里，隐隐约约地闪烁着一种莫名其妙的微笑。

一个阴沉的老头，头发被风吹得像乱麻似的，毛茸茸的巫师般的脸上，鼻子歪着，从这一男一女的身旁走过。他被女人的脚绊了一下，停了下来，猛然扬起头来，动作一点儿也不像老头，他高喊着：

"该死！怎么躺在路上？不要脸的，赤裸成这个样子，——呸！"

女人并不挪动身子，甚至连眼也不睁，只有她的双唇微微地抖动了一下，年轻小伙却向上抽了抽身子，把杯子放在甲板上，又把这只手也放在女人的乳房上，不客气地说：

"怎么啦，亚基姆·彼得罗夫，嫉妒了？唉，真倒霉呀，错过去了！不要眼红，不要白白伤心！吃甜东西，你还没有这份福气……"

他举了举两只手掌，重新放在女人的乳房上，扬扬得意地加上了

---

① 格鲁吉亚的一个地区，以产葡萄酒著称。
② 一六六七年至一六七一年俄国农民起义的领袖。
③ 俄罗斯的古称。

一句：

"我们要喂饱整个俄罗斯！"

女人慢悠悠地微笑一下，于是，周围的一切，连船带人，就像从同一个胸膛里深深地叹出了一口闷气，又微微地升高起来；接着，一个浪头哗啦一声打在船舷上，咸水四溅，淋湿了所有的人，也淋湿了这个女人。这时，她才微微睁开她那幽暗的双眼，用善良的目光，瞧了瞧那老头和年轻小伙，也瞧了瞧所有的人，不慌不忙地把肉体掩盖起来。

"不用，"年轻小伙夺过她的手说，"让他们看好了！不要舍不得……"

船尾上，一群庄稼汉和娘们儿在弹唱着舞蹈歌曲，一个略带醉意的像年轻人一样的声音，迅急而清晰地唱道：

> 我不要你的财宝金银，
> 它不比我情人更可亲……

鞋后跟在甲板上叩着拍子，有人"吭唷吭唷"地附和着，像是猫头鹰在鸣叫；三角磬①发出尖细的音响，卡尔梅克风笛在歌唱，比这一切更高昂的，是一个女人热情洋溢的曲调：

> 狼群在荒野里号叫——
> 是饥饿得嗷嗷直叫；
> 最好来把公公吞掉——
> 他只配做喂狼的料！

人们哈哈大笑，有人声音洪亮地喊道：

"这样行吗，扒灰老汉们？！"

---

① 俄罗斯民间音乐里一种用钢条弯成的三角形打击乐器，其作用相当于我国的梆子或现代音乐里的碰铃。

那大块头的年轻小伙,懒洋洋地把厚呢上衣的下摆盖在女人的胸上,若有所思地瞪着一双孩童般的圆眼睛,望着前方,说道:

"一回到家里——我们要干一番事业!啊,玛莉娅,大大地干一番!"

长着火翼的太阳,向西方飞去,云在后面追逐着,赶不上它,只好降落下来,停歇在苍翠的群山之巅,像一堆堆白雪。

刘伦振　译

死　者[*]

　　……我沿着一条松软的灰色的路从容地走着,两旁是齐胸高的庄稼。路很窄,路旁的谷穗沾染了焦油,又脏又乱,倒伏在车辙里,被压坏了。

　　老鼠吱吱地叫,沉重的谷穗摆来摆去,垂向干燥的地面。天空中,雨燕和家燕来回飞掠,这说明附近有河流和住户。我在这金黄色的海洋里迷失了方向,举目寻找那战船桅杆似的、高耸云端的钟楼,寻找那远望如一片黑色船帆似的树林,但是,四周除了锦缎般的草原,什么也看不见,草原顺着一段段慢坡向西南方向倾斜,它像天空一样空旷,也是那样的宁静。

　　在草原上,你会感到自己像一只飞进大盘子里的苍蝇,——落在这盘子的正中央,你觉得大地是在苍穹的里面,在太阳的怀抱中,在那被灿烂的阳光照耀得扑朔迷离的繁星之中。

　　瞧那巨大的绛红色的太阳,在远方蔚蓝色的天边,庄严地沉落到白雪似的云层里;谷穗上洒满了玫瑰色的落日余晖,矢车菊已经变得灰暗,在薄暮的静谧中,可以清晰地听到大地所歌唱的一切。

　　天空中,红色的霞光扇面似的散射开来。一束光线射到我的胸前,像摩西的方杖[①],在平静的心里掀起一股热流:切望把这黄昏时分

---

　　[*] 本篇写于一九一二年八月底之前,最初以《罗斯记游·一个行路人的印象》为题发表于一九一三年第二期《欧洲通报》杂志。
　　[①] 据《旧约·出埃及记》第十七章记载,古代以色列人的领袖摩西以杖击石,磐石中流出水来,解救了干渴的百姓。

的大地紧紧拥抱，向它倾吐那些动听的、重要的、未曾对谁诉说过的话语。

繁星撒满天空，而大地也是一颗星辰；地上，人们遍布各处，我在他们中间，要无所畏惧地走遍天涯海角，阅尽人生的悲欢，尝遍人间的甘苦。

……很想吃点东西，可是背包里从早晨起就没有一点面包了，这妨碍思考，也令人有点儿遗憾。如此富饶的土地，人们在上面创造这么多东西，但是，竟有人挨饿……

道路忽然向右转去，茂密的庄稼地敞开胸怀，露出一片青草丛生的山谷。谷底里有一条淡蓝色的小河蜿蜒盘绕，河上架起一座新桥，桥身倒映在水中；那桥是黄色的，好像用芜菁雕成。桥的后面，七间粉白的农舍趴伏在斜坡上，坡地上还有一块空草地，高大的黑杨给这个村庄投下一层长长的散乱的阴影。一匹前腿系着绊绳的马，摇摆着尾巴，在银灰色的树干中间走来走去，飘来一股烟雾、焦油和浸泡大麻的浓烈的气味，一群母鸡咕嗒咕嗒地叫；婴儿已经哭累了，就要入睡了。假如没有这些声音，还会以为这山谷里的一切是能工巧匠用柔和的色彩仓促画成，只是被阳光晒褪了颜色罢了。

在农舍前面半圆形的地方有一眼水井，井边有座红色的小教堂，它狭小但是很高，好像一个独眼的看守站在那里。细长的汲水吊杆一端倒向地面，发出轧轧的响声，一个浑身素白的村妇正在汲水，她举起裸露的胳膊，挺直了腰身，仿佛身轻如云，就要向空中飞去。

水井附近有堆黑泥，像一团揉皱的天鹅绒，闪烁发亮；两个小孩，一个约莫五岁，另一个三岁，他俩没有穿裤子，下身裸露着，正默默地用黄脚板踩踏污泥，似乎想把太阳的红光揉进这潮湿的泥里。这种善意的操作引起我很大的兴趣，我兴致勃勃地望着这两个神情严肃的孩子，心里颇有好感，——太阳在污泥里恰好找到自己的去处，它射进大地越深，大地和人们也就越能得到好处！

向上面望去，一切都了如指掌。村子里只有七间农舍。在这里当然不会找到什么活儿,但是同这里善良的人们闲聊一个夜晚却是惬意的。我向桥头走去,满怀着一种想同人们讲述各种奇妙故事的热切而愉快的愿望,——因为这对他们来说有如食粮一样的需要。

一个身体结实的汉子,像一块泥土赋予了生命似的,从桥下迎面向我走来,他头发蓬乱,大概好久没有梳理过了,也不刮胡子,穿一条宽大的蓝裤子和一件粗麻布的脏得变成了灰色的开胸衬衣。

"晚上好!"

"你好。到哪里去?"

"这是条什么河?"

"这条吗?就是萨加伊达克河……"

在他大而圆的头上,飘垂着斑白蓬乱的鬓发,胡子剪得很短。一双小眼睛机警地、疑惑地望着,那样子像是在计数我衣服上窟窿和补丁的数目。他深深喘了口气,从衣袋里掏出一个芦苇做杆的泥制烟斗,眯起眼睛,仔细端详着烟斗的黑洞,问道:

"有火柴吗?"

"有。"

"烟叶呢?"

"烟叶也有一点儿。"

他沉吟一会儿,望着隐没在云层里的太阳,随后说道:

"给我一点儿烟叶。火柴我也有。"

我们抽起烟来。他胳膊搭在桥栏杆上,背靠梁木,长时间喷出缕缕浅蓝色的烟雾,用鼻子嗅着,又皱皱鼻子,吐了一口唾沫。

"是莫斯科烟叶吧?"

"罗缅县的,雷莫林科厂的。"①

"啊哟,"他舒展开鼻子上的皱纹,说道,"好烟!"

先于主人走进农舍是不合适的。于是我跟这人并排站着,等待他

---

① 十九世纪八十至九十年代,波尔塔瓦省罗缅县以盛产烟草闻名。雷莫林科厂是八十至九十年代末在罗缅城由雷莫林科兄弟开设的一家烟厂。

结束自己慢条斯理的盘问：我是什么人,从哪里来,到哪里去,去干什么？——这时我对他真的有些生气了,因为我想快一点儿知道村子里将会怎样接待我。

"找活儿干吗？"他从胡子下面漫不经心地说,"没有,没有活儿干。现在能有什么活儿？"

他转过脸去,向河里吐了一口唾沫。

河的对岸,一只母鹅大摇大摆地走着,它后面是一群小鹅,像一团团绒毛球似的滚动着。两个女孩赶着它们,一个戴红头巾,手里拿一根树条,个子比母鹅大一点儿,另一个像只鸟,又白又胖,一双内八字脚,走起路来倒挺神气。

"尤菲姆！"一个看不见人的声音凄凉地喊了一声,那人摇摇头,用赞赏的口吻说：

"你听这嗓门儿！"

随后,他动了动裂开的黑脚趾,久久地端详着裂开的脚指甲,末了问道：

"也许,你是识字的吧？"

"干啥？"

"是这样,要是识字人,也许能为死去的人念念经文？"

显然,他为提出这个建议感到高兴,因为在他毛茸茸的脸上现出了愉快的笑纹。

"难道这不算活儿吗？"他说道,把褐色的眸子垂下,"会给你十个戈比,再加上一件死者的长衫。"

"还有——管饭。"我心里这样想,不禁脱口而出。

"当然啦！"

"死者在哪里？"

"在他的屋里,咱们去吧？"

我们向那号叫的声音走去。

"尤菲——姆……你来呀……"

阴影在松软的路上迎着我们慢慢移动过来。在河边的灌木丛后面，一群孩子吵吵嚷嚷，水花飞溅着。有人在刨木板。一阵阵呜咽声在空中回荡。那人不慌不忙地说：

"过去有一个会念经的老太婆，她还是个巫婆呢！人们把她送进城里去了，她的腿瘫痪了……得有一张能说会道的嘴！这样的女人是有用的，只是骂人厉害……"

一只大癞蛤蟆大小的黑毛小狗爬动着三只爪子，来到我们的脚边，它竖起尾巴，用粉红色的稚气的鼻子嗅嗅空气，凶狠地狂叫起来。

"去！"

从旁边什么地方跳出来一个年轻的光脚女人，她怒气冲冲地把两手一拍，嚷道：

"尤菲姆，我老在叫你，叫……"

"可是，我没有听见……"

"你到哪里去啦？"

我的同伴默默地对她做了一个轻蔑的手势，然后把我引进一座农舍的院里，这是光脚女人站在那里臭骂和诅咒的那家农舍的邻院。

两个老太婆坐在小农舍门口，一个长得圆圆胖胖，披头散发，像个踢破的皮球，另一个瘦骨嶙峋，腰弯背驼，脸上露出阴郁、愤懑的神情。她们的脚边蜷伏着一只绵羊似的大狗，伸出抹布样的舌头，身上的毛已经脱光，两只红眼睛淌着泪水。

尤菲姆详细地诉说，他是怎么遇见我的，我又适合干什么事，——那两对眼睛默默地望着他。一个老太婆摇晃着她那细而黑的脖颈上的脑袋，另一个听完这番话，就对我说：

"请坐会儿，我去给您做晚饭……"

小院里密密麻麻地长满了锦葵和一簇簇车前草，院子当中摆着一辆没有轮子的大车，只有几根黑得像焦木似的断轴。赶进来一群牲口，一片柔和的声响如流水般缓缓地流进农舍，灰暗的阴影在院子的各个角落蠕动，映在草地上，青草变得暗淡无光。

239

"我们大家都会死的,老婶子。"尤菲姆把烟斗往墙上叩打几下,自信地说。那个腮帮红润的光脚女人站在大门外,压低声音问道:

"你走不走?"

"我得先把一件事情办完,然后……"

他们给我一块面包、一罐牛奶,那只狗站起来,把它那垂涎的老脸趴在我膝头上,目光呆滞地望着我的脸,好像在问:

"味道好吧?"

驼背老太婆沙哑的声音飘过院子,像一阵晚风吹得干枯的草丛簌簌作响:

"你哀求,祈祷:上帝啊,请减轻我们一些痛苦吧,可是,你的痛苦却加重了……"

她,像自己的命运一样,神情是忧郁的,摆动着细长的脖颈,蛇一般的脑袋有节奏地、睡意沉沉地晃来晃去。那些单调的、陈腐的话语无精打采地落在地上,落在我的脚前:

"一些人愿干多少干多少,另一些人什么也不干,可是,咱们的人拼着老命去干,却得不到报偿……"

那小老太婆悄悄低语道:

"圣母会赏赐的……她会赏赐所有的人……"

一阵深沉的静默。

这极度的寂静好像孕育着什么重大的事情。它使人相信,一些至关重要的思想就要产生,我很快就听到一番奇特的话。

"我告诉你,"老太婆试着挺直腰板,说道,"我的男人在许多仇人之中有一个朋友,他名叫安德烈。当时我们在顿涅茨那边的旧居无法生活下去,人们非议、折磨我的男人,逼得他整天落泪,沉默寡言。这时安德烈到我们这里来说:'亚科夫,你不要垂头丧气,大地是宽广的,到处都能容人。如果说这里的人凶狠,那是因为他们愚蠢,心里憋闷,你不要责怪他们,你只管生活下去,——他们过他们的,你过你的!你安安静静地过日子,不要向谁让步,那么你就会战胜所有的人。

"这样一来,我的瓦西里就经常说,他们过他们的,我们过我们的……

"真的,好话无论在哪里说都是不朽的,——它像燕子飞遍整个大地……"

"这是真的,"尤菲姆赞同地点点头说,"真是这样,俗话说:好话是基督的,坏话是神甫的……"

老太婆猛地抬起头来,哑着嗓子说道:

"不是神甫的,是你的……哎呀,尤菲姆,你头发都白了,说话还不经脑子……"

尤菲姆的女人开腔了。她的两手来回摆动,仿佛手里拿着一个筛子,急急忙忙地筛出一些刺耳的话来:

"我的天哪!这算是什么人呀?自己不说话,也不听别人说,只是像狗儿吠月似的,老在狂叫……"

"得了吧!"尤菲姆拉长声调,"你又来啦,哎呀……"

西边,云彩像瓦蓝色的烟雾和血红的火焰,增长着、扩散开来,好像整个草原马上就要燃烧起来。阵阵轻柔的晚风抚摸着草原,庄稼无精打采地垂向地面,淡红色的波浪在草原上荡漾。可是东方已是黑沉沉的了。漆黑、闷热的夜晚从那边爬过来。

在我的头上,从那扇农舍的窗子里散发出一股死人的暖烘烘的气味,狗的鼻孔和白须都在颤动,眼睛可怜巴巴地眨着,向窗口斜望。尤菲姆仰望天空,自言自语地说:

"不会下雨,不会的……"

"你们这里有《诗篇》①吗?"我问。

"什么?"

"书,《诗篇》。"

大家都默不作声。

---

① 是《旧约全书》中的一部诗集。

南方的夜幕越来越快地降临了,它像抹掉尘土一样,从地面上拭去了亮光。要是能够把自己埋藏在芬芳的干草堆里,一觉睡到旭日东升,那才好呢。

"也许,帕诺克那里有吧,"尤菲姆不好意思地说,"他也许有小本的……"

后来他们又低声交谈一阵,就离开了院子。那个圆胖的老太婆气喘吁吁地对我说:

"去吧,你愿意去,就去看一看他……"

她的脑袋很小,但挺可爱,恭顺地低垂着。老太婆双手交叉放在胸前,喃喃低语:

"圣母呀……"

死者的神态显得严厉而庄重。他那灰白的浓眉在大鼻梁上面蹙起一道深深的皱褶,鼻子弯到胡子里面,一双深陷的眼睛微微闭着,嘴也只是合拢了一半,——仿佛这个人还在固执地思考着什么。他的思考含着愠怒,你看,他好像马上就要吓人地喊出某种特殊的临终遗言。

他头上点燃一支细蜡烛,一缕蓝烟怯生生地战栗着,散出微弱的光,但它已不能驱散死者眼睛下面和面颊深深皱纹里的死寂的阴影。一双黝黑的手,像两座小丘似的放在汗衫的灰色污斑上,手指是弯曲的,甚至连死神也不能把它抻直。整个农舍,从窗户到大门,空气里都弥漫着苦艾、薄荷和腐烂东西的气味。

老太婆的低语变得越发热烈和清晰。她一面絮絮地诉说,一面干号。在窗外方形的黑色天幕上,雷电威严地闪烁着,蓝光透过窗口泻入像棺材般窄小的农舍,霎时间,那支残烛的火光仿佛藏匿起来,飞逝不见了,死者脸上的灰白胡须像鱼鳞般闪烁发亮,面孔显得冷峻而阴沉。

老太婆的低语透人肺腑,令人感到痛苦和悲凉。此刻我想起了一句古老而重要的歌词,虽然它并不能消除人的悲痛:

"妈妈,不要为我哭泣,在棺材里我也会成长,会再站起……"

这个人却再也站不起来了。

……瘦骨嶙峋的老太婆回来了,她说,整个村子都没有《诗篇》,这是另一本小书,不知道合不合用。

这另一本小书原来是教会斯拉夫语文法,前面的几页已被撕破,开头的几个字是"朋友"、"友人"、"友好"。

"那怎么办呢?"当我说文法对死者不适用的时候,小老太婆伤心地问。她那孩童般的小脸抽搐着,像受了委屈似的,哭肿的双眼又流出眼泪来。

"人活啊,活着,"她一边抽泣,一边说,"却活不到给自己做个像样的葬仪!"

我告诉她,我会给她的丈夫诵读我能记忆的全部祈祷词和圣诗,但是她要从屋里出去,因为我不习惯做这种事,要是活人听我诵读,我就不能背出全部的祈祷词。

她不明白我的意思,或者不相信我,她待在门口老半天,鼻子哼哼地吸气,用袖子擦拭苍老的小脸。

随后,她走出去了。

在草原与海边相接的地方,雷电的闪光把草原边缘漆黑的天空照得通明;农舍笼罩在一片蓝色的雾中,屋子里,闷人的夜的黑暗无声无息地游荡着,蜡烛怯弱的火光闪烁发亮,——一个人躺在那里,用半张半闭的眼睛看看那些从他的胸前、从白色的墙壁和天花板上掠过的闪动的阴影。

我谨慎地斜眼望着他,不知道死者究竟会怎样呢?——于是,我虔诚地低声念道:

"'宽恕一切吧,宽恕众多的罪人,不仅有罪的人,也宽恕那些罪孽深重胜于牲畜的生灵……'"

说这番话的同时,我又产生一种否定它的思想:

"带来烦恼和痛苦的不是罪孽,而是正直……"

"'……罪孽有出于本意的,有并非本意的,有的自己知道,有的并不知道,有的出于年幼无知和沾染恶习,或者由于无耻和颓丧……'"

"这一切都不适合于你,兄弟……"

淡蓝的星星在无限深邃的黑暗的天空闪烁,可是此刻除了我还有谁在看它们呢?

远处雷声隆隆,一切都随着闪闪的电光而徐徐地摇动。

一只狗用爪子踏着泥土掺草压平的地面,走了进来。它总是在我身前身后走动,嗅我的脚,轻轻哼哼几声,又拖着腿走出去。也许它太老了,不能像它的同类那样,用悲号为主人做安魂祈祷。它出去时,我似乎觉得那阴影也想随它流去,——阴影缓缓移动到门口,把一股阴凉的气流吹到我的脸上。蜡烛的火光摇曳着,好像要从烛台上挣脱出来,飞向星空,——群星之中也有像它那样碎小的、可怜的星星。我不想让烛光熄灭,我紧张地注视着它,眼睛都看得疼痛了。我觉得心里憋闷,可怕,一动不动地立在死者的肩旁,不知为什么竟全神贯注地谛听这静夜中的……

睡意困扰着我,要摆脱它却不容易。我极力去回想大马卡里、兹拉托乌斯特和达马斯金①那些美妙的赞美歌,可是"为即将卧床休息的人"发出的第六条戒律的词句却像几只蚊虫在我的脑海里嗡嗡响着:

"如果你想垫一只柔软的枕头,那就请放下吧,看在基督的分上,只能垫一块石头。如果冬天你还想昏睡,那就忍耐一下,据说:其他的万物都还没有卧床休息。"

为了不致睡着,我轻声唱起一首短的赞美诗:

"主啊,使我脆弱的灵魂摆脱一切人间的罪孽。'"

门外隐约可以听见枯燥的喃喃低语:

"慈悲的圣母,接受我的灵魂吧……"

我仿佛觉得,她的灵魂像朱顶雀一样的灰暗,也是那样的畏怯。

---

① 大马卡里(301—391)、兹拉托乌斯特(347—407)、达马斯金(约675—约754),都是教会祷词、赞美诗、箴言、赞歌的作者。

它就要飞到圣母的供桌前;圣母向它伸出自己雪白的、温柔的、善良的手,这时,这个小小的灵魂便会整个地哆嗦起来,鼓起一双短短的翅膀,将在欢乐的惊惧中死去。

那时,圣母就会对自己的儿子悄悄地说:

"你瞧,你那些地上的人们多么胆怯,他们多么不习惯于欢乐啊!这样好吗,我的儿子?"

而他将回答她什么呢?

我不知道。我如果处在他的位置也会感到十分羞愧。

外面,在一片沉静之中,似乎有人回答我,——也在歌唱。这宁静是那样的广袤,那样的深沉,那个遥远的沉没在静寂中的声音,好像是我自己声音的不自然的、虚幻的回声。我沉默着,谛听着。声音越来越近,越来越清楚,有人在走动,沉重的脚步沙沙作响,一边走,一边嘟哝说:

"没有……不会有的……"

"狗为什么不叫呢?"我一面想,一面揉着眼睛。

我似乎觉得死者的眉毛在抖动,他的胡须在微动中露出阴森的笑容。

院子里响起低沉的、沙哑的声音:

"什—什么?哎呀,你这老太太……我知道会死的……得啦,别说啦!这样的人总是站立到最后一刻,一下子躺倒就起不来了……这是谁?过路的……噢!……"

一个模糊不清的庞然大物堵在门口,随后呼哧呼哧地喘息着闯进农舍,到了屋里变得更加高大起来,几乎顶到天花板上。这个巨人挥动开双手,面对烛花画了十字,接着将身躯向前晃动一下,额头几乎触到死者的脚上,轻声问道:

"这不是瓦西里吗?"

接着,他呜呜地哭了起来。

屋里有股浓烈的伏特加酒味。老太婆站在门口央告道:

"杰米德神甫,您把经书给他……"

"为什么?我自己会念……"

一只粗大的手放在我的肩上,一张宽大的毛茸茸的脸俯在我的脸旁。

"是个年轻人,——喂,是教士吗?"

他的脑袋很大,长满了蓬蓬松松的须发,像一把毛掸子,虽说那支孤独的蜡烛发出幽暗的光线,这些毛发也都闪烁着金色的光泽。他跌跌跄跄走了几步,摇了摇我,一会儿把我拉到自己身边,一会儿又把我推开。一股浓烈的酒味扑到我的脸上。

"您,杰米德神甫……"老太婆固执地、如泣如诉地说,可是他却严厉地打断了她的话:

"我对你说过多少遍啦,不许把教堂助祭叫做神甫!你去吧,睡去吧,这里是我的事儿,去吧……你再给点一支蜡烛,——我什么也看不见……"

他坐在长凳上,用经书拍拍膝盖,问道:

"你喝伏特加吗?"

"这儿没有伏特加。"

"怎么没有?"他厉声说,"有的,你瞧,我口袋里就有一瓶,哈哈!"

"这里喝酒不太合适。"

"这——对了!"他想了想,嘟哝着说,"该到院子里去,——这就对了!"

"您怎么,坐着念吗?"

"我?我……不,你念吧……我有点儿不舒服……是的,'因为他们的罪孽加在我身上,发怒气逼迫我。'①因此,我多喝了几口……"

他把经书塞进我的怀里,低下了头,沉甸甸地摇晃了几下。

"人们一个个死去,可是地上还是这样拥挤……人们没有见到幸

---

① 引自《旧约·诗篇》第五十五篇第三节。

福就死去了……"

"这不是圣诗集。"我看了看这本书,说道。

"胡说!"

"您瞧瞧。"

他掀开硬书壳,拿蜡烛照着书页,读了几个红色的字母。

"《八重赞美诗集》[①]……"

他大吃一惊。

"《八重赞美诗集》?这个……怎么回事?真的,出了这样的事儿……是啊,大小也不一样,《诗篇》是小的、厚的,这是,是我太匆忙了……"

错误仿佛使他清醒了,他站起身,向死者走近一些,轻轻捋着胡子,向他俯下身去。

"请原谅,瓦西里……怎么办呢?"

他挺起身来,用手向后撩开长长的发绺,从口袋里掏出酒瓶,把瓶口塞进嘴里,喝了好一会儿,鼻子哼哧作响。

"你想干什么?"

"我想睡觉,喝了酒——就躺一躺。"

"那就躺下好了……"

"谁读经文呢?"

"这里谁要你嘟哝那些连自己都不懂的话呢?"

他坐在长凳上,弯下腰,用手托着头,不吱声了。

七月的夜色已渐渐褪去,黑影悄悄地爬到各个角落去了。早晨清冽的凉气飘进窗口。两支蜡烛的光焰变得更加惨白,火焰像受惊的孩子的两只眼睛。

"瓦西里,你活着的时候,"教堂助祭唠叨说,"我还有个地方走动,现在我没有地方可去了,最后一个人死去了……主啊,你的真理在哪里呀?"

[①] 东正教的祈祷书。

我坐在窗畔,将头伸到户外,一边抽烟,一边打盹儿,同时听着这痛苦的怨诉。

"他们吞噬了我的妻子,又要把我吃掉,像猪猡吃白菜一样……这是真的,瓦西里……"

教堂助祭又掏出酒瓶,呷一口酒,抹了抹胡子,然后向死者俯下身去,吻了一下他的前额。

"永别了,朋友……"

他向我转过身来,用出乎意料的明确的语言有力地说:

"这是一个平凡的人,在人们中间默默无闻,就像白嘴鸦群里的一只白嘴鸦,但他不是白嘴鸦——而是一只白鸽,这谁也不知道,只有我知道,是的!……他离开'法老派下的苦工'①了,而我还活着,但是,我的灵魂已经死去,'我的施主们还会一齐折磨我,唾弃我……'"

"您有很大的苦难吗?"

过了一会儿,他瓮声瓮气地答道:

"大家的苦难都比应有的多……我的苦难也那样多!你的苦难也要临头……"

他自己的脚绊了一下,便倒在我的身上,说道:

"我想唱歌,但是这不行,要把人吵醒,他们又要嚷嚷了。不过到底还是很想唱一唱!"

于是,他在我的耳边低声吟唱起来:

向谁诉说我的悲伤,
对谁唱出我的忧愁,
谁又能伸出一只手……

粗硬的须发刺得我的脖子发痒,我躲开了。

---

① 据《圣经·旧约·出埃及记》第一章第十四节记载:埃及法老为了限制以色列移民的繁衍,有意让他们做苦工。

"你不喜欢吗？好吧,去你的吧,你真贪睡……"

"你的胡须刺得我怪痒痒的……"

"怎么,宝贝,为了你还要刮光胡须不成？"

他坐在地上,想了想,鼻子呼哧一响,接着生气地命令说:

"好吧,念吧,我躺下睡了。可别把书拿跑,这是教堂用的书。很值钱。我了解你们这些穷鬼！你们到处跑来跑去。为什么要到处跑？归根到底,你们哪里有好处就到哪里去！你就去吧。去说教堂助祭死了,去向哪个怜悯你的好人说去,说教堂助祭季奥米德·库巴索夫——这就是我——完全死了,永远死去了……"

他睡着了。我胡乱翻开那本书,念着:

"在未曾开垦的处女地上出现一位养育大众的恩人,他张开手臂,用自己的祝福养活所有的生灵……"

"养育大众的恩人"躺在我的面前,身上盖一层散发香味的干草。我在瞌睡中看着他那忧郁而神秘的面容,心里想:这个人曾在世上自己管辖的地段奔走过上千遍,为着死而复生操劳不已。此刻出现了一个奇怪的形象,——一个千只手臂的巨人在荒无人烟的光秃秃的原野上绕着圈子走来走去,这地面上的圈子越来越宽广,他的足迹所至,死寂的荒原便出现生机,覆盖一层绿油油的闪光的花草。荒原上不断出现一座座村庄和城市,而他又向无边无际的远方走去,走去,不倦地播种着具有生命的、自己的、人性的东西。我怀着敬意,欣慰地想着世上所有的人们——人们生来就有一种神秘的、能够战胜死亡的力量,永远不可遏止地将死亡变为生命,通过死亡之路走向永生,坟墓在吞食人们——却不能吞食净尽。

心里百感交集,各种思绪涌上心头,使我感到欢乐,又觉得寒心,有许多事情很想问一问某一个能大胆、真实而又简洁回答的人。

在我身旁,一个是死去的,一个是睡着的,在过道里窸窣作响的是个行将就木的老太婆。但是没有关系！世上有许多人,不是今天就是明天,我将会给我的灵魂找到可以询问的人……我思考着,走出农舍,来到草原上，从那里瞭望这些散落在辽阔大地上的住屋：几间农舍紧偎在地面，窗口没有光亮，黑黢黢的，只有一个窗口里，在死者的头上闪烁着曾经使他迷醉的微弱的光亮……

这是一颗生命已经止息的心，——它在活着时所思考的一切，这内心贫乏的大地是否都回答了它呢？我知道，死去的是个渺小而平凡的人，但我想到他的全部工作，在我看来，这种工作是惊人的巨大……那些还未成熟的、在草原道路的车辙里被压坏的谷穗，那些在蓝天里、在金光闪闪的锦缎般的庄稼上空飞翔的燕子，那只在辽阔大地的上空静止不动的草原上的兀鹰……现在又浮现在我的脑海里……

听到一阵鼓翼的噗噗声，——鸟儿的影子从院里那片露珠泛出亮光的绿茵上一掠而过。

公鸡应和着互相啼鸣，——一共有五只鸡，鹅也睡醒了，母牛哞哞地叫，有个地方的篱笆已经吱吱呀呀地响起来。

我在想，我怎样走到草原去，在那边田间的小路上，在干燥、温暖的土地上睡一觉，教堂助祭睡在我的脚边，仰面朝天躺着，他的胸脯像比曲格马①一样宽阔。火红的头发就像在脑袋周围发出的火焰，胖胖的红脸膛气呼呼地绷着，嘴唇张开，胡子微微颤动。他的手臂很长，加上手掌，真像一把铲子。

你不禁会想到，这个强壮的人怎样去拥抱女人呢，大概女人的整个脸蛋儿都会陷进他的胡须里，她会痒得格格发笑，把头向后面仰去。他可能有几个孩子呢？

当知道这个人的心里满怀痛苦，真是令人不快，心里觉得难过，他的胸中应该充溢着欢乐！

老太婆温和的面孔朝门里窥探，而窗口却射进了朝暾最初的光芒。

锦缎般的、光亮的河面浮起一片透明的薄雾，树木和青草正在经

---

① 一种拉重车的大马。

历一段奇妙的紧张而宁静的时刻,这时,你期待着树木和青草会立即战栗一下,然后用心灵所理解的声音开始歌唱和叙述自身生命的伟大的奥秘。

"这样的好人……"老太婆低声说,望着教堂助祭的魁梧身躯,脸上露出怜悯的神情。

她好像在朗读一本看不见的书,悄悄地,简单明了地讲述着助祭妻子的经历:

"她和一个人干作孽的事,被别人发觉了,人们就把他这个丈夫领到他们那里,后来大家就嘲笑她和杰米德,因为他原谅了妻子的罪孽。她受不了人们的嘲笑就在小贮藏室上吊了,他就大喝起酒来……这已经是第二年了,他很快被撤了职。我那老伴喝得不多,老是劝他:'哎,杰米德,不要向人示弱,自管去生活吧,他们过他们的,你过你的……'"

几滴眼泪从那呆滞的小眼睛里流下来,在哭肿的面颊的皱纹里消失了。小脑袋不住地晃动着,像一片秋天的枯叶。真不忍心去看这张被衰老和悲伤弄得满是皱纹的温和的脸啊!我在心灵里寻找,能找出几句慰藉的话向这人诉说吗?我找不到一句,自己感到很委屈。

我想起从前在什么地方读过的几句奇怪的话:

"上帝的仆人不应呻吟,而应欢笑,因为呻吟会给人们和上帝带来痛苦。"

"我该走了。"我窘迫不安,说道。

"噢?"

她这声感叹来得急促,好像听了我的话感到吃惊。她用一只颤巍巍的手在裙子里摸索什么,那暗淡的嘴唇却在默然无声地翕动着。

"我不要钱,女主人,如果有的话,给我点面包吧……"

"不要点儿零钱吗?"她疑惑地又问了一句。

"我要它有什么用呀?"

"噢,那就随便吧,"老太婆想了想就同意了,"那就随便吧……也是的,谢谢您了!"

　　……在我面前,在蔚蓝色的天空,太阳夸耀似的在地面上展开自己光芒四射的孔雀尾巴,微笑了。

　　我向它眨眨眼:我是熟悉它的,再过两小时,它的笑容就会像火焰一般燃烧。但此刻我们彼此还都有好感;我在庄稼地的阡陌上走着,向它——这生命的主宰,唱起一支歌:

　　　　造化所不能企及的,
　　　　我曾接近,
　　　　它的形象就是我的自身,
　　　　万物照耀我的实体,
　　　　随着它们我高高升起,
　　　　超越一切主宰和权力!

　　……我们自管去生活吧,他们过他们的,我们过我们的!

雷　光　译

混　乱[*]

春回大地,田野里到处是春天留下的淡蓝色足迹——融雪后的水洼。春天给斯图坚涅茨河[①]打开了枷锁,河水奔腾着,流过图隆加村,把汹涌的波浪抛向乌黑油亮的堤岸,冲刷着枯萎的向日葵秆——乱成一团的根须在浊水中翻滚。

春风送来温暖的气息,又吹向河的对岸,水面泛起一层金色的鳞波;岸边的河柳轻轻摇曳,柳树抽出许多嫩芽,有些已经绽开,新的嫩叶像淡黄色的小蝴蝶迎着阳光颤动。

在天鹅绒般黑色田野的上空,在银光闪闪的一滩滩水洼上面,弥漫着淡蓝色的蒸气——那是解冻的土地呼出的湿气。周围的大地空旷、辽阔,上面安适地覆盖着一块天幕。四月的骄阳在村子和田野的上空照耀着,宛如天空中一朵火花开放。晌午了,令人感到温暖而愉快。

在河对岸的小山坡上,一个富裕的村子张灯结彩,一派节日气氛。村子的一头,钟楼高高耸立,镀金的十字架在阳光下闪着金光,像要熔化了似的,另一头矗立着清真寺的高塔,像根美丽的锤形权杖。钟楼四周,成群的白鸽来回飞旋,仿佛是欢乐的钟声化成了许多白色的小

---

[*] 本篇最初发表于一九一六年十二月二十五日《俄罗斯言论报》。

[①] 系斯维亚加河的支流,流经辛比尔斯克省布印斯克县。布印斯克县境内多种民族混居,有俄罗斯人、鞑靼人、莫尔德瓦人和楚瓦什人。

鸟。村里一片静寂,只能看见鸽子,听到钟声,人们都迎接圣母像去了,那是从图隆加村外三十里路的一座古老的修道院①把它运往城里去的。

三个魁梧的鞑靼人手拿铁锹,正默默地垫平又软又黏的泥地,打扫出一段通往渡船的下坡。渡船上有个人忙碌着,用铁器给几块木板挖窟窿,还有一个人用肮脏的扫帚打扫船身,他显然打搅了那个人的工作。一个头戴雪青绣花圆帽、体格匀称的青年在悄悄地指挥他们,那青年脸庞白皙,一对大眼睛,神情忧伤,嘴唇红中透亮。我坐在客栈门口的板凳上,欣赏那些鞑靼人灵巧、轻松地干活,望着鸽子,此时心里觉得非常舒畅,仿佛是我亲手创造了这一切:太阳、天空、大地和地上的万物。做得不错,我因此而心中暗喜。

经营这间客栈的是捷姆留克城的小市民乌斯京·苏特林,他是个小个子,整天忙忙碌碌的,像只小鸡。给他帮忙的有他的妹子,一个乳峰耸起、满嘴碎牙、目光狡黠的婆娘,还有一个满脸雀斑、身材高大的女工和一个同样高大的、红胡子的鞑靼人;凡是他们两人站过的地方,土地似乎都要下陷一块。

天刚破晓,他们就开始吵闹,折腾:生火,煮饭,骂架,在一座茅草房窗下临街的地方摆好几张桌子,——这是一座有五扇窗户的草房,很宽的一块地方已经倒塌了。我昨天白天来到这里,晚上就替乌斯京写了一份用语恶毒的状子,告发几个乡下人偷窃他家的油渣饼,杀死他家的骟猪。对这份状子乌斯京大为赞赏,他特别欣赏这样的词句:"谨陈案由,伏乞裁决。"

"真厉害!"他赞扬道,用那种快活的滑头所具有的机敏目光打量着我,"小伙子,你在我们这里待到明天吧,明天我们这里是个快活的日子,要迎接圣母,准有一场乱子瞧!"

---

① 这里大约是指辛比尔斯克省卡尔松县的扎多夫斯基喀山圣母修道院,那里有一尊喀山圣母像。自一八四八年以来,每年五月十五日前后,教徒们把该圣母像从这座修道院隆重迁往省城辛比尔斯克市,巡回展出一个月。

此刻乌斯京赤着脚,身穿红布衬衣,外面罩一件蓝背心,像牛虻似的在院里、街上跑来跑去,发号施令,弄得所有帮忙的人都莫名其妙。

"亚桑,你瞎了眼还是怎的?瞧你安的这马车座子?亏你活了这么大年纪,魔鬼……达丽娅,等一等,台秤放到哪里啦?是谁让那样放的?"

乌斯京的儿媳妇玛丽娅,仪态端庄地从院里缓步走出。她是一个蓝眼睛的寡妇,丈夫两年前在冬尼古拉节①在斯图坚涅茨河岸一次同鞑靼人的光荣战斗中阵亡了。这寡妇一身节日的打扮:上身穿蓝色短上衣,下身是一条黄底绿花的裙子,脚蹬一双打铁掌的山羊皮鞋,油亮的头发上围着一条鲜红头巾。乌斯京望着她,惊异得瞠目结舌,仿佛头一回见到似的。他看着看着,不禁低声赞叹道:

"打扮得可真惹眼,好一个花枝招展的太太!"

接着,又马上狂怒地叫道:

"到哪里疯去,嗯?"

她直冲他走来,嗲声嗲气地问道:

"又怎么啦?"

"乱七八糟。"乌斯京没有理睬她,喊叫着走到院子里去了。那个鞑靼青年整了整绣花圆帽,从怀里掏出一个皮制的荷包;女人把裙子从后面高高地撩到齐腰的地方,在我旁边坐下来,叹了口气,说道:

"真暖和!"

至于我是谁,从哪里来,到哪里去,这类问题她昨天已经问过我了,此刻她没有什么好说的。她坐在那里喘息,高高的胸脯均匀地一起一伏,一对蓝眼睛斜睨着那个鞑靼人,他也不时地瞅瞅她,抽着小烟斗。河水发出柔和的哗哗声,看不见的云雀在空中啼鸣。院子里,乌斯京的妹子闷声闷气的嗓音不绝于耳,乌斯京的尖嗓子也喊得沙哑了。在泥泞的大路上有一块暗色的干地,一条狗蹲在那里,耷拉着舌

---

① 旧俄历十二月六日。

头,像照镜子似的望着一潭水洼。太阳晒得暖烘烘的,它显然懒得走动。椋鸟发狂似的啾鸣,树后的远处传来牧人抽鞭子的噼啪声,村子里有个婴儿在细声哭泣。亚桑轻手轻脚,像推儿童摇篮车似的从院里推出一辆铁轮大车,把木板平放在车上,木板上面再铺一块帆布,然后抬起车辕,把台秤放上去。那青年悄悄对他说了些什么。

"约克。"亚桑阴沉地回答。

"用他们的话讲是'约克',用我们的话说是'没有'。"我旁边的女人向我解释,并问那个雇工:

"他要什么?"

"不既(知)道。"

"你不是说——没有吗?"

"你记(自)己既(知)道。"

"怎么回事?"乌斯京蓦然出来了,好像从屋顶上跳下来似的。

"没有洗(什)么。"

"亏你活了这么大年纪,连人话都不会讲……玛丽娅,你干吗老坐着,不嫌害臊!"

"哎,又怎么啦?"

"怎么?该去把糖块砸碎!"

"已经砸碎了。"

"砸碎了,砸碎了……"

他滑稽地模仿着她的腔调,用脚掌吧嗒吧嗒地踏着潮湿的地面走开了。那女人冷笑了一声,用臂肘捅我一下,说道:

"醋坛子!"

"真的吗?"

"醋劲儿可大啦!"

她叹了口气,又说:

"真是个该死的。儿子埋了没有半年,就对我说:你要在家里过日子,就得跟我睡觉,要不就走……这算什么东西!"

"贪馋的家伙。那么,您呢?"

"还怎么着?"

"您不走吗?"

"到哪儿去?"

"不可以找亲戚去吗?"

"我是个孤儿。"

"去找个工作!"

"丢开这个富裕的家?真有你的……"

"如果不觉得羞耻,那就行了!"

"那还能怎么样?羞耻究竟在哪里?这里,他们全是扒灰佬。特别是哥萨克。他们的儿媳妇全都落到了公公手里。"

鞑靼青年正向渡船走去,这女人不安地动了动身子,撞了我一下,弄得花布衫窸窣作响。她的头发有一股浓烈难闻的油脂味,大概是涂了发蜡。

"这年轻小伙有多棒。"我指着那个鞑靼人说。

"哪一个?"她天真地问。

"就是您瞧的那个。"

"难道我瞧他来着?他对我有啥用处,没良心的!"

"难道平时您只瞧对您有用的东西?"

"这倒也是句实话!"她想了想说道,然后带着敬重的神情端详着我的脸,"噢,噢……是个识字的人呢,没得说!你瞧啊……"

远处,在草原的边缘,一些五颜六色有点儿像松球的东西挨个冒了出来,沿着黑天鹅绒般的地面慢慢滚动,随后又莫名其妙地消失在银光闪闪的水洼里。鞑靼人干完了活儿,有五个人聚集到渡船上,那个青年人却悄悄从旁边向我们走来。

"他叫穆斯塔法,"女人低声说,"是个有钱的人,父亲开油坊,卖油渣饼,收购鸡蛋……"

"成亲了吗?"

"去年死了妻子。给他娶过一个女孩子,分娩时死了。"

她咧开厚厚的嘴唇笑了,又说:

"要不是鞑靼人……"

"那又怎样?"

"你自己该明白……"

她皮肤白净,面庞红润,养得胖胖的。令人欲醉的春天气息使她觉得慵懒,一对蓝眼睛水汪汪的,哀怨地向四处张望。春天在这个血气方刚的肌体里燃烧起贪婪的欲望,——女人在阳光下,好像一根在火堆里阴燃的湿柴。从她身上散发出一种令人心醉的气息。同她坐在一起,我感到有些拘谨,但又不愿走开。她觉得浑身发热,就慢慢解开上衣扣得很紧的扣钩。她望着自己在硬如铠甲的花布衬衣里的胸脯,问我:

"你们那里有鞑靼人吗?"

"有。"

"到处都有鞑靼人!也许真比我们的人多,是吗?"

"多一些。怎么啦?"

她闷闷不乐地说:

"大家都信一种教该多好,免得麻烦……"

"依您看,哪种教比较好呢?"

"自己的,那还用问!"

"自己的——哪种?"

"就是我们那种!基督教!"

她生气地望着我,看那样子是想对我讲几句不中听的话,但她突然脸色一变,接着沮丧地说:

"我们的信仰虽好,男人却不怎么样。鞑靼人差不多全不喝酒,也不打架。"

"可是一夫多妻呢?"

"嗯,那是有钱的老头贪色,青年人可是很少见!"

她不吭声,想了一阵子,又断然说:

"有各式各样的信仰:鞑靼人的,莫尔德瓦人的,各种旧教派,洗礼教派①,——这对女人可不方便。"

"不方便吗?"

"当然,全都对女人不方便。"

她沉默了一会儿,又产生一个想法:

"俗话说:大家只有一个上帝。"

"是吗?"

"可是人却各有不同。"

"这又怎么说呢?"

她气愤地嘟哝着:

"问个没完没了!老是怎么、怎么的……"

年轻的鞑靼人沿河岸转来转去,眼睛盯住地面,好像丢了钱,一个劲儿在寻找。他像一头小牛犊,被无形的绳子拴在无形的木橛子上。那女人紧锁眉头,不时地瞧瞧他,可笑地舔着双唇。

在田野里,从暖和的黑土上不断冒出许多人来,人们就像黄鼠出洞,五颜六色,三五成群散落在各处,向村子里爬去。他们背后的远处,在一片灰蓝色的天空中,神幡上的金箔闪闪发光,仿佛白天有星星在闪烁。缓慢而洪亮的声响在大地上空回荡——由于这声音,云雀的鸣啭越发激昂,钟声也更加欢畅。

大地在歌唱。

乌斯京蓦地跳了出来,他抹了头油,穿一双擦得锃亮的皮鞋,肚子上挂一条马车夫用的小银链;他手搭凉棚向田野眺望,无缘无故歇斯底里地大叫:

"来啦!玛尔法——来啦!玛丽娅,你怎么老坐着,啊?亚桑,你在哪里?哎,天哪……"

---

① 鞑靼人信奉伊斯兰教;莫尔德瓦人的官方宗教是基督教,但民间仍信奉自古相传的多神教。洗礼教派是十九世纪中叶在俄国的德国人移民区产生的一个教派。

他全身抖动着,仿佛准备飞跑。惊恐的亚桑从他背后钻出来,也叫喊着:

"一普特的圣(秤)锤有四个,这会儿及(只)有先(三)个,那个弄到哪里去啦,不既(知)道!"

"什么圣(秤)锤,只有先(三)个,"乌斯京一边跺脚,一边叫喊,"鬼东西!亏你活了这么大年纪……过路人,你瞧,亏他们活了这么大年纪!"

从院里走出一只黑公鸡,它踮起双脚站立在那里,扇扇翅膀,高声啼叫:

"咕—咕……"

"玛丽娅,把它赶走,会踩死的!"

"你自己赶去……"

"为什么?"

"怎么,我连过节也不能清闲一会儿吗?"

"我算拿你们没有办法!"

男孩子一个个像小球似的向渡口滚动;女孩子也急忙走去,她们穿着沾满油污的黑鞋子,裙子都撩到膝盖上。

"啊,众人颂扬的圣母。"从田野上传来含混不清的声音。那边,在人们毛发蓬松的脑袋顶上,一块方方正正的金铸的东西沐浴在阳光里,闪闪发光,令人目眩。一个花白胡子的警察骑了匹溅满污泥的白马,走在圣像前面。

一个红脸盘的快乐的女人用银铃般的声音喊道:

"乌斯京大叔,在草原,离山沟约莫一里路的地方,躺着一具死尸,全身都肿了……"

"你说清楚点儿,傻瓜!是咱们的人吗?"

"不知道……"

"噢,愿他升天,也就是了……啊,主呀,神圣的主宰……玛丽,站到台秤边去,要留点儿神!亚桑,大妹子在哪里?"

成千上万的人群黑浪般地涌向小河,像是要把这条小河堵塞。人们爬上渡船,在那里推推搡搡,吵吵嚷嚷。圣像在人群上面晃来晃去,神幡飘动,牧师的法衣好像黑矿石里的金子闪闪发亮。玛丽娅跟我并肩站在一起,她画着十字,叹息着,翕动两片红润的嘴唇,喃喃地说:

"亲爱的,最亲爱的……保佑保佑吧……圣母……"

接着又一本正经地对我说:

"你同亚桑到台秤边上站一站,要小心,可别让人偷了砝码,我离开一会儿……"

人们把圣像送上渡船,渡船摇晃几下,就离了岸。那船被鲜艳的花布、红布和金银饰物装点得非常华丽。

"轻一点儿!"警察叫喊着,像鲫鱼一般肥胖的修道士们和谐地唱道:

"啊,众人颂扬的圣母……"

河上,斑斑点点的光影在渡船四周的水面荡漾,街上,黑公鸡张开翅膀跑来跑去,胖大的玛尔法扯起悦耳的声调叫卖:

"油炸馅饼,圆面包,孩子们来买呀,糖浆夹心,蜂蜜夹心的……"

我背后有人低声说:

"他脸朝上躺着,听我说,脑袋埋进了泥里,一直埋到耳边,张着嘴巴——多可怕啊,真叫不幸!"

"喂,"乌斯京抓住我的肩膀喊道,"玛丽娅到哪里去啦?"

"好像在渡船上……"

"在渡船上?"

他手搭凉棚,向河那边望去,嘴里嘟囔着:

"一片混乱……所以……"朝圣的人把亚桑和玛尔法卖面包、小面包圈、烤肉和油炸馅饼的大车团团围住,院子里,人们坐在桌边喝茶,女工像哑巴似的,默默无言地侍候他们,街上,一个钩鼻子的瞎老头在吹笛子,给他引路的一个黑头发的小孩高声喊着:

哎哟,我的笛子,
　　　咳,我呀!
我欢乐的笛子,
　　　咳,我呀!

大地上一片春天的喧哗,姑娘和媳妇们得意地叫喊着;笑声朗朗,俏皮话不断,显得热闹活泼;钟声也嘹亮动听;光芒四射的太阳、这个人和神的创造者在欢乐地主宰一切。

太阳照耀着,像是亲切地提示人们:

"宽恕你们,人们——大地的生灵,一切都宽恕,你们欢畅地生活吧!"

傍晚。

河上吹来一阵凉风;朦胧的烟雾在田野冉冉升起,像身穿白衣的人群向村子里慢慢飘去。月亮宛如一个橙黄色的磨盘,从草原的边缘脱颖而出,向天空升去。晚霞在明镜般的春水里嬉戏。白昼乘金色的骏马飞逝去了,在我的心田里留下甜蜜的倦意,使心中充满欢乐,——我好像是玩够了钓鱼游戏似的,——这多么好啊!我坐在院里的大车上,吃得饱饱的,酒喝得正好。

乌斯京伸开四肢躺在麦秸堆上,有点儿醉意似的说:

"乡下佬准备打我,还会揍你,真的!他们已经问过女工斯捷帕卡:你们那里是谁写的状子?你知道吗?入夜以前,你最好躲一躲,免得惹祸……"

我沉默不语,不想离开这里。

"你打瞌睡了吗?"

"没有。"

"咱们俩还能再喝点儿!"乌斯京夸口说,鼻子里呼呼喘着气,"这群妖怪把死人放在这边,——拖到那边去多好。应当把他放在村里征收站附近,不要放在我家旁边。"

潮湿的空气里散发着腐肉的臭味,令人恶心。在村子里,少女们跳起轮舞,可以清晰地听到热情洋溢的歌词:

谁要爱上小寡妇——
　　一生一世享清福!
谁要爱上大姑娘——
　　又受苦来又遭殃!

"唉,"乌斯京叹息道,"真叫人有点儿不痛快……"

迎接圣像回到家之后,他立刻喝了几杯闷酒,因为妹子从钱柜里偷了两个卢布,他把她痛打了一顿,又掐死了那只黑毛公鸡,接着就睡了,直到傍晚他才猛然醒来,又喝了点儿酒解醉,仍然心神不安。他问道:

"没有看见玛丽娅吗?"

"没有。"

"你说谎!"

"为什么要说谎呢?"

"不管为什么!不说谎话就活不下去。一个人要没有点儿虚假,就像没有毛的公鸡,光秃秃的!"

可是,他想了一会儿,又说:

"秃公鸡是没有的。这个女人勾引过我,真的!当然这是罪过,可她是个寡妇,我是个鳏夫。那么一个少见的娘们!简直要命!可我不过四十九岁……那女人漂亮吧?"

"漂亮!"

"问题就在这里!见鬼!可能她偷偷溜到村子里去了。那里有个鞑靼小子……该打断他的腿!"

他好像被针刺了一下似的,从大车上跳下来,紧接着从院子里向河边跑去,衣服敞开,蓬头散发,头发里还沾了几根麦秸。我抽完烟,也跟着他去了,但他已坐上一条小船,不停地划着桨,荡到河当中了。

靠近渡船的地方,在潮湿的、被踩得坚实的泥土上躺着一个死人,从蒲席下露出穿着破树皮鞋的一双大脚和一只早已失去大拇指的大手。有个小老头坐在死人上面不远的地方抽烟斗,膝头放了一根木棍。

"没有认出来这是谁吗?"

老头摇摇头,用手指着自己的耳朵。看样子,他是个聋哑人。渡船停在对面,也没有小船——没有办法到村子里去。

我逆着水流顺堤岸走去,离开尸体稍远一些,来到被春汛冲垮的断桥附近,在灌木林中找到一块干爽的地方坐下,心里思考着生活的意义。生活是有趣的,如果从外部来说,没有谁来掐着脖子逼你,从自身来说,你能同自己周围所有的人友好相处,这样的生活就是最好的享受了。

村子里欢天喜地,非常热闹;听得出来,有两个醉汉在油腔滑调地唱歌。一个少女爽朗地大笑,笑声时起时伏,手风琴咿咿呀呀尽情地欢唱。男孩子在大声叫嚷。这种逍遥闲散真使人觉得厌烦,甚至想去睡觉了。

一只小艇在河面上东摇西晃地划过,好像一条长长的黑鱼摆着尾巴蜿蜒地向前游动。桨打到油一般的水里,发出轻微的溅击声。在上游离我约十步远的地方,小艇靠近岸边,躲进灌木林中去了。光秃的树枝碰到船舷上,发出簌簌声,透过这响声我听到玛丽娅的熟识的话音:

"刚才你在哪里卡住啦,让我等呀,等呀……"

有人轻声讲了些听不清的话语,接着又是女人的声音:

"哦,没良心的家伙!等一下,别搂得那么紧!……"

他们接吻,吻得那样起劲,大概连村子里也会听见。

"哎哟,米申卡……哎哟,亲爱的,你把我带到什么地方去吧!"

我想这"可怜的人"可能是穆斯塔法，又以为这个米申卡不会是他，但女人却说：

"你就改信正教吧！"

"不行。"

"那么，就把我那个猪猡打死……"

"打死他是罪过……"

"得了吧……这个样子跟我一起，就不是罪过吗？"

寂静无声。只有随着流水摇曳的灌木林撞击着小船发出的簌簌声。沉重的月亮升到离地面一丈高的地方就不再上升了，接着又向草原落下去，样子也像玛丽娅那样懒洋洋的。

"你看人家玛尔法还不是和亚桑一起过日子，难道我还不如她？你也不比他差。"

"莫(没)有关系！"

"你总是说——没有关系。"

一条鱼击溅着水面游来，从它的声音判断，这是一条鳊鱼，这种鱼总是平着身子啪啪地拍打水面。渡船开动了，仿佛一部分堤岸断裂开来，又如同一座小岛把斯图坚涅茨河隔开了。村里有人打狗，狗尖叫着，叫声显得绝望、哀伤。

"要是把他干掉，玛尔法也会高兴，那时全部产业可都归她了！"

"要坐聊(牢)的，监狱可等着耐(你)！"

"哎呀，只是你这么想，哪里至于！……"

"亚桑。"乌斯京从渡船上喊。

灌木林里一阵慌乱，发出窃窃私语的声音。我不禁想故意来一个恶作剧，就大声说：

"不要紧的，我截住他……"

"啊哟！"女人惊恐地喘着粗气，我看见她那像个白点似的脸蛋，从灌木林里露了出来。

"过路人，是你吗？"

265

"是我。"

"哦,……我的天!"

我走开了,但走过几步她就赶上了我,边走边把上衣扣紧,把头发塞进头巾里,激动地低声说:

"你可别吭声呀,亲爱的,我给你半个卢布,可别吭声,亲爱的,好吗?……你是个小伙子了,应该知道这是怎么回事……好吗?"

我答应她,我会像死人一样不言语,但我说:

"你这个聪明人,谈这种话也不找个别的地方?"

"你——别臊我啦,"那女人紧偎着我低声说,"当然,我是有罪过的……你自己也说过他长得漂亮!至于说他是个鞑靼人,那么我们这里牧师的儿子,他是个医生,还娶了一个法国女人呢……"

"你怎么啦,我不跟你扯这个!是说你劝他打死公公……"

"我连丈夫都没有了,他还算什么公公?"她愁眉苦脸地说,突然好像让我干一件活计似的直接向我提出:

"或者,你来干,你能把他干掉吗?你听我说:你怕什么呢?今天你在这里,明天谁也不知道你到哪里去了。我总归会答谢你的!再说,你瞧,他还是个有钱人,怎么样?"

我望着她那被大自然用最鲜艳的色彩描绘出来的可爱的面孔,望着那双洋娃娃般凸出的蓝色大眼睛。那是多么粗犷而纯洁的美,刚强而又宁静的美,犹如被太阳晒得暖烘烘的春天的大地。

"我不干这种事。"

"就那么一次!"她温柔地劝说道,"干掉了就走开,不过如此!"

"我干不来这种事,不!"

"哦,天啊!那你先考虑考虑……"

"玛—丽!"乌斯京·苏特林尖声喊叫着,在我们前面光线昏暗的地方,他一颠一簸地走来,脚下踏着泥泞,啪嗒啪嗒地响,还挥舞着双手。

"这是谁啊?过路人?啊……你—干什么?嗯,好吧!我相信你这尼日戈罗德人。哈哈！因此——就算完事了！掐死他们！"

他酒喝得适量,此刻正是胆大包天、腿脚有劲的时候。

"刚才科西卡·布楚金冲着我的耳朵大吵大嚷:'你别上告,'他喊道,'你掠夺我们,我们也没上告。'你这个过路人竟唆使我去干坏事,真是!老弟,这件事不会白白饶过你的。他们会给你点儿厉害看看,科西卡和彼得,他们会叫你这血肉之躯尝尝硬家伙的滋味的。"

"别忙,"我说,"本来是你自己求我写的申诉书。你求过没有?"

"我稀里糊涂求人办的事可多着呐!可是,你别接受呀。人家向你哭呀,哀求呀,可你——随他去叫喊,别接受!玛丽,不是这样吗?"

他搂着她的肩膀,把她领到路中间的泥泞处,央求说:

"来,咱们唱个歌吧!"

他闭上眼睛,仰起头,扯起刺耳的男高音,尖声唱道:

哎呀,哎呀……你看那—啊—啊……

玛丽娅把手搭在他的肩上,头一仰鼓出了喉结,用悦耳的女中音自信地唱起来:

你瞧,在那大路上……哎呀……

"好!"

哎,穿过高高的庄稼……

"搀我一下,尼日戈罗德人。我信不过那些鞑靼人!"

一个小媳妇走来啦,

玛丽娅唱道。

  她身穿蓝色的坎肩—哟—呀！

  玛尔法站在客栈门口,双手叉在圆鼓鼓的腰间,活像一座大茶炊。
"哎哟,"她叫喊着,"咱们那两位又浪荡去了！"
  村子里,人们尖声吵嚷,吹着口哨,手风琴声激荡,一个大块头使劲敲打地面——嘈杂的声音越过了黑色的河道。
  棕色胡须的亚桑站在玛尔法身旁,不好意思地微笑着。
  "我的亲人,"乌斯京·苏特林大为感动地叫喊,"我爱你们,一直到死！玛丽,来吧！"

  在田野的上空,哎哟……
  金色的月亮在徜徉。

玛丽娅在唱,唱得又动听又深情！
  田野里,群星在雾霭上面闪烁发光,月亮用它的边缘触到黑黝黝的草原,就呆住了,一动不动地停在那里,仿佛要倾听这可爱的罪孽深重的大地节日的喧闹。
  乌斯京非常兴奋,气喘吁吁地引吭高歌：

  哎呀,那小媳妇,
  她迷了路—哎—哟！

雷 光 译

沙莫夫家的晚会*

每逢星期六,城里的优秀人士和各种"有趣的青年",都聚集在马克西姆·伊利奇·沙莫夫家里。我属于后一类人,因此也很乐于被邀请去参加沙莫夫家的周末晚会。

这种晚会对我说来,就像是信徒们的晚祷。这些做晚祷的人,在许多方面和我志趣不投。我对他们的态度也很暧昧:我喜欢他们,又讨厌他们;我赞赏他们,又恼恨他们。有时候,我想对他们说几句发自肺腑的亲热的话,而一个小时以后,一种无法抑制的意愿又控制了我:我真想对这些漂亮的太太和愉快的先生说几句粗鲁话。但是,我对这些人的思想和言论却永远是虔敬的,在我看来,他们的谈吐就像是祈祷仪式上的献词。

我二十一岁,感到自己在这人世间过得既不舒坦,也不安稳。我好比一辆大车,胡乱地装满了各式各样不堪承受的破烂,一种无形的力量,拉着我在陌生的道路上往什么地方走去,在下一个拐弯的地方,我眼看就要倾覆了。

我无数次执拗地自寻烦恼,力图在荒谬和令人苦闷的矛盾中,使

---

* 本篇最早发表于一九一六年九月二日《基辅思想报》,与《帕纳什金家的晚会》、《苏霍米亚特金家的晚会》构成一组《回忆》。作者十九世纪八十年代末与九十年代初曾与俄国知识界有过广泛接触。这一组作品表现了作者对动摇的自由主义知识阶层的鄙视。

自己尽可能更牢固地站稳脚跟,这些矛盾到处鞭笞我,怂恿我,常使我陷入近乎疯狂的病态。约莫一年半以前,由于这种烦恼,我厌倦得企图自杀,——用一支极难看的、粗笨的图拉①手枪对准自己的胸膛,射出一颗子弹,——这种手枪当时是给鼓手们佩戴的。这个愚蠢而卑怯的想法,激起了我对自身的一种不信任的、近乎蔑视的情感。

现在,我在一个贪杯的神甫家,住在花园中一条污沟旁的茅舍里,这茅舍以前是个澡堂。在它那两间低矮的房间内,散发着臭胰子和烂扫帚的气味,——一种毒化血液的霉臭味。房间的四角冻得硬邦邦的,在这样的住所里,就连老鼠也不胜寒冷,难受难熬,因此,每至夜间,它们就爬上我的床铺。

澡堂周围,长满了浓密的悬钩子丛,每逢刮风下雨,它们那抓钩似的枝蔓,就敲打着窗户,抓挠着墙上发黑的、歪歪扭扭的原木。我在朦胧的幻想中过着贫困、野蛮的生活,我幻想着另一种光明、轻松的生活,幻想着骑士式的爱情,也幻想着自我牺牲的丰功伟绩。在当地一张蹩脚的报纸上,我发表了一些拙劣的短篇小说。我明知不该发表,明知这是辱没我像爱女人一般深爱着的文学,但是,我发表了。我得吃饭呀。

在沙莫夫的客厅里,我忘却了自己。我坐在暗处的一个角落里,聚精会神地听着,全身就像变成了一只敏锐的大耳朵。这里的一切,从家具到人,都很有风趣,很富有表情。倾泻在这一切之上的,是套在橘黄色灯罩里的盏盏华灯射出来的、阳光一般明亮而柔和的光辉。

赫尔岑②,别林斯基③的眼睛,从明净的暖壁上俯视着;我看见贝多芬④那超凡脱俗的脸;伏尔泰⑤的青铜像淘气鬼似的冲我微笑;最醒

---

① 俄国一个城市,现图拉省省会,当时以产铁器著称。
② 赫尔岑(1812—1870),俄国哲学家、作家。
③ 别林斯基(1811—1848),俄国批评家。
④ 贝多芬(1770—1827),德国作曲家。
⑤ 伏尔泰(1694—1778),法国作家、哲学家。

目最可爱的,是西斯廷教堂①圣母像上的那个小脑袋瓜。维纳斯②高耸在房间一角的棕榈树后,就像站在空中。到处摆着大堆无用之物,然而,在这宽敞而舒适的客厅里,它们又都是不可或缺的,每一件东西都仿佛是歌曲里的一句歌词。门窗上的帷幔浸透着香水和高级香烟的芬芳味儿。有些地方金色的画框在闪闪发光,使人联想到教堂,而且,所有的人衣着简朴,穿暗色的衣服,就像祈祷密室里的旁派教徒③。

他们的谈吐,那轻巧机灵的劲儿,恰像是在滑冰,用词句变幻莫测地画着奥妙的花样。利亚霍夫律师的男中音听起来比大家更洪亮、更自信。这是一个修长而端正的人,他那尖尖的胡须,把他那有着一双明亮眼睛的惨白的脸过分地拉长了。据说他是一个大色鬼,我觉得也是这样:他用雇主的目光盯着女人,仿佛她们之中的每一个人已经是他的侍女,或即将是他的侍女。

来宾已经到齐,互相报告着城里的新闻。新闻不多,而且都是些鸡毛蒜皮的事情,诸如省长的太太对检察官出言不逊啦,她的丈夫故态复萌超越权限啦,商界代表在市议会就学校问题大放厥词啦,有钱的磨房主萨莫罗夫毒打儿媳啦,地方自治会统计员开枪自杀啦,杜布科夫大夫和妻子再次离婚啦,等等。

现在,他们正在高谈阔论民族和国家问题。利亚霍夫自信的声调听起来官气十足:

"当通往人民的心扉的自由之路即将在我们面前打开之际……"

"谁给你们打开这条路?"阿谢耶夫嘲弄地打断了话头。他是一个瘦小的驼背的工程师,长着一双大殉教者的眼睛。

"历史!"

---

① 在罗马梵蒂冈,建于十五世纪。
② 古意大利的春神和丰收神,后来在希腊人的影响下,与阿弗罗季塔混同起来,成为爱与美的女神。
③ 脱离占统治地位的教会的一种宗教团体的信徒,也有译作"教派教徒"的。

一位像镜台上的小雕像那般优雅的女士,向利亚霍夫问道:

"您读过《乏味的故事》①吗?"

我遗憾地望着她,心想:

"夫人,您这是语言产生思想,而不是思想产生语言②……"

阿谢耶夫一面抽着烟,一面轻轻说:

"历史——这是我们人……"

跟所有的驼背人一样,他的脸也不端正,不美丽,从侧面看,还显得有点儿凶恶。但是,一双漂亮的眼睛掩盖了他躯体的丑陋,——在这双眼睛里,充满着对人世的无穷的忧虑。

"奇怪的作品!"沙莫夫用嘶哑的嗓子高声说。他是一个快活的单身汉,圆圆胖胖的,有一张蒙古人的脸,一对小眼藏在肥肥的肉囊里,射出贪婪的目光。"你们可否设身处地,站在契诃夫笔下的教授皮罗戈夫、博特金、谢切诺夫③的立场上想一想?"

他腆着肚子,得意扬扬地挥动着圆润的、女人似的小手,手指上戴着绿宝石戒指。他深信,他所说的永远是无可辩驳的、击中要害的话语。他们谈话时,就仿佛是在拔掉一只被打死的野禽身上的羽毛。在拔光了契诃夫之后,他们又匆匆忙忙去拔布尔热④,接着又来拔托尔斯泰。

"现代作家所有这些《乏味的故事》,全是由《伊凡·伊里奇之死》⑤引起来的……"

"完全正确!"

"托尔斯泰第一个把个人存在的价值置于世界存在的价值之上……"

"假定个人主义已为康德⑥所肯定……"

---

① 俄国小说家契诃夫(1860—1904)的作品。
② "历史"与"故事"在俄语中是同一个词。利亚霍夫说"历史",优雅的女士听成"故事",从而联想到《乏味的故事》,作者故出此语,以示讽刺。
③ 均系《乏味的故事》中的人物。
④ 布尔热(1852—1935),法国作家与文学理论家。
⑤ 列夫·托尔斯泰的中篇小说。
⑥ 康德(1724—1808),德国唯心主义哲学家。

"在赫尔岑笔下,我们也发现有某种与托尔斯泰的《阿尔札马斯①的恐怖》非常相近的东西……"

"是听天由命吗?"

争论激烈起来,就像斗牌一样,阿谢耶夫的王牌比别人手里的多些。

在角落里,我身旁那位优雅的女士正在设法说服一位夜猫子眼睛上戴着夹鼻眼镜的胖女人:

"涅克拉索夫②也过时了,就像杰尔查文③一样……"

"啊,上帝啊!"

"对,对!现在应当读福法诺夫④。"

我觉得这些人又可怕,又可爱,他们能轻易地剥去我的圣像上的袈裟,虽然我不甚理解,为什么他们干起这种事来如此愉快。同时,他们谈论起契诃夫时,是那么粗声粗调,毫不尊重,我几乎感到痛心。读过他的《癫痫》之后,我认为契诃夫是一位完全具备"人类天才"⑤的作家,他对人们所受到的"痛苦"与屈辱,有着"敏锐和出色的感觉"⑥。虽然我也奇怪地看到,他并没有感受到生活的欢乐。在这明亮、舒适的房间内,思想来回奔突,过于急遽,我有时觉得,产生这种思想不是出于对生活和对人们的忧虑,而是出于另一种我所不理解的感情。

特别使我惊异的是阿谢耶夫工程师,——他的知识是如此渊博。但是,他有时也使我想起那些有钱的农村阔少,他们在风和日丽的天气里出来遛街,也带着雨伞,穿着套鞋。我知道,他们这样做并非由于谨慎,而是为了炫耀。

十月。窗上的玻璃淌着眼泪,雨珠从外面稀稀落落地飘打在玻璃

---

① 十九世纪初叶(1815—1818 年)俄国的一个文学团体,随着十二月党人运动的发展,一些会员投入保守阵营,另一些人则接近十二月党或成为十二月党人的同情者。
② 涅克拉索夫(1821—1877),俄国诗人。
③ 杰尔查文(1743—1816),俄国古典主义诗人。
④ 福法诺夫(1862—1911),俄国诗人。
⑤ ⑥ 均为《癫痫》里的话。

上,风在呼啸。消防队隆隆而过,有人说:

"又失火了!"

一个大学生坐在鼓起的小沙发上,他穿着耀眼的新装,恰似一枚刚刚铸造出来的银币,正在给那位优雅的女士低声地读着甜蜜的诗句:

> 你对我说什么——我没听清
> 不过,你说的话儿充满柔情。

"对不起,"长着两撇长胡子的、灰白头发的大块头图隆,用沉厚的嗓音喊道,"国家要求我们拿出一切:精力,意志,良心,可是,它给了我们什么呢?"

图隆是鞑靼人,他曾长期在立陶宛的一个地区法院供职,后来又调往西伯利亚。现在,他不再担任公职了,在城郊置了一幢小房,搞点儿花卉栽培,和他的厨娘,一个肥胖的斜眼的西伯利亚女人同居。他并不隐讳自己跟她的关系,称她为"西伯利亚祸害"。他的眼睛是乌黑的、呆板的,眼光停留在什么东西上,就懒得移开。他争辩时,眼白里充满了浓密的血丝,这时,这双眼酷似两块烧红的木炭。他走遍了整个俄罗斯,也到过外国,但不善辞令,说起话来语无伦次,就像他故意如此。在有关打猎的杂志上,发表过他写得相当出色的故事。他年已六旬,奇怪的是,在生活里他再也找不到比斜眼厨娘更好的东西。

> 是的,她低语过,但不知说什么——

大学生大声朗读,接着,他问那位女士:

"这比纳德松[①]的诗好多了,不是吗?"

---

① 纳德松(1862—1887),俄国诗人。

这些人什么都知道,他们就像是一个个大皮囊,里面紧紧地塞满了语言和思想的黄金。显然,他们也感到自己是一切观念的创造者和主人。

但是,我不会有这种感觉。对我说来,语言和思想就像活的一般,我也知道,有许多我所仇视的观念力图控制我,我必须与之斗争。

我的举动也不会有那种乖巧机灵的劲儿,就像这些人惯会的那样。我那高高的青筋毕露的身躯笨得出奇,我那双讨厌的手,也总是极不得体地碰着什么人或什么东西。我特别害怕女人,这种惶恐心理,更增加了我的笨拙。于是,我的肘部、膝盖、肩膀,不时地撞着那些可怜的女人。我的脸也令人不快,从脸上看得出我心里的一切;为了掩盖这缺点,我常常蹙额皱眉,做出一些凶狠严厉的表情。总的说来,在这些文人雅士中间,我是一个不相宜的人。

加之,我总是情不自禁地想把我所看到和熟悉的另一种生活讲给他们听——这种生活既酷似他们的生活,也有极不相同之处。可是,我不善辞令,讲得很粗俗。这使我在沙莫夫家的周末晚会上感到难堪……

机智的、华丽的辞藻,像燕子一般,在客厅里机灵地飞来飞去。也听得见笑声,不过比我想到的要少,——人们很少说笑。斯佩什涅夫律师来了。他长得干瘪,修长,像多雷①画的堂吉诃德像。他站在客厅中,神经质地挥动着干瘦的手,用微弱的声调辱骂着省长:

"这个夸夸其谈的英雄,这个挖亚历山德罗夫卡庄稼人心肝的刽子手……"

斯佩什涅夫面如土色,像病了一般;他的两腿颤抖着,仿佛立刻要倒下去。屋里拥挤,闷热。各种思想的表演,有声有色,千姿百态。利亚霍夫正在高声朗读巴尔比耶②的诗,斯佩什涅夫高喊着,打断了他:

---

① 多雷(1832 或 1833—1883),法国画家。他为拉伯雷的《巨人传》和塞万提斯的《堂吉诃德》作的插图,素享盛名。
② 巴尔比耶(1805—1882),法国诗人。著有充满愤怒之情的"抑扬格诗集"(1831),在俄国很流行。

"你们是否知道,一八七〇年法国人出征普鲁士时,唱的是什么歌?"

接着,他踏着脚,病态地皱起眉头,用阴沉而低哑的嗓音,按照进行曲的节拍唱起来:

> 虽然我们爱惜生命,
> 但是我们阔步行进,
> 像绵羊一群,
> 像绵羊一群,
> 向着屠场行进!
> 敌人要把我们杀死,
> 像杀死耗子,
> 像杀死耗子,
> 啊,俾斯麦①乐不可支!②

"你们懂吗?"他嘲弄地苦笑着问,"唱着这种歌去送死!'我们爱惜生命'……"

"还爱国家。"图隆耸了耸肩说,而驼背工程师却已在开始议论霍布斯的《利维坦》③。

洛克捷娃夫人来了。她穿着灰素面绸连衣裙,轻柔得像一条鱼。她非常美,她自己也明白这一点。为了爱她,一个中尉开枪自杀;商人科尼奥夫也借酒浇愁,喝成了穷光蛋。外面说了她许多刺耳的肮脏话。她下象棋下得极好,喜欢看拉达—巴伊④的幻想小说,常说些使我

---

① 俾斯麦(1815—1898),普鲁士和德国国务活动家和外交家,顽固的保皇党人。一八七一至一八九〇年任日耳曼帝国宰相,有"铁血宰相"之称。
② 原诗为法语。
③ 霍布斯(1588—1679),英国唯物主义哲学家。"利维坦"原为《圣经》中提到的海中怪物,霍布斯有一部论述国家和社会制度的著作借用它作书名,题名为《利维坦》。
④ 拉达—巴伊,女作家 E·Π·布拉瓦特斯卡娅(1831—1891)的笔名,出生于俄国,后入美国籍,定居纽约,著有《被戳穿的伊吉达》、《隐秘学说》等。

莫名其妙的关于印度教徒的话。我认为她是一个不寻常的人,有点儿怕她。有时,她凝神直视我的双眼,使我头晕;但是,在她的注视之下,我又不能垂下眼去。有一次,她突然问我:

"您相信奇迹吗?"

"不。"

"用不着这样。应当相信!生活就是奇迹,人也是奇迹……"

又有一次,也是那么突如其来,她走近我,认真询问:

"您想怎样生活呢?"

"不知道。"

"您必须离开这里。"

"到哪儿去?"

"全都一样。去印度吧……"

她把一只漂亮的手搭在斯佩什涅夫瘦削的肩上,用征服者的声调要求说:

"请吧,读读《三死》①!"

接着,又转向主人:

"亲爱的享乐派,可以吗?"

沙莫夫一面温顺地唯唯诺诺,一面吻着这位妩媚的女人的手。里亚霍夫闷闷不乐地望着她,直挺挺地站在那里,像一个士兵,阿谢耶夫的眼睛变得更漂亮了;其余的女人虽则微笑着,但并不那么心甘情愿。洛克捷娃用幽暗的、诱人的目光看着大家,她的嘴别有风韵地半张着,仿佛准备欢悦地和整个世界亲吻。

显然,她感觉到自己是所有人的主宰——她是人们中最美丽、最快乐的人。为什么她要听《三死》呢?

大家嘈杂地挪动着沙发和椅子,紧挨着坐成一个半圆。沙莫夫、

---

① 俄国诗人阿·尼·迈科夫(1821—1897)的长诗,写于一八五一年。长诗描写的是古罗马暴君尼禄的专制,实际上提供了俄皇尼古拉一世专制统治下大量类同的材料。

斯佩什涅夫和阿谢耶夫向角落里的一张小圆桌走去。

"我爱这首长诗爱得发狂。"那位优雅的女士表示说。

"注意!"洛克捷娃在指挥。

沙莫夫把肥胖的手按在桌边,古怪地微笑着,他那保养得很好的嗓音,懒洋洋地坠落在一片沉寂之中:

> 智者所以和笨伯相异,
> 是因为他能思索到底……

我很惊讶。这个一贯折中调和的虚弱胖子,这个肥得冒油、自负得可憎、使我深为反感的家伙,此刻,他那卡尔梅克人的圆脸,露出神圣的讽刺的光辉,显得异样高尚。长诗的词句,改变了他黏滞、甜腻的声调。他整个儿变得不像他自己了。或者说,他已全部成为他自己了吧?

> 死亡时开玩笑很不相宜!——

斯佩什涅夫扬起散乱的头发,义愤填膺地朗读着。

阿谢耶夫那双漂亮的眼睛沉思地眯缝着。大家严肃而认真地听朗诵,只有洛克捷娃微笑着,像母亲在观看孩子们嬉戏。一片沉静,唯有绸裙的窸窣声偶尔打破这寂静。沙莫夫扮演的柳齐的话语,在庄严地浮动:

> 恳求你们——相信诗人!
> ……你们都像广场之钟;
> 在这里路过的任何行人,
> 都能撞得你们响声腾空!
> 一会儿要死,一会儿求生……
> 请停止辩论!——

阿谢耶夫举起一只在灯光中照得透明的手,接了上来。他那疲惫不堪的脸显得很平静,朗读起来,充满着自信:

> 在尘世那边的心灵里,
> 另一种感情将被唤起,
> 像整个蜂群望向人间,
> 这里没有它们的巢穴……

接着,又是柳齐那懒洋洋的讥讽的话语:

> 谢涅卡啊,我不想辩论……
> ……你的话像大锤一样有力,
> 但是,我相信的是别的。
> 另外一种生存,
> 愚智不可企及!

斯佩什涅夫心情紧张的声音听起来很热情:

> 不,未来的远处的谜,
> 决不会使我胆寒心悸,
> 丢下肇始的光荣事业——太可惜!

他那土色的脸红润起来,双眼燃烧着,更加激动而轻蔑地大声控诉着死神的欺凌:

> 那震惊苍天的泰坦神[①],

[①] 希腊神话中与天神斗争的巨神。

难道要毁为一抔灰尘？……
……这哪里是劳动的目的，
这何尝是伟大创业的宗旨？

一片寂静。大家凝神屏息。
里亚霍夫站起来,瞟了洛克捷娃一眼,庄重地朗读着:

这是元老院的旨意！

斯佩什涅夫的嗓子被愤怒和痛苦弄得哽咽了,他上气不接下气地呼喊：

罗马的歌手就要丧生！
谢涅卡就要死去,而人民——
却默默无声！

沙莫夫冷漠、讥讽的声音,压倒了这些呼声:

自己去死,非常容易,
但明了人生而苟图生存,
我敢说——得有不少勇气！

这些词句,像炽热的火炭撒落在我的心灵上。我也想写诗,——我要写诗！

现在,这些人使我感到分外的亲切,空前的愉快,扣我心弦的是一部分人的凝神的沉思,另一部分人的欢欣的关注。我喜欢他们愁眉不展的面容和忧虑重重的微笑,我喜欢他们能汲取这首睿智的长诗的真谛。我坚信,经历过精神上如此深刻的骚乱之后,他们已不能再像昨天那样生活。

柳齐的话语,在客厅里沉思的寂静中慢慢游动:

> 伟大的事业,需要休养生息、
> 愉快的精神和丰盛的宴席……

沙莫夫用小眼向大家环视了一周,也把我画进了那无形的圆圈。他叹了一口气,微笑地接着念道:

> 即使大胡子雄辩家有那么一天,
> 向学生们讲课以你为前车之鉴,
> 那又有什么幸福可言!

他念得越来越不耐烦,越来越轻,就好像和朋友谈话谈乏了似的昏昏欲睡。

一个身材苗条的女仆站在门口,躲在暗暗的门帘后。她有一颗像蛇头一样的小脑袋,黄灿灿的,棕黄色的头发上饰着花带,白皙的脸上闪着一对锋利的草绿色的眼睛。

> 我要说说笑笑,面对死亡……

沙莫夫别有所思地流露出微妙的笑容。

他朗读完毕,听众一齐向他鼓掌,洛克捷娃吻了吻他的秃顶。

"您读得好极了,马克司[①],啊,我的天啊……"

"承蒙过奖,不胜荣幸! 不过,我要以'名副其实的享乐派'的身份,敬请诸位入座! 请把您的手递过来,亲爱的……"

---

① 沙莫夫的爱称。

气氛热烈愉快起来。人们成双成对,步入餐厅,只有驼背阿谢耶夫一个人走在大家后面,一步一摇,像个醉汉。他一只手擦着布满皱纹的高高的前额,另一只手拿着香烟,用手指揉搓着,烟丝撒落在地毯上。

"妩媚的太太,要英国酒还是要奎宁酒?"沙莫夫大声问。

餐厅里,光辉的枝形吊灯下,大餐桌上的水晶器皿亮闪闪,银制餐具明灿灿,三只水果盘,像三大束鲜花。那位戴夹鼻眼镜的太太对里亚霍夫说:

"礼拜那天,叶谢布霍夫家请我吃熊肉火腿。我并未发现有什么特殊的风味。"

而图隆却用男低音劝告着什么人:

"来点儿胡椒——对对!现在——再蘸点儿醋!味道如何?"

我悄悄溜进穿堂,——我已学会悄悄溜走。年轻的女仆杜尼娅张着鱼一般的嘴,坐在穿堂里的沙发上打盹。她圆似木桶,脏如漆匠。沙莫夫曾讲到她,说这个奴婢上工的第一天就用掉他一块香皂。

"啊!"她惊醒过来,尖叫着说,"对不起,哪一件是您的?"

但当她看到我已经穿好外套时,便问:

"坐完席了?"

"是的。"

"唔,谢天谢地!……再见!……"

风驱赶着街道上空尘埃似的潮湿的云团。街灯在黑网般的枝叶里,像一朵盛开的奇异的黄花。夜色把一幢幢房屋压向地面;在潮湿的黑夜的掌握之中,城市似乎变小了。

我踏着稀软的污泥,穿过湿漉漉的沉静,头脑里燃烧起新的词语和思想的篝火,感觉到一种甜美的兴奋。

记忆里又响起了那位享乐派念出的诗句:

当我吃得肚子胀饱,

她柔情脉脉笑眯眯；
　　连她自己也不知道，
　　就把毒药下在酒里。

我不由得也编上了另外两句：

　　一颗孤独盲目的心灵，
　　在肮脏的街道上徐行。

　　一辆夜行的马车走来，车夫伛着身子，坐在散了架的震响着的车座上；毛茸茸的黑马，一步一点头。街那头传来了更夫打更的声音。
　　我心里似乎发生了什么事情，——一种难言的烦闷紧压在我的心头，的确是一种难言的烦闷……

刘伦振　译

帕纳什金家的晚会[*]

在沙莫夫那里饱尝一顿精神美餐之后，礼拜天晚上我去拜访帕纳什金；在他那里也颇受教益。

帕纳什金在集市上卖破烂——废铜烂铁、破旧衣服之类的东西。他五十开外，患肺病。他手臂很长，老不安闲，腿很细，歪脖子，脖子上那颗长着棕黄眉毛的小脑袋惊慌地摇晃着。他的模样很像一条从地里拔出的枯树根。面颊上多皱纹的皮肤长出几绺肉色的毛发。外表显得十分沮丧，可眼神是快乐的，好像帕纳什金总是看见眼前有一种出乎意料的高兴事儿，并且从内心发出感叹：

"原来是这么回事！"他很爱笑，那是一种轻微的、含泪的苦笑，因为日子过得不怎么顺心；他也喜欢高谈阔论。

"任何人，不管他是谁，都必须吃东西——全部奥妙就在于此！所以说：要懂得舌头的需求，要去顺应天理！[①]"他说，"这里也包含有数学……"

"一个聪明人说过：'爱情和饥饿支配着世界。'[②]"我想起这样一句话，便说。

"这是仲马说的，对吗？"

---

[*] 本篇最初发表于一九一六年九月二十八日《基辅思想报》。
[①] 这是东正教常用的一句祈祷词。
[②] 引自德国诗人席勒的诗《世界的智慧》(1795)。

在帕纳什金的眼里,大仲马是位大睿大智的人物。德米特里·帕甫洛维奇把他所有的小说读过两三遍。我曾劝他读读《猎人笔记》①,他竟把书退还给我,莫名其妙地笑着说:

"你怎么喜欢这个?老弟,这没有意思,跟眼前的生活一样……"

眼前的生活对他既刻薄又无情:十二岁时,他的父亲,一个当公务员的酒鬼过世之后,帕纳什金就到一个公证人家里当了小厮,过了两年转到一家烟店,后来做过理发师,二十岁那年他决定出家为僧,在修道院胡乱混了三年,末了,从一家修道院带走一个见习修女,同她一起回到家乡。讲起自己的经历,他总是苦笑,上气不接下气,无力地挥动两条胳膊,像一只没有断气的公鸡:

"我同她没有结婚就同居了五年,那简直是浸沉在柔情蜜意中的日子。她甚至可以说不是凡人,像一块异常透明的水晶。她临终时抓住我的手低声说:'米佳②,好朋友,谢谢你啊,没有你的爱我会枯萎的,像一朵鲜花见不到阳光一样。'你知道,这是因为她比我大十二岁,加上她相貌并不好看——麻斑脸,翘鼻子,而且……一般说来……可是她的心灵——那真是一朵花啊!多么美的心灵!美貌并不是人人必须遵循的法则。所有的女人都值得爱;女人,老弟,那是上帝的杰作啊……"

每逢谈到妻子、女人、爱情的时候,他那愉快的眼神就变得严肃而又忧郁,眼皮都红肿了。有两三次,当他提起妻子的时候,竟不知羞赧地哭起来,他讲着讲着,眼睛里就滚下一滴滴淡黄的泪珠。

妻子给他留下一个女孩,从那时起,用帕纳什金的话说,他就到处去奔波谋生了。

"老弟,为了抚养女儿,总得找个机会干点儿事儿,可就是找不到……"

在一个七月的夜晚,他坐在林中草地的一棵孤松下面给我讲述自

---

① 著名的俄国作家屠格涅夫的作品。
② 德米特里的昵称。

己的身世,——当时我们俩为了散心一起去朝圣。他坐在那里,背靠古铜色的松树树干,两条长腿剪刀似的叉开来;他面前生了一小堆火,上面架着一把行军壶,壶里的水烧开了。天气闷热难耐,暴风雨即将来临。那个时候,那些直率的、总爱胡思乱想的俄罗斯人使我感到很大的兴趣,我喜欢他们那种不向生活妥协的精神。

"我是个性格温顺的人,所以我总是受别人随意摆弄,"帕纳什金笑着说,"我通过考试被录取当乡村教师,结果证明自己没有这种能耐:哄孩子们玩玩可以,教他们功课就不行了!后来,我被一个鞑靼人雇用,到乡下收购鸡蛋,鞑靼人又派我到瑞典扩大经营;我来到彼得堡,在我住的那家旅馆里,正巧有个军官同一位文官发生了争吵,军官举枪开火,一颗子弹却打进了我的腰部。我在医院躺了一个半月,可是竟有人从我这个受伤的人身上偷走了鞑靼人的钱!我回到原地,一打听,那个鞑靼人却突然死去了!我找到他的继承人,一五一十如实对他们讲了丢钱的事。可是他们(真是好人!)却说没有什么,不要紧!这可好了!后来我到区法院当收发员,我保管的一份重要公文又被人盗走了,真不走运啊!从法院给送到法庭……结果宣判无罪,可是检察官对我说:'您这人真是太马虎!'可不,就在这一天我也是这个样子:忽然间不知心里想的是些什么,连宣判词都没听清楚,一点儿也不明白……"

"那你想些什么呢?"

"是这样,你听我说……一般说来,尽是一些鸡毛蒜皮。"他眼望着火堆回答,"你想想看,比如:难道明天不会发生什么事情,一切还是如常吗?糊涂的想法。没有什么指望,反正人家不会让我去当主教。就这样折腾一辈子,好像是中了邪的、天地不容的罪人。世间的辛酸我都尝过了,甚至因窝藏赃物受过审判,坐了半年监牢。后来又无罪释放了。因为在小酒馆里说了几句带有自由思想的话,又被关押了九十二天。宪兵问我:'帕纳什金,你说过这些话吗?'可我竟忘记说过什么了!我说:'大人,请原谅我无礼,可是,像我过这种烦人的日子,什么话能说不出来呢?'接着我把自己全部经历都告诉了他。他是个好心肠的人,他赞同我的话,说:'是啊,您的生活并不愉快。就算您自由了吧。'我回答说:'太谢谢了,可是一只套着链子的狗也比我自由,因为它有自己的位置。'他说:'那也没办法。生活就是这样!'我说:'好像我们活着就是为了用不幸来装点大地!'他笑了。"

帕纳什金讲起话来老是字斟句酌,有时合上眼睛沉默片刻。看样子,他隐瞒了自己的许多经历,就像人们羞于说出自己有脏病似的。我发现他讲到愉快的事情时总是滔滔不绝,对那些令人不快的痛苦事情却极力快点儿绕开。我倒很喜欢这样。

"您寻找什么?"我问。

他隔着火堆的蓝烟惊异地盯我一眼。

"寻找什么?大家在寻找什么,——温饱、安宁……某种归宿。人都应该有个什么归宿。卡波奇卡,就是我的妻子,她活着的时候,我觉得自己是属于她的。她过世后就再也寻求不到什么了。当然,天上的鸟儿既不用收割,又不用播种,可是它会飞,一辈子身上都有衣穿,也不需要鞋子……"

这天夜晚,我很喜欢帕纳什金,从此我们之间就建立了亲密的友谊。他住在城郊的镇上,在伏尔加河陡坡上面的小房里,那里紧接一座快要倒塌的旧屋盖的一间小房。房东是店铺的老板布鲁恩杜科夫。那座旧屋有两扇窗户,当中有个被踩坏了的、歪歪斜斜的台阶,通向食品杂货店;台阶上面盖了一个低矮的茅草顶棚。窗户的玻璃上全是经日晒留下的斑痕和苍蝇屎。一个窗台上摆放着一罐罐水果糖、蜜糖饼干和其他诱人的食品,另一个窗口露出帕纳什金女儿的脑袋。

布鲁恩杜科夫本人坐在台阶上,像一尊神像似的,看样子他肚子里灌满了油脂、克瓦斯和茶水。他在晒太阳,以便蒸发掉身上的水分,并且思考着各种奥妙的道理。他那棕色的眼睛顺着陡坡俯视一块蓝色的水面,凝望着船只在锦缎似的水面穿梭往来,白轮船缓缓驶过,驳船被拖曳着向前驶去。

我和帕纳什金坐在他的脚旁,我的朋友在缝补破衣服;他的灰鼻子上架着一副大眼镜。今天是个节日。小镇显得寂静而空旷。在晚茶前,人们都歇息了。帕纳什金的女儿在细声歌唱:

"我爱小哥……"

"你就不爱老弟吗?"父亲咳嗽几声,问道。

"别打岔儿,爸爸……"

"我无限爱你——你……"

"无限傻气的小傻瓜!你最好修修品德吧,别为爱情自寻苦恼……"

"哎呀,你走开吧,爸爸!"

帕纳什金的女儿已经年近三十。她皮肤发黄,松软,像奶渣一般。右眼长满了白翳,左眼总爱不知羞耻地打量一切。当她睡着的时候,宽大的面颊充满淡蓝色的血,睁开的眼睛酷似猫头鹰失明的、凶险的眼珠。这个莉莎缝制花布衬衫、吉克衬裤拿到市场上去卖,幻想着有朝一日能遇上个不低于中尉的军官,搞一段热恋。她也读过仲马的全部作品,但觉得世上最好的书还是《最新歌曲大全》①。她不曾有过爱情,现在也没有,眼下是布鲁恩杜科夫占有她的肉体——由于无聊,也许是出于对这个丑姑娘的怜悯。

"嗯,"帕纳什金用他的尖胳膊肘捅了捅我的腰,说道,"这也算是爱情,——为了它人们不知打过多少次架啊,真是的!"

"真是什么?"布鲁恩杜科夫颇感兴趣地问,同时用手扯开不知被什么东西粘在一起的花白胡须。

西边的天空溶在血和火之中。一辆马车驰过,地面上扬起尘土,好像一片红色的云彩。

"哎,就是这样,甚至要出人命呢!"

"这是胡扯……"

---

① 十九世纪七十至八十年代俄国出版的歌曲集,其中收有当时的优秀歌曲,俄罗斯和吉卜赛的抒情歌曲。

"一点儿也不胡扯,再平常不过了……我的朋友,理发师莫兹茹欣就爱过一个犹太女人……"

"理发师是没有头脑的人,他们一向要么是赌徒,要么……是别的什么东西……"

"当然,犹太女人不管怎么样总是女人嘛,爱情是不管信仰的。"

"这不会有好下场的……"

"不错,结局不妙,他投河死了……"

"那理发师?"

"是的……"

"笨蛋。"

莉莎中断了那支赞颂永恒之爱的歌子,随后又在沉思中吟唱起来:

　　在那大海不住地拍打
　　花岗岩峭壁的地方……①

接着她问我:

"马克西梅奇,大海和大洋有什么区别?"

我回答说:

"大洋里的鱼大一些。"

我不喜欢这个姑娘,同她谈话我觉得挺不愉快,她那只好动的眼睛里总是隐藏着撩惹人的讪笑,看到这种笑心里很不舒服,好像听到一句脏话似的。

帕纳什金用指甲挠了挠布满血丝的长鼻子,又接着讲起来,也不注意人家是否在听他讲话:

"她是个寡妇,沿街叫卖墨水和鞋油,那是自家制造的……这女人

---

① 引自普希金的诗《塔里斯曼》(1827),但"花岗岩"一词,原诗为"荒野的"。该诗曾谱成歌曲,在俄国作为民歌流传很广。

三十上下,没有什么特别的地方,平平常常:一个普通的犹太女人……"

"他们全都是一样的面孔。"布鲁恩杜科夫自信地说,忽然又自言自语地问:"为什么我没学会抽这种烟丝呢?"

"人家叫他潘捷列伊蒙,那时他约莫……二十五岁吧……"

"你净瞎说一气。"

"是呀,"帕纳什金叹了口气,"俗话说:'斧头不好砍——就去磨磨看,婆娘不喜欢——就照你的干。'这话一点儿不错……"

"扯淡……"

"她可是个好女人。他们之间由我来传话。她对我说:'听着,米佳(大家都叫我米佳),这是不可能的!您告诉他,'她说,'我把他当弟弟一样疼爱,可是再深一步就不行了!'我告诉了他,当天夜里他就投河自尽了。"

"这全是由于闲来无聊,胡思乱想。"布鲁恩杜科夫执拗地说,显然因为帕纳什金并不把他放在心上,他有些生气了。

打扮得像蜜糖饼干似的花花绿绿的姑娘和小媳妇们,信神的凶狠的老头儿和老太太,在节日里歇息和畅饮之后,睡足了觉,现在都从自己的小窝里爬了出来。睡眼惺忪的小偷、船家和渔夫手搭凉棚眺望着下面的伏尔加河。草地上洒满鲜艳的霞光,天空抹上了金黄和赤红的油彩,同这些面色晦暗、身穿破衣烂衫的人们比起来,显得无比的富丽华美。花园的一隅,手风琴呜呜哀鸣,镇上的美人索尼卡·萨波日尼科娃用嘶哑而热情的嗓子在唱一支舞曲,她吐字十分清晰,故意挑逗那些循规蹈矩的人们。

> 我忘了爸爸的大名,
> 也忘了妈妈叫什么,
> 可爱的名字只记得一个——
> 开心的人儿叶戈鲁什科!

放高利贷的聋老头莫纳霍夫,一个色鬼,来到店铺前面。

"遛弯儿吗,瓦西里大爷?"布鲁恩杜科夫大声嚷道。那高利贷者惊讶地耸起针刺般的眉毛,疑惑地问:

"干吗要谢谢呢?"

"我是说——瓦西里!"

"噢!……来点儿烟叶……"

"你瞧他那样子,"帕纳什金对我说,"有个大闺女去他那里赎回典当,他发狂似的把人家折磨得好苦。为什么呢?他自己也说不清楚。他说,她向他伸舌头。我真不理解人类的这种凶残。"

"爸爸,"莉莎用皇后般的腔调命令说,"到铺子里拿瓶酸汤①来,从窗口递给我。"

"快死了吧?"店铺老板问一个鼠头鼠脑的老太婆。

那老太婆低声对他说:

"快死啦。"

"死了,你就轻松些啦!"

"或许,他也会轻松些。"

"这很容易,"帕纳什金咳嗽一声,说道,"易如反掌……"

布鲁恩杜科夫一面送出这位女顾客,一面打听着:

"米什卡还关着吗?"

"关着,这狗东西。"

"他活该蹲监狱……"

菜园子变得暗淡了,篱笆上面升起层层乌云,天空中的片片红云就要燃尽了;声响变得柔和,四周也更加宁静,仿佛陷入了沉思。在下面的河岸上,白天劳动的喧闹声渐渐消散了,秋日的愁绪从田野上飘散开来,使人心里充满一种奇异的愿望。很想问一问什么人,气愤地问一问:"这一切是为了什么?谁在讥笑人们,歪曲人们?"那种不堪忍

---

① 克瓦斯一类的饮料。

受的、令人苦恼的耻辱,使人痛不欲生。想到在沙莫夫家度过的那些夜晚,就更加心情沉重了……

镇上的居民一个个来到小铺前面,他们已习惯在节日的夜晚来聆听布鲁恩杜科夫的奇思妙论。镇上的小偷和浪子罗维亚金,一个心地善良、讨人喜欢的小伙子,伸展四肢躺在台阶对面的平地上。他三十岁左右,但看上去却像个少年,身材挺秀,相貌英俊,鬈曲的头发;他的眼睛明亮但有些呆滞,像个孩子似的。

"在美洲,"布鲁恩杜科夫讲道,"甚至有一种专供忙人吃东西用的特殊机器,它会嚼食物呢!那里的人工作起来连吃饭的工夫都没有,什么食物一送进机器里,它就给嚼烂了。"

"真是魔鬼呀!"罗维亚金抽着精致的烟斗,大为惊讶。

"机器上到处安了橡皮管子,拿起管子放在嘴里吸一阵,吸完了也就饱了!"

听众哑然失笑。他们相信吗?看样子是相信的。只有罗维亚金问道:

"大概,味道不好吧?"

"那里不管这个。那里的厨师一年挣到九千!公家的厨师……"

帕纳什金小声对我说:

"来呀,你来反驳他!"

店铺老板又讲起来,好像在念一本看不见的书:

"美国学者傅科特①甚至计算过地球的重量,地球有三千二百万普特!吹起一个气球,那气球不算太大,然后用链条把地球拴住,往上一提,地球摇摇摆摆的,像摆锤一样……"

轮船的汽笛声盖过了这位智者的说话声,我总在回忆在沙莫夫家的那些夜晚。那里,人们拿知识开心就像灵巧的孩子玩皮球。那里的议论非常精妙——清晰明确,无懈可击,没有布鲁恩杜科夫的诸如会

---

① 应是法国物理学家让·傅特(1819—1868),他曾利用摆锤说明地球的自转。

咀嚼的机器一类吓人的杜撰。那里的人像孔雀开屏一样,骄傲地张开自己五彩缤纷的知识的尾巴。

而在这里,他们团团围住小店铺的台阶,像蟑螂围住面包皮似的,有的站着,有的坐着,有的躺着,贪婪地、默默地咀嚼布鲁恩杜科夫那些稀奇古怪的胡说八道,从中吸取营养。这个人有一种神奇的本领,善于把真事弄得面目全非,议论起来却娓娓动听。

"在美洲,上帝叫奥扎里斯……"

我在帕纳什金的催促下,开始反驳道:

"不是奥扎里斯,是叫奥济里斯①,这也不是在美洲,是在非洲,在埃及……"

"怎么不对?"布鲁恩杜科夫带着讥讽的神情眯起眼睛,问道。

我正要重说一遍,他却打断了我的话:

"得了吧!第一,埃及住的是埃塞俄比亚人,而且他们那里没有上帝②,这是一!第二,奥济里斯这个词没有什么含义,奥扎里斯则有'光耀'的意思③,这是二!第三,你来纠正我还嫌早点吧,不伦不类的先生!你读过《田野》④杂志吗?"

"您让我说。"我正要说,可是布鲁恩杜科夫忍受不了别人怀疑他的知识,或不相信他的智慧。遇到这种时候,他总带着讽刺的神情眯起棕黄色的眼睛,那眼神像两根锐利的针刺向怀疑者,同时拿一些无稽之谈来折磨人:

"你知道埃塞俄比亚的历史吗?我告诉你吧,埃塞俄比亚人自己都不懂得自己的语言,因为他们那里像伊斯兰教鞑靼人一样,有好几种语言……"

"各种人各按自己的一套办法胡扯。"帕纳什金出人意料地插了一

---

① 奥济里斯是古代埃及诸神之一。
② 埃塞俄比亚人,信奉多种宗教,如基督教、伊斯兰教、犹太教等。
③ 奥扎里斯(Озарис),与俄语动词 Озарить(光耀)发音相近。
④ 一种有插画的周刊。

句,他的话把大家逗乐了。

我窘得不知所措,布鲁恩杜科夫却得意扬扬。接着他又慢条斯理地说:

"埃及确实存在过,但是让拿破仑给毁坏了。"①

"是这样,"帕纳什金轻声说,"每一种人都有自己的志向:有的做梦也想美洲,有的不知想什么。但是每个人都想吃甜食:只要有点儿蜜糖也好!"

日落的时候,帕纳什金咳嗽得更频繁、更厉害了;他觉得身上发冷,就用那件针脚已经磨破的、带补丁的外衣把身子裹得严严实实的。

我问他:

"你在幻想些什么?"

他慢慢张开干瘪的双唇,露出笑容。

"要是我有三个十五戈比的硬币,我就上小饭馆,点一份鱼杂砂锅汤,外加一点儿胡椒粉和葱末,再来一杯啤酒,可美啦!"

"再多就不要了吗?"

"就那么三个十五戈比的硬币,还能要什么呢?"

"除此之外,说真的,再不要什么?"

他思索了一会儿,平静地回答:

"想要也晚了,我快死了……是的,老弟,快死了!"

我沉默不语。心里觉得不好受。这么一个善良、温顺的人,在各种艰苦工作中度过了多半生,见多识广,懂得爱憎,也善于思考,居然没有任何想使生活变得丰富多彩的愿望,而仅仅满足于要一份加胡椒粉的鱼杂汤,这真不能令人相信……

窗口露出一个长着蛋白石眼睛的大脸盘,像镶在镜框里似的。莉莎懒洋洋地翕动着两片枯萎的嘴唇,嘟哝说:

"月亮就要升起来了,多么美妙的夜晚,正好到林子里去逛逛……"

---

① 这句话言过其实,实际上是指一七九八至一七九九年拿破仑出兵埃及。

"他们每年都生一胎双生子。"布鲁恩杜科夫用教训人的口气说。

听众散去了。只有罗维亚金还留在店铺老板的面前,他像绵羊似的沉思着。

天渐渐黑了,乌云正从东方爬过来。天空的繁星如同一个个铜钉帽,这是因为空气潮湿的缘故。河的水面上浮动着红色的火把,那是河岸上和船上灯火的倒影。

"顺便说说,为什么我们老惦念着生活呢?"帕纳什金问道,然后自言自语地回答,"鬼知道为什么,难以想象……"

使我关心的是另外一个问题,这幅可怕的生活讽刺画,有谁需要它,它又能给谁带来欢乐呢?

"在我这里过夜吧!"帕纳什金建议说。

"谢谢,我要出去走走……"

"那也好,去吧,走走吧,流浪汉……"

我默默地同店铺老板告别。

布鲁恩杜科夫准备关店铺了,他站在台阶上,搔弄着脖子,随后自言自语地问:

"为什么我的牙齿好久不痛了?"

雷 光 译

苏霍米亚特金家的晚会*

冬天,每月一次,有时是两次,我总收到商人苏霍米亚特金的便笺,内容是这样的:

敬爱的先生,明天寒舍特备三层蒸浴架①,敬请光临,共享此乐。

便笺上俏皮地签署着"斯—乌霍木"②的字样,那签名的最后一笔还画成一只飞鸟的图样。

翌日傍晚,我来到城里一条气势不凡的大街,站在一座饰有石膏雕像的宽敞邸宅的台阶前,腋下还挟着一包洗净的衣服。一个肥壮得像匹马似的女仆打开了沉重的橡木大门。

"请进。"她一面说,一面殷勤地微笑,笑容使得红润的面颊鼓起,把她的两只眼睛完全隐藏在一堆白里透红的胖肉中了。

女主人叶卡捷琳娜·格拉西莫芙娜在走廊迎接我,她体态丰满,

---

* 本篇最初发表于一九一六年十月二十一日《基辅思想报》。
① 俄人喜行蒸气浴。浴室中除澡盆外,另设有多层蒸气浴木架,层愈高蒸气愈热。进浴时,浴者以白桦枝条扎成的帚把抽打身体,然后卧架上,令蒸气蒸熏,以至汗流浃背,浑身舒泰,别有一番乐趣。
② 这个签名,俄文是 Сухом,取主人苏霍米亚特金(Сухомяткин)名字的前五个字母,作为苏霍米亚特金的略语,但第一二字母分开写则另有意思,如:"带一只耳朵"、"轰隆一声"、"哎哟一声"等,这里是主人故意借签名来卖弄俏皮。

和蔼可亲,头上梳一个盘绕四圈的大发髻。

"请吧!"她唱歌般愉快地说,"非常欢迎,请!"

接着,她又关切地问道:

"没有忘记带衣服吧?纽塔,告诉叶戈尔把衣服送到更衣间去!"

苏霍米亚特金也急匆匆地走出来,他容光焕发,一副永远敦厚的样子;迈开短粗而富于弹性的双腿,一跳一跳地走过来,全身的胖肉哆嗦着,高声嚷道:

"请——请,亲爱的!噢,十分感谢,我们的启蒙学者,基里尔—梅福季①!身体可好?"

他的双颊蓄着发亮的络腮胡子,脑袋像带有两个把手的陶瓷罐。我们走进客厅,这里俨然像一家出卖中档家具的家具店,里面拥挤不堪,到处都是金光闪闪的,还有许多镜子,一切都是崭新的、笨重的,但所有的东西都散发着一股久已不住人的霉味。

马特维·伊凡诺维奇·洛霍夫在客厅里迎接我,他是主人的干亲家,个子不高,身材匀称,鹰钩鼻子,蓄法国式短须,一对沉思的眼睛。他是本地交易会会长,但从仪表和风度来看,倒很像华沙来的有教养的骗子。

"晚安,"他用愉快的男低音说道,"还好吗?好极了!我也是如此……"②

他迅速地弹动着手指,又转向主人说:

"我接着讲鲟鱼:这种鱼可不喜欢开玩笑……"

我同洛霍夫的妻子济诺奇卡打招呼,她是一个不胖不瘦的女人,棕色鬈发,蓝眼睛,挺精明的。

"您知道吗?"她问道,"我今天是来调试新马的,可那些马忽然飞奔起来……"

---

① 基里尔(827—869)和梅福季(?—883)是两兄弟,杰出的斯拉夫启蒙学者,基督教传教士。曾用古斯拉夫文翻译宗教书籍。基里尔又是古斯拉夫文的创始人。
② 原文为法语的俄式读音。

主人开玩笑说：

"你自个儿也该飞奔了！"①

"这是怎么回事？"她天真地问道。

"嗯—啊，好像你还不明白……"

"怎么啦？"洛霍夫说，"咱们走吧？"②

苏霍米亚特金向妻子喊道：

"卡秋克，准备好了吗？"

女主人焦急地大声问：

"安娜，准备好了吗？"

"亲家母，"男主人邀请济诺奇卡说，"咱们一块儿去吧！"

可是，她却用情不自禁的天真口气回答道：

"我已经同卡佳一块儿洗过了！"

苏霍米亚特金哈哈狂笑起来，一面呼哧呼哧直喘，一面喊道：

"噢，真像个女演员！啊哈……你啊……"

我们三个男人来到厨房。这里有一个躯体肥大、长着花白小胡子的老太婆，正在烧得通红的灶前紧张地忙碌着。她气冲冲地吼叫，拿把勺子在一个男孩子的头上晃来晃去，那孩子好像穿了一件从成年死人身上扒下来的白寿衣。孩子不住地哭泣。

"这是她的孙子！"主人解释说，"留神，叶费莫芙娜，别炖过了头！"

"嗯，您这是怎么啦，唉，上帝啊！"老太婆用沙哑的低嗓门急躁不安地应声答道，随之朝门槛啐了三口唾沫。

"呸！呸！呸！"

"总管夫人玛尔法在处理公务呢③！"主人一边说，一边来到院里，

---

① 俄语 Понести 一词有"飞奔"和"受孕"两个意思，这里显然是一语双关。
② 原文为法语的俄式读音。
③ 这是一句戏言，实际是指叶费莫芙娜厨娘是一位做菜的能手。玛尔法·波萨德尼察是十五世纪后半伊凡三世大公统一罗斯时期诺夫戈罗德地方长官的妻子，真实姓名叫玛尔法·鲍列茨卡娅。她是当时诺夫戈罗德城反莫斯科贵族集团的首要人物，主张与立陶宛结盟。此人以精明强干著称。"总管夫人玛尔法"，意为"长官夫人玛尔法"。

"有人出三百卢布请她到尼日尼的市场去,她不去!"

我们来到澡堂。这里点着两盏挂灯,灯的周围蒙着一层水汽,整个澡堂热气腾腾,有一股浓烈的薄荷香味。遍身毛发、被蒸得皮肤通红的车夫潘菲尔四肢着地在椴木地板上爬动,一面喘气,一面嘟囔着:

"神圣的上帝,神圣,至高无上的……"[1]

苏霍米亚特金在地板上啪嗒啪嗒地走,吃惊地瞪大两眼,扯着自己的耳朵,抱怨地大声嚷道:

"你这个鬼东西,你想害死我吗?瞧,你烧得这么热,笨蛋,自己也像个蛤蟆似的爬……"

"我让……是我让……"[2]洛霍夫低声嘟噜着,不住地喘息,"这是我让他……"

"这是他老吩咐的,"车夫突然轻声说,"我在找十字架……"

洛霍夫像瞎子似的伸手摸索着,朝蒸浴架走去。他的干亲家在地板上滑动着,尖声喊叫:

"呜—哟—哟……你可别晕过去,马特维!"

"没关系!潘菲尔,加点儿克瓦斯![3]"

"等一等,还是先喘喘气吧……"

"没有关系!"交易会会长从蒸浴架上高声叫道,不住地用拳头在椴木板上敲着鼓点。

样子像头野兽似的潘菲尔向石子灶里泼了一勺克瓦斯,从那黑色的灶口立即冲出一团蒸气,白色的烟雾在房顶蔓延开来,澡堂里充满了热面包的醇香味道。

"坏蛋!"苏霍米亚特金伸开四肢躺在地板上高声叫道。

---

[1] 东正教的日课经文。
[2] 原文为法语的俄式读音。
[3] 蒸浴时向灶内烧热的卵石泼克瓦斯是为了产生蒸气,这样的蒸气有一种面包的香味。只有比较阔绰的人家才用克瓦斯,一般是泼水。

车夫蹲在那里,咳呀咳呀地叹息,如雕鹗啸鸣,蒸浴架上却传来惬意的喊叫声:

"真够意思!"①

洛霍夫蓦地大叫一声,滚到地板上,张大嘴巴,惊恐地瞪着眼睛。

"怎么,晕过去了?"他的干亲家喊道,连忙用拳头捶打洛霍夫的肩膀。

"我们是火窑里的小伙伴。"②他愉快地冲我说。

洛霍夫神色茫然地望着他,讷讷地说:

"拿雪来,快!⋯⋯"

车夫走进更衣间,不一会儿端来一大盆雪。洛霍夫伸手抓了几把,急急忙忙在自己的秃顶和肌肉结实的胸部揉搓。

他像是喝醉了酒。苏霍米亚特金也觉得四肢无力,浑身发软,他用一双短粗的手抚摩自己身上满是汗珠的通红的胖肉,胸口上有一层密密麻麻的细汗毛。

"我热得心慌。"洛霍夫说道,渐渐恢复了神志。

潘菲尔在浴盆里搅拌香皂水。我爬上蒸浴架,那两个商人却平躺在长条凳上开始海阔天空地闲聊。

"我不明白的就是羞耻心!比如说吧,当着一个女人的面可以赤身裸体,为什么当着三个女人的面会害臊呢?"

车夫一面冲着浴盆哧哧地笑,一面弄得肥皂泡沫四外飞溅,洛霍夫却一本正经地说:

"鞑靼人和土耳其人大概当着三个女人的面也不会害羞⋯⋯"

接着,他用悦耳的低音唱起来:

在你白色的裙间,

---

① 原文为法语的俄式读音。
② 典出《旧约·但以理书》第三章:三个埃及少年——沙得拉、米煞、亚伯尼歌,拒不信奉多神教,被巴比伦王尼布甲尼撒派人扔进火窑,后上帝派来天使搭救了他们。

一只大腿光闪闪……①

他们两人"稍稍喘过了气",觉得自己仿佛在这难忍的热气里获得了新生。苏霍米亚特金整个身子泡在肥皂沫里,活像一只雏鸡。洛霍夫无休止地弹动手指,捋自己的胡子。蒸气消散了,澡堂里显得明亮一些,天花板上密密麻麻布满了乳白色的水珠。两盏落满水珠的灯眨着眼睛,灶里的卵石发出啪啪的声响。

"对待生活,就应该像哄骗女人一样,要学会糊弄它,"主人教训车夫说,"你哄骗过多少姑娘?"

"咳!"潘菲尔给他搓着柔软的胸脯,沙哑地叹了一口气。此刻,洛霍夫却同我进行一次卖弄聪明的谈话。

"我看你们报纸做得有点儿不妥,你们总想把它当成地方法院,"他极力想说服我,"你们总是裁判,这是多余的!如果说教堂应该教训我们,那么报纸就得告诉我们发生的一切事情和事情发生的地点。至于裁判,连神甫都用不着操心,更谈不上办报的了。"

"对了!"苏霍米亚特金赞同他亲家的见解。

洛霍夫继续说下去,但已不是用训斥的口气,而是有点儿抱怨了:

"报纸是要娱乐居民,而不是为了胡闹。早晨起来坐下喝茶,桌上放张报纸,可是总让人犹豫不决是否拿来看看,那上面可能登着有关你的消息呢,它会让你整天都扫兴。而办事的人需要的就是心境平静。"

我默不作声。此人的牢骚并非没有缘由,报纸上常常登载他的事情,从来没有说过他的好话!

窗户的玻璃上凝聚一层白雾。椴木地板的澡堂如同蜡制的一般,开始融化了。

"我洗好了!"苏霍米亚特金高声嚷道,"现在来蒸蒸吧!"

---

① 原文为法语的俄式读音。

他好像在鸵鸟毛里滚过似的,浑身都是皂沫,爬到了蒸浴架上。车夫又向灶里泼了克瓦斯,苏霍米亚特金细声尖叫着,洛霍夫却面色阴沉地给车夫打气:

"给他加热!蒸他!见鬼,差远啦!①"

"澡堂里可胡来不得!"亲家对他厉声喊道,"澡堂里可别提鬼!"

我们终于洗好了,大家都像蒸熟了似的,慢吞吞地穿着衣服,以便缓和一下刚才蒸浴时的紧张心情。

"喏,现在咱们要吃东西了!"苏霍米亚特金一面整理着通红圆胖的面颊上湿润的鬓须,一面煞有介事地告诉大家。

在灯火辉煌的餐厅里,一张大桌子摆满了玻璃器皿、银器和盛着各色各样小吃的盘碟,真像车站上的小卖部。桌子中间放一大瓶淡黄色的伏特加,这是用四十种香草泡制的饮料。

两位太太换上了像长袍似的宽敞的衣服。济诺奇卡穿的是橙黄色的,配一条绿色带子,女主人则是红葡萄酒色的长衫。她们已经坐在桌旁,用愉快的微笑迎接我们,打着招呼:

"蒸浴可好吧!"

"卡秋克,"主人缓步走到桌前,十分关心地说,"你去看看,让叶费莫芙娜亲自端上来。"

接着,他对我解释说:

"厨娘亲自端来,饺子的味道就更鲜美了!"

济诺奇卡斟上五大杯黄色的伏特加。

吃完芥末、酸奶油拌的怪味萝卜,喝足了酒,厨娘双手端一口大锅,颇为得意地走进来。

"噢—哟,来了!"苏霍米亚特金美滋滋地眯起眼睛,一面唱歌似的说着,一面急忙戴好餐巾,"多少个,叶费莫芙娜?"

---

① 后一句话原文为法语的俄式读音。

"六百五十个。"老婆子用手掌抹抹小胡子,嗓子沙哑地说。

"做过祈祷,咱们就开吃吧!"

他们四个人向屋子的一个角落恭恭敬敬地画了十字,便在桌前坐下,大嚼起来。

两位主人默默无语地吃着,凝神注视那些盘碟,仿佛全副精神已贯注在那油厚、味美的肉汤里了,可是苏霍米亚特金有时却难以克制感官的冲动,竟懒洋洋地哼着唱起来。他那圆胖的面孔现出愉快兴奋的神情,好像他激动得就要落泪了。女主人吃着,眉毛耸起,面孔显得严峻,似乎在思考一件难办的事情,但是眼睛里却炯炯有神,坚信问题一定会圆满解决。她那慈祥和蔼的脸上渗出细小的汗珠,她急忙用绣花边的麻纱手帕把它擦掉。

洛霍夫顾不得咀嚼,像吃牡蛎似的把饺子囫囵吞进嘴里,烫得呼噜呼噜直叫。

"再来十个,卡佳。"他不断要求添加。

"几十啦?"主人有些羡慕地探问。

"五十。斟酒,济纳伊达①!"

济诺奇卡装模作样地翘起小拇指,用叉子叉出面皮里的小肉丸,低声说道:

"最有味的,往往在心儿里!"

她又转向丈夫说:

"你不是觉得活着无聊吗?"

苏霍米亚特金一面哈哈大笑,一面向酒杯里斟酒,手颤颤巍巍的,把酒洒了一桌布,又喘着粗气夸赞道:

"啊,亲家母,你的嘴可真厉害!"

那个棕色头发的女人慢吞吞地说了几句什么,竟使得她那面色严肃的丈夫也勉强地笑了起来,他一面笑一面打嗝儿。男主人兴奋得满

---

① 济诺奇卡的别称。

脸通红,丢下羹匙,靠着椅子晃来晃去。

"你要跌倒了,笑个没完。"妻子警告他说。

她也笑了几声,然后用手帕揩揩面孔,抹去了笑容,又重新板起脸来,躬身对着盘碟,说道:

"你真不嫌害臊,济恩卡!还当着生人的面!"

"你像猪猡一样净说蠢话。①"洛霍夫对妻子说,突然神情变得严肃起来。

她机灵地瞥了他一眼,轻声唱道:

> 我对你有话相告,
> 快把灯火灭掉!

于是,大家又吧嗒着嘴,用羹匙舀起汤,咝咝地吮吸,尽情享受这顿美餐。大瓶里的伏特加剩下不多了,女主人又斟满酒杯。

酒足饭饱、醉醺醺的洛霍夫,极力把呆滞的脸装得动人,但装得不像,他转身对我说:

"我妻子是个哥萨克女人,从乌拉尔斯克娶来的。哥萨克天性乐观,精力充沛……"

济诺奇卡已微有醉意。她身子靠着椅背坐在那里,眯起眼睛,抬头仰望枝形吊灯的灯火,卖俏地嘬着嘴儿,想吹口哨,但没有吹响。

"别吹啦。②"丈夫从桌旁站起,对她说。

女主人也有些醉意了。她越发放肆起来,莫名其妙地发笑,眼睛老是盯着空荡荡的餐厅的各个角落,好像在寻找什么。

"再来一点儿吧。"她提议道。

大家都不愿再喝了,济诺奇卡把"麦歇"加上俄语的词尾变化,但

---

① ② 原文为法语的俄式读音。

是,这已不能使谁发笑了①,大家都觉得十分疲乏。

"好吧,彼得,"洛霍夫说,身子晃晃悠悠,"咱们去吧!咱们该去啦!"

他们手挽手地走去,我同太太们留下来。

"真是孩子。"女主人和蔼地说,微笑着目送他们走去。

后来,她关心地问我为什么不结婚,济诺奇卡却坐在椅子上摇晃身子,低声吟唱:

> 在那六层高楼,
>
> 住着一位我的朋友,
>
> 唉,我依然如故,
>
> 可是他——心儿另有所求。

"请问,"她对我说,"您知道那种诗……那种嗲里嗲气的诗吧!"

"济恩卡!"女主人警告她说,"你发疯啦!"

我并不知道什么是嗲里嗲气的诗。

那棕色头发的女人摆动着鬈发,打起响榧,又唱起来:

> 他酷似我的夫君,
>
> 懒懒散散,萎靡不振,
>
> 总是那样地待人……

接着,她停下来,又问我:

"请问,您为什么不写那种逗乐的小说?"

"写什么?"

"嗯,通常那种逗人乐的。比如说,妻子背弃丈夫,或者别的什么。

---

① "麦歇"是法语"谢谢"的译音,此处加上俄语的词尾变化,是要故意惹人发笑。

305

您读过关于诺亚的诗吗?"

"没有。"

女仆站在门口,笑吟吟地通知说:

"彼得·伊凡诺维奇吩咐说,全都准备妥了,就请到他们那里去……"

"请吧!"女主人请我进去,自己也飘也似的向门口走去。

济诺奇卡搂着她的腰肢,问道:

"为什么我喝了点酒就觉得烦闷呢?"

在一间灯火通明的大房间里,洛霍夫和苏霍米亚特金站在一张铺黑色绒毯的桌子后面,两人身穿燕尾服,手持大礼帽,他们面前的桌子上摆着一些盒子和瓶瓶罐罐。洛霍夫黧黑的面孔显得森严,像是立即要处理一件重大事务似的。苏霍米亚特金眯起愉快的眼睛,仿佛在睡意中露出一丝微笑。

两位太太坐在靠墙的安乐椅里,我坐在她们的旁边。交易会会长向我们彬彬有礼地鞠了一躬,说道:

"尊敬的宽(观)众先生们,我米(们)是从印度和美国来的两个麻(魔)术家。我米(们)要向你米(们)漂(表)演几个吃(奇)妙的戏法。"

"小傻瓜。"济诺奇卡对身旁的女人说。

她的丈夫故意说得怪腔怪调,这一手演得不很成功,当他用正常发音说话的时候,那位太太大为恼火,急得直跺脚。

"我的名字……说我的梅(名)字叫加里,我的朋友叫……我的朋友草(叫)……詹姆斯!"

詹姆斯—苏霍米亚特金身子抖动一下,忽然打了个噎嗝儿。这使他忍俊不禁,他用臂肘挡住面孔,但还是咪咪地笑。加里—洛霍夫不满地斜睨他一眼,从桌上拿起一根黑色的魔术棒,挥舞一下,喊道:

"喂,来啊!"

"好!"干亲家詹姆斯答道。

洛霍夫手里出现一枚银卢布——他向空中一抓,颇为得意地拿给我们看。然后,他从苏霍米亚特金的鼻子里取出一个卢布,又从他那秃顶上取来另一个,迅速地扔进桌上的大礼帽里,于是他接连从空中,从自己的胡子里,从干亲家的耳朵里,从自己的膝头里灵巧地取出卢布,有一个卢布甚至是从自己的眼睛里挖出来的。

"今天你演得不错。"济诺奇卡对他说,可他却冲她厉声喝道:

"别说话①。请各位观众不要讲话!"

詹姆斯把一些稀奇古怪的东西摆在桌上,朝济诺奇卡伸伸舌头。

硬币戏法演完之后,加里—洛霍夫命令各种东西从这张桌子上消逝,它们便立即隐去,出现在另一处意料不到的地方。他玩得津津有味,演得像个真正的演员,不断向干亲家喊着口令:

"喂,好,来瓶子,来!快一点儿!"

魔术家身后的墙边堆放着几只暗黑的柜子,苏霍米亚特金打开其中一个柜子的门,柜子里面的隔板上放了一颗人头,还长着黑胡子,看上去很可笑,一只瓷制的眼睛滑稽地瞪着我。洛霍夫面色紧张,似乎很不愉快,筋肉上的皮肤紧绷绷的,他好像是咬紧了牙关。他的下巴向前噘着,法国式的大胡子很硬,仿佛是用细铁丝制成的。可是,每当他成功地演完一出戏法,脸上便浮现出笑容,那双多疑而冷淡的眼睛便快乐地闪闪发光,像孩子的眼睛似的。

我从来没有见过一个人怀着这样的乐趣和满足来欺骗自己。詹姆斯—苏霍米亚特金不过是屈尊参加这次有趣的玩乐,而加里—洛霍夫却是在兢兢业业地创造奇迹。这是很显然的。

他演的戏法有时并不成功,从燕尾服衣袋里取出盛满水的碟子时,他把碟子的胶膜撕得太早,取出的碟子是空的,而水却流到了口袋里。他一时不知所措,一只眼睛望着水流到地板上,生气地大叫一声:

"第一部分节目就此结束!"

---

① 原文为法语的俄式读音。

他脱下燕尾服,瞧了瞧口袋,摇摇头,然后向观众解释说:"游艺场上那些变戏法的,口袋都是不漏水的。亲家,让女仆把燕尾服给烤烤,可别烤坏了!"

他叹了口气,又补充说:

"我就穿件短上衣吧。"

第二部分节目开始是圆圆胖胖的苏霍米亚特金钻进一个空柜子里,洛霍夫在柜子上盖一块黑色幕布,他喊道:

"来了,一、二、三!"揭开幕布一看,柜子是空空的,苏霍米亚特金已不见了。

"我可不喜欢这一套,"女主人对我说,像打寒战似的耸耸肩,"我知道这是变戏法,但总觉得可怕。"

幕布再次盖上,又揭开。

"好!"

詹姆斯—苏霍米亚特金又站在柜子里,笑嘻嘻的。

后来,加里用绳子把他捆在一把椅子上,用屏风一挡,詹姆斯却立即脱开绳扣,甚至还把靴子脱了下来。

后来,我觉得无趣,好像特别不舒服。虽然在我的面前发生的一切并不可怕,甚至也不见得不令人愉快,然而它却像一场噩梦。太太们也疲倦了。女主人警觉地打着盹儿,晃悠着沉重的脑袋,抱歉似的微笑,可是济诺奇卡却满不在乎地打哈欠,并且总是想吹口哨。

看来,苏霍米亚特金也累了,他那灰白的络腮胡子像受了委屈似的蓬起,动作起来懒懒散散,既不看观众,也不瞧搭档,洛霍夫则满头大汗,兴致勃勃,像施了魔法似的使手帕不断地变换颜色,不住地喊叫:

"一、二、三,——妥了!"

他忽然沉默了片刻,用责难的目光望着观众,问道:

"你怎么啦,亲家母,睡着了吗?"

我开始觉得他很可怜。

济诺奇卡笑起来,苏霍米亚特金也开始对妻子开玩笑,而那位不为

人了解、受了屈辱的演员,双手反剪背后在屋里快步走来走去,说道:

"娱乐对于我是件正经事,而不是鸡毛蒜皮的小事。总不能整天是吃饭、喝茶吧……"

"我懂,马特维·伊凡诺维奇。"女主人很尴尬,抱怨地插嘴说,可是他并不听她讲话。

"娱乐,就是为了忘记操劳!你们女人当然不可能理解……济娜伊达,咱们回家吧。"

"等一等,亲家,马上就要喝茶了……"

"该走啦!"

"请您不要生气嘛……"

"回家,还早吧。"济诺奇卡说。

"还早?"洛霍夫叫了一声,"那我一个人走……"

他的举动真像个受了委屈的孩子:我觉得,再待一会儿这个人很可能会哭鼻子。然而总算把他劝住了,洛霍夫留了下来,但他并不掩饰自己受委屈的神情。

大家又来到餐厅,一座银制的大茶炊已经咕嘟咕嘟地烧开了,一团团蒸气腾起,缭绕在枝形吊灯的四周,使得玻璃灯坠儿微微摆动。

洛霍夫坐在我的旁边,同我攀谈起来:

"这种娱乐花费了我上万卢布!我有一部稀有的装置,是从汉堡订购的,我很留意这方面的新鲜玩意儿。"

他深深叹了口气,向亲家那边斜睨一眼,那位亲家躬身凑向济诺奇卡,向她低声说了些什么。

"人家讥笑咱们哩,看样子,大半是笑我!说我是个变戏法的。很好,请吧……"

"再来一杯吧?"女主人问他。

"好,好!谢谢您的关照。"洛霍夫像受了屈辱似的冷冷一笑,不知他的话是对我说的,还是对女主人说的。

"大家都在变戏法,好多好多人干的是坏事。可是我和亲家却是百无一害的人！可以说，我们是自己的麦塞纳斯①。"

"我不喜欢这个字眼儿，那意思好像是小顽童②。"女主人又插嘴说，同时递给洛霍夫一杯茶。

他接过茶来，却并未向她道谢，继续说道：

"别的人斗鸡，玩狗，或者比如说，一些人爱办报，像你们的老板；有些人极力把自己好的方面、慈善的德行表现出来，以便获得勋章；可是我喜欢高尚的娱乐，哪怕它是骗人的。"

他说起话来没完没了，枯燥无味，话音里含着委屈，手指老是不断地弹抖着。

女主人不再留意他。她和丈夫听济诺奇卡低声说话，这两个人笑得满脸通红，咻咻地笑个没完，简直控制不住自己。

"生活里谁也感觉不到快活，"加里—洛霍夫瓮声瓮气地说，用手指敲着我的臂肘，"生活需要想象。你坐在教堂里，就想象自己是个头号罪人，也许是最坏的人，这可以使人心里感到愉快。这会给我们带来激情。在剧院里，你可以想象自己是在扮演一个热恋中的坏蛋，或者是什么英雄。但是，你不能每天都去教堂或者剧院，那么，我以为生活就需要充实一下。"

他把胡子卷成圈儿，眯缝着眼睛，沉默了一会儿。

我起身告辞后便走了出去……街上皓月当空，寒气袭人，商号大楼的阴影染污了地上的白雪，雪在脚下单调地沙沙作响。我走着，惆怅地想着这个俄罗斯人，他真善于绝妙地扮演不幸者的角色！

鲁 民 译

---

① 盖乌斯·启尔尼乌斯·麦塞纳斯（公元前74—公元8年），古罗马的政治家、作家。奥古斯都皇帝最亲近的顾问之一，曾庇护过有贺拉斯等著名作家参加的诗人团体。后来他的名字成了文艺、学术保护人的通称。
② 女主人取麦塞纳斯的谐音字 Бесенята（小顽童），以说明她不喜欢麦塞纳斯这个字眼的原因。

浅灰与淡蓝*

一个寒冷干燥的秋日,风卷着尘埃,令人心烦地在院子里旋转,大片的羽毛飞来飞去,白色的纸团跳上跳下,空气里充满了沙沙声和呼啸声。我的住房的窗下,兀立着一个乞丐,无精打采地拉长声调说:

"主啊,看在圣子耶稣基督的面子上,可怜可怜我们吧……"他脸上像挂上了一层锈,浑身脓疮溃烂,光秃的头顶上全是龌龊的疮痂;这模样同邋遢的院子和反常的天气倒是很相称的。风撕扯着他的破衣烂衫,兜起了上衣的大襟,尘埃扑打在他生锈似的脸上和耳朵上。乞丐晃动着脑袋,死皮赖脸地苦苦求告,用难听的鼻音发出凄凉的语调:

"恩人们,施主们,行行好,舍几个子儿吧……"

"滚你的蛋!"我的女邻居从窗内喊道。她是一位身材瘦小的卖笑女郎,眼睛是描画过的,脸上无处不是胭脂。

乞丐嘟囔着什么,风把他的话吹走了;但是,我听到一枚大铜钱落到院子里石头上的响声和那女郎恼怒的话语:

"给你,卡死你,下流货!……"

奇怪:在她的声音里,竟有一种受欺负的意味,虽然她自己正在欺负别人。我在她隔壁只住了三天,就已两次听到这位卖笑女郎白昼唱着动人的歌子,夜间却醉醺醺地痛哭流涕。

---

* 本篇最初发表于一九一五年十二月《年鉴》杂志,与《书》、《一支歌是怎样编成的》、《鸟罪》构成一组,总标题为"回忆"。

今天黎明她回到家里,一种嘈杂声和嘶哑的恸哭声立刻把我吵醒了。

"喂,小姐!"我朝着她和我之间的隔板缝儿喊道,"您闹得我睡不着了……"

她沉静了一会儿,又啜泣起来,抽着响鼻,用胳膊肘和脚后跟碰撞着隔板,随后,就净拣叫人最难堪的话,骂起我来。

"为什么骂我?"我问道。

她斩钉截铁地回答说:

"你们全都是狗!"

但是,骂完这句话,她很得意,便转而招呼我说:

"到我这儿来!"

我还来不及感谢她的盛情,她马上又改口说:

"不,别过来,不必了,不然米什卡一早来到,会把你和我……"

"米什卡是谁?"

"我的债主。也是个暗探。"

"为什么说也是?"

"那么你是什么人?"

"记者,写文章的……"

"是文书吧? 想必也是从警察局……"

这以后,她睡熟了。早晨一醒来,她叹了半天气,然后学着吹口哨;没学会,就去嚼什么吃的,不是方糖就是面包干;最后,她敲着板壁说:

"邻居呀!"

"早晨好……"

"什么呀?"

"我是说:'祝您早晨好。'……"

她噗嗤一笑:

"真是的,礼貌倒挺周全! ……您没有点儿……鞋油吗?"

"没有。"

"那就不必了……唉,主啊!"

"您怎么啦?"

"闷死我了。您叫什么名字呀?"

"伊耶古季尔①。"

"难道您是个犹太人?"

"不,俄罗斯人……"

"嗯,你这是撒谎……"

她用这种腔调说了几分钟话以后,又打起鼾来,就像有人掐住了她的喉咙。她在那个乞丐出现前不久才醒来……一醒来,她跳下床,就用愉快的嗓音唱道:

> 萨马拉②啊,你很富有,
> 可是我呀,伶仃孤苦,
> 萨马拉啊,你该诅咒,
> 就是你呀,毁我幸福。

有趣的是,为什么她一面施舍,一面又骂那个乞丐? 我在隔板这边问她。她想了一下,回答说:

"想骂就骂! 这有什么?"

窗外,风发疯似的,越刮越猛。它驱赶着一个信封;一个草编的坛子套被刮得在院子里滚来滚去;一只线袜子被吹得在石头间东撞西抛。窗上的玻璃,像腌过似的渍上了一层盐霜般的灰尘。鸽子在窗上檐下凄凉地咕咕叫。不知哪儿的一块薄木片发出噼啪的响声,惹得人心烦气躁。在这寒冷的、尘埃弥漫的气氛里,心似乎快窒息了。

窗对面的墙上,刷得极其稀薄的那层不大洁白的石灰,有的地方

---

① 这是故意编造的一个名字,一听就有点儿外国味儿,故引出下面的问话。
② 今古比雪夫市。

已经剥落,露出了红砖。屋顶上的天空,也草率地被涂上淡灰色的云团;云团之间,现出几抹深邃的蓝天。烦闷就是从那里注入我的心头。

"邻居呀,"隔板那边喊道,"过来喝茶吧!"

"谢谢您,这就来……"

这屋子比我的那间还小,它的主人的身量也比我小一半。但是,她比客人泼辣,她大胆地望着他。她那淡蓝色的眼睛的确是愉快的,她那洗去了胭脂和其他化妆品的小脸蛋儿也是纯洁的、可爱的,只是非常苍白。

"你的鼻子生得多可笑呀!"她端详着我说。

我微笑着,默不作声,也找不到一句答话。随后,我才猜到:她自己是个翘鼻子,也许,她这是在妒忌我吧。

她打扮得很妖艳:红上褂,绿地棕色马蹄花的领结,深红的裙子。一条银光闪闪的高加索腰带,更增添了服装的华美。耳朵上方光洁的头发上,还打了两个橘黄色的花结。

"请坐呀,"她庄重地说,"糖块放进茶里呢,还是就着喝?"

"都一样。"

她教训似的说:

"如果什么都一样,男人就别娶媳妇啦!"

灰尘扑打着窗户。

我们交谈着。

"您爱生气吧?"

"我吗?那要看情况。您问这干什么?"

"就说那个乞丐吧!……我很想知道,他有什么过错,你要骂他?钱也给了,可是又骂……"

她那半孩子气的纯洁的面容,因愤怒和嫌恶而变得难看了。这姑娘盯着我——眉毛抖动着,大声说:

"恨不得用砖头砸烂他的脑袋,——就该这样!"

"为什么呢?"

"为了那件事!"

"到底是什么事?"

她手在桌子上一拍,生气地说:

"别追问我!做客人的盘问人家,是很不礼貌的!我根本不了解您,可您问来问去,——您不该问这种事……"

她沉默了一会儿。我很窘,真想离开这储藏室一般的小房间,主人注意到了我的窘态,便和解似的微笑说:

"噢,叫您受惊了……不,真是的……您老盘问,可我根本不想提这件事。我见不得他那个骗子!他就是那个混账东西,是他把我介绍给那个法官的……我那时还不满十五岁……差四个月才十五岁,可他已经……这难道行吗?他还是我爸爸的同事呢,一起在一家旅店里当下人。幸好我爸爸故去了,什么也不知道,不然,他会打死我的。我妈妈给旅店洗衣裳,我给送……当然啦,我那时还是个小姑娘!他们把我请进一个房间,灌醉了我,我神志不清了!天哪!我一醒来,浑身都像散了架!这全怪他:是他做的圈套儿……他说:'每月给你二十五卢布,你会过得很快活的。'说实话,我见不得他!可他倒满不在乎!到我这里来伸手:好像他行了善,我该永远报答他似的。我真奇怪,一个人怎么这样无耻!从前,在我靠那个法官养活的时候,这家伙几乎每天往我那儿钻,我有时给他一个卢布,有时给他五十戈比。这倒霉的骗子,他爱赌牌,为这事蹲过班房;他是在班房里染上的病,这个混账东西!我过去常对他说:'你呀,你这个不要脸的坏蛋,干吗总往我这儿跑?要知道,就是由于你,我才这样不幸,甚至完全给毁了!'可是他却不当一回事。他说:'得啦,塔尼娅,别生气,有过错的人少吗,你总不能惩办一切人吧!'我想了想,他说得倒也对;难道能惩办一切有过错的人吗?于是,我也就不悲愁了……"

她歉意地微笑着,看着我的脸;随后,不知怎的忽然从她那明亮的眼睛里滚出了密密的泪珠;接着,她又微笑着,难为情地说:

"您瞧!您逼得我哭了……我们最好还是谈点儿别的……"

我们换了个话题。风在呼啸,卷起尘埃,扑向窗上的玻璃。我把手藏进衣兜,攥紧拳头,想道:

"'你总不能惩办一切人',见你的鬼去吧!说得多狡猾——不能惩办……"

姑娘幻想似的说:

"红色对我可不相称,我知道,要是浅灰或者蔚蓝的就好了……"

刘伦振　译

书*

公园里,一所旧式小别墅的院墙边,有一堆从屋里清理出来的垃圾,我在里面发现一本破损不堪的书;看样子,它被扔在这里很久了,经过秋天的雨淋和冬天的雪埋,上面覆盖着一层棕色的松针和去岁枯黄的败叶。如今,当春日的骄阳把那些被污泥粘在一起的书页晒干的时候,已经辨认不出那些暗淡的字迹写的是什么内容了。

我用鞋尖踢踢它,便走开了,心想,也许这是一本呕心沥血写成的好书,不少人读着它深受感动,为了它而争论,并且从此学会了思考问题;也许,它使得一些人用新思想充实了自己,甚至在孤寂冷清的时刻,它用自己的热情温暖过许许多多的人。

我记得,书籍曾经是我青少年时代的益友。在伏尔加河和顿河之间一个小火车站上度过的那段生活,还特别清晰地留在我的记忆中。

这个车站坐落在生长着稀疏的灰色小草的草原上,四周空旷而寂静,只有冬天暴风雪的哀号才能打破这种静谧。夏天,车站上蚊蝇嗡嗡乱飞,在那棕色的草原上,黄鼠轻声地吱吱乱叫,好像在嘲弄人。天空由于暑气蒸腾而变得混浊,几只老鹰和白头鹞在那里无声地盘旋。

有时候,从凉台向草原眺望,便看到,在这片荒凉的大地上,铅灰

---

* 本篇最初发表于一九一五年十二月《年鉴》杂志。

色的远处浮动着暑气。丘岗上有几只黄鼠伫立在洞穴边,把灵活的前爪举到尖尖的嘴前,好像在祈祷。此外就再也见不到其他生物了,——眼前一片荒凉景象,寂寞勾起无限愁绪,紧紧压在心头。

偶尔有几个长得如画中隐居修士似的毛发蓬松的牧羊人,从南向北放牧羊群,他们那种奇怪的喊叫声在这寂静的草原上升腾起来:

"里亚—奥,里亚—乌……"

起风了,风把细小发热的砂粒吹到车站,传来鸵鸟悲怆的咯咯啼鸣,啮鼠的吱吱叫声,——随后重又平静下来,生活似乎是无休止的梦境。

在草原的谷地,那里隐匿着几个哥萨克村庄;车站后面离伏尔加河大约五俄里的地方,在一片贫瘠的土地上蛰伏着一个名叫佩斯基的村子。冬天里,总有一些活泼的姑娘从那里到我们这儿来,给车站的道路清扫积雪,但是,每到夜晚,她们的父兄便潜入车站偷壁板当柴烧,还从车厢里盗窃货物。

炎热的夏夜令人觉得特别难熬。待在拥挤的房间里简直喘不上气来,闷热和蚊蝇扰得人们不能入睡;所有住在车站的人都到站台上来,焦躁不安地到处走动,由于闲得无聊而拌嘴,号叫似的打着哈欠,埋怨失眠和生病,提出一些荒诞的问题惹得值班人员大为光火。院子里,妇女们身穿白色衣服,赤脚,披头散发,像梦游者似的来回踱步;升起一堆篝火,上面加了潮湿的河柳木,在无风的夜里,篝火的烟雾直冲天空,像一根矗立的灰柱子,却不能把蚊蝇驱散,——这些蚊蝇滋生在伏尔加河畔的死水河湾,成群地像云雾一般飞到这里,到这干燥的草原上来折磨人,也自取灭亡。

在深沉的静寂里,远处,仿佛是从地下传来沉重的隆隆声,愈来愈响,车站渐渐湮没在机械的轰鸣声中;铁轨嗡鸣,灯光闪动;不知是谁睡意蒙眬地说:

"十三次到了……"

在草原的尽头,一道红光刺进黑夜的外皮,将它刺伤,那迷蒙的光点便沿着地面蔓延开来,像是一股鲜血。光线越来越近,变成两条,一转眼又变得酷似一对可怕的黄眼睛,怒气冲冲地战栗着,仿佛一个凶恶的妖怪从黑夜的深处向车站的三间小屋爬来,威胁着要把它们吞噬掉。你也知道,这不过是一列货车,然而人们却乐于将它想象成别的东西,哪怕是令人毛骨悚然的怪物,只要不是别的东西就好。

客车匆匆经过车站,它只能增加对生活的停滞感,愈加令人觉得必须摆脱这郁闷的生活。列车在这里停留片刻,有些人从车厢的窗口向你张望,一个个好像镶在镜框里的肖像;女人诡秘的眼睛像黑夜的星星闪烁发光,那些转瞬即逝的笑脸光彩照人,使你心里觉得热乎乎的。

狂怒的汽笛鸣过,列车便穿越蒸气的白雾徐徐向前开动。车厢窗口的人们的面孔都变成了奇形怪状,全都拉长着侧向一个方向。

你很快就会习惯这种生活的短暂的闪现,每天从你的身边驶过同样的一些司机、司炉、列车员;使你觉得世间总共就这样几个人;他们彼此也差不多,像蚊子似的难以分辨。

车站上有十一个公务人员,四个人是带家属的。大家好像生活在玻璃罩子里,每个人的隐私都暴露无遗,不管你愿不愿意,每个人都了解其他所有人的一切。大家彼此相处如同赤身裸体,毫无遮掩。有的人出于无聊而追求猥琐的坦率和忏悔,一遇到适当的时机便当众把自己的底细全部抖出来。

人们玩牌,酗酒,有时因醉酒和苦闷而发狂,做出一些野蛮的行为,彼此伤害。

有一天傍晚,看守克拉马连科——一个年轻漂亮的乡下小伙子来到注油工叶戈尔申住房的窗下。叶戈尔申是个秃顶的虔诚的老头,娶了一个哥萨克孤女,这女人身材高大,但沉默寡言。小伙子来到窗前便脱光衣服,向窗口喊道:

"叶戈尔申,出来呀,狗东西!出来,把衣服脱个精光!让你老婆瞧瞧,看谁漂亮!"

刚洗完衣服的哥萨克女人端起一瓢开水向他的胸部泼去,他大叫一声便向草原逃去,叶戈尔申却操起一把铁扳子打起老婆来。人们拉开那女人,想把她送到城里医院去,但哥萨克女人不去。

"不用去,是我自己的错,谁让我给他笑脸呢。"她躺在院子里说,身上裹着血迹斑斑的破布,一对蓝眼睛瞪得很大,小舌头舔弄着嘴唇。

随后她悄悄问了两次:

"我把他烫痛了吧?"

"哦,不要脸的娘们。"大姑娘和小媳妇窃窃议论着。叶戈尔申把自己关在屋里,跪在一汪肥皂水中祈祷。人们从窗口瞧着他,都骂这老头。

第二天早晨,克拉马连科结清了账,离开车站步行到顿河那边去了。他昂着头,沿铁路线笔直地走去,像一个接受检阅的列兵。

过了几天,叶戈尔申也调到另一个车站去了。

"老弟,这帮不了你的忙,"副站长科尔杜诺夫同他告别时说,"应该把你调到地里去,痛苦是躲避不开的,除非入黄土!……"

这彼得·伊格纳季耶维奇·科尔杜诺夫是个怪人。他整天似醉非醉,唠唠叨叨,对于生活他也许有自己的一套见解,但说不清楚,甚至他仿佛并不想让别人理解他。

他身材瘦长,面色憔悴,总是不停地摇晃着蓬松的棕发脑袋,垂下金黄色的睫毛遮住灰色的眼睛,询问我们——我、车站过磅员,还有我的朋友,那个驼背而脾气暴躁的报务员尤金:

"小伙子,你们给哪个上帝服务呀?真有意思!"

或者他自己问自己:

"难道我生来就是为了喂蚊子?"

我和报务员,我们常常热烈地谈论未来,他总嘲笑我们:

"真有意思!你们问我,十年后的今天,这个时辰会发生什么事情。我实话告诉你们吧——跟现在一个样!再过二十五年又怎么样?

那时也一样！"

我同尤金开始读斯宾塞①的书，他听我们朗读后便问：

"他是英国人吗？"

"是的。"

"得啦，这是撒谎！英国人从来不说真话。"

于是他就再也不听朗读斯宾塞的书了。

有时候科尔杜诺夫会发作起荒唐而又固执的怪脾气：他用手指捻着短须，像犯神经病似的细声细腔地极力说服我们相信《特瓦尔多夫斯基先生》②比《浮士德》写得好，还说屠格涅夫贩卖过马匹。或者把右手高高举起挥舞着，大声喊叫：

"所有我们的作家都不是俄罗斯人：普希金是阿拉伯人的子孙，茹柯夫斯基是土耳其人的后裔，莱蒙托夫是英国人！至于那些俄罗斯作家，也全都是些私生子……"

他是图尔盖省③一个神甫的儿子，在坦波夫省教会中学读过书。

"我学会了喝酒，在喀山进了大学，"他讲着，灰色的眼睛忧郁地闪动着绿光，"我稀里糊涂地穿上教授的皮大衣，戴上了礼帽，后来这套行头都卖光喝酒了。真有意思！嗯，后来人家提出要我离开大学，我就离开了。五年多来我仔细观察过世上五花八门的事情，也不知不觉地成了亲。从那时起——就刹车了！"

妻子离开了他；他带着一个六岁的女儿生活，那女孩一头深黄色的鬈发，沉静而严肃，像个大人。她那毫无表情的白脸蛋仿佛是藏在一团金色鬈发里，乌黑的小眼睛看什么都凝神专注，她很少言笑。住在车站上的人都喜欢她，那是一种特别的、敬畏而又审慎的喜爱；男人们在她面前会压低叫骂声，女人们以她为榜样教育自己的子女。

---

① 斯宾塞(1820—1903)，英国哲学家，实证主义的创始人。他的著作在高尔基青少年时代的俄国知识分子中甚为流行。

② 波兰作家尤·伊·克拉舍夫斯基(1812—1887)根据波兰民间传说编写的《魔法师》(1839)，一八八四年译成俄文出版时改名为《特瓦尔多夫斯基先生》。

③ 图尔盖省，今哈萨克斯坦的阿克秋宾省和库斯坦奈省的一部分。

"瞧,人家薇罗奇卡又文静又规矩……"

父亲用名字和父称薇拉·彼得罗芙娜来称呼女儿;他对她的态度令人难以理解:既是满意,又似乎惧怕,其中还蕴含着敌意。

……机车车头在密集的轨道上调转。从顿河或伏尔加河方面来的列车就要进站了。薇拉·彼得罗芙娜的金色鬈发上顶着一块白头巾,从容地越过铁轨,她那双穿着红色线袜子的纤细的小腿在机车车头间时隐时现。她到贫瘠的草原上去采集可怜的小花,手里拿着柳枝去追逐黄鼠。

父亲从车站的窗口、或者从凉台上注视着她,他不住地紧咬唇髭,金黄色的睫毛遮住了红肿的眼睛。

"别让她到铁轨上去。"大家对他说。

他却淡漠地答道:

"没事儿,她是个谨慎的孩子……"

你瞧,有时候她一个人在离车站一俄里的荒野里徘徊,向那些奇花异草躬身点头,而且越来越不喜欢她的父亲、车站和大伙——整个这种寂寥的似梦非梦的生活。

她曾不止一次在夜间跑到我这里来,从头到脚裹在一件灰色的大披肩里,活像一只蝙蝠,说起话来急匆匆的,但心情平静。

"你去看看吧,我父亲又醉得要死了!"

我抓住她的手,朝科尔杜诺夫的住房跑去。

他躺在地上,皮肤发青,面孔浮肿,眼睛瞪得很大,像一个溺死的人。几滴阿莫尼亚水灌进他的喉咙,使他苏醒过来,他哼哼着。小姑娘却极为镇定地问:

"还不会死吧?"

于是,她在父亲的头旁坐下来,一面用手抚摩他的粗皱的面颊,一面说道:

"唉!喝醉的人真是不幸!"

尤金比任何人都喜欢这个小姑娘,他有点儿胡思乱想地说:

"如果我有个母亲,或者哪个傻女人愿意嫁给我这个驼背,我就收养薇罗奇卡。为什么她要跟科尔杜诺夫呢?"

他脾气不好,粗暴,有些悲观情绪,但是在他心灵的深处却怀着对美好生活的眷恋以及对人们的温情和怜悯。

"大家真是可怜!"有时在夜间值班,每当我们读完一本书谈论它的内容时,他常常发出这样的感慨:"大家真是可怜!"

他把这种感情徒劳地倾注到照料醉汉和病人以及劝解家庭纠纷方面,他还写信劝慰他的同行,铁路沿线的报务员们。他劝一个同行成亲,劝另一个学提琴,说服第三个去开拓托尔斯泰农业移民区①。

当我对他的这种做法稍许表示讥笑时,他便尖锐地反驳我:"不然怎么办呢?在这冷冰冰的生活里能做什么呢?!"

我们两人酷爱读书,在所有的空闲时间里,我们夜以继日贪婪地阅读。书籍是使我们从死寂的空虚世界看到一个生气勃勃的世界的一线光明。

然而,我们如饥似渴地很快读完了从伏尔加河到顿河间六个车站所能找到的全部书籍,于是我们面临着一段精神上的饥荒时期,这种痛苦只有那些生活在我们这个精神贫乏的国度,被这块广袤平原上凝重郁闷的气氛压抑得几乎窒息的人才能体验得到。精神无所寄托,这似乎是我经历到的最可怕的感受。

我们苦于寻求好书,找了好久,然而除了奥克列伊茨②的小说、一本《田野》周刊以及诸如此类的内容贫乏的读物之外,竟一无所得。

科尔杜诺夫挖苦我们说:

---

① 一八八九年四月,高尔基曾去雅斯纳雅·波良纳探望列夫·托尔斯泰,但未能晤面。高尔基此行的目的是请求托尔斯泰划给一块荒地,以便于他和另外几个人从事农业劳动。当时托尔斯泰曾鼓励开拓农业移民区。后来,高尔基写道,一八八八至一八八九年,我对"托尔斯泰主义"发生了兴趣,"然而,我所关心的,不过是可以暂时躲进生活的一个平静的角落,并且在那里思考所经历过的往事"。
② 俄国作家奥尔利茨基的笔名,他的作品有长篇小说《在黑暗中》《罪人》等多种。

"犯什么愁啊,小伙子们? 真有意思!"

有一次,他表现出一副怜悯的样子,提议说:

"我在卡拉奇①有个熟人,他是订杂志看的。你们要不要我向他借几本?"

我们于是央求他,他笑了笑就同意了。过了几天,客车的乘务员交给科尔杜诺夫一包东西,还有一封信。

"瞧啊,杂志来了!"科尔杜诺夫说道,神气活现地挥了挥那包东西,可是他读完信后,便咬着胡子左右张望一下,把那包东西塞在腋下,用臂肘紧紧夹住了。

"喂,拿过来。"尤金请求道,张大了嘴高兴地笑着。科尔杜诺夫挺起胸膛,打着官腔说:

"来得及,不许抢!"

尤金吃了一惊,向后退了一步;他们是好朋友,科尔杜诺夫说话从来也没有这么粗鲁过。

"我费心借来的,我要先看,你们以后看!"科尔杜诺夫生硬而怒气冲冲地补充说。

这也使我大为恼火,因为以前要么是大家在一起朗读,要么是谁有空谁就读。书经常是放在报务室摆在外面的。

"你摆什么臭架子?"尤金问道。科尔杜诺夫却更加气愤地回答:

"去! 我想看点书调节一下精神,不是为了争吵和胡说八道。看书要不出声,可你们总是议论个没完:为什么这样,怎么不是那样! 我讨厌这些! 我想一个人看书,你们滚开吧!"

他把书锁在自己桌子的抽屉里,直到值完班也没有跟我们讲话,气呼呼地左顾右盼,像受了什么惊吓似的。当他值完班回家时,尤金对他说:

"你躺下睡觉时,把书放在明处,我去取……"

---

① 今俄罗斯沃龙涅什省的一个城市。

他笑而不答。

快到半夜时,尤金向我提出:

"去吧,你去把书拿来,他大概早就睡死了。"

白天里豪雨如注,接连不断地下了大约一个半小时,雨后,一碧如洗的天空又露出炙人的骄阳,慷慨地烘烤着大地。此刻草原上已是一片昏黑,像澡堂里一般闷热。乌云之间,在深邃的蓝色的云洞里,金色的星星闪耀着幽光,今夜,它们仿佛即将熄灭了。我面前有一只青蛙蹦跳着,像是给我引路。远处,火车在吼叫。从水塔那边传来犹太司机的低声吟唱,他是个斜眼,通红的唇边老是挂着一丝惨淡的微笑,仿佛任凭怎样也不能从他那尖尖的黧黑的脸膛将这笑容抹去。一道黄光从科尔杜诺夫住宅的窗口射到地面上,照见黑暗中一堆枕木和杨树的细干。透过张在窗框上的薄纱,我看见了科尔杜诺夫:他穿着睡衣坐在桌旁,臂肘支在桌上,躬身伏案,手指插在棕色的头发里。他那留胡须的尖下巴哆哆嗦嗦地抖动,泪水滴落在两肘之间的书本上。借着灯光可以清楚地看到泪水一滴一滴地落下。我似乎觉得我听到了泪水滴在纸上的响声。看别人哭泣心里真不好受……

除一盏灯外,桌上还有一瓶刚打开的伏特加和一碟腌西瓜。小姑娘身子蜷缩成一团睡在柳条编的椅子里。她的面孔被鬈发遮得严严的,只能看见一张惊讶地张开的嘴。房子最里边像草原一般昏暗,被灯光照亮的空间犹如昏暗山中的一个洞穴。

科尔杜诺夫伸直腰板向窗外看了一眼。他那张本来不大的脸满是泪痕,更加显得瘦小和不显眼了。此刻他将书本举在灯上烘干泪痕;烤了一阵,又用手指抚平书页,再举到灯上把书摇来晃去,然而他的眼泪总是夺眶而出,流进短髭里。

我离开那里去接车了,接过车后,我对尤金说:

"他没有睡,一直在读……"

"这畜生!"报务员一面嘟噜,一面敲打着列车线路图,"还算朋友呢!我们都是些酒肉朋友。"

黎明前我又来到窗下,透过薄纱凝视那个棕色头发的小个子。他可能是睡着了:头低垂在胸前,双手无力地放在膝头上。灯灭了,但铜烛台上却点着蜡烛,金黄色的火苗映在瓶子的玻璃上,显出双影来,——伏特加并未减少。屋里比先前更加暗淡,椅子里已不见小姑娘,合上的书放在桌子的一角,靠近烛台的地方。

我悄悄把薄纱捅了个窟窿,从破口处伸进手去。科尔杜诺夫霍然站起,抓起烛台挥动一下,厉声喝道:

"滚开!我打死你!"

蜡烛熄灭了,但我还是看见了那张从未见过的、变了样儿的面孔,这面孔一闪又立即隐没在昏暗中了。

过了一会儿,他心平气和然而粗鲁地问道:

"是谁?"

"我,来取书的。"

"不给……"

我又在窗下站了一会儿,遥望着东边的草原。在那里,太阳从云端冉冉升起。在黄色的圆晕状的霞光映衬下,隐约出现一个很小的黑糊糊的骑手;他后面是一片羊群,像灰云似的沿地面爬动。

这一切都是熟悉的,司空见惯的。倘若能读到书,眼前展现另一种生活,那该多么令人神往啊!……

科尔杜诺夫用那本书逗了我们四天:他把书带到车站自己一个人读,我们央求他,他便嘲弄我们说:

"你们跪下,我就给。"

尤金劝他说:

"傻瓜,你想想看,我们给过你多少书看呀!"

"嗯,那又怎么样?"

"你不是同我们一起读的吗?"

"给我跪下!"

他又讨厌又可怜,显然他自己也察觉到了这一点,却违心地益发固执地挑逗我们。他一面读,一面时不时地发出各种感叹。

"真有意思!原来如此!"

这些话更加撩起我们的好奇心和渴望读到这本书的念头。我们非常讨厌他,竟把他引起的这种感情加诸他的女孩身上。那可爱的孩子,当她跑到我们这里的时候,我们便冷冰冰地躲开她,心想用这种办法或许能使她的父亲感到懊悔。

我至今还记得,女孩一双乌黑的眼睛是如何困惑不解地瞧着我和尤金,她那花朵似的殷红的小嘴唇是怎样在痛苦的微笑中哆嗦着。

科尔杜诺夫也看到了这些。他只不过冷笑一阵,用手做出一种神经质的动作,捋着自己的短须。

"想读吗,小伙子们?"他把书藏在桌子里,问道,"可是我不给……"

"我非揍他不可,"尤金威胁道,他喘着粗气,脸色发白,"就这么办:咱们不要他这本书,他给也不要,不要!好不好?"

我表示赞成:

"好。"

"你起誓吗?"

"起誓。"

现在想起这件事觉得可笑,可是那几天我真的吃了苦头,并且有些害怕,因为有时候我的胸中爆发出一种对于人的仇恨,我因而觉得头晕,眼里直冒金星。

全车站的人都知道我们三个朋友发生了争吵。大家听说科尔杜诺夫讥笑我们,人们都等待着,看我们会干出什么事来,并且默默地用探询的目光和讪笑怂恿我们去干什么事情。

这件事的结局很简单:早晨科尔杜诺夫来值班,把杂志扔给尤金,说道:

"拿去看吧……"

报务员急忙抓过书来,立即不声不响地把大鼻子杵到目录上读起来。

夜间我给尤金朗读一篇小小说,讲的是一个好女人离开了坏丈夫,去为社会、为世上的人工作。我边读边想:

"莫非科尔杜诺夫就是为此而落泪?"

猛然间,他闯进门来,双手抓住门框,吼叫起来:

"不—许读!"

他的腿弯下来,他已醉得不省人事,凶狠地瞪着两只通红的含泪的眼睛。

"不—许……谁都什么也不明白……连那些写书的人……所有的人……"

他倒在地板上,朝我们伸出双手,高声喊道:

"住嘴!……别读!……"

在门口,他的身后站着小姑娘薇拉·彼得罗芙娜,她穿了件解开扣子的连衣裙,上身几乎滑到肩头,赤着脚,蓬头散发,她那棕色鬈发像一团火向上耸立着。她站在那里,用无精打采的声音问道:

"你们为什么欺负他?"

鲁 民 译

一支歌是怎样编成的*

盛夏的一天,两个女人听着修女院①里沉郁的钟声,编成了一支歌。这件事发生在晚祷之前,在阿尔扎马斯城②的一条僻静的街道,我住房门前的一条长凳上。在这六月的酷热的静寂中,全城都昏昏欲睡了。我坐在窗下,手里拿着一本书,谛听我的厨娘——又高又胖、满脸麻子的乌斯京尼娅同我的邻居——一位地方长官家的女仆在悄悄地交谈。

"还要写什么呢?"她用男人似的但又很柔和的声调问道。

"没什么了,"女仆思索着轻声回答。她是个瘦削的少女,黧黑的脸蛋,一双小眼睛里显出惊慌、呆滞的神情。

"就是说,向他们问候,再让寄些钱来,对吗?"

"是这样……"

"至于生活过得怎样,你自己猜吧……唉—唉……"

在我们临街花园后面的池塘里,青蛙咯咯地叫,声音单调得出奇;修女院的钟声在这炎热的静寂中飘荡,令人讨厌;后院里,锯子吱呀吱呀地响,仿佛这是从邻居的旧屋发出的一阵鼾声,好像人已睡熟,但还

---

* 本篇最初发表于一九一五年十二月《年鉴》杂志。
① 指阿尔扎马斯城尼古拉耶夫修女院,在该城主要广场上,离高尔基留居该城时的住所不远。
② 俄罗斯共和国同名省的省会,位于捷沙河畔。一九〇一年高尔基因参加工人革命活动,曾被沙皇政府放逐到这个城市,置于警察监视之下。

是闷热得喘不上气来。

"那些亲戚,"乌斯京尼娅又忧伤又气愤地说,"只要离开他们三俄里,好像你就不在人世了,如同一棵树枝被折了下来!头一年在城里生活,我也老是惦记着,没有开心的时候,就像你不是整个身子在这里过日子,不是整个地在一起,半个心还留在农村,日夜思念放心不下:那里怎么啦,那里发生了什么事情?……"

她的话语似乎是同钟声在一起合唱,又好像她故意将音调说得同钟声谐和一致。女仆抱住尖棱的膝头,摇动着戴白头巾的脑袋,咬住嘴唇,心情忧伤地倾听什么响声。乌斯京尼娅低沉的嗓音说起话来带着几分讥讽和愠怒,声音显得温柔而悲怆。

"有时候,过分怀念家乡会弄得你耳聋眼瞎;那边我什么人也没有了:父亲醉后在一场火灾中丧了命,叔叔害霍乱死了,还有两个兄弟,一个当兵,提升了军士,另一个是泥瓦匠,住在博伊戈罗德。大家像遭到一场洪水一样,从地面上冲走了……"

淡红色的太阳挂在混浊的天空,闪耀着金光,它已经偏西了。女人轻柔的话语,铜钟清脆的鸣响,青蛙单调的叫声,这一切声响此刻给城市带来了生气。声音在低空荡漾,仿佛雨前的一群雨燕在飞翔。而在这些声音的上面和四周,却是吞没一切的死一般的沉寂。

我不由得想起一个荒诞的比喻:好像整个城市被放进一个大玻璃瓶中,瓶子倒下来,瓶口用一个着火的塞子堵住,有人从外面懒洋洋地轻轻敲打它的烧热的玻璃。

忽然,乌斯京尼娅机敏而认真地说:

"喂,玛舒特卡,你帮我想想……"

"干什么?"

"咱们来编支歌……"

于是,乌斯京尼娅大声吁了口气,像说绕口令似的唱起来:

哎,大白天,一轮骄阳,

> 静夜里,皎洁的月光……

女仆犹豫地试了试调门,羞怯地低声吟唱:

> 我心神不宁呀,一个年轻的姑娘……

接着,乌斯京尼娅充满信心,非常感人地把这个调子唱完:

> 愁绪绵绵,满怀忧伤……

她唱完了歌,又立即愉快地、有点儿夸耀似的说道:
"你瞧,这歌子唱起来了!亲爱的,我教你编歌,好像教你搓线一样……来吧……"

她沉默一会儿,好像在细心倾听青蛙凄凉的呻吟和那慢悠悠的钟声,接着又娴熟地、一字一句、抑扬顿挫地唱起来:

> 哎哟,不管严冬里狂暴的风雪,
> 还是春天里欢快的溪流……

女仆紧紧偎依在她的身旁,把戴白头巾的脑袋依在她圆胖的肩头,闭上眼睛,用尖细颤抖的声音更大胆地接着唱道:

> 都没有从家乡带来消息,
> 来宽慰我心中的忧愁……

"这话不错!"乌斯京尼娅用手掌拍一下膝盖,说道,"我年轻的时候,歌子才编得好呢!女伴们常常缠着我说:'乌斯秋莎,教个歌吧!'哎,我就高声唱起来了!……喂,往下怎么样?"

"我不知道。"女仆睁开眼睛,莞尔一笑,说道。

我透过窗台上的鲜花望着他们;两位歌手没有发现我,我却清晰地看见乌斯京尼娅那张满是天花麻瘢的粗糙不平的面颊,那只没有被黄头巾盖住的小耳朵,一只灰暗然而活泼的眼睛,还有那个像喜鹊似的笔直的鼻子和男人般的宽下巴。这是个狡黠、饶舌的婆娘;她很爱喝酒,爱听人朗诵圣徒传。她是一个喜欢满街搬弄是非的女人,这还不算,她的口袋里仿佛还装着全城的隐私和秘密。瘦骨嶙峋、颧骨凸出的女仆同她这个强壮、肥胖的女人坐在一起,就更显得是个黄毛丫头了。是呀,那女仆的嘴上还挂着稚气;她噘起小小的、厚厚的嘴唇,像是满肚子委曲,生怕现在还会受到更大的委屈,眼看就要哭出来了。

燕子在马路上空闪掠,它们弯曲的翅膀几乎触到地面;这说明蚊虫飞低了,这是傍晚大雨将临的征兆。在我窗口对面的篱笆上,一只乌鸦停在那里,纹丝不动,如同木头雕成的,它那乌黑的眼睛紧盯着一掠而过的燕子。钟声停止了,青蛙的呻吟却更响亮,四周万籁俱寂,格外显得闷热。

> 云雀在田野上空歌唱,
> 矢车菊的花朵在田野开放,

乌斯京尼娅在沉思中歌唱,她双手抱在胸前,凝视天空。那女仆流畅、大胆地应声唱和着:

> 但愿能看一眼家乡的田野!

接着乌斯京尼娅巧妙地运用高亢颤动的歌喉,给她那感人的歌词铺垫上柔和的音色:

> 但愿能陪伴心爱的人儿在林中徜徉!

她们唱完歌,彼此紧紧偎依一起,久久地沉默着;后来,乌斯京尼娅若有所思地小声说:

"这支歌不是编得很好吗?好得很嘛……"

"你瞧……"女仆小声打断她的话。

她们向右面斜身望去,看见一个身材高大的神甫,身穿雪青长袍,全身洒满阳光,有节奏地摆动着一根长手杖,步履庄重地走来;银制的手杖镶头熠熠发光,宽阔胸前的镀金十字架闪耀着金光。乌鸦用一粒黑色的眼珠斜睨着他,懒洋洋地鼓起沉重的翅膀,飞到山梨树的枝头,又从那里像一团灰球似的飞落到花园里。

两个女人站起来,默默地向神甫深深地鞠了个躬。他没有看见她们。她们也不便坐下,眼睁睁地目送着他,一直把他送进一条胡同里。

"唉呀,姑娘,"乌斯京尼娅整了整头巾,说道,"我年轻的时候,模样可不是这个样子……"

有人用睡意蒙眬的声音气冲冲地叫喊:

"玛丽娅!玛什卡!……"

"哦,叫我了……"

女仆惊恐地跑去了,乌斯京尼娅又坐在长凳上沉思着,把连衣裙的花布在膝盖上抿平。

青蛙在哀鸣。闷热的空气像树林里的湖水一样静止不动。白日就要过去了,彩霞已映照天边。田野上,在污染的捷沙河对岸,响起一阵愤怒的轰鸣,——远处的雷声像熊似的咆哮着。

雷 光 译

鸟　罪[*]

　　大地的上空飘洒着细柔的秋雨，远处景色迷蒙。大地缩成一个不大的、潮湿的圆圈；凝重、晦暗的雾霭从四面八方挤压它。圆形的地面变得越来越小，仿佛渐渐消融了，昨天还是蔚蓝的晴空，如今已融成一片灰蒙蒙的潮气。在这块地面的正中有三个黄土堆，三座新盖的小房，显然，这是从暮霭中看不见的一个村落迁移过来的。

　　我沿着一条轧坏的大路，踏着喧腾的沙质黏土地面向这几间小房走去。秋天的小溪用它忧愁的潺潺声伴送我，小溪顺着深深的车辙的方向流向那里；车辙间是一汪汪铅灰色的水洼，水面上点缀着一个个气泡。我走在令人特别讨厌的又稀又黏的水洼里，仿佛在河底行走；路旁的灌木丛依稀可辨，它们忧郁地低垂着灰色的枝叶；闯入眼帘的一切都像蒙上了薄薄一层冰凉的水银。泥泞没到脚踝，吸住我的双脚；当我一步一步从泥地里拔脚的时候，泥泞又像诉苦似的扑哧扑哧地响，用肥厚的嘴唇贪婪地吸住我的脚板。地面上冷飕飕的，又冷又脏，心里也同样感到阴冷；在这静止不动的雾霭的海洋里，在这变得昏暗的苍穹下，到哪里去都是一样。

　　盖这几间房子时大约就考虑到要留出一条街道：两座小房并排而立，中间一个堆干草的院子把它们连接起来，第三座大一点儿的房子

---

[*] 本篇最初发表于一九一五年十二月《年鉴》杂志。

盖在对面。这两处房屋之间是一大片水洼,上面漂浮着碎木片和一只破底的木桶,水洼的尽头,在那座单独房子的门旁和窗下,有十五六个男人、女人在烂泥里踏来踏去,不消说,还有几个小孩。奇怪的是:天气不好,又不是节日,这些村民为什么要淋雨?他们说话又为什么特别的细声细气呢?屋里有死人吗?死人并不会使庄稼人大惊小怪……这座房子的院门洞开,院子当中停着一辆大车,车的后轱辘底下胡乱扔了一堆破烂;不知什么地方有头猪像受了冤屈似的哼哼叫唤,马在咀嚼干草,听得见那种津津有味的咯吱咯吱的响声。近处有一股强烈的牲口粪和别的什么东西的臭气,还有一种屠宰场上的血腥味儿。

我脱下潮湿的便帽,向人们打招呼。他们默默地望着我,态度很不友好,没有平时农村里接待远方旅人的那种兴趣。

"你们干吗聚在一起?"

一个身材高大、留黑胡须的庄稼汉腆着肚子慢慢走近我,神色严肃地问道:

"你要干什么?哪里来的?"

他心绪不好,但不至于要打架;不过,看样子,他还是摆出一副要打架的架势。

"身份证呢!"他伸出五齿大叉似的手向我要。

但当我递给他身份证时,他却用手指了指水洼说:

"走你的吧……"

从他宽阔的背后闪出一个小老头,面孔长得像个巫师,老头急切地翕动着两片黑嘴唇,嘴里嘟嘟囔囔,神秘地低声说道:

"你啊,好人儿,去吧,上帝保佑你走远一点儿!我们这里不是你待的地方,说老实话,——你就走吧!"

我走了,但他又拽住我的背包,把我拉到自己的身边,嘴里不断地说出一些含混不清的话:

"我们这里出了一件事……"

那个黑胡子庄稼汉生气地大声制止他说:

"伊凡大叔!"

"什么?"

"少说闲话!有什么事,真是的!……"

"反正一样,他到村子里也会知道,人家会说的……"

有人像回声似的重复了一遍:

"人家会说的……"

"难道这种事瞒得住人吗?!"伊凡大叔愉快地大声说,"要是别的好说,这可是——父亲……"

接着,他把帽子拉到耳朵上,问我:

"你识字吗?嘀,尼古拉,他是识字的……"

留黑胡须的看看我,又看看他,懊丧地说:

"去他的,你和他都走开吧!真是瞎忙活……"

老头叹了口气,一直拉住我不放,无可奈何地挥着手。男人们站在烂泥里不吭声;女人们不时向院子和窗户那边张望,悄悄议论着;我只听到零星的几句:

"坐着吗?"

"坐着,一动也不动……"

"她呢?"

"她在外屋里,看不见……"

老头用那只善良、矍铄的眼睛向我使了个眼色,领我来到这房子的一个角落,他环顾一下四周,戴正了帽子,目光炯炯,皱着眉头一本正经地说:

"你瞧,一个儿子在这里用斧头砍死了父亲,还把自己的老婆砍伤了;女的嘛,还活着,那老头——他和我同姓,叫伊凡·马特维耶夫——已经死了,上帝让他安息吧……"

"是个扒灰佬吧?"我问。

"噢,就是这个,为儿媳妇招来杀身之祸,让儿子亲手杀死了。为了个娘们,是呀……看看吗?他就躺在大车后面,后轱辘旁边。"

"不……"

"你还是去瞧瞧吧,"伊凡大叔抓住我的袖子,兴奋地、甚至带着责备的口吻劝我说,"谁能不让进?你跟我来,我在这里差不多算是个村长,大伙都听我的,可不是!"

他微微一笑,又眨了眨眼,然后领我穿过人群,并且用教诲的语气说道:

"罪孽,但也能从中得到教训……"

他在大车近旁停下来,脱下帽子,又在车轱辘旁边从地上稍微撩起一件破烂呢上衣:上衣下面,一个像伊凡大叔一样的身材不高、和蔼、干瘦的小老头摊开四肢躺在那里。他躺着的架势,像奔跑时绊倒了似的,右腿蜷在肚子下面,左腿伸开,肩膀僵硬地支在地上。一只手搭在腰间,另一只压在肋下;青筋毕露的脖颈被拧歪了,右颊埋在牲口粪里。他的头齐两只耳朵被劈开了,从劈裂处流出来蘑菇似的灰红色脑浆,脱掉的脑门遮住了他的双眼。满口碎牙的嘴扭歪了,嘴巴大张着,——仿佛这老头由于恐惧而紧紧眯起眼睛,向着大地喊叫,但除了大地之外,也许谁也没有听见他的呼喊。

"你瞧,干出了什么事情。"兴奋的老头用教诲的口吻说道,接着戴上帽子说,"到屋里去吧!……"

在外屋的地板上,从敞开的门口射进一片光亮,那里仰面躺着一个少妇,她卧在一摊已经凝结而且发亮的血泊里,圆圆的眼睛盯着天花板,嘴紧紧咬住肥厚的下唇,上唇微微噘起,显出痛楚的样子。从撕破的裙裾下伸出两只脏脚,叉开的大脚趾不住地微微哆嗦着。看到这情景令人觉得可怕,但更可怕的是屋里的一片静寂和被这静寂压弯了腰的一个男人的身影,他坐在桌旁的长凳上,双手反缚在背后,后脑对着小窗,面对外屋。

他躬身坐在那里,脑袋伸出来,好像就要遭到斧砍似的,在他黝黑的脸上两只大眼睛像狼一样闪闪发光;蓬乱的淡黄头发和胡须也映在窗玻璃上闪闪发光。一只又黑又大的苍蝇撞击着玻璃,发出嗡嗡的响声。

"你看,这就是那个干将。"老头向房门那边点点头,愤怒地高声说。

我观望着,等候这汉子从背后抽出手来,扑在地上,匍匐着奔到外屋,跑到院里,再远一些,奔向细雨蒙蒙的田野。

"是特意让他这样坐的,让他看看闹出了什么乱子。"老头这样向我解释,这时我才看到人们用缰绳和细绳把这个汉子绑在桌子和长凳上,他几乎全身都被捆住了。

他听见老头末尾一句话,轻轻动弹一下,抖了抖蓬乱的头发,于是,他周围的一切都轧轧乱叫,像咬牙似的响起来。

"他干起活儿来是好样的,可是你瞧,手太狠,闯了大祸……"

我们脚边的女人发出短促的呻吟声,她说话缓慢,但是声音非常大:

"伊凡爷爷,走开吧……看在基督的面上,走开吧……你是个好心人……"

"啊—哈,"伊凡爷爷慢声细调地说,既生气又伤心,"自己闹出乱子,现在还哼哼呢!……"

他挥挥手,便从外屋走出来,一面把帽子紧紧戴在满是银发的脑袋上,一面说:

"这小娘们真可怜!是我的侄孙女,我兄弟的孙女。真可怜,做姑娘的时候挺好的……"

我们走出大门,那里同刚才一样,人们还待在烂泥里,也许,所有的人都在这里了。

"喂,怎么样啦?"女人们推着老头问道。

他令人不安地回答她们。

"坐着呢,这凶残的畜生,坐着呢……"

我的面前,在潮湿、混浊的空气里,有个模糊的人影拖着那老头的尸体。我看见那颗被砍裂的头,灰红的脑浆,从下唇耷拉出来的软舌头,向嘴边翘起的硬胡须。细雨淅淅沥沥地下,越下越大,地面变得更小、更污秽了。雨点敲打着我背上的白铁水壶,有如一些尖钉撒落在白铁片上。在烘房的房顶,几只寒鸦聒噪不休,也听得见一只喜鹊的喳喳叫声。

伊凡大叔同我并排走着,他用一种阅历丰富的贤者的声调平静地讲着:

"在我们这一带地方,公公和儿媳或者父亲和女儿私通叫做鸟罪……就像天上的鸟儿,既不识同族,也不认亲属,因此大家就管这叫鸟罪……是呀……"

在一片凝滞的昏暗里,两只明若星辰的眼睛向我微笑,那是充满稚气的眼睛,是那样的明亮,蕴含着温情。

"如今老人没有什么值得尊敬的了!以前可是尊敬老人的……你听,铃铛的响声,——可能,有人来了,再见吧,好人!"

我在哗哗的雨水声中走去,泥泞吸着我的光脚。仿佛有人用冰凉的厚唇吮吸我的心,也是那样的贪婪,令人感到痛楚……

鲁　民　译

一枚十戈比银币*

我十三岁那年，跟一伙俗不可耐的人生活在一起，可他们中间，有一个人却强烈地吸引了我的心，这就是女主人的妹妹，一个三十来岁的女人。她的身材像年轻姑娘一样苗条。那一双圣母般的、脉脉含情的眼睛，映衬在端端正正、温柔妩媚的脸庞上，光鉴照人。这两只碧蓝的眼睛总是温柔地、凝神地瞧着一切，但当有人说粗野下流的话的时候，她那明亮的眼光就奇异地凝聚起来，露出耳背的人常有的那种表情。

她不爱讲话，只说些最紧要的事儿：健康情况啦，丈夫啦，天气啦……以及用人、牧师、裁缝之类。我从来没有听到过她说别人的坏话。她一举一动，总是小心翼翼、缩手缩脚的，仿佛生怕绊倒自己或碰着别人。有时我以为她是近视，可有时候我又想，这个文静的女人像是生活在梦境中。

人们总是拿她开心。女主人家里常常来一些跟她自己一样吃得又肥又胖、说话不知羞耻的女人。她们喝起茶来总是热得满头大汗，喝起果子酒和马德拉酒来总是把身子喝得软绵绵的，喝着喝着便讲起男人们的风流事儿来了。女主人的妹妹一听到那些不堪入耳的脏话，细嫩的面颊便羞得绯红，长长的睫毛也悄悄地遮住了眼睛。她整个身

---

* 本篇最初发表于一九一六年四月十日《基辅思想报》。

子都佝偻起来,像一株被泼了一身腻乎乎的污水的小草。

女主人瞧见这情景,便高兴地喊叫起来:

"快瞧啊!丽娜脸红了……哎哟,多滑稽呀!"

那些娘们亲热地奚落她:

"您这是怎么啦,像个大姑娘似的!……"

每逢这种时候,我便特别同情这个纯洁的女子,我听到这些婆娘口出秽言,也感到无地自容。她们说话的时候不仅十分露骨,而且还嬉皮笑脸、挤眉弄眼,这使我既厌恶又害怕。这些醉醺醺的女人活像一条条的马鳖。特别可怕的是油漆匠工头的寡妇,一个都快四十岁的婆娘,垂着双下巴儿,胸脯鼓得老高,还长着一对牛眼。她笑的时候,高高地噘起长着小胡子的厚厚的上嘴唇,龇着密密麻麻的一排利牙,暗绿色的眼睛蒙着一层亮晶晶的液体,仿佛沸腾了似的。

"男人就喜欢自己的老婆跟他没羞没臊。"她说,嗓音就像喝醉酒的助祭。

"不见得都是那样。"有人驳她。

"嗜,都是一样!当然啦,要是男的不壮实,那他是不需要这个的,可身体好的男人都不喜欢羞羞答答的。为什么男人都愿意跟放荡女人在一起厮混呢?就是因为她们比咱们精——不害臊。羞羞答答是姑娘家的事儿,对我们妇人来说只会碍事。"

并不是所有的人都同意她说的,但大家都夸她:

"您可真敢说呀,玛丽亚·伊格纳托芙娜!"

我在桌旁侍候她们的时候听见了这些话,看见那可爱的人儿垂下天鹅般的脖颈,淡褐色的鬈发蓬松地绕在耳际,小小的耳朵羞得火辣辣地通红;我看见她的手指把饼干掰开并捏得粉碎。我可怜她,可怜得心酸,可怜得都发疯了。可这般娘们竟然哈哈大笑:

"你们可倒是瞧啊,瞧瞧丽娜这副模样!……"

我确信,她跟这帮女人待在一起是十分痛苦的,事情明摆着,我得帮助她,可又怎么帮助呢?

尽管我读过不少的书，可是没有一本书能告诉我，一个十三岁的孩子怎样才能帮助一个比他大一倍的妇女。但是，这也许是我的不幸，有一本书上这样写道："爱情既不放过神甫，也不放过魔鬼。爱情是不分年龄大小的，我们都是她的奴隶。"

从我的年龄来说，我过早地懂得了男女间的关系根本不像书本上讲的那样。可是书却给了我一种救命的魔力，使我相信男女之间也可以存在另一种关系，于是我顽强地向往这种关系，把它想象成一种高尚感人的东西。男女之间的爱情，总不会都像兵痞叶罗菲耶夫那头野牛和总是醉醺醺、邋里邋遢、爱吹牛、没羞没臊的洗衣妇奥丽娜所认为的那样。

我冥思苦想：我究竟该怎样帮助这个可爱的女人呢？她显然不愿意听见，也不愿意看见生活中的这些粗野的事儿，她跟这些东西是格格不入的。我做起了英雄梦：我成了强盗首领，成了一个身穿红长袍、腰带上插着刀、歪戴着大皮帽的好汉；我的同伙烧了她住的房子，而我则把她抱起，奔进院子，向我的马跑去。我又梦见，我成了一个魔法师，妖魔鬼怪都听从我的号令，对我和她都施了隐身术。于是，我们俩像雪花那样轻飘飘地腾云驾雾，翱翔在蓝天染翠的旷野之上，前方，在一排排金字塔似的云杉中间，有一所雪白的房子，从朝着田野敞开着的窗子里，迎面传来奇妙的音乐，宛如流水叮咚——这音乐使我心醉，我全身都融化在音乐中，也欢唱起来了。

我也做过不大吉祥的梦，做过讨厌的噩梦；这种噩梦只有在少年人的幻想最激越的时候才会出现。

梦醒的时候，那个令人爱慕的女子还是蹑手蹑脚地从我跟前走过，同打别人跟前走过时一样小心翼翼；我觉得，她生怕叫别人弄脏了自己，所以她最担心的就是千万别碰着什么人。然而，她大概是发觉了我老是目不转睛地盯着她，她的视线也常常同我的目光相遇；最后，有一天当我给她开门廊上的门的时候，过去总是默默不语地打我身边走过去的她，这回却向我说：

"你好!"

当然,那时我把这句问候话的意思扩大了——我觉得,这句话有叮嘱我的意思:

"你要为我而保重自己的健康!"①

我高兴极了。当然是为了你啰,我的女皇!这一切是命运早就注定的,是生活的全部力量和所有那些书事先给我安排好了的,——为了你!

有一天她问我道:

"你怎么——不大高兴?"

我不能回答,——我的心好像要停止跳动了:既然她能发现我不高兴,这就是说,她早已注意到我平常是快乐的,也就是说,她是爱我的呀!这个结论并不完全正确,却使人高兴。我兴奋得竟跑进厨房,吻起猫咪来了——就是那只脱了毛的老猫,原先我是很不喜欢它的,它既没有心肝,又爱阿谀奉承。

顽皮的三月天气变幻莫测,好像是娇生惯养的孩子,一忽儿,那厚绒般的雪花,像浓云似的撒满了大地;一忽儿,又蓦地烈日当空,炎热无比,要不了一个时辰,就会把深褐色树枝上毛茸茸的花儿都烤焦。溪水从雪堆下边钻出来,淙淙流淌,还能听到被冲刷的融雪下沉时的叹息。一大团纷扰不宁的灰色云彩中间,露出一片片蓝天,一天比一天变得深邃和辽阔,——每当你极目眺望这无比深邃的高空时,你不由得觉着生活轻松了一些,欢快了一些。春天的花朵最初是在心田里盛开的,随后才在田野里开放。

我的女主人患了重病,她妹妹几乎天天来探望她。家里如有她在,一切都变得优雅、恬静、美好起来了。她摇摇摆摆,好像穿着溜冰鞋在油漆过的地板上滑行,从卧室悄悄来到厨房里,雪白的手里拿着一叠用水和醋浸泡过的毛巾,还有装酸果蔓汁的长颈瓶子。

---

① 俄语中"你好!"(здравствуй)这个词是由动词 здравствовать(健康,长寿)派生的。

我欣赏着她的一举一动。

有一回,她洗手的时候,见我在看书,便问道:

"你这是在看什么书啊?"

我说了书名。

"你该读读《伟大殉教女瓦尔瓦拉行传》,"她建议道,"这书是你妈妈心爱的天使。"

"而您——是我的天使,"我说道,我甚至还记得,是用低沉的声调说的。

立刻,我对自己这种胆大妄为的行径担心起来:她会生气的吧?可她连看也不看我一眼,吩咐我道:

"给洗脸盆里倒点儿水……"

她洗完自己纤细的手指,一一把它们擦干,向窗外望望,说道:

"雪化得多快呀!"

是啊,向阳的地方积雪消融得很厉害,房顶上的雪水不住地往下淌,宛如一条条缀满五颜六色的宝石的银带。我的心也放射出五颜六色的光芒,又渐渐消失了。

过了一会儿,主人到厨房里来了,他严厉地甩了一下他的长发,用指头点着我威吓道:

"你,这个畜生!你跟奥林匹雅卡说什么来着?"

"我说她像天使。"我承认道。

"对出了嫁的妇女能说这种话吗?"

"书本上就是这样说的。"

"对出了嫁的女人也这样说?真该用那些书本子狠狠地敲你的脑袋。你给我当心点儿!她不用你说也知道自己像谁……"

主人咧开嘴得意地笑了笑,便走了出去,而我心里却很不是滋味,——为什么她要去告我的状呢?真不应当……

过了两天,她在厨房里做酸果蔓汁的时候,跟我说:

"人家都说你又野又倔,——这可不好!"

我本来以为她会说点儿别的,这一下子我发火了,问道:
"有什么不好?"
"你自己心里有数。"
这么一来,我便把我心里想的都说给她听了,人家当着她的面,讲些不三不四的话,可她却不言不语,那样就好吗?
"我看得出来,听见这种话,你感到难堪,难道您是她们那种人吗?她们都是些野娘们,比那些喝醉酒的洗衣妇还坏呢……"
我气愤地讲了许多,她站在桌旁,俯身在筛浆果的粗箩上,瞪着圆圆的眼睛瞧着我,微张着嘴巴,仿佛就要喊出声来似的。她的脸蛋儿跟孩子的一模一样,手里捏着一把木勺儿,粉红色的果汁从勺里向桌面上滴答着。
"嘘……"她向我挥了一下木勺子,突然嘘了一声,"住口!噢,原来你是这样一个人……我要是去告你一状……"
"可不能告,最好咱们一块儿逃到伏尔加河那边去!"我向她提议。
"什——么?上哪儿?"
"到伏尔加河那边的森林里去。眼下春天就要来了——饿不着了!"
她在凳子上坐下来,又问道:
"干吗要这样?"
"你怎么能够跟她们生活下去呢?"
我尽我的能力向她解释,我会侍候她一辈子,她跟我在一起是再好也不过了,——我会把一切都操持好的!
她笑了起来,虽然声音不大,但笑得很不是时候。她笑着对我说:
"噢,天啊,你这个人多么可笑!你怎么……想得出这些来!老天爷,你胡思乱想些什么呀……到伏尔加河那边去——哎哟!"
她笑得直哆嗦,一径走了,我也到棚子里劈木柴去了。过了半个时辰,主人来到我跟前,对我说:
"老弟,你听着,要是你这些蠢事和废话传到我老婆耳朵里,那我可帮不了你的忙,懂吗?……你发疯了是怎么的?"

只剩下我一个人的时候,我纳闷道:

"她怎么能这样轻信人呢——把什么话都透给毫不相干的人!"

复活节到了。青翠的空中,弥漫着春天的喧嚣——铜器声、轻便马车压在干硬的石板路上发出的嘎吱声,还有这个春天的节日里酗酒的喧闹声。

我在门口给拜节的客人开门,忐忑不安地等候她的到来,我要对她说:

"基督复活了!"

"真的复活了,"她会这样回答,而且还要用她那玫瑰色的嘴唇亲我三次。啊!只要她肯吻我,哪怕我就死在这里也心甘情愿!

喝得酩酊大醉的客人,给我节日的赏钱,但从来还没有像这一次这样使我感到如此屈辱。拒绝不收是不行的。满是汗渍的二十戈比小硬币,灼痛了我的手心,而且像重磅的秤砣那么沉甸甸的。

我当时的心情,就像一个信徒,在圣餐之前,觉得自己有能力和决心去建树一桩丰功伟绩。它究竟是什么呢?它就是女人初次的热吻——这是一生中最伟大的事件。

她终于来了。她穿着一件天蓝色绸衣,披着缀满玻璃珠的黑斗篷,浑身窸窣作响,光彩夺目。

我上气不接下气地说:

"基督复活了!"

"真的复活了,"她答道,脚步连停也没有停,便往我手里塞了一枚硬币,大小像一滴极大的眼泪。

这是一枚十戈比银币,很旧了,磨损了,鹰[①]下面还有一个小孔。

我倚着墙,呆若木鸡地望着这个女人蓝色的和黑色的身影,沿着台阶一步一步走上去了。我霎时间就不再爱她了,——这枚银币像是

[①] 沙俄的国徽上有只双头鹰。

一把冷森森的斧子,斩断了我心中的情丝。

黄昏时分,我把那枚硬币——我爱情的代价,扔进沟中雪化之后的一洼污水里。

……在这之后,我又爱过许多次,又接受过许多十戈比硬币——有旧的,也有新的。

宗玉才 臧传真　译

幸　福[*]

一天,幸福之神紧紧地挨近了我,我险些被她温柔的手搂住。

这件事发生在郊游的时候。那是一个燠热的夏夜,我们一大帮年轻人聚在伏尔加河对岸的草原上,凑在打姆鱼的人那里。我们围着篝火,品尝着渔夫煨好的鱼汤,频频地喝着伏特加和啤酒。我们争论着如何更快更好地重建世界。渐渐地,大家都觉得身子困乏了,精神也支撑不住了,便从刈过的草场上散去,到自己想去的地方去了。

我和一个姑娘一起离开了篝火。我觉得那姑娘聪明、伶俐。她有一双乌黑、俊俏的眼睛,她的话里总是流露出一种纯朴的、明白易懂的真理。这姑娘对谁都是温柔多情地望着。

我们紧偎在一起,静悄悄地走着,镰刀刈过的草茎,在脚底下折断了,发出咯吱咯吱的响声。天空清澈晶莹,穹庐似的覆盖着大地。月光如醉人的玉液,从太空泻下。

姑娘十分感叹地说:

"多好啊!简直就像非洲的大沙漠,这草垛——就像金字塔。真热呀……"

随后,她提议坐到草垛跟前像白天那样浓的圆形的阴影里去。蟋蟀嚯嚯地叫着。远处有人悲戚地唱道:

---

[*] 本篇最初发表于一九一五年十二月二十五日《伏尔加—卡马导报》。

哎,你为什么对我变了心?

我热情地跟这姑娘讲起我所熟悉的生活,谈到我不明白的事儿。可是,她突然轻轻地叫了一声,便仰面倒在地上了。

这大概是我头一次见人晕倒,一刹那间我简直是慌了手脚,我想喊,想叫人帮忙。但立刻想起了我看过的小说里,那些体面的主人公碰到这种情况是怎么办的,于是我撕断了她的裙带,扯开了她的上衣,解开了她的乳罩。

我看见了她的乳房,真像两只小小的银碗,洒满了浓浓的月光,覆扣在她的胸脯上。这时,我头脑里蓦地燃起了火热的欲念,我真想扑上去吻她。可是我打消了这个念头,飞快地跑向河边取水去了。小说里的主人公在这种场合,一定得跑到别处去弄点儿水来,只要细心的小说家没有预先在出事的地方安排一条小河。

当我拿着盛满水的帽子,像一匹疯狂的烈马,从草场上跑回来的时候,病人已经好端端地靠着草垛站在那儿,早就把我弄乱了的衣裙整理好了。

"不必了。"她用一只手推开我那湿漉漉的帽子,倦怠地低声说……

她离开我,朝着篝火走去,那儿有两个大学生和一个统计员还在凄凉地哼着那支讨厌的小调:

哎,你为什么对我变了心?

"我没有把您的什么地方弄痛吧?"我看到那姑娘默默不语,心里有点儿发慌,便问道。

她简短地答道:

"没有。您——不大机灵。不管怎么说,我——当然,还是要谢谢您……"

我觉得她并不是真心地感谢我。

我不常见到她,但是打那以后,我们见面的机会就更少了。不久,城里便完全看不到她的影踪了。又过了三四年,我在轮船上遇到了她。

她从伏尔加河沿岸的一个乡下别墅里来,到城里去找丈夫。她怀孕了,衣着讲究,合体,脖颈上挂着长长的一串金表链,还有一个像勋章似的大胸针。她变得更漂亮了,也胖了一些,有点儿像高加索那种专盛浓葡萄酒的皮囊,快活的格鲁吉亚人经常在梯弗里斯炎热的广场上出售这种葡萄酒。

我们友好地谈起过去,她说:

"你瞧,我已结了婚,就这些……"

这是黄昏时分。河上闪耀着落日的余晖。轮船开过时溅起的一道道浪花,宛若一条宽阔的大红花边,随着船身向一碧万顷的北方漂去。

"我已有两个孩子了,又快生第三个了。"她说道,那自豪的口气就像一名热爱自己的手艺的能工巧匠。

她膝盖上放着一个黄色的纸口袋,里面装着橙子。

"呃,告诉您好不好?"她闪着一双黑黑的眼睛,温柔地笑着问道,"假如那时候,在大草垛跟前,还记得吧,您要是……胆子再大一点……要是您亲我一下……说不定我就成了您的妻子了……您不是挺喜欢我的吗?您真是个怪人,竟跑开弄水去了……唉,您呀您!"

我告诉她,我完全是按照书本上的描写行事的,因为那时我把书奉若神明。书上说,对晕倒的女孩子首先要请她喝点儿水,待她睁开眼睛,叫道:"唉呀,我这是在什么地方?"这时才能吻她。

她笑了笑,然后沉思地说:

"糟就糟在这里,我们总是想照着书本上写的那样生活……生活比书本广阔,聪明,我的先生……生活跟书本完全不同,是的……"

她从口袋里拿出一个橙子,仔细地瞅了瞅,皱起眉头说:

"该死的,给我偷偷塞进一个烂的……"

她笨拙地顺手把那烂橙子抛到船外去了。我看见橙子旋转着,消逝在红色的浪花里。

"嗯,您现在怎么样了?还是照书本上写的那样生活吗?嗯?"

我默不作声,望着岸边的沙滩。沙滩被落日的余晖染得火红,在更远的地方是一片空旷的金红色的草场。

沙滩上横七竖八地翻扣着一些小船,像一条条巨大的死鱼。忧郁的白柳树影,落在金色的沙滩上。草场的远处排列着小丘似的干草垛。于是我记起了她打的比方:

"真像非洲的大沙漠啊,而那些草垛就是金字塔……"

这女人一面剥着另一只橙子的皮,一面用长辈的语气,仿佛惩罚我似的重复了一句:

"是啊,我本来会成为您的妻子的……"

"谢谢您,"我说,"谢谢!"

我感谢她——真心实意地感谢她。

臧传真 宗玉才　译

英　雄[*]

……报上已经发表了我的几篇小说。熟人们宽容地夸奖我，预卜着我这位作家的命运。可是我不相信这些预言，就连预言家本人对自己的预言也似乎没有充分的信心。

当作家，这事儿我那时还不曾幻想过。在我的想象中，作家是洞悉生活全部奥秘和一切心灵的魔法师。一部好书就好比一位大提琴家的弓子，一触动我的心弦，心儿便会歌唱，会因为愤怒或不幸而呻唤，会感到喜悦，——随作家的意愿而转移。

不，我没有想过当作家的幸福，至于我的小说得以发表，我以为纯属偶然，就像一个人可以跳过同自己身高相等的高度一样偶然。

那时候，我觉得自己很不坚定，前途渺茫。大地在我身下拱动着脊背，仿佛要把我抖落到什么地方去。我生活在各种矛盾的思想、愿望和感触的热雾之中。一切生活的途径交错在我的面前，我无法判明哪条路是我应该走的。我东闯西碰，好似飞进了一个房间里的小鸟，房里的玻璃窗虽很明亮，却挡住飞到外面去的道路，而且连玻璃与天空有什么不同也难于辨别。

我在童年和少年时代，可说是尝到了过多屈辱的痛楚，目睹了过多的残酷暴行、恶毒的蠢事，耳闻了过多无聊的谎言。这过早来到的

---

[*] 本篇写于一九一五年七八月间，最初发表于同年十二月十三日《俄罗斯言论报》。

重负压迫着我的心灵。我必须在生活中、在人世间找到一种能抵消我心灵上这副重担的东西,我必须挺起腰杆。

应当做一个参孙①,为了不被亚细亚式的生活琐事所吞噬,甚至要比参孙更有力量。生活琐事像蚊子一样吮吸着人们的鲜血;一边吮吸,一边放毒,传播着可恶的疟疾,散布着对人们的怀疑和蔑视。应当做一个瞎眼的参孙②,以便在冲破污秽有毒的乌云时,不为它的毒气所窒息,不屈服于它的淫威……

我怀着一颗赤裸的心在生活的卑鄙的仇恨和污秽中行走,宛如走在尖利的钉子和碎玻璃碴上。有时,我觉得我是在第二次生活,从前,我一度生活过,我了解一切,我无所期待,我再也看不到任何新事物。

然而,我还是想生活下去,看一看纯洁、美好的东西:正如世界优秀作家的书上所讲的,它是存在的,所以,我应该去寻找它。

当生活像一片经过火灾的旧废墟一样肮脏难看的时候,只得用自己的心灵、自己的意志、自己的想象力去清扫它,修饰它,——这就是我最终得出的结论。

你们要知道,我是如何兴奋地做着这一切,有时想起我那美化生活的徒劳无益的尝试,以及把我心灵的光明投向空虚,我就觉得那是多么可笑!

下面便是我寻找好书上所讲的那种人的一次滑稽的尝试。

一天,在沉寂的坦波夫——一座像烦闷的梦境一般的城市里,我坐在一家龌龊客栈的小房间的窗旁,听见隔壁有人小声地说着奇怪的话:

---

① ② 据《旧约·士师记》第十四至第十六章记载,参孙是个力大无比的英雄,后来他的妻子将他的力量的来源告诉给他的敌人,敌人乘他睡着时,解除了他的力量,剜了他的眼睛。参孙虽然瞎了眼,在受到敌人戏辱时,乃抱住房柱,使劲将房屋弄倒塌,自己与敌人都压死在屋下,同归于尽。

"痛苦是水,幸福是火;水多易溺死,火小少烧身……"

有人猛然间打断了这悲酸的话语:

"我不喜欢比我聪明的人!不,老兄,我不敬重聪明人……什么?……见他的鬼去吧!我就是我!"

"请等一等……"

"我不比她贱……"

我觉得,只有非常有趣、非常出色的人物才能说出这种话。

过了一会儿,他来到走廊;我预先打开了房门,看到了他。他是一个瘦瘦的、身材匀称的男子,黑头发,厚嘴唇,一双目光凝聚的乌黑眼睛。他穿一件茧绸外衣,戴一顶饰有贵族帽圈的白制帽,很像一幅褪了色的水彩画。

我尾随他走出来,也许,我能窥探出他怎样生活?靠什么生活?

显然,他是本城的知名人士:几乎每一个碰到他的人都向他鞠躬。他在男人面前总是不慌不忙地把帽子微微一抬,有时甚至只用手碰碰帽檐。但是,当他在人家房屋或颠簸的四轮马车的窗口看见女人时,便迅速地、深深地向她们鞠躬,颇像古代的骑兵少尉奥特列塔耶夫①鞠躬的模样。

他左手执一根黑柄皮鞭,轻轻地抽打自己的漆皮靴筒,信步走着,仿佛并不急于到什么地方去。我在街道的另一侧跟着他,为他编撰出一段有趣的生活史,把他塑造成一个品行端正的人,这座尘埃遍布、死气沉沉的城市,这所由毫无个性的人们组成的寂静的营盘都靠他的精神生活……

我同时还想,这个像褪了色的水彩画的人所希望和追求过的东西很多,但他一无所得。然而,他依然刚毅地坚持着,为实现自己所追求的愿望,不倦地朝着自己的理想前进。他与所有的人志趣不同,也许,他还是被人讪笑的对象,他独自一人穿过嫉妒的怨恨和愚蠢的疑惑的

---

① 俄国作家 Г.В.库左舍夫(?—1871)的同名小说中的主人公。

荆棘,穿过无聊的嘲弄的尘埃,向前走去。

大概,他怀着盲目的、折磨人的爱情,在爱恋一个小说里描述的那种女人吧?世界上有许多像她那样的女人,但是惟有她是不可捉摸的。这就是唐璜①一辈子在到处寻觅的那个女人。

可以给一个人杜撰出许多美好的东西。亨利·海涅②非常出色地证实了这一点……

……我们来到一条僻静的街上,这里低矮的小房子疏疏落落地掩映在花园的绿荫之中,宛若晒褪了色的五颜六色的补丁。这人在一所红褐色房子的开着的窗下停下来,用鞭柄使劲地敲击窗台。当一个嘴里叼着粗烟卷、扑着厚厚一层脂粉的女人的脸庞从天竺葵的浓荫中钻出来时,他厉声问道:

"怎么样,卖了吗?"

女人急忙吐出一口烟,轻轻地、含含糊糊地回答了他的话。

"唉,你这傻瓜,"他气冲冲地呵斥道,"我不是告诉过你,十七个卢布就卖吗!你是怎么搞的,贱货!你舍不得那头骟猪,也不怜悯我吗?"他仍然大声质问,但语气温和些了。

接着,他用皮鞭抽了一下皮靴,命令道:

"六点以前把钱准备好!"

他离开窗口,顺着沉寂的街道朝前走去,嘴里吹一支我熟悉的小调。那女人把冒烟的烟头吐到街上,消失了。

这时大约是下午三点,但静得像深夜一样。在充溢着城市腐臭味的酷热中,木屋在滚烫的、干燥的土地上昏昏欲睡。屋顶上的木头在烈日下干裂作响。树木凝滞不动,树叶像是用绿铁皮雕刻而成的。

这人一边走,一边用口哨吹着一支他所喜爱的流行情歌:

---

① 唐璜,中世纪西班牙传说中的青年贵族,欧洲许多文学作品的主人公。最初以否定宗教的禁欲道德的形象出现,后来发展为极端个人主义的典型。以他为主题的文学与音乐作品达一百多种,如英国诗人拜伦的长诗《唐璜》,俄国诗人普希金的《石客》,奥国音乐家莫扎特的歌剧等。
② 亨利·海涅(1797—1856),德国大诗人和政治家。

天空庄严而瑰丽①……

我一路跟着他,对我的幻想有点儿冷淡了,但我还是抱着一线希望。

我们来到广场上一座教堂跟前。教堂被围在石头围墙里绿茵如盖的小花园里。这人掏出金表,看了看,坚决地朝几乎是正对着教堂门廊的小饭馆走去。他走进饭馆,没有理会两个侍者的问候,坐在窗下的桌旁,威风凛凛地命令道:

"米什卡,拿烧酒来!"

米什卡大约七十岁,矮个子,秃头顶,长胳膊,酷像一只猴子。他弯着腰走路,两只膝盖奇特地弯曲着,他放手的姿势,也似乎新近才改掉用四条腿走路的习惯。

这人不住地吹口哨,不时朝窗外望望,情不自禁想起一支情歌的歌词:

我何以这样痛苦,这样艰难?……

米什卡打开一瓶柠檬汽水,把冒泡的饮料斟进一只大杯,又斟上两小杯白兰地,颤颤巍巍地递到桌上。这人匆匆瞥了侍者一眼,问道:

"还活着?"

"是。"老人高兴地回答说,黑紫的嘴唇咧到了耳根,露出两颗黄黄的长牙。

这人开始小口地喝着柠檬汽水,嘴唇不离杯子,眼睛斜视着窗外。一个又高又胖的太太,身着淡蓝色连衣裙,打一把镶花边的白伞,傲慢地穿过广场朝教堂走去。他连忙喝完汽水,照了照镜子,理了理胡须,整了整帽子,装出一副正经的面孔,一边走出门,一边说:

"我这就回来……"

啊!这才是我所需要的!

---

① 出自俄国诗人莱蒙托夫的《我独自一人走上大路……》一诗。该诗曾多次被谱成歌曲。

这人拿着鞭子,躲进穿淡蓝色连衣裙的太太走过的教堂围墙里,我也紧跟着他赶去。几分钟后,我在教堂后面老椴树的绿荫下碰见了他。他同那太太并排走着,不时地从伞下窥视着,用确信的口吻低声说道:

"在希腊人那里,神也是有情妇的……"

"你这是什么意思?"太太也几乎用男低音问道。

"谁也不会反对……"

我绕过教堂,回到饭馆,感到自己被盗窃、被侮辱了。

我叫了一杯啤酒,朝窗外望去,暗红的太阳从钟楼后边看着我。什么地方有人在弹钢琴。弹的是音阶。老态龙钟的米什卡弯曲双腿站在饭馆门口打盹儿,餐巾落在地板上。一片寂静。甚至连苍蝇也不飞动。

我没有发觉,那个像褪了色的水彩画的人又出现在饭馆里了。他坐在自己的座位上,郁郁不乐地小声说道:

"米什卡,烧酒!没看见吗?……"

他长叹一声,用手帕擦着他那犹如坦波夫的太阳一样暗红的脸。

当那位穿淡蓝色连衣裙的太太打着花边伞重新出现在广场上时,他从椅子上欠起身来,用攥紧的拳头支在桌子上,轻轻地、咬牙切齿地朝窗外说道:

"贱货,蠢猪!……"

这就是那些小小的奇遇之一,它们从我心灵上粗暴地剥去了青年人浪漫主义的光明外衣,对我具有重大的、可悲的意义。

我经受了许多诸如此类的失望。我知道,在这些卑鄙的丑事的碎屑中,有不少可笑的东西,但是我至今还喜欢给人穿上比他所穿的更华美的衣服。

也许,我这番善良的用意对人们是不公正的、残酷的。我明白,即使将宝石放在驴子身上,它驮不动,照样会感到沉重的。

肖　柳　译

一个丑角[*]

有一次,我经过马戏院的走廊,向丑角化妆室敞开的门里瞥了一眼,我被他吸引住了,便停下脚步。他身穿一件常礼服,戴上高筒帽和手套,腋下挟一根手杖,正站在镜前用一只灵巧的手做一个优美的动作,稍微掀起帽子,向镜子里自己的身影鞠躬行礼。

他在镜子里发现我那惊讶的面孔,就迅速向我转过身来,用手指着自己的脸和镜子,微笑着说:

"我—我!是吗?"

随后他闪到一边,镜子里的身影便消失了。他把手在空中缓慢地划了一下,又说:

"不系(是)我!懂吗?"

我不明白这种表演,感到不好意思,就在他轻快的笑声中走开了。但从这时起,这位丑角在我的眼里就变得不同凡响,饶有风趣了。

他是个英国人,中等年纪,长着一对乌黑的眼睛。在黑色的漏斗状的马戏院里,在演技场上,他是一个灵巧过人、滑稽可笑的角色。我觉得他那光滑、干瘦的脸盘好像含意深长,充满智慧。当这个丑角在演技场的锯末地上像只大猫似的表演种种技巧,喊出几句不三不四的俄语时,我觉得他那洪亮的声音里总流露出一种嘲弄的,几乎令人感

---

[*] 本篇最初发表于一九一七年二月二日《基辅思想报》。

到不快的意味儿。

自从那次看到他在镜前鞠躬之后,我就开始注意他,幕间休息时,我在他的化妆室狭窄的门前转来转去,观察他坐在镜前怎样用白粉扑面,或是怎样擦去脸上的油彩。无论做什么,他总是自言自语,或者用口哨吹一支什么曲子,而且总是那一支。

我看见他在小吃店小口小口地喝伏特加,听见他问掌柜的:

"机(几)顶(点)啦?"

"十一点十分。"

"噢,这烂(难)。不烂(难)——医(一)、儿(二)、山(三)、司(四)!最容易的——司(四)!"

他把一枚银币扔进柜台的锌盘里,哼着小调走到街上,嘴里还唱着:

"山(三)——司(四),山(三)——司(四)……"

他常常一个人逛街,我就像暗探似的跟踪他,我觉得这个人过着一种特别的、神秘的生活,他对一切事物的看法是我从来也没有的。有时我试着设想自己到了英国,谁也听不懂我的话,人生地不熟,被周围那种生疏的喧闹的生活弄得惘然若失,这时候,我能像这个结实、端庄、穿戴考究的人那样生活,也像他那样平静地微笑、自得其乐吗?

我曾虚构过各种各样的故事,在这些故事里,这个英国人扮演一个高尚的英雄人物,我给他添加上我所知道的一切高贵的品质,并且欣赏他的为人。我觉得他很像狄更斯笔下那些在善与恶之中表现得非常顽强的人物。

有一天,我走过奥卡河上的桥,看见他坐在一条平板木船的船舷上垂钓;我停下脚步看他钓鱼,一直看到他钓完鱼。当他钓上一条棘鲈或者别种鲈鱼时,他总是把鱼握在手里,贴近脸颊,冲着鱼轻轻吹几声带鼻音的口哨,然后小心地从钩上摘下那条鱼,把它扔进河里。他又挂上一条蚯蚓,对它说了些什么;当一只小船从桥下划出的时候,这位丑角便摘下无檐软帽,殷勤地向陌生人鞠躬。人家向他答礼时,他就咧开嘴,耸起眉毛,装出一副十分惊异的面孔。总之,他善于自寻乐趣,看来,他也喜欢这样。

另一次,我看见他站在圣母升天教堂附近花园的山头上,瞭望着伏尔加河和奥卡河之间像一个楔子形状的集市,他双手拿着手杖,像吹长笛似的用手指依次拨弄它,轻轻吹着口哨。异乡生活的嘈杂不清的喧嚷声从集市和伏尔加河上飘到炎热的天空。轮船、驳船和小艇划破污秽的水面,拨开斑驳的油迹,吃力地爬行着。传来一阵阵哨声和铁器的碰击声,仿佛有谁用大巴掌不住地拍打水面,在远处,草地那边,树林起火了。暗红的、失去光辉的、光秃秃的太阳纹丝不动地挂在烟雾弥漫的天际。

丑角用棍子不时敲打几下树干,念经似的轻声唱起来:

"奥翁,道翁,劳翁,季尔……"

他面色忧郁、严肃,眉头蹙起;奇怪的歌声在我心里引起一种畏惧的情绪,——我很想把这个人送回家去,送到集市上去。

突然不知从什么地方跑来一只气冲冲的长毛狗。它从丑角的身边走过,在离他两步远的地方蹲在一片落满尘土的草地上,懒洋洋地打了一个呵欠,斜眼看着他。丑角挺直腰板,把手杖放到肩上,像举枪似的向狗瞄准。

"汪,"那狗轻轻叫了一声。

"呕—呕!"丑角用惟妙惟肖的狗的语言回答。狗立起身,悻悻地离开了。他左顾右盼,发现我站在一棵树下,便友好地向我眨了眨眼睛。

他像往常那样衣着考究:穿一件灰色的常礼服和一条同样颜色的裤子,头戴一顶华丽的高筒帽,脚蹬一双漂亮的皮鞋。我想,只有丑角才穿戴得像个老爷,在街上的举止却像个孩子。我总觉得这个举目无亲、语言不通的人之所以能在这熙熙攘攘的城市和集市上感到无拘无束,那只是因为他是一个丑角。

他在人行道上行走,像一个大人物,不给任何人让路,只是避开妇女。我也看到,有时人丛中有人用臂肘或肩膀碰撞他,他总是流露出泰然而又嫌恶的神情,用一只戴手套的手从别人触过的地方拂去什么东西。一些神色严肃的俄罗斯人和其他人满不在乎地互相冲撞,甚至彼此碰着鼻子也不表示歉意,不会微微掀起便帽做个客气的姿势。在这些严肃的人们的步态里显露出一种视而不见、听之任之的味道,——每个人都清楚地看到:大家都在奔忙,没有时间给别人让路。

这丑角却无忧无虑地闲逛,如同在战场上吃饱的老鸦,而且我觉得,他想用自己的礼貌使路上所有的行人感到窘迫和羞愧。这或许是他身上所具有的另外一种气质,但使我感到不快。

当然,他看见人们举止粗野,他也知道人们走路时用污言秽语彼此辱骂,——他不可能看不见或不知道这些。但他在人行道上穿过川流不息的人群时,却仿佛什么也没有看见,什么也不知道,因此我生气地想:

"你装模作样,我不相信你……"

但是有一次,一个醉汉被马撞倒,我看见这个衣着考究的人扶他起来,让他站稳,随之立刻又小心翼翼地抖动着手指,脱掉自己的黄色手套,把它扔进污泥里,这时我以为自己真的受到了侮辱。

午夜过后,马戏院里盛大的演出结束了。这是八月末,秋雨像透明的细尘从漆黑的苍穹、从集市上一排排单调的楼房上空纷纷撒落下来。昏暗的路灯斑斑点点,在潮湿的空气中渐渐消融了。一辆四轮马车沿着坑坑洼洼的路面隆隆驰过;买廉价票的观众从马戏院的旁门蜂拥而出,大声嚷嚷着。

丑角走到街上,他穿一件毛茸茸的长大衣,戴一顶同样毛茸茸的制帽,腋下挟着手杖。他抬头望了一眼黑沉沉的夜空,从衣袋抽出手来,把衣领竖起,像往常一样不慌不忙地信步穿过广场。

我知道他住在离马戏院不远的旅馆里,但是,他却朝着跟自己住所相反的方向走去。

我慢步尾随他,听得见他在吹口哨。

路灯的反光在路面石子间的水洼里隐没了,几匹黑马追上了我们,水在轮胎下扑哧扑哧作响,乐曲声像一股汹涌的急流从小酒馆的窗口冲出来,幽暗处有几个妇女尖声叫嚷。集市上放荡的夜生活开始了。

几个女郎像鹅鸭似的在人行道上慢慢游动,同男人们闲扯,声音嘶哑,仿佛夹带着湿气。

一个女郎拦住丑角,用教堂执事惯用的低沉声音招呼他跟自己走,他倒退一步,从腋下拔出手杖,像手持长矛,默默指向那女人的脸。女人谩骂着跳到一边去,而他依旧步履从容地拐过一个街角,朝一条空旷、笔直的街道走去。前面远处有人哈哈大笑,脚步踏在人行道的砖石上发出嚓嚓的声响,一个女人在痛楚地尖叫。

走过二十来步,在路灯昏暗的光线下,我看见三个商场看守在人行道上胡闹,调戏一个女人,——他们搂抱她,压挤她,把她从这个人手里转到那个人手里。女人尖声叫喊,像一只小狗,被有力的手掌推搡得磕磕绊绊,跟跟跄跄。这几个愚昧、粗俗家伙的胡闹,使得整个人行道都被堵塞了。

这时,丑角一直走到他们跟前,又从腋下拔出手杖,又像拿着长矛似的,快速、灵活地杵向那几个看守的脸。

他们咆哮起来,在砖石上狠狠地跺脚。并不给丑角让路,随后他们当中有人向他的脚边猛扑过来,闷声喊道:

"抓住他!"

丑角跌倒了;蓬头散发的女人从我身边飞跑过去,边跑边整理裙子,声音嘶哑地说:

"狗东西……下流胚……"

"捆起来,"有人声音凶狠地指挥着,"嗬,你拿棍子?"

丑角大声喊了一些外国话,——他脸朝下倒在人行道上,用鞋后跟狠踢那个骑在他腰间、捆绑他双手的人的后背。

"啊,鬼东西！抬起他来！带走！"

我依傍着支撑走廊屋顶的一根铁柱,看见三个人影在黑暗处紧紧挤在一起,朝街道潮湿阴暗的地方走去,走得很慢,摇摇晃晃的,仿佛一阵轻风推动着他们。

留下的一个看守蹲在那里,他点燃一根火柴,向人行道四周仔细察看。

"轻点儿！"当我走近时他说,"别踩了哨子,我的哨子丢了……"

我问：

"带走的是谁呀？"

"一个人呗……"

"为什么事？"

"也许——该带走……"

我心里觉得不痛快,感到恼火,但我记得,当时我想起这件事,总是带着幸灾乐祸的心情：

"嗯？"

过了一个礼拜,我又看见了丑角,——他像一只大花猫,在演技场上翻滚,叫喊,蹦跳。

但我似乎觉得,他的"表演"比先前差多了,也没有以前那么有趣。

我望着他,觉得自己在什么事情上于心有愧。

雷 光 译

观　众*

　　这是七月里的一天，一大清早就过得很有趣：适逢给一位将军出殡。军乐队亮煌煌的铜号吹得呜呜响，一个身材灵巧的小兵用他那漂亮的眼睛斜睨了一下围观的人，就吹起了短号，在万里无云的碧空下，这支葬礼进行曲听起来宛如一曲太阳颂。

　　几匹乌黑的骏马拉着一口被花圈覆盖的棺材，鹅卵石路面上马蹄的嘚嘚声，同大鼓的深沉叹息几乎合成了一个节拍。士兵们缓缓行进，他们一律穿着白衬衫，足蹬擦得锃亮的皮靴，这些士兵简直就像为了这次出殡昨天才穿戴一新似的；刺刀在他们黝黑的脸膛上方闪闪泛光。在灿烂的阳光下，军官们制服上镀金铜钮扣和挺起的胸前挂着的勋章，看上去仿佛是盛开的花朵，令人眼花目眩。在阵容整齐的白衣士兵后面，尾随着一大群穿着五颜六色的衣裳的市民，他们走过之处尘雾滚滚，不过这一切全都淹没在锃亮的铜号嘹亮的乐曲声中了。

　　纺纱街上的居民们，有的从窗口探出头来，有的跑到大门外，有的扒在围墙上，兴致勃勃地观赏为将军送葬的盛大场面。他们在欣赏这出不花钱的戏时所流露出来的情绪，总叫人不由得感到不愉快：好像世界上所发生的一切事情都是专供闲汉们消遣似的。

　　一切都很顺利，井然有序，庄严肃穆，同生机勃勃的七月的热闹景

---

* 本篇最早发表于一九一七年十月二十二日《新生活报》。

象十分和谐,虽说是办丧事,但在纺纱街上,死亡是司空见惯的事儿,它既不会引起人们的哀伤,也不会造成恐惧,更不会诱发人们去认真思索。穷人出丧没什么看头,只不过使生活显得更加乏味罢了,而这些将军们的出殡却能惊动所有的人,使人们纷纷从地下室和阁楼里跑了出来。

一切都顺顺当当,可是,住在口袋街的那个衣衫褴褛的傻子伊戈沙·斯麦尔奇却不知打哪儿突然蹿了出来。他那一身破衣烂衫惊了一名宪兵骑着的棕黄色骏马。那马朝旁边一闪,撞倒了一位身穿紫衣的太太,接着那钉着铁掌的马蹄又踩到孤儿克留恰列夫的脚上,把他的脚趾踩扁了。

这一场混乱使观众们大为开心,看到穿紫衣裳的太太,那个体面的女掌柜滚到尘土里,更是令人觉得特别可笑。她摔了个仰面朝天,由于被华丽的裙子绊住,挣扎着爬不起来,她发出尖叫,两条粗腿不住地打哆嗦。看来,她吓坏了,也摔得够呛,她的大脸变得煞白,疼得她瞪大了双眼。观众发笑当然不合适,是残忍的,然而,从古到今历来如此;对于那些认为整个世界无非是一出闹剧的人们来说,跌跤的人总是招人发笑的。

不过,一看到孤儿克留恰列夫拖着被踩坏的脚,一瘸一拐地朝围墙走去,鲜红的血从脚上流到街上灰蒙蒙的尘土里,人们的笑声就戛然而止了。

鲜血具有一种吸引历来的观众全神贯注的特性,他们总是用一种特殊的、沉默而贪婪的眼光注视着它——这也是人们自古以来的一种癖好。

于是,看热闹的人把逝世的将军和滚了一身土的女掌柜统统忘了,纷纷挤到靠在围墙上的孤儿跟前,把他团团围住。他们看着他的伤口在流血,看着他那因骨头被踩断而疼得扭曲了的铁青色的小脸,便问道:

"疼吗,科斯卡?"

孩子皱起眉头,时而把踩得不成样子的脚蜷曲起来,时而又把它伸直,嘴里咕咕哝哝:

"唉……真没想到哇!我这是赶着去做祷告……"

他强忍疼痛,竭力装出若无其事的神气,可是看热闹的人们却对他发出了警告:

"古斯科夫会收拾你……"

"嘿,你这个冒失鬼呀!你成了这副模样,老板会怎么对付你,啊?"

又有一位非常俏皮地说:

"把一个戈比扔到他面前的土里,他马上就能发现,一匹马跑到跟前,他倒没看见,这个下流胚!"

男孩子委屈地分辩道:

"我看见啦,可是我跌倒了,因为马踢伤了我的肚子……"

孩子们围着科斯卡,仔细盯着他那只流血的脚;其中一个蓝眼睛的瘦男孩,像猫盖屎那样,用脚扒点儿土把殷红的、潮湿的血迹盖上。他尽量将血迹盖严,胆怯地四下张望片刻,似乎生怕因此招来一顿揍。他的小伙伴也争相夸耀自己在游戏、打架、大人揍时划破、抓伤和摔伤的疮疤,以及其他勇敢行为留下的伤痕。

好心的人们纷纷给克留恰列夫出主意:

"往脚上撒把土吧!"

"搁上蜘蛛网就行,用不着撒土。"

"蜘蛛网能治伤口。"

孤儿的东家,绰号台球手的装订匠古斯科夫过来了,他的身体就像用一副笨拙的骨架和一张磨破了的旧皮子胡乱地匆忙缝就的,他的头已秃顶,满脸的雀斑看上去活像苍蝇屎,他那眯起来的双眼凝视着远处。

"原来是这么回事儿,"他背着双手,看着小学徒头上的围墙说,"狗崽子,我打发你上哪儿去来着?我不是让你去买皮子吗?"

"大叔!"科斯卡双手抱头哭喊起来。

有人给装订匠出主意：

"你就扒他的皮嘛！"

可是另外一个瞧热闹的人却说：

"没用，太薄啦！"

"那我现在怎么开销你？"古斯科夫提高了嗓门说，一面沉吟地用多汗毛的手摩挲着颊上的雀斑，"脚残废了，我要你有什么用处？"

"大叔！"孤儿哀告着，"我明天会好的……"

"把钱给我！"

科斯卡从裤兜里掏出了一张皱皱巴巴的绿钞票。

"你这小鬼，把钱放嘴里嚼过吗？"装订匠问道，说着把钞票理平展，摇摇摆摆地走开了，他那高大的身躯钻进了围观的人堆里，消失了。

我的女房东斯姆雷金娜老太太是卖瓜子、蜜糖饼干的小贩，她大声地叹道：

"瞧这些当老板的，就是这种德行！"

毛皮匠特鲁索夫是个一本正经的虔诚教徒，他喝住了她：

"住口，你这老东西！"

特鲁索夫的狗布扬也和主人一样神气十足，它闻了闻男孩子流血的脚，翘起了粗粗的尾巴，龇龇牙，发起呆来。

"留神，别让它再咬一口！"人群中不知是谁发出了警告。

"滚开！"

那条狗被赶跑了。送殡队伍走到了大街拐角上，从那里断断续续地传来了单调的鼓声。尘土消散了。孩子的小圆脸上又是血，又是泪，又脏又湿，疼得他愁眉苦脸地望着受伤的脚，用手指抚摩折断的骨头，浑身直哆嗦，鼻子哧溜哧溜地一个劲地吸气。

"星期四，"他嗫嚅着，"我还要去祈祷，到巴拉诺夫喷泉去……老板倒是准许了……唉，上帝呀……"

"可得把脚包扎好。"斯姆雷金娜老太婆劝告他，然后转身走开了。

孤儿抓住墙板试着要站起来，可是叫了一声，马上又捂住肚子倒了下去。

"瞧,啧啧!"人群中有一个人表示同情,孩子不禁号啕大哭起来:

"往后我可怎么办哪?"

"大不了落个瘸子。"人们劝慰着他。

大家感到无聊了。先是孩子们一个个离开,后来看热闹的成人们也散了,街上空空荡荡。只有克留恰列夫一人留在围墙根,看上去就像是一小堆破烂儿。

麻雀和鸽子飞到马路上来了,咯嗒咯嗒叫的抱蛋母鸡和昂首阔步的公鸡走出了院子,从屋里传出了白铁匠的锤子声和毛皮匠的小棍儿敲打声。鞋匠德里亚金是一个装着木头假腿的退伍士兵,他用浑厚的男低音唱起了他惟一会唱的歌:

在那七七年,
土耳其佬宣了战,
为了保卫亲爱的莫斯科,
全俄罗斯总动员……

越发令人感到百无聊赖、沉闷难忍了。

所有这一切,我是透过地下室、斯姆雷金娜老太婆的住处——一间阴暗斗室的窗户看到和听到的。昨天早晨,我在码头上干活时摔到了底舱里,右臂脱臼了,膝盖磕破了。疼得我彻夜难眠。这会儿,我坐在窗台上看出殡,望着看热闹的人群和就躺在我窗子对面街上的孤儿克留恰列夫。

围观的人群一散,我就叫他:

"科斯佳,爬到这儿来!"

他愁眉不展地四下望望,看到了我露出地面的头,就紧皱着眉头答道:

"疼得要命!"

"爬不动吗?"

他的身体往前倾斜,然后两手撑地试着朝前挪,可是立即呻吟着侧身倒了下去。他哭了一会儿,抹抹脸上的泪水说:

"马踢伤了我的肚子……要是有人送我进医院就好了……"

"拐角上没有警士①吗?"

"他到公墓去了……"

男孩子不说话了,浑身抽搐起来。

一个脚穿棕黄破靴子的人走过我的窗前,我喊了一声:

"喂!"

那双大脚停下来了,一张留有山羊胡子的大脸俯下来,一声不响地对着我。

"应该把那个孩子送进医院。"

"是吗? 那就送呗!"

"我正病着,送不了。"

"我的家可不在这条街……"

这人连咳带喘地走了。第二个小市民对我的建议所持的态度略有不同,他走到孩子跟前,像临别赠言那样,说道:

"胡闹够了吧,小坏蛋? 用不着送你进医院,该把你送到扔死猫的池塘里。"

他觉得已经尽了自己的义务,于是便不慌不忙地走开。

已近中午时分,盛夏的七月热得火辣辣的;烈日当空,晒得屋顶的薄木板都快裂开了,麻雀和鸽子都躲到了阴凉处,男孩子却仍旧躺在太阳底下被热气蒸着,经强烈的阳光一照,越发显得灰暗一团。他伸开受伤的脚,蜷起那只好脚,往墙根挪了挪,脑袋枕在手掌上,一会儿又挪到另一只手上,他喃喃的像在说梦话。

---

① 帝俄时代的警察。

"你怎么啦,科斯佳?"

"没什么。"

但是,停了一会儿,他又伤心地说:

"米什卡·特列季耶的脚趾让砖给砸了,可第二天他就能走路了。用脚跟总能对付走吧……"

"你也能走……"

他两次都要试着站起来,枯瘦的手指扳住墙缝儿,然而他的一双手还是无力地垂了下来。我仿佛看到他的脚开始肿胀,——整个脚掌红得像生了锈的铁块。

他要水喝,可是街上阒无一人,就连孩子们也去乘凉了。从院子、窗口不断传出单调嘈杂而又非常熟悉的劳动日节奏。难得碰到的顶着烈日的行人,对这孩子并不留意,显然认为他在睡觉。对我的呼喊,他们则不予理睬,以为不过是二流子在胡闹。打我这边路过的行人也不注意我,看来他们大多不是这条街上的住户,而其余的人自己的事还忙得不可开交呢。因此,这个孩子便一直在太阳底下曝晒着。

我也感到不大舒服,肩膀和膝盖一直作疼,意识到自己对这件事无能为力,更有说不出的痛苦。这真是咄咄怪事:近在咫尺躺着一个需要急救的人,而在他身边来来往往的同类居然不愿助他一臂之力。居然不愿意……

这条街上住着几百口人,所有的房子都挤得满满的,装订匠就在我的头顶上乒乒乓乓不停地干活,我眼前的街道上人来人往。可是,我觉得犹如置身于沙漠里,而且尽管天气热得叫人透不过气来,心里却觉得冰冷,冷得叫人打寒战。

一个衣裳又脏又破的小兵,手里拿着一口铜锅在克留恰列夫身旁停下了,详细地询问他:他怎么啦,多大年纪,父母是谁,他们都在哪儿,并劝男孩子往脚上贴牛蒡叶,说完走掉了,临走时还答应我:

"我叫个岗警来,他肯定会想办法,这是他分内的事儿!"

可是,他也许没找到岗警吧,而骄阳似火,男孩子躺着一动不动,低低地呻吟着。

一头瘦阉猪停在我的窗前,哼了一声,而后仿佛是接到了我的紧急命令一样,尖叫着竖起耳朵跑开了。

运水夫过来了,桶上蒙着湿麻袋,水都溅到桶外来了。我请求他给男孩子一点儿水喝,可他根本不理不睬,大模大样地坐在水桶上活像个木偶。

于是,我感到非常愤慨,就扯着嗓子大声呼救,这一招儿倒是灵验:人们纷纷从门里跑了出来,互相询问着:

"谁在大声嚷呀?喊的人在哪儿啊?"

一个年轻的毛皮匠叼着烟卷,蹲到我的窗前。

"你喊什么?"

我说明了原委,他听完我的话却对大伙说:

"这是斯姆雷金娜家的房客,他是个装卸工,看样子喝多了,他在发酒疯说胡话:说是为什么不把孩子送进医院?"

"与他什么相干?"

"醉鬼嘛……"

起初,他们讲出来的话还是心平气和的,不过,一旦明白我喊叫的因由就恼火了。毛皮匠的话把大伙逗乐了,他趁我不防,走到旁边朝我头上撒了一把土,这一来惹得瞧热闹的人哈哈大笑。

我强压着火儿不骂人,开始对他们讲道理,不能把人像狗一样扔在街上不管,即便是小孩子,也应得到同情。

"说得对!"一个看不到的人附和着。

"对吗?那他就该自己跑去叫警察呀。"

"你没看到,他是病人吗!"

"病人,可倒很会叫唤!"

"确实该把孩子弄走,不然警察来了,会拖我们当证人……"

"控告一匹马,还要什么见证?"

"还有一名宪兵呢!"

"再说对宪兵起诉——也没这种规矩……"

我摇摇脑袋抖掉土,冷不防有人对我泼了点凉水,又是那个毛皮匠干的,恶作剧得手使他颇为得意,他把整整一桶水都倒在我的头上。人群中又爆发出一阵哄笑。

"妙哇!"

"你们瞧瞧,他那副气鼓鼓的样子!"

"噢,天哪……"

我对嬉皮笑脸的观众破口大骂,这并没有激怒他们,倒有一个人温和地说:

"嚷什么呀?给你倒的又不是泔水,是清水嘛……"

这也不能平息我的怒火,我一边骂,一边继续说服他们:

"你们这群没有心肝的魔鬼,可是你们懂吗,得送孩子进医院?不然他会得坏疽症的!"

人们却不以为然:

"懂,当然懂!你凭什么发号施令?瞧你那副嘴脸!"

接着又有个人往我湿漉漉的头上偷偷撒上一把土,于是大家又都像孩子那样快活地笑起来,又跺脚,又拍手。我从窗台上爬下来倒到床上,我简直被这种恶作剧搞得沮丧透了。

窗外,人们的谈话语气和缓下来了:

"这个人肝火太旺!"

"用消防龙头浇浇他才好呢……"

"谁把孩子往段①上送呢?"

"送到药房去吗?"

"当然!只要把他放在台阶上,药剂师就给治。"

"喂,科斯卡,起来吧!能走吗?"

"他昏过去了……"

---

① 帝俄时代都市警察所属的段。

"得把他弄走。"

"萨沙,这是你的差事!"

"干吗让我干哪?"

"药房不就在小酒馆隔壁吗……"

人们笑起来。

"好吧,我来,"萨沙同意了,然后又柔和地说,"哎呀,你这小家伙……得啦,没关系,别哼哼唧唧的啦!你们淘气淘够了吧,小崽子们,可平白无故地给我招来了麻烦……"

好像他每天都往药房送受伤的儿童似的。

瞧热闹的人都散了,街上又安静下来,就像深山幽谷那样无声无息。

这是星期天的傍晚。太阳的微微发红的余晖,照着我从地下室惟一看得见的一座房子的玻璃窗。这是一所开有两扇窗的老房子,已经有点下沉了。它就像一个疲惫不堪的乞丐,坐在两排破破烂烂的篱墙之间,满脸的怨怒和颓丧。

孩子们在街上来回奔跑,扬起了一阵阵红色的尘土。附近什么地方有人在拉手风琴,一个醉汉在撒酒疯,他的绰号叫"旱牛",骨瘦如柴,个子高大,是一个赶货车的马车夫。

我在窗台上坐着,听到有人懒洋洋地说:

"人们由于狂饮无度才向他求告,因为他自己原来就曾是个酒鬼……"

"得……得了吧,"另一个人拉着长腔表示不相信,"这不是成为圣徒的理由,不然的话,咱们这条街上有一半人都能成为圣徒……"

第一个声音生气地打断了怀疑的人:

"你呀,好好听着吧!他一大早就喝得烂醉往家走,而士兵们正在砍基督徒的头……"

"谁的士兵?"

"异教徒们的……"

声音拖得更长了,说出来的每个词都渗透着一种滞重的俄罗斯懒劲儿。太阳慢吞吞地下山了,似乎它也明白,明天它照耀的还是这帮人,听到的还是老一套。

一个女孩子走过我的窗前,她擦着眼泪高喊:

"老巫婆……你等着吧!"

"就是说,在砍头。沃尼法季①一直瞧着,他可是个心地善良的人,虽说他是财主……"

"怎么啦,富人里头也有好心人哪,比如说,特罗耶鲁科夫,彼得·伊凡诺夫……"

有一个女人提出要求:

"嘿,你可别打……打岔呀!"

"我是听了他的话才联想到的。"

"是的。他看着看着,忍不住开口了:'哎呀,我说你们这帮人哪,真没见识!你们为什么杀死这些人呀!老实说,我自己就信奉耶稣!'于是,他立刻被抓住了,咔嚓一下,人头也落地了。而沃尼法季呢,却跟没事人一样,抓住首级的头发,把它往腋下一夹,顺着街道扬长而去!"

"是……是吗?走啦?……"

"《圣徒言行录》上是这样写的?"

"怎么,还能是我自己编造的不成?"

"对……对!这种事儿可瞎编不出来。哎呀,我的天!这种奇迹一辈子哪怕赶上一遭呢,要不,就这样平平淡淡地混着……"

讲故事的人接着往下说:

"结果这些士兵和所有看热闹的人都吓掉了魂,拔腿四散逃命,他们也就信教啦!……"

---

① 沃尼法季,据传原为罗马的一位富翁,生活放荡无度,后欲赎罪,赴塔尔斯城为殉道的基督徒拾掇尸骨。因感于殉道教徒的苦难和刚毅精神,他公开宣布自己为基督徒,因此于公元二九〇年被判处死刑。传说在他被斩首后,还用亲切的目光迎接前来拾掇他的尸体的人们。死后被奉为圣徒,并定每年十二月十九日(旧俄历)为圣沃尼法季节。

"你也信了!"

"沃尼法季边走边唱——基督复活了!"

"要是现在出一桩什么稀罕事儿该多好……"

"这会儿,发生一桩奇事? 谢天谢地! 当时看谁不顺眼,他的脑袋就得搬家! 过去可够厉害的。"

"人不值一个小钱儿,不如一根柴火。"

"给支烟抽抽吧……"

大家都不说话了。"旱牛"的男低音压过了孩子们的喊声:

"我也能把一普特重的东西给你搁到教堂的圆顶上去!"

在我的窗外,人们又开始聊天了。大伙问那个熟悉罗马生活的人:

"当时人们的生活好过吗?"

"大家都差不多。没有财主,但也不许可太穷。"

"不许可? 这是怎么回事?"

"有这样的法令呀。"

"聪明的人们……"

一个女人问道:

"据说,信基督教的都是些穷人?"

"这是以后的事了。"

"什么时候以后?"

"土耳其进行大洗劫之后。土耳其人攻下帝都①之后,就进行了烧杀劫掠……人民都成了叫花子,后来信了我们的教……"

"噢,原来如此……"

一个女人兴奋地喊道:

"你们看哪——古申的车上拉的是谁呀?"

一匹花马拉着一辆破车从街上走过,车上坐着醉醺醺的车夫古申,他起劲地挥动鞭子,一名警察背对着他直挺挺地坐着,两人中间放

---

① 古代罗斯对拜占庭帝国首都君士坦丁堡(今土耳其伊斯坦布尔市)的称呼。公元一四五三年君士坦丁堡为土耳其人攻占,拜占庭帝国覆灭。

375

着一口漆成赭石色的小棺材。

"古申,拉的是谁呀?"那个讲述殉道者沃尼法季故事的人问道。

老车夫赶紧回答:

"就是你们的……那个小孤儿……"

"科斯卡吗?"

"就是他。"

"难道说,他死了?"

"怎么,不信吗? 放心吧,我们不会把人活埋的!"

马车过去了。布扬这条狗不知从哪儿蹿了出来,在地面上嗅了嗅,呜呜地叫着,然后翘起尾巴钻进了围墙。

一个顽皮的男孩子喊道:

"弟兄们,这是给科斯卡·克留恰列夫出殡呐!……"

"嗯,是……是啊,"人们站在门口说,"就是说,那个可怜的孩子死啦……"

"他可是一个听话的好孩子呀!……"

"医院是干什么的!……"

"人们刚把他送进医院,接着又得把他往公墓送……"

"人命不值钱哪……"

"医生们需要什么呢? 他们只要按月领薪水就行……"

那个慢条斯理的声音又响了起来:

"其实还有圣徒基里克—乌莉塔①的言行呢……"

太阳落山了,玻璃窗上映出红彤彤的晚霞,看上去叫人郁闷的无垠蓝天,也开始灰暗了。

岚 沁 译

---

① 据教会传说,有一个叫乌莉塔的女基督教徒带着她三岁的儿子基里克,逃离故乡,以躲避压迫教徒的罗马皇帝迪奥克列蒂安努斯的迫害。在塔尔斯城,她被当局认出,受到酷刑:当着她面杀了她的儿子,随后又将她处死。

季姆卡*

金星在我阁楼的窗外,在柔和的朝霞中,依依不舍地闪烁着淡绿色的光辉。

一片寂静。菜园主赫列布尼科夫住满了房客的旧房子里,大家都睡得死死的。这是一幢窳陋的房子——灰色的两层楼的破房子,旁边盖了许多附属建筑。日益发展的商业城市把这幢房子挤到城边,靠近水浇田。它孤寂忧郁地矗立在像一堆乱七八糟的木头似的城市垃圾之间。房子里面住着一些谁也不需要(就连他们自己都不需要)的人,生活把他们压碎、榨干,又把他们与垃圾坑里的种种破烂一起倾倒在田野上。

他们都牢骚满腹,喜欢喝酒,怨天尤人;他们骂警察,骂市参议会,骂商人,而骂得最多、最凶的是相互之间的对骂。他们靠什么为生是无法理解的,但似乎他们正在彼此吸尽最后一点生命力——靠此就饱了。他们都没有个性,他们的没有个性特别明显地表现在许多女人穿男式上衣,而男人却穿女式短外衣和女式敞胸短衣上。他们中间没有青年人,也没有超过五六岁的孩子,七岁的孩子就送到城里"干活"去了。小孩在这幢房子里一点也不惹眼,他们像老鼠一样躲在角落里,担惊受怕,经常挨饿。只有以前当过女伶的放高利贷的女乞奥尔洛娃

---

* 本篇最初以《一件意外的事》为题发表于一九一七年五月十一日《俄罗斯言论报》。

没有把她的两个相差一岁的小孙子、淘气鬼津卡和萨什卡送去"干活"。他们完全变野了,惹得赫列布尼科夫的房客们暗里恨他们,明里怕他们。要是能揍他们一顿那就开心了,可是不行,因为几乎每个人都欠奥尔洛娃老太婆的钱,靠着她呀。

赫列布尼科夫的房客们很少笑,偶尔笑笑也往往是幸灾乐祸。他们嘲笑瘫痪了的官吏沃龙措夫,他为恢复他对堂姊妹托尔绍乌男爵夫人的遗产继承权奔走了九年;他们嘲笑像猫一样干净整洁的老太婆别尔德尼科娃,她是在法庭审讯中死去的军需官的女儿,他们认为她疯疯癫癫,因为她也老是在为恢复她父亲的清白名声而四处奔走;他们嘲笑有病的教堂执事柳博米罗夫,他自称是因为"非法的爱情",别人却一口咬定他是因为"斗殴杀人"而被革除教职。

教堂执事是个大个子,毛发过多,长着一双小小的野猪眼和一口马齿;他沉默寡言,好沉思冥想,从外表上看是个温顺的人,可是如果你当他的面破坏他认为是"生活秩序"的东西,他就会阴沉沉地说:

"该揍你一顿!"

在赫列布尼科夫的房子里只有一个人,他所赖以为生的活计是大家都看得见、听得到的,这就是箍桶匠凯欣,一个五十来岁、矮小结实的人。他像别尔德尼科娃老太婆一样干净整洁,他的脑袋小而圆,头骨呈淡黄色,脑袋四周漂亮地围了一圈斑白的鬈发,脸是粉红色的,像茴香苹果一样,一双安详、聪明的眼睛在脸上庄重地闪烁着。他很少说话,说起话来声音尖得像女人,有一部稀疏的、中国式的长胡子,胡子尖朝下——这使得他的粉红色的小脸显得很动人。在这幢房子里他醒得比谁都早,一起来就立即开始用木槌子敲打琵琶桶、大酒桶、洗衣盆,就像敲大鼓一样。今天就是这样——金星还没有消失,我就已经被这接连不断的、讨厌的声音吵醒:

嘣嘣嘣;嘣嘣!

不久之前,箍桶匠凯欣雇了一个二十岁的瘸腿的小伙子当帮工。这个小伙子的脸像滑稽剧的假面具;颧骨像蒙古人那样高,不过鼻子不是蒙古人那样的翻孔鼻,而是一个又直又长的长鼻子,像大象的鼻子一样软软的,会滑稽地蠕动。在他黝黑的脸皮上,鲜红的、总是湿润的嘴唇像伤口一样显眼,他的眼睛像绵羊眼,深绿色。他的有棱角的头上密密麻麻地长满了又黑又硬的头发,前额上的一条小皮带把它们束得向上耸立着。他的脸滑稽可笑,不讨人喜欢,身体残废——左大腿骨折,走起路来一瘸一拐,把左脚远远地甩到一边。

他穿着红布衬衫和蓝土布裤。他的名字叫季姆卡。

季姆卡在箍桶匠那儿干活的第二天,就引起赫列布尼科夫住宅里所有的人的注意。早晨,干活的农妇们刚来到菜园,唱起流行歌曲:

> 我不好看又没钱,
> 身上穿着破衣裳,
> 正是为了这缘故,
> 没人娶我做媳妇!①

这时,在赫列布尼科夫的院子里传来了一个嘹亮的男高音,滑稽地模仿菜园里的农妇的腔调,唱道:

> 骆驼有个窝,
> 母牛有牛犊,
> 我呀没有伴,
> 单身过生活!

起初,农妇们低低地弯着腰,在畦间爬着,唱着如怨如诉的歌,没

---

① 据俄国诗人伊·扎·苏里科夫(1841—1880)的《我是个孤女》一诗改编成的一首歌曲,在十月革命前曾广泛流传。

有注意箍桶匠恶毒的四句歌,可是他像牛虻似的把她们缠烦了。

  我自十五岁,
  沦落在人间……

她们拖长声音唱着自己的哭丧歌,季姆卡却用木槌从容不迫地敲着,挑逗她们:

  我已四十岁,
  还是老处女……

整洁的小老头凯欣放下工作,坐在碎木头上,细声地、像呜咽似的笑了起来,感叹地说:
"啊哈,瞧你这淘气鬼,多机灵呀!"
从各个窗户里伸出白发苍苍、满是皱纹的脸来,蓬头散发、还没穿好衣服的人们走到院子里来,大家都微笑着,注意地看着季姆卡,听他唱歌,他却围着檞木的大桶,摇摇晃晃,瘸着腿慢慢地走着,一边唱,一边用木槌呼呼嘣嘣灵巧地敲打着:

  我身材矮小,
  翻鼻又麻脸……

"你这个杀千刀的,真该死!"菜园里的一个农妇喊道。
这一句真诚的叫喊把听见的人都逗乐了,大家都哈哈大笑起来,肮脏的院子里洋溢着异常的欢乐。再加上这时太阳正好从潘宁丛林后面的水浇地上空露出脸来,像点了一把火似的把住宅和温室的褪了色的窗玻璃照得通亮。
空气中弥漫着节日的气氛;院子里人们在活跃地交谈着,大概是有人认为新的一天,与往常都不一样的愉快的一天来临了。

"嗳,这个骗人精!"教堂执事赞赏地看着季姆卡说,"凯欣,你从哪儿弄到这样的人?"

"他自己来的。"老箍桶匠摸了摸胡子,笑着说。

可是从台阶上却传来房东的气愤的质问:

"你们在嚷什么?"

赫列布尼科夫站在那儿,矮墩墩,胖乎乎,穿一件像囚衣似的灰色外衣。他的淡红色的眉毛像往常心情不好时一样,一牵一牵地在颤动,他的交叉着放在肚子上的双手的指头在急速地晃动着。

季姆卡伸长身子,用他的绵羊眼瞥了他一眼,挑衅似的唱道:

我的那个负心汉,
山盟海誓全忘光,
他背叛我另娉了一个情妇,
我也背叛他另找了三个情郎!

大家又一齐大笑起来,连菜园里的农妇们也以微弱的、难为情的回声与他们的哈哈大笑声相呼应。

可是赫列布尼科夫却大喊了一声"怪物!"就猛地回身走进门厅里去了。

不久就可以很明显地看出,季姆卡已经引起了赫列布尼科夫住宅里所有住户的注意,在这种注意的背后甚至还能感觉得到似乎是对这个丑陋的歌手的好感。

每到晚上,当住户们和平时一样在晚饭以前和睡觉以前围在大门口说闲话、搬弄是非的时候,教堂执事求季姆卡道:

"嗳,唱个正经的歌吧!"

"哪一首正经的歌?"季姆卡问。

"咳,你自己知道。"教堂执事解释说。

瘸子半眯着眼睛,以惊人清脆的高音唱道:

　　两个强盗沿着伏尔加河行走,
　　从一块石头跳上另一块石头……

他唱的效果很好,不知怎的大家都理解了:这两个强盗是善良、快乐的小伙子。

　　迎面来了一个年轻的纤夫,
　　不幸的人一瘸一瘸地走着。

这个纤夫是个绝望了的小伙子,他已被折磨得表情呆滞,两眼无神。

"唱得好,"女伶奥尔洛娃说,她的斑白的、乱蓬蓬的头低垂着。

"别作声!"教堂执事劝告道,大家都一声不响、一动不动地听着。

太阳下山了,美丽的晚霞的反照落在田野里,落在一堆堆的垃圾上,使一块块洋铁皮和玻璃的碎片闪耀着红光。田野上空悬挂着紫红色的朵朵残云,远处的丛林像青色的乌云一样蜷伏在地上。到处是一片寂静。

瘸子背靠门柱站着,他的滑稽可笑的脸好像拉长了,展平了,变得比较讨人喜欢了;他眼睛闭上,长长的双手伸在脖子后面,胳膊肘张开,挺起胸,唱得非常轻松,像云雀一样。

纤夫对强盗说:

　　我在世上孤零零,
　　只有两个亲妹妹,
　　一个名字叫**贫穷**,
　　一个名字叫**苦命**!

"你呀。"教堂执事叹了一口气,奥尔里哈①却又喃喃自语似的说:"好,真好!"

季姆卡没有注意这些赞许的低语声,他好像准备一直唱到早晨。

等他唱完后,教堂执事不知为什么非常严肃地说:

"你呀,人傻瓜,干吗去箍桶?你应该进合唱队……"

季姆卡打了个呵欠,回答道:

"在那儿会喝上酒的。合唱队队员老是喝酒。"

"有骨气!这样的嗓子不应该埋没掉。你应该学习。"

"我是在学习,"季姆卡冷漠地说,"逢节日上主日学校。有个太太在那儿教我们,她叫玛丽娅·季莫费耶芙娜,她的声音真好——比我强多啦。在她面前我是一只小猫!"

他谈起那位太太来有声有色,真没想到他会谈得这样生动,可是除了凯欣老头外没有人听他讲。老箍桶匠坐在长凳上,担心地、认真地仔细察看自己的雇工,好像在看一件他准备买的东西。突然,凯欣头上的一扇窗户打开了,传来赫列布尼科夫的喊声:

"你们怎么忘了,伙计们,现在到了做晚祷的时候了,要知道今天是礼拜六呀!没有教养、不知羞耻的丑八怪!我起来祈祷了,可你们还在这儿……而你,小伙子,哎哟哟!怪不得上帝惩罚你,笨蛋……"

窗户砰的一声关上了,大家都不作声。

"是房东吗?"季姆卡问。

"房东。"教堂执事说。

奥尔里哈歪了歪她的严峻的脸,补充说:

"我们的祈祷人。"

"我要去睡觉了。"季姆卡说,他不慌不忙、心平气和地走进院子。

"有才能。"奥尔里哈冲着他的背影轻轻地说,接着又大声地叹了一口气。

---

① 即女伶奥尔洛娃。

383

周围一片萧瑟;扔满各种废物的田野,发出恶臭的峡谷,远处是黑森森的丛林和大储油罐,无穷无尽的篱笆到处延伸。有些地方白柳和白桦孤寂地耸立着。

没有一点儿明亮的色彩,周围的一切都失去色泽,暗淡无光,天空被化工厂的浓烟污染。而在这阴暗凄凉生活的中心的是赫列布尼科夫的肮脏的、破旧的房子,一群沦落的人默默无言地挤在它的大门口。

季姆卡很快就与菜园里的农妇们交上了朋友。这些活泼的、厚脸皮的娘们像羊群跟着牧羊人那样围着他转,她们对他怀有近乎尊敬的感情。当他唱起自己的拿手好歌的时候,她们那种羡慕地望着他的嘴的神情真是滑稽。她们中间年龄最大的那个科斯特罗马女人,五十来岁,体格魁梧,身强力壮,有一张红布似的脸和一双厚颜无耻的眼睛,她像唱歌似的甜言蜜语地央求他:

"唷,我们瘸腿的小夜莺呀,给我们唱个歌吧!"

他心甘情愿地唱歌给她们听,她们争先恐后地帮他干女人家干的活——补衬衫,洗衬衫。他免费为赫列布尼科夫的房客们修理洗衣盆、酒桶、水桶,不过不管他干什么都没有显著的热情,他对任何事物都异常冷漠,好像生活在梦中。

他很少讲话,不喜欢讲,也不会讲,老是答非所问。总的来说,季姆卡并不是个快活的人,不过不管怎么说,在他到这里来之前,赫列布尼科夫这幢房子里的人都爱生气,心情不好,可是现在——季姆卡一早起来就滑稽地模仿菜园里的农妇来取笑她们,奥尔洛娃的两个孙子整天围着他转,大喊大叫,房客们哈哈大笑,而凯欣在不知疲倦地砸着箍,好像在指挥着所有这些声音似的,不过季姆卡所带来的热闹劲儿他却是办不到的。

在天气不好的晚上,季姆卡就到我的阁楼上来喝浓浓的加尔梅克茶,吃面包圈,听我念诗。他爱诗,虽然他识文断字,可是自己却不敢念。

"写得妙。"他听我念完后说。

"拿去看吧!"

"不,不用……"

"为什么?"

"写得太长了,念到一半——开头的就忘了。"

"可这本书上几乎每一页都另外登一首诗。"

"不,不用。"季姆卡固执地坚持说。

在他的绘了几朵大红花的绿箱子里收集了许多《歌曲集》,都是小册子①,可是他不喜欢它们。

"这些歌不行。"他说。

"你要什么样的?"

"好些的。"

他自己在编揶揄菜园里的农妇的那些讽刺四行诗时毫不费力地、巧妙地押上韵。农妇们无精打采地唱:

　　我花一戈比买火柴,
　　放在热水里去化开。②

季姆卡马上就编出来了:

　　给我买件印花布女上衣,
　　天涯海角我都跟着你……

"你干吗要逗弄她们?"我问。

"没什么。"他懒洋洋地说。

---

① 上世纪下半叶在俄国出版了许多歌集,在工农间流传。
② 出自当时流行的一支歌子《我妈爱我宠我》。

"到底是为了什么?"

"无所谓,她们受得了。我不喜欢她们唱的那些歌,哭哭啼啼,净说假话。不应该用歌曲来说假话,要说假话——有童话。"

他轻轻地摇了摇长满硬毛的头,得意地笑了笑,他那双绵羊眼里闪耀着嘲弄的柔情。

"就拿我来说吧,不漂亮,还是个瘸子,可娘们爱我,好像我是第一美男子似的。真的!我常常被弄得很不好意思。有一次我问一个爱我的女人:'既然我不漂亮,你干吗黏着我?'可她说:'漂亮是不漂亮,可是合我的心意。'"

说完这话,他笑得更欢了,自信地说:

"他们看上我是因为我会唱歌。不过她们老撒谎:我这样,我那样,我的命苦呀,实际上她们都一个样,她们追求的都是同样的东西。这个我知道。"

他没有吹牛,种菜的农妇们爱他,我不止一次看见她们在温室的屋顶后面和受过雷击的白柳树树丛中拥抱他,我知道她们都争先恐后地要把他弄到手,因争风吃醋而吵架和受折磨。

"你看见了吗?"他用可笑的长鼻子大声地吸了吸气,问道,"那个雅罗斯拉夫女人常到我主人那儿去,她是来做亚麻布生意吗?老头与她同居,这糟老头子,可她已经在对我挤眉弄眼了,这下贱货!我要把她从他手里夺过来。"

"为什么?"

"不为什么。"

"你会得罪老头的。"

"不要紧,他会忍下去的。"季姆卡无动于衷地说。

"你想要什么?"我问。

他用吃饱了的人的眼睛看了看桌子上。

"谢谢,什么也不要了。"

"不是,你没有听懂我的意思!你想从生活中得到什么?"

"你是指的什么？"

"譬如说——到别的城市去跑跑，发财，娶个漂亮媳妇，学习。"

"你问这干啥？"他想了想后问。

"没啥，只不过感兴趣。"

"唔……我到别的城市会有什么好处？箍桶匠也发不了大财。媳妇吗，到时候在这儿也能找着。"

有时候他考虑问题很冷静，像老年人一样，但大多数情况下我觉得他的心灵还很愚昧，还未开窍，而且还有点儿像关在窄笼子里的鸟。

在主日学校里他最感兴趣的是那个"大嗓门"的太太。

"简直像男低音一样，唱到低的地方甚至能使屋子里发出一片嗡嗡声！"

"她教什么？"

"怎么——教什么？教唱歌呀。老兄，她对我说，假如我学会照乐谱唱，我就能赚几千块钱。"

"那儿还教什么？"

"唔……什么都教。写字、读书。最没有意思的是地理。老是各种各样的城市、民族。有个城市叫图姆布克图①。的确是这么叫的！得了吧——他们撒谎，没有这样的城市……"

在黄昏的薄暮中，他的脸变得较为优雅和高尚。他很愿意跟我谈话，可是他的话没有一句会让人长久地记在心里。

当我请他唱歌的时候，他就在窗边坐下，张大眼睛望着田野，唱得特别卖力、特别清晰，用圆润的嗓子传达出歌中所说的一切。

在这样的时候，我不知道为什么总是非常怜悯他。

季姆卡对他所唱的一切感受很深，可是对他周围的人的痛苦却看不见，不理解。当我好不容易把话题转到赫列布尼科夫的房客身上时，他却用懒洋洋的语调冷淡地把话题岔开：

---

① 在今非洲的马里境内。

"哼,他们算什么人! 一堆垃圾。不干活。只有一个凯欣……他嘛,至少还想着一点上帝,常看圣徒言行录。"

他摇了摇长鼻子,用细长的舌头舔了舔嘴唇,自信地说:

"我要把他那个女人夺过来! 不大年轻,不过是个很不错的娘们儿。我要把她夺过来。"

然后他又开始唱起歌来。在他的歌里总是某人到某地去,爱上了一个人,朝思暮想,而且歌里的人都是强盗、少女、纤夫——都是那么好、那么爱思索的人。可季姆卡他自己却哪儿也不想去,对随便什么东西都不朝思暮想,而且似乎根本就不想。

伊凡·卢基奇·赫列布尼科夫以老公羊似的固执的、无法解释的仇恨心憎恨季姆卡。

赫列布尼科夫是个相当胖的人,可是不健康,他呼吸困难,带着咝咝声,脸呈土灰色,像个死了两天的人,不过他动作非常麻利,说干就干。

他笃信宗教,老怕别人亵渎神圣,经常为这幢房子、这个城市、这个世界上的不幸的事操心,因此他能找到几十个不让唱歌的理由。

"哎呀,你这个瘸腿的坏蛋,"每天早晨他头不梳,脸不洗,穿一件权当晨衣的灰色外衣,突然出现在台阶上,扯起嘶哑的破喉咙大声喊叫。"你嚷什么? 昨天夜里城里失火,烧了三幢房子,人家在哭,你却放开喉咙……"

"不用你管。"季姆卡说。

"怎么不用我管? 我说的是什么,是小事吗? 是开玩笑的吗?"

接着赫列布尼科夫又死气白赖地缠住凯欣:

"谢苗·彼得罗夫,你怎么啦? 你是明白道理的人,你教训教训他吧。"

"我不能教训外人,"凯欣温顺地、但似乎又是煽动性地说。

"要是他是我的儿子,起码也得是个侄子、外甥之类的,总得沾点儿亲、带点儿故……"

"哎呀,我的天哪!"菜园主伤心地感叹道,他的不安分的小眼在前额底下转来转去。

遗憾的是,他每天早晨都看当地的《日报》。这张报纸上除了报道节日前夕的盛况外,还经常刊登许多可以据以禁止唱歌的新闻:名人出殡啦、火车失事啦、粮食歉收的谣传啦、高官显贵的病情啦、以及水上和陆地上的种种不幸事故啦。

"季姆卡,你这个罪大恶极的人!"他从窗户里探出身来,挥着报纸狂呼,"约瑟·彼得罗夫·尼科季莫夫逝世已经三天了,他是全城第一大善人,得过好几枚勋章,现在正在大教堂里给他举行葬礼,所有的有名望的人,还有省长都去了——你不害臊吗,粗鲁的丑鬼?"

季姆卡继续唱。

"你呀,季莫哈①,就让他一点吧……"凯欣在被房东嚷烦了时,就小心翼翼地说。

"不要紧,他会忍下去的。"季姆卡嘟哝说。

赫列布尼科夫全身哆嗦,双脚乱跺,脸色铁青,怒目圆睁。他气得开始往瘸子身上乱扔一条条箍边、木棍,可是这也没把季姆卡惹火。歌手停下工作,惊讶地看了看菜园主,然后弯下腰,双手拍着膝盖,笑着说:

"看——灶王爷!"

"别惹他。"凯欣劝他,声音不大,似乎不是出自内心。

"嗯,我没有惹他。"季姆卡心平气和地说,又干起活来。

他的这种心平气和的态度惹得赫列布尼科夫更火,他气喘吁吁、挥动双手、吃吃喝喝地向教堂执事发牢骚道:

"神甫,你怎么站在那儿看,你应当制止他……"

"该揍他一顿。"教堂执事用阴森森的男低音说,可是在赫列布尼

---

① 季姆卡的爱称。

科夫转身走后,他在他背后举起毛茸茸的拳头威吓他,并说:

"伪君子。"

他还给季姆卡出点子:

"你下次对他唱得更欢些!"

赫列布尼科夫的全体住户都以极大的兴趣看着菜园主对瘸腿箍桶匠的日益加深的憎恨——只要院子里一响起房东嘶哑的声音,从各个角落、各个窗户、到处都伸出乱蓬蓬的头,紧张的、满是皱纹的脸。

没有一个人谴责赫列布尼科夫,没有一个人问他为什么恨季姆卡,大家都只把这件事当作滑稽戏来欣赏,有几个人还鼓励瘸子,像唆使狗那样唆使他:

"你唱他!"

"哪有什么唱他的歌!"

"你想一个出来!"

只有教堂执事有一次问他的老伴奥尔里哈:

"他干吗老跟这个孩子过不去?"

聪明、凶狠的女伶打了个呵欠,解释道:

"时机一到——他可能一辈子都在等待这样的机会——他就要向人恶狠狠地发泄私愤,可是他能拿来泄愤的人一个也没有。现在找到合适的人了,就来享受一下……"

教堂执事没有作声,显然他没有听懂老太婆的话,我却觉得她的话很对。季姆卡却似乎在夸耀赫列布尼科夫对他的态度:

"他很不喜欢我,很明显,我是他眼中钉!"

"你觉得他是什么样的人?"我问。

"笨蛋。"季姆卡不假思索地回答。

"据你的看法,他为什么不喜欢你?"

"我管他个屁!"季姆卡满不在乎地说,随即就大声地唱起来:

暴风雪呀暴风雪……

凯欣看了看他,看了看我,摸了摸胡子,冷笑了笑。

暴风雪在草原上呼啸,

季姆卡继续唱——

杜尼娅来到村子外,
走到一条大路上,
站在古老的白桦树底下!

"狼又嚎了!"赫列布尼科夫在板棚的门里头喊。

听见季姆卡的歌声后,从各个地方慢慢地出来一些衣衫褴褛的不走运的人、被生活遗忘了的人。菜园主却在发狂似的叫凯欣:

"谢苗·彼得罗夫,你是笃信宗教的人,你怎么不怕作孽呀?瓦西莉莎·雅洪托娃生了两天孩子,还没有生下来,可他……"

"别唱了吧,季姆哈,"凯欣说,"干吗无缘无故地惹人生气?"

"除了他以外谁也不生气。"他的雇工正确地说出了自己的意见后,就继续唱。我觉得如果光夸他,他可能唱得没这么好。那个做亚麻布生意的女贩子来到大门口,一手叉腰,歪着身子站在那儿,背上背了个很重的包袱,手里拿着一根铁尺。她的没有眉毛的树内皮似的脸绷得紧紧的,嘴唇微微张开,像只要喝水的鸟。

"下流胚没有皮靴,"赫列布尼科夫喊,"明天裤子也会掉下来……"

季姆卡充满热情地唱:

我呀,等了你四十个夜晚,
没有睡觉,也没打瞌睡,

我痛苦地、忧郁地想念着你，
我柔弱的心灵疲惫不堪。

凯欣轻轻地挥了挥小锤子，朝门口走去，说：
"你好啊，普拉斯科韦娅·菲莉波芙娜，生意好吗？"
亚麻布女贩子每个礼拜天都到箍桶匠家来，有时不是礼拜天也来；他们在凯欣的房间里锁上门，季姆卡给他们烧好茶炊后就到菜园里找娘们去了——她们住在那儿的板棚里。
有时候女贩子从窗户里往外看，一边用灵巧的双手整理乱蓬蓬的头发，一边注意地听别人讲话。她的圆圆的、狡黠的眼睛厚颜无耻地看着所有的人和一切事物。
凯欣也常常邀请赫列布尼科夫来喝茶，这时内容丰富的谈话就断断续续地由开着的窗户那儿传到院子里。
"叶夫列姆·西林[①]是在兹拉托乌斯特之前或是之后？"
"说真的，我不知道。"
他们万事顺利，不招摇，按部就班。可是有一次，很晚很晚了，赫列布尼科夫的所有的住户都已躺下睡觉，只有我还坐在大门口，季姆卡朝我走来，稍微有点儿夸耀地说：
"跟她约好了。"
"跟谁？"
"跟那个雅罗斯拉夫女人。我明天到她家里过夜。"
"凯欣要是知道了，会把你辞退的。"
"唔，有可能！"
沉默了一会儿，摇摇头叹了一口气：
"倒霉！"
"怎么啦？"

[①] 叶夫列姆·西林（约306—378），叙利亚神学家，神父，著有多种神学著作以及祈祷文和赞美歌。

"没什么。"

他显然觉得很惊讶,轻轻地说:

"我要这女贩子有什么用?我又不是饥不择食——种菜的农妇都爱我,我要哪个就哪个。主要是因为我不喜欢我的主人:他干吗和赫列布尼科夫这样要好?背地里诽谤他,咒骂他,可又亲自把他请到家里……好吧,那么我也来欺骗他!"

"你这么做一点儿用也没有。"

"当然——是没用!"季姆卡同意。

在田野的上空悬浮着一小块一小块的乌云,乌云之间露出蓝天的地方,圆圆的星星在闪闪发光。某处一条狗在讨厌地叫着。夜鸟的绸缎般的翅膀发出轻微的啸啸声。

"无聊得很,"季姆卡说,"我去睡了……"

院子里传来凯欣的声音:

"你坐车子去一趟吧。"

"嗯。"女贩子简短地说。

"房子不错,就盖在河边,还有花园,有十二株苹果树。"

"好吧,再见。"

女贩子裹着披巾从大门里面出来;季姆卡站起来,跟她并肩走着,问道:

"他要你跟他结婚?"

她看了看我,没有停下来,也没有回答。

"老鬼。"季姆卡在朦胧的阴影中说。

"轻点儿,"那女人回答得很清楚,"这件事情你别开玩笑,我对这样的事是很认真的……"

我头顶上的一扇窗户打开了,赫列布尼科夫穿着白衬衫探出身来,嘟嘟哝哝地说:

"刚才过去的是谁啊?是谁?"

他马上就不见了,过了一会儿,他只穿一件内衣,突然出现在大门口,把手掌贴在额前,弯下身来,从后面看着那沿着篱笆、踩着月光的黄铜色斑点悄悄地走去的一对。我站起来走进院子,可是菜园主赶过我,小跑到凯欣的窗前,敲他的玻璃窗。

"谢苗·彼得罗夫,出来一下!"

然后他俩又跑到门外,赫列布尼科夫上气不接下气地说:

"真是的!这样的人没有良心……"

凯欣在跑的时候绊了一下,哼了几声。

他们在大门口站了很久,看着远处,轻轻地谈话,只有凯欣两次大声地说:

"原来是这样……"

然后他又清晰地、平静地说:

"也许夜里要下雨。"

赫列布尼科夫先回去,他从我站着的台阶旁边过去的时候,嘟嘟哝哝地说:

"笨蛋……"

然后整洁的箍桶匠不慌不忙地回自己的房间去,一路上叹气道:

"唉,上帝啊……上帝!"

我找到了工作,一大早就出去,晚上很晚了才精疲力尽地回来,没法再观察赫列布尼科夫住宅里的生活的缓慢进展。我甚至觉得它像深渊里的水,原地不动,没有任何特色,别指望它会有什么重大事件。

但这生活竟突然以阴郁的悲剧结束了。

八月,菜园里正在收甜菜、冬油菜和萝卜的时候,连着下了两天两夜雨;一会儿倾盆大雨,一会儿又像秋天似的,带着寒意的小雨下个不停。到了第三天拂晓,又暴雨如注,闪电阵阵,雷声震耳,可是到黎明的时候乌云好像被人的手擦掉,在洗得干干净净的天空上特别明亮的太阳像过节似的神采焕发。

赤足的农妇把裙子提到膝盖以上,往菜园走去,从我阁楼的窗外传来她们快乐的大笑声、尖叫声、铁锹的碰撞声、小车的没上油的车轮的讨厌的嘎吱声。

但突然所有的声音都没有了,好像都在田垅间的银色的水洼里淹没了似的。我要进城干活,正走到院子里,这突如其来的死寂使我吃了一惊,然后,过了几秒钟,传来一个农妇的尖叫声:

"姑娘们,快喊人呀!"

十来个声音立即形成一片惊恐的叫喊;两个姑娘从菜园里沿着田垄跑到院子里,一个喊:

"伊凡·卢基奇!"

另一个喊:

"哎呀,老天爷呀!"

我跑到菜园里——那儿,在篱笆旁边,靠近温室的地方,季姆卡脸朝下躺在泡软了的泥土里,湿衬衫紧紧地贴在身上。阳光正照在他瘦骨嶙峋的背部的湿漉漉的衬衫上,给这布料增添了像新剥下来的皮肤那样的油光。他的左手奇怪地蜷曲着,藏在胸前,手掌遮着脸,右手甩到一边,埋在泥里,只有小指头翘在外面,惊人的白皙。

我的背后传来教堂执事的低沉的声音:

"这不是雷劈的,是铁锹劈的,看,就是这把铁锹!"他用肿胀的赤足碰了碰沾满泥的铁锹,阴沉沉地绷着脸看着赫列布尼科夫。赫列布尼科夫穿一件短上衣、一条衬裤和一只套鞋,正站在他旁边。

"别动,"赫列布尼科夫喊,"在警察到来以前随便什么东西都不能动!"

教堂执事把红色的大拳头举到他脸前,大声地喊:

"是你干的!"

"什么?"菜园主跳起来尖声喊道,"你知道你在讲些什么吗,啊?"

教堂执事沉着脸走开了,农妇们你靠在我身上,我靠在你身上,低声嘟哝道:

"到底是谁干的,是谁?"

她们的女领工呜咽着画着十字,像祈祷似的反复说:

"他不需要知道是谁干的。他什么也不需要了。"

一阵湿润的风把树上的叶子吹了下来,撒在活人和死人的身上。

赫列布尼科夫嘶声骂着。教堂执事用低沉的嗓音说:

"这都是因为你们这些娘们……"

天更亮了,潮湿的空气变得暖和些了,散发出澡堂的气味、莳萝的气味。我看着季莫哈的从污泥中伸出来控诉似的小手指,他的肿胀的后脑——雨把粗硬的头发梳得很光滑,能看到头发下面发青的皮肤。

"凯欣呢?"菜园主突然喊道,"叫他来!"

"我这就去叫,"教堂执事自告奋勇,他的赤脚啪嗒啪嗒,沉重地踩着水洼走了。我跟他去。教堂执事在院子里对我轻轻地说:

"这肯定是赫列布尼科夫干的……你说呢?"

我没有作声。

"你看是谁?"

"我不知道是谁……"

"当然,我也不知道。反正总是有人打死他!没有仇恨不会杀人。谁恨他呢? 啊哈!"

凯欣家的门没有关,我们进去四处看了看——半明半暗的房间里静悄悄、空荡荡。

"他到底上哪儿去了?"教堂执事喃喃地说,"喂,凯欣!"

在窗边的桌子上,阳光照着的地方,放着一本小本子,我看了看,念出在空白的一页上用有棱角的大字母写的几个字:

愿刚去世的奴仆谢苗
安息

"你看。"我对教堂执事说。

他拿起小本子,靠近脸,把写在上面的字念出声来,然后把小本子扔到桌子上。

"这是普通的追荐亡者名录……"

"他的名字也叫谢苗。"

"那又怎么样?"教堂执事问。突然,他脸色苍白,战栗了一下,说:"等一等——刚去世的? 刚……"

他往外跑,跑到前屋,碰着一件东西,轰隆一声倒下,并古怪地狂叫起来:

"他……他……"

然后他的身子出现在门口——他坐在地板上,一只手指着旁边的一个地方,想说什么话,可是说不出来,只是惊恐地圆睁着一双发狂了似的眼睛。我也被吓坏了,看了看门后——在前屋的黑暗的角落里,凯欣站在一个盛着水的大桶旁边,头垂在左肩上,吐出舌头,挤眉弄眼。他的中国式的胡子零乱地下垂着,一些翘得比另一些高,他的黑脸讥讽地笑着。我盯着他看了几秒钟,猜到他已吊死了,但还不愿意相信。然后我像软木塞从酒瓶里迸出去似的蹦出前室,教堂执事跟在我后面爬出去,坐在台阶上,悲戚地、喃喃地说:

"真是的,可我还以为是赫列布尼科夫干的……哎哟,天哪!"

农妇们在院子里跑着,菜园里有人在哀号。

"快点儿!"

赫列布尼科夫手里拿一只满是污泥的胶皮套鞋,有先见之明似的大声说:

"活着的不守法的人也得死!"

"够了,伊凡·卢基奇!"教堂执事大声叫道,"凯欣吊死了……"

有个农妇叹了一口气,接着都不作声了。赫列布尼科夫站在院子中间,手里的套鞋掉到地上,然后走到教堂执事跟前,厉声地说:

"可你这个狗东西却当着大家的面大声地诽谤我! 说是我干的!"

他没有朝前室里面看,坐到教堂执事旁边的台阶上,安慰似的说:

"警察马上就要来了!"

但是擤了一下鼻涕以后又伤心地、虔诚地加上一句:

"上帝啊,你怎么都不管管我们呀?"

然后他斜眼瞟了瞟前室的黝黑的门洞,问:

"用腰带上的吊吗,那根绸腰带吗?"

教堂执事低声含糊地说:

"看基督的面上,别再纠缠了……"

吴 方 译

浪 荡 子*

　　早晨六点钟左右,只觉得有个很重的活物压在我的被子上,它拉扯着我,对准我的耳朵大声叫唤:

　　"快起来!"

　　这是萨什卡,一个排字工人,我的有趣的伙伴。他是一个十八九岁的小伙子,长着一头火红色的乱蓬蓬的头发,一对蜥蜴似的绿色的眼睛,一张被铅屑染污了的脸。

　　"走,咱们玩儿去!"他把我从床铺上拉起来,喊道,"咱们今天去大吃一顿,我有钱啦,有二十六个卢布,再说,今天是斯捷巴哈的命名日!你的肥皂在哪儿?"

　　他朝墙角走去,走近洗脸盆,使劲地洗脸,鼻子发出扑哧扑哧的声音,不停地往下说:

　　"你听着,'星星'这个单字,德文叫'阿斯特拉'吗?"

　　"好像希腊文是这样说的。"

　　"是希腊文吗?我们报社新来的一个女校对员,她发表了几首诗,她的署名就是阿斯特拉。她姓特鲁舍尼科娃,名叫阿芙多齐娅·瓦西里耶芙娜。是一个挺不错的女人,长得也好看,就是胖了些……你把梳子给我……"

＊ 本篇最初发表于一九一七年《年鉴》杂志第五、六期合刊。

他用梳子梳通了一头浓密的火红色乱麻似的头发,皱着眉头骂起人来,可是只骂了半句就突然不吭声了,对着模糊不清的窗玻璃仔细端详自己的面影。

窗外,被夜雨淋湿的砖墙上,太阳照耀着,照得墙壁也闪闪发光。一只寒鸦蹲在排水管的漏斗上洗刷着羽毛。

"我这副嘴脸长得可难看啦!"萨什卡说,"你看,这寒鸦多漂亮!把针线给我,我要钉颗钮子……"

他仿佛被火烧了似的转动着身子,转得带起一阵风,把桌子上的碎纸片都掀落到地上。

后来,他站在窗户边,一面笨手笨脚地缝钮扣,一面问道:

"从前有一个叫洛德尔①的国王吗?"

"叫洛塔尔②。他跟你什么相干?"

"太可笑了!我还以为他叫洛德尔,天下的懒汉都是从他那儿传下来的。我们先上小饭馆去,喝饱了茶,然后去修道院做晚祷,瞧瞧那些修女,我可喜欢修女呐!喂,什么叫'先途'③呀!"

他一脑门的问题,脑袋就像装满豆子的发响的玩具一样。我向他解释"前途"是什么意思,可是他不等听完,就说:

"昨天晚上,这个杂文作家红色多米诺④一下子就闯到印刷所来啦,不用说他又喝得醺醺然歪歪倒倒,像个娘们儿,老是缠住我问:'你有什么先途?'"

他把钮子过高地缝在上衣上了,用洁白的牙齿咬断了线,舔舔红红的厚嘴唇,嘟嘟哝哝地抱怨说:

"莉佐奇卡说得对,要读点儿书,否则到死也是个大老粗,什么也

---

① 俄语"懒汉"的译音。
② 历史上有几个洛塔尔,其中最出名的有:罗马皇帝洛塔尔一世(795—855)、法兰西国王洛塔尔三世(941—986)、德皇洛塔尔二世(1060—1137)。
③ 萨什卡文化水平低,把"前途"误读为"先途"。
④ 红色多米诺是当时常在《伏尔加通报》上发表讽刺喀山社会风习的一位作者的笔名。

不懂。可什么时候读呢？不行,我可没有空!"

"你少去追求姑娘们吧……"

"难道我是个死人吗？我又不是老头子！你瞧着吧,等我结了婚就不追女人啦!"

于是,他伸伸懒腰,甜滋滋地幻想起来:

"我要同莉佐奇卡结婚。嘿,她可真时髦！老弟,她的连衣裙是那种透明的印花轻纱做的,嘿！穿上它可漂亮呢,只要看她一眼,我两条腿就发抖啦,我真想把她囫囵吞下去!"

我装作一个上了年纪的人说:

"要当心点儿,可别让人家吞了你!"

他把一头鬈发甩了一甩,相当自信地微笑着说:

"前两天,我们报社里几个大学生展开辩论,有人说,爱情是危险的玩意儿,可另外也有人说,不,爱情没有危险！这些机灵鬼！姑娘们都爱大学生,就像爱当兵的一样!"

我们走上大街。铺在路面上的石块,被雨淋湿了,像秃顶官儿们的光头,闪闪发亮。天空布满了一团团雪白的云堆,太阳在云堆里穿行。萧瑟的秋风,像扫荡枯萎的落叶一样,驱赶着街上的行人,它也推动着我们,在耳边发出呼呼的啸声。萨什卡两手深深地插在油污的裤袋里,缩成一团,他只穿了一件薄薄的夏天的上装、一件蓝色的衬衣和一双棕色的破靴子。

　　午夜,天使在上空翱翔……①

他合着脚步的节拍朗诵着诗句,说:"我就爱这玩意儿！你知道是谁写的?"

"莱蒙托夫。"

---

① 出自诗人莱蒙托夫的《天使》一诗。

"我老是把他同涅克拉索夫混起来。"

　　她在世上长久地受苦受难，
　　她满怀着奇妙的愿望。

他眯了眯绿色的眼珠，若有所思地反复朗诵着：

　　她满怀着奇妙的愿望……

"哎哟，老天爷！我太理解这首诗啦！我理解得甚至连我自己都想飞啦……'奇妙的愿望'……"

有个姑娘从一座阴沉沉的住宅的院门里走出来，她穿着节日般的盛装，裙子是波尔多葡萄酒那样的深红色，上身是一件缀有玻璃珠的黑色短上衣，围着一条金黄色的丝头巾。

萨什卡从头上摘下揉皱了的便帽，毕恭毕敬地向她鞠了一个躬，说：

"我祝贺您，小姐！"

姑娘圆圆的脸，莞尔一笑，可是她马上就严肃地皱起了纤细的眉毛，用生气和略带惊讶的声音说：

"我根本不认识您啊！"

"是这样，没有关系！"萨什卡快乐地回答道，"向来是这样的，开始彼此不认识，后来呢，互相熟悉，接着就产生爱情……"

"您要是胡闹……"小姐四下望了望说。大街上空空荡荡，只是在远处大街的尽头，走着一辆装白菜的大车。

"我们都是规矩人！"萨什卡走近姑娘的身边，望着她的脸说服对方，"我看得出来，您今天是过命名日。"

"请您别纠缠吧！"

小姐的脚后跟在便道的砖块上敲打出清晰的节拍，急急忙忙地走

开了。萨什卡停下来,咕咕哝哝地说:

"可以,不缠您了!多高傲的姑娘!哎!可惜我没有一件对劲儿的衣服!要是换上一件衣服,说不定她就会对我发生兴趣呢。"

"你怎么知道她过命名日呢?"

"那怎么会不知道?她穿上了自己最漂亮的衣服,而且要上教堂去。我穷得要命。咳,我要是有很多钱,就可以买座小庄屋,过它几天好日子……喂,你瞧!"

四个大胡子的汉子从胡同里抬出一口白木棺材,一个男小孩头上顶着棺材盖,迈着大步走在他们前面。有个高个子的乞丐,手里拿着拐杖走在后面,脸上的表情严肃、木然,一双红色的眼珠目不转睛地望着从棺材里露出来的死人的灰色鼻子。

"木匠死啦!"萨什卡摘下便帽推测着说,"愿上帝保佑亲友们平安无事!"

接着,萨什卡两眼闪着愉快的光芒,咧嘴笑着说:

"碰上死人,大吉大利,拐弯吧!"

我们走进"莫斯科"饭铺的一个小房间,室内摆满桌椅;桌子上铺着玫瑰色的台布,窗上挂着褪了色的蓝布窗帘,花盆里栽满了鲜花,花盆上方挂着几只养着金丝雀的鸟笼。这房间可算是五颜六色,既温暖,又舒适。

萨什卡要了油炸灌肠、茶、半瓶伏特加和十支"波斯人牌"香烟。他大模大样地坐在窗边的桌子旁,议论说:

"我喜欢客客气气、恭恭敬敬地过日子。你老是讲'那也不对,这也不对',可是为什么呢?我看,一切都正常。你的性格跟一般人不同,别别扭扭的。你呀,老弟,像个硬音字母ъ一样,没有这个字母也能懂,大概因为是惯例,为了好看,要在字尾加上这个字母。"

在他责备我的时候,我望着他,心想:

"这个小伙子真是生气勃勃啊!这么充实的一个人,不可能默默无闻地虚度一生的。"

他对这种说教已经厌倦了,就拿起刀子嗞啦嗞啦地刮着盘子逗弄着金丝雀。房间里全是这些鸟儿尖细的啼叫声。

"它们喊起来啦!"萨什卡丢下刀子,心满意足地说。他把手指插进自己火红色的头发里,自言自语说:

"我跟莉佐奇卡结不了婚,没门儿!也许,说不定这样一来,她会爱上我?我可是发疯似的爱着她呀!"

"齐娜可又怎么样啦?"

"哼,齐恩卡①土里土气,可莉佐奇卡却是个摩登姑娘。"萨什卡解释道。

萨什卡是个孤儿,是个弃儿;七岁的时候,他已经跟一位硝皮匠学手艺了,后来又跟自来水工人干活,在修道士的磨坊里当了两年下手,眼下已经干了一年多的排字工。他很喜欢在报社工作。他不知不觉地顺便学会了识字,文化知识的奥秘强烈地吸引着他。他特别喜爱读诗,甚至自己还写诗。有时候他把被铅屑弄得十分肮脏的纸片拿给我,上面是用铅笔写的潦草的诗句。诗的内容大致雷同,诗的形式差不多是这样的:

  我对你一见倾心,
  是那次相逢在黑湖之滨。
  如今我朝朝暮暮思念你的美貌——
  我是多么欢乐又多么苦恼!

当我对他说这还不是诗,他感到很惊讶:

"为什么?你看:'心'和'滨'同韵,'貌'和'恼'又同韵!"

"你想想,莱蒙托夫的诗念起来多么优美……"

"得啦,他学习了多长时间呀,可我呢,还刚刚开始!你等着吧,我

---

① 齐恩卡是齐娜的昵称。

也会越写越好的。"

　　他自视甚高,这自然十分可笑,可是自视之中却与人无忤。他无非相信,生活就像洗衣女工斯捷巴哈那样热爱着他。他可以尽力而为,将来总会无往而不利。

　　修道院若断若续响起的钟声,召唤人们去做祷告。金丝雀倾听着钟声,不再唱歌了。钟声震得窗玻璃格啷啷直响。

　　萨什卡嘟哝说:

　　"去不去做祷告?"

　　于是决定下来:

　　"咱们还是去吧!"

　　他还是怨声载道:

　　"请你说吧,该有多怪呀?我上修道院老是觉得乏味,可偏偏我又爱上那儿去!那些修女都是年纪轻轻的,她们也怪可怜的!"

　　他进了修道院就停在门廊边,那儿站着一群乞丐和形形色色的穷人。他的一双绿色的眼睛睁得大大的,惊讶地望着唱诗班的席位,那里站着唱诗班的一群白脸蛋、包着三角头巾的见习修女。她们直挺挺地站着,仿佛是用黑色的石头雕凿成的。她们歌声和谐,发出非常清晰的银铃般的美妙的声音。金黄色的圣障闪烁泛光,神龛的玻璃反映出蜡烛的点点光辉,仿佛金色的苍蝇一样。

　　那些穷人都唉声叹气,他们抬起暗淡的眼睛望着教堂的屋顶,低声念诵着虔诚的祈祷文。平时上教堂来的人不很多,只有无所事事、无处安身的人才来呢。

　　站在萨什卡前面的是个数着念珠戴着高筒圣帽的高个子修女。萨什卡只有她肩膀那么高,他踮起脚跟,为的是瞟一眼她那圆圆的脸蛋和她那双他看不到的眼睛。结果,他却一直踮起脚跟站着,馋涎欲滴地看了又看,嘴巴半张着,仿佛要凑上去接吻似的。

　　那位修女稍稍把头一低,扭过脖子望着萨什卡,像一只吃得饱饱的猫儿望着老鼠一样,萨什卡马上低下了头,拉了我的袖子走出来,走到教堂门前的台阶上。

"嘿！她怎么那样瞅着我呀！"他闭上眼睛说，显得惊魂不定。随后，他从上衣口袋里掏出了便帽，用帽子擦干了脸上的汗，皱起眉头。

"嗨！你看她……好像我是个魔鬼！连我的心都往下沉啦！"

接着他笑着说：

"她也许是吃够了我们小伙子们的苦头！"

萨什卡，他是一个善良的人，但他对人并没有恻隐之心。他会施舍乞丐，甚至比有钱的人给得多，给得更加心甘情愿，可是他给钱是因为不喜欢贫穷。日常生活中的小小的悲剧并不能引起他的同情，有时他还把它们当作笑话来谈论。

"你晓得吧，米什卡·西索夫坐牢啦！"他兴致勃勃地说。

"他到处走呀走的，到处找工作，工作没找到，却偷了一把伞，被警察抓住了，这是因为他不会偷！结果就抓到审判官那里。那天，我正在路上走，看见警察像牵绵羊一样押着他。他脸色苍白，耷拉着嘴唇。我喊：'米什卡！'他一声不吭，好像不认得我似的！"

我们走进一家小店铺，萨什卡买了一俄磅果冻，对我说：

"该给斯捷巴哈买些蜜馅饼，可我不喜欢这种馅饼，果冻好吃些！"

他又买了蜜糖饼干和胡桃，然后走进酒店里买了两瓶甜酒，一瓶是橘红色的，另一瓶是青绿色的。后来，他把纸包夹在腋下，在街上大步走着，一面走一面胡诌起修女的故事来：

"好一个壮实的娘们！她大概当过小店铺的老板娘，看上去完全是一副老板娘的神气。也许她的丈夫戴过不少绿帽子！她的丈夫恐怕是个窝囊废……这些娘们可鬼着呢！比如，像斯捷巴哈……"

这时候，我们已经走近有绿色护窗板的咖啡色小房子的门口了。萨什卡以主人的架势踢开了一扇小门，神气活现地把便帽一推歪在一旁，朝着撒满白桦树、菩提树、接骨木树的黄色叶子的院子大步走进去。院子深处，紧挨着花园的围墙，有一座浴室，周围的草根土堆得有窗子那么高。浴室顶上长着黄绿色的青苔，树枝在屋顶上摇曳，无可奈何地扫着落叶。这座浴室的两扇窗户像一只蛤蟆似的望着我们,显得忧郁而又不信任。

给我们开门的是个四十来岁的胖大女人。她生着一张大麻脸、两只快活的眼睛,她那宽阔的红嘴唇甜蜜地笑着。

"多么高贵的客人呀!"她像唱歌似的说。可萨什卡,搂着她那肥胖的肩膀,冲着她的脸说:

"祝贺你的命名日!斯捷潘尼达·雅基莫芙娜,来举行神圣的仪式吧!"

"可我还没进圣餐呢!"

"算啦,反正一个样。"

他吻了她三次,然后他们两个人都擦干了亲嘴的痕迹,她用的是手掌,萨什卡用的是帽檐。

在晦暗的更衣处,摆满了坛子、篮子和洗衣盆,斯捷巴哈的女儿巴莎在茶炊边忙碌着。这位少女有一对佝偻病患者迟钝而又吃惊似的大眼睛,还有一条非常粗大微带金色的辫子。

"节日快活!巴尼亚①!"

"好吧!"姑娘回答道。

"丑八怪!"斯捷巴哈训斥她道,"应该说,谢谢。"

"对,好吧!"姑娘愤愤然重复说。

一座大炕炉占据了洗衣女工这间房的三分之一,原先放过洗蒸气浴的架子的地方,现在放着一张宽大的床;在墙角里神像下面,有一张放好茶点的桌子,靠墙是一张足够放一只洗衣盆的宽板凳。一只毛茸茸的狗两眼哀求似的从窗外望里瞧,它把折断了爪子的两只沉重的前腿搁在窗台上,窗台上放着几盆天竺葵和金钟花。

"她善于过日子。"萨什卡环视着这简陋的房间说。接着,他对我使了个眼色,意思是说:"我这是开开玩笑。"

---

① 巴莎的爱称。

女主人小心翼翼地从炉子里掏出馅饼,用指甲剥去它的被烤红的外皮,发出咔嚓咔嚓的响声。巴莎把一只像太阳一样金光闪闪的茶炊端进来,忧郁地斜视着萨什卡,可他却舔舔嘴唇说:

"真见鬼!我该结婚啦,因为我爱吃馅饼!"

"人们可不是为了吃馅饼才结婚。"斯捷巴哈机智地说。

"我明白!"

这个乳房丰满的洗衣女工愉快地笑着。可是当她说话的时候,眼神却十分严肃。

"你还来得及结婚,也来得及把我给忘掉!"

"可你忘掉了多少人呀?"萨什卡得意地笑着反问道。

斯捷巴哈也笑起来;她穿的花哨衣服跟她的年龄并不相称。她不像是洗衣服的,倒像是一个媒婆,或是巫婆。

可是她的女儿,像是令人悲伤的童话里的一个沉默寡言的小精灵,在我们之间是个多余的人,甚至在地球上也是多余的。她小心翼翼地吃着,好像吃的不是馅饼,而是多刺的鱼。她那双奇大无比的眼睛几乎每一秒钟都要慢慢地转向萨什卡,像瞎子一样奇怪地望着他那清秀的、表情丰富的面孔。

那条狗从窗外乞怜似的低声哼哼唧唧。街上传来铜管吹奏的军乐,几百只脚发出沉重而又匀称的脚步声,一面大鼓砰砰砰地敲着进行曲的节拍。

斯捷巴哈对女儿说:

"你怎么不跑出去看看当兵的?"

"我不想去。"

"好极啦!"萨什卡把馅饼的外皮扔给了狗,提高了嗓门说,"我好像再也不需要什么了。"

斯捷巴哈整了整被乳房高高撑起的衣襟,用母亲似的目光望着他说:

"得啦,你在扯谎!"她叹了口气说,"你需要很多……"

"我不扯谎,我说的是这会儿,这会儿我什么也不需要,不过只希望巴恩卡不要老拿眼睛盯着我。"

"我才不要盯着你呢。"姑娘不屑地低声说道;她母亲生气地耸耸眉毛,后来把嘴唇一撇,一声不响了。

萨什卡忸怩不安地扭动身子,斜睨了一下姑娘,热烈地说道:

"我心里像有个窟窿似的,真的!但愿我的心是完满的、平静的,可是我拿什么也不能填满它!你明白,马克西莫维奇,当我不顺心的时候,我希望一切都美好,可是碰上美好的时刻啊,我又觉'枯燥乏味'啦!这是怎么搞的?"

他已经感到"枯燥乏味"了,我已经发现这一点,因为他那灵活的眼睛神色不安地在房间里扫来扫去,打量着屋里简陋的陈设,眼睛里燃烧着嘲弄的、挑剔的火星。显然,他感到自己不该上这儿来,可是只有到这会儿他才意识到这一点。

他慷慨激昂地谈论生活的杂乱无章,谈论人们盲目无知,他们看不出这些令人愤懑的混乱现象,反而安之若素。他的思想变幻无常,一团混乱,像一群受惊的老鼠东奔西窜,难以捉摸。

"我看到的一切都是颠三倒四的,比方说,这里有一座教堂,可是旁边,鬼才知道是什么所在!伊诺盖季伊·瓦西里耶维奇·捷姆斯科夫发表了一首诗:

> 我感谢你,为了那一瞬间,
> 是它照亮我黑暗的心底,
> 我感谢你,为了那甜蜜的瞬间,
> 那时我触摸到你圣洁的肌体。

"可是这位诗人用不正当的手段要法院把他姐姐的房子判给他,不久前,他还扯住女用人娜斯佳的辫子毒打……"

"为什么?"斯捷巴哈望了望自己磨出胼胝、红得像鹅掌的一双手,问道。她的脸没有表情,她把眼神隐藏起来。

"我不知道为什么……那个女用人还要向法官告他的状,于是他给了她三个卢布,她拒绝接受。傻瓜!"

萨什卡突然从椅子上一跃而起。

"得啦,我们该走啦!"

"上哪儿去?"女主人问道。

"有事,"萨什卡扯了个谎,"晚上我再来……"

他把手伸给巴莎。巴莎望着他的手指,好几秒钟不敢碰它们,后来,她握了一下萨什卡的手,那样子好像要把他的手推开似的。

我们走了。萨什卡在院子里把帽子戴戴好,咕哝道:"见鬼……这丫头不喜欢我……我在她面前也不好意思。晚上我不来啦……"

一些不愉快的想法像出痘疹一样搞得他满脸通红。

"必须甩掉斯捷巴哈,这是不体面的鬼混!她的岁数比我大一倍,而且总是……"

可是转过大街的拐角,他又得意扬扬地笑起来,温和地沉思起来,丝毫没有炫耀的意思说:

"她像保护花朵一样的爱着我,这是真的!想想真是惭愧。有时候同她在一起真舒服极了……比亲生的母亲还好!妙极了!嘿,老弟,你知道同娘们打交道多不容易!不过她们都是好人……应该多多爱她们……可是,难道能够使所有的女人都满意吗?"

"那么你就认认真真地爱上一个吧!"我建议道。

"爱一个,爱一个,"他沉思地说,"你倒是爱一个试试看……"

他望着远处,望着蓝色飘带似的河流,望着棕色的草地,望着被秋风吹乱、披着疏疏落落的金黄色树叶的黑黝黝的灌木丛。萨什卡的面孔温和,他在沉思。显然他是被愉快的回忆填饱了,这些回忆在他的心中萦绕不已,就像太阳的光芒在溪水里戏耍一样。

"咱们坐一会儿吧。"他在修道院墙外的黏土陡岸上停下来提议道。

风儿追赶着云片,云影在草地上掠过,有个渔夫在河边敲着榧子,正在填塞小船的裂缝。

"你听着,"萨什卡说,"咱们到阿斯特拉罕去好不好?"

"去干吗?"

"不干吗。要不,就去莫斯科吧?"

"那么莉莎①呢?"

他盯着我,问道:

"我是爱上了她还是没有爱上呢?"

"这件事你最好去问问警察分局长。"

他哈哈大笑,他的笑声是轻松的、稚气的。他望着太阳,望着树荫,猛地站了起来。

"糖果厂的女工马上就要下班啦,咱们还是走吧!"

他快步走上大街,神情忐忑,把帽子拉下来遮住眼睛,两只手插在口袋里。姑娘们围着头巾和灰色围裙,一个接着一个从兵营式的平房大门里闹哄哄地跑出来,其中就有齐娜。她体格匀称,脸庞像是蒙古人,一头黑发,眼睛向外斜视,穿着红色的短上衣,紧紧地裹着胸部。

"咱们去喝咖啡。"萨什卡拉住齐娜的手,接着就急匆匆地说开了,"难道你真的要嫁给那只秃头狗吗?你要晓得,他还是要吃醋的……"

"随便哪个丈夫都应该吃醋,"齐娜严肃地说,"怎么,难道嫁给你才行?"

"嫁给我——不必了!"

"得啦得啦!"姑娘皱着眉说,"你为什么不去干活儿?"

"我在玩儿。"

"嘿,你呀……我不要喝咖啡。"

"好哇!"萨什卡大声说着,随手就把她拖进一家点心铺。他坐在靠近窗口的小桌子旁,问齐娜:

"你相信我吗?"

---

① 前面萨什卡提到的莉佐奇卡,即莉莎的爱称。

411

"我相信任何一头野兽,狐狸、刺猬,可是对你,我还要看一看!"这个做糖果的女工慢悠悠地回答。

"好啊!那你就把我坑了!"

萨什卡相信,他正是在这时刻饱尝着爱情悲剧的滋味,他的嘴唇发抖,两眼湿润,真正动了感情。

"得啦,我完了,我淹没在自己的泪水里啦!好吧,这也是活该,谁叫我不会把握住我的幸福呢。不过你也不会快活!我不会让你舒坦的!尽管他有房子,还有几匹马,可是我要叫你每吃一口东西都要想起我来!你瞧着吧……"

"现在别再跟我演木偶戏了。"糖果厂的女工生气地低声说。

"我在你眼里是木偶?"

"我不是说你。"

"好吧,马克西莫维奇,你瞧她们,全是蛇,一点儿感情也没有。咬了你的心,让你受尽折磨,可她反而说:'你呀,是木偶!'"萨什卡气愤极了,气得他两手发抖,两只眼睛也因为生气而黯然无光。

"跟这些娘们怎么能生活在一起呢?"他问道。

"真是个出色的演员。"我一面几乎是赞赏地观察着他,一面这样想。

他的表演显然博得糖果女工的欢心,使她感动。她用头巾角擦了一下嘴巴,亲切地问道:

"星期天你有空吗?"

"有什么事会拖住我?你会拖住我?"

"别傻啦……上这儿来……"

他俩走到一旁,萨什卡两眼炯炯有光,悄悄密谈了很久,可姑娘又气又恼地大声嚷了起来:

"天呀!你算个什么样的丈夫?"

"我吗?"萨什卡喊道,"你说怎样就怎样!"

他并不顾忌点心铺的老板娘就在旁边,很快地紧紧地抱住了姑娘,吻着她的嘴唇。

"你是怎么啦?"她挣脱了身,怯生生地害羞地大声说,"你疯啦!"

她像鸟儿一样飞到门外。萨什卡却倦怠地坐到桌旁,不以为然地摇着头说:

"哼!什么德性!是野兽,不是女人。"

"你要她怎么样?"

"我不要她嫁给一个秃头的马车夫!多不成体统!……我不能,我不喜欢她这样做!"

他喝完冷了的咖啡,显然已经忘掉了刚才的悲剧,用抒情的口吻议论道:

"你知道,在节日里或平常的日子里,当姑娘们成群结队地出去玩儿,或是下了班,放了学,我的心简直会发抖!我想,哎呀,老天爷,她们有多少啊!每个姑娘总得爱上一个什么男人。哼,即使现在还没爱上,那么明天或是过一个月反正会爱上的!我认为这就是生活!难道还有比爱情更美好的事儿吗?你想想吧,夜晚是怎么回事?人人都在拥抱,接吻!嘿,你呀,老弟!这是个什么玩意儿,你知道……你简直没法形容这种事!真的,这是上帝赐给我们的欢乐……"

他从凳上一跃而起说:

"走吧,咱们到城里逛逛去!"

天空布满灰色的云朵,细雨蒙蒙,宛如烟尘一样。寒冷、潮湿、愁闷。萨什卡却紧紧地裹在自己薄薄的夏天穿的上衣里,什么也不看,滔滔不绝地谈论着他那贪婪的两眼在商店橱窗里看到的一切:领带啦,左轮手枪啦,儿童玩具和女人的连衣裙啦,汽车啦,各式的糖果和教堂里的用具等等。戏院广告上黑体大字投入他的眼帘。

"《乌里埃尔·阿柯斯塔》①。这出戏我看过了!你看过吗?那些犹太人说话真俏皮,你记得吗?不过这全是胡扯:他们在戏院里是一

---

① 乌里埃尔·阿柯斯塔(1590—1647),又名达柯斯塔,荷兰进步思想家。由于反对所谓"灵魂不灭"的教义,屡遭犹太教狂热分子的迫害,最后自杀。此处系指德国剧作家卡尔·古茨科夫所著有关达柯斯塔的悲剧。

种人,可是在街上,在市场上,就成了另一种人啦!我喜欢快快活活的人,像犹太人,鞑靼人,你看,那些鞑靼人笑起来多么欢畅!……在戏院里最好不要表演现代的事儿,而要表演一些遥远的人和事,贵族呀、外国人等等。如果演出现代戏,我就不敢领教啦,因为现代的东西,我们这儿多得是!演现代戏,那就必须处处真实,毫不留情!戏院里应该让孩子们演出,他们演起来才认真呢!"

"可你不是不喜欢现在的一切吗?"

"为什么?如果有趣,我会喜欢的……"

太阳又露面了,它没精打采地照耀着潮湿的城市。我们在大街上信步而行,直到修道院敲响了晚祷的钟声。萨什卡拉着我走到一块空地,走向一个花园的篱笆,这座花园是属于一位严厉的官吏林金老爷的,他是美丽的莉莎姑娘的爸爸。

"你等我一下,好吗?"他请求道,说着他便像猫儿似的跳上了篱栅,坐在柱子上轻轻地吹着口哨,后来,他高高兴兴、文质彬彬地摘下便帽,摆出一副曲意奉承的姿态,冒着摔下来的危险,跟我看不见的姑娘在谈话。

"您好!莉莎雅达·里科弗列芙娜!"

我听不见篱笆那边的回答,可是我透过板缝看见淡紫色的裙子和一只又白又细的手腕,手里拿着一把修花木的大剪子。

"不,"萨什卡满面愁容地说谎,"来不及,我没有读完。你晓得我的工作繁重,做夜班,白天我需要睡觉。同伴们又老缠着我。我手里排着一个个字母,可心里老是想着您……是的,当然啦。不过,我并不很喜欢密密麻麻的铅字,可是,诗就好读得多啦……可以跳到您那儿去吗?为什么?不行吗?涅克拉索夫吗?是的……非常喜欢,可是他的诗很少谈到爱情……您为什么生气呢?请等一等——难道这也得罪了您吗?您问我喜欢什么,可我告诉您,我最喜欢谈情说爱,人人都是喜欢爱情……莉莎雅达·里科弗列芙娜,您等一下……"

他一声不响了,像一只空空的布袋,半个身子悬在园墙里边。后来,他挺直身子,像一只忧郁寡欢的乌鸦坐在墙上有好一会儿,把帽檐在膝盖上拍了几下。夕阳的斜晖照射着他那火红色鬈发,显得十分美丽,风儿又温和地吹拂着它们。

"她走了,"他跳到地上生气地说,"我没读完那本书,她很不高兴。见鬼去吧,书,她给了我一本书,重得像熨斗一样,有一寸半厚……我们走吧!"

"上哪儿?"

"哪儿都一样。"

萨什卡慢吞吞地走着,一步挨一步,满脸倦容,两眼望着斜晖之下的窗户,感到很委屈。

"反正她总要爱上什么人的,"他抱怨说,"说不定她会爱上我。她要我读书,她把我当作傻瓜!她有一对迷人的眼睛,可她却一个劲儿地要我读书!这简直是愚蠢。当然啦,我配不上她……可是,我的天哪!不能总是爱上跟自己一样的人呀!"

他沉默了一会儿,低低地嘟哝着:

> 她在世上长久地受苦受难,
> 她满怀着奇妙的愿望。

"……于是便成了老姑娘啦,傻瓜!"

我笑了,可是他惊讶地望着我,问道:

"我在说胡话吗?嘿,老弟,马克西莫维奇,我的心没完没了地长大,长大,好像我整个人就是一颗心!"

我们又来到了城郊,可是已经是在城市的相反的一边了。我们面前是一片田野,远远的有一座贵族女子学校,一幢白色的大房子,有许多根石柱在高耸的砖墙后面。周围是黑压压的树林。

"我可以为她读完那本书,为这个我死不了,"萨什卡说道,"'先途'……见它的鬼去吧!好啦,老弟,我现在上斯捷巴哈那儿去啦……

去那儿把脑袋枕着她的膝盖睡上一觉。回头我醒了,我喝酒,接着再睡。也在她那儿过夜。我跟你这一天混得还不坏吧?"

他捏紧我一只手,温和地望着我的眼睛。

"我喜欢同你一起玩儿,你在旁边,也像不在一样,一点儿也不打搅我。这才是真正的伙伴呀!"

萨什卡说了几句不可信的恭维话,向后转过身来急急忙忙走进城去。他两只手插在口袋里,帽子挂在后脑勺上,吹起了口哨。他是这样的纤细、瘦削,仿佛是一只有金色钉子帽的钉子。

他上斯捷巴哈那儿去,我感到惋惜,但是我明白,萨什卡总得把自己交给一个什么人,他总得把丰富的感情浪费掉才行。

太阳的红色的光芒照着他的背部,好像推动着这个小伙子向前走去。

地面上有些凉意,田野里空空荡荡,城市轻轻地喘息着,萨什卡弯下身子,捡起一块石头,抡起胳膊,把它扔得好远。

随后向我喊道:

"再见吧!"

朱微明　译

吃人的情欲*

一个闷人的夏夜,我在城郊僻静的胡同里看到了一幅奇怪的情景:有个女人走进一片大水洼,像孩子般地用双脚践踏泥水;一边跺脚,一边用难听的鼻音唱着下流的歌曲,歌里的人名"福姆卡"同"容量大"一词押着韵。

白天,城市里下过一场大暴雨,雨水泡湿了胡同里龌龊的黏土;积水很深,几乎没过这女人的两膝。听嗓音,唱歌的女人已经喝得醉醺醺的了。她若是跳得疲乏而倒在水中,是很容易被泥浆呛死的。

我向上提了提皮靴筒,走进水洼,抓住跳舞女人的手,想把她拖到一块干地上。起初,她有些惊慌,一声不响,顺从地跟我走着,但是后来,她全身用力一挣,挣脱了右手,朝我胸脯打了一下,大声喊叫起来:

"救命呀!"

于是又执拗地向水中走去,把我也拖进去了。

"魔鬼,"她嘟哝着,"我不去!我活我的……你过你的……救命呀!"

一个更夫从黑暗中走出,在离我们五步远的地方停了下来,气势汹汹地问道:

"谁在这儿胡闹?"

---

* 本篇写于一九一三年,最初发表于一九一七年第一期《年鉴》杂志。

我对他说,我怕这女人会淹死在泥水里,想拉她出来,更夫瞅了女酒鬼一眼,大声咳了口痰,命令道:

"玛什卡,出来!"

"我不想出去。"

"我跟你说,出来!"

"我就是不出去。"

"我要给你两下,贱货,"更夫说道。他已不再发怒,接着主动搭讪着和气地对我说:"她是这儿搓麻绳的女人,叫弗罗莉哈·玛什卡。你有烟吗?"

我们抽起烟来。女人一边在水洼里迈着大步,一边喊道:"什么长官不长官,我就是我自个儿的长官……我想洗澡就洗澡……"

"我看你敢洗,"更夫警告她说。他是个长着大胡子、体格健壮的老人。"她差不多每天夜里都要在这里胡闹。家里还有一个下肢残废的儿子……"

"她住得远吗?"

"应当把她弄死。"更夫说道,没有回答我的问题。

"最好送她回家去。"我提议说。

更夫的嘴在胡须下咕噜了一声,用香烟头的光亮照一照我的脸,用靴子吃力地踏着泥泞扬长而去。

"你送她去吧,不过你先要看清她的长相。"

这时,女人又坐到泥水里,两手拨弄着泥浆,用难听的鼻音粗野地尖声唱了起来:

　　　如同在海上……①

在我们头顶上的黑暗夜空里,有一颗巨星倒映在她身边的一汪油

---

① 出自俄罗斯民歌《美妙的月亮》,歌词大意是:嘿,在海上,在蓝色的海上,漂浮着一只天鹅……

腻的污水中。水中鳞波泛起,影儿即刻消失。我又走进水洼里,抓住唱歌女人的腋下,用膝盖顶着,把她架了起来,向篱笆跟前走去;她死也不肯走,挥动双手,挑战似的对我说:

"哼,打吧!没有关系,打吧……你这个野兽……你这个恶魔……哼,打吧!"

我把她按到篱笆跟前,接着问她住在哪里。她微微抬起醉醺醺的脸,用两只深陷发黑的眼睛直望着我。我发现她的鼻梁骨塌下去了,鼻尖向上翘起,像颗小钮扣,伤疤把上唇绷得紧紧的,露出一排小牙,浮肿的脸上露出一种令人讨厌的微笑。"好吧,我们走吧。"她说。

我们扶着篱笆走了。她那湿漉漉的裙子下摆拍打着我的双腿。

"我们走吧,亲爱的,"她唠叨着,好像清醒了一些,"我招待你……我给你安慰……"

她把我领到一所两层楼的院子里。她在大车、木桶、箱子和零散的劈柴垛中间,像盲人一样小心翼翼地走着,最后在房基上的一个洞口前停了下来,对我说:

"钻进去吧。"

开始,我扶着黏滞的墙,搂住这女人的腰,后来,好不容易地扶着她缓缓向前移动的身体,沿着光滑的楼梯走到底下,摸到门上的厚毛毡和把手,打开门,在黑洞的门槛上停住脚步,不敢往里面走。

"妈妈,是你吗?"黑暗中有人轻声问道。

"是我啊……"

朽烂物和树脂发出的热气,迎面扑来。突然火柴亮了,微弱的火光一瞬间照亮了一张苍白的小孩面孔,很快又熄灭了。

"是我,还有谁能到你这儿来呢?"女人说着整个身体都靠在我身上。

火柴又亮了,玻璃灯罩发出清脆的响声,一只纤细而又可笑的小手点燃了小小的白铁灯。

"我的宝贝呀,"女人说道,微微摇晃着身子,躺倒在角落里,那儿放着一张比砖地稍高的宽大的床铺。

小孩望着灯光。灯燃着,灯芯开始结花,他不断地拨动着灯芯。他的小脸很严肃,尖尖的鼻子,有着女孩儿一般圆润的嘴唇,——这张如妙笔勾画的脸庞,在这阴暗潮湿的洞里,显得极不相称。他拨了一下灯芯,便用毛茸茸的眼睛望着我,问道:

"她醉了吗?"

他的妈妈横躺在床上,又是抽咽,又是打鼾。

"应该给她脱掉衣服,"我说。

"那你就给她脱吧。"男孩子应声说道,垂下眼帘。

当我从女人身上脱下湿裙子时,他认真地低声问道:

"熄灯吗?"

"为什么?"

他沉默不语。我一面像搬动面袋似的搬动着他母亲的身体,一面注视着他。他坐在窗台旁地板上的一个厚木板箱子里,木箱上面写着几个印刷体的黑字:

小 心 轻 放!
H. P. 股份公司出品

四方窗户的窗台同男孩子的肩一般高。墙上钉着几排窄木架,上面放着几叠香烟盒和火柴盒。男孩坐着的木箱旁边,还有一个木箱,上面铺着一层黄草纸,显然是当桌子用的。男孩将难看而又可怜的双手放在脖子后面,脸朝上向漆黑的玻璃窗外张望。

我给女人脱完衣服,把湿衣扔到壁炉上,又到角落里的一只瓦盆里洗了手,边用手帕擦手,边对男孩子说:

"好吧,再见了!"

他看了我一眼,含糊不清地问道:

"现在——要熄灯吗?"

"随你的便。"

"你要走,不躺下吗?"

他伸出一只小手,指着他的母亲说:

"和她一块儿。"

"为什么?"我莫名其妙地问道。

"你自己知道,"他满不在意地伸了伸腰说,"人家都躺下来的。"

我感到难为情,回头望了一眼:我的右边是一个简陋的炉子的炉口,炉口前边的小台上放着没有洗过的食具,箱子后面的角落里,堆放着几根涂过松脂的粗绳、麻秆、劈柴、刨花和扁担。

一个蜡黄的身躯,直挺挺地躺在我的脚下,不时发出鼾声。"可以同你坐一会儿吗?"我问男孩子。

他皱着眉头看着我,回答道:

"一直到明早她也不会醒过来。"

"我不需要她。"

我蹲在他的木箱跟前,讲述我同他母亲相遇的情景,尽量说得风趣一些:

"她坐在泥水里,两只手像双桨一样划着水,还在唱歌……"

他点了点头,苍白的脸上掠过一丝微笑,他不时地抓搔他那窄小的前胸。

"那是因为她喝醉了。她就是在清醒的时候也喜欢闹着玩,真像个小孩子……"

这时,我看清了他的一双毛茸茸的眼睛,长长的睫毛弯曲着,眼皮上也长着好看的浓密的汗毛,眼窝下面呈现一片淡淡的阴影,使得没有血色的皮肤显得更加苍白。淡栗色的鬈发像一顶破旧的帽子,盖着高高的前额和鼻梁上面的几道皱纹。他那全神贯注而又安详的表情是难以描述的,我勉强地忍受住这奇怪的非人的目光。

"你的腿怎么啦?"

他转动一下身子,一条像小火钩似的干瘪瘪的腿,从破被絮里裸露出来,他用手轻轻地把腿举起,放到木箱边上。

"你瞧这条腿。两条腿是一样的,生下来就是这个样子。不能走动,不是活的,——就是这个样子……"

"这些小盒子里装的是什么?"

"是兽笼。"他回答道,又用手举起那条木棍似的腿,放回木箱底上的破絮里,爽快、友好地笑着,提议说:

"要不要给你看看?哎,你好生坐着。这玩意儿怕你从来还没见过呢!"

他灵巧地挥动着瘦弱的、过分细长的手臂,微微抬起上半身,从木架上取下各种小盒,一个一个地递给我。

"小心!不要打开,不然它们会跑掉的!你放在耳边听一听,怎么样?"

"什么东西在动……"

"嗯!里面是一只蜘蛛,是个坏蛋!它名叫鼓手。狡猾极了!……"

他那双美丽的眼睛射出温柔的目光,发青的小脸上露出微笑。灵巧的双手迅速地忙来忙去,从木架上取下一个个小盒,先放在自己的耳边听,然后又放到我的耳边,津津有味地讲起来:

"这是一只小蟑螂,名叫阿尼西姆,是个吹牛大王,像个当兵的。这是一只苍蝇,叫官太太,是个少有的坏蛋,整天嗡嗡叫,谁都骂,甚至还揪过母亲的头发呢。不是苍蝇,是一个官太太,就住在窗户朝街的屋子里,只是长相像苍蝇。这是一只黑色的大蟑螂,是个老板,它还说得过去,不过是个酒鬼,不要脸的东西。它喝足了,就赤着身子,毛茸茸的,像条黑狗在院子里爬来爬去。这里是甲虫,尼科季叔叔,我是在院子里捉到的。它是一个香客,是一个狡猾的家伙;好像在替教堂募捐;妈妈叫它'贱货',也是她的情人。她的情人像苍蝇一样多。别看她没有鼻子。"

"她打你吗?"

"她吗?才不会呢!她没有我是活不下去的。她是一个好心肠的女人,只是喜欢喝酒。嘿,我们这条街上都是酒鬼。她很漂亮,是个快活的女人……喝得太凶了,娼妇!我对她说:'你呀,傻瓜!若是戒了酒,准会发财的。'她听了,哈哈大笑。一个愚蠢的女人!但她是个好人,等她醒过酒来,你自己会看到的。"

他令人着迷地笑了起来,他的笑是那样地迷人,我出于对他的强烈的、难以忍受的怜悯心,真想大哭一场,并对全城呼喊。他那美丽的、像一枝不寻常的花朵的小脑袋,在细长的脖颈上微微摇动,眼里发出兴奋的光彩,以一种无法抵御的魅力吸引着我。

我倾听着他那稚气的、可怕的絮语,一时竟忘记了我在什么地方。突然我的目光又落到那扇矮小的、外面溅满泥浆的监狱式的窗子上,黑洞洞的炉口,角落里的一堆麻秆,门旁的破絮上躺着蜡黄色的女人躯体。

"兽笼好吗?"男孩子骄傲地问道。

"很好。"

"我就是没有蝴蝶,没有蝴蝶和灯蛾!"

"你叫什么名字?"

"列尼卡。"

"我们是同名。"

"真的?那你是怎样一个人?"

"喏,就是这样一个人,没什么特别的。"

"得啦,你撒谎!每个人都有个样。我知道,你是个好心人。"

"也许是这样。"

"我看得出来,你还是个胆小的人。"

"为什么?"

"我看得出来!"

他狡猾地笑着,还向我挤了挤眼。

"到底为什么说我是个胆小的人呢?"

"你看,你和我坐在这儿,就是说,你怕走夜路!"

"天不是已经亮了吗?"

"那么,你要走吗?"

"我还会到你这儿来的。"

他不相信,睫毛遮住了他可爱的毛茸茸的眼睛。沉默了一会儿,他问道:

"你来干什么?"

"来和你坐坐。你很有意思。可以来吗?"

"随你便,我们这儿什么人都来……"

他叹了口气,又说道:

"你不骗我吗?"

"真的,我一定来!"

"那么,你就来吧!你是来找我,而不是找妈妈,别理她!我们做个朋友吧,好吗?"

"好的。"

"好,就这样。你是大人,这不要紧;你有多大岁数?"

"二十一岁。"

"我十二岁。我没有朋友,只有卡季卡一个人,拉水车的女儿,因为她到我这儿来,常挨她妈妈打……你是小偷吗?"

"不是,怎么是小偷呢?"

"你的脸太可怕了,瘦瘦的,长着小偷一样的鼻子。有两个小偷常到我们家里来,一个名叫萨什卡,是个傻瓜,凶得很,另一个叫瓦涅奇卡,像狗一样听话。你有小盒子吗?"

"我带给你。"

"带来吧!我不告诉妈妈你要来……"

"为什么?"

"不为什么。男人第二次到我们这儿来,她总是很高兴的。她就是喜欢男人,自私的女人,——真倒霉!我妈妈,她是一个可笑的女孩。她在十五岁那年,连她自己也不知道怎么一来,就把我生下来了!

你什么时候来?"

"明天晚上。"

"晚上她又要喝醉了。你不偷东西,那么是干什么的?"

"卖巴伐利亚克瓦斯。"

"啊,是吗? 带一瓶来好吗?"

"当然,一定。好吧,我走啦。"

"走吧。还来吗?"

"一定来。"

他向我伸出一双长长的手,我也用两手握紧这两根细弱的、冰冷的小骨头,摇晃几下,然后也没有回头瞧他一眼,便像个醉汉那样爬到屋外去了。

天已破晓;渐渐消逝的金星,在一群潮湿的、半倒塌的建筑物上空若隐若现。地下室的玻璃窗子,既模糊又肮脏,仿佛是醉汉的眼睛,从房墙下污秽的洞里望着我。一个红脸大汉睡在门旁的大车上,舒展地岔开两条赤裸的大腿,浓厚坚硬的胡须向空中翘起,白色的牙齿在胡须里闪闪发亮。这条大汉好像闭上了眼睛,在那里狞笑。一条老狗走到我跟前,它脊背已经光秃,显然是开水烫的、嗅了嗅我的脚,接着有气无力地轻轻吠叫了几声,在我心中勾起了对它的毫无意义的怜悯。

清晨,蔚蓝的天空有几道玫瑰色的朝霞,倒映在街头沉积了一夜的水洼里。这些倒影给污秽的水洼增添了几分多余的、令人不快的、腐蚀心灵的景色。

第二天,我请街坊的小孩捕捉了一些甲虫、蝴蝶,又在药房里买了几个漂亮的小盒,带了两瓶克瓦斯、蜜糖饼干、糖果和甜面包,去找列尼卡。

列尼卡十分惊讶地收下了我的礼物,那双可爱的眼睛睁得大大的——它们在阳光下显得更加美丽。

"喔唷唷,"他用一种不像小孩的嗓音低声说道,"你带来这么多的东西啊!你果真是个有钱人? 这是怎么回事? 有钱的人却穿得这样破,还说不是小偷呢! 多好的小盒啊! 喔唷唷,我真不忍心去摸它,我没有洗手。那是什么? 嗷,小甲虫! 像铜的一样,还发绿光呢,啊,你这个鬼东西……哎呀,它们会逃跑和飞走吗? 这太好了……"

他突然快活地喊了一声:

"妈妈! 下来呀! 给我洗洗手。你看,他都带些什么来啦! 就是昨天夜里来过的那个人,像看护一样把你拖了回来。这全是他带来的。他也叫列尼卡。"

"你要谢谢他。"身后传来一个低微而古怪的嗓音。

男孩子频频地点头:

"谢谢,谢谢!"

一团团毛茸茸的尘埃在地下室里飘动,我透过尘埃吃力地认出炉台上有个毛发蓬乱的人头,一个女人的丑脸,发亮的牙齿,勉强装出来的、不由自主的微笑。

"您好!"

"您好!"女人重复道。她说话带有难听的鼻音,不大响亮,但很爽朗,几乎是愉快的。她微微地眯着眼睛望着我,似乎带着一种讥笑的表情。

列尼卡忘记了我,嘴里一边嚼着饼干,一边喃喃自语,小心翼翼地打开小盒。他的睫毛在面颊上投下了阴影,青眼圈变得更加明显。暗淡的、老人脸一般的太阳向污秽的玻璃窗里张望,柔和的阳光洒落在男孩子的栗色头发上。列尼卡的衬衣敞着怀,我看到,心脏在纤细的骨架里跳动,皮肤和不大明显的小乳头不断地一起一落。

他的母亲从炉台上爬下来,在洗脸盆里浸好毛巾,走到列尼卡跟前,拿起他的左手。

"跑了,站住,跑了!"他喊道,全身在木箱里转动起来,抛开身上有气味的破絮,裸露出发青的不能动弹的双腿。女人笑了起来,一边翻动着破絮,一边也喊起来:

"捉住它!"

她捉住甲虫,放在手掌上,用一双活泼的浅蓝色眼睛打量着我,又以老朋友的口气对我说:

"这样的虫子真多!"

"别压死它,"儿子严厉地警告她,"她有一次喝醉了酒,坐在我的兽笼上,压死了好多!"

"你忘掉这件事吧,我的小宝贝。"

"我埋了又埋……"

"后来我不又亲手给你捉了好多嘛。"

"捉了很多!你压死的那些都是有学问的,你这个小胡同里的傻瓜!我把死掉的虫子埋在炉底下,我自己爬过去埋的,那儿是我的公墓……你知道吗,我有过一只蜘蛛,名叫明卡,很像我妈妈过去的一个情人,现在他进了监狱,是一个肥胖而快活的人……"

"哎哟,我亲爱的小宝贝。"女人说道,不时地用指头短短的发乌的小手抚摩着儿子的鬈发,随后用肘部碰了我一下,眼中闪出微笑,问道:

"我的儿子好吗?你瞧那眼睛,啊?"

"你把一只眼睛拿去,把双腿还给我吧。"列尼卡说,冷笑了一声,又仔细地看起甲虫来,"多么好啊……是铁做的!多肥啊。妈妈,它像你给编结过绳梯的那个修道士,——记得吗?"

"怎能不记得呢!"

她于是笑着对我讲起来:

"你瞧,有一天,一个身材高大的修道士突然闯进我的家门,问道:'搓麻绳的女人,你能用绳子给我编一个梯子吗?'我生来还没听说过这样的梯子。我说:'不,我不会!'他说:'那么,我教你。'他解开法衣,满肚子缠着不太粗的绳子,——绳子又长又结实。我学会了,一面编,一面想:他要这种梯子干什么?是不是准备去抢劫教堂啊?"

她笑了起来,搂着儿子的肩膀,抚摩着。

"啊呀,都是些好寻欢作乐的人!他按时来了,我当时说:'如果你用这个去偷东西,我可是不干了!'他狡猾地笑了笑,说:'不是的,这是爬墙用的,我们那儿的墙又高又大,我们都是有罪孽的人,罪孽嘛,都在墙外,——你明白了吗?'嗯,我明白了:他这是用来夜里爬墙找女人的,我同他笑啊笑的笑了好半天……"

"你就喜欢在我这儿哈哈大笑。"男孩子用长辈的腔调说道,"还是把小茶炊生上吧……"

"家里可是没有糖了呀。"

"去买点儿吧……"

"钱也没了。"

"哎,全叫你喝光了!向他借吧……"

他对我说:

"你有钱吗?"

我给女人一些钱,她很快地站起来,从炉台上取下一个瘪瘪的脏茶炊,一边哼着歌,一边消逝在门外。

"妈妈!"儿子朝妈妈的身影喊道,"擦擦窗户吧,我什么也看不见!——我对你说,她是一个能干的女人!"他继续说着,把一个个装着昆虫的小盒整齐地摆在木架上——硬板纸做的小搁架用绳子吊起来。一头系在钉子上,钉子钉在潮湿的墙缝里。"她是个能干活的女人……撕起麻絮来,简直要呛死人,扬起那么多的尘土!我喊道:'妈妈,你把我抱到院子里去吧。我都快要呛死了!'可是她却说:'忍一忍吧,没有你,我会闷得慌的。'她爱我,就是这么回事!她一面撕麻絮,一面唱着歌,她会唱上千首歌儿呢!"

他活跃起来,扬起浓密的眉毛,一双秀目闪耀着可爱的光芒,用嘶哑的童音唱道:

有一个奥里娜躺在绒毛褥上……

我听了一会儿说道:

"这是一首很下流的歌曲。"

"这些歌全是这样的,"列尼卡自信地解释道,突然全身一动,"你听,乐队来了!喂,快些把我抱起来……"

我把他那裹在灰色细弱皮肤里的一把轻骨头举了起来,他的头贪婪地伸到开着的窗外呆住了,干瘪的两腿无力地摇晃着,擦在墙上,发出沙沙的响声。手摇风琴在院子里怪声尖叫,传来一阵阵不连贯的曲调,一个小孩用低音欢快地喊着,狗在一边吠叫,——列尼卡听着音乐,和着它的调子,在牙缝里轻声地哼唱。地下室里的灰尘落了下来,变得明亮一些。他母亲床铺边的灰色墙壁上,挂着一座贱价的时钟,铜钱大小的钟摆一瘸一拐地摆动着。炉口前小台上放着没洗的食具,所有用品上面都落上了厚厚一层灰尘,角落里蛛网上的灰尘更多,像一块块脏抹布挂在那里。列尼卡睡觉的地方,好像垃圾坑,坑里的每一块方寸之地都是那样触目惊心的贫陋,令人感到一种极大的屈辱。

茶炊闷闷地哧哧作响,手摇风琴像被这响声吓着了似的,突然沉默了,一个嘶哑的嗓音喊道:

"坏蛋!"

"抱我下来,"列尼卡说道,一面叹着气,"被赶走了……"

我把列尼卡放到木箱里,他皱着眉头,双手轻轻地揉搓着前胸,小心翼翼地咳嗽起来:

"我的胸脯有些疼,外边的空气我不能呼吸得太久。喂,你见过鬼吗?"

"没有。"

"我也没有见过。夜里,我时常望着炉坑,想着会不会有鬼出来。没有出来。公墓里才有鬼,对吗?"

"你问这个干什么?"

"有意思。万一出现一个好心的鬼呢?拉水车的女儿卡季卡在地窖里看见过一个小鬼,吓得够呛,我可不怕吓人的东西。"他用破絮裹好腿,继续兴致勃勃地说道:

"我甚至还喜欢……喜欢噩梦。有一次,我梦见一棵树,根朝上倒长着,树叶朝地下,树根朝天挺立着。我吓醒了,出了一身冷汗。有时梦见妈妈:她光着身子躺着,狗吃她的肚子,咬一块,吐出来,又咬一块,又吐出来。有时梦见我们的房子突然摇晃一下,在街上走了起来,一边走,一边把门窗碰得砰砰响,官太太家的那只猫跟在它后面跑……"

他瑟缩着耸起瘦骨嶙峋的肩膀,拿了一块糖,剥下花糖纸,仔细把它弄平整,放到窗台上。

"我要用这些糖纸做出各种好东西来,送给卡季卡。她也喜欢各种好东西:小玻璃片、碎瓷片、小纸头等等。喂,你说说看:假如一只蟑螂总喂总喂,会不会长得像马那么大?"

看得出,他相信会是这样的,我回答说:

"假如喂得好,会长成那样子!"

"是吗?"他高兴地喊了起来,"可是,妈妈这个傻瓜,还笑我呢!"

接着,他又说了一句侮辱妇女的脏话。

"她真傻!猫很快就可以养成马一样,对不对?"

"当然啰,也可以的!"

"哎呀,我就是没有饲料!不然该有多好!"

他竟然紧张得战栗起来,手紧紧地按住胸口。

"也可以有狗那样大的苍蝇飞来飞去!还可以用蟑螂来运砖头呢,——假如它有马那样大,一定很有力气!是吗?"

"只是它们长着胡须……"

"胡须不碍事,可以做缰绳!或是一只蜘蛛在爬,大得像什么呢?蜘蛛不能比猫大,不然就太可怕了!我没有腿,否则就不是这个样子了。我要去做工,把我的兽笼里的东西都养得肥肥的。以后拿去卖,再在野外的空地上给妈妈买一所房子。你到野外去过吗?"

"自然去过!"

"讲一讲,田野是个什么样子,好吗?"

我开始给他讲田野、草地,他聚精会神地听着,从不打断我的话,睫毛垂到眼上,那张小嘴慢慢地张开,好像睡熟了似的。看到这情景,我放低嗓音。这时他母亲走进来,手里端着沸腾的茶炊,腋下夹着一个纸包,怀里揣着一瓶伏特加酒。

"是我来了!"

"太好啦,"小男孩叹了口气,睁大了双眼,"什么也没有,只是野草和鲜花。妈妈,你最好能找一辆小车,推我到野外去!不然我死了,那就再也看不到了。妈妈,你真自私!"他委屈地、闷闷不乐地说。

母亲和蔼地劝他:

"你不要骂,别这样!你还小……"

"'不要骂'!你倒好,像条狗,你倒随便,愿到哪儿就到哪儿去。你是个幸福的人……喂,"他转而对我说,"田野是上帝造的吗?"

"自然是的。"

"为的是什么呢?"

"让人们游玩。"

"野外!"小男孩叹了一口气,沉思地微笑着,"我要把兽笼拿到那里去,把它们都放出来:去玩吧,你们这些畜生!喂,你说,上帝是在哪儿造的呢?在养老院吗?"

他母亲尖叫一声,笑得前仰后合,一下子倒在床上,蹬动着两条腿,喊道:

"噢,把你……噢,老天爷!你真是我的小宝贝!是的,上帝嘛,也许是神像画匠造的……噢,这太可笑了,小怪物……"

列尼卡微笑地望着我,亲昵地骂了一句脏话。

"她像个小孩,很固执!就是爱笑。"

于是他又重复了一句骂街的话。

"让她笑好了,"我说,"这不会使你难看!"

"是的,这没有什么可难看的,"列尼卡同意道,"只有她不肯擦窗户的时候,我才生她的气,我求啊,求啊:'擦擦窗户吧,我看不见人世。'可她总是忘记。"

女人笑着擦洗茶具,一双明亮的蓝色眼睛朝我挤了挤,说道:

"我的小宝贝好吗?要不是他,我早就投水自尽了,真的!上吊死了……"

她微笑着说了这句话。

列尼卡突然问我:

"你是傻瓜吗?"

"不知道。怎么?"

"妈妈说,你是傻瓜!"

"我是这么说的,为什么呢?"女人毫无羞怯地喊道,"你从街上领来一个醉酒的女人,给她安顿好睡下,而自己竟走开了,你看,哪有这种人!我说这话没有什么恶意。你可好,却告起状来了,嗨,一个多么……"

她说话像小孩,语言的结构像未成年的少女,眼睛也像孩子一样纯洁幼稚。那张没有鼻子的脸,翘起的嘴唇,露在外面的牙齿,就越发显得丑陋。脸上浮现出不协调的嘲笑——一种可怕的然而又是愉快的嘲笑。

"好吧,我们来喝茶吧。"她郑重其事地提议说。

茶炊放在列尼卡身旁的木箱子上,一股股蒸气逗趣地从磕扁了的壶盖下面冒出来,直冲他的肩膀。他把小手放在壶盖下边,当蒸气浸湿了他的手掌,他富于幻想似的眯缝起双眼,用手抹擦着头发。

"我长大了,"他说,"妈妈一定能给我做一辆小车,我就坐着它到街上去要饭。要够了饭,就到野外去。"

"喔唷,"母亲叹了口气,立刻轻声地笑起来,"他把田野当成了天堂,亲爱的!其实那里到处是营房,到处是胡作非为的兵痞和醉汉。"

"你说谎,"列尼卡止住她,皱起眉头,"你问问他,田野是什么样的,他见过田野。"

"那么,我没有见过吗?"

"你是一个醉鬼!"

他们争论起来,简直像个孩子,那样热烈,那样不合逻辑。这时,温暖的夜晚已经降临在庭院,灰蓝色的密云,纹丝不动地挂在绯红的天际。地下室里渐渐暗下来。

男孩子喝了一杯茶,出了一些汗。他瞅瞅我,又望了望母亲,说道:

"吃饱了,喝足了,真想睡一觉……"

"那你就睡吧。"母亲劝道。

"他会走的!你走吗?"

"不要怕,我不会放他走的。"女人用膝盖碰了我一下,说道。

"你别走。"列尼卡恳求着,阖上眼睛,香甜地伸了个懒腰,倒在木箱里。一会儿他突然抬起头来,以一种责备的口吻对母亲说:

"你要是嫁给他该多好啊,也像别的女人一样举行婚礼……不然和不三不四的人鬼混在一起……他们净打你……他是一个好心的人……"

"睡你的吧。"女人小声地说道,低头喝茶。

"他是一个有钱的人……"

女人默默地坐了一会儿,用不平整的嘴唇大口地喝着茶碟里的茶,然后像老朋友似的对我说:

"你瞧,我们就是过得这样冷冷清清,除了我和他,再没有什么人了。院子里的人都骂我是一个放荡的女人!这有什么?我没有什么可羞耻的。再加上,你已经看到,我的外貌全都被毁坏了。任何人一眼就会看到,我还有什么用呢?是啊,小儿子睡着了,我的宝贝儿子。我的孩子好吗?"

"是的,很好!"

"我真是看不够啊,很聪明,不是吗?"

"是个聪明的孩子。"

"啊,他的父亲是一个老爷,是个老头,他们叫什么来的?咳,对

433

啦！事务所,书写公文。"

"公证人吗？"

"对,就是这个！一个可爱的小老头……人很和气。他爱我。我在他那儿当女仆。"

她把破絮盖在儿子的光腿上,整了整头下黑黑的枕头,接着又漫不经心地讲起来：

"可是他突然死了,在一个夜里,我刚离开他,他不知怎的咕咚一声栽倒在地板上,没有气了！你是卖克瓦斯的吗？"

"是的。"

"给自己卖吗？"

"给老板卖。"

她往我跟前凑了一下,说道："年轻人,你不要嫌弃我,现在我已经不传染了,你随便问街上什么人都可以,他们都知道！"

"我不嫌弃你。"

她的小手放到我的膝盖上,手指上的皮肤业已磨破,指甲折断了。她继续亲热地讲：

"我替列尼卡谢谢你啦,今天是他的节日,你这件事做得太好啦……"

"我该走啦。"我说。

"到哪儿去？"她惊奇地问道。

"我还有点事儿。"

"你留下来吧！"

"不能……"

她看了看儿子,又看看窗外的天空,低声说道：

"还是留下来吧,我用手帕把脸遮上……我要替儿子谢谢你……我盖上,好吗？"

她用令人无法抵御的力量说,说得那样亲热,包含着那样美好的感情。她的一双眼睛——丑陋脸上的一双小孩似的眼睛微笑着,这微笑不是乞丐的微笑，而是足能给人以报偿的富人的微笑。

"妈妈，"小男孩突然喊了一声，浑身一动，欠起身子，"爬走啦！妈妈……你来……"

"他在做梦。"她俯在儿子身上对我说。

我走到院子里，在沉思中停下来，——地下室敞开的窗子里飘出用鼻音唱出的快乐歌声，妈妈在拍儿子睡觉，清晰地唱出一些古怪的歌词：

  吃人的情欲来了，
  带来了不幸，
  带来了不幸，
  把心儿撕成碎片！
  噢，苦命啊，苦命！
  我们躲到哪儿去？

我急速地走出院子，紧咬住牙，不愿哭出声来。

韩玉良　赵顺仁　译

在强古尔河上*

……草原被太阳烤得火红,像一只大煎锅,我像一条不幸的棘鲈鱼,在这只火红色的煎锅中熬煎。

几只黄鼠从洞穴里跳了出来,它们蹲在后爪上,用前爪擦洗狡猾的小小的嘴脸,吱吱叫着互相打招呼,它们身上有一种和修道院里小修道士相似的东西。

辛劳的小甲虫在盐碱地上爬行,蟋蟀在地里弄出响声,像一小段一小段灰色的树枝一样,在我的面前跳跃。

在一望无际的蓝天里,在太阳的右下方,一只鸢鹰展开双翅在那里翱翔,像我在地面上一样孤独。在这炎热的高空里,在我目之所及的这一圈火红色的炎热的地面上,再也没有什么活物。这块寸草不生的像一位老处女一样干枯的土地,被老百姓叫作"野地",科学家们称它是"小鞑靼里亚[①]"。

满目苍凉的土地……

我将袒露的胸膛紧贴在凉爽的盐碱白霜上,这土地像条小河,直接向我的内心灌注着揪心的苦恼。但这不是那种以不明确、不健康的欲望腐蚀和摧残心灵的痛楚,这是多年来与我形影不离的伴侣,也是

---

* 本篇最初发表于一九一五年十二月十一、十三日《基辅思想报》。强古尔河为琴古尔河在十九世纪的名称,系流入亚速海的莫洛哥纳亚河的支流。

① 顿河沿河草原的旧称,位于俄罗斯与克里米亚汗国疆域之间,十六至十七世纪为俄罗斯所占领。

我对生命的力量充满信心的当然结果。

我是一个二十二岁的人,可是已经从巨大的生活之杯中尝尽了大量苦味的毒汁,这毒汁教会我去思索,比我应该思索的还要多。

我的苦恼,大概就是被称为人的心灵的东西,它是一个实体,活在我的胸中,时时刻刻产生永不枯竭的力量推动我前进,不断地向前,同时也以美好的愿望的火焰燃烧着我的心,永不熄灭,用那种神话般的、对于用战斗才能取得的幸福的憧憬折磨着我。

除了这种苦恼,就是与我同在的贪婪的青春活力,由于饥饿也由于孤独,它已濒临死境,并准备承受一切,准备爱所有的人,它喜欢嘲笑一切,还嘲笑我的不成熟的智慧。我的青春活力是我这个人身上最可爱、也是最危险的组成部分,因为它总是得不到满足,也不爱挑剔,像一只羊羔,分不清火辣辣的刺麻和美味可口的芳草。

这种表露得不甚明显的双重性格,使我忍受了非常多的痛苦,而且往往使我在只需要演一出轻松戏剧的场合,却煞有介事地演起正剧来了。

不过,所有这一切并不那么有趣,也未必和我要对你讲的故事有关,这个故事只对你一个人讲,由于不是当面讲,我会谈得像在悲伤时刻自言自语那样轻松、坦率。

就是这样,我躺在"野地"里,下巴搁在两个拳头上,望着远处,望着南方,那儿暑气蒸腾,在它的透明的银辉里隐隐约约摇曳着一些非常讨厌的灰色杂草,在周围炎热的空地上,在瓦蓝蓝的天空下,在草原太阳火辣辣的炎热中,我感到自己也是这样一根该死的草。在南方,在那轻轻摆动着轻纱般的银色暑气的空荡荡的土地上,离我五俄里的地方,懒洋洋地流动着一条强古尔河。它的河岸旁边整整齐齐地延伸着一些瓦拉几亚人①的白色农舍,离农舍大约两里远的下游地方,在河的急转弯处,有一座只有在童话世界里才

---

① 瓦拉几亚是罗马尼亚的一个民族。

有的那种磨坊。

我曾经在这座磨坊里待了好几个小时,后来被人撵了出来。我围着它转来转去,转了四天四夜,想起我的这番遭遇,就像一个悭吝人不能忘怀于自己被人抢去的装金子的钱包一样。

我无意中碰上了这座磨坊,是在夜晚的时候,太阳已经落到草原的边缘后面,闷热的南国之夜很快地从东方降临,可是在强古尔河黑油油的河水中,依然映着一片火也似的晚霞,磨坊的苇顶像锦缎似的闪耀着光芒。磨坊的两扇窗户宛如一双血红的眼睛怒气冲冲地迎着我,望着草原。

从日出到日落,我在"野地"里走了四十俄里,除了无数的黄鼠和从我身边飞开的一群长腿鸨①以及一只白色的鹫②以外,没有看见任何一样有生命的东西。那只鹫鸟蹲在一块从平地里冒出来的石头上,啄食黄鼠的脑袋。

整整一天,天上是一轮红日,地上只有我一个人,在几乎炽烈到白热化程度的苍穹下,旷野里是一片死寂,假如你唱歌,歌声就会像露珠似的即刻蒸发掉,连回声也没有。

旷野能够把人的思想感情吮吸净尽,使他变得和旷野一样空空如也。毫无疑问,正是旷野这一特性,曾经吸引过,并且还在吸引着力图毁灭自己心灵和理智的人们,用扼杀自己的灵魂的办法,去达到神圣的境界。

当我看到那座衬托着美丽的淡紫色河水,坐落在三块巨石之上,涂上柔和的晚霞的磨坊时,我也像一个隐士似的愚蠢,而且饿得像一条冬天的狼。磨坊没有碾磨,它沉睡在闷热的夜晚里。但是可以听到水滴重浊的滴落声,那是强古尔河河水像讲故事一样在水磨的轮翼下潺潺流动。

---

① 鸨:鸟类,头小颈长,背部平,翅膀阔,尾巴短,能涉水。
② 鹫:鸟类,形状似老鹰,但尾部羽毛不分叉,全身褐色,尾部稍淡,以鼠类为食,又称"土豹"。

两只牧羊犬一声不响地从门里冲到我的脚边,一个高个子、背部微驼的人,正靠着门框蹭痒,他漠不关心地望着我怎样用一根木棍打退那两条像熊一样的狗;我大喊一声,指望他唤走这两条狗。这个人把两个手指放进嘴里,打了一个尖锐刺耳的口哨。

两条狗跑近他的身边,抖动着挨了打的脑袋。这人厉声问道:

"你干吗要打它们?"

"要是它们把我撕碎呢?"

"喔……这倒是很倒霉的!"

"您是主人吗?"

"问这干吗?我是帮工。"

"可以在您这儿过夜吗?"

"好人是可以的。"

"我有几条理由可以认为自己是好人:我很穷,也不笨,还会劳动。"

我从肩膀上卸下了背囊,可是这个人却厉声制止我说:

"等一等,我得去问问……"

他走开了,把我留在两条狗的旁边,它们又开始威胁似的咆哮起来,龇着狼一般的牙齿,恶狠狠地喘着粗气。在两条狗的咆哮声中,接着响起了柯布扎①忧郁的弦音。在磨坊的角落里,有人在用令人不解的语言嘟哝出低沉的声音。我想往那个角落里望望,可那两条狗不允许我这样。

泛红的河水,稠得像血一样,在草原的暗黑的躯体上慢慢地流动,河的对岸,活动着一大群绵羊,霞光把羊毛染成了火红的颜色,像苏醒了的大地似的。羊群上方晃动着两个骑马者的黑色身影。

两个牧羊人高声喊叫,一个是严峻的低音,另一个像是女人一样的响亮而又悦耳的声音。在草原的远处,在那紧紧笼罩着旷野的蓝色

---

① 柯布扎是乌克兰旧时的一种拨弦乐器。

夜雾之中，只有一堆金色鬈发似的火焰闪耀着红彤彤的光芒。轻悄纷沓的马蹄声、疲乏困倦的羊叫声、牧羊人的凶狠的呵斥声和周围的一切，都给我以这样的印象，仿佛偶尔步入了久远的过去，进入了古老神话的源头。

　　荒原令人窒息的沉寂像一首无词的歌沁入心房，而那琴弦却仍在磨坊的角落里徒然地对抗着沉寂，连续不断地发出索然无味的吱吱声，令人不快。这是一种奇怪的声音，仿佛有人不乐意地撕扯各种不同质地的丝绸一样。

　　这座久经日晒雨淋的老磨坊，酷似神话故事里的蜜糖饼干般的小房子，从敞开着的黑洞洞的窗户里散发出一股热面包的气味，使人馋涎欲滴。

　　院子里走出一个矮小的老太婆，脸小得像个拳头，穿着奇怪的服装，她手搭凉棚望着我，连续点了两次头，小声对我说：

　　"可以，可以……"

　　两条狗乖乖地、顺从地走近她，磨坊的伙计躬身站在她旁边，她用一只手抚摩着两条狗的毛茸茸的脸，对伙计说着瓦拉几亚话。她的眼睛没有眼白，颜色暗得像樱桃一样，脸上的肌肉松得挂了下来，小小的鼻子弯得像鸟嘴——一点儿不差，完全和神话里的老妖婆一模一样。

　　"就这样。"她绕过磨坊的屋角时说，那两条狗仿佛被无形的锁链拴住一样跟随在她的左右，不时地把自己的身子在她的腿上蹭来蹭去。

　　"去，去。"她呵斥着，把它们赶开。

　　伙计打了一个呵欠，问道：

　　"你要吃点东西吗？"

　　说着，向院子里喊了一声：

　　"甘娜，拿点面包、牛奶……"

　　有人从院子里生气地回答：

　　"自己去拿，我躺下啦……"

"你就给拿吧……"

"拿给谁呀?"

"给一个过路人。"

"真是魔鬼差来的!"

"是您的妻子吗?"我问。

"那还用说。"

伙计不慌不忙地从口袋里掏出烟斗、烟袋,坐到台阶边的板凳上。

"坐下吧。从远处来的吗?"

"从俄罗斯来。您是俄罗斯人吗?"

"不,我是切尔尼戈夫①人。"

"在这里很久了吗?"

"有五个夏天了。"

"寂寞吗?"

"那又有什么办法?"

"主人是察兰②吗?"

"是的。"

"挺有钱吗?"

伙计把烟斗吸旺,吐了一口唾沫,望着烟斗里的烟火,用手指把它压紧,反问道:

"你要偷东西吗?……"

南方的夜晚像一顶黑色的暖帽似的严严实实地扣着大地。在哀怨的天空里,亮起了蓝色的繁星,并且形成了一条银色雾霭似的星河。

绷得紧紧的寂静突然迸裂了,仿佛从某个明亮的裂缝里喷出一股浓重的音响的溪流,那是柯布扎的琴弦一致奏出的奇怪的旋律。后来,所有的声音都汇合成一个低沉的、忧伤的调子,而在这声音停止以前,一个女人的响亮而圆润的歌声接合了上来,那歌声清楚地、紧张地

---

① 今乌克兰同名省的省城。
② 摩尔达维亚语:农民。

唱完了生涩的歌词：

　　嗳，玛拉，亲爱的玛拉……

　　乐器再一次十分准确地弹起歌词的旋律，那女人又唱了起来，于是歌弦重新和着她的声音汇成一支像草原上的道路一样绵绵不绝的曲调。

　　女人和柯布扎琴就这样相互交替着，像海面上的月光一样，在夜晚平静的沉寂里，将歌声散布开来。这首歌里包含着一种无声的、揪心的绝望，充满了草原之夜特有的凄凉和魅力。

　　一个身穿白衣的女人悄悄地走近我，她身材高大，赤着双脚。她把一只水罐放在长凳上，又放上一块大面包，问了我一些话，就轻声地笑笑，一声不响地走到门外去了。

　　"你吃吧。"伙计说。

　　"这是谁在唱？"

　　"女主人。"

　　"年轻吗？"

　　"是的，那还用说。是女主人的孙女儿……"

　　他把烟斗在手指上磕了几下，踩灭了撒在我脚边的火星，问道：

　　"她弹得很好吗？"

　　"是的。"

　　"她疯疯傻傻的！不中用了。"

　　我急急忙忙喝完了牛奶，把面包揣在怀里，提议说：

　　"咱们到门外去吧！"

　　"不，不……"

　　"请吧！"

　　我劝了他好久，可是他老是笑笑，摇摇头，表示不赞成，最后他还是勉强同意了。

"好,走吧……"

在农舍的拐角处靠墙搭着一个矮矮的棚子,棚顶盖的是芦苇,两边也是用芦苇编织的篱笆,正面则对着草原和那条河。一个花枝招展的女人,坐在窝棚中间的一架小车上;她那犹如一块白斑似的脸,胸前和头上的缎带,以及一头蓬乱的头发下的两道浓眉,都可以看得见。她的膝上放着一件乐器,形状像是柯布扎琴,但更像一颗被砍下的、脖颈细细的头颅。在它的反响板的共鸣孔上,架着一个一半嵌入琴体的木圈,木圈上绷着六根细弦,两根低音弦从两侧触及木圈。在椭圆形的琴体一侧装有一根琴柄,在黑色的琴颈上端的一小块木板上排列着琴键,那妇人用一只手摇着柄,另一只手的手指按着琴键,琴弦触动那个会转动的木圈,就发出近似黑管的闷闷的鼻音。

妇人一动不动,直挺挺地坐着,她两眼紧闭,贴在木圈上的四度音弦紧张地颤抖着,发出悠长的低吟;她的嘴巴紧闭着,随着乐器哼出鼻音。这是一种难听的、令人腻烦的声音。

小车的前轮小得像玩具一样,后轮则高得多,因此小车就像一张安乐椅。妇人身上裹着一些花哨的破布,一条有条纹的被子盖在她腿上,被角拖在地上,她的背部放着一只鼓鼓囊囊的红色靠枕。

老大娘的小小的阴暗的躯体,坐在前轮旁边一只横着锯开的大木桶上,两只黑黑的手支撑着孩子般的脑袋,把臂肘放在自己瘦削的膝盖上,像等待什么人似的望着草原。两条狗躺在她的脚边,身材高大、穿着白衣的甘娜闷闷不乐地站在小车后面。

我走进窝棚的时候,老大娘把右手从脸上放下来,用手指威胁我。

"你就站在那里。"伙计用肩膀把我推近农舍的墙壁说。我蹲了下来。他靠着墙壁在我旁边站着,不时地搔着胸脯,抱怨说:

"这一夜就是这个样子。每逢月圆的时候,她就这样不睡、不喝、不吃……"

妇人在小车中微微动弹了一下,仿佛有人推了她一下似的,她睁开眼睛,稍稍眯了一下,目不转睛地凝视着我。后来她轻声笑了起来,说了几句瓦拉几亚话,突然转过乐器的柄。

"噢,我的妈呀。"甘娜叹了口气。

老大娘不安起来,指手画脚地向伙计很快说起话来,他只是简单回答她两次。后来他厉声对我说:

"你来这儿她不满意。她们不尊重俄罗斯人,而且害怕他们。因此我说你是鞑靼人……"

在蓝色空旷的草原上,从一抹尚未燃尽红霞的左边,从大地上慢慢升起一轮大得宛如车轮似的浑浊的、黄澄澄的月亮,蟋蟀嚯嚯地叫着,一条狗在打鼾;星星映在黑沉沉的强古尔河中,犹如撒下一枚枚的金针。远处传来十下铁锤的声音。

"他在胡来,"伙计望望月亮说,"还不到十点钟呢……他要睡觉就胡来啦。"

妇人的眼睛像瞎了似的,直瞪着我这边,突然间她用手指着我说了些什么,声音高得使大家都打了一个哆嗦。

"她要赶我走吗?"

"到她跟前去。"伙计用膝头朝我的肩膀顶了一下,命令说。

我走上前去,她依然用那双同老太婆的眼睛一样没有光泽也没有表情的又大又黑的两眼一眨不眨地端详着我的脸。她的面容像是一块块拼起来的,奇怪的是彼此之间互不联系;嘴巴小小的,嘴唇像孩子一样鼓着,两道眉毛浓得活像胡须,干瘦的鼻子是鹰钩状,下巴肥大可人。波浪似的未曾梳理的头发,像一只沉甸甸的帽子披在脑后,把高高的额头的皮肤绷得紧紧的。她看上去三十岁左右,但是闭起眼睛来,便显得年轻些。

她恍恍惚惚地望着我。她那两只没有劳动过的小手,总是抚摸着按弦板和柯布扎琴的琴身。她左颊的耳根旁,有一条肌肉不时地抽搐着,牵动着鼻翼。

她垂下眼皮,悄悄地说了点什么,这时伙计拉拉我的袖子说:

"你坐下吧,可以的……"

妇人调了调乐器,突然以低低的声音,非常忧郁地唱了起来,同时摇晃着脑袋,缓慢地伴着琴声。歌曲的旋律像燕子飞翔一样捉摸不定,旋律神经质地盲目地在沉寂中飞来飞去,一会儿突然降为低低的呻吟,一会儿又迅速升高,变成绝望、恐惧或是热情的呼喊。琴弦的声音好像风笛和黑管,它应和着歌声十分响亮,感人殊深,好像在劝说受苦的人,以另一种悲哀的连续不断的不缓不急的音程,消融了他的诉怨。有时候琴弦又像在模仿哀怨的歌声。

这弦音对我来说,是不悦耳的,格格不入的,可是,它还是势不可挡地抓住了我的心,不禁使我想要逃往草原……

我没有注意甘娜是什么时候离开的,她的丈夫是怎样伸开四肢躺在地上睡着的;老大娘微微摇动着身子,像一根枯草似的;两条狗在睡梦中犹豫豫不已;那听不明白而又温柔的歌词还在响着,此起彼落,仿佛没完没了一样。

在河那边,有人紧傍着河岸走动;他的黑黑的头,挡住了低悬的月亮,他的影子映在河水上,映在黄澄澄的反射的月光上。他停留了一会儿,也是用歌唱来作回答,后来又突然消失了。

妇人停止了奏琴,好像她的两手突然瘫痪了,歇斯底里地喊叫起来,脖子伸得很长,身子朝前弯下去。老大娘跳起来大喊一声,喊声中夹着哭声,抱住这个病人,抓住她在空中乱舞的两只手。两条狗嗅着空气狂吠起来。伙计醒过来,跑进窝棚的角落里,拎来一桶水,拿了一把长柄水勺,喊道:

"甘娜,你见鬼啦……"

他狠狠地打了她一下,霎时间,忙乱、哀鸣和叫喊声,又忽然停止了,这一切都让口哨声压倒了。妇人两手掩面轻声地哭着或者笑着,老大娘把她的短上衣、缎带和头发整理了一下,仿佛祈祷似的嘟哝了几句,伙计对我说:

"没有关系,你睡你的,听见吗……"

我仿佛已经睡了很久,现在在做着一个奇怪的令人不安的梦……

"经常是这样的……"伙计坐到地上小声说,"她听到声音就会心跳,大声喊叫,显然这是她的幻觉,以为是他在叫唤……"

"他是谁呀?"

"她的未婚夫。"

"未婚夫在哪儿?"

"死啦。被人打死了。"

老大娘急急忙忙地说了些什么,伙计搔了一阵没刮过的颧骨说:

"她不让我走开。显然她是怕你。你不必在这儿……"

他想了一想,朝窝棚的角落里点点头说:

"你去躺在那儿,我可以看得见你。你们这些人跑来跑去,没个安身的地方……谁在赶你们呀?"

他从窝棚里走出来,后来又马上转身拿着一根粗木棍出来。他和我并排躺在一起,把那根木棍放在自己的脚边,正好使我随时都能抓到它。

妇人像一个受委屈的小孩一样呜呜啜泣,老大娘总是嘟嘟哝哝说些难懂的话。夜色之下的蓝色的河水淹没了草原,老大娘黑黑的身影,在暮霭中晃动,恰似海底的一条大鱼。

"这里到底出了什么事?"我问道。

"不是这儿,是在三十多俄里之外……"伙计没精打采地纠正我说,"她和未婚夫赶集回来,时候已经晚了。矿工们一下子就围上来,把她的未婚夫打死了,轮奸了她,打断了她的脊梁骨,她的两只脚也因此瘫痪了。人不中用啦……"

他把烟斗装满了烟草,谈起暴行和凶杀的经过,就像谈论在瓜园里偷西瓜一样轻松。

火柴的光芒一刹那间照亮了他那张圆圆的长满灰络腮胡子的面孔,照亮了那双睡意蒙眬、迟钝而又带着沉思的眼睛和鸭嘴似的鼻子。

"她们现在可害怕呢,特别怕俄罗斯人,像老鼠怕猫儿一样。有钱人过日子总是提心吊胆。就是收买矿工去杀人的那一个,也是俄罗斯人。他自己想要娶她,于是就想出了这一招。这是一个手段狠毒的人。他被发配到西伯利亚去了,同他一起去的还有两个。老大娘总是放心不下,怕他从西伯利亚逃回来杀她们。她想卖掉这座磨坊,打算去多瑙河那边自己人那儿,到罗马尼亚人那儿去……"

听到他那含含糊糊的话语,是令人不快的。柯布扎琴弦再一次弹奏起来,那短促的叹息声和妇人的歌声融合在一起。

"她唱的是什么?"

"唱各种各样的歌。这件事情没有发生以前,她自己编歌唱。这里所有的察兰都尊重她。可现在呢……还有一帮狗崽子,像过去那个人一样,总来到河那边,哼起她心爱的歌儿,真叫她受不了,她老是产生幻觉,总以为未婚夫在喊她。她马上受到招惹,全身抽搐起来。可那些人就开心啦,就是说,他们故意逗弄她……"

"您懂得她唱的歌吗?"

他笑了笑说:

"当然啦!每支歌我都听了上百次啦。大家都晓得,她是个没有出嫁的姑娘,所以唱的都是些姑娘的心事。虽说是疯疯傻傻,可是心事是忘不了的……"

为了请他把歌词翻译出来,我求了他好久,只是在我答应送他一件衬衫的时候,他才同意了我的请求。

"喏,是这样的,"他皱起眉头,倾听着低声的流水似的忧伤的旋律,开始说,"她是这样唱的:

"'我的上帝啊,上帝!夜间,草原上的道路十分可怕,可我呢,就像空中的明月,孤独无依。随它去吧,我等待幸福,等得很累了,我的上帝啊,上帝!……让电光烧毁那月亮,我则被忧愁烧毁,我的上帝啊,我是一个机灵的姑娘!我将来会有幸福,我会把鲜花播种在大地上……'"

他显然听入了神,从嘴里取出烟斗,伸长了脖子,紧张地眨眨眼睛,再听下去:

是谁骑着白马奔驰,是不是幸福来把我迎接?

草原上空的一轮明月像是金色的蜂房,在瓦蓝瓦蓝的天空里,像金色的蜜蜂一样的星星静静地闪烁着,琴弦嗡嗡嗡地响着,一种温和的声音在低声叹息,那个伙计所说的话自然而然地组成了一行行奇异的诗句:

夜晚,草原上有一条黑暗的小道,
我的上帝啊,噢,上帝!这样的可怕!
我在世上是孤独者,生来就是孤儿,
草原和太阳都知道,我是孤儿!

红色的闪光燃烧着夜晚的太空,
小小的月儿在蔚蓝的天空里感到多么害怕!
上帝啊!我的心仍然在烈火中燃烧,
哪晓得是幸福还是苦恼?

瞻望未来我已再没有力量等待,
我的上帝啊,芳草的气息多么甜蜜可爱!
噢!但愿夜晚的黑暗快把独活草遮盖,
上帝啊!我的思想是多么的古怪……

将来我会幸福,我要播种鲜花,
我要遍地播种,人人都能看到它。
我的上帝啊!饶恕我吧!我不敢把话搭,
我希望什么……不,我只有装聋作哑!

我的身躯发热,紧紧贴近地面,

在炎热、昏昏的夜色里,星星也难看见我的脸。
是谁骑着白马在草原上奔驰,
我的上帝啊!上帝啊!是不是他来把我迎接?

如果他停下了白马,
我对他说什么?又怎么回答?
上帝啊!赐予我力量说亲切的话!
教会我说甜蜜的话儿吧!

他迎着罪恶的闪光疾驰而过,
我的上帝啊!上帝啊!这又是为什么?
上帝啊!请你派个六翼天使化作
白色的未卜先知的鸟儿跟着他!

　　安东睡着了,张开了满是胡须的嘴巴。夜鹰在贫瘠的草原上空和黑色钢板似的河水上面的死寂里飞来飞去,那柔软的鸟儿的翅膀,就像晚风吹拂着丝绸一样,不断发出哨声。夜晚的愁闷,使我心力交瘁,使我产生各种各样的愿望,引起我的不安,我要唱,要说,要到什么地方去,要接触有生命的东西,哪怕抚摩一条狗也是好的,或是捉住一只老鼠,把它温暖的发抖的肉体轻轻握在手掌里攥成一团。
　　我一动也不动,担心惊动了老大娘,而她坐在病人的脚边,老是微微地晃动,忽然之间又弯成两半,不再动弹,仿佛她的躯体折断了。低音琴弦不断地响着,有时姑娘伴随着琴弦悄悄唱出一些令人不解的歌词。像大海一样的无边无际的孤寂拥抱着草原,甚至把它淹没。在我的内心,对大地,对大地上的一切,产生了很大的怜悯。蓝色的天穹上一颗银星闪出一道夺目的光芒。
　　姑娘用紧张得发抖的声音喊出了熟悉的歌词:
　　"喔,玛拉……"

这歌词带着那样剧烈的忧伤打击了我的心房,使我跳了起来,走近病人,站在她的旁边,端详着她的面容。她并不害怕,只是对我点点头,也不停止唱歌,她的眉毛下眼窝里两只眼睛炯炯发光。在这闪烁的光芒里,有一种我没有体验过的奇妙的力量,像磁石一样吸引着我的心。如果草原长有眼睛,它可能也是这样的看着一个人,它缓慢地、带着悄悄的几乎是甜蜜的痛苦心情吮吸着人的心灵。

歌词愈来愈诚挚恳切,充满了揪心的哀愁,那柔和的节拍敲击着心灵。她的白皙的右手手腕不停地转动,用一条无形的结实的线束缚着我;我变得软弱无力,越来越低地俯向她的肩膀,当她停止弹奏,整理掉在眼睛上的头发时,我情不自禁,握着她的手吻了吻。

这也并没有使她害怕,她甚至蒙蒙然地笑了,好像远远地望着我,后来,她的两道眉毛低低下垂,她直冲着我的脸深深地叹口气说:

"喔,玛拉……"

"喔,喔……"琴弦忧郁地弹起比歌声低三度的音调。

听到这样的歌声是令人痛苦的,可是姑娘却目不转睛地望着我的面孔,仿佛眼睛里有一种命令似的表情;我也目不转睛地望着她的眼睛,她的一对眼睛犹如把阴暗的、发狂的情绪注入了我的心里。

记得那时候我坐在病人脚旁的地上,眯起眼睛坐着,甚至很想整天、整夜、整年地坐着。一种不可理解的重力把我压倒在地面上,我的心缓慢而又剧烈地跳动着,仿佛整个高低不平的地球滚到我背上。由于它的轻轻的推动,我随着歌声的节拍微微摆动着身子。我的肩膀紧靠着姑娘的肩膀,目不转睛地望着她的脸,我好像也在唱什么,说什么,可是她的歌声愈来愈响,在这寂静的、使人敏感的深夜里飘扬开去。那单调得要命的歌词和空荡荡的贫瘠的土地的呻吟声汇成一片,却使人惊心动魄。

于是,我不知不觉地丧失了理智,想永远这样:作为一个沉默的流浪汉,在大地上徜徉,倾听她的忧郁的歌声,为它而痛苦,而不会用自己的歌声来响应她的呻吟,也没有力量说出自己的意思。

最后,姑娘终于停止了弹唱,深深地叹了口气,我的面颊上觉得有一个热乎乎的东西,这是她像瞎子似的用手掌抚摩我的面孔。

我顺从地接受她的爱抚;我觉得奇怪的是,病人好像现在想起了什么事情。我很希望她能回忆起以前的事情,于是就期待着,过不多久她就能恢复理智。

小车轧轧轧地响起来,向后移动了一下,老大娘马上跳起来,大喊一声,挥动双手,像赶鸟儿似的向我扑来。

姑娘笑了起来。

"您不要怕。"我对老大娘说。她却又大叫一声,像一只母鸡似的在我面前一跳,开始叫唤:

"安东,安东……"

我亲自唤醒了那个伙计。他站起来,对老大娘粗声大气地说了几句话,这才制止了她那愤怒的指责。后来他抱怨地问我:

"怎么,你要我为了你睡不成觉吗?"

他用手向草原一指,接着说:

"你走吧,快离开……"

我打算平息他的愤怒,可是他却抓起木棍,杵着我脚边的土地,断然向我逼将过来,迫使我在他面前后退。我很想揍他那笨脑袋,他却已经用木棍在我的脚踝上狠狠地杵了两下,痛得我跳了起来。

"你听着,"当他把我赶出窝棚时,我对他说,"见你的鬼,我就走。可是你得说说,她唱的是什么?"

开始时我粗声大气地请求他,后来是低声下气地像个乞丐一样请求了。他像牛一样哞哞叫,还要骂人,扭歪了那没表情的面孔,尽量做出气势汹汹的架势,可是最后,我的话里有什么东西引得他大笑起来。于是他就笑着说:

"你也是一个疯子!"

姑娘又轻声地唱了:

"喔,玛拉……"

在她的阴暗的脸上,洒着一片黄澄澄的月光……

安东站在我面前,身子贴着身子,解释道:

"从前有一个强盗走到这姑娘的窗口说,'喔,玛拉,也就是玛丽娜①,我就要死了,你爱我吧。'就这几句话。劳你驾快走吧!打搅别人是不好的。还有什么呢?我已经说了,'他把抢来的东西送给她,恳求她说,爱我吧,我虽然是个老头子……'听,她们在叫我哪,你走吧……"

我顺着河岸向上游走去。拦河坝里的河水潺潺作响,它在诉说银色的神话故事。琴弦费力地弹奏着,在沉静的夜里飘扬着严峻的如泣如诉的歌词:

喔,玛拉!
我走近你的窗口,
今天并非是白白等候,
你——我的太阳,瞧瞧我吧,
我给你的欢乐天赐般,
给你项链、三马克银币,玛拉!

喔,玛拉!
让红色的伤痕,
刺痛我苍老的面孔,
相信吧,老年人爱得真诚,
还懂得怎样疼爱女人,
你相信这颗年老的心,玛拉!

喔,玛拉!

---

① 玛拉是玛丽娜的爱称。

你知道,上帝给我的夜晚可能是最后一个,
明天,他就要毁灭我!
那么让我做一次祈祷吧,
赞美你的圣洁的美丽,
喔,玛拉!

在草原上,在磨坊周围,我徘徊了两昼夜,急不可耐地想再一次倾听姑娘的歌声。我走近些,远远望着被雨水冲刷成银白色的芦苇顶,望着干燥的车轮和冲洗着石头的小河。可是,在磨坊里,白天黑夜都是静悄悄的,死一般的沉寂。

我在草原上走出十多俄里远,后来,我又折回来,看见安东嘴上衔着烟斗在院子里一步一步地踱着,两条狗躺在门边的阴影里。

不论是老大娘,还是那位姑娘,我再也没有看见了,她俩好像消失到地下去了。

"喔,玛拉……"

大概,这位姑娘已经死了很久了。

朱微明　译

一个快乐的人*

　　小小的沙滩,宛若一幅黄色的锦缎,被抛在碧波荡漾的海水里;沙滩前面,即它的南面,是一望无垠的、玻璃般平静的水域,后面则是一片光耀夺目、清澈晶莹的水面;再过去便是岸上的一排低矮的古铜色丘岗,丘岗上稀稀拉拉地长着一种不知名的灌木;再过去,在灼热的沙地中央,是斑斑的污点,那是鱼类加工厂的建筑物。

　　天空分外晴朗,从这边的沙滩上就可以望到在很远的丘岗上闪烁着鱼鳞般的点点银光。

　　天气像澡堂里一样闷热。海鸥经受不住这种酷热,像母鸡似的无精打采;它们张着嘴巴,懒洋洋地张开弯曲的翅膀,在沙滩上走来走去,只是偶尔气喘吁吁地发出几声嘶哑的鸣叫。只有四分之一俄尺高的低低的海浪舐吮着沙滩,海水的喧闹声和拍击声隐约可闻。

　　一片寂静,犹如一场大祸过去以后那样岑寂而空虚。

　　谢尔加奇[①]人巴里诺夫热得难受。他闭着淡得发白的眼睛,直挺挺地躺在潮湿的沙地上,唠唠叨叨、昏昏欲睡地教训我:

　　"我认为,我走遍了所有的陆地,渡过了所有的海洋;我认为,我受尽了一切罪过……"

---

* 本篇最初发表于一九一六年二月二十一日《基辅思想报》。
① 谢尔加奇是尼日戈罗德省的一个县,该地农民由于本县产业不振,每到夏季常大量外出做工。

我听着,但不相信他。他是一个胆小鬼,在人们面前总是低声下气的,而同工头说话时则尖声细气,两腿还瑟瑟发抖。他是个像水牛一样懒惰的男人,不停地发议论,而且浑身都是汗毛。他那张扁平的、长着一个翘鼻子的脸,似乎戴了一副沙黄色毛制品做的面具;鼻孔像骆驼的鼻孔那样宽大,从里面露出棕黄色的细毛,耳朵里也净是毛。在裸露的被晒成紫铜色的胸脯上,长着像狗熊身上那样的厚毛,就连指关节上也长着浓密的灌木丛般的细毛。他长着一副罗圈腿,像裁缝用的大剪刀,胳膊像腿一样又长又粗,他也许很适宜用四条腿走路。

然而,这是一只非常善良、非常温顺的野兽;当同事们因他懒惰和粗心而揍他的时候,他却像木桶似的在他们脚下滚来滚去,既不生气,也不抱怨,只是求饶:

"得了,哥儿们,得了吧!打几下就行了……"

他的秃头用一块红布紧紧地包着,远看好像他的颅骨被剥去了皮。

"我在人世上是个毫无价值的人,"他说得很诚恳,也不管我是否有兴趣听他的,"我像铃鼓一样中间是空的,人家敲我的时候,我就回应,人家不动我,我也不吭气……"

他似乎在说梦话,我也似睡非睡的。我们头顶上是一碧如洗的天空,四周是大海的碧波,仿佛我们的脚下也是天空。我们躺在这锦缎般的沙滩上,悬在深不可测的空中,宛若乘坐在飞毯上。

可是这飞毯是静止不动的,我们心灵里的一切也是静止不动的。

在一俄里半远的前方,有一个像我们这里一样的沙滩;本来,在犹如一大堆被熔化的、闪烁着炽热光芒的玻璃似的海水中,这个沙滩是看不见的,但是,有一个仿佛飘在空中的影影绰绰的人在那里来回走动。这是我们的第三个伙伴。他好像是个东方人,不是波斯人就是波斯的亚美尼亚人,名叫伊泽特。他几乎不会讲俄语,可他十分明白人们吩咐他的一切。他是个很随和的人。

把我们三个人从工厂派到浅滩上,是为了拆卸早晨留在那里的缆索。但巴里诺夫和我都懒得在这大热天里走那么远,于是我们就在靠近岸边的沙滩上躺下来,支使伊泽特去取缆索,他像一匹驯良的马一样听话,便遵命前往。

"我已经四十五岁了,"巴里诺夫伸伸懒腰,说着梦话,"我什么事情都见识过,有些省长也比不上我。但是,你要问我这一切是为了什么,我却说不上来。只是觉得烦闷。而你却说——人们……"

在这个亮闪闪的空旷地方没有什么可看的东西,脑髓也在这空间里泛开来,犹如温暖的海水里的一团白沫。也没有什么可想的事儿。

巴里诺夫吗?他所讲的事情,我已经听他和别人讲过了。这一切有关人生的思考只会使人生变得死气沉沉,引起内心的痛苦与烦恼。

倘若闭目静躺几分钟,你便会感觉到身上的每一块肌肉、每一个部位都令人不快地舒张了,酥软了,好像掉进了灼热的无底深渊。被投入热水锅里的一小块硬面团,大概也有这种感觉。

一只老海鸥鼓起灰白的两腮,难听地叫着,两个女伴用恶狠狠的眼睛斜视着它,艰难地展开翅膀,慢慢地向大海飞去。它们的影子在水面上摇曳,宛如两片丝绸。

在那边,滚胖溜圆的伊泽特在水面上空忙碌着,把一只木桶朝一只小船推去。

"我们村里有个叫科洛巴什金的录事,"巴里诺夫自言自语地说着,"他是个好人,虽说是个不可救药的酒鬼。他常说:'大家应该过一样的生活。老乡们,'他说,'你们应该时常互相殴打,等到你们大家都打够了,彼此都感到羞耻了,你们就会开始和睦相处。'他还说:'大家应该同心同德地生活,即便在耻辱中生活,只要同心同德就好。要是每一粒米都各行其是,粥是熬不成的。'你瞧,谁来了?"

他用毛茸茸的手掌搭了个凉棚,眺望着对岸。有一个人正在紧靠着海岸摇摇晃晃地走来走去,用脚踏灭了鱼鳞的光点。"他在找水浅的地方。你喊他一声,叫他往右边一点儿走,那儿有一条……"

我默不作声,不想喊叫,巴里诺夫也没有吱声。天气越来越热。

热乎乎、咸津津的空气沉闷而潮湿,使人感到呼吸困难。嘴唇上满是盐,想喝水,可是盛清水的水壶在小船上。银白色的鲱鱼在浅滩旁边的海水里时隐时现,宛若浮游在空中的无翼鸟儿的影子。如果你无意中朝天上看看,你会看到太阳正在蓝色的炎热中渐渐熔化。

那人找到了通向我们这里的路——一条被春天的暴雨冲积而成的沙丘,这条沙丘弯曲着身子,就像法文字母"S",它的下端便是我们躺着的小岛。沙丘上的水最深的地方也只到腋下。

"不是我们的人。"巴里诺夫说道。

我相信他的判断,他具有航海家的眼力。

那人走进水里,慢慢向前移动,他抬起胳膊肘,一步步地走着,海水越来越深,他可笑地用肚子推着海水。

"波斯人。"巴里诺夫肯定地说道。

我看见水面上有一张黧黑的、刮过的脸,剪得很短的灰胡须,由于微笑而露出来的白牙。那人头戴一顶活像瓦罐的圆毡帽,肩上搭一条蓝裤子,短上衣也是蓝色的,里面是一件白衬衫,敞着前襟。水慢慢浅了,一双紫铜色的腿露出了水面,在阳光下闪闪发光。

"你们的好!"他老远就叫喊道,不住地摇晃着圆脑袋。

"一个快乐的人,"巴里诺夫微笑着说,"波斯人全都这样,都是快乐、善良的人。他们相当蠢,比小孩子还蠢。要想欺骗波斯人,那是再容易不过了!"

那人走到沙滩上,穿上裤子,把帽子推到后脑勺,露出剃得光光的发青的前额。他一面朝我们这里走来,一面喊道:

"你们的好,你们的好!"

他是一个又干又瘦的人,他那黧黑的脸上刻满了细细的皱纹,在皱纹之间,一对金黄色的瞳仁在淡蓝色的眼白里愉快地闪烁,眼睛很大,像一对扁桃仁。他年轻的时候也许很漂亮。他灵活地弯起长腿,轻捷地蹲下来,问道:

"吃烟?"

他从怀里掏出香喷喷的烟荷包和黑烟斗,递给巴里诺夫。巴里诺夫赏识地接受了这一番款待,满满地装了一烟斗潮湿的烟丝,说道:

"波斯人上这儿来干吗?"

那人看了看巴里诺夫用大拇指压烟丝的模样,笑了笑,便从他手中夺过烟斗。

"不是这么抽的!"

他掏出一团烟丝,重又装进烟斗,递给巴里诺夫。

"是这么抽的。"

"波斯人找到工作了吗?"

"工作,"客人点了点头,"工作会有的——咔嚓一下!"

"我说他是个快乐的人嘛。"巴里诺夫说道,他也笑了。

波斯人向伊泽特正在一只小船旁边忙碌着的大海那边望去,并用手指着那里,问道:

"那是谁?"

"你们的人,同你一样。"

"我们的人。"波斯人不知是表示同意呢,还是要再问一声。

"他叫伊泽特。"

波斯人否定地摇摇头。

"他叫哈桑。"

"嗯,随你怎么叫都成。"

"是我的朋友……"

"朋友?原来是这样。"

巴里诺夫使劲地抽着烟,但抽得不大高明,他把烟全都吞了下去,然后吐出一缕长长的蓝烟。波斯人微笑地望着他,轻轻地唱起一首奇怪的歌,不知为什么把右手时而弯曲,时而伸直。四周越来越静。

"烟倒挺甜,可真厉害,"巴里诺夫用无精打采的眼睛望着我,喃喃地说道,"直冲脑袋……"

他仰面躺下,闭上眼睛。

波斯人一动不动地坐了几分钟,仿佛睡着了似的,不过他那眯细的眼睛里却闪着金星。后来,他皱了一下眉头,用两只手掌使劲地搓了搓脸,然后把双手并在一起,像看书似的看着它们,微微翕动了一下嘴唇,又搓起脸来。

他突然把头向后一仰,使喉结鼓了出来,用虽然并不响亮,但是非常尖细、几乎是女人般的声音号叫起来:

"唉呀呀,呀唉依!"

"嗨,你倒来劲儿啦。"巴里诺夫翻了个身,让脊背冲着太阳,睡眼惺忪地说道。波斯人双手抱膝,摇晃着身子,号叫着,尖细的叫声充塞在寂静中。

在浅滩那边,伊泽特站在深可及膝的水里,从沙地上推着小船,波斯人开始号叫时,他把手一挥,然后挺直身子,从胳膊肘下面望着我们这个方向。

波斯人用肩膀碰了我一下,说道:

"他听见的!"

他龇着牙,愉快地补充说:

"会给他——咔嚓一下!"

"咔嚓一下是什么意思?"

"就是这样。"波斯人说道,他翻着白眼,像马似的打了一声呼噜。

这模样很可笑。

伊泽特站在那里望了一会儿,便推动小船,然后从容不迫地从船尾爬了进去。可以看见,小船在水天一色的平静的水面上摇曳。

波斯人眯缝着眼睛,又轻轻地唱起那支号叫似的歌,他用喉音唱着,不时又突然升高成为尖叫声,这种声音使他奇怪地上气不接下气,使他那懒洋洋的调子变幻莫测地常常中断。这支歌使得这空虚无聊的一天显得更加酷热难当,更加令人心烦,这种跟我毫不相干的歌声和歌词,犹如一群小鱼在游动,对我没有任何妨碍,也没有激起我任何情感。这支歌仿佛早已在沉寂中回荡,一向都在沉寂中回荡,它的旋律难以捉摸,它不等你设法把它抓住就从记忆中溜走了。小船在明亮的空间痉挛了一下,就像一条长着又细又长的鳍的笨鱼;伊泽特漫不经心地划着船,慢悠悠地把桨放下,然后再把它举起。

"你唱的是什么,什么意思?"我听腻了波斯人的号叫,便问他道。

他立刻就不唱了,龇着牙,很乐意地开始说道:

"这是一首欢乐的歌——塔斯尼夫①,我们管它叫塔斯尼夫!"

但是,他的词汇不够用,他闭起眼睛,摇晃着身子,又开始号叫起来:

唉—呀—呀—唉—依!
我要到法尔西斯坦②去!

他停止了歌唱,向我丢了一个眼色,说道:

"该不该去,谁知道呢?安拉③知道,人不知道!年轻女人留在家里,是不是勾搭别的男人,谁知道呢?告诉我,善良的金——我的朋友,我妻子是不是有了新丈夫?我们就是这样唱塔斯尼夫的。恶魔在开玩笑——人却在哭泣……"

巴里诺夫动了动身子,用责备的口吻说道:

"他们的歌子全讲女人的事,此外就啥也不知道了,狗东西……"

而波斯人却喋喋不休地说着,愉快而活泼地眨巴着眼睛,他的话里既有我听不懂的词句,又夹杂着支离破碎的俄语。

"是应该到法尔西斯坦去,还是不该去?我要喝酒,我要欺骗朋友和所有的人——塔斯尼夫讲的就是这个意思!人待在家里——聪明,到外面去——愚蠢!"

他笑了,使劲地搓着手,突然,他脸色阴沉,若有所思,看着镜子般

---

① 阿拉伯语,相当于波斯语:情歌。
② 即波斯。
③ 伊斯兰教的上帝。

闪闪发亮的海,凝然不动。我也沉思起来,把他那可笑的词句编成了一首简单的歌曲。

> 我想干一番大事业……
> 我要到法尔西斯坦去!
> 请问,我善良的金,
> 恶魔为我准备了
> 多少灾难与不幸?
>
> 我有一位年轻的娇妻……
> 我爱她那柔软的双膝!
> 可是我要到法尔西斯坦去!
> 请问,我善良的金,
> 妻子会跟什么人偷情?
>
> 我有两个朋友,——
> 没有他们,我会感到寂寞!
> 然而,我要到法尔西斯坦去。
> 请问,善良的金,——
> 哪位朋友会欺骗我?
>
> 唉,我是安分守己的人,
> 可是去法尔西斯坦的道路,
> 我却搞不清楚……
> 请问,善良的金,——
> 我留在家里是不是比较聪明?
>
> 莫非不该把事业、朋友和妻子

全都打发去见魔鬼？
不该去法尔西斯坦！
不如让我自己来把大家欺骗，
然后喝他个酩酊大醉……

小船靠近了沙滩，我看见了郁郁寡欢的伊泽特那张红扑扑的圆脸，他坐得笔直，划船时也不弯腰。波斯人灵活地站了起来，一只手摸了摸怀里，轻盈地迎着小船走去。

"哦，我们也该上船了，该回去了，"巴里诺夫说道，同时伸了个懒腰，把浑身筋骨弄得咯吱作响，"不过先等一等，让两个朋友说几句话……"

伊泽特从船上跳到水里，走上岸来，他弯着身子，把双手藏在背后，波斯人蓦地蹲了下来。这时，伊泽特停了一下，正了正帽子，用一只手掌抹了一把脸，甩掉手掌上的汗水，也很可笑地弯起了膝盖。

"啊哟，这两个鬼东西！"巴里诺夫惊恐地叫嚷道，他跳了起来，急忙对我说：

"这两个混蛋要打架了！喂，你们可不能这样！他们会动刀子的呢！"

的确，两把长长的、尖尖的刀子，正在两个朋友的手里闪闪发光，就像两条活鲜鲜的鲱鱼。他们蹲着，像两只发情的公乌鸡，一蹿一蹿地倒换着脚。巴里诺夫环首四顾，惊恐不安地嘟哝道：

"唉，没有棍子；应该用棍子朝他们头上来一下。"

突然，波斯人迅速地全身向前一纵，而伊泽特咯咯地叫了一声，挥动着双手，仰面倒在地上。

"上哪儿去？会把你宰了的！"当我朝小船跑去时，巴里诺夫喊道。

波斯人跪着，用左手把刀子往沙里杵，——他把刀插进去，又抽出来，再用短上衣的下摆把刀刃擦干净，然后又插进去。

"你干什么呀？"我问道。

他用手指抚摩着刀子,龇着牙回答说:

"我早就在找他,这条狗。"

殷红的鲜血从他右臂的袖管里流出来,沉重的血点滴落在沙地上,然后就消失了,只留下一个个赤褐色的斑点。

伊泽特仰卧着,两只脚浸在水中,一只面颊紧贴着潮湿的沙地。他的脸变成了褐色,晦暗无神的眼睛,死盯着放下的那只手的松开的拳头及旁边的刀子。左手的手指紧紧抓住沙地,厚嘴唇愤怒地噘着。

"总算找到了他的心,"波斯人向我使了个眼色,说道,"咔嚓一下!"

巴里诺夫小心翼翼地从旁边悄悄走近小船,爬了进去,接着便向我喊道:

"咱们走吧,真见鬼!"

当我把小船推入水中,坐上去划桨的时候,他从我身上翻过去走到船尾,开始愤恨地大骂道:

"等着瞧吧,蠢猪,我们马上就来收拾你这恶棍……"

波斯人跪着,愉快地向我们点着头,突然响亮地喊道:

"再见!"

他从肩上扯下短上衣和衬衫,露出一直红到肩膀上的长胳膊——它在阳光下发出鲜艳的红光,仿佛用血红色金属铸成的一般。

四周的一切,又像梦一般的沉寂……

肖 柳 译